译文纪实

RISE AND KILL FIRST

The Secret History of Israel's Targeted Assassinations

Ronen Bergman

[以]罗南·伯格曼 著　　龚萍 高礼杰 译

先发制人

上海译文出版社

THE PALESTINE POLICCE FORCE

REWARD

A REWARD OF L.P. 2000 WILL BE PAID BY THE PPALESTINE GOVERNMENT TO ANY PERSON GIVING INFORMATION WHICH LEADS DIRRECTLY TO THE APPREHENSION OF THE PERSON WHOSE NAME AND PHOTOGRAPHH APPEAR HEREUNDER.

قوة بوليس فلسطين

مكافأة

تعطي حكومة فلسطين مكافأة قدرها ٢٠٠٠ جنيه فلسطيني لاي شخص يعطي اخبارية تؤدي مباشرة لالقاء القبض على الشخص المبين اسمه وصورته ادناه:—

משטרת פלשתינה (א״י).

גמול

פרס בסך 2000 לא״י ישולם ע״י הממשלה הא״י לכל אדם שימסור ידיעה שתוביל באופן ישר לידי מאסרו של האדם ששמו ותמונתו נקובים להלן.

MENACHEM BEGIN

Age: 36 years

Height: 175 cms.

Build: thin

Nose: long, hooked

Teeth: bad

Speaks: Polish, English, Hebrew.

Peculiarities: Appears to be badly shaved. Walks with a peculiar flat-footed stride.

INFORMATION MAY BE GIVEN AT ANY TIME TO ANY POLICE OFFICICER OR TO ANY POLICE STATION

Jerusalem,
July, 1945

J. M. RYMER JONES
Inspector-General.

يمكن اعطاء الاخبارية في اي وقت لاي ضابط بوليس او اي مركز بوليس

ج.م. رايمر جونز
مفتش البوليس العام

القدس
تموز سنة ١٩٤٥

את הידיעה אפשר למסור בכל זמן לכל שוטר או לכל תחנת משטרה.

ג׳. מ. רימר־ג׳ונס
המפקח הכללי

ירושלים,
יולי 1945.

英国刑事调查部发布的头号通缉令，通缉的是“伊尔贡”指挥官梅纳赫姆·贝京

阿里埃勒·沙龙（中），伞兵旅指挥官，1955 年 8 月（Avraham Vered，国防部档案馆）

亚历山大·伊斯雷尔

亚历山大·伊斯雷尔的儿子摩西·齐珀（右）第一次从拉斐·米丹（左）那里听到了他父亲的生平（Ronen Bergman）

摩萨德团队：拉菲·艾坦（右二）和茨维·阿哈罗尼（左二）在圣保罗，就在他们看到奥斯维辛的“死亡天使”约瑟夫·门格勒之前不久（Zvi Aharoni 收藏）

埃及总统贾迈勒·阿卜杜勒·纳赛尔（右）在与德国和埃及的科学家进行导弹试验期间

摩萨德成员奥戴德抓获了汉斯·克鲁格博士，并将他带到以色列受审

摩萨德监视汉斯·
克鲁格博士期间拍
下的一张照片

纳赛尔总统和约旦国王侯赛因在 1965 年于卡萨布兰卡举行的首脑会议上，摩萨德录下了他们的对话

总理列维·艾希科尔（左四，戴帽子打领带者）、摩萨德的长官梅厄·阿米特、参谋长伊扎克·拉宾（穿着制服）和埃塞尔·哈雷尔（右三），1965 年（Moshe Milner，政府新闻办）

伊莱·科恩被吊在大马士革

梅厄·达甘的“变色龙”在前往加沙行动的途中，打扮成游击队员从黎巴嫩乘船返回。从左至右：达甘（行动指挥）、梅厄·博特尼克和国防军的贝都因军官阿维格多·埃尔丹。其他人是巴勒斯坦特工

大卫·本-古里安（戴眼镜坐着持地图者）、伊扎克·邦达克（左）和雷哈瓦姆·泽维将军（戴太阳镜站立者）

2001 年，以色列和巴勒斯坦自治政府之间的隔离墙上，一幅涂鸦画的是巴勒斯坦恐怖分子和劫机者莱拉·哈立德

“青春之泉行动”筹备过程中的迈克·哈拉里，他掌管“凯撒利亚”15 年，对摩萨德的定点清除和破坏行动的影响最大

迈克・哈拉里 1977 年在意大利，此去是为指挥一次摩萨德的秘密行动

扮成乞丐的“刺刀”指挥官尼希米·梅里

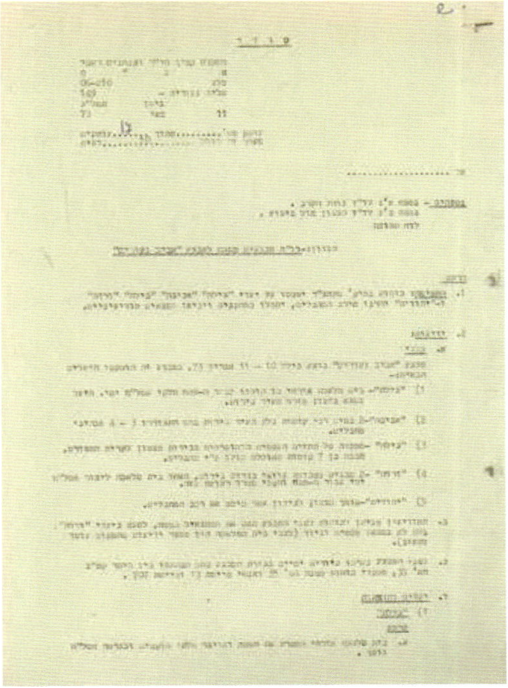

1973 年下达的“青春之泉行动”指令

监控巴解组织最高领导人之一卡迈勒·阿德万居住公寓楼的照片，摩萨德成员耶尔拍摄

定点清除行动过后的阿德万所住公寓和他的尸体

阿德万的葬礼

来自恩德培航站楼上空的空中巡逻队的照片，由摩萨德特工大卫拍摄

摩萨德确信阿里·哈桑·萨勒姆就是在幕尼黑杀害运动员的幕后黑手

爆炸发生几秒钟后，重伤的阿里·萨勒姆被抬出汽车。不久，他在医院去世

罗伯特·哈特姆是黎巴嫩长枪党的一名杀手，他在 2005 年接受作者采访时承认杀害了数百人

1982 年 6 月，以色列占领黎巴嫩南部一个巴解组织哨所，总理梅纳赫姆·贝京（左三）、国防部长阿里埃勒·沙龙（左二）和总理军事秘书阿兹列尔·内沃准将（左）前去视察（国防部档案馆）

阿拉法特在贝鲁特被围困期间接受记者尤里·亚夫内里的采访（Anat Saragusti）

阿拉法特离开贝鲁特。这张照片是总参侦察营的一名狙击手拍摄的，并由梅纳赫姆·贝京转交给美国调解人菲利普·哈比卜，以证明只要以色列愿意就能杀掉阿拉法特（首次发表于以色列的黎巴嫩战争时）

这张照片摄于 300 路巴士绑架案后，揭露了辛贝特进行的非法清算（Alex Levac）

阿明·哈吉，又名“鲁梅尼格”，一个在整个中东都有关系的商人，来自黎巴嫩一个著名的什叶派家庭，是黎巴嫩最重要的摩萨德特工之一（Elad Gershgorn）

海军突击队第 13 小队为期 18 个月的训练项目被认为是以色列国防军中最艰难的。自 1970 年代末以来，该部队参与了许多有针对性的杀戮行动（Ziv Koren）

埃胡德·巴拉克（坐着，左）和伊夫塔赫·莱彻（坐着手拿电话者）在定点清除阿布圣战组织的行动指挥室里

杰拉德・布尔博士（左）与魁北克省前总理让・莱斯奇一起检查布尔博士研制的一门巨型大炮

项目总监艾米拉姆·莱文（左）和总参侦察营突击队指挥官沙伊·阿维塔尔（Shai Avital）在暗杀萨达姆·侯赛因的一次彩排中

真主党创始人阿里·阿克巴·莫塔沙米布用两根手指指着说，这就是摩萨德人搞定点清除的结果

“阿曼”指挥官尤里·萨吉（左）和总理伊扎克·沙米尔（Nati Herniki，政府新闻办）

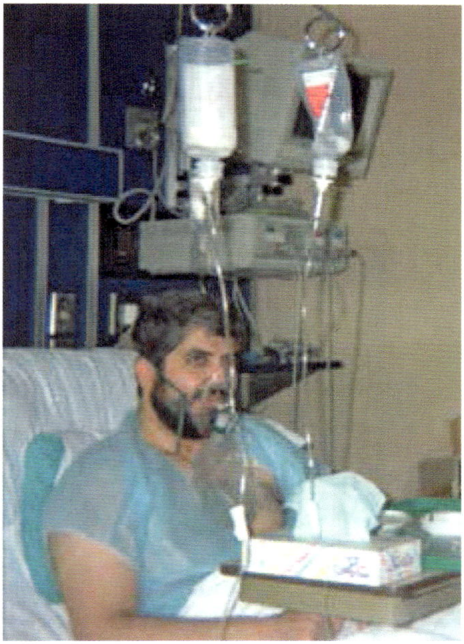

中毒送医的哈立德·马沙尔在安曼皇家医院

“樱桃” 在进行逮捕或杀掉通缉犯的演习（Uri Bar-Lev 供图）

特拉维夫一家餐厅发生自杀式炸弹袭击，一名妇女被抱去送医。这是沙龙在为使用定点清除来维护国家安全辩护时强迫外国外交官观看的照片之一（Ziv Koren）

以色列无人机 Heron TP 可以在空中停留 36 小时，最高飞行时速为 230 英里，可携带超过一吨的相机和炸弹（IAI）

名为“活寡妇”的做法是把携带武装的巴勒斯坦人拉到一块空地上，让躲藏起来的狙击手向他们开枪（Ronen Bergman）

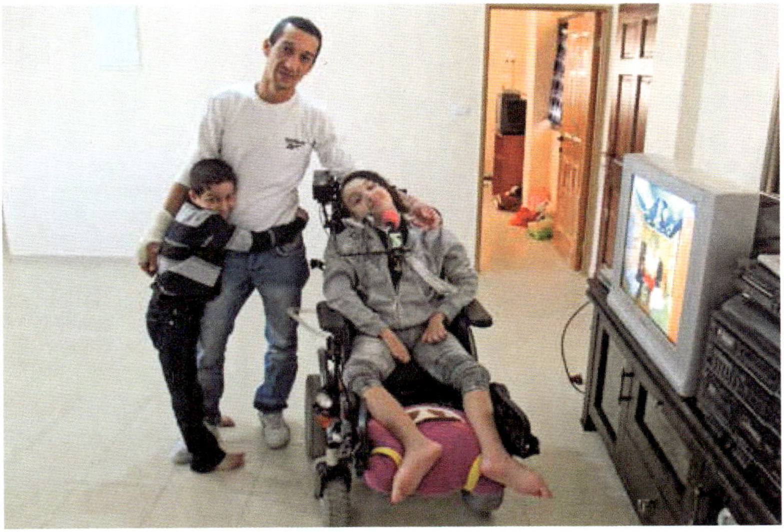

2006 年 5 月，当玛丽亚·阿曼与家人在加沙的一辆车上时，附近一辆车内的伊斯兰圣战组织特工遭到导弹袭击。她的母亲、6 岁的弟弟和祖母遇害。她受了致命伤，颈部以下瘫痪。治疗她，成为她父亲哈米德余生的唯一一件事（Ronen Bergman）

哈马斯领导人亚辛在新闻发布会上表示，对派利姆·利亚希（女）实施自杀性炸弹袭击负责

沙龙（右）任命梅厄·达甘为摩萨德的负责人（Saar Yakov，政府新闻办）

伊迈德·穆格尼耶的照片之一，2008 年摩萨德就是用它找到并杀死了他

监控穆格尼耶的副手兼妹夫穆斯塔法·巴德尔丁期间拍下的照片，后者受命在穆格尼耶不在贝鲁特期间处理事务

真主党秘书长哈桑·纳斯鲁拉在穆格尼耶的葬礼上（Ulrike Putz）

贾巴利亚张贴的一张海报，纪念马哈茂德·马巴胡赫和他的一个妹妹

马巴胡赫走出电梯，后面跟着两名“网球手”

纳坦兹铀浓缩设施的化学工程师穆斯塔法·艾哈迈迪-罗尚

2012 年 1 月 12 日，摩萨德在艾哈迈迪-罗尚的车里杀掉了他

德黑兰一条街道上贴着的告示写着“以色列必须被从地图上抹去”，摩萨德领导人达甘、“阿曼”负责人阿莫斯·亚德林和国防部长巴拉克的额头被画上了靶心

摩萨德指挥官约西·科恩（2016—2021）（左）和塔米尔·帕尔多（2011—2016）。他们俩都继续将定点清除作为维护国家安全的主要手段之一

目　录

编者按：此书立场与本社无关。

关于信息来源的说明

以色列情报机构小心翼翼地保守着它们的秘密。其近乎完全的不透明性，得益于一整套错综复杂的法律及规章制度、严格的军事审查，以及对记者及其线人的恐吓、审讯、起诉，还有谍报机构人员之间出于本能的团结与忠诚。

迄今为止，所有对其幕后的一瞥充其量只是管中窥豹。

既然如此，人们便有理由问，怎样才能写出一部关于这个世界上最神秘的组织之一的书呢？

我们曾努力说服以色列国防机构与本项目开展研究合作，结果却毫无进展。[①]我们又要求情报机构依法将其历史文档移交给国家档案馆，并允许出版50年及50年以上的材料，结果遭遇了冰冷的沉默。我们还向最高法院请愿，申请强制执行法律程序，结果被一拖好多年，最终等来的竟然是对法律本身的修订，即保密条款从50年延长至70年，这比以色列本国的历史还要长。[②]

国防机构也并未袖手旁观。[③]早在2010年，即本书的合同签订之前，位于凯撒利亚的摩萨德行动部门就召开了一次特别会议，讨论如何中断我的调研。所有摩萨德的前雇员都收到了信函，警告他们不得接受采访，某些被认为问题最大的前工作人员还被单独约谈。2011年晚些时候，以色列国防军总参谋长加比·阿什克纳齐中将命令辛贝特[④]对作者采取挑衅行动，声称我犯下了“严重的间谍罪”，因为我掌握了机密并“使用机密材料诋毁我［阿什克纳齐］的个人声誉”。从那以后，各种各样的机构多次采取行动阻止本书的出版，或至少是阻止本书中的大部分内容公之于众。

军方审查员要求以色列媒体无论何时提及以色列情报机构的秘密行动，都必须加上"据外国出版物称"的字样，而这些行动主要是定点清除。这样做的目的在于表明，该出版物的存在并不构成以色列官方对责任的正式承认。由此看来，本书必须被视为"外国出版物"，其内容并未得到任何以色列官方的确认。

本书内容依据的是对于从政治领袖、情报机构负责人到特工本人的数千次采访，其中没有一次获得过以色列国防机构的批准。⑤ 大多数提供信息者有其姓名为证。其他人也情有可原，他们怕被认出来，因而在此只提及他们的姓名缩写或化名，在我能够提供详细信息的同时，也能为其身份保密。

我还使用了这些线人提供的数以千计的文件，它们全都是第一次被引用。我的消息来源将这些文件带离他们的工作场所，这一点从未获得其雇主的允许，当然，将它们交给我也是未经许可的。因此，本

---

① 以色列国防军和国防部档案馆（包括阿曼的档案）只允许查阅极少量文件，其中仅有媒体公开发表过的材料——换言之，相关的原始文件为零。辛贝特只同意给我有关恐怖袭击的一些表格和某几名恐怖分子的数据，但拒绝透露该机构所开展的行动的任何事实。摩萨德与媒体之间并未保持任何来往。想与特别行动分部凯撒利亚取得联系的努力也失败了。在回复我的采访请求时，该部的历史学家 Y 告诉我："哪怕我是情报机构中最后一个没恭迎你的人，我也决不会跟你合作。把我电话号码给你的那个人不管是谁，我都鄙视他，一如我鄙视你。"（2015 年 8 月 15 日与 Y 的短信交流。）

② Supreme Court HCOJ [Bagatz] 4801/07, *Dr. Ronen Bergman and Yedioth Ahronoth v. the Prime Minister's Office, the Defense Ministry Director General, the Mossad and Director of the Mossad, the Shin Bet and Director of the Shin Bet, and the Atomic Energy Commission.*

③ 本研究导致参谋长身边的人对国防部长埃胡德·巴拉克进行的间谍活动被曝光，此事详见我的《陷阱》（*The Pit*，与记者丹·马格利特合著）一书。Uri Misgav, "Ex-CoS Gabi Ashkenazi Pressed the Shin Bet to Open an Investigation Against a Journalist," *Haaretz*, November 29, 2013. Richard Silverstein, "IDF Chief Threatened Journalist with Espionage for Exposing Rampant Military Corruption," *Tikun Olam*, December 20, 2013, https://www.richardsilverstein.com/2013/12/20/idf-chief-threatened-journalist-with-espionage-for-exposing-rampant-military-corruption/。

④ Shin Bet，即以色列国家安全局。——译者

⑤ 大多数采访都是在 2010 年本书写作计划启动后进行的，一小部分始于 20 年前其他项目的研究内容。所有采访均未得到官方批准。

书所涉及的内容与以色列情报机构所认可的历史相去甚远。

那么，为什么这些线人会跟我交谈并为我提供这些文件呢？每个人都有自己的动机，其背后故事的有趣程度有时候略逊于采访内容本身。显然，一些政客与情报人员——这两种职业都擅长操纵与欺骗——要么试图利用我来充当其喉舌，披露关于某事件的他们倾向于的说法，要么试图利用我来塑造符合其自身利益的历史。为了挫败这些企图，我尽可能多地交叉比对所获得的各种书面的与口述的资料。

不过，在我看来，通常还有另一个动机，这与以色列特有的矛盾有很大关系：一方面，该国几乎所有与情报和国家安全有关的事情都被列为“绝密”；另一方面，每个人都想谈论他们自己所做的事。其他国家的民众可能会羞于承认的行为却是以色列人心中的骄傲，因为这些行动整体上被认为是维护国家安全的必要条件，是保护受到威胁的以色列人生命所必需的，如果抛开这个危机四伏的国家本身的生死存亡不论的话。

随着时间的推移，摩萨德的确成功地阻止了我去接触一些消息来源（大多数情况下都是在他们已经和我谈过之后）。更多的人在我见过他们之后都去世了，大部分是自然死亡。因此，这些男男女女——见证并参与过重大历史事件的人——提供给本书的第一手资料，实际上是国防机构机密档案库之外仅存的信息来源。

有时候，他们就是仅存的信息来源。

序

以色列摩萨德的掌门人、传奇间谍与杀手梅厄·达甘拄着拐杖走进了房间。

这根拐杖已经伴随他几十年了，事情发生在20世纪70年代，彼时他还是一名年轻的特别行动军官，在加沙地带作战时被巴勒斯坦恐怖分子埋设的地雷炸伤。达甘对神话与符号的力量略知一二，对其拐杖中藏着一把利刃的传闻谨慎地不置可否，据说他只要按一下按钮刀就会弹出来。

达甘个头矮小，皮肤黝黑，以至于每当人们听说他拥有波兰血统时总会感到惊讶，他那圆滚滚的大肚腩也颇为壮观。在这个场合，他穿着一件简单的开领衬衫、浅黑色长裤和黑鞋子，看起来他似乎并不特别注意自己的外表。他身上有些东西让他表现出一种直截了当、简明干练的自信，一种平和的有时却具有威胁性的个人魅力。

达甘在2011年1月8日下午走进的那间会议室在摩萨德学院（the Mossad Academy），它位于特拉维夫的北面。有史以来第一次，谍报机构的掌门人在以色列戒备最严、最秘密的设施之一的腹地会见记者。

达甘对媒体毫无好感。[①] “我早就说过，媒体都是贪得无厌的魔鬼，”后来他对我说道，“因此没有必要与媒体维持关系。”然而，会议召开前三天，我和其他一些记者收到了一封机密的邀请函。这让我很惊讶。整整10年，我一直在尖锐地批评摩萨德，特别是达甘，这令他非常生气。[②]

摩萨德无所不用其极地使这件事弥漫着一种间谍行动的气氛。我们被告知到电影院的停车场集合，那个电影院离摩萨德的总部不远，然后所有东西都得留在车内，只能携带笔记本和书写用具。“你们会被仔细搜身，我们希望避免任何不愉快。”护送我们的人对我们说道。从那里，我们乘坐一辆窗户被涂成黑色的公共汽车来到摩萨德总部大楼。我们通过了左一扇右一扇的电动门，经过一块又一块电子警告牌，上面的文字提醒进入门内的人哪些事情可以做，哪些事情是明令禁止的。然后，我们穿过一个带有金属探测器的扫描仪，接受彻底的检查，以确保我们没有携带任何录像或录音设备。我们进入会议室，几分钟后达甘来了，他在房间里走来走去跟大家握手。当来到我面前时，他抓住我的手，笑着说：“你可真是个强盗。”

然后他坐了下来，在其左右两侧作陪的分别是总理本杰明·内塔尼亚胡的发言人和军事审查主管，以及一名女准将。（摩萨德是总理办公室的下属单位，根据国家法律，对该机构任何活动的报道都要接受审查。）这两位官员都认为达甘召开此次会议只是为了向报道过他任期内的事的人正式道别，不会提到任何实质性的内容。

他们错了。当达甘打开了话匣子，总理发言人面露惊色，眼睛瞪得越来越大。

“后背受伤有很多好处，”达甘以此开始了他的讲话，“你有医生的证明，证明你不是没有脊梁骨的。”随着达甘对以色列总理发起猛烈的攻击，我们很快就意识到他不仅仅是在讲俏皮话。达甘声称，本杰明·内塔尼亚胡的所作所为是不负责任的，他出于个人的利己主义正在将国家带入灾难。“选出来的人并不意味着是个聪明的”是他常常挂在嘴边挖苦人的话之一。

那是达甘担任摩萨德局长一职的最后一天。内塔尼亚胡正等着他

---

① 2013 年 5 月 29 日对梅厄·达甘的采访。

② 因为我发表的这些报道，达甘让总理埃胡德·奥尔默特命令辛贝特开展全面调查以找出泄密的情报源，包括窃听多个摩萨德部门负责人的电话。随着调查的进行，达甘驱逐了他当时的副手，他指责此人泄密，后者则坚决否认。Ronen Bergman, “Dismissal at Mossad’s High Command,” *Yedioth Ahronoth*, July 10, 2007。

走人，而达甘毕生的梦想就是把代表着以色列顶级间谍的这一职位抓在手里，他不打算抄着手靠边站。这两个人之间严重的信任危机围绕着两个问题爆发，而这两个问题都与达甘先生选择的武器——暗杀——紧密相关。

8年前，阿里埃勒·沙龙任命达甘为摩萨德掌门人，让他负责破坏伊朗的核武器项目，两人都认为该项目对以色列的生存构成了威胁。达甘千方百计想完成这一任务。达甘认为，最困难也最有效的办法就是确认伊朗关键的核科学家与导弹科学家，锁定他们的位置，然后干掉他们。摩萨德精准定位了15个这样的目标，除掉了其中的6个，大多是因为一名摩托车手将装有短时导火索的炸弹固定在了他们的汽车上而死在了早晨上班路上。此外，负责导弹项目的伊朗伊斯兰革命卫队的一位将军及其17名手下在总部一起被炸死。

这些行动以及摩萨德发起的其他许多行动，其中有些是跟美国合作的，全都取得了成功，但是内塔尼亚胡和他的国防部长埃胡德·巴拉克开始觉得这些行动的作用正在减弱。他们认为，若秘密措施不能再有效地拖延伊朗的核计划，只有对伊朗的核设施进行大规模空中轰炸才能成功阻止其获得核武器的进程。

达甘强烈反对这种观点。实际上，这与他所信奉的一切背道而驰，即只有“被人拿剑抵着喉咙”时方能公开宣战，或者在没有其他选择的情况下将其作为最后手段。其他一切都可以而且应该通过秘密手段来处理。

“暗杀，”他说，“有助于提振士气，也有实际效果。我认为没有多少人能取代拿破仑或者罗斯福那样的总统，抑或丘吉尔那样的首相。个人方面肯定起到了一定作用。诚然，任何人都可以被取代，但是有胆识的取代者与某些死气沉沉的人之间还是有所不同的。”

此外，在达甘看来，采取暗杀比发动全面战争要“道德得多”。除掉几个主要人物足以使后一种选择变得没必要，还能挽救双方无数士兵和平民的生命。对伊朗发动大规模袭击会导致整个中东地区的大规模冲突，即便如此，也可能不会对伊朗的核设施造成足够的破坏。

最后，从达甘的角度来看，如果以色列与伊朗开战，那将是他整个职业生涯的失败。史书将留下记录，说他未能完成沙龙交给他的任务：用秘密手段终结伊朗获取核武器的企图，而不诉诸公开袭击。

达甘的反对以及来自军方和情报部门高层的类似重压，迫使对伊朗的袭击计划一再推迟。达甘甚至向中央情报局局长莱昂·帕内塔通报了以色列的计划（总理宣称他这么做未经批准），不久，奥巴马总统也警告内塔尼亚胡不要袭击伊朗。

2010 年，在达甘任职 7 年后，两个人之间的紧张关系进一步升级。[①] 达甘派了一支由 27 名摩萨德特工组成的攻击小组前往迪拜，铲除巴勒斯坦恐怖组织哈马斯的一名高级官员。他们得手了：刺客们在他的酒店房间里给他注射了一种麻痹性药物，并在尸体被发现以前逃离了迪拜。但是，他们离开后没多久，由于犯了一系列严重错误——忘记考虑迪拜不计其数的监控摄像头；特工们用的是他们先前为跟踪目标而进入迪拜时已经用过的同一本假护照；还有一个当地警方毫不费力就能破解的电话装置——全世界很快就看到了有他们面部的视频片段和他们行动轨迹的完整记录。人们发现，是摩萨德的一次行动对该机构造成了严重的破坏，并使以色列政府深感尴尬，该国再次因其特工使用西方友好国家的假护照而被抓了个现行。“可是你告诉过我这种事情易如反掌，出差错的风险几乎为零。”内塔尼亚胡对达甘大发雷霆，并命令他暂停近期许多即将开始的暗杀计划和其他行动，等待进一步的通知。

达甘和内塔尼亚胡之间的针锋相对越来越激烈，直到内塔尼亚胡（据他自己所言）决定不再延长达甘的任期，或者（用达甘的话说）“我只是受够了他，所以决定退休”。

在摩萨德学院的简报会上和后来为本书所做的数次采访中，达甘

---

① 2014 年 6 月对“艾尔迪”的采访，2007 年 7 月对“尼采”的采访。

表现出强烈的信心，他坚信摩萨德在其领导下本可以通过暗杀和其他精准打击措施阻止伊朗人制造核武器——譬如，与美国合作，阻止伊朗人进口核计划所需而他们自己无法生产的关键部件。“如果我们设法阻止伊朗获取一些部件，就会严重破坏他们的计划。一辆汽车平均有2.5万个部件。试想一下，如果其中100个零件丢失了会怎么样。车就会难以开动。”

“另一方面，”达甘笑着补充道，话题又回到他最喜欢的惯用手法，“有时候最有效的做法就是干掉司机，就那么简单。”

在民主国家为保护自身安全而采取的所有手段中，没有哪一种比“干掉司机”——暗杀——更令人忧虑、更充满争议的了。

有些人委婉地称之为“清算”。出于法律原因，美国情报机构称之为“定点清除”。在实践中，这些术语内涵相同：杀掉某个特定的人以实现某一特定目标——挽救目标意图杀害的人的生命，避免其即将采取的危险行为，有时候意味着为了改变历史进程而铲除某个领导人。

一个国家使用暗杀手段触及了两种进退维谷的困境。首先，这种手段是否有效？消灭一个人或若干人能使世界变得更安全吗？其次，这种行为在道德和法律上是否合理？一个国家为了保护本国公民而诉诸任何道德或法律准则中都堪称最严重的罪行——有预谋地夺取一条人命——这是否合乎道德和法律？

本书主要讨论由摩萨德与以色列政府其他部门在和平时期及战争时期进行的暗杀和定点清除，在头几章，还会介绍以色列建国前由地下民兵组织采取的这类行动，这些组织在以色列甫一建国即成为国家的军队和情报机构的一员。

自第二次世界大战以来，以色列暗杀的人数超过了西方世界的任何其他国家。在无数场合，其领导人都在权衡何为捍卫国家安全的最佳途径，并在所有的选项中一再选定秘密行动，而最佳方式就是暗杀。他们认为这将解决本国面临的难题，有时候甚至会改变历史进程。在许多情况下，以色列领导人甚至认定，为了干掉指定目标而危及可能碰巧出现在交火现场的无辜平民的生命是合乎道德和法律的。他们认为，伤害这些人是一种必要的恶（a necessary evil）。

一些数字本身就很说明问题。[①] 在 2000 年 9 月第二次巴勒斯坦起义（the Second Palestinian Intifada）[②] 开始之前，以色列第一次开始每天使用武装无人机进行暗杀，以此作为对自杀性爆炸的回应，此时这个国家已经实施了约 500 次定点清除行动。其间，至少造成 1 000 人丧生，包括平民和战斗人员。在第二次巴勒斯坦起义期间，以色列又进行了大约 1 000 次行动，其中 168 次取得成功。从那时起到本书动笔之前，几乎所有的行动都是 2008 年、2012 年和 2014 年针对加沙地带哈马斯的多轮战事的一部分，或者是在整个中东针对巴勒斯坦、叙利亚和伊朗目标采取的摩萨德行动。相比之下，在乔治 · W. 布什任内，美国采取了 48 次定点清除行动，[③] 据估计，在巴拉克 · 奥巴马

---

① 这些数字与所有暗杀行动有关，该信息是在为本书做研究中收集到的，在本书中大多已提及。然而，计算数字一事颇为复杂，因为有时候一次行动的目标是多样的——既有敌人的办公室、工作机构，也有具体的个人。这里的数字包括“黎巴嫩解放阵线”的行动，这是以色列 1980 至 1983 年间在黎巴嫩操纵的恐怖组织，该组织单枪匹马袭击了多位巴解组织成员和巴勒斯坦平民，其刺杀阿拉法特未遂的“咸鱼行动”导致许多平民丧生。由于看不到情报团体保险箱中的大量资料，这里的估算很保守。实际数字可能高出许多。

② 辛贝特的消息来源说，在第二次巴勒斯坦起义期间，每个成功的暗杀行动之前在同一目标身上会有多达 7 次的失败尝试。有些在开火前被叫停，有些失败是因为在目标区域发现平民而改变了导弹的方向，还有一些是跟丢了目标。“猛禽行动”始于 2008 年以色列和哈马斯在加沙地带的敌对活动，其间有千余次轰炸行动，有些目标是人，有些目标是建筑和仓库设施。2013 年 7 月 1 日对埃胡德 · 巴拉克的采访，2011 年 6 月 1 日对约夫 · 加兰特的采访，2017 年 6 月对“亚马逊州”的采访。

③ 在（2016 年 6 月 12 日）对作家蒂姆 · 韦纳的采访中，这位美国中情局官方历史著作《灰烬的遗产》（*Legacy of Ashes*）的作者认为，中情局发动的诸如铲除古巴的菲德尔 · 卡斯特罗等政治人物的暗杀行动从未成功过。此外，这些行动在约翰 · F. 肯尼迪遇刺后全都停摆。不过，韦纳也说此后中情局继续为遍布世界的美国代理人提供情报和行动支持，数千人在中情局直接和间接的支持下被这些代理人杀害——有些人在折磨中丧命，其他人则在准军事行动中丧生，这些行动是中情局在冷战结束前实施的“影子战争”的一部分。在调查委员会对中情局的活动进行多番调查后，福特总统和卡特总统发布了禁止情报团体从事直接或间接定点清除的命令。然而在“911”之后，定点清除行动恢复，主要是在巴基斯坦、阿富汗、索马里和也门部署无人机。文中的数字引自位于华盛顿特区的智库“新美国”（https://www.newamerica.org/in-depth/americas-counterterrorism-wars/pakistan/）。

总统任内，美国采取了 353 次这样的袭击。

以色列对暗杀这种军事工具的依赖并非偶然，其源头可以追溯到犹太复国主义运动的革命性与激进性的本质，可追溯到大屠杀造成的创伤，以及以色列领导人和公民对于国家及其人民永远处于被消灭的危险之中的那种意识，他们觉得当这种情况发生时没有人会伸出援手，正如大屠杀那样。

由于以色列幅员狭小，阿拉伯国家甚至在其建国之前就试图摧毁它，并且继续威胁这么做，此外还有阿拉伯恐怖主义的永久威胁，该国逐步形成了一支高效的军队和堪称世界上顶尖的情报机构。相应地，他们也发展出了历史上最强劲、最流畅高效的暗杀机器。

本书接下来的章节将详细介绍这台机器的秘密——游击战与技术强国的军事力量结出的果实——其特工、领导人、手段、考量、成败以及道德上的代价。这些章节将说明在以色列如何形成了两套独立的法律机制——一套针对普通公民，一套针对情报界和国防系统。后一套机制允许在政府点个头、眨个眼的情况下采取极具争议的暗杀行动，在没有议会或公众监督的情况下，造成许多无辜者丧生。

一
血与火

1944 年 9 月 29 日，大卫·肖姆伦躲在圣乔治大街的阴暗处，这里离耶路撒冷的罗马尼亚教堂不远。这座教堂建筑被管理巴勒斯坦的英国当局用作军官们的住所，肖姆伦正在等其中一位军官离开，此人名叫汤姆·威尔金。

威尔金是英属巴勒斯坦托管地（the British Mandate for Palestine）刑事调查局犹太分队的指挥官，[①]他工作非常出色，尤其是涉及渗透和扰乱犹太人地下活动的部分。威尔金争强好胜，但也极有耐心、老谋深算，能说一口流利的希伯来语，在巴勒斯坦服役 13 年后，他拥有广泛的线人网络。多亏了他们提供的情报，地下组织战士被捕，武器藏匿处被捣毁，其旨在迫使英国人离开巴勒斯坦的行动计划被挫败。[②]

正因如此，肖姆伦才来杀他。

肖姆伦和他那天晚上的搭档雅科夫·巴奈（代号“马扎尔”，意为“幸运”）是莱希（Lehi）的特工，莱希是 20 世纪 40 年代早期与英国人作战的犹太复国主义地下运动中最激进的一个。尽管“莱希”一词为希伯来语“以色列自由战士”的首字母缩写，英国人却认为它是个恐怖组织，并以其创始人、浪漫的极端民族主义者阿夫拉罕·斯特恩的名字称其为“斯特恩帮”。斯特恩与他的一小撮追随者发动了一系列有针对性的暗杀和爆炸袭击，正如莱希的行动长官（后来的以色列总理）伊扎克·沙米尔所言，这是一场“个人恐怖”运动。[③]

威尔金知道自己被盯上了。大约3年前，莱希在其第一次笨拙的行动中就已经试图干掉他和他的上司杰弗里·莫顿。1942年1月20日，刺客们在特拉维夫的亚埃尔大街8号的楼顶和建筑物内部放置了炸弹。谁料他们最终炸死了3名警察——2名犹太人和1名英国人——这些人比威尔金和莫顿先到，并触发了炸药。后来，莫顿在另一次企图加害他的暗杀行动中负伤，而后逃离了巴勒斯坦——那次是为了报复莫顿枪杀了斯特恩。④

对于肖姆伦来说，事情的来龙去脉，谁杀了谁，谁先动的手，全都无所谓。⑤ 英国人占据了犹太复国主义者认为理所当然属于他们的土地——这才是最重要的，沙米尔已经判了威尔金死刑。

对肖姆伦和他的战友而言，威尔金不是一个人，而是一个目标，他身份显赫，有利可图。"我们太忙了，也太饿了，没空去想英国人和他们的家人。"⑥ 数十年后肖姆伦说。

刺客们在发现威尔金住在罗马尼亚教堂的附属建筑后，开始了他们的行动。肖姆伦和巴奈的口袋里有左轮手枪和手榴弹。增援的莱希特工就在附近，他们身穿西装、头戴礼帽，看起来就像英国绅士。

威尔金离开教堂里的军官住处，直奔位于俄罗斯大院（Russian Compound）的刑事调查局，那里是关押和审问地下组织嫌疑人的地方。⑦ 和往常一样，他很警觉，边走边扫视大街，一只手始终插在口袋里。当他经过圣乔治大街和歇雷姆大街的拐角处时，一个坐在附近

---

① 2011年5月26日对大卫·肖姆伦的采访，以及1997年1月对伊扎克·沙米尔的采访。

② Harouvi, *Palestine Investigated*, 230 (Hebrew).

③ 1997年1月对伊扎克·沙米尔的采访。

④ Harouvi, *Palestine Investigated*, 191 (Hebrew). Banai, *Anonymous Soldiers*, 243 (Hebrew). 因怕被暗杀，莫顿被派往英国殖民地特立尼达，但莱希又在那里试过动手。Yahav, *His Blood Be on His Own Head: Murders and Executions During the Era of the Yishuv*, 286 (Hebrew).

⑤ Harouvi, *Palestine Investigated*, 235.

⑥ 2011年5月16日对大卫·肖姆伦的采访。

⑦ Ben-Tor, *The Lehi Lexicon*, 119–20 (Hebrew).

杂货店外面的小伙子起身把帽子丢在了地上。这是约好的信号，两名刺客开始朝威尔金走过去，根据他们研究过的照片认出是他。肖姆伦和巴奈让他从他们身边经过，握着左轮手枪的手掌直冒汗。

接着，他们转身尾随其后。

“在我们动手前，马扎尔（即巴奈）说，‘让我先开枪’”肖姆伦回忆道，“但是当我们看见他时，我想我没克制住，率先开了枪。”

巴奈和肖姆伦开了14枪，其中11枪的子弹击中了威尔金。“他设法转身拔出手枪，”肖姆伦说，“但紧接着他就扑倒在地。血像喷泉似的从他的额头喷出来。场面很吓人。”

肖姆伦和巴奈飞奔回阴暗处，登上一辆出租车离开，另一名莱希成员正在车上等他们。

“唯一令我不快的是我们忘记拿他的公文包了，里面有他所有的文件。”[1] 肖姆伦说。除此之外，“我没有任何感觉，没有一星半点的愧疚。我们相信送回伦敦的棺材越多，自由之日就会离我们越近”。

以色列人民返回以色列土地只能通过武力实现的想法，并不是斯特恩及其莱希战友生来就有的。

这一战略的根源可以追溯到8个人身上，1907年9月29日这天，他们聚集在雅法一间逼仄的一居室公寓里，那里可以俯瞰到一片橘园。[2] 这一天距离鲜血如泉涌般从威尔金的额头喷出来正好37年，当时巴勒斯坦仍然隶属于土耳其奥斯曼帝国。这间公寓是伊扎克·本-兹维租下的，他是个年轻的俄罗斯人，那年早些时候移民至奥斯曼统治下的巴勒斯坦。和那天晚上在他公寓里的其他人一样——他们全都是来自沙皇俄国的移民，屋里点着蜡烛，他们就坐在铺着草席的地板

---

① 2011年5月26日对大卫·肖姆伦的采访。

② 这次历史性的会议日期不详。大多数希伯来语资料说是9月29日，而英语资料说是9月28日。所有资料都说这天是1907年西赫托拉（Simhat Torah）节前夕，但那是在9月30日。

上——他是个虔诚的犹太复国主义者，尽管这支分裂出来的教派曾经险些破坏这场运动。

作为一种政治意识形态，犹太复国主义是1896年维也纳犹太裔记者西奥多·赫茨尔在其出版的《犹太国》（*Der Judenstaat*）一书中创立的。在报道阿尔弗莱德·德雷弗斯于巴黎受审一事时，他深受触动，后者是一名犹太裔军官，受到不公正的指控并被判犯有叛国罪。

在这本书中，赫茨尔认为反犹主义在欧洲文化中根深蒂固，犹太人只有在他们自己的民族国家中才能获得真正的自由和安全。西欧的犹太裔精英阶层设法为自己创造出了舒适的生活，他们大多厌弃赫茨尔。然而，他的观点在东欧穷苦的工人阶级犹太人中反响强烈，他们饱受大屠杀和持续不断的迫害之苦，其中一些人通过与左翼起义武装结盟来回应。

赫茨尔本人将巴勒斯坦这一犹太人祖先的家园视为未来犹太国的理想之地，但他坚持认为，在那里建任何定居点都必须经过深思熟虑和小心翼翼的处理，通过适当的外交渠道，获得国际社会的认可，惟其如此，犹太国方可在和平中生存下来。赫茨尔的观点后来被称为**政治**犹太复国主义。

另一方面，本-兹维和他的7位战友——和大多数其他俄国犹太人一样——是**务实**的犹太复国主义者。[①] 他们不愿坐等世界上的其他国家给他们一个家园，而是深信自己可以创造一个家——去巴勒斯坦，在土地上耕作，让沙漠绽放花朵。他们会拿走他们认为理所当然属于他们的东西，并捍卫自己拿走的东西。

这使得务实的犹太复国主义者立即与已经在巴勒斯坦生活的大多数犹太人产生了矛盾。作为阿拉伯世界中人数极少的少数民族——其中许多人是奥斯曼政权统治下的街头小贩、宗教学者和公务员——他

① 参加者人数也存在分歧。大多数资料说是8个，但也有人说是10个。可能在事后，有些人想要与后来证明是历史性事件的事情沾边。

们宁愿保持低调。这些安定下来的巴勒斯坦犹太人已经以屈服、妥协和贿赂等手段设法令自己获得了相对的宁静及一定程度上的安全。

但是，本-兹维和其他初来乍到的人对他们的犹太同胞所忍受的种种条件感到震惊。许多人活在赤贫中，[1] 毫无自保之力，完全靠占多数的阿拉伯人和腐败的奥斯曼帝国那些贪赃枉法的官员的怜悯过活。阿拉伯暴徒袭击并抢劫犹太人定居点，却鲜少承担任何后果。更糟的是，正如本-兹维和其他人所见，这些定居点的防御任务交给了阿拉伯卫兵——他们有时候会反过来跟打劫的暴徒沆瀣一气。

本-兹维和他的朋友们发现这种局面是不可持续且无法容忍的。其中一些人曾经是受到民意党（Nrodnaya Volya）鼓舞的俄国左翼革命运动的成员，[2] 民意党是一支反对沙皇统治的游击队，采取的是包括暗杀在内的恐怖战术。

1905 年的俄国革命流产，最终只进行了最低限度的宪法改革，对这一结果感到失望的一些社会主义革命者、社会民主人士和自由派迁往巴勒斯坦以重建犹太国。

他们全都穷困至极，[3] 靠着当教书匠或在田里和橘园里干体力活挣几个钱勉强糊口，常常食不果腹。不过，他们是骄傲的犹太复国主义者。如果他们要建立一个国家，他们首先得保护自己。于是，他们或三三两两或独自一人偷偷穿过雅法的街道，去本-兹维的公寓秘密聚会。那天晚上，那 8 个人成立了现代第一支希伯来战斗力量。他们众口一心，誓要让孱弱无力、饱受迫害的犹太人形象从此在全世界一去不返。只有犹太人会在巴勒斯坦保卫犹太人。

---

① Hagai, *Yitzhahak Ben-Zvi: Selected Documents*, 15 – 16 (Hebrew).

② 到 19 世纪 70 年代中期，革命期间招募犹太人不再是新鲜事。Vital, *A People Apart: A Political History of the Jews in Europe 1789 – 1939*, 400 – 415。

③ 特别热心的是曼亚·肖查特，一位不久后加入该组织的妇女，她在俄国多次参加恐怖主义行动，并把地下组织的武器藏在她敖德萨的家中。一名学生无意中发现了她的秘密，肖查特毫不犹豫地拔出了装有消音器的微型手枪，打死了这名不幸的学生。然后，她和一个朋友将尸体的双腿砍下来，把尸体装进一个大箱子，把箱子送到了一个杜撰的地址。Lazar, *Six Singular Individuals*, 52 – 53 (Hebrew)。

他们为自己这支羽翼未丰的军队命名为“巴尔乔拉”（Bar-Giora），它取自公元1世纪反抗罗马帝国的犹太大起义的一位领袖的名字。他们在旗帜上写着“朱迪亚在血与火中倒下了，朱迪亚将在血与火中站起来”，以此向那场古老的起义致敬并预言他们的未来。

朱迪亚的确会站起来。本-兹维将来有一天会成为犹太民族的第二任总统。然而，首先会燃起很多战火，洒下很多鲜血。

一开始，“巴尔乔拉”不是个受欢迎的运动。但是，每年都有更多的犹太人从俄国和东欧来到巴勒斯坦——1905年至1914年间有3.5万人——随之而来的是同样坚定的务实的犹太复国主义理念。

随着更多志同道合的犹太人涌入“伊舒夫”，这是人们对巴勒斯坦的犹太人社团的称呼，“巴尔乔拉”在1909年被重组为规模更大、更激进的“哈绍莫”（Hashomer，希伯来语意为“卫士”）。到1912年，“哈绍莫”保卫的定居点有14个。然而，该组织也在发展进攻能力，虽然是在暗中进行，以此为务实的犹太复国主义者认为不可避免的夺取巴勒斯坦的最终战争做准备。因此，“哈绍莫”自视为未来犹太军队和情报机构的核心。

“哈绍莫”的民团分子骑马突袭了几个阿拉伯定居点，[①] 以惩罚伤害过犹太人的居民：有时殴打，有时处决。有一次，由“哈绍莫”成员组成的一支秘密行动队决定除掉一个名叫阿列夫·埃尔森的贝都因[②]警察，此人曾帮助土耳其人折磨过犹太囚犯。1916年6月，他被“哈绍莫”枪杀。

在使用武力来维护其对其他犹太人的权威上，“哈绍莫”也没有缩手缩脚。[③] 在第一次世界大战期间，“哈绍莫”极力反对在奥斯曼帝国的巴勒斯坦为英国人效力的犹太间谍网“尼立”（NILI）。“哈绍

---

① Yahav, *His Blood Be on His Own Head*, 40 (Hebrew).

② 指以氏族部落为基本单位在沙漠旷野过着游牧生活的阿拉伯人。——译者

③ Yahav, *His Blood Be on His Own Head*, 33－39 (Hebrew).

莫”担心土耳其人会发现这些间谍，进而对整个犹太社区采取报复。当他们没能让“尼立”停止行动，也没能让其交出从英国人那里得到的金币时，他们试图干掉其中一名成员约瑟夫·利桑斯基，结果只是伤了他。

1920年，“哈绍莫”再次演变，成为现在的“哈加纳”（Haganah，希伯来语意为“防御”）。尽管哈加纳并不具备特定的合法地位，但已经统治这个国家约3年的英国当局容忍了它作为伊舒夫的准军事防御武装存在。同年成立的以色列犹太人社会主义工会——以色列总工会（Histadrut）以及几年后成立的伊舒夫自治机构——犹太事务局（Jewish Agency），都由大卫·本-古里安领导并维持对秘密组织的指挥权。

本-古里安1886年出生在波兰的普翁斯克，原名大卫·约瑟夫·格伦。幼年起，他就追随父亲的脚步，想成为一名犹太复国主义活动家。1906年，他移居巴勒斯坦；因其富于个人魅力、意志坚定，尽管年轻，很快就成为伊舒夫的领导人之一。后来，他改名为本-古里安，此名取自另一位反抗罗马人的领袖。

“哈加纳”在早期受到了“哈绍莫”精神和激进态度的影响。[①] 1921年5月1日，一伙阿拉伯暴民在雅法的一家移民客栈屠杀了14名犹太人。当得知是一个名叫陶菲克·贝伊的阿拉伯警察协助这帮暴徒进入客栈后，“哈加纳”派了一支突击队去处置他。1923年1月17日，他在特拉维夫被当街枪杀。根据参与此次行动的一人所言，“出于尊敬”对他是从正面而非背后开枪的，意在“向阿拉伯人表明他们的行为不会被忘记，不是不报，时候未到”。

起初，领导“哈加纳”的“哈绍莫”成员甚至对犹太同胞也下

---

① 后来浮出水面的事实是“哈绍莫”的建立者之一曼亚·肖查特根据错误的情报做出了派杀手的决定。Dalia Karpel, “The Untold Story About the Wrong Arab, Who Got Assassinated by Manya Shochat”, *Haaretz*, June 5, 2009. Yahav, *His Blood Be on His Own Head*, 41 (Hebrew). Lazar, *Six Singular Individuals*, 78 – 93。

得了手。雅各布·德哈恩是出生在荷兰的哈雷迪教徒——一个极端正统的犹太教派——20 世纪 20 年代初居住在耶路撒冷。他宣扬哈雷迪教义，即只有弥赛亚才能建立一个犹太国家，只有上帝才能决定何时将犹太人送回他们祖先的家园，而试图加快这一进程的人类正在犯下严重的罪行。换言之，德哈恩是位坚定的反犹太复国主义者，而且他出人意料地善于影响国际舆论。伊扎克·本-兹维现在已经是位高权重的“哈加纳”领袖，在他看来，德哈恩是个危险人物。因此，他下令处死这个人。

1924 年 6 月 30 日——就在德哈恩前往伦敦要求英国政府重新考虑其在巴勒斯坦建立犹太国家的承诺的前一天——当他从耶路撒冷的雅法路上一座犹太教堂出来时，2 名刺客向他开了 3 枪。①

然而，本-古里安对这样的行动持悲观态度。② 他意识到，为了赢得英国人对犹太复国主义目标的部分认可，得对自己指挥的半地下民兵组织实施纪律严明且更温和的行为规范。德哈恩谋杀案发生后，勇敢而致命的“哈绍莫”骑手被一支组织有序、等级森严的武装部队所取代。本-古里安下令“哈加纳”停止定点清除行动。“哈加纳”指挥官伊斯雷尔·加利利后来证实：“对于个人恐怖行动，本-古里安一直坚决反对。”他还列举了本-古里安拒绝批准针对个体阿拉伯人采取行动的一些例子，其中包括巴勒斯坦领袖哈吉·阿明·胡塞尼（Haj Amin al-Husseini）和阿拉伯高级委员会（Arab Higher Committee）的其他成员以及英国政要，比如在英属巴勒斯坦托管地的土地当局工作、阻挠犹太人定居点项目的一位高级官员。

并不是每个人都迫不及待地听命于本-古里安。射杀德哈恩的阿夫拉罕·特霍米鄙视本-古里安对英国人和阿拉伯人采取的温和路线，他和其他一些领导人物一起脱离“哈加纳”并于 1931 年成立了“伊

---

① Nakdimon, *De-Han: The First Political Murder,* 171 – 82 (Hebrew). 2015 年 2 月 18 日对什洛莫·纳迪蒙的采访。2017 年 5 月 29 日收到的纳迪蒙的电子邮件。

② Israel Galili Testimony, Yad Tabenkin Archive (YTA), 5/7/1 – 2 – 15.

尔贡”，一个全国性军事组织，其希伯来语首字母缩写是“Etzel”，在英语中通常被称为IZL或Irgun。这一激进右翼团体在20世纪40年代由梅纳赫姆·贝京指挥，他于1977年成为以色列总理。“伊尔贡”内部也有冲突，有个人之间的，也有意识形态方面的。贝京同意在英国对纳粹的战争中与英国合作，其反对者与之决裂后成立了“莱希”。对于这些人来说，与英国的任何合作都是令人厌恶的。

这两个持不同政见团体在不同程度上都主张对阿拉伯敌人和英国敌人，乃至对他们的事业构成危险的犹太人均实施定点清除。① 本-古里安一直坚决不同意以定点清除为武器，② 甚至不同意对付那些不服从他命令的人。

但是第二次世界大战结束了，一切都变了，连固执的本-古里安也改变了想法。

第二次世界大战期间，约有3.8万名来自巴勒斯坦的犹太人志愿提供帮助和在欧洲的英国军队中服役。英国人成立了犹太旅，尽管有些不情愿，他们是迫于伊舒夫平民领导层的压力才这么做的。

英国人并不十分确定该怎样安排这个兵团，所以先是将他们派到埃及去接受训练。正是在那里，在1944年年中，兵团成员第一次听说了纳粹对犹太人发动的大屠杀。当他们最终被派到欧洲在意大利和奥地利作战时，他们亲眼看见了大屠杀的种种恐怖行径，并因此成了最先向本-古里安和伊舒夫的其他领导人详细报告此事的人。

其中有个士兵叫莫迪凯·吉孔（Mordechai Gichon）的，他后来

---

① 和任何地下抵抗组织一样，犹太复国主义小组不断遭到渗透和暴露的威胁。犹太告密者，无论是被证实的还是仅仅是被怀疑的，都会被迅速清除——“伊尔贡”清除了26人，“莱希”清除了29人。本-古里安本人批准“哈加纳”除掉了许多犹太告密者，以确保此举被广泛宣传，起到震慑作用。Gelber, *A Budding Fleur-de-Lis: Israeli Intelligence Service During the War of Independence, 1948–1949*, 553 (Hebrew)。这些数字引自记者什洛莫·纳迪蒙的研究。

② Ronen Bergman, “The Scorpion File”, *Yedioth Ahronoth*, 30 March, 2007.

成为以色列军事情报机构的缔造者之一。吉孔 1922 年在柏林出生，父亲是俄国人，母亲是一个著名的德裔犹太家族的后裔，是德国自由（改革）派犹太领袖、拉比里奥·贝克的侄女。在莫迪凯被德国学校要求行纳粹礼、唱纳粹党歌后，吉孔一家于 1933 年移居巴勒斯坦。

身为一名士兵的他回到了满目疮痍的欧洲，他的同胞几乎被屠戮殆尽，他们的社区被烧成了灰烬。"犹太人遭到羞辱、践踏和杀戮，"他说，"现在是时候反击和复仇了。当我入伍时，我梦到的复仇形式是逮捕我最好的德国朋友德特勒夫，一个警司的儿子。我要以此恢复犹太人的荣誉。"①

激励吉孔这种人的正是那种失去的荣誉感、民族的屈辱感，以及对纳粹的刻骨仇恨。他最初在奥地利和意大利边境遇到了犹太难民。犹太旅的人给他们食物，脱下自己的军装给他们御寒，试图从他们口中获悉所遭受的各种暴行的详情。② 他记得 1945 年 6 月遇到的一位向他求助的女难民。

"她从她同伴的身边走开，用德语跟我说话，"他说，"她说：'你们，犹太旅的士兵，是巴尔·科赫巴的儿子。'"——科赫巴是公元 132 年至 135 年反抗罗马人的第二次犹太人起义的大英雄。"她说：'我将永远记得你们的功勋，以及你们为我们所做的一切。'"

吉孔听到自己被比作巴尔·科赫巴有些受宠若惊，但是对于她的赞美与感激，吉孔所体会到的只有怜悯和羞愧。如果兵团中的犹太人是巴尔·科赫巴的儿子，那么这些犹太人又是谁？从以色列的土地（Land of Israel）来的士兵腰杆笔直，坚韧顽强，将大屠杀的幸存者

---

① 2010 年 5 月 7 日对莫迪凯·吉孔的采访。

② 包括吉孔在内的犹太旅人员向巴勒斯坦的"哈加纳"和"伊舒夫"领导人发来的报告，是关于欧洲犹太人遭屠杀的规模的第一手情报，最初是从意大利和奥地利发来，1945 年 10 月从波兰和死亡集中营也发来了情报。The Jewish Brigade, Mission to Locate Relatives of Soldiers, Mission Diary, Pinhas Loebling, October 1956, in the collection of the Jewish Legion Museum, Museums Unit of the Ministry of Defense。

视为需要帮助的受害者，同时也是放任自己任人宰割的欧洲犹太人的一部分。他们代表的是对流散海外的犹太人——传统的犹太人和犹太复国主义的说法就是大流放（the Exile）——的胆小懦弱的刻板印象，这些人会投降而不是反击，这些人既不懂开枪又不会使用武器。而这种形象——在最极端的版本中犹太人被当作“穆斯林人”（*Muselmann*），这个词是囚犯的俚语，指的是在纳粹集中营中垂死挣扎、虚弱无助、僵尸般的囚徒——正是伊舒夫的新犹太人所拒斥的。“无论过去还是现在，我都无法理解，一个集中营里有成千上万的犹太人，但只有几个德国卫兵，他们怎么不奋起反抗呢，而是像羔羊一样任人宰割，”吉孔60多年后这样说，“为什么他们不把［德国人］撕成碎片？我总是说在以色列的土地上不会发生这样的事。要是那些社区有名副其实的领袖，整件事就会截然不同。”

战后的几年里，伊舒夫的犹太复国主义者将向全世界，更重要的是向他们自己证明：犹太人再也不会遭受这样的屠杀——而且犹太人的血不会白流。600万人的仇一定会报。

“我们认为，直到以血还血、以命抵命之后，我们方能得到安宁。”① 哈努赫·巴托夫说，他是享有盛誉的以色列小说家，在17岁生日前一个月加入了犹太旅。

然而，这样的报复——以暴制暴——有违战争法则，并可能给犹太复国主义事业造成灾难性后果。本-古里安一如既往地务实，他公开表示：“现在，复仇是没有民族价值的行为。它无法让遭到屠杀的数百万人复活。”②

不过，“哈加纳”的领袖们心知肚明某种报复是必需的，既能满足身处暴行中的士兵的需求，又能实现一定程度上的历史正义，并对今后杀戮犹太人的企图起到威慑作用。因此，他们允准了针对纳粹及

① 2010年6月6日对哈努赫·巴托夫的采访。
② 就连极左的“青年卫士运动”（Hashomer Hatzair）领导人也看出了复仇行动，并默许了。Halamish, *Meir Yaari*, 283 (Hebrew)。

其同伙的某些类型的报复。[1] 战争一结束，犹太旅内部就成立了一个秘密部队，它由“哈加纳”最高指挥部批准并指挥，英国指挥官并不知情。这支部队名为“古穆尔”（Gmul），希伯来语意为“补偿”。正如当时的一份秘密备忘录所说，其使命是“报仇雪恨，但不是劫匪的那种报复，而是报复那些亲自参与大屠杀的党卫军”。[2]

“我们找的是大鱼，”莫迪凯·吉孔说，打破了他守了60多年的“古穆尔”指挥官的保密誓言，“那些设法脱掉军装并返回家园的高级纳粹”[3]。

“古穆尔”特工从事的是卧底工作，甚至在执行常规兵团任务时也是如此。吉孔本人在追捕纳粹时用了两个假身份——一个是德国平民，另一个是英国少校。在德国假身份掩护下，吉孔在塔尔维西奥、菲拉赫和克拉根福找回了盖世太保档案，纳粹分子在逃离时将其付之一炬，但实际上只有一小部分被烧毁。在以英国少校的身份行事时，他从仍然害怕亲手实施报复的南斯拉夫共产党手中收集到更多的名字。在美国情报机构效力的一些犹太人也愿意帮忙，他们将自己手中有关逃亡的纳粹分子的情报转交给他，他们认为较之美国军方，巴勒斯坦犹太人会更有效地利用这些情报。

胁迫也奏效了。[4] 1945年6月，“古穆尔”特工发现了一对出生在波兰、住在塔尔维西奥的德国夫妇。妻子曾参与将偷来的犹太人财

---

① 另一项报复行动是由一群犹太人发起，在阿巴·科夫纳（Abba Kovner）的领导下，以游击队的身份与德国人作战。他们想通过向水库投毒杀掉600万德国人。后来，他们改变了计划，试图在面包上下毒来杀掉德国战俘。伊舒夫的科学家向他们提供了砒霜，但巴勒斯坦的领导人是否知道这一计划至今仍不得而知。游击队声称他们成功地杀掉了数百名德国人，但负责该营地的美国军方说只有几十人因为严重食物中毒而倒下。2014年10月对蒂娜·波拉特的采访。Porat, *Beyond the Corporeal: The Life and Times of Abba Kovner,* 224 – 48. Bar-Zohar, *The Avengers,* 40 – 47 (Hebrew)。

② Testimony of Kalman Kit, Haganah Historical Archives, 48. 42.

③ 2010年5月7日对吉孔的采访。

④ Testimony of Dov Gur, HHA, 12. 36. Gelber, *Jewish Palestinian Volunteering in the British Army,* 307 – 308 (Hebrew).

产从奥地利和意大利转移至德国，她丈夫则协助运作该地区的盖世太保办事处。巴勒斯坦的犹太士兵给了他们一个简单明了的选择：要么合作，要么死。①

“这个非犹太人吓破了胆，说他愿意合作。”② 拷问了这对夫妇的伊斯拉尔·卡米说，在以色列国诞生后，卡米将成为以色列部队的宪兵指挥官。“我给他的任务是列出所有他认识的、与盖世太保和党卫军共过事的高级军官的名单，包括姓名、出生日期、教育背景和职位。”

结果取得了惊人的情报突破：一份有几十个人名的清单。“古穆尔”的人追查了每个失踪的纳粹分子——在当地一家医院里找到一些伤员，后者盗用别人的名字在接受治疗——然后逼迫那些人提供更多的情报。他们向每个德国人保证，只要合作就不会受到伤害，所以大多数德国人都很合作。然后，等这些人没有利用价值了，“古穆尔”特工就枪毙他们，扔掉尸体。没有必要留着他们的命让他们向英国司令部泄露“古穆尔”的秘密任务。

某个名字一旦被确认，第二阶段就开始了：定位目标并为最终的暗杀行动搜集情报。出生在德国的吉孔常常被分到这样的任务。“没有人怀疑我，”他说，“我一口纯正的柏林腔。我会去街角的杂货店或酒吧，甚至只是敲一敲门传达某人的问候。大多数时候，人们会（对他们的真名）做出反应或吓得沉默不语，这也等于是确认了真实身份。”③ 一旦确认，吉孔就会跟踪德国人的行踪，并提供其居所或者选定的绑架地点的详细草图。

---

① Testimonies in the series *The Avengers*, directed by Yarin Kimor and broadcast on Israel's Channel 1 TV in 2015. Transcript of testimonies in author's archive, courtesy of Yarin Kimor.

② Testimony of Yisrael Karmi, HHA, 51. 4.

③ 2010 年 5 月 7 日对吉孔的采访。Diary of the intelligence officer of the Brigade's First Battalion (author's archive, received from Gichon)。

杀手们采取的是小组行动，但不超过5人。[①] 和目标照面时，他们一般身穿英国宪兵制服，而且往往会告诉目标他们是来带走一个名叫某某的人进行审问。大多数时候，德国人不会有异议。作为该部队的一名士兵，沙洛姆·吉拉蒂在给“哈加纳”档案馆（the Haganah Archive）的证词中提到，有时候将纳粹就地处决，有时候是转移到某个偏僻地点再杀死。他说：“随着时间的推移，对落入我们手中的党卫军，我们形成了一套悄无声息、迅速有效的处理办法。”

> 上过皮卡的人都知道，人身体一撑一提，脚踩在车尾踏板上，身体会在帆布顶篷下前倾，然后就差不多滚进去。躺在皮卡里等待的人会利用身体的这种自然倾斜。
>
> 德国人的头一伸进阴影中，埋伏者就会俯到他身上，用手臂弯到他下巴下——缠在他喉咙上——以一种反向锁喉的手法，就着这种姿势压在地垫上，垫子能隔音。由于德国人的头被紧紧攫住，朝后摔倒的姿势会使其窒息并立即折断脖子。
>
> 一天，一个党卫军女军官从我们基地附近的英国拘留营逃脱。英国人发现这个军官逃跑后，向所有的宪兵驻地发去了她在囚禁期间拍摄的照片——正面照和侧面照。我们搜查难民营时认出了她。我们用德语跟她说话，她装傻说自己只懂匈牙利语。那不是问题。一个匈牙利小孩走到她跟前说：“一艘载有匈牙利非法移民的船就要起航去巴勒斯坦了。悄悄收拾好你的东西跟我们走。”她别无选择，只得上钩，跟我们上了卡车。在这次行动中，我跟扎罗（即梅厄·佐雷亚，后来的以色列国防军将官）

---

① 这群复仇者白天是英军中的普通士兵，为了掩饰其夜间活动，他们在执行行动（以及偷运武器和大屠杀幸存者）的途中遇到路障的哨兵时，所提交的文件上用了一个虚构的单位“TTG连”作为掩护。TTG这样的写法可能会被英国哨兵认为是绝密单位，所以没人听说过，实际上它是“*tilhas tizi geshefin*”的缩写，由意第绪语和阿拉伯语组合而成，意为“舔我屁股的事”。Eldar, *Soldiers of the Shadows*, 12, 17 (Hebrew)。

坐在后面，卡米开车。卡米给我们的命令是："等我开出一段路找个合适的偏僻地点就按喇叭。这是除掉她的信号。"

事情就是这样。她最后一句话是用德语尖叫道："*Was ist los?*"（"怎么回事?"）为了确定她必死无疑，卡米对她开了枪，我们把她的尸体和周围环境伪装成了暴力奸杀现场。

在大多数情况下，我们把纳粹分子带到山中一段小型防御工事里。① 那里有废弃的防空洞。当听说我们是犹太人时，大多数面临处决的人都会失去纳粹的傲慢。"放过我的妻子和孩子吧!"我们会问他在灭绝集中营里听过多少次犹太受害者这样惨叫。

这样的行动只持续了3个月，② 从5月到7月，其间"古穆尔"处决了一两百人。研究过"古穆尔"行动的几位历史学家认为，用于识别目标的方法并不充分，许多无辜者被害。③ 这些批评者认为，在很多情况下"古穆尔"被他们的线人借刀杀人，了结个人仇家；在另一些情况下，特工直接认错了人。

当英国人听到德国家庭关于家人失踪的投诉后，明白发生了什么，"古穆尔"被关闭了。④ 他们决定不再进一步调查，而是将犹太旅转移到比利时和荷兰，远离德国人，"哈加纳"指挥官严令停止复仇行动。该兵团当前新的优先事项——根据"哈加纳"而不是英国人的说法——是照顾大屠杀幸存者，不顾英国人的反对协助组织难民向巴勒斯坦移民，并为"伊舒夫"配备武器。

---

① Shalom Giladi testimony, HAA, 150.004.

② Bar-Zohar, *Avengers,* 37 (Hebrew).

③ 2011年5月16日对约夫·盖尔博的采访。Naor, *Laskov,* 141－43 (Hebrew)。"古穆尔"老兵只承认错过一次：1945年6月，他们确定他们找到并处置了阿道夫·艾希曼，那位负责将数百万犹太人运到死亡集中营的党卫军军官。这次暗杀行动过去好几年后，以色列得到情报说他还活着，他们这才意识到他们认错人了。

④ Gelber, *Growing a Fleur-de-Lis,* 457－60 (Hebrew).

然而，尽管他们命令“古穆尔”停止在欧洲杀害德国人，但“哈加纳”的领导人并没有放弃复仇。他们决定，在欧洲停止的复仇将在巴勒斯坦境内继续。

在战争开始时，德国圣殿教（Tempelegesellschaft）成员因国籍问题及对纳粹的同情而被英国人赶出了巴勒斯坦。许多人加入了德方参战，积极参与对犹太人的迫害和灭绝。战争结束后，他们当中有些人返回了故居，有的在特拉维夫中心地区的萨罗纳，有的在其他地方。

在巴勒斯坦的圣殿教领袖名叫戈特希尔夫·瓦格纳，① 是位富有的实业家，在战争期间协助过德国国防军和盖世太保。一个名叫沙洛姆·弗莱德曼的大屠杀幸存者假扮成匈牙利牧师，说在 1944 年遇到过瓦格纳，瓦格纳“夸耀他曾两次去过奥斯维辛集中营和布痕瓦尔德集中营。他在奥斯维辛时，他们领了一大群犹太人出来，最年轻的一批，然后往这些人身上倒易燃液体。‘我问他们知不知道地球上有地狱，当他们点燃这些人时，我告诉他们，这就是等待着他们在巴勒斯坦的兄弟的命运’”。② 战后，瓦格纳组织了让圣殿教成员返回巴勒斯坦的多次行动。

拉菲·艾坦（Rafi Eitan）当时 17 岁，是来自俄国的犹太先驱之子。他说：“耀武扬威的德国人来到这里，他们曾是纳粹党党员，曾经加入德国国防军和党卫军，他们把外面所有的犹太人财产毁掉后还想回到自己的家园。”③

艾坦是根据“哈加纳”最高指挥部的直接命令，被派去跟瓦格纳算账的“哈加纳特别连”一支 17 人小组的成员。④“哈加纳”参谋

---

① Mann, *Sarona: Years of Struggle, 1939–1948,* 111–13 (Hebrew).

② David Giladi, “With the Son of Wagner from Sarona, and with the Guest from the Monastery in Budapest,” *Yedioth Ahronoth*, March 29, 1946. “The ‘Palestenians’ Were Supervising the Extermination,” *Yedioth Ahronoth*, March 31, 1946.

③ 2013 年 1 月 24 日对拉菲·艾坦的采访。

④ “German Shot Dead,” *Palestine Post*, March 24, 1946. Mann, *Sarona*, 111–38 (Hebrew).

长伊扎克·萨德明白这不是一次常规的军事行动，[1] 于是召见了被选中扣动扳机的两个人。为表鼓励，他给他们讲了他在俄国用左轮手枪亲手干掉过一个人，为大屠杀遇害者报仇的事。[2]

1946 年 3 月 22 日，好不容易收集到了情报，暗杀小组在特拉维夫坐等瓦格纳。[3] 他们把他逼下公路，到了莱文斯基大街 123 号的一片沙地，然后开枪打死了他。“哈加纳”的地下电台“以色列之声”（Kol Yisrael）第二天宣布：“著名的纳粹、巴勒斯坦的德裔社区领袖戈特希尔夫·瓦格纳昨天被希伯来地下组织处决。让世人知道：纳粹在以色列的土地上没有立足之地！”

此后不久，“哈加纳”在加利利[4]暗杀了两名圣殿教成员，又在海法解决了两个，海法的圣殿教社区由来已久。

“效果立竿见影，”[5] 艾坦说，“圣殿教成员从这个国家消失了，他们什么也没带，而且再没有出现过。”位于特拉维夫萨罗纳的圣殿教社区将成为以色列武装部队和情报机构的总部。而 17 岁的杀手艾坦将协助建立摩萨德的定点清除部门。

杀掉圣殿教成员不仅仅是在欧洲对纳粹的报复行动的延续，还标志着政策的重大改变。巴勒斯坦的新犹太人从大屠杀得到的教训是：犹太人将永远处于毁灭的威胁之下，靠他人来保护犹太人是靠不住的，出路只有一条，那就是建立一个独立国家。一个生活在这种挥之不去的毁灭威胁中的民族将采取任何手段和措施——不管多么极端——来寻求安全，并且只在最低限度内考虑国际法和规范，如果有的话。

---

① Yahav, *His Blood Be on His Own Head*, 96 (Hebrew).

② Mann, *Sarona*, 124 (Hebrew).

③ Sauer, *The Story of the Temple Society*, 260. 2013 年 1 月 24 日对拉菲·艾坦的采访。

④ 巴勒斯坦北部一多山地区。——译者

⑤ 最终，作为西德与以色列就大屠杀和二战达成的赔偿协议的一部分，以色列同意对圣殿教成员遗弃在巴勒斯坦的财产进行补偿。Mann, *The Kirya in Tel-Aviv: 1948-1955*, 29-30 (Hebrew)。

从现在起，本-古里安和“哈加纳”将把定点清除、游击战和恐怖袭击作为宣传活动和政治措施等常规做法之外的手段，以实现建立国家并捍卫它的奋斗目标。几年前被驱逐的“莱希”和“伊尔贡”极端分子使用的手段，现在摇身一变成为主流眼中一种可行的武器。

起初，“哈加纳”的部队开始暗杀杀害过犹太平民的阿拉伯人。①接着，该民兵组织的高层领导命令一支“特别连”开始采取“个人恐怖行动”②，这个词在当时用于有针对性地杀害英国刑事调查局官员，他们曾经迫害过犹太地下组织并阻止犹太人移民到以色列的土地上。他们受命“炸毁反对犹太人获得武器的英国情报中心”，并“在英国军事法庭判处‘哈加纳’成员死刑时采取报复行动”。

本-古里安预见到巴勒斯坦不久将建立一个犹太国家，这个崭新的国家将立即被迫与巴勒斯坦的阿拉伯人开战，还要击退邻近阿拉伯国家军队的入侵。因此，“哈加纳”指挥部也开始为这场全面战争秘密做准备，作为战备工作的一部分，他们发出了代号为“椋鸟”（Zarzir）的命令，要暗杀巴勒斯坦的阿拉伯人首领。

“哈加纳”在慢慢加紧定点清除，而激进的地下组织的杀戮行动已全面铺开，誓要将英国人赶出巴勒斯坦。

伊扎克·沙米尔现在是“莱希”的指挥官，③ 他决心不仅要铲除英属托管地当局的核心人物——杀害了刑事调查局的人，并多次试图对耶路撒冷警察局长迈克尔·约瑟夫·麦康奈尔和高级专员哈罗德·麦克迈克尔爵士下手——而且不放过在其他国家对其政治目标构成威

---

① 例如，1947 年 8 月 10 日在特拉维夫的一家咖啡馆里 4 名犹太人被杀，7 人受伤，之后“哈加纳”一支 5 人小队动身去杀被确认是此次行动指挥官的那个人。他们在他家里没找到他，却杀掉了试图逃跑的 5 名路人。Yahav, *His Blood Be on His Own Head*, 91 (Hebrew)。

② Yahav, *His Blood Be on His Own Head*, 97 (Hebrew).

③ Ibid. 25 (Hebrew). Banai, *Anonymous Soldiers*, 243. Frank, *Deed*, 20 – 21 (Hebrew).

胁的英国人。譬如沃尔特·爱德华·吉尼斯[1]，更官方的称谓是莫因勋爵，他是英国驻开罗的国务大臣，开罗当时也在英国的统治之下。巴勒斯坦的犹太人认为莫因是个臭名昭著的反犹分子，他曾不遗余力地利用职务之便大幅削减大屠杀幸存者的移民配额，从而限制伊舒夫的势力。

沙米尔下令除掉莫因。[2] 他派了两名“莱希”特工埃里亚胡·哈基姆和埃里亚胡·贝特·祖里去开罗，等在莫因家门口。莫因的车停下来时，车上还有其秘书，哈基姆和贝特·祖里冲向汽车。其中一人把左轮手枪伸进车窗，对准莫因的脑袋连开 3 枪。莫因一把掐住了他的喉咙。“哦，他们对我们开枪了！”他喊道，然后向前倒在座位上。不过，这次行动还是太业余。沙米尔曾建议年轻的杀手们安排汽车逃跑，可他们却骑了速度很慢的自行车。埃及警察很快逮到了他们，哈基姆和贝特·祖里受到审判并被判有罪，6 个月后被绞死了。

这次暗杀对英国官员产生了决定性的影响，尽管不是沙米尔以为的那样。正如以色列在未来几年中会不断学到的，很难预见在某人被爆头后历史的车轮将如何行进。

在大屠杀的恶行发生后，在企图灭绝欧洲一个民族的暴行被公之于众后，西方对犹太复国主义事业的同情与日俱增。据某些人回忆，到 1944 年 11 月的第一个星期，英国首相温斯顿·丘吉尔一直在敦促其内阁支持在巴勒斯坦建立犹太国。他联合几位颇有影响力的人物——包括莫因勋爵——支持这一倡议。因此，不难设想，如果“莱希”不插手的话，丘吉尔可能会带着事关犹太国家未来的明确、积极的政策抵达雅尔塔，与富兰克林·罗斯福和约瑟夫·斯大林会

---

① Ben-Tor, *Lehi Lexicon,* 198 – 200. Yalin-Mor, *Lohamey Herut Israel,* 210 – 21 (Hebrew).

② 1997 年 1 月对沙米尔的采访。Michael J. Cohen, “The Moyne Assassination, November 1944: A Political Assessment,” *Middle Eastern Studies,* vol. 15, no. 3 (1979), 358 – 73。

晤。相反，在开罗暗杀行动之后，丘吉尔称袭击者为“一伙新歹徒”[1]，并宣布他将重新考虑自己的立场。

杀戮还在继续。1946年7月22日，梅纳赫姆·贝京的“伊尔贡”成员把350公斤炸药放在了耶路撒冷的大卫王酒店南翼，那里是英属托管地政府、军队和情报机构办公室的驻地。“伊尔贡”打过去的警告电话显然被当成了恶作剧，对方未予理睬；在大规模爆炸发生前，大楼里没有进行人员疏散，造成91人遇难，45人受伤。

这不是对恨之入骨的英国官员的定点清除，也不是游击队对警察局的袭击。相反，这是赤裸裸的恐怖行径，针对的是一个里面有许多平民的目标。最糟的是，伤亡者中有许多犹太人。

大卫王酒店爆炸案在“伊舒夫”引起了激烈的争论。本-古里安立即谴责了“伊尔贡”，称之为“犹太人的敌人”。

但极端分子并没有被吓倒。

大卫王酒店袭击事件发生3个月后，即10月31日，一个“莱希”小分队再次擅自行动，既没有得到本-古里安的批准，也未告知他，就炸了英国驻罗马大使馆。[2] 使馆建筑严重受损，但好在行动发生在夜间，只有一名保安和两个意大利行人受伤。

事件发生后几乎第一时间，“莱希”立即给伦敦的每一位英国高级内阁成员寄去了邮包炸弹。[3] 在一个层面上，此举是一次惊人的失败——邮包一个都没爆炸——但在另一个层面上，“莱希”已经明确表露了自己的立场及目的。英国安全部门军情五处的文件显示，犹太复国恐怖主义那时被认为是对英国国家安全最重大的威胁——甚至比

---

① Porath, *In Search of Arab Unity, 1930 – 1945,* 134 – 48 (Hebrew). Wasserstein, *The Assassination of Lord Moyne,* 72 – 83.

② Arnaldo Cortesi, “Rome Hunts Clues in Embassy Blast,” *New York Times,* November 1, 1946.

③ “Stern Group,” s. 111z: Alex Kellar to Trafford Smith, Colonial Office (August 16, 1946). James Robertson to Leonard Burt, Special Branch (August 26, 1946), NA KV5/30.

苏联还严重。根据军情五处的一份备忘录，“伊尔贡”在英国建立了分部，目标是“入虎穴，得虎子”。英国情报来源警告称，将有一波针对“已选定的大人物”的袭击，[①] 其中包括外交部长欧内斯特·贝文，甚至包括首相克莱门特·艾德礼本人。1947 年年底，一份提交给英国高级专员的报告统计了过去 2 年的伤亡情况：176 名英属托管地政府职员和平民被杀。

“只有这些行动，这些处决行动才能让英国人离开，”大卫·肖姆伦在他于耶路撒冷当街枪杀汤姆·威尔金数十年之后这样说道，“若（阿夫拉罕·）斯特恩没有开战，以色列国就不会成立。”[②]

人们可能会就这番话展开讨论。由于经济原因和当地人民要求独立的呼声日益高涨，日益衰弱的大英帝国放弃了对其大多数殖民地的控制，包括许多并没有使用恐怖战术的国家。例如，印度几乎是在同一时间获得独立的。然而，肖姆伦和他的同道坚信，是他们的勇敢和极端手段赶走了英国人。

而正是那些参加过那场腥风血雨的地下战争的人——游击队员、刺客和恐怖分子——将在以色列武装部队和情报机构的建设中发挥核心作用。

---

① “Appreciations of the Security Problems Arising from Jewish Terrorism, Jewish Illegal Immigration, and Arab Activities,” August 28, 1946, UK NA KV3/41. 2011 年 6 月 15 日对保罗·柯达的采访。“Activities of the Stern Group,” James Robertson to Trafford Smith, Colonial Office, February 5, 1946, UK NA FO 371/52584. Walton, *Empire of Secrets*, 78－80。

② 2011 年 5 月 26 日对肖姆伦的采访。

二
秘密世界诞生了

1947 年 11 月 29 日，联合国大会投票表决分割巴勒斯坦，辟出一个犹太人的主权国家。分割要在 6 个月后才生效，但阿拉伯人的进攻第二天就开始了。哈桑·萨勒姆（Hassan Salameh）是该国南部巴勒斯坦武装的指挥官，他的战士在佩塔蒂克瓦镇附近伏击了两辆以色列公交车，[①]杀了 8 名乘客，伤了很多人。巴勒斯坦阿拉伯人和犹太人之间的内战就此爆发。[②]公交车袭击事件次日，萨勒姆站在阿拉伯港口城市雅法的中心广场上。“巴勒斯坦将血流成河。”他向他的同胞承诺。他的话兑现了：接下来的两周内，48 名犹太人被杀，155 人受伤。

萨勒姆率领一支 500 人组成的游击队，[③]甚至直接袭击了特拉维夫，成为阿拉伯世界的英雄，媒体对其一片赞誉。埃及杂志《穆萨瓦尔时事》（*Al-Musawar*）在 1948 年 1 月 12 日那期上刊登了一张萨勒姆的巨幅照片，简要介绍了他的部队，在醒目的标题下写着“英雄哈桑·萨勒姆，南线指挥官”。

本-古里安早已对此类袭击做好了准备。在他看来，巴勒斯坦的阿拉伯人是敌人，而将继续统治到 1948 年 5 月分割正式生效的英国人是教唆他们的人。犹太人只能依靠自己以及他们的初级防御力量。大多数“哈加纳”军队都没怎么受过训练，装备简陋，他们的武器藏在秘密存放点，以免被英国人没收。他们是在英国军队中服役的男男女女，得到了在大屠杀中幸存下来的新移民（其中有些是红军老兵）的力挺，不过，阿拉伯国家的联合部队在人数上远远超过了他们。本-古里安深知美国中央情报局和其他情报机构估计犹太人会在阿拉伯人的攻击下崩溃。他自己的人当中，有一些也对取胜没有信心。但是本-古里安至少在表面上展现出了对“哈加纳”的获胜能力的信心。

为了弥补数量上的差距，“哈加纳”的计划是动用精干力量，优选目标以取得最大成效。作为这一构想的一部分，在内战开始一个月后，其最高指挥部启动了“椋鸟行动”，[④] 它将23个巴勒斯坦的阿拉伯酋长列为清除对象。

据“哈加纳”的总指挥雅科夫·多里（Yaakov Dori）称，这次行动有三重目的：“铲除或逮捕阿拉伯政党领袖；打击政治中心；打击阿拉伯经济与制造业中心。”

哈桑·萨勒姆在目标名单上位列榜首。在耶路撒冷大穆夫提、巴勒斯坦阿拉伯人的精神领袖哈吉·阿明·胡塞尼的领导下，萨勒姆协助领导了1936年的阿拉伯起义（Arab Revolt），其间，阿拉伯游击队连续3年袭击了英国人和犹太人。

胡塞尼和萨勒姆在被列为英属托管地的头号通缉犯之后逃离了巴勒斯坦。1942年，他们与党卫军和纳粹军事情报机构“阿勃维尔”联手策划了“阿特拉斯行动”（Operation Atlas）。这是一项华而不实的计划，打算将德国和阿拉伯突击队空降到巴勒斯坦，往特拉维夫的供水中投毒，[⑤] 目的是杀掉尽可能多的犹太人，从而唤醒本国的阿拉伯人与英国占领者进行圣战。该计划惨遭失败，因为英国人破解了纳

---

① *Davar*, December 1, 1947. 2011年5月16日对盖尔博的采访。

② Gelber, *Independence Versus Nakbah*, 119 (Hebrew).

③ 500这一数字引自Kai Bird, *The Good Spy*, 87。

④ Danin, *Tzioni in Every Condition*, 222－25 (Hebrew).

⑤ 打算在“阿特拉斯行动”中用的毒药是氧化砷，据英国情报机构严刑拷问的参与者供认，其目的是给巴勒斯坦人和纳粹的共同敌人——犹太人、英国人和美国人“以最大的打击”（UK NA KV2/455）。

粹的恩尼格玛密码，1944 年 10 月 6 日，在萨勒姆和另外 4 人降落在杰里科附近的沙漠峡谷之后将他们抓获。

第二次世界大战之后，英国人释放了胡塞尼和萨勒姆。负责监督“伊舒夫”在欧洲的大部分秘密活动的犹太事务局政治部，设法锁定了前者的位置，并在 1945 年和 1948 年间多次下手。[①] 其动机，部分在于报复穆夫提与希特勒的结盟，但同时也有防御方面的考量：胡塞尼可能已不在国内，但他仍然积极参与组织对巴勒斯坦北部的犹太人定居点的袭击，还尝试暗杀犹太领导人。由于缺少情报和训练有素的特工，所有这些努力都以失败告终。

对萨勒姆的追捕，是“哈加纳”第一个整合人力和电子情报的行动，[②] 一开始颇有希望。一个隶属于“哈加纳”的情报分部“沙亚”（SHAI）、由伊塞尔·哈雷尔指挥的单位，进入了连接雅法与该国其他地区的中央电话干线。哈雷尔在附近的密克维以色列农业学校的场地搭了一个工具棚，里面塞满了修枝剪和割草机。但实际上，地底下有个坑，里面藏着一个接入雅法电话系统的窃听设备。“我永远都不会忘记说阿拉伯语的‘沙亚’特工戴上耳机，第一次听到谈话时的情形，”哈雷尔后来在回忆录中写道，“他惊得张大嘴巴，激动地挥着手，让心急如焚等在一旁的其他人安静些……线路上噼里啪啦全是政治领袖和武装特遣队首领与其同事正在进行的谈话。”说话的人当中有一个就是萨勒姆。从截获的一个电话中，“沙亚”获悉他将赶往雅法。“哈加纳”特工计划放倒一棵树，挡在他的汽车经过的路上，然后伏击他。

不过，伏击失败了，而且这还不是最后一次失败。萨勒姆 1948 年 6 月在一场战斗中倒下了，在此之前，他多次从暗杀中死

---

① 对暗杀穆夫提的行动的讲述，引自 Yahav, *His Blood Be on His Own Head*, 94 (Hebrew). Gelber, *Growing a Fleur-de-Lis*, 653。

② Pedahzur, *The Israeli Secret Services*, 18. Harel, *Security and Democracy*, 94 (Hebrew).

里逃生，[1] 而杀他的人对他的身份一无所知。“椋鸟行动”的其他所有定点清除行动也几乎都失败了，要么是因为情报错误，要么是因为缺少训练、经验不足的刺客行动出了错。

只有由“哈加纳”的两个精锐分队执行的行动取得了成功，这两个分队都隶属于“帕尔马赫”，它是民兵组织中唯一训练有素、装备精良的部队。其中一个分队是“帕利安”（Palyam），即“海上连”，另一个是“阿拉伯排”（the Arab Platoon），是成员伪装成阿拉伯人的一个秘密突击队。

“帕利安”奉命等英国人一离开就接管巴勒斯坦最重要的海上门户海法的港口。其任务是尽可能多地窃取英国人开始运走的武器和装备，并阻止阿拉伯人做出同样举动。

“我们密切关注在海法和北边的阿拉伯武器收购商。我们搜寻他们，并把他们干掉。”[2] “帕利安”的一名成员阿夫拉罕·达尔回忆道。

达尔的母语是英语，另外两名“帕利安”成员则伪装成想向巴勒斯坦人出售偷来的装备以换取大量现金的英国士兵。交货地点被安排在一个阿拉伯村庄郊外的某废弃面粉厂附近。当巴勒斯坦人抵达时，3 名身穿英国军服的犹太人在会面地点。另外 4 人躲在附近等待信号，然后他们出来扑倒阿拉伯人，用金属管干掉了他们。“我们担心枪声会吵醒邻居，所以决定悄无声息地进行。”达尔说。

阿拉伯排的成立，是因为“哈加纳”确定需要一支训练有素的

---

① 1948 年 5 月 31 日，萨勒姆在罗斯艾因之战中被迫击炮弹壳击中负伤，罗斯艾因位于特拉维夫东北面，那里的山泉是该城的饮用水来源。两天后他死了。哈吉·阿明·胡塞尼在针对他的所有暗杀行动中幸存下来，1974 年老死于贝鲁特。Gelber, *IsraeliJordanian Dialogue, 1948 – 1953: Cooperation, Conspiracy, or Collusion?* 119 (Hebrew)。

② 2012 年 4 月 18 日对阿夫拉罕·达尔的采访。

核心战队，以深入敌后搜集情报并执行破坏和定点清除任务。[①] 其人员——大多是来自阿拉伯土地上的移民——的训练，包括突击战术和炸药，也包括伊斯兰教和阿拉伯习俗的集训。他们被称为“米斯塔拉维姆”（Mistaravim），这是犹太社团在一些阿拉伯国家使用的名字，在那里他们信奉犹太教，但在其他所有方面——服装、语言和社会习俗等——都与阿拉伯人相似。

两支分队之间的合作使其决定对谢赫尼米尔·哈提卜下手，[②] 他是巴勒斯坦伊斯兰组织的一个头领，是“椋鸟行动”最初的目标之一，因为他在巴勒斯坦街头颇有影响力。“米斯塔拉维姆”可以在街上随意走动而不会被英国人或阿拉伯人拦住。1948 年 2 月，去大马士革的哈提卜回来了，还带着一车弹药，他们在途中伏击了他。[③] 哈提卜受了重伤，离开了巴勒斯坦，从此不再担当任何积极的政治角色。

几天后，阿夫拉罕·达尔从一个当码头工人的线人那里听说，咖啡馆里的一群阿拉伯人一直在谈论他们计划在海法一个拥挤的犹太人区引爆一辆装满炸弹的汽车的事。他们为此搞到的英国救护车已经准备就绪，正停在城内阿拉伯区拿撒勒路上的一个车库里。“米斯塔拉维姆”的人准备好了自己的汽车炸弹，把它开进了阿拉伯区，假装是来修理爆裂的水管的，把车停在车库的墙边。“你们在这里干什么？这里不能停车！把车开走！”车库里的人用阿拉伯语冲他们嚷嚷。

“马上开走，我们刚喝了一杯，得撒泡尿。”“米斯塔拉维姆”的人用阿拉伯语回答，还骂骂咧咧了几句。他们朝等着的汽车走去，几分钟后炸弹爆炸，也引爆了救护车里的炸弹，炸死了在救护车上干活

① Dror, *The "Arabist" of Palmach*, 56 – 58 (Hebrew).

② HHA, Testimony of Yoseph Tabenkin, 199. 6.

③ HHA 100. 100. 61. Eldar, *Flotilla 13: The Story of Israel's Naval Commando*, 107 – 108 (Hebrew). Yahav, *His Blood Be on His Own Head*, 95 (Hebrew).

的 5 个巴勒斯坦人。[1]

1948 年 5 月 14 日，本-古里安宣布新的以色列国成立，并当上了第一任总理和国防部长。他知道接下来会发生什么。

早年间，本-古里安曾下令在阿拉伯国家组建一个藏得很深的情报网。现在，就在以色列建国前 3 天，犹太事务局政治部（也是该局的情报机构）主管鲁文·希洛（Reuven Shiloah）通知他，“阿拉伯国家决定要在 5 月 15 日同时发动袭击……他们赌的是以色列缺乏重型武器以及只有一支希伯来空军”。[2] 希洛提供了进攻计划的许多细节。

情报准确无误。午夜时分，就在宣布建国之后，7 支军队发起进攻。[3] 他们在人数上碾压犹太军队，而且武器装备也好很多，[4] 一开始就取得了显著的优势，拿下了定居点，造成了人员伤亡。阿拉伯联盟的秘书长阿卜杜拉·拉赫曼·阿扎姆帕夏宣布：“这将是一场损失惨重、伤亡巨大的战争，将会像蒙古人和十字军东征进行的大屠杀那样被历史铭记。”[5]

---

① “阿拉伯排”的行动并非都取得了成功。有些成员被捕后遭到处决。其中一次失败行动是试图往供水系统中投毒，想置加沙人于死地，以此报复阿拉伯国家在以色列宣布独立后对其进行的侵略。派去执行任务的两人被抓后被杀。HHA, 187. 80。

② Political Department of the Agency to Zaslani, May 12, 1948, Central Zionist Archive, S25 \ 9390.

③ 埃及、叙利亚、约旦、伊拉克、黎巴嫩和沙特阿拉伯这 6 个阿拉伯国家的正规军以及巴勒斯坦解放军入侵了以色列，它们与在以色列境内活动的巴勒斯坦军事单位里应外合。

④ 后来对独立战争的研究中，有些是由一个被称作“新犹太复国主义”或“后犹太复国主义”的历史学家团体撰写的，其得名是因为他们在研究以阿冲突时采用的创新方法（这在“老派历史学家”看来是错误的），他们得出结论说，刚开始犹太人和阿拉伯人是势均力敌的，在一些战场上，由于阿拉伯方面的内部分歧和争吵以及拙劣的部署，犹太人一度甚至占优势。Morris, *Righteous Victims*, 209 (Hebrew)。

⑤ 对阿扎姆的采访，最初发表在 1947 年 10 月的某埃及报纸上，后来被多次引用，演变成一场关于他的真实意图是什么的激烈讨论。Morris, *Righteous Victims*, 208. Tom Segev, “The Makings of History: The Blind Misleading the Blind,” *Haaretz*, October 21, 2011。

但是犹太人——现在的正式称呼是“以色列人”——迅速重新集结，甚至展开反攻。一个月后，在联合国特使福尔科·伯纳多特伯爵（Count Folke Bernadotte）的调停下达成停火协议。双方都精疲力竭，需要修整并补充给养。等战火重燃时，局面反转了，凭借出色的情报工作和战争部署，再加上许多刚从欧洲抵达的大屠杀幸存者的协助，以色列人赶走了阿拉伯军队，并且最终征服的土地远多于联合国分割方案分给犹太人国家的。

尽管以色列人赶走了占优势的军队，① 但本-古里安对刚刚成立的以色列国防军的短期胜利并不乐观。阿拉伯人可能输掉了第一场战争，但是他们——那些生活在巴勒斯坦和以色列周边的阿拉伯国家的人——拒绝承认这个新国家。他们发誓要摧毁以色列，把难民赶回老家。②

本-古里安知道以色列国防军不能指望单纯依靠人力来保卫以色列漫长而曲折的边界。他不得不从“哈加纳”的“沙亚”情报行动的余部着手，开始组建一个与合法国家地位相匹配的谍报系统。

6月7日，本-古里安召集以希洛为首的高级助手来到他位于特拉维夫前圣殿教驻地的办公室。“情报是我们在这场战争中迫切需要的军事和政治工具之一，”希洛在给本-古里安的备忘录中写道，“它必须成为永久的工具，在我们［和平时期］的政治机器中也不例外。”

本-古里安无需别人来说服。③ 毕竟，历经磨难后的建国及其国

---

① Morris, *Israel's Border Wars, 1949–1956*, 3 (Hebrew).

② Golani, *Hetz Shachor*, 13 (Hebrew).

③ 以色列建国前的一次重要的情报行动成功了，这是本-古里安为改变联合国巴勒斯坦问题特别调查委员会（UNSCOP）成员的看法而下令进行的一次庞大情报行动的成果。该委员会1947年5月受命向安理会提出处理巴勒斯坦问题的建议，但倾向于支持成立独立的犹太国家。Ronen Bergman, “A State Is Born in Palestine,” *New York Times Magazine*, October 7, 2011. 2003年11月12日对埃拉德·本德罗的采访。Elad Ben Dror, “The Success of the Zionist Strategy Vis-à-vis UNSCOP,” Ph. D. dissertation, Bar-Ilan University。

防工作在极大程度上都归功于对准确情报的有效利用。

当天，他下令成立三大机构。① 第一个是以色列国防军总参谋部情报处，后来通常以其缩写“阿曼”（AMAN）来指代。第二个是“辛贝特”（“国家安全局”的首字母缩写），负责国内安全，是美国联邦调查局和英国军情五处的混合体。（该组织后来更名为以色列安全局，但大多数以色列人仍以其缩写 Shabak 或者像本书中一样用“辛贝特”来称呼它。）第三个是现在隶属于新的外交部而不是犹太事务局的政治部，它将从事外国谍报活动和情报收集。靠近国防部的萨罗纳社区是废弃的圣殿教大本营，② 那里的建筑被分配给了这些机构，而本-古里安的办公室被安置在表面上组织有序的安全部队的中心。

然而，最初的几个月乃至几年里并不那么井然有序。③“哈加纳”特工的残余被吸收进了各种安全部门或间谍团体，然后被洗牌并重新吸纳到另一个机构。再加上无数次的地盘之争和一些本质上是革命者各种自我意识的激烈碰撞，谍报机构极为混乱。“那些年很艰难，”以色列情报机构的缔造者之一伊塞尔·哈雷尔说，“我们要建立一个国家并捍卫它。[但是] 情报部门的结构和分工没有经过任何系统性的判断就确定了，没有与所有相关人员进行讨论，采取的是一种近乎散漫且密谋式的途径。”

在正常条件下，各部委之间会确立明确的权责范围和办事程序，外勤特工会花几年时间耐心地发展线人。但是以色列没法这么奢侈。当这个年轻的国家为其生存而战时，其情报行动不得不在围困中匆忙

① The Bureau of the Minister of Defense to the heads of the defense establishment and the intelligence community, *Organization of Intelligence Services,* February 15, 1959, Ministry of Defense and IDF Archives, 870.22. Ben-Gurion Diary, vol. B. 494, 590. Shiloh, *One Man's Mossad,* 120－21 (Hebrew).

② Sauer, *The Holy Land Called: The Story of the Temple Society*, 208.

③ 1999 年 3 月对伊塞尔·哈雷尔的采访。Siman Tov, “The Beginning of the Intelligence Community in Israel”, *Iyunim*, vol. 23。

上马。

本-古里安的间谍面临的第一个挑战来自内部：有公然藐视其权威的犹太人，其中包括右翼地下运动的残余。[①] 这种公然挑衅的一个极端例子是1948年6月的“阿尔塔列纳号事件”。“伊尔贡”派的一艘名为“阿尔塔列纳号”的船从欧洲出发，载着移民和武器即将抵达。但是该组织拒绝将所有的武器交给新政权的军队，坚持将其中一部分留给自己阵容仍然完整的部队。本-古里安从“伊尔贡”内部的特工那里得知了他们的计划，下令武装接管该船。在随后的战斗中，船被击沉，16名“伊尔贡”战士和3名以色列国防军士兵被打死。不久之后，安全部队围捕了全国各地的200名“伊尔贡”成员，终结了该组织。

伊扎克·沙米尔及其指挥下的“莱希”特工也拒绝接受较为温和的本-古里安政权。在整个夏季的休战期间，联合国特使伯纳多特起草了一份旨在结束战争的临时和平计划。但“莱希”和沙米尔对此无法接受，他们指责伯纳多特在二战中与纳粹勾结，起草了一份重新划定以色列边境的提案，其中包括将内盖夫和耶路撒冷的大部分土地划给阿拉伯人，将海法港和吕大机场（Lydda airport）置于国际管控之下，还逼迫这个犹太国家接回30万阿拉伯难民——这样的话这个国家将不复存在。

“莱希”以在城市街头张贴告示的形式发布了几次公开警告：[②] 致伯纳多特特工的建议：滚出我们的国家。地下电台甚至更直言不讳地宣称：“伯爵最终会像勋爵那样送命。”（指的是被暗杀的莫因勋爵。）伯纳多特没有理会警告，甚至命令联合国观察员不要携带武

---

① “伊尔贡”的领导人梅纳赫姆·贝京在观点上是个极端分子，但他坚定地采取行动阻止内战爆发，尽管对“阿尔塔列纳号”沉船事件深感愤怒且与本-古里安观点相左，但仍然命令手下服从国家权威，并入以色列国防军。

② Sheleg, *Desert's Wind: The Story of Yehoshua Cohen*, 88 – 95 (Hebrew).

器，他说：“联合国的旗帜会保护我们。”

沙米尔相信特使的提案会被接受，于是下令暗杀他。9 月 17 日，在以色列国宣布成立 4 个月之后，即伯纳多特将提案提交给联合国安理会的第二天，他和随从乘坐 3 辆白色德索托轿车从联合国总部前往耶路撒冷的犹太人社区莱哈维亚时，一辆吉普车拦住了他们的去路。3 个戴着尖顶帽子的年轻人跳了下来。[①] 其中两人射穿了联合国汽车的轮胎，第三个人约书亚·科恩打开了伯纳多特所乘汽车的门，用他的施迈瑟 MP40 半自动冲锋枪开火。第一梭子弹打中了坐在伯纳多特身边一位名叫安德烈·塞罗的法国上校，但下一梭更准，直接击中了伯爵的胸口。两个人都死了。整个袭击只有几秒钟[②]——“像雷电似的，50 梭子弹就打出去了。”以色列联络官摩西·希尔曼上尉这样描述道，他当时和遇害者一起坐在车里。凶手一直没有抓到。[③]

这次暗杀激怒了犹太领导层，也使他们倍感尴尬。安理会谴责这是“懦弱行径，显然是耶路撒冷的恐怖分子犯罪集团所为”[④]，第二天的《纽约时报》写道：“没有哪支阿拉伯军队能在这么短的时间内对［犹太国家］造成如此大的伤害。”

本-古里安将“莱希”的一意孤行视为对其权威的严重挑战，[⑤] 认为这可能会导致政变甚至内战。他立即采取行动，宣布“伊尔贡”和“莱希”为非法组织。他命令“辛贝特”局长伊塞尔·哈雷尔追捕“莱希”成员。头号通缉犯就是伊扎克·沙米尔。他没被抓到，

---

① United Nations Department of Public Information, Press Release PAL/298, September 18, 1948, “General Lundstrom Gives Eyewitness Account of Bernadotte’s Death.”

② Regev, *Prince of Jerusalem*, 13 – 17 (Hebrew).

③ 20 世纪 50 年代晚期，本-古里安辞职后定居在内盖夫的基布兹，目的是鼓励年轻人在沙漠定居。约书亚·科恩在这一先驱精神激励下也偕家人迁居那里。最终他成为本-古里安的密友和同伴，并担任其保镖。在一次外出散步的途中，科恩向本-古里安承认是他枪杀了伯纳多特，他正是本-古里安的间谍们苦苦搜寻却一无所获的那个人。Bar-Zohar, *Ben-Gurion*, 316 – 17 (Hebrew). Regev, *Prince of Jerusalem*, 100。

④ The U. N. Must Act,” *New York Times*, September 19, 1948.

⑤ Bar-Zohar, BenGurion, 317.

但是许多成员被捕，并被重兵看守起来。“莱希”作为一个组织至此不复存在。①

本-古里安对哈雷尔为铲除地下组织而采取的有力行动感激不尽，② 提拔他为该国头号情报官员。

伊塞尔·哈雷尔身材矮小，体格强壮，干劲十足，深受俄国布尔什维克革命运动及其采用的破坏、游击战和暗杀等手段的影响，但是他痛恨共产主义。在他的指挥下，“辛贝特”一如既往地对本-古里安的政敌、左翼社会主义者和共产党人以及由“伊尔贡”和“莱希”老兵组成的右翼赫鲁特党开展了监视和政治上的间谍活动。③

与此同时，本-古里安和他的外交部长摩西·夏里特因为该对阿拉伯人采取何种政策而意见不合。夏里特是以色列早期最杰出的领导人，他认为外交是实现地区和平从而保障国家安全的最佳途径。甚至在独立前，他就向约旦国王阿卜杜拉和黎巴嫩总理里亚德·索勒赫偷偷示好，后者将在组建入侵的阿拉伯联盟中发挥重要作用，并且已经在很大程度上对巴勒斯坦民兵组织负有责任，这些民兵令建国前的“伊舒夫”损失惨重。尽管索勒赫发表过恶毒的反犹言论，还采取过反以色列行动，但他仍然于 1948 年底与夏里特的副手之一埃里亚胡·萨森在巴黎秘密会面过几次，讨论和平协议。夏里特对自己开展的秘密接触充满热情，

---

① 1997 年 1 月对阿姆农·德罗尔的采访，2017 年 4 月 6 日对梅纳赫姆·纳沃特的采访。Navot, *One Man's Mossad,* 24－25 (Hebrew)。

② 在哈雷尔看来，分裂组织要么极右，要么极左，他两者都憎恨。“即使当我还是个孩子时［他出生在俄国］，形形色色的暴力行径和革命的专制残暴与残酷景象就深深烙在我脑海里。这些景象在我心中激起了深刻的、绝不妥协的厌恶之情。”Harel, *Security and Democracy*, 78. 2001 年 4 月 6 日对哈雷尔的采访。

③ 哈雷尔后来声称，这是对他怀疑组织新的地下组织或谋划其他颠覆行为的人的监视，但他实际上是把辛贝特当成政治间谍机构为本-古里安的利益服务。该机构一直监视本-古里安的对手和批评者，尽管这些人显然并没有参与任何非法活动。该机构甚至用辛贝特的资金办了一本公然亲本-古里安的商业杂志，名为 *Rimon*，与文风活泼、攻击本-古里安的新闻杂志 *Haolam Hazeh* 抗衡。2001 年 4 月 6 日对哈雷尔的采访，2013 年 7 月 19 日对尤里·亚夫内里的采访，2011 年 7 月 8 日对亚利耶·哈达尔的采访。Ronen Bergman, “The Shin Bet Secrets,” *Yedioth Ahronoth*, March 23, 2007。

他带着萨森去向内阁汇报时，萨森说：“如果我们想与阿拉伯人建立联系以结束战争，我们就得和现在掌权的人接触。和那些对我们宣战的人……以及我们还与之有争端的人接触。”

那些外交示好显然没有奏效，① 本-古里安于1948年12月12日下令军情部门特工暗杀索勒赫。

“夏里特强烈反对这个想法，”阿舍·本-纳坦②回忆道，他是负责海外秘密活动的外交部政治部门的领导人，“我们部门奉命通过我们在贝鲁特的联系人协助军情部门执行该命令时，他撤回了命令，使之名存实亡。”③

这一事件，加上哈雷尔和夏里特之间的一系列冲突，使本-古里安火冒三丈。他认为外交是强大的军事力量和情报机构的微不足道的替代，私下里，他把夏里特当作威胁总理大权的对手。1949年12月，本-古里安将政治部门移出外交部的管辖范围，直接听命于他。他后来给该机构取了个新名字：情报与特别使命局。不过，更常用的是其著名的简称“摩萨德”。

随着摩萨德的建立，以色列情报机构合并为一个三管齐下的团体，④ 其如今或多或少以同样的形式存在：“阿曼”，向以色列国防军提供情报的军事情报部门；“辛贝特”，负责国内情报、反恐与反间谍活动；摩萨德，负责境外的秘密活动。

---

① Israel State Archive 3771/70. Sutton and Shushan, *People of Secret and Hide*, 144－46 (Hebrew). Erlich, *The Lebanon Tangle 1918－1958*, 262－65 (Hebrew)。1996年5月对摩西·萨森的采访，1999年12月9日对卢文·厄尔里奇的采访，2012年5月9日对拉菲·萨顿的采访。

② 曾领导对德国纳粹高官阿道夫·艾希曼的追捕行动，后被任命为以色列驻波恩首任大使，致力于在欧洲与德国之间建立最亲密的盟国关系。——译者

③ 2010年9月13日对阿舍·本-纳坦的采访。

④ 各机构间有关权力、资源和地盘分配的争论从未停止。差不多每隔10年，总理都会成立一个秘密委员会，为情报机构重新制定一个解决这些问题的“大宪章”。除却最初的3个机构外，后来又加入了4个：拉卡姆（LAKAM，科学事务联络局的首字母缩写），隶属国防部，从事技术和核武侦察；以色列原子能委员会，监管该国核计划；科学管理局，重点控制研发生化武器和反制措施的以色列生物研究所（位于耐斯兹敖那）；纳提夫（Nativ），负责与苏联犹太人的秘密来往。

更重要的是，对于那些认为以色列国的未来会更依赖于强大的军队和情报团体而非外交的人而言，这是一场胜利。这场胜利体现在房地产上：特拉维夫的前圣殿教成员大本营曾经由政治部占用，现在移交给了摩萨德。这也是伊塞尔·哈雷尔的个人胜利。① 他已经执掌“辛贝特”，现在还被任命为摩萨德局长，一跃成为以色列早期历史上最有权势——也最神秘——的人物之一。

从那时起，以色列的外交和安全政策将在特拉维夫与耶路撒冷之间的竞争中确立，前者是军事最高指挥部、情报总部和国防部的所在地，后者是本-古里安度过大部分时间的地方，外交部被安置在耶路撒冷一堆预制板棚屋里。特拉维夫总是占上风。

本-古里安直接控制着所有这些机构。② 摩萨德和辛贝特是在他担任总理期间归他领导的，而军情部门在他职权范围之内是因为他兼任国防部长。这是一种隐蔽的高度集中的政治权力。然而，从一开始，官方就对以色列人民隐瞒了这一点。本-古里安严禁任何人承认这事，更别说透露有这样一个庞大的官方机构网络存在。实际上，在20世纪60年代以前，在公开场合提到辛贝特或摩萨德都是明令禁止

---

① 哈雷尔在摩萨德实施铁律，并严守秘密。他命令每个摩萨德行动人员使用化名，每个单位、每次行动和特工都有代号。这些化名和代号必须一直使用，就连内部通信和内部讨论中也是这样。这一做法延续至今。

② 根据以色列的《基本法：政府》的“剩余条款第32条”（在没有宪法的情况下，以色列的《基本法》是该国最高立法，也最难修订），政府可以“尽其所能”履行其职责。实际上，这个含糊的表述赋予了以色列总理几乎不受以色列民主机构或新闻媒体监督地下令进行秘密行动和暗杀的权力。20世纪80年代中期，辛贝特人员的一系列非法行为被曝光，导致该机构高层被解职，新领导层要求出台法律，明确什么可为什么不可为。这部法律于2002年在以色列议会通过。从那以后，摩萨德一直在考虑为自己制定一项类似的法律，但这样的考虑总是遇到一个根本性的矛盾：与在以色列国内及其控制的领土内活动的辛贝特不同，摩萨德所做的每件事几乎都是违反他国法律的，有时候还是明目张胆的。这类行为很难在立法框架内加以限制，更别提要公开它们并形成议会的书面认可，即承认以色列允许严重侵犯外国主权的行为。2017年5月，摩萨德局长约西·科恩决定结束旷日持久的审议，裁定不会颁布摩萨德的法律。2013年5月26日对达甘的采访，2017年5月对“伊夫塔克”的采访，2017年7月对“优点”的采访，2015年6月对“萨沙”的采访，2017年9月对“静谧”的采访。

的。因为本-古里安不承认这些机构的存在，也使得人们无法为这些机构的运作建立法律基础。没有法律明确规定它们的目标、角色、使命、权力、预算，抑或它们之间的关系。

换言之，以色列情报机构从一开始就像一个影子王国，与该国的民主政体之间有一种似近又远的关系。情报机构的活动——大多（辛贝特和摩萨德）都是总理直接指挥的——都没有受到以色列议会或任何其他独立的外部机构的有效监督。

在这个影子王国，“国家安全”被用来证明大量行动和部署的合法性，而这些在有形世界都会受到刑事起诉、被判长期监禁。他们仅仅因为公民的少数族裔身份或政治关系就长期监视公民；审讯手段包括未经司法授权的长期监禁和刑讯逼供；还在法庭上作伪证，对律师和法官隐瞒真相。

最显著的例子莫过于定点清除。以色列法律中没有死刑，[①] 但本-古里安绕开这一点，使自己有权下令施行法外处决。

维持这一影子王国的理据是：非完全保密无以保障以色列的生存免受威胁。以色列继承了英属托管地政府的法律制度，包括执行法令和镇压叛乱的紧急状态条款。在这些条款中，有一项是要求所有的印刷和广播媒体将有关情报和军事活动的报道提交军事审查部门，而大部分内容都没能通过审查。截至本书动笔时，紧急状态尚未解除。不过，为了安抚饥肠辘辘的媒体，老谋深算的本-古里安成立了一个由报刊和广播新闻机构的主编组成的编辑委员会。本-古里安本人或其代表会不时出现在委员会，透露些不为人知的消息，同时解释这些消息在任何情况下都不能向公众发布。编辑们很兴奋，因为他们为自己争取到了进入这个神秘世界获得其秘密的机会。为表感激，他们给自己强加了一种甚至比实际审查者还要严格的自我审查。

---

① 只对纳粹战犯及其教唆者（在阿道夫·艾希曼案中用过一次）用过，以及军事法庭依据其理论上的权力对恐怖分子用过几次，最终被最高法院废除。

1952年7月，法籍德裔画家查尔斯·杜瓦尔的画展在开罗的国家博物馆开幕。杜瓦尔是个嘴里永远叼着烟的高个子年轻人，两年前从巴黎搬到了埃及，宣布自己“爱上了尼罗河所在的这片土地”。开罗媒体发表了许多讨好杜瓦尔及其作品的文章——评论家说他的作品深受毕加索的影响——很快，他就成为上流社会的常客。实际上，埃及文化部长出席了杜瓦尔画展的开幕式，甚至还买了两幅画借给博物馆展出，这一挂就是23年。

5个月后，当他的画展闭幕时，杜瓦尔说自己的母亲病了，得赶回巴黎照顾她。回到法国后，他给埃及的老朋友写过几封信，便从此音信全无。

杜瓦尔的真名是什洛莫·科恩·阿巴巴内尔，[①] 是一名以色列间谍。他出生在德国汉堡一个著名的拉比家庭，是这家4个儿子中最小的。1933年冬天，纳粹上台并开始实行种族法时，他们全家逃到了法国，然后逃到了巴勒斯坦。15年后的1947年，27岁的科恩·阿巴巴内尔回到巴黎学习绘画，从蹒跚学步时起，他就表现出了明显的艺术天赋。不久之后，“哈加纳”的情报人员听说了他的才能，招募他为其伪造护照和证件，供那些冒着触犯英国移民法的危险从欧洲和北非偷渡到巴勒斯坦的犹太人使用。这是他漫长间谍生涯的开始。科恩·阿巴巴内尔将自己打扮成波希米亚画家，在埃及经营着一个特工网，并在整个阿拉伯世界招募新特工。他收集了在中东避难的纳粹战犯的信息，并向自己的上级报告了德国火箭专家最初尝试向阿拉伯军队出售服务的事。1952年，他返回以色列，敦促年轻的情报机构摩萨德的上级在寻找和除掉纳粹分子方面投入更多的资源。

执掌摩萨德不久，伊塞尔·哈雷尔就要求科恩·阿巴巴内尔为该机构设计一个官方标志。于是这位画家闭门不出，直至完成了一份他

---

① 1997年7月对尤瓦尔·科恩·阿巴巴内尔的采访，1997年7月对哈伊姆·科恩的采访。Ronen Bergman, “Under the Layers of Paint,” *Haaretz*, August 29, 1997。

亲手绘制的方案。标志的中央是一个 7 头的烛台，它是矗立在耶路撒冷的圣殿、公元 70 年被罗马人毁掉的圣灯。其印鉴上是一段铭文，引自《箴言》第 24 章第 6 节，根据犹太传统，其作者是所罗门王本人："因为你会用诡计发动战争。"这句话后来换成了《箴言》（第 11 章第 14 节）的另一句："国家若无秘密手段必将灭亡；顾问人数众多，安全必定可保。"科恩·阿巴巴内尔的意图再清楚不过了：通过秘密手段，摩萨德将成为新犹太共和国的无敌盾牌，确保犹太人再也不会受辱，犹太民族再也不会倾覆。

哈雷尔所写的摩萨德章程同样广泛而雄心勃勃。根据官方命令，该组织的目的是"秘密收集境外（战略、政治、行动）情报；在以色列境外执行特别行动；阻止敌对国家发展和获取非常规武器；防范对以色列境外的以色列人和犹太目标的恐怖袭击；发展并维护以色列和与之尚无外交关系的国家之间的情报与政治纽带；将犹太人从不允许其离开的国家带回以色列，为仍然滞留在那些国家的犹太人建立防御体系"。换句话说，其职责不仅是保护以色列及其公民，还包括守卫全世界犹太民族的使命。

而年轻的以色列情报机构不得不对包围以色列并威胁要摧毁以色列的 21 个敌对阿拉伯国家发出的一系列挑战作出回应。国防机构高层中有些人相信，应对这些挑战的最好办法就是在远离敌人防线的地方采取精确的特别行动。

为实现这一目标，"阿曼"成立了一个名为"情报 13 队"的单位①（在犹太传统中 13 是个幸运数字）。阿夫拉罕·达尔现在已经是其中著名的官员之一，他 1951 年到埃及建立了一个特工网，人员是

① 这并不是获得该番号的唯一一个特别行动单位——海军突击队被称作"三栖特种部队第 13 部队"（Shayetet）。空军也计划成立"塔耶瑟特"（Tayeset）部队，其使命是将以色列人员运至目标处。这个数字也出现在别处——摩萨德成立的官方日期是 1949 年 12 月 13 日。

从当地犹太复国主义活动家中拣选出来的。这些新兵以各种借口前往欧洲，然后去以色列接受谍报与破坏训练。达尔在概述特工网的目标时解释说，“使埃及与以色列如此敌对的核心问题在于法鲁克国王的执政方式。如果我们能除掉这个障碍，许多问题就迎刃而解。换言之”——达尔在此引用了一句西班牙谚语——“狗亡病消”。[①]

事实证明，解决“狗”是没必要的——法鲁克不久就被政变推翻了。而“阿曼”认为没了他情况会好转的假设被证明是毫无根据的。然而，这个已然建立的埃及特工网可以用来改变该地区历史进程的想法，对以色列领导人来说太诱人了，简直难以抗拒。“阿曼”决定利用这些当地特工来打击最近刚驱逐了法鲁克的“自由军官运动”组织，“目的是在不暴露以色列在其中所起作用的情况下，通过引起公众不安并引发示威、逮捕和报复行动等来削弱西方对［埃及］政权的信心”。[②] 但整个行动以灾难告终。

尽管接受过密集的训练，“阿曼”的新兵还是业余且粗心大意，[③]他们的所有破坏行动最后都失败了。最终，11 名特工被埃及当局找了出来。有些人在草草受审后被处决，一人在被严刑拷打后自杀身亡。运气好的被判长期监禁和劳役。

接下来的混乱局面引发了一场在以色列肆虐多年的重大政治争端，焦点是“阿曼”的这些失败行动是否获得了政治机构的批准。

以色列吸取的主要教训是，绝不能在敌对的“目标”国家招募当地犹太人。他们被捕后几乎必死无疑，而且会给整个犹太社会造成轩然大波。尽管利用这些现成的、无需编造假身份的人这件事极具诱

---

① 2015 年 1 月 5 日对达尔的采访，2007 年 3 月 12 日对阿利耶·克里沙克的采访。

② Unit 131, Mordechai Ben Tzur to head of AMAN, “Events in Egypt, July-September 1954,” October 5, 1954, MODA 4. 768. 2005.

③ Avraham Dar to AMAN director, “Report on Conversation with Defense Minister 29. 12. 54,” January 10, 1954; 在随后几年里：Dar to AMAN Director and commander of Unit 131, “The Reasons for Leaving Unit 131,” September 30, 1955; Dar to Mossad Director Meir Amit, August 29, 1967; Dar to Prime Minister Eshkol, “Prisoners in Egypt,” September 27, 1967（作者资料，从达尔处获得）。

惑，但以色列几乎再也没有这样做过。

然而，以色列可以通过敌后的大胆行事并采取特别行动改变历史这一基本信念，一直都没有动摇，实际上还被强化为以色列安全理论的核心原则。确实，这一理念——在敌后采取特别行动至少应该是该国主要国防手段之一——将会在以色列政治和情报机构中占主导地位，并沿袭至今。

而且，尽管世界上许多老牌国家一直将收集情报的情报机构与利用这些情报执行秘密任务的行动单位分开，但以色列的特种部队从一开始就是其情报机构不可分割的一部分。以美国为例，特种作战队"三角洲部队"和海豹突击队六队是联合特种作战司令部的组成部分，而非属于中央情报局或军事情报局。然而，在以色列，特种作战队直接听命于情报机构摩萨德和"阿曼"。

其目标是不断将收集到的情报转化成行动。尽管当时的其他国家也在和平时期收集情报，但他们这么做只是为了做好准备以防战争爆发，或者是为了批准偶尔为之的特种行动。另一方面，以色列将不断利用其情报在敌后发动特别攻击行动，以期完全避免全面战争。

设计徽标、制定章程以及确定作战理念是一回事，实施则完全是另一回事——哈雷尔很快就会明白——在主动采取行动时更是如此。

摩萨德的第一次重大行动以惨败告终。1954 年 11 月，以色列海军上尉亚历山大·伊斯雷尔——一个拈花惹草负债累累的大骗子——用假护照溜出国，企图将绝密文件卖给埃及驻罗马大使馆。在大使馆工作的摩萨德特工报告了他在特拉维夫的上级，后者立即开始制订绑架伊斯雷尔并将其作为叛徒带回以色列受审的计划。

对哈雷尔来说，这是一次事关国家安全和职业生涯的大考。在该机构的成长岁月里，所有机构的负责人都争权夺利，一次重大失败可能断送职业生涯。他组建了一支由摩萨德和辛贝特特工组成的一流团队，将他们派往欧洲抓捕伊斯雷尔。他指派自己的表弟、十几岁时就暗杀过两名德国圣殿教成员的拉菲·艾坦负责此次行动。

艾坦说："有人提议尽快找到伊斯雷尔并杀了他。但哈雷尔立即阻止了这种想法。'我们不杀犹太人。'他说。① 接着宣布这是一次绑架行动。"哈雷尔亲口说过："我从未想过要下令杀死我们自己的同胞。我希望把他带回以色列，以叛国罪受审。"②

这一点很重要。犹太教中有相互负责的传统，所有犹太人之间都有着深厚的联系，仿佛他们是一个大家庭。这些价值观被认为是维系经历了两千年的流亡仍然作为一个民族存在的犹太人的纽带，而一个犹太人伤害另一个犹太人是不可容忍的。早在巴勒斯坦地下组织时期，实际情况不允许组织审判时，处死犹太叛徒在一定程度上被认为是合法的，但在以色列建国后就不是了。"我们不杀犹太人"——即使他们被认为对国家安全构成严重威胁——成了以色列情报界的铁律。

起初，计划完美地展开。③ 伊斯雷尔在巴黎的一个十字路口被一名摩萨德女间谍拦住，艾坦和另外 3 人上去逮住了他。他被带到了一个安全屋，在那里一名摩萨德的医生给他注射了镇定剂，并将他放进一个通常用来转移武器的板条箱里，然后让他上了一架以色列空军飞机，踏上了一段要停靠多个地点的漫长旅程。每一站，伊斯雷尔都会被再次注射镇定剂，飞机刚刚在雅典着陆，他就心脏病发作死了。按照哈雷尔的命令，艾坦的一个手下最终将他的尸体从机尾扔进了大海。

哈雷尔的人给以色列媒体提供假消息，④ 说伊斯雷尔抛下怀有身

---

① 2011 年 9 月 19 日对艾坦的采访。

② 1999 年 3 月对哈雷尔的采访。

③ 2001 年 4 月 6 日对哈雷尔的采访，2013 年 5 月 1 日对伊曼纽尔·塔尔莫的采访，2013 年 9 月对"维克多"的采访。

④ 伊斯雷尔的妻子几个月后生下遗腹子，他以为父亲抛弃了自己和祖国。直到 50 年后他才从本书作者处得知真相。2006 年 5 月在我家，这个名叫摩西·特西普尔的人见到了拉菲·米丹，当年参与绑架的摩萨德特工之一。特西普尔起诉以色列并要求认定他为战争孤儿——此事发生时他父亲为现役军人——并向他出示相关文书。经过多年的诉讼，摩萨德同意在经济上补偿他，但不会披露文件。2006 年 5 月 2 日对拉菲·米丹和摩西·特西普尔的采访，2006 年 2 月 19 日对艾坦的采访。Tel Aviv District Court (in camera), *Tsipper v. Ministry of Defense,* December 11, 2013. Ronen Bergman, "Throw Away," *Yedioth Ahronoth,* May 26, 2006。

孕的妻子，携款潜逃到南美的某地定居。哈雷尔对自己负责的这次行动以一名犹太人的死亡而告终感到非常尴尬，他下令将此事的所有记录深藏在摩萨德的一个保险箱里。但是，哈雷尔的对手保留了这些文件的副本，以备有需要时拿来对付他。

哈雷尔还得出结论，亟须建立一支专门执行破坏和定点清除任务的特种部队。他开始物色“训练有素的战士，坚忍而忠诚，必要时会毫不犹豫地扣动扳机”。他在自己最不希望的地方找到了，那就是“伊尔贡”和“莱希”的老兵，他曾与这些人有过一番痛苦的斗争。

本-古里安严禁在政府机构中雇佣任何右翼地下组织前成员，这些人当中有很多没有工作、灰心丧气，渴望参加行动。辛贝特认为他们当中有些人很危险，很可能会采取秘密行动反对政权。

哈雷尔的目标是一石二鸟：建立自己的特种部队，让昔日的地下战士听命于他，去国界外采取行动。

大卫·肖姆伦、伊扎克·沙米尔以及他们在“伊尔贡”与“莱希”的战友中被认为足够坚韧和勇敢的人，受邀到哈雷尔位于特拉维夫以北的家中并宣誓加入。[①] 摩萨德的第一支攻击队“米弗拉茨”（Mifratz）就这样成立了，这个词在希伯来语中意为“海湾”。

① 2011年8月20日对“爱国者”的采访，2001年4月6日对哈雷尔的采访，2011年5月26日对肖姆伦的采访，1997年1月对沙米尔的采访。Shamir, *As a Solid Rock*, 122－24 (Hebrew). Shlomo Nakdimon, “Yitzhak Shamir: Top Secret,” *Yedioth Ahronoth*, April 25, 2000。

三
安排去见上帝的机构

以色列的独立战争在1949年停火协议签署后正式结束。而非正式的战斗从未停止过。在整个20世纪50年代早期，以色列不断遭到阿拉伯人的渗透，他们来自战后仍掌握在阿拉伯人手中的巴勒斯坦各地，即加沙地带，它的南部由埃及管理，而东部的约旦河西岸被约旦强占。以色列国防军估计，1952年大约发生了1.6万起渗透事件（1.1万起来自约旦，其余的来自埃及）。有些渗透者是在独立战争期间逃走的难民，[①]自愿和非自愿的都有，他们试图返回自己的村庄，捞回自己的财产。但还有许多人是激进分子，目标是杀死犹太人、散播恐怖。他们自称“阿拉伯突击队”（fedayeen，意为“牺牲自我的人”）。

尽管签署了停火协议，但埃及人很快意识到“阿拉伯突击队”可以代表他们打代理战争。在适当的训练和监督下，那些巴勒斯坦激进分子可以给以色列重创，同时给埃及一个貌似可信的借口摆脱嫌疑。

埃及军事情报部门的一位年轻上尉穆斯塔法·哈菲兹受命负责组织“阿拉伯突击队”。[②]从1953年中期开始，哈菲兹（与埃及驻约旦首都安曼的武官萨拉赫·穆斯塔法一起）开始招募并训练将被派往以色列南部的游击队。多年来，总计600名“阿拉伯突击队”队员的这些小队从加沙偷偷越境，尽一切可能搞破坏。他们炸毁水管，放火烧田，炸毁铁轨，在道路上埋雷；他们杀害在田里干活的农民以及还在上学的正统犹太小学学生——1951年至1955年间平民总计死亡约 1 000 人。[3]他们散布痛苦和恐惧，以致以色列人夜里不敢在南部大路上开车。

代理人小组被认为取得了巨大的成功。以色列人不能指责埃及或约旦负有直接责任。相反，他们的应对措施是招募自己的代理部队，把阿拉伯人变成告密者，收集“阿拉伯突击队”目标的情报，然后暗杀他们。这些任务大多被分配给了名为“504 部队”的以色列国防军情报小组。

504 部队的一些人在巴勒斯坦的阿拉伯居民区长大，因此熟谙当地人的语言和习俗。504 部队听命于雷哈维亚·瓦尔第。瓦尔第出生在波兰，在以色列建国前当过“哈加纳”高级情报军官，以机智敏锐和直言不讳著称。“每个阿拉伯人，”他说，“只要满足会恭维、酬劳合适或者漂亮这三个条件中的任何一个，就可以招进来。”[4] 瓦尔第和他的手下通过以上三个条件及其他方式招到了四五百名特工，他们在 1948 年到 1956 年期间传回了极有价值的情报。这些新兵反过来为 504 部队提供了许多“阿拉伯突击队”高级调度员的情报。有几个人的身份被确认，找到所在地后被定点清除，其中 10 到 15 起案件是以色列人说服他们的阿拉伯特工在目标附近放置了炸弹。[5]

遇到这种情况，他们会通知 188 部队。这时候，他们会请纳坦·罗特伯格帮忙。

“这非常非常隐秘，”罗特伯格说，“我们不被允许提及那些部队

---

① Morris, *Israel's Border Wars, 1949 – 1956,* 3 – 5, 28 – 68 (Hebrew).

② Argaman, *It Was Top Secret*, 18 (Hebrew).

③ Gilbert, *The Routledge Atlas of the Arab-Israeli Conflict*, 58. The Jewish Agency for Israel website, Fedayeen Raids 1951 – 56, https://web.archive.org/web/20090623224146/http:/www.jafi.org.il/education/100/m.

④ 1997 年 8 月 19 日对雷哈维亚·瓦尔第的采访。

⑤ 那一时期牵涉到 504 部队的间谍和暗杀活动的数据是根据采访估算的。504 部队在 20 世纪 80 年代焚毁了大多数记录。2012 年 5 月 9 日对萨顿的采访，2010 年 12 月 14 日对雅科夫·尼姆罗迪的采访，1999 年 2 月对“谢尔顿”的采访。

的番号；我们不能告诉任何人我们要去哪里，我们在哪里服役，也就是说我们不能说我们在做什么。”①

罗特伯格是个脖子粗、脾气好的集体农场农民，留着浓密的胡子，是一个只有几百人的小团体的成员，也是参与建立“阿曼”“辛贝特”和摩萨德的三巨头之一。1951 年，罗特伯格被派往一个名叫“第 13 部队”的海军突击队，适逢以色列情报机构在特拉维夫北面建了一个秘密基地，教授“特殊装置的拆除”及制造复杂的炸弹。罗特伯格作为第 13 部队管爆破的官员，被任命为该组织负责人。

罗特伯格弄了个大桶，里面装上有 TNT、长效硝酸甘油和其他化学物质的致命混合物。不过，尽管他的混合物是用来杀人的，但他声称他内心并无仇恨。“你要懂得如何宽恕，”他说，“你要懂得如何宽恕敌人。然而，我们无权宽恕本·拉登这样的人。那样的事，只有上帝能做到。我们的工作是安排两者会面。在我的实验室里，我设了一个媒人办公室，它负责安排这种会面。我已经策划了 30 多次这样的会面。”

当雷哈维亚·瓦尔第和他的手下确认了目标身份后，就会到罗特伯格那里取炸弹。“首先，我们找个双底藤条篮，”罗特伯格说，“我会用防水纸垫在篮子底部，然后把大桶里的混合物倒进去。接着盖上盖子，在上面铺上水果和蔬菜。至于［触发］装置，我们在一把铅笔里插入装满酸的安瓿瓶，酸会腐蚀盖子，直到接触引信，点燃它引爆炸药。酸的问题在于天气条件会影响它腐蚀［盖子］所需的时间，造成时间不定。加沙地带与约旦河西岸的炸弹爆炸时间不同，后者气温低些。后来，我们换成了闹钟，它要准确得多。”

不过，罗特伯格的炸弹还不足以解决“阿拉伯突击队”问题。根据线报，在 1951 年中期至 1953 年中期，这些爆炸物只炸死 7 个目标，却在其间误杀了 6 名平民。

---

① 2015 年 7 月 13 日对纳坦·罗特伯格的采访。

袭击继续有增无减，这令以色列平民感到害怕，也令以色列国防军倍感羞辱。瓦尔第和他的部下尽管在招募特工方面很有天赋，但他们只能收集到有关“阿拉伯突击队”负责人的零星情报，即使该部队真的找到了具体目标，以色列国防军也无法找到或干掉他们。伊戈尔·西蒙是504部队的一名老兵，后来成为该部队指挥官，他说：“我们有自己的局限性，我们并不总是有情报，我们没法把我们的特工安排得到处都是，他们对我们在以色列国防军中的表现也没那么欣赏。对最高司令部来说，重要的是表明以色列国防军——犹太人的人手——有能力执行这些行动。”①

以色列国防军正规部队的确多次试图渗透加沙地带、西奈半岛和约旦，以实施报复性袭击，可是一再失败。因此，总理本-古里安决定以色列国防军缺少哪种能力就发展哪种能力。在1953年6月11日的一次秘密会议上，② 以色列内阁批准了他的提案，即“授权国防部长（本-古里安本人）批准……对来自以色列-约旦停战线之外的人［实施的］袭击和谋杀进行报复。”

此后不久，本-古里安就利用赋予他的权力采取了行动。5月25日，耶路撒冷附近的定居点埃文萨皮尔的两名卫兵遇害，他下令成立一个临时的秘密特遣队，以除掉一个名叫穆斯塔法·萨姆维利的巴勒斯坦重要恐怖分子，此人是杀害卫兵的幕后黑手。

现在本-古里安就缺一个合适的人来领导特遣队了。

阿里埃勒·施恩内曼——更常被称为阿里埃勒·沙龙——1953年夏天时，是个25岁的学生，不过，他已经有了丰富的战斗经验。他从青少年时期担任青年运动顾问起就确立了自己的领导声誉，并在独立战争期间身负重伤，以此证明了自己的勇气。别名阿里克的他富

---

① 2012年7月29日对伊戈尔·西蒙的采访。

② Cabinet Secretariat, Cabinet Decision no. 426 of June 11, 1953（作者的资料，吉拉德·里弗内所赠）。

于个人魅力和个人权威，是一名身体素质一流的战士，当以色列国防军参谋部招募他去除掉萨姆维利时，他丝毫没有犹豫。“我父亲立即答应了，”沙龙的儿子吉拉德在他给父亲写的传记中写道，“有七八个好帮手，他们是在独立战争期间和战后跟他一起服役的朋友，有合适的装备，他有信心完成任务。”①

7月12日到13日那个晚上，沙龙和一支由后备队员组成的小分队设法进入约旦河西岸萨姆维利所在的村庄，炸毁了他的房子。但他们得到的情报有误，萨姆维利不在家。小分队与人交火，险些全军覆没。

最高指挥部认为这次行动很成功——深入敌方领土，展示了他们打击目标的能力，而后没有伤亡地返回基地。相反，沙龙回来后精疲力竭，完全不满意。他的结论是：这样的行动必须由专业人士来执行，而不能像那天晚上那样带上他随机挑选的一帮兄弟。他告诉上级需要一支精英突击队。8月10日，“101部队”正式成立。②

根据沙龙本人撰写的《101部队行动章程》，“这支队伍是为越境行动而设的，这些非常规任务要求经过特殊训练、有高水平的表现”。③

沙龙被赋予了人手方面的自由选择权，他从重新征召来的后备队员和正规军中挑人。他想让他们接受为期一年的魔鬼训练。他的战士学会了如何使用炸药，如何进行远距离操作，如何在山地奔跑时精准射击，这些训练培养了他们的技能，也给他们注入了自豪感和信心。

这位年轻的领导人确保他的人独立于以色列国防军正规军，给他

---

① Gilad Sharon, *Sharon: The Life of a Leader*, 82 (Hebrew).

② 101部队的番号与二战期间英国名将奥德·查尔斯·温盖特所属的特种部队同名，该部队当时驻扎在埃塞俄比亚和厄立特里亚。二战爆发前，温盖特被派往巴勒斯坦，领导那里的英-犹联合夜间突袭队。夜间突袭队中在他手下效力的许多以色列国防军高级军官都视他为英雄。该部队组建日期源于2003年3月20日阿里埃勒·沙龙在斯德洛特所作的一场演讲。

③ Sharon, *The Life of a Leader*, 552.

们配备了个人武器，即与当时所用的过时的手动栓式捷克斯洛伐克步枪不同的卡尔·古斯塔夫冲锋枪，他们也是第一批尝试新的、以色列秘密制造的乌兹冲锋枪的人。①

沙龙还放宽了着装和行为规范；在耶路撒冷山区的秘密基地，101 部队的士兵常常穿着平民服装执行任务。在沙龙看来，军令的外在象征用处不大，更重要的是他的人相信自己是特别的、更能干的、最棒的。而且他们信任自己的指挥官：沙龙的行动简报准确明了，他还身先士卒，往往是在最易受攻击的位置，践行了以色列国防军指挥官的名言："跟我上！"

沙龙充满了执行行动的无限、奔放的动力，他明白如果他必须等到"阿曼"的精确情报再进行定点清除，那他可能什么也干不了。

因此，沙龙和总参谋长摩西·达扬改变了战术，放弃了精准打击转而追求某种更原始的东西。他们不刺杀巴勒斯坦恐怖分子头目，而是通过袭击和恐吓伤害犹太人的恐怖分子盘踞的阿拉伯村庄、军营和警察局，来为被害的以色列人报仇。

"我们无法防止在果园里干活的人和在床上睡觉的一家人被杀害，"达扬在 1955 年的一次讲话中说，"但我们可以为我们的鲜血定个高价。"

沙龙渴望采取行动，他拟了一系列针对阿拉伯军事和平民目标的惩罚性袭击计划，然后游说上级批准。② 然而，这些袭击中有多少是惩罚性的而不是挑衅性的，始终没有定论。沙龙喜欢引用达扬的名言："和平时期我们不挑起战端。"乌兹·埃拉姆曾担任沙龙的情报官员，他暗示这并非铁律。"我们听从阿里克的命令，在许多情况下在边境挑衅敌人，挑起了战争。真要分析以色列国防军的整个报复史中'谁挑起的'这一问题的话，我们是不会得出一清二楚的结

① 2002 年 11 月对乌兹·盖尔的采访。
② 2009 年 12 月 2 日对乌兹·埃拉姆的采访。

论的。”

即使在实时情况下，随着事态的发展，沙龙的战术也有显而易见的缺陷。1953 年秋，“阿拉伯突击队”在特拉维夫东南边的耶胡德杀了一名年轻妇女和她的两个孩子，其死状之惨震惊了以色列公众。政府发誓要报仇雪恨。[1] 人们猜测阿拉伯激进分子把毗邻边境的约旦河西岸村庄作为袭击以色列的大本营。沙龙选择了其中一个——凯比亚村——作为报复目标，这个村子有可能与耶胡德谋杀案有关，也有可能无关。

10 月 15 日黎明前，沙龙率领 101 部队和其他部队的 130 人，携带 1 500 多磅炸药进入凯比亚村。几小时之内，村庄被夷为平地。“在凯比亚村行动中，”沙龙的一位副官后来的证词称，“我们炸毁了 43 座房子。以色列国防军配备了英国军队留下来的小手电筒，否则你什么都看不见。我们进去的时候带着扩音器、打着手电筒，大喊：‘有人在的话就出来，因为我们要炸房子了。’有人起了床，走了出来。然后，我们用炸药炸掉了房子。当我们返回时，报告说杀了 11 个［阿拉伯人］。不是我们撒谎；我们只是不知道。”[2]

死亡人数高出 6 倍。[3] 至少 69 人遇难，大多是妇女和儿童。整个国际社会，包括以色列的大部分人和全世界许多犹太团体在内，都惊骇万分。联合国安理会谴责了这次袭击，美国国务院也同声谴责，宣布暂停对以色列的援助，因为它违反了 1949 年的停火协议。

以色列官方对这次大屠杀的解释是：犹太平民中的无赖应对此负责。本-古里安公开表示，袭击发生当晚，“以色列国防军的所有部队都在其基地”。以色列驻联合国大使阿巴·埃班，在安理会会议上重复了本-古里安的谎言。

---

① Morris, *Israel's Border Wars, 1949 – 1956*, 274 – 76 (Hebrew).

② Ilil Baum, “Father's Great Spirit,” *Yedioth Jerusalem*, May 1, 2009.

③ 怪异的是，谴责以色列袭击行动的决议编号为 101。Security Council Resolution 101 (1953), November 24, 1953 (S/3139/Rev. 2)。

私底下，本-古里安全力支持沙龙，因为101部队——尽管引起了全世界的愤慨——在以色列军队内部提振了被没完没了的防御行动耗尽的士气。这个部队展现出了无私奉献、勇敢无畏的体能及斗志，这是以色列国防军的每支部队都向往的榜样。正如沙龙后来所说，101部队“在短时间内证明了没有它执行不了的任务”,[1] 而那些任务有助于保障以色列的边境安全。这一主张是引起争议的，因为有许多严肃问题是关于这些突击队发起的袭击在减少渗透者的攻击方面有多成功的，有些行动甚至未能实现其直接目标；然而，以色列士兵认为这是事实。

这样足矣。1954年初，101部队成立仅5个月后，达扬将其与伞兵旅合并,[2] 沙龙被任命为指挥官之一。达扬相信101部队已经成为一个榜样——训练与纪律、奉献与技能的典范——他相信沙龙能让伞兵也变成这样，然后让全军都变成这样。

沙龙在伞兵旅的活动受到更多掣肘，因为他不再是一个独立部队的指挥官，还因为最高指挥部发生了变化。本-古里安已经辞职，总理由鸽派的摩西·夏里特接任，后者通常不会批准报复性袭击。

但夏里特不批准的事，沙龙的手下就单干。101部队中最著名的战士梅厄·哈尔·齐安的妹妹在非法徒步穿越约旦边境时被贝都因人残忍杀害。哈尔·齐安和两个战友在沙龙的道义支持和后勤协助下赶赴现场，杀死了4名贝都因人以示报复。夏里特要求他们接受军事法庭审判，但达扬和沙龙靠着本-古里安的撑腰成功阻挠。

夏里特在1955年1月11日的日记中写道：“我想知道这个民族的性质和命运，它能在精神上那么细腻敏锐，对人类有着如此深沉的爱，如此真诚地渴望美好和崇高，而这时候我们发现它是从年轻小伙之中产生的，可这些人却能把刀子刺入手无寸铁的贝都因年轻人的肉

① 语出沙龙2003年3月20日在斯德洛特所作的一次演讲。
② Dayan, *Story of My Life*, 113 - 15 (Hebrew).

体，要了这些头脑清醒且冷血的人的命。《圣经》中有两个四处奔波的灵魂，哪一个会在这个国家中战胜它的对手呢？”①

此时，穆斯塔法·哈菲兹还活着。埃及情报长官和他在约旦的同事萨拉赫·穆斯塔法继续指挥着巴勒斯坦渗透分子小队，后者仍然在以色列兴风作浪。

1954 年 3 月 17 日，一个由 12 名阿拉伯恐怖分子组成的团伙在蝎子坡道（Scorpion Pass）上伏击了一辆从埃拉特开往特拉维夫的民用巴士，这条坡道是内盖夫沙漠腹地的一段蜿蜒曲折的公路。他们直接开火，打死了 11 名乘客。一个名叫哈伊姆·弗斯滕伯格的 9 岁男孩躲在座位底下，在他们下车后站起来问：“他们走了吗？”恐怖分子听到了他的声音，返回车上，对着他的头开了一枪。他活了下来，却终身瘫痪，32 年后去世了。阿拉伯人肢解了死者，还朝尸体吐口水。后来的事情表明他们是来自约旦的巴勒斯坦人和贝都因人，萨拉赫·穆斯塔法是他们的靠山。

夏里特面对报复声浪承受着巨大的压力，但他不会批准报复行动。“对大屠杀采取行动只会让人看不清可怕的后果，使我们变成与那边的杀戮者一样的人。”他在日记中写道。

相反，“阿曼”的 504 部队派出了一支由 3 名贝都因杀手组成的特遣队，这 3 人都是他们所雇的特工。他们全副武装并携带纳坦·罗特伯格准备的 2 个爆炸装置进入约旦。在约旦南部的一个村子里，他们发现了其中一个恐怖分子的住处，在决定不炸毁房子后，他们一直等到他落单时才打死了他。“我们的特工在他抢劫的东西中找到了公交车司机的身份证，并将其带回来交给我们。”504 部队的资深老兵伊戈尔·西蒙回忆说。

---

① Sharett, “Personal Diary,” vol. C, 823 (Hebrew)。感谢摩西的儿子雅科夫·夏里特，是他使我注意到这条记录。

这次精准的行动在504部队看来是成功的，但从更广的角度看，并没有产生太大影响。定点清除只是取得了有限的成功，但未能阻止甚至未能明显地拖延越境袭击。惩罚性袭击引起了全球的公愤却没有让大屠杀放慢脚步。

20世纪50年代中期，哈菲兹获胜势头尽显。[①] 他训练的恐怖分子在以色列国土上发动了更致命的攻击——收集情报、破坏基础设施、偷盗财物、杀害以色列人。由于缺少合适的基础设施，包括高精度的情报、经验、实践知识以及规模够大、训练有素且装备精良的部队，以色列只能以越来越无具体目标的报复行动和对加沙地带的狂轰乱炸来应对。

哈菲兹的名字频繁地出现在504部队从其南部情报源收到的报告上。然而，他身份模糊，藏在暗处。[②] “我们从未弄到过他的照片，”该部队南部基地的指挥官雅科夫·尼姆罗迪说，“但我们知道他是个30多岁的年轻人，长得还算好看，很有魅力。我们的俘虏和特工提到他时都不由得肃然起敬。”

哈菲兹和尼姆罗迪站在阿以冲突的两边，尼姆罗迪本人也是个年轻且有个人魅力的军官。“哈菲兹被认为是埃及情报界最聪明的人之一，”尼姆罗迪说，“我们的特工很少能逃出他的手掌心。许多人被捕后遭到杀害，或者在接受他开的价码后变成双重间谍，掉头对付我们。在这场智斗中，只有最优秀的人才会获胜并幸存下来。”

在安全工作不力的背景下，迫于公众的巨大压力，夏里特先是被迫接受本-古里安担任国防部长，随之又在1955年11月将总理职位交还给他。夏里特自己只能重回外交部长一职，后来又在本-古里安的施压下被迫辞职。

本-古里安的回归对“阿曼”是种鼓励，后者再次计划对“阿拉

---

① Morris, *Israel's Border Wars, 1949–1956*, 81, 101, 343–45 (Hebrew).

② 2010年12月14日对尼姆罗迪的采访。感谢欧尔·尼姆罗迪和西蒙·沙皮拉帮忙安排这次采访。

伯突击队”进行更猛烈的打击。一个想法是除掉哈菲兹。“他是蛇头，”尼姆罗迪说，“我们要砍掉它。”

“但这件事很难办，原因有三，”阿夫拉罕·达尔说，他此时是“阿曼”的一名少校，负责收集有关哈菲兹的情报，“首先，收集足够多的有关他本人和他经常去的地方的情报；其次，找到他并干掉他；最后，外交问题。他是一个主权国家的高级军官。杀掉他可能会被认为越过了与埃及关系的红线，从而导致关系恶化。”

联合国多次试图在以色列和埃及之间进行调停，但都失败了，哈菲兹的突袭一直在继续，1955 年是这样，1956 年春天还是这样。

1956 年 4 月 29 日，哈菲兹训练的一支巴勒斯坦游击队向在以色列南部边境集体农庄纳哈勒奥兹的农田里干活的农民开火。罗伊·罗特伯格是以色列国防军后备军的一名年轻中尉，负责集体农庄的安全，他骑马出击驱赶他们。巴勒斯坦人杀了他，挖出他的眼睛，拖着他的尸体穿过农田，越过标记边界线的壕沟，试图暗示罗特伯格入侵了外国领土。

摩西·达扬对罗特伯格之死极为痛心。前一天，他在南部定居点巡视时还遇见了中尉。第二天，即 4 月 30 日，达扬站在罗特伯格尚未封上的坟墓旁宣读了一篇悼词，几年间，这份悼词逐渐被视为以色列军国主义初步成形的奠基之作：①

> 昨天清晨，罗伊被杀害了。春天早晨的寂静蒙蔽了他的双眼，他没有看见躺在犁沟边伺机而动的人。
>
> 让我们今天不要责怪凶手。我们又有什么资格来指责他们对我们的深仇大恨呢？整整 8 年，他们一直坐在加沙的难民营中，眼睁睁地看着我们把他们和他们祖先居住的土地和村庄变成了我们自己的遗产……

---

① Aluf Benn, “Militaristic and PostZionist,” *Haaretz*, May 9, 2011.

我们是拓荒安家的一代人；没有钢盔和火炮的话，我们种不了一棵树，建不了一个家；不挖庇护所，我们的孩子就无法生活；没有带刺铁丝网和机关枪，我们就铺不了公路，打不了井，汲不了水。数百万犹太人因为没有祖国而灰飞烟灭，他们正从犹太历史的尘埃中注视着我们，要我们为我们的人民拓一片土地，休养生息。

……看见生活在我们周围的数十万阿拉伯人内心被仇恨占据，每天与仇恨相伴，等着有一天变得强大到足以夺取我们的性命，我们明白自己绝不能退缩。我们不会移开视线，免得我们的手变得无力。这是我们这代人的宿命。[1]

简而言之，达扬的意思是以色列国的犹太人可能是作为定居者返回他们的故土而来到这里的，但从阿拉伯人的角度来看，他们是入侵者。因此，阿拉伯人憎恨犹太人——从前者的角度看是有道理的。而更重要的是，犹太人的继续存在，取决于他们抵御要杀死他们的阿拉伯人的能力。其他的一切——发展、经济、社会和文化——都是次要的，必须服从于国家安全和生存的需要。这在达扬看来是以色列的命运，它源于数千年的犹太历史。

达扬致辞时，站在墓旁的是罗伊的堂兄、造炸弹的纳坦·罗特伯格。葬礼结束后，纳坦向他的叔叔施玛亚胡保证，他会给其子罗伊报仇。[2]

巧的是，达扬也决心为罗伊报仇，并为其他遭到哈菲兹的突击队杀害和恐吓的以色列人报仇。这一次，达扬说服本-古里安不仅对一个巴勒斯坦村庄发动报复袭击，还允许他指示情报界杀掉将杀手带入以色列的埃及人——哈菲兹上校和萨拉赫上校。这是冲突的一次重大

---

① Bar-On, Moshe Dayan, 128－29 (Hebrew).

② 2015 年 8 月 3 日对罗特伯格的采访。

升级。

阿夫拉罕·达尔写下了代号为“纱丽”（Eunuch）的行动命令。就可以确定的情况而言，这是以色列国历史上第一份书面的且付诸行动的定点清除行动命令。

“鉴于埃及组织‘阿拉伯突击队’在加沙地带和约旦活动，”达尔写道，“兹决定对其组织者、加沙地带的穆斯塔法·哈菲兹和埃及驻约旦的武官采取行动。目标是：用诡雷（booby-trap bombs）对以上两人予以肉体消灭。”达尔回忆说，对付哈菲兹，“我们很清楚炸弹必须由他信任的人交给他”。

他们发现穆罕默德·塔拉尔卡是理想人选，他是个贝都因青年，住在加沙地带，为哈菲兹和504部队效力。塔拉尔卡和哈菲兹尚未意识到504部队知道他是双重间谍，而“阿曼”的人决定利用这一点，把东西放进一个在他看来非常重要必须马上拿给哈菲兹的包裹里。

那要放什么东西呢？一个包括以色列人使用的所有摩尔斯码的密码本，504部队会命塔拉尔卡把它带给加沙的另一名以色列特工。

这一次，依然需要用到纳坦·罗特伯格。他的确会为自己的堂弟报仇。

“扎多克［·奥菲尔，504部队南部基地的一名军官］给我打电话，告诉我这个计划，”罗特伯格在50多年后说，“我明白这是为谁准备的，非常高兴。我跟他们说如果他们能给哈菲兹送一本厚书，其他的事包在我身上。”

“我掏空了书的内页，倒进去300克我制造的东西。够吗？当然够。一个雷管是20克——要是在你手中爆炸，你的手指就全没了。所以，300克在一个人眼前爆炸肯定会要了他的命。”

“该装置由一个金属杆、一个弹珠和一个强力弹簧组成。书合上时，里面的包装纸被丝带系上了，金属杆受力后并不移动。一解开丝带，包装纸松开，金属杆就会弹起将弹珠往前推，刺穿雷管，雷管引爆炸弹，接着——轰的一声！”①

这次计划和诡雷装置都发挥得不错。1956 年 7 月 11 日，塔拉尔卡越过边境，直奔埃及驻加沙的军事情报总部，激动地把包裹交给了哈菲兹。“当他从包里拿出书时，”一位目击者后来在埃及的秘密调查中说，“一张纸掉了出来。穆斯塔法·哈菲兹上校弯腰去捡，就在这时爆炸发生了。”② 哈菲兹身受重伤。在场的一些人作证说他趴在地上，喊道：“算你们狠，你们这帮狗崽子。”

第二天晚上，纳坦·罗特伯格去拜访他的叔叔、罗伊的父亲。他特意穿上了他的制服，罗特伯格说：“我告诉他，‘施玛亚胡，我了结了你和穆斯塔法·哈菲兹之间的账’，这让他觉得好受一些吗？我不确定，但对我是这样。我很开心。施玛亚胡没有说话。他的眼眶里蓄满泪水，他感谢我让他知道这件事。”

埃及人羞于公开承认他们的安全疏漏。哈菲兹死后第二天，埃及的《金字塔报》上刊登了一则启事：“驻扎在加沙地带的穆斯塔法·哈菲兹上校，在汽车撞上地雷后不幸丧生……他是巴勒斯坦战争的英雄之一，他为解放而战。历史会铭记他的事迹。他的名字让以色列心惊胆寒。”

在哈菲兹被杀当天，③ 埃及驻安曼的武官萨拉赫·穆斯塔法收到了一封邮件，里面装有《注意坦克！》（*Achtung Panzer!*）的复印件，此书作者是海因茨·古德里安，德国军队的坦克战英雄，也是闪电战概念的创造者之一。阿夫拉罕·达尔是军事史和战略的狂热爱好者，他选择这本书是因为他确信萨拉赫也会认为这是一份合适的礼物。两

---

① 2015 年 8 月 3 日对罗特伯格的采访。

② Egyptian Military Intelligence, *Inquiry into the Death of Colonel Hafez*, July 16, 1956（作者的资料，从尼姆罗迪处获得）。

③ 达尔成功后备受鼓舞，他建议达扬采取进一步行动，使用双重间谍刺杀一名叙利亚将军——军事情报局局长。达扬批准了详细的行动命令并将之提交给本-古里安，但本-古里安提出异议。以色列总理担心反复暗杀高级政府官员将刺激阿拉伯人报复以色列政府官员，甚至很可能报复他本人，因此没有批准这次行动。2015 年 10 月 8 日对达尔的采访。

名“米斯塔拉维姆”成员已经进入约旦统治的东耶路撒冷，并从那里把书寄了出去，这样邮戳不会引起怀疑。萨拉赫尚未听说他在加沙的同僚遭袭的消息，他打开书，书爆炸了，受了致命伤的他后来死在了医院里。

总参谋长达扬明白这两次出击的重大意义，他在自家后院大摆宴席，庆祝干掉了哈菲兹和萨拉赫。阿夫拉罕·达尔整理了客人的名单。

四
最高命令的一击

对哈菲兹和萨拉赫的定点清除引起了埃及军事情报机构的震动，恐怖分子入侵以色列的次数有所减少。在以色列人看来，这就是成功。

但紧接着又出现了新的情况，以至于这一地区的天空乌云密布。

1956年7月27日，埃及总统贾迈勒·阿卜杜勒·纳赛尔根据反殖民主义的议程，将苏伊士运河国有化，而苏伊士运河是连接地中海和红海的航运要道。英法两国政府火冒三丈，因为这两国公民是这条水路上获利颇丰的海运公司的主要股东。以色列就自己的利益而言，是希望重新获得运河的通行权的，但与此同时，它也认为这是向埃及传达明确信息的机会，即纳赛尔最终将为派遣武装分子在加沙地带袭击以色列而付出沉重的代价，而且他摧毁以色列国的明显野心将遭到毁灭性打击。

各种利益的交织促成了三国之间的秘密联盟，精力充沛的年轻以色列国防部总干事西蒙·佩雷斯在制定野心勃勃的战争计划中发挥了主导作用。以色列将入侵西奈半岛，从而为法国和英国也入侵该地制造借口——一场威胁苏伊士运河的危机即将上演。法国保证为以色列提供空中保护，以抵御埃及空军的袭击。

在诺曼底登陆前不久，以色列的“阿曼”获悉，一个代表团乘飞机离开了开罗前往大马士革，其中包括大权在握的埃及参谋长、陆军元帅阿卜杜勒·哈基姆·阿密尔和许多其他高级官员。真是天赐良机！只需一次精准打击，以色列几乎可以一举灭掉整个埃及的军事领导层。

鉴于当时可用的技术能力，空军开始进行夜间拦截的强化训练，这是一次有难度的行动。本-古里安和达扬决定以色列将竭尽所能掩盖该国参与此事的蛛丝马迹，力图使飞机看起来像是因技术故障而坠毁。①

此次行动的代号为"雄鸡行动"（Operation Rooster）。

预计埃及人会搭乘两架"伊尔-14"客机，从大马士革出发，短暂飞行后抵达开罗。"阿曼"将辨认并跟踪护航机的任务分配给了信号情报单位（SIGINT）。② 该单位（现在称 8200 部队）已经在 1948—1949 年的战争中屡立赫赫战功，后来"阿曼"投入了大量资源大力发展该部队，最终它将成为以色列国防军规模最大的——有人说最重要的——部队。

事实证明，投入达到了预期效果。在代表团离开开罗到大马士革的前几天，信号情报技术人员设法分离出了埃及人在返回开罗的短途航行中预计使用的无线电频率。20 名不到 25 岁的以色列无线电报务员，在位于特拉维夫以北拉马特哈沙隆的总部严阵以待，24 小时轮班，等待埃及人离开大马士革的停机坪。该部门承受着来自最高指挥部的巨大压力，因为西奈半岛的地面攻势定在 10 月 29 日，失去全体高级军事人员所造成的士气低落会引发混乱，使埃及人处于明显的劣势。时间不多了。

日子一天天过去，无线电报务员耐心地等待着耳机里传来声音。③ 10 月 28 日黎明时分，就在决定性时刻的前一天，埃及人仍然

① 在 1989 年之前以色列军事审查员一直禁止发表有关此次行动的细节。Recording of Mordechai Bar-On about Dayan, from the seminar "Operation Rooster 56," March 5, 2015。

② 2011 年 5 月 16 日对盖尔博的采访。Uri Dromi, "Urgent Message to the CoS: The Egyptian Code Has Been Decrypted," *Haaretz*, August 29, 2011。

③ 1999 年 1 月 19 日对约姆-托夫·艾尼的采访。Argaman, *It Was Top Secret*, 39 - 60。

没有离开叙利亚。终于，10月28日下午2点，他们接收到了等待已久的信号：伊尔-14的飞行员准备动身。

马提亚斯·“查托”·伯吉尔是空军119中队的指挥官，也是当时空军最好的飞行员之一，他被委以此次重任。[①] 晚上8点左右，信号情报部通知空军，埃及人的两架伊尔飞机中只有一架起飞了。不过，信号情报部相信所有的埃及军官都在机上。“雄鸡行动”启动了。

查托爬进了“流星 Mk. 13”喷气式战斗机，在他的领航员艾莱叙夫·“希夫”·布洛什的引导下起飞了。这个夜晚格外的黑，连地平线都几乎隐没在黑暗之中。

查托爬升到一万英尺的高空后开始平飞。雷达探测到一架飞机正在靠近。“雷达可见！雷达可见！雷达可见！”希夫对对讲机说，“2点钟方向，我们的高度，正面3英里，飞向3点钟方向。4英里！快朝右！减速！你逼近得太快了！”

在浩瀚的黑色天空的映衬下，查托看见了微弱的橘色耀斑，那是伊尔型飞机排气管里的火焰。“目力可见。”他向地面控制中心报告。

“我希望能对这架飞机进行正面识别，”坐在控制中心的空军司令丹·托尔考斯基说，“要肯定，确定无疑。明白吗?”

查托稍微朝左转，直到可以看见客舱窗户里的光线。驾驶舱的窗户比其他窗户都大。肯定是这架飞机，查托心想。只有伊尔型有这样的窗户。他还分辨出穿着军服的人在座位间走动。

“身份确认！”他说。

“绝无疑问才可开火。”托尔考斯基答道。

“收到。”

炮弹从装在飞机机头上的4门20厘米口径的大炮中射出。查托被一种突如其来的光照得什么都看不见：原来地勤人员中有人想帮个忙，就在大炮中装了曳光弹，但在近乎全黑的夜空这么亮的闪光灼伤

---

① Tsiddon-Chatto, *By Day, By Night, Through Haze and Fog*, 220 – 21 (Hebrew).

了他的双眼。

等查托的视力恢复，他看见了天空中的火光。“击中了!”查托告诉地面控制中心，“左引擎着火，看起来像是发生短路，因为到处一片漆黑。”

查托再次握紧扳机。伊尔飞机爆炸了，在夜空中变成一个火球，喷出大块大块燃烧的残骸。飞机开始旋转着朝大海坠去。

“你看见它坠毁了吗?”查托将自己的飞机从漩涡气流中拉出来时托尔考斯基问。

“确定，坠毁了。”查托回答。

查托的飞机降落时扬起阵阵灰尘，停机坪上迎接他的有总参谋长摩西·达扬和托尔考斯基将军，他们告诉查托在最后一刻阿密尔显然决定等第二架飞机。

“如果还有时间，”查托说，“我们可以加满油再出发。”

“我们考虑过，不过得出的结论是这会过于明显，很可能会暴露我们的情报来源，”达扬回答，“我们决定阿密尔就随他去吧。即便如此，从你除掉埃及总参谋部的那一刻起，你就赢了上半场战斗。我们为下半场干一杯吧。”

“雄鸡行动”无疑是一次出色的情报与空战上的成就。实际上，参加“雄鸡行动”的人后来开始称之为“埃及总参谋部的陷落”,①还声称在开罗最高指挥部蔓延的混乱极大地帮助以色列赢得了第二天爆发的战争。

无论其影响是否真像这些人所说的那么大，以色列国防军都会继续轻松地击溃埃及军队。它使全世界都注意到：这个犹太国家现在是

① 然而，很难找到有关其直接影响主张的根据。在埃及，没有任何有关此次事件的报道。在以色列也是一样——就本书的研究发现而言——有关爆炸的伊尔型飞机上的人员身份以及拦截后埃及最高指挥部所面临的各种问题等具体信息没有任何记录。2017 年 2 月 12 日对大卫·希曼·托夫和沙亚·赫尔什科维茨的采访，2013 年 10 月 18 日对约拉姆·梅塔尔的采访，2013 年 1 月 15 日对莫提·戈拉尼的采访。

一支不可小觑的战斗力量。眼下欣喜若狂的本-古里安给第九旅的官兵发了一封谈“以色列第三王国”的公开信。

除了西奈半岛，以色列还征服了加沙地带。在以色列国防军占领加沙地带之后，雷哈维亚·瓦尔第从504部队派了自己的手下去搜查位于加沙城内的埃及情报大楼，穆斯塔法·哈菲兹几个月前就是在那里被杀的。在一个地下室，他们找到了隐藏的宝藏，那是拼命逃跑的埃及人疏忽大意未销毁的：哈菲兹及其手下在西奈半岛战役前5年部署以对付以色列的所有巴勒斯坦恐怖分子的完整档案卡片。

这就像是埃及人留下了一份暗杀名单。瓦尔第去见了总参谋长达扬，并请求他批准开始清除卡片上提到的巴勒斯坦人。那一头，达扬也得到了本-古里安的批准。瓦尔第随后命令纳坦·罗特伯格——和他的炸弹专家们——赶制炸药。

罗特伯格的特殊配方被装进了柳条筐、打火机、水果、蔬菜，甚至家具中。504部队的阿拉伯特工将炸弹藏匿在合适的地方，或者把它们当礼物送给加沙的30名巴勒斯坦“阿拉伯突击队”队员。在1957年11月至1958年3月期间，瓦尔第的手下研究了名单，消灭了多年来恐吓以色列人的那些人。就战术上而言，定点清除行动在很大程度上取得了成功，但战略上而言未必如此。“所有这些清除行动意义都非常有限，”罗特伯格说，“因为轻轻松松就有人填补了他们的位置。”

很快，英国、法国和以色列的密谋变成了一场反响强烈的国际外交灾难。美国迫使以色列撤出西奈半岛和加沙地带。法国和英国也屈服了，最终失去了对运河的控制权，这两个超级大国的领导人也被迫辞职。

埃及政府现在被认为是公开站出来反对西方殖民主义，并迫使两个欧洲大国及埃及的死敌犹太人退走。纳赛尔被塑造成英雄，成为阿拉伯世界事实上的领袖。

然而，纳赛尔的确同意允许以色列船只使用运河，并停止支持加沙地带的“阿拉伯突击队”的行动。他明白这些行动引发与以色列爆发全面军事冲突的可能性要大于从中得到的好处。

终于，在 1957 年，恐怖活动似乎停止从边境流入以色列。

西奈半岛战役使阿拉伯国家明白摧毁以色列非常困难，这使得以色列 11 年免于大规模战争之苦，直至 1967 年六日战争爆发。以色列国防军利用这段时间演变成一支力量强大、规模庞大、训练有素、有技术支撑的军事力量，不仅配备了现代武器，还拥有了“阿曼”这样功能广泛的情报机构。

接下来的几年也是摩萨德的好年景。伊塞尔·哈雷尔将其从一个羽翼未丰、时而栽跟头的组织发展成了一个拥有近千名雇员的机构，以其坚韧顽强、不屈不挠、锐意进取蜚声国际。

以色列是在 1956 年开始以情报强国的身份登上国际舞台的，那一年，尼基塔·赫鲁晓夫在苏共第 20 次代表大会上发表秘密讲话，坦率地谈及其前任约瑟夫·斯大林的所作所为。西方世界的每个情报机构都急于得到演讲的文本，加以研究，以找到赫鲁晓夫思维倾向的线索，但是它们谁都无法穿透苏联的机密铁幕。成功的只有以色列情报机构，伊塞尔·哈雷尔下令将演讲稿的副本交给了美国中情局。

中情局局长艾伦·杜勒斯非常满意且感激不尽，他将之呈给了德怀特·艾森豪威尔总统，总统随后下令将之泄露给《纽约时报》。① 报道令全世界一片哗然，令苏联大为尴尬。

---

① 1956 年 6 月 4 日，星期一，《纽约时报》登出了这篇演讲稿在美国人手中的消息，第二天，从中节选了很长的篇幅刊登出来，还特意用了加粗的新闻标题：KHRUSHCHEV TALK ON STALIN BARES DETAILS OF RULE BASED ON TERROR. CHARGES PLOT FOR KREMLIN PURGES. DEAD DICTATOR PAINTED AS SAVAGE, HALF-MAD AND POWER-CRAZED。新闻一出全世界一片哗然，这正是中央情报局想要的效果。

美国与以色列情报机构之间的秘密同盟就此诞生了。① 美国这边由中情局反间谍部门负责人詹姆斯·耶萨斯·安格尔顿领导，他是以色列的支持者，和哈雷尔很像，认为苏联间谍无处不在。通过这一渠道，中情局将得到大量的中东情报，这一操作一直持续到今天。

1956年以色列的西奈半岛战役尽管是一场政治灾难，② 但进一步稳固了该国对情报工作的立场。在那场短暂的战争之后，哈雷尔开始编织一张囊括中东、亚洲和非洲各国的秘密联络网，其中包括许多公开支持阿拉伯人的国家。这一惯用手法在摩萨德内部被称为“外围理论”（periphery doctrine）③，它要求与位于以色列周围敌对阿拉伯国家包围圈外的国家及组织，或者与那些和以色列的敌人处于敌对状态的国家内部的少数派建立秘密联系。

摩萨德“外围战略”的杰出成果就是以色列、沙阿统治下的伊朗和土耳其之间的三方情报同盟，其代号为“三叉戟”。这三国的间谍机构领导人不时会面并交换大量情报资料。该同盟还对苏联和阿拉

---

① 除了摩萨德和中情局外，以色列和美国的其他情报组织也建立了联系。特别重要的是美国国家安全局与其以色列同行“阿曼”的8200部队之间的关系。在爱德华·斯诺登泄露的文件中，有一些关于这些关系的历史调查，可追溯至20世纪60年代初，记载了针对中东共同敌人的谍报活动的深入合作。2016年5月，在纽约的在线新闻网站 *The Intercept* 的地下室，通过该网站工作人员的帮助，作者得以查阅了斯诺登文件，特别感谢恩里克·摩尔特克。

② 2001年4月6日对哈雷尔的采访。有关苏伊士运河事件和以色列得失最为详尽的报告可参见：Golani, *There Will Be War Next Summer*, 597 – 620 (Hebrew)。

③ 摩萨德驻非洲高级指挥官大卫·吉姆奇解释说：“向非洲派一名鸡舍专家或情报收集指导，我们花的钱是一样的。后者最终会见到皇帝，前者最后止步于鸡舍。我们的首选显而易见。情报互通是培养亲密关系的最快途径。”1998年8月18日对大卫·吉姆奇的采访，2001年4月6日对哈雷尔的采访，2014年4月22日对鲁文·梅哈夫的采访，2010年9月13日对本-纳坦的采访，2007年9月24日对塔马尔·戈兰的采访，1997年12月30日对汉南·巴昂的采访，1999年4月22日对约夫·比伦的采访，1997年12月26日对鲁布拉尼的采访，1998年9月16日对阿里耶·奥戴德的采访。*Pilpul in Addis Ababa to the MFA—Report on meeting with Ethiopian Emperor and chief of staff*, August 25, 1957, ISA 3740/9. Black and Morris, *Israel's Secret Wars*, 186。

伯采取了联合行动。本-古里安说服了艾森豪威尔总统相信“三叉戟”是顶级资产，中情局为其活动提供资金。[①]

然而，摩萨德最大的意外在1960年来临，当时以色列特工追踪阿道夫·艾希曼——希特勒的“最终方案”[②] 的主要设计师和推动者之一——到布宜诺斯艾利斯，他在那里化名里卡多·克莱门特生活了10年。

德国犹太检察官弗里茨·鲍尔对把纳粹战犯带回德国绳之以法不抱任何希望，故而将他收集到的关于艾希曼的信息泄露给了摩萨德。当一名摩萨德军官来见他时，鲍尔让他单独待了一会儿，而机密文件就放在桌上。[③] 以色列人心领神会，抄录了相关细节。

---

① 本-古里安在给艾森豪威尔总统的一封信中解释了这一同盟的性质：“为了筑一座高坝阻断纳赛尔的支持者——苏联（Nasserite-Soviet）的巨浪，我们已经开始加强与中东外围的几个国家的联系……我们的目标是组织一个多国组成的集团，并不一定是官方同盟，使其能抵御像苏联通过纳赛尔这样的代理人进行的扩张。”Eshed, *One Man's Mossad*, 227。“三叉戟协议”（C'LIL）要求三国的情报机构负责人定期会面，每次由不同国家任东道主。三国还就各种问题建立了一个进行情报协调与情报交换的复杂机制。以色列认为“三叉戟协议”是一项前所未有的战略成就，因为以色列已把自己定位为该军事情报协议的中轴。在土耳其和伊朗之间发生地区争端时，“三叉戟协议”发挥平台作用，以色列充当仲裁员。参与策划“三叉戟协议”会议的摩萨德军官鲁文·梅哈夫解释说：“当时，土耳其、伊朗和埃塞俄比亚的情报机构负责人都与国家元首有直接联系，不管他是国王沙阿，还是海尔·塞拉西皇帝。通过‘三叉戟协议’，情报和想法可直接上达统治者。[最初的同盟三方]给我们带来三重惊喜，有了埃塞俄比亚就是四重。”中情局希望对“三叉戟”的成立表示赞赏，出资在特拉维夫郊外的山顶上建了一座两层楼房，用作该同盟的总部。2014年4月22日对鲁文·梅哈夫的采访，1999年3月对哈雷尔的采访，2015年5月18日对约西·艾尔弗的采访。Ronen Bergman, “Israel and Africa: Military and Intelligence Liaisons,” Ph. D. dissertation, Cambridge University, 53－78. Bureau of Minister of Defense, report on meeting between Lt. Col. Vardi and Emperor of Ethiopia, February 24, 1958, Ministry of Defense and IDF Archives (MODA) 63－10－2013。

② 指纳粹德国针对欧洲犹太人的系统化的种族灭绝的设计及实施。——译者

③ 1998年7月对茨维·阿哈罗尼的采访，2015年6月30日对米丹的采访，2016年3月对“莱斯康”的采访。Mossad, *Report Regarding Dybbuk*, Zvi Aharoni, March 4, 1960. Mossad, *Operation Eichmann: A Report on Stage A*, Zvi Aharoni，日期不详（这两个都是作者的资料，都从“莱斯康”处获得）。

本-古里安批准哈雷尔赶赴布宜诺斯艾利斯，给一大队人马打前阵。[1] 总理决定跟艾希曼清算旧账，给他取的代号为“迪布克”(Dybbuk)，这个词源自希伯来语，指的是附在活人身上的恶灵。但这次行动的目的远不止报复一个人那么简单，无论此人犯下的罪行有多恶劣。本-古里安命令哈雷尔及其手下不要伤害艾希曼，尽管杀死他是最简单的选择，而要绑架他把他带回以色列接受审判。其目的是通过揭露大屠杀的罪魁祸首之一的罪行，激起国际社会对大屠杀的共鸣，给大家留下不可磨灭的记忆。

几十名摩萨德特工和合作者参与了此次行动，其中一些人持有并更换了多达 5 个国家的护照。他们分散在阿根廷首都各地的许多安全屋。

5 月 11 日，该团队来到一个车站附近，那个名叫“克莱门特”的人每天晚上 7 点 40 分就是在这里下车，然后步行一小段路回家。这天晚上，公共汽车来了，但艾希曼没有出现。队伍接到的命令是等到晚上 8 点，若届时他还未出现就取消行动，以免打草惊蛇。

8 点，他们正准备收拾东西走人，但现场指挥官拉菲·艾坦决定再等一会儿。5 分钟后，就在艾坦准备放弃当晚的行动时，另一辆公共汽车停了下来。克莱门特下了车，开始步行，一只手还插在口袋里。

茨维·马尔钦（Zvi Malchin）第一个扑了过去。他怕克莱门特有所察觉，正要拔枪，所以没按原计划从背后抓住他把他拖上车，而是从背后把他推进沟里，然后跳到他身上，艾坦和另一名特工断后。克莱门特大声呼叫，但周围没人听见。不出几秒钟，他就被制服了扔进一辆汽车的后排座。坐在那里的摩萨德特工茨维·阿哈罗尼用德语警

---

① 1998 年 7 月对茨维·阿哈罗尼的采访，2012 年 10 月 21 日对安拉姆·阿哈罗尼的采访，2016 年 5 月对“艾坦”的采访。Neal Bascomb, *Hunting Eichmann*, 208 – 18 (Hebrew)。

告他：如果惹麻烦，就把他就地正法。

艾坦开始寻找能确凿无误地表明他就是艾希曼的标记。他手臂内侧腋下的伤疤很快就被找到了，那是党卫军文身所在的地方。他接受过阑尾手术，这点被详细记录在他的党卫军档案里，术后留下的疤痕更是个问题。艾坦不得不解开他的皮带，把手伸进克莱门特的裤子里，与此同时，汽车在拼命往前开，车上的人颠得东倒西歪。但最终他找到了，他用希伯来语惊呼：“Zeh hoo！Zeh hoo！”（“是他！是他！”）

黑暗中，艾坦和马尔钦的眼睛闪闪发光。他们握了握手，哼唱了几节游击队之歌，那是为了纪念在森林里与纳粹作战的犹太人而写的，歌的结尾唱道：“我们踏步前进，让大家知道：我们来了。”

艾希曼被注射了镇定剂，然后被一架以色列航空公司的飞机偷运至以色列。他在耶路撒冷的审判吸引了前所未有的国际关注，而见证此事的人群之浩浩荡荡提醒世人大屠杀是何其残忍。艾希曼被判死刑并被处以绞刑。他的尸体被火化，骨灰撒向大海。

与此同时，媒体少得可怜的关于艾希曼是怎么被找到并绑架的报道使得摩萨德在世人眼中成了一个冷酷无情、无所不能的间谍机构。到 1962 年中期，哈雷尔被视为以色列情报与国防机构的强人。①

本-古里安得到了他希望得到的一切。

尽管荣耀加身，但哈雷尔的机构完完全全地漏掉了家门口发生的一场毁灭性威胁。

---

① 哈雷尔前所未有的大权在握可以从他自己的描述中得到证明，这番话他是在 20 世纪 80 年代初对摩萨德的历史学家说的，当时他在描述他与总理的关系，显然他并没有意识到他对民主的理解存在严重缺陷。他说：“本-古里安从未给我们下过行动命令。他会表达某种关切或对某事的希望。他不知道如何将自己的想法转化成行动语言，实际上他也不需要知道。当然，总理应该基于某些原则来制定政策而不是细节。”摩萨德的总结是：“伊塞尔［·哈雷尔］通常不向总理准确汇报他在做的事以及他是如何做的。” Mossad, History Department, “The German Scientists Affair,” 1982, 14, henceforth Mossad German Scientists Dossier（作者的资料，从“托博伦”处获得）。

五
“好像天要塌了一样”

1962年7月21日早晨，以色列人醒来时得知了他们最怕听到的坏消息：埃及的报纸报道称其成功试射了4枚地对地导弹——2枚新的“胜利者”（Al－Zafer）、2枚“征服者”（Al－Qaher）。[①]2天后，每种型号10枚导弹覆盖着埃及国旗沿尼罗河在开罗街头游行。观众当中约有300名外国外交官，开罗居民也很多。纳赛尔总统站在尼罗河畔一座政府大楼前的特别看台上进行了检阅。他自豪地宣布，埃及军队现在有能力打击“贝鲁特以南”的任何地方。[②]鉴于以色列的整个国土位于埃及和北部以贝鲁特为首都的黎巴嫩之间，前者在其南边，后者在其北面，其含义是显而易见的。

第二天，位于埃及的广播电台“开罗的雷霆之声”用希伯来语播报的新闻更加直白。“这些导弹旨在为阿拉伯人打开自由之门，”主持人吹嘘道，“并收复因帝国主义和锡安主义阴谋而遭窃的国土。”

仅仅几周后，当德国科学家团队在这些导弹的研发过程中发挥了必不可少的作用的消息传来时，以色列公众的不安才被放大。第二次世界大战才结束17年，突然间，充斥着身穿纳粹国防军军装的德国科学家形象的大屠杀创伤，让位于一种全新的不同的生存危机：大规模杀伤性武器掌握在以色列新的劲敌纳赛尔手中，而以色列人视其为中东的希特勒。“前德国纳粹现在正在协助纳赛尔进行他的反以色列种族灭绝计划”，犹太媒体的新闻这样形容。[③]

尽管拥有监视和保护以色列免受外部威胁的广泛特权，摩萨德还是被打了个措手不及。这个犹太国家的情报部门——更别提该国的政治和军事领导人——直到试射的前几天才惊讶地得知埃及的导弹项目。这是一种令人震惊的警示，提醒大家这个小国有多脆弱，对哈雷尔的摩萨德则是一次奇耻大辱。④

更糟糕的是，研发能够摧毁以色列的埃及导弹的德国专家并不是寂寂无名的技术人员。⑤ 他们是纳粹政权一些最资深的工程师，是二战期间在波罗的海沿岸的佩内明德半岛的研究基地工作过的人，第三帝国最先进的武器就是在那里研发的。他们协助制造了 V-1——一种令英国闻风丧胆的飞弹——还有 V-2 弹道导弹，德国人曾用它摧毁了安特卫普和伦敦的大片地区，并作为今天的远程地对地导弹的原型。

“我感到很无助，”国防部总干事阿舍·本-纳坦说，“好像天要塌了一样。本-古里安一再谈及让他彻夜难眠的噩梦——他作为首任总理将幸存的欧洲犹太人带到以色列国，结果让他们在这里，在他们自己的国家遭受第二次大屠杀。”⑥

摩萨德自己在 1982 年对此事进行的绝密内部调查中这样总结道：

---

① Central Intelligence Agency, Scientific Intelligence Memorandum, “The United Arab Republic Missile Program,” February 26, 1963, https://cia.gov/library/readingroom/docs/DOC_001173925.pdf.

② Jay Walz, “Nasser Exhibits Military Might,” *New York Times*, July 24, 1962.

③ Edwin Eitan, *Canadian Jewish Chronicle*, May 10, 1963.

④ 后来的检查表明，摩萨德驻欧洲人员实际上在游行前些年就收集到了各种情报，暗示纳赛尔正在招募德国科学家。摩萨德试图将失败之责推卸给军事情报机构与国防部，声称已经将情报交给了他们，但他们未加重视。Mossad German Scientists Dossier, 8-10。

⑤ 哈雷尔确信国防军、盖世太保和党卫军的老兵正在策划阴谋，他把揭露其阴谋的任务分配给了一群说德语的摩萨德人员。这个代号为“阿玛尔”的编队什么都没发现，因为没有这样的阴谋。令人尴尬的是，希特勒先进武器计划的前成员切实参与的一件，即埃及的导弹计划，没侦察出来。Yossi Chen, the Mossad, History Department, “Staff Organization, Amal-Meser,” May 2007。

⑥ 为写作本书采访的许多摩萨德和“阿曼”员工忆及当有关德国科学家及其项目的第一个详细情况出现时，露出了那种相似的震惊和忧心忡忡。“阿曼”188 部队的莫提·科菲说：“我很害怕，感受到一种现实的生存威胁。”2011 年 6 月 9 日对莫提·科菲的采访，2010 年 9 月 13 日对本-纳坦的采访。

“这是以色列情报界有史以来最重要、创伤性最大的事件之一，这种事导致了连锁反应，引发极端行动。”①

而事实上，反应确实很极端。

哈雷尔下令整个摩萨德进入紧急状态。一种如临大敌之感席卷了该机构的每条走廊，从那几个月的内部电报中也能窥见一二。1962年8月，特拉维夫总部在发给驻欧洲的摩萨德电台的电报中这样写道：“我们对获得［情报］材料感兴趣，无论什么都可以，如果发现了了解这件事却不准备合作的德国人，我们准备将其强行带走并让其开口。请注意，为获取情报，我们必须不惜一切代价。”

摩萨德特工立即开始闯入埃及在欧洲几个国家首都的外交使馆和领事馆偷拍文件。他们还在埃及航空公司——该公司偶尔会为纳赛尔的情报机构提供掩护——的苏黎世办事处招募了一名瑞士员工。这名瑞士员工允许摩萨德特工每周两次在夜间将邮包带到安全屋。邮包被打开，里面的内容被影印，然后由专家再度封好，不留下任何被动过的迹象，之后再还给航空公司办事处。在相对较短的一段时间里，摩萨德对埃及导弹项目及其各个负责人有了初步了解。

该项目是由两位蜚声国际的科学家欧根·桑格尔博士和沃尔夫冈·皮尔茨博士发起的。在二战中，他们在佩内明德陆军研究中心发挥了关键作用。1954年，他们加入了位于斯图加特的喷气推进物理研究所。桑格尔领导这家享有盛名的机构，皮尔茨和另外两名经验丰富的国防军专家保罗·格克博士、汉斯·克鲁格博士担任部门负责人。不过，这群人觉得自己的专长在战后德国大材小用，施展不开；1959年，他们与埃及政权接触并提出招募和领导一群科学家开发远程地对地火箭。纳赛尔欣然同意并任命了他最亲近的军事顾问之一伊萨姆·艾尔丁·马哈茂德·哈利勒将军协调该项目，此人是空军情报局前局长、埃及陆军研发部门负责人。哈利勒为1960年4月首次抵

① Mossad German Scientists Dossier, 2.

达埃及访问的德国科学家建立了一个与埃及军队其他部分分开的独立系统。

1961 年下半年，桑格尔、皮尔茨和格克迁往埃及，而且招募了约 35 名极富经验的德国科学家和技术人员加入他们。埃及这边的设施包括试验场、实验室和为这群德国侨民提供的豪华生活区，他们待遇优渥，薪水丰厚。不过，克鲁格留在了德国，成立了一个“内部贸易公司”（Intra Commercial），它实际上是这群人在欧洲的前哨。

然而，就在摩萨德差不多对局势有了基本了解后，更多的坏消息接踵而至。1962 年 8 月 16 日，伊塞尔·哈雷尔面色凝重地去见本-古里安，带去了一份两天前在苏黎世影印的埃及情报机构邮包中的文件。

以色列人大惊失色。该文件是皮尔茨于 1962 年写给埃及项目经理的一份订单，① 里面包含为制造 900 枚导弹需要在欧洲采购的材料清单。这可是个大数字！根据摩萨德的一份内部报告，拦截到这份情报后，该组织受到了一种“近乎恐慌的气氛”的打击。更糟糕的是，这份文件引起了以色列专家的担忧，生怕埃及的真正目的是用放射性和化学弹头武装导弹。

本-古里安召集了最高级别的紧急会议。

哈雷尔勉强想到个计划。

到目前为止，摩萨德收集到的情报暴露了该导弹项目的一个致命弱点：制导系统落后到几乎无法正常工作，这意味着导弹还不能批量生产。只要情况照旧，埃及就需要德国科学家。没有他们，项目就会崩溃。那么，哈雷尔的计划是去绑架或消灭德国人。②

到 8 月底，为了落实计划，哈雷尔去了一趟欧洲。天气转冷，预示着该地区将迎来多年来最冷的冬天。在确定皮尔茨位置的所有努力都失败之后，他决定对克鲁格下手。③

---

① Mossad German Scientists Dossier, 17.

② 2013 年 9 月 1 日对艾坦的采访。

③ 2001 年 4 月 6 日对哈雷尔的采访。Mossad German Scientists Dossier, 39。

9月10日，星期一，下午5点半，一个自称萨利赫·卡赫的男子给克鲁格在慕尼黑的家打电话。[①] 他说自己是代表赛义德·纳迪姆上校——马哈茂德·哈利勒将军的首席助理——打来的，纳迪姆必须“立即”见到克鲁格，讨论“一件重要的事”。萨利赫用最友善的口吻补充说纳迪姆——克鲁格的熟人——向他问好，并正在慕尼黑的大使酒店等他。萨利赫说手头有笔能给克鲁格带来丰厚回报的交易，由于情况特殊，不可能在内部贸易公司办公室讨论。

克鲁格并没觉得这件事有蹊跷，他接受了邀请。萨利赫正是摩萨德的老手奥戴德，他出生在伊拉克，一直活跃于那里的犹太复国主义地下组织中，1949年差点儿被抓后逃离了伊拉克。他在巴格达跟穆斯林一起上普通学校，可以很容易地伪装成阿拉伯人。多年来，他为摩萨德打击阿拉伯目标。

克鲁格在大使酒店的大堂见到了奥戴德。[②] “我们，纳迪姆上校和我，需要你做一件重要的事。”他说。

第二天，奥戴德到内部贸易公司办公室去接克鲁格，将他送到纳迪姆在城外的别墅。“我是乘出租车去的，克鲁格很高兴见到我并把我介绍给了公司的员工。他从没有对我的身份起疑。我们很谈得来。坐在梅赛德斯车里，在去我给的地址的路上，我恭维克鲁格，告诉他我们埃及情报机构多么感激他的服务和贡献。他主要谈的是他刚买的新梅赛德斯。”

两人来到了克鲁格以为纳迪姆正在等他的那幢房子。他们下了车。一个女人打开前门，克鲁格走了进去。奥戴德在他身后，门关

---

① Mossad German Scientists Dossier, 40－41.

② 包括前台在内的大使酒店目击者和内部贸易公司办公室的目击者后来都被警察讯问，他们说萨利赫“外貌像黎凡特人”。媒体在报道克鲁格失踪事件时，在醒目位置刊登了他的外貌拼图。“真相是拼出来的外貌和我非常像。”奥戴德笑着说。这意味着他的身份曝光了，而后被告知10年内不得去德国。奥戴德说，从克鲁格身后的门关上的那一刻起，他就“脱离了整个行动”，“他不知道发生在那个德国人身上的事”。2015年8月31日对奥戴德的采访。

了，而奥戴德按计划留在了外面。

另外3名特工正在房间里等他。他们几拳打晕了克鲁格，堵上他的嘴，把他绑了起来。当他醒过来时，该团队招募的一名法籍犹太医生给他做了检查。医生认为克鲁格只是轻微脑震荡，因此建议不要给他打镇定剂。一个说德语的摩萨德特工对他说："你在我们手里了。照我们说的做，不然就干掉你。"① 克鲁格保证会听话，他被关在由其中一辆大众露营车改造的秘密隔间里，然后一整队人马乘着那辆车和另外两辆车朝法国边境而去。途中，他们在一个森林里停了下来，哈雷尔告诉克鲁格他们即将过境，要是他敢发出半点声音，汽车司机就会开启一个机关，把致命剂量的毒气泵进隔间里。

当他们到达马赛时，注射了大剂量镇定剂的克鲁格被抬上一架载有北非犹太移民飞往以色列的以色列航空公司飞机。摩萨德人员告诉法国当局他是一名生病的移民。

与此同时，摩萨德开始大范围地散布假消息，② 让一个酷似克鲁格的人携带有他名字的身份文件在南美旅行，并留下书面痕迹，表明克鲁格不过是背叛了埃及和他的合作者卷款潜逃了。同一时间，摩萨德向媒体泄露虚假信息，说克鲁格跟哈利勒将军及其手下发生了争执，显然被他们绑架并杀害了。

在以色列，克鲁格被关押在摩萨德的一座秘密监狱里，受到了严刑拷打。根据摩萨德的一份报告，起初，他拒不开口，但很快就开始合作了，在几个月的时间里他"交代了很多"。③"这人记性很好，知道导弹项目的所有组织与管理细节。"他公事包里的文件也很有用。这份报告总结道："这些数据足以做成一本情报百科全书。"

克鲁格甚至主动请缨回到慕尼黑，在那里给摩萨德当特工。但最终在审讯者看来，克鲁格似乎已将他所知道的一切告诉了他们，于

① Mossad German Scientists Dossier, 43-44.

② Mossad German Scientists Dossier, 44-45. 2013年9月对"爱国者"的采访。

③ Mossad German Scientists Dossier, 45.

是，摩萨德开始考虑如何处置他。显然，同意他返回慕尼黑的请求是非常危险的——克鲁格可能会背叛他的新主子，去找警察，报告他们以色列人是如何在德国领土上绑架一名德国公民的。哈雷尔选择了更简单的出路。他命令一名代号为“S. G.”的手下将克鲁格带到特拉维夫以北一个荒无人烟的地方，开枪打死了他。[①] 一架空军飞机把他的尸体捡起来扔进了大海。

对克鲁格的行动的大获成功，促使本-古里安给越来越多的定点清除行动开绿灯。他批准使用军事情报局（“阿曼”）188部队，这是个把使用假身份的以色列士兵安插在敌国内部的秘密行动队。该部队的指挥部位于特拉维夫的萨罗纳居住区，离本-古里安的办公室不远，并且在特拉维夫北部的海滩上有个训练基地，毗邻纳坦·罗特伯格的特殊爆破实验室。

伊塞尔·哈雷尔恨透了188部队。[②] 自20世纪50年代中期起，他就一直试图说服本-古里安将这支部队交给摩萨德或者至少让他负责，但由于该部队强烈反对，本-古里安便没同意。

“阿曼”的负责人梅厄·阿米特少将认为，德国科学家对以色列的威胁并不像哈雷尔想的那么严重。然而，由于与摩萨德的组织间竞争，他要求允许他的188部队对他们采取行动，他说，因为“我们不能忽略它。我们必须将这件事扼杀在萌芽状态”。由此，一场关于谁会杀死更多德国人的激烈竞争在188部队和摩萨德之间上演了。

那段时间，188部队在埃及有一名潜伏得很深的老特工。[③] 沃尔

---

① 处决克鲁格确实惹怒了少数了解此事的摩萨德人中的一些人。茨维·阿哈罗尼（后来成了哈雷尔的死敌）说：“这是不可饶恕的行为，是我们所有人身上的污点。”拉菲·艾坦评论说：“那是伊塞尔的风格。我并不认为他得到了本-古里安的批准。”2011年8月对“爱国者”的采访，1998年7月对茨维·阿哈罗尼的采访，2016年5月3日对安拉姆·阿哈罗尼的采访。

② Head of AMAN Chaim Herzog to chief of staff, January 2, 1962. Shaul Avigur, Report of the Committee for Examining the Intelligence Community, July 31, 1963, 3, MODA 7 - 64 - 2012.

③ Mossad German Scientists Dossier, 45.

夫冈·洛茨是个完美的鼹鼠[①]——父亲是非犹太教教徒，母亲是犹太人，他没有受过割礼，看起来像个典型的德国人。他编造了一个身份，说自己是隆美尔非洲军团的前国防军军官，后来成为养马人并返回埃及办了个种马场。

在很短的时间内，洛茨这个天才演员已成为开罗日益壮大的德国社交圈中不可或缺的一部分。他给188部队提供了有关导弹项目及其人员的许多详细信息。然而，他不能在行动中亲自动手铲除他们，因为这意味着他必须直接参与，这样一来势必暴露他的身份。188部队队长约瑟夫·亚里夫得出结论：结果德国科学家的最佳方法是通过信件和炸弹包裹。

亚里夫要纳坦·罗特伯格开始准备炸弹。[②] 碰巧，罗特伯格正在研究一种新型炸弹：薄而灵敏的底塔西特（Detasheet），“这些为民用目的开发的爆炸片一旦爆炸能熔掉两片钢板”，这使他能够制造体积更小的炸弹。“我们得开发一个系统，它可以在信件经过邮政系统的流转过程中一直处于不被触发的安全状态，然后在合适的时间爆炸，”罗特伯格解释说，“信封的机制是这样工作的，即炸弹不能在信封打开时而只能在里面的东西被抽出来时引爆，否则这东西太容易炸了。”研发是与法国情报机构合作完成的，作为交换，法方将得到洛茨发来的有关阿尔及利亚民族解放阵线（FLN）在开罗的地下活动的情报。188部队还帮法国人偷运炸药到开罗，用来暗杀该阵线在那里的成员。[③]

---

① 英国作家约翰·勒卡雷在其1974年出版的小说《柏林谍影》中首次将间谍称为“鼹鼠”；在他1981年出版的另一部小说《锅匠、裁缝、士兵和间谍》中，再次将间谍称为“鼹鼠”。——译者

② 2015年8月3日对罗特伯格的采访。

③ 188部队指挥官约瑟夫·亚里夫与“阿曼”的副局长、尤瓦勒·内埃曼教授（著名的物理学家、以色列核计划的缔造者之一）一起在巴黎协调了这些行动，他说：“如果我看到法国人想从我们这里得到什么，比如谋杀，如果此事晚点曝光，确实会使以色列国难堪，我确定我会做出决定，如果一败涂地，我会承担全部责任。”2011年8月对尤瓦勒·内埃曼的采访，1998年8月对哈雷尔的采访，2005年7月12日对梅厄·阿米特的采访。Bar-Zohar, *Phoenix: Shimon Peres—A Political Biography*, 344 (Hebrew). Harel, *Security and Democracy*, 295。

新邮件炸弹的第一个目标是阿洛伊斯·布伦纳，一名潜逃的纳粹战犯，曾是阿道夫·艾希曼的副手，担任过一个法国集中营的指挥官，造成13万犹太人死亡。188部队在大马士革找到了他的行踪，他在那里用化名生活了8年。阿拉伯国家为不少纳粹战犯提供庇护，作为交换，他们以各种方式报答。布伦纳帮助训练了叙利亚特勤局的审讯部门和动刑部门。

其中一个部门有个高级特工名叫伊莱·科恩，活跃在叙利亚国防机构高层内部，布伦纳就是在他的帮助下找到的。在本-古里安批准铲除布伦纳之后，亚里夫决定在纳粹身上试一试罗特伯格的底塔西特炸弹。“我们给他送份小礼物吧。”罗特伯格说。

1962年9月13日，布伦纳在大马士革收到一个大信封。[①] 一打开，它就爆炸了，结果造成他面部严重受伤，失去了左眼，但侥幸活了下来。

不过，炸弹成功地送到目标手上这件事鼓舞了188部队，它迫不及待地想用同样的手段来对付德国科学家。摩萨德表示反对。正如拉菲·艾坦解释的那样，“我反对任何我无法控制的行为。邮递员可能会打开信封，孩子可能会打开信封。谁会干这种事？”[②]

事实证明，邮件递到在埃及的德国人手上是件极其复杂的事，因为他们并不直接接收邮件。[③] 埃及情报机构把寄给该项目及其工作人员的所有邮件都汇总到埃及航空公司的办事处，然后从那里送往开罗。因此，他们决定夜闯航空公司办事处将信封塞进邮包里。

11月16日，协助188部队的摩萨德特工使用摩萨德的工场开发

---

① 1980年7月，这一次得到贝京总理的积极批准后，摩萨德又给布伦纳寄了一个邮件炸弹。表面上看寄信人是“药用植物联谊会”，因为布伦纳对这种形式的药物坚信不疑是出了名的。他打开信封，爆炸使他丢了几根手指。2015年8月3日对罗特伯格的采访，2015年3月对“飞行员”的采访。Adam Chandler, “Eichmann’s Best Man Lived and Died in Syria,” *Atlantic,* December 1, 2014。

② 2012年12月1日对艾坦的采访。

③ Mossad German Scientists Dossier, 52

的精巧的万能钥匙开了锁，进了埃及航空公司驻法兰克福办事处。

负责闯门的专家和一名女特工纠缠在一起，像情侣一样抵在门上。这伙人进入办公室，但未能找到邮包。第二天，他们又试了一次。正当他们忙着开门时，看门人来了，一个醉得一塌糊涂的家伙。这次队伍里没有女性，所以两个男人假装是在亲热的同性恋，他们成功逃脱，没有引起烂醉如泥的看门人的怀疑。次日晚上，他们又试了一次，这次很顺利。送往埃及的邮包就在一张桌子上，他们将装有诡雷的信封塞进了邮包。

皮尔茨被选为首要目标。收集到的有关他的情报表明，他正在和妻子办离婚，好与秘书汉娜洛尔·温德结婚。他的妻子住在柏林，但她从汉堡请了个律师。因此，给皮尔茨的邮件炸弹被设计成像是那位律师寄来的，信封背面有他的标记和地址。“该计划的策划人员猜温德不会打开这样一封私人信件，而会交给皮尔茨本人。”这次行动的总结报告中这样写道。

但是，策划人员错了。温德在11月27日收到了信，想当然地认为是皮尔茨的事就跟她有关。她拆开了信，信在她手中爆炸，炸断了她好几根手指，炸瞎了她的一只眼睛，炸伤了另一只，几颗牙齿也从牙龈里飞了出来。埃及当局立即明白发生了什么事，并用X光机找到了其他诡雷邮件，然后把它们交给开罗的苏联情报专家拆除和调查。开罗爆炸案吓坏了科学家及其家属，但并没有让他们中的任何人放弃如此轻松、高报酬的工作。相反，埃及情报机关聘请了一名德国安全专家，是个前党卫军军官，名叫赫尔曼·阿道夫·瓦伦汀。他拜访了内部贸易公司办公室和该项目的各个供应商，提供了安全预防措施、更换门锁、确保邮件收寄安全方面的建议。他还开始调查某些雇员的背景。

哈雷尔名单上的下一个目标是受雇开发导弹制导系统的汉斯·科纳沃茨特博士和他位于鲁瓦什镇的实验室。[①] 哈雷尔派“鸟之队”

---

① 1998年8月对哈雷尔的采访，1998年7月对茨维·阿哈罗尼的采访。Mossad German Scientists Dossier, 74。

（Tziporim）——辛贝特的作战单位，摩萨德也可调用——到欧洲，下令开始策划针对科纳沃茨特的“刺猬行动”。哈雷尔的命令很直白：“绑架科纳沃茨特并带回以色列，如果做不到就杀了他。”

哈雷尔越来越懊恼，他在法国城市米卢斯设立了总部，亲自督战。

“鸟之队”的指挥官拉菲·艾坦回忆道：“时值隆冬，大雪纷飞，寒风刺骨，室外温度零下20多度。伊塞尔坐在莱茵河对岸的法国一间寄宿公寓里，怒不可遏。他给我看了一些照片，说：‘就是这个人——去杀了他。’”

“鸟之队”的特工已经精疲力竭，因为过去几个月他们受命执行了无数次与德国科学家有关的行动，还为188部队提供支持。最终，艾坦告诉哈雷尔，在他看来定点清除的时机尚不成熟。“我们需要再等一等，然后我们得自己设个圈套而不仅仅是在大街上开枪杀人。‘给我一个月，’我告诉他，‘我会执行任务，到时候甚至没人知道我来过这里。’”①

但是哈雷尔听不进去。1月21日，他打发走了“鸟之队”，召来了伊扎克·沙米尔指挥的摩萨德定点清除部队“米弗拉茨”，目的是干掉科纳沃茨特。然而，哈雷尔不知道的是瓦伦汀已经意识到科纳沃茨特将成为摩萨德的下一个目标。② 瓦伦汀给科纳沃茨特提供了一系列简讯，确保自己时刻有人陪同，还给了他一把埃及军用手枪。

2月20日，摩萨德一名盯梢人看见科纳沃茨特独自上了从鲁瓦什到巴塞尔的路。他们决定在他返回时下手。沙米尔与哈雷尔一起指挥了这次外勤行动，将开枪的任务分配给了阿吉瓦·科恩，他是一名训练有素的前“伊尔贡”杀手。哈雷尔派会讲德语的茨维·阿哈罗尼跟他一起去。他们等着目标在傍晚时返回，但他没有出现，行动被

---

① 2012年12月1日对艾坦的采访。Mossad German Scientists Dossier, 61。
② 1998年7月对茨维·阿哈罗尼的采访。

取消。接着，一切都乱了套。科纳沃茨特到头来出现了，取消的命令顿时又改了回去，但是整个行动的执行都很仓促业余。“米弗拉茨”特工的车挡住了科纳沃茨特的车，但两辆车都停在了狭窄的道路上，堵住了摩萨德特工行动后的退路。

阿哈罗尼下了车向科纳沃茨特走去，做出要问路的样子，目的是让他打开车窗。[①] 阿哈罗尼行动了，科恩跟在他后面，拔出枪，试图瞄准打开的车窗里面，然后开枪。可是子弹击中了玻璃，玻璃碎了，然后击中了科纳沃茨特的围巾，却没打中他的身体。不知何故，手枪没再射出子弹。一种说法是弹簧断了，另一种说法是子弹哑火，还有一种说弹匣松动脱落了。阿哈罗尼见计划失败，大喊着叫大家撤。他们自己的车开不了了，所以从不同的方向逃跑，上等候他们的逃逸用车。科纳沃茨特拔出手枪，开始向逃窜的以色列人开枪。他没打中任何人，但是整个行动的失败令人颜面扫地。

哈雷尔接着发起了一系列旨在恐吓科学家及其家属的行动，包括寄匿名信威胁要他们的命，信里包括这些人的大量个人信息，还在半夜登门造访发出类似警告。

这些行动惨败收场还有一个迹象，那就是瑞士警方逮捕了威胁格克教授的女儿海蒂的摩萨德特工约瑟夫·本-盖尔。[②] 他被引渡到德国，被判有罪处以短期监禁。当跟进此次审判的摩萨德特工看到导弹项目的安保专家、笨重的赫尔曼·瓦伦汀带着得意的笑出现在诉讼程序中，甚至不屑假装遮住自己的手枪时，都对这一幕非常不爽。

到 1963 年春天，哈雷尔的摩萨德并没有减缓埃及研发足以消灭以色列的火箭项目的进展，更别提终结它了。所以，哈雷尔要起了政治诡计。他开始向媒体泄露消息——有些是真的，有些是经过渲染

---

① Mossad German Scientists Dossier, 62 – 64。2012 年 6 月 12 日对尼希米亚·梅里的采访，2001 年 4 月 6 日对哈雷尔的采访。

② Bar-Zohar, *Issar Harel and Israel's Security Services*, 237 – 38 (Hebrew).

的，还有一些是彻头彻尾的谎言（德国人正在帮埃及制造原子弹和致命的激光武器）——都是关于纳粹为阿拉伯制造武器来杀害犹太人的。哈雷尔完全相信德国科学家是仍然决心完成“最终方案”的纳粹分子，而且德国当局知道他们的活动却未采取任何行动来阻止他们。事实是，他们是过惯了第三帝国统治下的好日子的人，第三帝国垮台后他们失业了，现在只不过想从埃及人那里赚些轻松的钱。但是，哈雷尔将整个组织，实际上是整个国家拖进了他这一执念的深渊。

为了证明自己的观点，哈雷尔拿出了在开罗收集到的关于汉斯·埃塞尔医生的情报，[1] 他是布痕瓦尔德集中营的刽子手，参与了对犹太囚犯进行的骇人听闻的实验。他被定为战犯，但逃脱了审判，在埃及找到了舒适的避风港，摇身一变成了德国科学家的医生。哈雷尔还指控了其他一些在开罗的纳粹，尽管他们当中无一人属于导弹科学家群体。

他的目标是公开诋毁与以色列关系复杂的德国，这是一个内部争议极大的话题。像本-古里安和他的首席助理西蒙·佩雷斯等相对温和派主张，在美国不愿意向以色列提供其要求获得的所有军事和经济援助时，以色列不能拒绝西德政府的援助，其援助分两种，一种是以赔偿和补偿协议的形式出现，另一种是以实际成本的一小部分出售武器装备。另一方面，像果尔达·梅厄[2]和哈雷尔这样的强硬派则拒绝接受联邦德国是一个“崭新”或“不同以往”的德国的观点。在他们心中，历史已留下了永久的污点。

哈雷尔还召来了编辑委员会，那个独一无二的以色列机构，当时由平面媒体和电子媒体的顶级编辑组成，他们应政府的要求对自家的出版物进行自我审查。哈雷尔要求编辑委员会报给他 3 名记者，他随

---

① Mossad German Scientists Dossier, 66.

② 后成为以色列首位女总理。——译者

后把他们招进了摩萨德。[1] 他们被派往欧洲，由摩萨德资助，收集为埃及导弹项目采购设备的幌子公司的情报。哈雷尔宣称他需要记者是出于行动方面的原因，但事实是他想利用记者的参与及其采集到的材料来洗白他已经掌握的情报；这样一来，这些情报就能发到国外和以色列媒体上，使炮制的新闻报道营造出符合其目的的舆论环境。

哈雷尔的爆料令媒体为之疯狂，[2] 在以色列造成了越来越大的恐慌。本-古里安力图使哈雷尔消停下来，但无济于事。[3] “在我看来，他不是很理智，”时任“辛贝特”局长阿莫斯·曼诺说，“这是远比执念更深层的东西。你无法跟他进行理性的对话。”[4]

正如大多数的执念那样，其结果是哈雷尔的自我毁灭。[5] 他的宣传战，他撒下的关于希特勒的爪牙将卷土重来的疯狂报道，深深地伤害了本-古里安。总理受到各种攻击，不仅因为未能采取足够的措施来终止在埃及工作的德国科学家造成的威胁——以色列公民认为这种威胁对他们的生存构成了明显和现实的威胁——还因为他带领自己的国家跟西德和解，现在看来西德至少应对新版的“最终方案”负有间接责任。

1963 年 3 月 25 日，本-古里安把哈雷尔召到他的办公室，要求哈雷尔对其在未经他批准的情况下对本国及国际媒体采取的一系列行动

---

① 他招募的新兵是《以色列日报》(*Maariv*) 的施穆埃尔·塞格夫、《国土报》的纳夫塔里·拉维和《新消息报》(*Yedioth Ahronoth*) 的耶沙亚胡·本-波拉特。“[《以色列日报》主编亚利耶·] 迪森契克支持果尔达和伊塞尔，”塞格夫说，“他想利用我的材料扳倒本-古里安和佩雷斯，然后阻止我谈论此事，因为他知道我的立场不同。”2010 年 6 月 6 日对施穆埃尔·塞格夫的采访。

② Bar-Zohar, *Ben-Gurion*, 534 – 35.

③ Meir Amit to Aharon Yariv (亲笔信), Office of the Chief of AMAN, March 28, 1964 (作者的资料，从阿莫斯·吉尔伯阿处获得)。

④ Bar-Zohar, *Phoenix*, 362 (Hebrew).

⑤ 哈雷尔后来向许多记者和作家道出了自己的说法，这些人的作品反映出他们对哈雷尔颇为支持。这些作品有：Kotler, *Joe Returns to the Limelight*, 34 – 38; Bar-Zohar, *Isser Harel and Israel's Security Services*, 239 – 49 (Hebrew) 和 Caroz (哈雷尔的副手), *The Man with Two Hats*, 160 – 63 (Hebrew)。

做出解释。[①] 谈话演变成一场关于以色列政府对德政策的激烈争论。总理提醒哈雷尔他理应执行政府政策而不是制定政策。哈雷尔受不了这番斥责，提出了辞职，他自信老头子没他不行，会求他留下来。

本-古里安想得正好相反。他立马接受了辞呈。伊塞尔·哈雷尔曾经辉煌的职业生涯以失败的虚张声势和满盘皆输告终。“阿曼”的负责人梅厄·阿米特立即坐上了他的位子。[②]

但这对本-古里安而言也来得太晚了。哈雷尔针对科学家的行动让反对派领导人贝京占了便宜，他从没放弃对本-古里安的攻击。甚至在他所属的工人党（Mapai）内部，局势也发展到了沸点。本-古里安与哈雷尔的主要支持者果尔达·梅厄争吵不断。[③]

在换掉哈雷尔不到两个月后，本-古里安确信他已经失去了自己所在政党的支持，就辞职了。接替他的是列维·艾希科尔。

与此同时，埃及仍在修补可能会对以色列造成致命一击的导弹制导系统。

梅厄·阿米特接管了陷入混乱的摩萨德，[④] 他是以色列国防军才华横溢、年轻有为的指挥官之一，曾经策划了 1956 年的西奈半岛战役，一手推动了几代人时间里的军事情报局的发展。

这个机构的士气受到了重挫。在埃及宣布进行 4 次导弹试射后的

---

① Bar-Zohar, *Ben-Gurion*, 537 – 38. Bar-Zohar, *Phoenix*, 361 (Hebrew).

② Yossi Melman and Dan Raviv, *The Imperfect Spies*, 122. Amit, Head On, 102 – 103 (Hebrew). Amit to Yariv (亲笔信), March 28, 1964。

③ 本-古里安和梅厄在德国科学家问题上的冲突是工党领导人之间的几次激烈对抗之一，其中大部分可以视为一个稳定的削弱“老头子”（本-古里安的外号）支持率的过程，也是为了接替他的代际斗争。梅厄和她的老盟友担心本-古里安会不经他们同意，直接将领导权的接力棒传给由达扬和佩雷斯领导的年轻一代。Bar-Zohar, *Ben-Gurion*, 542 – 47。

④ 2006 年 4 月对阿米特的采访。AMAN head and acting Mossad director Amit to Defense Minister, “Preliminary thoughts on reorganization of the intelligence community,” May 20, 1963, MODA 24 – 64 – 2012。

9个月里，以色列人对该计划知之甚少，摩萨德和“阿曼”到目前尝试过的一切甚至都未能减缓这一计划的进程，更别提摧毁它了。给德国施压——不管是通过哈雷尔自我牺牲的新闻宣传战，还是外交部长果尔达·梅厄对议会所做的激情演讲——并未产生任何影响。那年夏天晚些时候，艾希科尔给康拉德·阿登纳总理发了一封措辞强硬的信函，要求对方立即采取行动把科学家从埃及召回来，但并未促使德国人照做。诚如以色列外交官向耶路撒冷的外交部汇报的那样，他们只能猜测“阿登纳和领导层关注的是更重要的问题”，比如“在后古巴导弹危机时期如何应对冷战”。①

阿米特着手重建摩萨德，从“阿曼”调用了他认识的最优秀的人员充实其中。一接手，他就下令暂停任何他认为无关的事，并大幅削减了用于搜捕纳粹战犯的资源，② 并解释说：“事分轻重缓急。当务之急是我们得拿到现下以色列敌人的情报。”

阿米特知道他需要重新进行战术部署，摩萨德必须重新思考其解决埃及导弹问题的方法。因此，他的第一个命令是从定点清除行动中抽身，转而将手中的绝大多数资源集中用于弄明白导弹项目内部到底发生了什么。

---

① Israeli Mission in Cologne to Foreign Ministry, September 20, 1963（作者的资料，从“保罗”处获得）。

② 那项命令的受益者之一是一个名叫约瑟夫·门格勒的53岁德国医生，他是奥斯维辛集中营的“死亡天使”。1962年中期，在成功绑架艾希曼之后，哈雷尔下令执行“加演行动”（Operation Encore），验证一下收集到的有关“梅尔泽”（门格勒的代号）的情报。1962年7月23日，在埃及进行导弹试测的同时，茨维·阿哈罗尼和茨维·马尔钦在巴西某农场认出一个人，其与对门格勒的描述非常相似，但阿米特下令停止“毒蛇行动”（Tzif'onim，摩萨德追捕纳粹战犯的行动代号），并于1963年10月指示“‘连接点’除了重大任务之外，仅在能力范围内处理‘毒蛇行动’的目标”。门格勒又多活了10年，1979年在巴西的外海游泳时溺亡。Mossad, History Department, *Looking for the Needle in the Haystack: Following the Footsteps of Josef Mengele*, 2007, 65–78（作者的资料，从“米德伯恩”处获得）。1998年7月对茨维·阿哈罗尼的采访，2011年10月21日对安拉姆·阿哈罗尼的采访，2012年11月1日对艾坦的采访，2015年6月30日对米丹的采访，2005年5月对阿米特的采访。Ronen Bergman, “Why Did Israel Let Mengele Go?” *New York Times*, September 6, 2017。

然而，在该组织大多数高层官员都不知情的情况下，他秘密筹备了他自己的一个针对科学家的定点清除计划。行动人员正试图找到从埃及境内寄送炸弹包裹的办法，这样会大大缩短寄送和打开包裹的时间。他们在一个相对容易的目标汉斯·埃塞尔医生身上尝试了这种方法。9 月 25 日，在开罗富人区迈阿迪的邮局发生了爆炸，① 一个收件人为卡尔·德布克医生——埃塞尔当时使用的化名——的信件炸弹爆炸，造成一名邮政工作人员失明。

这次行动的失败使阿米特确信，定点清除只能尽量少用——如果不是万不得已的话，那么至少该在精心策划，防止出现令人难堪的失败之后才能使用。② 然而，他还是命令摩萨德准备射杀、爆炸或毒杀科学家的计划，以防和平解决问题的努力无法奏效。

阿米特命令加紧行动闯入德国和瑞士所有与导弹项目相关的办公室，尽可能多地拍摄文件。此类行动极其复杂。这些地点位于拥挤的欧洲城市的中心，都是法律严格执行的国家，而且埃及情报机构和赫尔曼·瓦伦汀的手下防卫森严。

摩萨德特工夜闯埃及大使馆、埃及驻科隆采购团和慕尼黑的内部贸易公司办公室。1964 年 8 月至 1966 年 12 月间，他们闯入埃及航空公司驻法兰克福办事处的次数不少于 56 次。

非法闯入获得的情报（仅到 1964 年年底，就拍摄了约 3 万份文件）很重要，但远远不够。摩萨德不得不从导弹项目内部招募人员。这一至关重要的任务分配给了一个名叫“连接点”（Juction/Tsomet）的部门，它将成为摩萨德最重要的分支机构，负责弄来该组织的大部分情报。

与好莱坞电影和低俗小说不同的是，大多数情报并不是摩萨德的

---

① 1995 年 9 月对萨米尔·拉法特的采访，2012 年 3 月 5 日对罗特伯格的采访。Samir Raafat, “The Nazi Next Door,” *Egyptian Mail*, January 28, 1995。

② Mossad German Scientists Dossier, 80。2006 年 4 月对阿米特的采访，2012 年 11 月 1 日对艾坦的采访。

人东奔西走直接从阴暗角落收集到的。相反，它们是从待在其各自祖国的外国人那里搜罗来的。负责招募和管理这些线人的摩萨德专案人员被称作“收集官”——希伯来语的首字母缩写为“卡察”（katsa）——他们是专家级心理学家，懂得如何说服一个人背叛其信仰的一切和信任的每个人：朋友、家人、组织和国家。

然而，不幸的是，他们当中没有一人能对接近埃及导弹项目的任何人施展这种心理战术。在阿拉伯国家招募特工成为一项长期的优先战略，但在短期内，随着时间的推移，“连接点”不得不寻找别的办法。

1964 年 4 月，阿米特派拉菲・艾坦到巴黎负责指挥“连接点”在欧洲大陆的行动，巴黎是以色列情报机构在欧洲的神经中枢。到目前为止，“连接点”招募某科学家的所有努力全部付诸东流，这主要是因为瓦伦汀采取了严格的安全防范措施。随着时间的推移，瓦伦汀成了个越来越大的麻烦。

对付瓦伦汀这种大鱼需要织大网。“连接点”驻波恩协调员阿夫拉罕・阿西图夫想到了一个办法，并于 1964 年 5 月汇报给在巴黎的艾坦。他认出一个可疑人物，此人曾贩卖武器和情报给纳赛尔政权，并与德国科学家过从甚密。“只有一个小问题，”阿西图夫说，“那人名叫奥托・斯科尔兹尼，是纳粹国防军的高级军官、希特勒的特别行动指挥官和亲信。”

“你想招募这个奥托？”艾坦揶揄道，“好极了。”

“还有件小事，”阿西图夫补充道，“他是个死心塌地的纳粹，是党卫军成员。”

阿西图夫告诉艾坦，1960 年哈雷尔命令负责追捕纳粹战犯的单位“阿迈勒”尽可能多地收集有关斯科尔兹尼的情报，以便将其绳之以法或者干掉。他的档案显示他 23 岁时已经是奥地利纳粹党的积极分子，1935 年加入奥地利的一支秘密党卫军部队，参加过纳粹德国对奥地利的吞并和“水晶之夜”。他在党卫军平步青云，成为某特种作战部队的负责人。

党卫军少校斯科尔兹尼跳伞进入了伊朗，去训练当地部落炸毁为盟军服务的石油管道，并密谋杀死“三巨头”——丘吉尔、斯大林和罗斯福。他还计划绑架并杀害德怀特·艾森豪威尔将军，以致后者的1944年圣诞节在重兵守卫中度过。斯科尔兹尼最为人所知的事，是被希特勒钦点领导“大萨索山行动”（the Gran Sasso），成功地将元首的朋友和盟友、前法西斯独裁者墨索里尼从他被意大利政府囚禁的阿尔卑斯山别墅中解救了出来。

盟军情报机构称斯科尔兹尼为“欧洲最危险的人”①。然而，他并没有被判犯有战争罪。一位法官判他无罪，后来他因其他指控再次被捕，又在其党卫军朋友的帮助下逃掉了。他在佛朗哥统治下的西班牙避难，在那里与世界各地的法西斯政权建立了有利可图的商业关系，也与在埃及的德国科学家保持着联系。

斯科尔兹尼认识在埃及的科学家以及在战争期间军阶比赫尔曼·瓦伦汀高这一事实，在艾坦看来，足以使他们有充分的理由招募他，哪怕此人过去是纳粹。艾坦不是大屠杀的幸存者，他处理这件事，就像他惯常那样，不牵扯任何情感。他心想，只要对以色列有利，那就值得原谅。“而且我们可以给他其他人无法给的东西，”他告诉同事，“让他不再活在恐惧之中。”

通过一些中间人，摩萨德与斯科尔兹尼的妻子女伯爵伊尔莎·冯·芬肯施泰因取得了联系。她会成为摩萨德的入场券。摩萨德的女伯爵档案上写着她是“贵族成员，是［战前］德国财政部长亚尔马·沙赫特的堂妹……45岁，相当有魅力，活力四射”。②

拉斐尔（拉菲）·米丹是个出生在德国的摩萨德特工，被指派

---

① UK NA，KV 2 \ 403 \ 86109.

② Mossad German Scientists Dossier，88.

执行此项任务。他说：“她什么都干。她卖贵族头衔，与梵蒂冈情报机构有来往，还卖武器。”① 她和丈夫对他们俩的关系想得也很开明。“他们没有孩子，”米丹说，“而且一直保持开放的婚姻。伊尔莎明艳动人。为了保持年轻，她每两年去瑞士接受一次激素疗法。”

根据摩萨德的报告，米丹“因其一副欧洲人的英俊长相而出名，颇有女人缘”。见面安排在1964年7月底，地点是爱尔兰的都柏林。米丹自我介绍说他是以色列国防军雇员，正在休假并寻找国际旅游业的投资机会。他说自己可能有兴趣加入女伯爵参与的巴哈马开发项目。女伯爵喜欢米丹，他们的关系随即升温。公事谈完后，女伯爵邀请他参加在她的农场举办的派对。这只是开始，接下来是一系列的会面，包括随时造访欧洲各地的夜总会。

根据摩萨德内部流传多年，而且多次在报告中暗示却没有言明的谣言，米丹为国家“牺牲”了自己——并利用这对德国夫妇的开放婚姻——追求女伯爵并最终跟她上了床。（米丹对此评论说，“君子非礼勿言”，还笑着形容他们的相遇“很好甚至令人心旷神怡”。）

在马德里，9月7日晚上，米丹告诉她，他有一位以色列国防军朋友想见她的丈夫，商讨“一件非常重要的事”。这位朋友已经在欧洲等着答复。

说服芬肯施泰因合作并不困难。就在4年前，以色列找到、抓捕、审判并处死了阿道夫·艾希曼。犹太世界有非常强大的力量，包括纳粹捕手西蒙·维森塔尔，参与了在全世界范围内寻找并起诉像斯科尔兹尼这样的纳粹分子的运动。因此，米丹可以让女伯爵——乃至她的丈夫——“不再生活在恐惧之中”。

早晨，他们还没从夜总会的酒精和香烟中清醒过来时，冯·芬肯施泰因就高兴地通知米丹，她丈夫准备见他的朋友——如果可以的话，就在那天晚上。

---

① 2007年7月10日对米丹的采访。

米丹把阿西图夫叫到了马德里。那天晚上，他在一家酒店的大堂安排了会面。女伯爵先到，她一身打扮华贵迷人。15 分钟后，上校出现了。米丹把他们介绍给阿西图夫。然后他将冯·芬肯施泰因拉到一边“谈公事”，斯科尔兹尼跟阿西图夫待在一起。

摩萨德关于此事的内部总结报告尽管是用干巴巴的专业语言写的，却无法忽视会谈的紧张气氛：“阿夫拉罕·阿西图夫在情感上是极度不情愿参加这次行动的，这一点怎么说都不为过。阿夫拉罕生在一个恪守教义的家庭，出生在德国，在一所犹太教学校受的教育。对他而言，与纳粹魔鬼接触是一种远超职业要求的令人震惊的情感体验。”①

在阿西图夫本人 1964 年 9 月 14 日提交的详细报告中，他是这样形容那个星期与斯科尔兹尼的会谈的：

> 斯科尔兹尼身形高大，是个大块头。显然，他体格相当强壮。在他左脸颊上有一道照片上早已见过的疤，一直延伸到耳朵。他的那只耳朵半聋，就叫我坐在他的右侧。着装考究。
>
> 有两个瞬间令我震惊。一个是当斯科尔兹尼在他的电话簿上找一个要给我的电话号码时，突然，他从口袋里掏出一个单片眼镜，塞进右眼窝。那一刻他的样子，加上他的体格、伤疤和咄咄逼人的眼神都使他看起来就是个彻头彻尾的纳粹。
>
> 另一个发生在我们会面之后，当时我们正在他办公室附近的一家餐馆吃饭。突然，一个人向我们走过来，鞋跟在地上发出很响的声音，此人用德语问候他并称他为“我的将军”。斯科尔兹尼告诉我，这人是这家餐厅的老板，他曾经在那些地方……是个高级纳粹之一……
>
> 我对他的真实想法不抱任何幻想。就连他妻子都没有试图洗

① Mossad German Scientists Dossier，136.

白他，只是强调他没有参与大屠杀……第一次会面的大部分谈话都集中在政治问题、二战和大屠杀、东西德关系以及中东局势上。[1]

阿西图夫提起了斯科尔兹尼参与“水晶之夜”大屠杀的事。他拿出一长串参加袭击的人的名单给斯科尔兹尼看。这份文件存放在以色列犹太人大屠杀纪念馆（Yad Vashem），斯科尔兹尼对它很熟悉，因为在他设法逃脱的战争罪审判期间，这项指控曾被提出来讨论过。

他指了指他名字旁边打的×。[2]“这证明我没有参与。”他说。尽管纳粹捕手维森塔尔对这个标记的解读正好相反。斯科尔兹尼抱怨说维森塔尔正在追捕他，他不止一次发现自己陷入“为自己的性命担忧”的境地。阿西图夫决定不把这个问题扯得太远，没有与之争论。

过了一会儿，斯科尔兹尼厌倦了谈论战争。“他打断我，问我是做什么的。显然，玩捉迷藏毫无意义。我告诉他我来自以色列军方［情报机构］。［斯科尔兹尼说］他对我们找到他并不感到惊讶。在不同时期，他与不同的国家都有联系，并且与其中一些国家保持着良好的关系。他也肯定准备好与我们交换意见。”

“交换意见”是斯科尔兹尼对他同意与以色列进行完全而全面的合作的婉转说法。[3]斯科尔兹尼也给自己提供的帮助开了个价。他想要一张以他的真名签发的奥地利有效护照，一份由艾希科尔总理签名的终身免于起诉的令状，并立即将他从维森塔尔的追捕名单上抹去，再给他一些钱。

---

① Ahituv to Eitan and to the Mossad headquarters, September 14, 1964（“拉斐尔”拿给作者看过）。

② Raphi Medan, unpublished manuscript, 113.

③ 还有另一个请求：斯科尔兹尼注意到法兰克福的犹太社区领袖曾请求德国法院禁止在德国传播一些书籍，因为他逃脱了司法审判。他希望摩萨德公开表示这些书正被用于培训以色列国防军军官，这样他就可以在审判时将之用作证据。Mossad German Scientists Dossier, 92。

斯科尔兹尼开出的条件在摩萨德引发了激烈的争论。[1] 阿西图夫和艾坦从中看到了“行动受限和行动成功的必备条件”。另一些高级官员辩称，这些条件是“纳粹战犯在试图洗刷自己的罪名”，他们要求重新审查斯科尔兹尼的历史。这次新调查揭露了他在“水晶之夜”所扮演的角色的更多细节，他“是带头焚烧维也纳犹太教会堂的暴徒之一”，并且“到现在还在积极支持新纳粹组织”。

梅厄·阿米特一如既往地务实、不掺杂个人情绪，他认为艾坦和阿西图夫是对的，但他需要得到总理道义上的支持。听了阿米特的想法后，列维·艾希科尔向一些身为大屠杀幸存者（阿米特、艾坦和阿西图夫则不是）的摩萨德高层征求意见，听到的是他们的强烈反对。尽管如此，他最终还是批准了给斯科尔兹尼钱、护照和豁免权。

总理也批准了与维森塔尔有关的请求，但那不是他能做的决定，也不是摩萨德能做的决定。维森塔尔是个固执己见、不易屈服的人，尽管他与以色列乃至摩萨德联系密切，因为后者资助了他的一些行动，但他不是以色列公民，他在维也纳工作，不受以色列管辖。

1964 年 10 月，拉菲·米丹与维森塔尔见面，讨论为什么得把斯科尔兹尼从维森塔尔列的应被追捕和起诉的纳粹战犯名单上剔除，但没有详细说明行动的细节。

“令我惊讶的是，”米丹回忆道，“维森塔尔说：‘米丹先生，绝无可能。这人是个纳粹，还是战犯，我们绝不会把他从名单中剔除。’无论我说什么，无论我如何努力，他都断然拒绝了。”[2]

当斯科尔兹尼被告知他仍在维森塔尔的名单上时，他很失望，但还是同意了这笔交易。因此，难以置信的事发生了——元首的宠儿、

---

① 2005 年 5 月对阿米特的采访，2012 年 11 月 1 日对艾坦的采访，2015 年 6 月 30 日对米丹的采访，2011 年 5 月 30 日对阿夫纳·巴尼亚（辛贝特局长阿西图夫的办公室主任，曾听上司提到过招募斯科尔兹尼的事）的采访，2015 年 8 月对“米伦”的采访。关于招募斯科尔兹尼这件事相当有偏见却准确的报告，参见：Argaman, *The Shadow War*, 22 – 38 (Hebrew)。

② 2015 年 6 月 30 日对米丹的采访。

全世界通缉的纳粹战犯，一个显然烧毁了犹太教堂并参加了党卫军行动的人，却成了当时以色列情报机构发动的最重要行动的关键特工。

斯科尔兹尼的第一步是给他在埃及的科学家朋友捎口信，说他正在恢复党卫军和纳粹国防军老兵的联系网，以“建立一个新德国”——换言之，建立第四帝国。他告诉他们，为了打好基础，他的组织必须秘密收集情报。因此，为纳赛尔效力的德国科学家被要求信守国防军誓词（Wehrmacht oath），向斯科尔兹尼的幽灵组织提供他们的导弹研究细节，以便为筹建中的新德国军队所用。

与此同时，斯科尔兹尼和阿西图夫还策划从难以对付的安全官员赫尔曼·瓦伦汀手中获得情报，此人对埃及导弹计划了如指掌。与招募老谋深算、经验丰富的斯科尔兹尼不同——斯科尔兹尼知道自己正在跟摩萨德的人打交道，而阿西图夫也从未打算误导他——这两人决定在瓦伦汀身上用点诡计。

斯科尔兹尼演了一出好戏。他把赫尔曼·瓦伦汀召到马德里，佯装要为参加过“光荣之战”的下属举办一次特殊聚会。他安排瓦伦汀住进了摩萨德付钱的一家奢华酒店，向其展示了编造出来的复兴帝国计划。然后，他透露这并不是他邀请瓦伦汀来马德里的唯一原因，他希望向其引荐一位“好友”，是位英国军情六处特勤处的军官。他说这个英国人对埃及正在做的事很感兴趣，希望瓦伦汀帮助他的朋友。

瓦伦汀起了疑。“你确定以色列人没有卷进来?”他问。

“跟你说话时要注意听，向我道歉!”斯科尔兹尼发火了，“你竟敢对你的上司说这种话!”

瓦伦汀只好道歉，但他并没有打消疑虑。事实上，他没猜错。斯科尔兹尼的“朋友”不是英国人，而是一位出生在澳大利亚的摩萨德专案官，名叫哈里·巴拉克。

瓦伦汀同意见他，但不愿意合作，所以两人的会面无果而终。

老奸巨猾的斯科尔兹尼立即想到了一个办法。再次见面时，他告诉瓦伦汀，他那个军情六处的朋友提醒他，他在战争接近尾声时发过一封电报，通知总参谋部他将提拔瓦伦汀，但电报没有传达到总参谋部，也没有传达给瓦伦汀。

瓦伦汀的眼睛顿时一亮。尽管这次追溯性的晋升现在纯粹是象征性的，但显然对他意义重大。他站了起来，行了一个“希特勒万岁！”的纳粹军礼，并向斯科尔兹尼表示衷心的感谢。

斯科尔兹尼告诉瓦伦汀说准备给他一份确认他已被晋升的书面文件。瓦伦汀很感激英国情报机构的新朋友提供的情报，并同意如对方所希望的那样提供帮助。

斯科尔兹尼赶紧邀请参与导弹计划的其他前德国国防军军官来马德里，① 他们参加了在他家举办的盛大聚会，号称是党卫军特种部队老兵的聚会。客人们吃喝玩乐，享受到半夜，殊不知是以色列政府在为他们的食物和酒水买单，并窃听他们的谈话。

斯科尔兹尼、瓦伦汀和来到马德里的科学家提供的情报，解决了摩萨德关于埃及导弹计划的大多数情报难题，道明了该项目有谁在参与、每个组成部分目前状态如何。

多亏了从这次行动中获得的大量新情报，② 梅厄·阿米特的摩萨德多种手段并举，设法从内部粉碎了埃及的导弹项目。其中一个手段是向许多德国科学家发出了恐吓信。有了瓦伦汀提供的顶级情报，这些信的措辞都非常巧妙，还写进了收件人的个人详情。

“记住，即使你不该为德意志民族过去犯下的罪行负责，你也不

① 斯科尔兹尼一直与摩萨德保持联系，直到 1975 年去世（前德国国防军的战友出席了他的葬礼并向他行了“希特勒万岁！”的礼），即使科学家一事结束后他也为该组织提供了大量的帮助。瓦伦汀也继续效力多年。1969 年，哈里·巴拉克要他同意从军情六处“转入”摩萨德，尽管他实际上一直都只在为摩萨德办事。此后，他明白他是在为以色列当间谍。Mossad German Scientists Dossier，95－96。2015 年 6 月 30 日对米丹的采访，2014 年 1 月对“托博伦”的采访，2015 年 7 月对“爱国者”的采访。

② Mossad German Scientists Dossier，100.

能否认你对你今天的所作所为负有责任。为了你的未来，也为了你的小家庭的未来，你最好认真考虑本信的内容。”信件署名是“基甸”①，一个不知名的组织名称。

同时，多亏了线人（主要是由瓦伦汀）提供的新情报，摩萨德得以确定埃及的一项秘密计划，即他们打算从弗莱堡的黑利格飞机和火箭工厂招募几十名即将被遣散的工人。阿米特决定利用这一势头迅速行动，阻止他们前往埃及。

12 月 9 日早晨，时任国防部副部长西蒙·佩雷斯和拉菲·米丹带着一个上了锁的公文包飞往西德，包里装有摩萨德局长办公室根据斯科尔兹尼、瓦伦汀和去了马德里的科学家提供的材料准备的大量英语文件，② 他们要去见西德资深政治家、前国防部长弗朗茨·约瑟夫·施特劳斯，尽管这次会晤是仓促安排的。佩雷斯和施特劳斯是西德与以色列之间归还协议的设计者。③ 施特劳斯从座位上起身欢迎两位以色列人，还和佩雷斯热情地拥抱。

“我们坐了 6 个小时，”佩雷斯说，“上帝啊，那个人真能喝！世界各地的葡萄酒和啤酒没完没了。我也能喝，但比不了这种酒量。我们喝了 6 个小时都没完。”

佩雷斯给施特劳斯的情报远比之前给德国人的情报更详细，经过了反复核对，更可靠也更沉重。“德国科学家竟然会以这样的方式帮助我们最大的敌人，而你们却袖手旁观，这真是令人难以理解。”佩雷斯对施特劳斯说，后者肯定已经明白如果这份材料泄露给国际媒体意味着什么。

施特劳斯看了看文件，答应介入。他给德国航空航天业一位举足轻重的人物路德维希·伯尔科（Ludwig Bölkow）打了电话，请其帮

---

① The Gideons，Gideon 为《圣经·旧约》中的人物。——译者

② 交给施特劳斯的文件的副本（作者的资料，从“保罗”处获得）。Mossad German Scientists Dossier，109。

③ Medan, unpublished manuscript, 116. 2015 年 6 月 30 日对米丹的采访，2015 年 8 月 4 日对西蒙·佩雷斯的采访。

忙。伯尔科派他的代表去找黑利格的科学家和工程师，提出他的工厂可以为他们提供条件优厚的职位，只要他们答应不帮埃及人。

这个计划奏效了。这群人中的大多数都没去埃及，而那里的导弹项目迫切需要他们提供帮助以解决棘手的制导系统问题——这一进展对该项目造成了致命打击。

最后一击是伯尔科的一名代表抵达埃及，说服已在那里工作的科学家回国。德国科学家一个接一个地弃项目而去，到 1965 年 7 月，连皮尔茨也走了，他回到德国，去伯尔科的一个飞机零部件部门当了主管。

德国科学家事件是摩萨德第一次动员其全部力量阻止其所认为的来自敌人的生存威胁，也是以色列第一次允许自己以与其有外交关系的国家的平民为目标。鉴于新增加的利害关系，1982 年完成的一份绝密内部报告，分析了是否有可能在“不必造成克鲁格神秘失踪、汉娜洛尔・温德伤残或不再动用邮件炸弹和恐吓”的情况下，用“软性”手段解决德国政府给科学家提供大笔资金一事。

报告的结论是绝无可能：摩萨德认为，如果德国科学家没有受到暴力威胁，他们是不会愿意收下金钱并放弃该项目的。

六
一系列灾难

德国科学家事件之后，摩萨德好运连连。梅厄·阿米特从部队引入了更多的专业人士，引进了新技术，并加强了与国外情报机构的联系。他还接着启动了多项组织改革。

阿米特希望在摩萨德内部建立一个单一的作战分部，[1]将所有在阿拉伯国家从事破坏、定点清除和间谍活动的部队都纳入其麾下。为达到目的，阿米特做了哈雷尔多年一直想做而他阿米特反对的事：将188部队从“阿曼”转移到摩萨德，并将其与沙米尔的“米弗拉茨”合并。约瑟夫·亚里夫被任命为部门主管，沙米尔担任副职。

摩萨德局长将该分部命名为“凯撒利亚”（Caesarea），与罗马帝国时代地中海沿岸的城市同名，这是以色列情报团体喜欢从该国古代历史上寻找代号的又一例证。“凯撒利亚”在以色列境外的活动网代号为“元老院”。

阿米特也想拥有自己的情报分支。直到最近，那个“鸟之队”仍然同时为“辛贝特”和摩萨德服务。阿米特现在决定他想要一支独立的部队，只在以色列境外工作并且只为摩萨德服务。他从“鸟之队”招了一些人组建了一个新的情报部门，并命名为“巨人”（Colossus）。

除了这些行政上的变化之外，该机构在阿米特领导下还执行了一些行动，收集到了空前数量的有关阿拉伯国家及其军事机构的情报。其中最出色的行动之一是“钻石行动”，[2]“连接点”在其间招募到一名伊拉克飞行员，他叫穆尼尔·雷德法，架着全新的米格-21战斗机叛逃到以色列，这可是当时苏联手中最先进、最具威胁性的攻击武器。以色列空军现在有能力为应对未来空战最强大的敌人做准备了。五角大楼迫不及待地想要了解这架飞机的秘密，阿米特不仅给了美国人米格的图纸，还给了飞机本身，配备齐全外加一名训练有素的飞行员。

阿米特也遵循“外围理论”刻意培育以色列与摩洛哥的秘密关系。尽管摩洛哥是个阿拉伯国家，与以色列的主要敌人交往甚密，但该国很温和，与以色列没有领土争端。此外，其领导人是比较亲西方的国王哈桑二世。

摩洛哥从以色列获得了宝贵的情报和技术支持，作为交换，哈桑国王允许摩洛哥的犹太人移民到以色列，摩萨德得到了在其首都拉巴特建立永久驻地的权利，[3] 从那里以色列可以暗中监视阿拉伯国家。

两国之间的合作在1965年9月达到高峰，[4] 当时，国王允许茨维·马尔钦和拉菲·艾坦领导的一个摩萨德小组在卡萨布兰卡举行的阿拉伯峰会期间窃听所有的会议室及阿拉伯国家领导人的私人套房。这次峰会的目的是讨论在未来与以色列的战争中建立阿拉伯联合司令部的问题。但是，哈桑国王与其他一些阿拉伯统治者的关系不稳定，他担心他们当中有些人正在密谋废黜他，所以他允许摩萨德窃听。

这让以色列前所未有地瞥见了其头号敌人的军事和情报机密，以及那些国家领导人的心态。在那次峰会上，阿拉伯军队的司令们汇报

---

① 1997年1月对沙米尔的采访，2006年4月对阿米特的采访。

② 2005年5月23日阿米特向作者展示了“钻石行动”的文件。Black and Morris, *Israel's Secret Wars*, 206－10。

③ Mossad Director Bureau, “The Ben Barka Affair”, 1966年2月21日交给该问题调查委员会的备忘录（作者的资料，从“埃伦”处获得）。Caroz, *The Man with Two Hats*, 164－65（Hebrew）。

④ 2011年9月9日对艾坦的采访，2016年11月29日对什洛莫·加齐特的采访，2006年4月对阿米特的采访，2017年4月6日对纳沃特的采访。2006年4月列维·艾希科尔总理与摩萨德局长梅厄·阿米特会谈的记录（作者的资料，从“埃伦”处获得）。

说他们的军队尚未准备好再打一场对以战争，根据这一情报，以色列军队极富自信地敦促总理艾希科尔在两年后的1967年6月发动战争。“这一轰动的爆料，”一份摩萨德报告中写道，“是以色列情报机构自成立以来取得的成就的一大亮点。”[1]

这些成功的行动给以色列国防军提供了为下一场战争做准备所需要的关键情报。但就在此时，灾难一场一场接踵而至，以令人眼花缭乱的速度打击了阿米特和他的组织。

188部队——现在是“凯撒利亚”——头号间谍是伊莱·科恩，他渗透进了大马士革的统治集团，[2] 提供的情报使摩萨德找到了纳粹分子阿洛伊斯·布伦纳并寄去了邮件炸弹。

科恩最初受命潜伏，其任务不是收集和传递情报，只有在他不得不提醒以色列叙利亚正在计划发动对以突然袭击的情况下才能行动。

然而，迫于他的行动人员的压力，[3] 以及他对自己卧底身份的过于沉迷和自信，他开始每天用藏在自己公寓里的电报设备给他的摩萨德接头人发送消息。他汇报的内容有：秘密军事部署，（在穆罕默德·本·拉登即奥萨马·本·拉登的父亲掌管的一家沙特外包公司的协助下）叙利亚密谋控制这一地区的水源的阴谋，叙利亚与苏联的关系，还有躲藏在大马士革的纳粹，议会的八卦，政府权力斗争的各种说法，等等。科恩以这种频率传送这类性质的情报是一个严重且不专业的错误，[4] 不仅会暴露他本人，更重要的是，还会连累他的接头人。

“伊莱·科恩是一辈子都剑走偏锋的那种人，”莫提·科菲说，他在摩萨德做过各种工作，20世纪60年代初还担任培训项目的主管，“剑走偏锋的时候，有时认为别人没发现。但是他错了。他太张

① Mossad Director Bureau, “Ben Barka Affair”, February 21, 1966, 4.
② Segev, *Alone in Damascus*, 16－18 (Hebrew).
③ Segev, *Alone in Damascus*, 262. 2010年6月6日对施穆埃尔·塞格夫的采访。
④ Segev, *Alone in Damascus*, 13－39.

扬了。我在训练期间就告诉过他，‘永远别当派对上的中心人物’。可他却对着干。”①

寄给布伦纳的邮件炸弹，② 以及科恩在跟叙利亚高层会谈时对其他纳粹分子表现出的浓厚兴趣——还有他“不同寻常的情况，作为一个没有工作的移民……开派对，跟上流社会打成一片”，“为他的客人和朋友提供各种娱乐消遣”这一事实——使叙利亚情报机构心生警惕，并使得一个和他谈话的人怀疑他这个叫“卡马尔·阿明·萨贝特”、在布宜诺斯艾利斯流亡多年后回到祖国的富有叙利亚商人的真实身份。

对科恩而言，一种悲剧性的巧合是，在同一时期，他的发射机干扰了叙利亚总参谋部的广播，总参谋部就在他租的奢华公寓的街对面，他在自己的公寓为叙利亚高官举办各种疯狂的派对。叙利亚人迷惑不解，请求苏联军事情报机构“格鲁乌”（GRU）进行调查。苏联人派出了特种巡逻车，在科恩某次发送情报期间设法锁定了从他的发射机发出的信号。

科恩被捕，遭到严刑逼供，③ 很快受到审判并被判处死刑。他于5月18日在大马士革的中央广场被公开绞死。他的尸体悬挂在绞刑台上，身上盖着一条白色床单，上面写着他的死刑宣判词，这是发给以色列的信息。

招募、训练和管理科恩的基大利·哈拉夫后来说：“在叙利亚的电视上，我看着他，看着我的伊莱，看见他脸上遭受过魔鬼般折磨的伤痕，我不知道自己该怎么办。我想尖叫，想做些什么，我想拿着手枪闯入梅泽赫（Mezzeh）监狱，用头把墙撞破，直到救出科恩为止。

---

① 2011年6月9日对科菲的采访。

② 这一说法是艾哈迈德·苏达尼中校1965年3月1日接受伦敦《阿拉伯周刊》（*Al Usbua al Arabi*）的采访时提供的，他负责叙利亚国内安全事务，是第一个怀疑科恩的人。采访由“阿曼”的550部队译成希伯来语，MODA 1093/04/638。

③ 伊莱·科恩的审判记录，MODA 1093/04/636。

他们杀了他，我们只能站在那里看着，什么也做不了。”①

阿米特的摩萨德才刚自信满满就遭此羞辱，却无能为力。② 更糟糕的是，摩萨德暴露了。叙利亚人折磨科恩，下手太狠了——拔掉了他的指甲，电击他的睾丸——以至于他崩溃了。他透露了秘密联络代码，交代了他发送的、叙利亚人截获了却无法破译的200条情报，他告诉他们他所知道的以色列情报机构招募、训练和隐藏身份的各种方法。

科恩被抓后不久，“凯撒利亚”遭遇另一场灾难。1965年2月10日，沃尔夫冈·洛茨暴露了，他是混迹于开罗上流社会的“凯撒利亚”间谍，是为除掉埃及的德国科学家而收集情报的关键人物。他的陨落还因为过度活跃、对自己的假身份过于自信，以及他和他的接头人粗心大意犯下的一些严重错误。

使洛茨免于遭受与伊莱·科恩同样命运的唯一原因是德国联邦情报局（BND）的干预，它应以色列的请求告诉埃及人洛茨也为它效力。洛茨和他的妻子沃尔特劳德逃过了绞刑，被判终身监禁。（他们在1967年六日战争后的一次囚犯交换中获释。）但这是对摩萨德的又一次严重打击。③ 唯恐再有其他闪失，约瑟夫·亚里夫命令手下的其他间谍回国，训练这些人并为他们做假身份可是下了很多年功夫。刚刚走出婴儿期的“凯撒利亚”，差点儿全军覆没。

总理艾希科尔将这两名间谍的陨落视为国家的不幸。④ 尽管摩萨德的境况堪忧，艾希科尔仍然决定批准“凯撒利亚”在乌拉圭执行一次特殊的定点清除任务。2个月前，一场由各情报机构代表参加的会议讨论了追捕纳粹的情况，从优先等级看，这件事在任务清单排名

---

① 1996年7月12日对基大利·哈拉夫的采访。

② 伊莱·科恩的故事见诸大量的书籍和电影，以色列的许多街道和公共建筑以他的名字命名。他被认为是该国历史上最著名的模范和英雄之一。美国中情局出资修建的吉利洛的摩萨德学院大楼，就是以他的名字命名的。

③ Ronen Bergman, “Gone in the Smoke,” *Yedioth Ahronoth*, September 19, 2003.

④ 2011年6月9日对科菲的采访。

并不靠前。负责处理这一问题的是“阿迈勒”的副组长拉菲·米丹，他调查了名单上可能的暗杀对象，奥托·斯科尔兹尼的名字刚从上面剔除。当他提到“赫伯特·库克斯”这个名字并开始描述其骇人听闻的行径时，听到了现场的热烈回应，此人是拉脱维亚人、纳粹战犯，作为飞行员自愿帮助党卫军和盖世太保。军事情报局“阿曼”的局长亚哈伦·亚里夫少将不省人事，许久才苏醒过来。原来，库克斯活活烧死了亚里夫的一些亲朋好友。[①]

与亚里夫交好的阿米特对此痛心疾首，会后，他去见了总理艾希科尔，并获准除掉库克斯。[②]

库克斯以杀害犹太人为乐。他告诉犹太人要活命就拼命跑，然后在城里的街道上开枪射杀他们。他把犹太人锁在犹太教堂里，接着纵火，一边喝威士忌一边听惨叫声。大屠杀的幸存者称他为“里加屠夫”，他的名字经常出现在纽伦堡的战争罪审判中，因为他直接参与杀害了约 1.5 万名犹太人，间接杀害的犹太人超过 2 万。但战争结束后，他设法逃跑并在巴西找到了容身之处，还在那里做起了旅游生意，他的身边总是围着保镖，生怕自己步艾希曼的后尘。

雅科夫·梅达德（Yaakov Meidad）是个会说西班牙语和德语的“凯撒利亚”特工，他伪装成正在南美旅游业寻找发财机会的奥地利商人，成功说服库克斯到乌拉圭的蒙得维的亚市郊外一座豪华庄园去见一群开发商。3 名杀手埋伏在庄园里等他到来。计划是让梅达德先进门，库克斯跟在后面。一个杀手会把他推到屋内，关上门。然后，等摩萨德小组离开现场，杀手就对他开枪。

然而，这件事并未按计划顺利进行。库克斯非常警觉，害怕有圈套。他一进门就发现不对，想要逃跑。另一个以色列人把他往里拖的

---

① Medan, unpublished manuscript, 92. 2015 年 6 月 30 日对米丹的采访，2015 年 3 月 18 日对阿莫斯·吉尔伯阿的采访。

② 这一时期的一些摩萨德老兵，包括迈克·哈拉里，认为阿米特嫉妒伊塞尔·哈雷尔成功地抓到了艾希曼，也希望自己能因除掉纳粹战犯而载入史册。2014 年 3 月 29 日对迈克·哈拉里的采访。

时候，亚里夫试图勒住他的脖子。“库克斯怕得要死，”梅达德说，“20 多年来他一直生活在对这一刻的恐惧之中，这一事实使他爆发出超人的力量。他成功地撂倒一个人，抓住门把手，要不是我们 3 个人，包括我在内，紧守大门，他肯定能逃出去。”

库克斯狠狠咬了亚里夫的一根手指，断掉的指尖落在了他嘴里。亚里夫疼得大叫，不得不松开库克斯的脖子。库克斯差点儿就逃脱了，但在最后一刻，因为担心误伤同伴而没开火的杀手泽埃夫·阿米特（摩萨德局长的堂弟）拾起一把锤子，一下一下猛敲他的头，直到把他打昏。接着，第三个杀手、前“伊尔贡”打击小组的头头埃利泽·索迪特-沙龙朝这个杀人无数的屠夫开了两枪，确保他当场毙命。①

特工们把尸体放进一个行李箱，留在了庄园里，并在上面附了一张“判决书”，写着“鉴于他个人对被残害致死的 3 万犹太人负有责任，这个罪人已被处决。[签名是] 那些永远不会忘记的人”。②

在摩萨德内部，这次行动在官方被认为是成功的，但实际上，执行行动若不专业就容易导致大祸。③ 不管怎样，亚里夫只剩半根手指。用锤子砸碎库克斯脑袋的泽埃夫·阿米特余生都饱受噩梦的折磨，陷在谋杀造成的创伤里。

接下来的灾难让艾希科尔总理和阿米特局长丢掉了官帽。1965

---

① 索迪特-沙龙是一流的“伊尔贡”战士，以胆大包天、狂野不羁闻名。1952 年，他试图通过从法国寄的邮件炸弹刺杀西德总理阿登纳，目的是破坏与以色列的赔偿协议。一名德国安保人员在拆弹时被炸死。索迪特-沙龙在法国因携带爆炸物而被捕并被判处 4 个月监禁，之后被遣返回以色列。后来，他声称自己是奉梅纳赫姆·贝京之命而为。1960 年 6 月 16 日回到以色列后，他被哈雷尔招进摩萨德的“米弗拉茨”特别行动队。

② 2015 年 8 月 16 日对贾德·希姆隆的采访。对此次行动的详尽描述见：Shimron, *The Execution of the Hangman of Riga*。

③ 2015 年 6 月 30 日对米丹的采访，2014 年 4 月 11 日对哈拉里的采访，2006 年 4 月对阿米特的采访。

年9月30日，即摩萨德收到阿拉伯峰会至关重要的录音带的第二天，摩洛哥情报机构的一名指挥官艾哈迈德·德里米找上了摩萨德，明确表示摩洛哥人希望他们尽快偿还这份宝贵情报所欠的人情。[①] 在情报界，没有免费的礼物。

阿米特向艾希科尔做了汇报："一方面，他们给了我们这些录音带，另一方面，他们说了是'给！'。他们想要的东西很简单。有个名叫本·巴卡的非犹太人，跟国王作对……国王下令除掉他。他们来找我们说：'你们是了不起的杀手……去办吧！'"[②]

反对派领袖梅赫迪·本·巴卡20世纪60年代初被流放出摩洛哥，后来被缺席审判判处死刑。[③] 摩洛哥情报机构试图找到他，但本·巴卡小心地隐藏自己的行踪，从一个地方换到另一个地方，还用化名。摩洛哥特勤部门的领导要求摩萨德帮助找到他，设个圈套干掉他。

"我们面临一个两难境地，"阿米特回忆道，"要么提供帮助并卷入其中，要么拒绝，然后危及国家的最高成就。"[④]

多年后，阿米特试图将自己刻画成选择"在雨点之间行走"，不是直接教唆杀戮，而是"将其［对摩洛哥人的帮助］纳入我们与他们的常规联合活动之中"。但仔细阅读摩萨德的内部电报和记录，就会发现该组织卷入其中很深。

"凯撒利亚"和"巨人"帮摩洛哥人找到了接收本·巴卡所订杂志的日内瓦报摊，使他们能够监视他。后来，他们提出了一个计划：本·巴卡将被一个假扮成纪录片制片人的人诱骗到巴黎，此人对这个摩洛哥人的流放生活很着迷，并有兴趣拍摄一部关于他的纪录片。摩

---

① Mossad Director Bureau, "Ben Barka Affair," February 21, 1966, 3.

② Protocol of meeting between Prime Minister Levi Eshkol and General M. Amit, Dan Hotel, Tel Aviv, October 4, 1965, 2（作者的资料，从"埃伦"处获得）。

③ Bergman and Nakdimon, "The Ghosts of Saint-Germain Forest," *Yedioth Ahronoth*, March 20, 2015.

④ 2005年5月对阿米特的采访。

萨德为摩洛哥人提供了巴黎的安全屋、汽车、假护照和用来杀他的两种不同毒药，还有铲子及“用来掩盖痕迹的东西”。

本·巴卡1965年10月29日来到巴黎，在腐败的法国警察的帮助下，摩洛哥人绑架了他。他被带到一间空荡荡的摩萨德安全屋，在那里摩洛哥人对他严刑拷打。没过多久，他就因为被反复摁入一缸污水之中窒息而死。

谋杀发生时，摩萨德特工没有参与，也不在场，但他们提出由他们来处理尸体，[①] 一支由“凯撒利亚”和“巨人”成员组成的联队将尸体运到附近的圣日耳曼森林。他们在地上挖了个很深的洞，埋了尸体，然后撒下化学粉末。这种粉末是用来毁尸灭迹的，与水接触后活性很大。大雨几乎立即从天而降，所以没过多久，本·巴卡的尸体可能就所剩无几了。据参与行动的一些以色列人所言，剩下的又被移走了，现在就在通往最近才建成的路易威登基金会的路面之下，甚至就在这幢超现代的建筑物底下。

阿米特曾向艾希科尔保证，“我不会不通知你就采取任何行动的”，[②] 但他只告知了部分真相，而且是在事后。1965年11月25日，阿米特告诉艾希科尔：“一切顺利。”

然而，事实上，一切都不顺利。本·巴卡在巴黎失踪，摩洛哥情报机构和法国雇佣军头目牵涉其中的这一事实在法国媒体炸开了锅，很长时间都占据新闻头条。戴高乐总统解散了他的情报机构，并起诉了一些涉案人员。当哈桑国王拒绝将其间谍机构的几个负责人移交受审时，戴高乐一怒之下断绝了与摩洛哥的外交关系。

这次行动的余波持续了数十年，给摩洛哥和法国的关系留下了阴影，目前仍有一名法官负责调查此案。调查也引起对摩萨德人员的怀疑，所有相关人员都匆匆离开了巴黎。多年来，他们一直面临审判的

---

① Mossad, Aterna File, Junction, Colossus, 325 various cables and memos, September–November 1965（作者的资料，从“埃伦”处获得）。

② Meeting between Eshkol and Amit, October 4, 1965, 2.

危险。

伊塞尔·哈雷尔当时是艾希科尔的情报顾问。他对自己被撤掉摩萨德局长一职一直感到痛苦和沮丧，也对阿米特的成功心怀嫉妒，在掌握了本·巴卡事件的相关文件后，他对阿米特宣战了。

在向总理提交的一份长长的报告中，他宣称："摩萨德，以及通过摩萨德行事的国家，参与了多起与政治暗杀有关的行动，其中不仅无关以色列的利益，而且我相信从道德、公共利益和国际关系的角度来看，以色列根本就不应该卷入其中。"①

哈雷尔要求艾希科尔解雇阿米特，并派一名个人特使去向戴高乐说明真相。艾希科尔拒绝了，哈雷尔指责总理本人卷入谋杀，并要求他马上辞职。他出言威胁艾希科尔，说"这件事的反响将引发公众的注意，整个政党［工党］将因此蒙羞"。

眼见这招不起作用，他就将此事的要点泄露给了一家专爱耸人听闻的黄色周刊；当审查员阻止这篇报道发表时，他将详情告知了党内高层，敦促他们反对艾希科尔的领导。② 这些人随后试图说服果尔达·梅厄领导一场推翻艾希科尔的政变。梅厄赞同阿米特必须下台，但她划下了驱逐总理这件事的底线。"我应该推翻艾希科尔取而代之吗?"她以她那著名的动之以情的口吻问谋反的人，"我宁愿去跳海。"③

哈雷尔的恶意攻击并没有消停，④ 艾希科尔和阿米特决定反击，对政治勒索以牙还牙。阿米特告诉身边的同事："在这件事上，哈雷尔不会主动偃旗息鼓……除非有人向他暗示他往日的所作所为中有足

① Isser Harel, intelligence adviser to Prime Minister Levi Eshkol, "Head of the Mossad and the Adviser"（日期不详，显然晚于 1965 年 10 月），附在哈雷尔手写的备忘录之中，标题"Notes on the report itself"（作者的资料，从"埃伦"处获得）。

② Ronen Bergman and Shlomo Nakdimon, "The Ghosts of Saint-Germain Forest," *Yedioth Ahronoth*, March 20, 2015. 2015 年 3 月 13 日对大卫·戈洛姆的采访。

③ 记者什洛莫·纳迪蒙所作采访的录音稿（作者的资料，感谢什洛莫·纳迪蒙）。

④ Ronen Bergman and Shlomo Nakdimon, "The Ghosts of Saint-Germain Forest," *Yedioth Ahronoth*, March 20, 2015.

够的黑料来揭露他这个‘摩萨德的卫道士’的真面目。”

而且，确实有足够多的黑料。[①] 阿米特让人把亚历山大·伊斯雷尔的档案调了出来。伊斯雷尔是一名海军军官，1954 年向埃及出卖机密，后来他被绑架，目的是将他带回国审判，但他在途中因注射过量镇定剂而死。哈雷尔下令将他的尸体扔进大海，并告知其家属他已在南美定居。

阿米特将伊斯雷尔的档案交给了一名摩萨德老兵，[②] 这个人讨厌哈雷尔，但与阿米特交好，而且了解这件事。这个老兵叫哈雷尔出来见面。“如果这件事公之于众，你认为会发生什么？”他问哈雷尔，“难道你不认为这么严重的事需要彻底审查和深入调查吗？当然，我们也不想把这事翻出来，但知道此事的不止我们，现在记者若注意到这个，后果不堪设想。”

哈雷尔了解这种局面。不久之后，他辞职了。

对阿米特来说，这件事的主要教训是“我们绝不能卷入执行与我们没有直接利益关系的其他人的敏感任务，尤其不能卷入暗杀。只有当有人威胁到以色列利益时，我们才能杀掉他，处决——只能是蓝白色的”，这指的是以色列国旗的颜色，言下之意是“只能由以色列人来干”。[③]

所有这些灾难使得这一机构特别是它的先锋部队“凯撒利亚”伤痕累累，一片混乱。阿米特设立了多个调查委员会，力图分析出问题所在。

主导这些调查的是迈克尔·“迈克”·哈拉里。[④] 调查工作结束

---

① 2013 年 2 月对“雷霆”的采访，2015 年 1 月对“罗斯”的采访。

② 2015 年 1 月 28 日对达尔的采访，1999 年 3 月对哈雷尔的采访，2006 年 4 月对阿米特的采访，2010 年 12 月 22 日对大卫·维塔尔的采访，2012 年 6 月对“赫尔肯纳斯”的采访。

③ 2006 年 4 月对阿米特的采访。

④ Ronen Bergman, “Haraci Code,” *Yedioth Ahronoth*, April 2006.

后，阿米特任命哈拉里为“凯撒利亚”副队长。哈拉里在这个职位上工作了5年，先是做约瑟夫·亚里夫的副手，而后是茨维·阿哈罗尼的副手，但实际上他是这支分队的灵魂人物、真正的指挥者。1970年，他被任命为“凯撒利亚”队长，一干就是10年。他领导“凯撒利亚”的15年里是该部队历史上最重要、最动荡的岁月。外号“恺撒”的哈拉里，成为摩萨德特种作战部队中对世界影响最深远的人物。

哈拉里1927年出生在特拉维夫。[①] “两件事塑造了我的人生。”他说。1936年，还是个孩子的他目睹了巴勒斯坦阿拉伯人对犹太人和英国人发动的暴力骚乱，后来被称为“巴勒斯坦起义”。“我看见作乱的暴民和一辆烧毁的英国吉普车，警长烧焦的尸体仍然紧握着方向盘。”他说当他看见阿拉伯人和犹太人打起来时，没有退缩，而是跑进附近一家商店，选了个看似最好的武器——一把巨大的镐——跑去加入了对阿拉伯人的战斗。

第二个决定性的经历发生在1942年，当时他在街上玩耍，而几分钟前，英方的刑事调查局警官开枪打死了极端犹太地下组织“莱希”的指挥官阿夫拉罕·斯特恩。“我看见他们把尸体放倒在地。然后我跑上楼。我还是个孩子，没人拦我。我走进公寓，看见他之前藏身的那个柜子……这些事情会影响你。”

1943年，他谎报年龄加入了巴勒斯坦犹太人“伊舒夫”的秘密部队“帕尔马赫”。“那个组织是地下、秘密的，令我着迷。”他参加了许多行动，包括破坏铁路和桥梁、袭击英国警察局和收集情报。他被刑事调查局逮捕过多次。

二战后，“哈加纳”的指挥部得知哈拉里会说几种语言，就将他派到欧洲，[②] 帮忙将幸存的犹太难民运回以色列。他参与了秘密夺取

---

① 2014年3月23日对哈拉里的采访。
② 2014年3月23日对哈拉里的采访，2014年10月6日对亚伦·克莱恩的采访。

船只和复杂的后勤工作，把这些非法移民从欧洲废墟中运送到船上，然后在英国人的眼皮底下将他们偷运到巴勒斯坦。“就是在那段时期我为自己制定了海外秘密活动的标准、方法和一些工具，这些工具后来我在摩萨德用上了。”

以色列建国后，伊塞尔·哈雷尔将哈拉里招进了辛贝特，然后调至摩萨德，在被派去调查“凯撒利亚”的行动之前，哈拉里在摩萨德迅速崛起。他发现“凯撒利亚”是个情况很糟的单位，人员混杂（其中有“米弗拉茨”和188部队以及“鸟之队”的前队员，还有辛贝特的作战部队，等等），作战理念模糊，行动目标不明。

“凯撒利亚”的一连串失败让哈拉里得出这样的结论：必须自下而上重建“凯撒利亚”，重新界定其目标、任务和人员。经过几个月的工作，他向摩萨德领导层汇报了他的理论：“在我的世界观里，我相信任何想要生存下去的国家都必须拥有属于自己的‘凯撒利亚’，一个行动隐秘、分工明确的精英机构，有能力在国界之外执行国内其他机构无能为力之事。它是我国领导层可以用来对付敌国的独一无二的工具。”①

哈拉里将“凯撒利亚”的主要目标设定为定点清除、破坏，在敌对“目标”国家收集情报以及开展特别行动，如越境偷运被绑架者。

哈拉里调查的大多数“米弗拉茨”外勤特工以前都是反英极端地下组织的成员，他们被伊塞尔·哈雷尔招募进来，由伊扎克·沙米尔指挥。哈拉里发现他们非常强硬，在搏斗和秘密行动方面经验丰富，时刻准备着扣动扳机。然而，哈拉里发现他们在别的方面非常弱：“他们在逃跑阶段总是失败。我下令在策划行动时，要对目标和逃跑给予同样的重视，如果不能全身而退，就不要行动。”

---

① 2014年3月10日对哈拉里的采访。在我们的一次会面中，哈拉里给我看了新的“凯撒利亚”成立的文件，这是交给摩萨德领导层的文件，上面有他的代号签名“舍巴特”。

哈拉里下令成立一个“目标委员会”，负责深入研究以确定谁会列入暗杀名单，他还规定不能在近身接触下使用刀具或其他“冷”兵器杀人。

“凯撒利亚”和“巨人”这两个作战部队的外勤人员不喜欢被称作密探，认为这听起来平淡无奇、敷衍了事，缺少恰当的英雄气概。（更糟糕的是，“特工”几乎就是个贬义词，专为被招募进来为以色列的利益背叛自己国家的外国人而设。）相反，他们认为自己是战士（lohamim），一心捍卫并守护他们年轻的祖国。

虽说他们可能都是战士，但两队的人员有着本质的区别。“巨人”的间谍在“基地国家”（base country）——像法国或意大利这样与以色列有全面外交关系的国家——被捕，可能面临入狱的风险。而在像叙利亚或埃及这样的“目标国家”（target country），“凯撒利亚”战士被捕的话，很可能会受到可怕的酷刑和审讯，然后被处决。“凯撒利亚”特工的暴露和被捕在以色列被视为国家灾难。哈拉里坚持铁的纪律和零失误的原因正在于此。

实际上，从哈拉里重建“凯撒利亚”之时起，发生重大失误的情况就极少。在这个部门的整个历史中，伊莱·科恩是唯一一个被抓获并遭处决的特工。

“这个非凡的纪录，”曾担任该部队高级长官多年的“伊桑”说，“主要归功于哈拉里的革新，尤其是滴水不漏的假身份。”①

招新的过程也是他们成功的一个关键因素。“‘凯撒利亚’特工的主要武器是在掩护身份下开展工作的能力，”“伊桑”解释说，“这个本事必须是其本身就有的。其他的一切我们可以教他们。”

摩萨德有权访问以色列的人口数据库，“凯撒利亚”的人才甄选专家从中搜索某些类型的人。对哈拉里而言，首先自然是从那些在以色列国防军作战部门服役或服过役的人当中挑人。不过，这只是筛选

---

① 2015 年 5 月对“伊桑”的采访。

过程的开始。在伊莱·科恩暴露以及摩萨德利用阿拉伯国家的犹太人充当间谍的事曝光之后，他决定主要依靠可以冒充西方国家非犹太教徒的那些人。

完美的候选人有着欧洲人的长相，能伪装成来自一个其公民深受阿拉伯世界欢迎的国家的游客或商人而不被识破。① 一类最可能的人选就是以色列学者的子女或以色列外交使团成员的子女，他们由于父母的工作关系而在海外生活过相当长的时间。② 不过，“凯撒利亚”的新兵大多是在自己的祖国生活到成年的移民（在极少数情况下，“凯撒利亚”会招募仍然居住在以色列境外的犹太人），因为他们具备一个明显的优势：不需要接受训练就可以扮好非以色列人。

另一方面，前培训主管科菲解释说，这样的新兵也有相应的麻烦。所有有抱负的人当然都会经过辛贝特的彻底安全检查。倘若一个移民尚未适当地融入以色列社会——如果他或她没有在以色列国防军服过役，尚未发展出长期的朋友圈，在这个国家也没有亲戚——那么确认他们是否忠于以色列和摩萨德就要困难得多。甚而他们可能已是另一个国家的间谍。因此，在对“凯撒利亚”的新兵进行初步测谎这项摩萨德最严格的测试之后，接下来的背景调查会更严，有时候调查员还赴海外去审查候选人的过去。每个候选人的招募过程都投入了巨大的精力。

可以发展的对象一旦确定，他们就会接到自称为“政府雇员”的人的电话，并提议在咖啡馆见面，在那里他们会非常笼统地描述一下工作内容。其他人会收到从总理办公室或国防部发来的某种神秘信件，上面差不多是这样写的：“我们为你提供参与一项涉及各种独特活动的行动的机会，它将使你面临激动人心的挑战，使你有机会与之相抗，同时发挥你的全部潜能，获得个人满足感。”除了这种直接的

---

① 2011 年 6 月 9 日对科菲的采访。
② 2014 年 2 月 12 日对哈拉里的采访。

办法，摩萨德也在以色列报纸上长期投放模棱两可的招聘广告，说某“政府机构”正在为“具有挑战性的工作”寻找人才。

摩萨德开始从这些潜在的新兵中通过各种测试进行筛选，直到只剩下心理素质过硬、适合这份工作的人。摩萨德所有执行任务的岗位的筛选过程，过去和现在都是由摩萨德招聘官和心理学家进行的。哈拉里坚持认为，心理学家本人也应该亲身经历一次令人精疲力竭的培训计划，包括可怕的“囚徒测试”，这样他们才会明白特工必须具备哪些素质，才能更好地筛选候选人。

找到具备全部所需特质的候选特工在过去和现在都是一个十分艰巨的挑战。在摩萨德，他们不无自豪地强调接受率只有 0.1%。莫提·科菲是这样说的：“我们理想的战士必须是锡安主义者。他需要认同以色列及其目标。最重要的是，他必须能平衡好相反的特征。他需要主动而不能咄咄逼人，勇敢但别无畏，性格开朗但又沉默寡言。他们必须甘冒巨大风险，但又不能使任务和组织陷入险境，也不能动不动求死。他们需要有能力生活在谎言和欺骗之中，同时又能提交可靠的报告，对指挥官毫无隐瞒。他们需要发挥个人魅力而又不产生个人联系。”①

然后，总是存在动机问题：为什么一个男人或女人想要得到世界上最危险的工作之一？“有两种战士，”科菲说，“一种来自积极的方向，人们要去做某事。一种来自消极的方向，人们在逃避某事。来自积极方向的人谋生没问题，他们也不会有那种不理解他们的妻子。他们是来为锡安主义服务并寻求满足他们的个人冒险精神的人；他们想看看这个世界，想玩，因为他们喜欢这个游戏。从消极方向来的人——他们是逃避事情的人，这种人不喜欢自己的家，在平民生活中没有成功过。他们是努力为自己创造更美好生活的人。”

摩萨德接受两类战士：积极的和消极的。比起在敌国使用完全不

---

① 2011 年 6 月 9 日对科菲的采访。

同的身份、完全孤立地开展工作的能力，他们离开旧生活的原因没那么重要。“你既是战士又是将军，”科菲说，“这是一种沉重的情感和智力负担。”

哈拉里希望找到一种方法来避免或者说至少减轻这种负担，就又发起了另一项格外雄心勃勃的招募计划。① “我听说克格勃以前常常去挑那种十三四岁、不会有任何约束性承诺的孤儿，把他们招入麾下，在尽可能最好的条件下把他们训练成用伪装身份工作的特工。我认为这是个好主意。”他请“凯撒利亚”的心理学家找到一个没有父母的14岁以色列男孩，“凯撒利亚”收养他，不让他知道现在是谁在照顾他。一名心理学家和两名导师密切关注他的一举一动，他得到了良好的教育，上一大堆艺术和文化方面的课，还花时间进行体育锻炼和休闲。“我们告诉他，我们希望他长大以后能报效祖国。”哈拉里说。

所有的栽培和指导都很值。这个男孩成了一名战士，后来成了一名才华横溢的年轻军官，他极富教养，能以外国人的身份执行任务。但整个计划失败了。“我逐渐明白，这一计划在俄罗斯这样的国家可能会成功，但在以色列不会。那个以色列犹太人不具备那种毅力，很快他就想交个女朋友，过平民生活，想要份高收入。他可能会有与情报机构所能提供的方向截然不同的志向。我们没有别的选择，只能随他去。”

事实表明其他招募政策更加成功。由于实际操作原因，摩萨德实际上成为性别平等的先驱。② “执行任务时，队伍中有一名女性会有巨大的优势，”“伊桑”说，“一支由男女成员组成的队伍……总是能够提供更好的身份掩护，减少怀疑……”③

---

① 2014年4月11日对哈拉里的采访，2014年10月6日对亚伦·克莱恩的采访。

② Vered Ramon Rivlin, “There Is Nothing to Stop a Woman from Becomign the Director of the Mossa,” *Lady Globes*, Sepember 12, 2012.

③ 2015年1月对“伊桑”的采访。

如果新兵成功地通过了最初的筛选阶段，他们就将开始进入“特工课程”。大多数“凯撒利亚”学员在培训期间从未参观过摩萨德总部，与其他学员也没有联系。他们接触到的信息会尽可能少，以确保他们一旦被抓并遭到酷刑时没有什么信息可以透露。培训期间，他们的住地是特拉维夫几处公寓中的一处，这样他们就不会接触到每天到总部来上班的普通摩萨德员工。

学员要接受大量的间谍技术实训——加密摩尔斯码的收发（直到技术发展淘汰了这一通讯方式）、监视、摆脱跟踪、武器使用和徒手搏斗。他们还学习阿拉伯国家的地理、政治和历史。

技能是在一系列实战任务中磨练出来的，[①] 大多数任务完全是在以色列国土上，而且往往稀松平常：在银行大堂的电话机上安装窃听设备，找到无关痛痒的文件，闯入住家或商业机构，以证明新兵掌握了某项技能。

精心打造的假身份远不止想个化名。新兵将要学习掌握一套全新的虚构的个人经历：在哪里出生，在哪里长大，父母是谁，成长的社会、文化和经济背景如何，兴趣爱好是什么，等等。由友好的基地国家颁发的——或者由摩萨德伪造的——护照可以使战士们自由地旅行，甚至是去不允许以色列人入境的国家。与此同时，伪造的职业通常都是需要频繁地在世界各地飞来飞去，要求有大量的单独工作时间，没有搭档，没有办公室，也没有固定的上班时间。例如，新闻记者或者摄影师，或者为电影剧本做研究的编剧，这些都是很好的选择，因为这些职业都不需要太多解释。

经过一段时间的磨合，假身份将使新兵远离真实的自己，并能在一个崭新的国度开始新生活而不引起怀疑。[②] 接下来，新兵操练就根

---

① 以色列人性格中与生俱来的警觉使该国成为一个近乎理想的训练场，在课程结束前无需将摩萨德学员派到海外。多年来的巴勒斯坦恐怖主义活动使普通以色列民众变得极其谨慎。这些练习通常是针对前摩萨德雇员进行的，他们同意成为目标，供学员练习监视、入户行窃或以假身份与他们建立联系。

② 2015 年 6 月对“埃默拉德”的采访。

据个别情况创建第二层掩护身份。如果遇到好奇的警察盘问，战士要能合理地解释为什么他在某个时间出现在某个地方——比如，为何在政府部门外逗留，监测有多少人来来往往。为了让人信服，需要快速而镇静自若地作出解释，并且细节要尽可能少；提供过多信息和完全不作解释同样容易引起怀疑。

培训师还将通过模拟逮捕和严刑拷问来加大训练难度。[①] 一个代号为“库尔茨”（Kurtz）的“凯撒利亚”战士说，这是课程中最难的部分。“他们派我们两人一组去耶路撒冷跟踪外国外交官。看起来是个简单的任务——只是跟踪他们并报告，无需打交道，”他说，“我们配发了外国护照，我们得到的指示是任何情况下都不能向任何人透露我们的真实身份。突然，不知从什么地方冒出三辆警车，还有几名身穿便衣的暴徒跳到我们身上，把我们撂倒，铐住我们，把我们扔进了车里。”

“他们把我们带到位于耶路撒冷的俄罗斯大院的辛贝特审讯处。我们在那里待了三天半可怕的日子，不让睡觉，戴着手铐，蒙着眼睛。有段时间，我们被铐在椅子上，胳膊被反剪在身后，这姿势让我们全身绷紧；有段时间，他们把我们吊在天花板上，强迫我们踮脚站着。在审讯过程中，警察和辛贝特特工殴打我们，向我们吐口水。我听见他们甚至往一个人身上撒尿。其目的是看看谁会崩溃，谁会用假身份活下来。”“库尔茨”没有崩溃。否则，他很可能中途就被淘汰了。

课程结束后，通过的学员有资格成为特工，并开始在目标国家执行任务。

哈拉里将铁的纪律引入“凯撒利亚”，要求绝对服从。[②] 任何不按他制定的规则行事的人都会立即发现自己被淘汰出局了。该部门位于特拉维夫卡普兰大街 2 号 11 楼的各单位悄然运转着，井然有序，堪称典范。“迈克将一种欧洲氛围带到了‘凯撒利亚’，”“伊桑”

① 2005 年 10 月对“库尔茨”的采访。
② 2015 年 5 月对“伊桑”的采访。

说，“如讲话、手段、礼仪和举止。他的办公室总是比所有人的都干净整洁，他本人也是，无论举止还是穿着。他总是仪表堂堂，胡子刮得干干净净，无论走到哪里身后总留下一阵他最喜欢的法国马加撒古龙水的香味。这一点很重要，因为他让整个部门都习惯于在我们表面上来自的国家的那种氛围中工作。”

“出色的情报和强大的‘凯撒利亚’需要资金。”哈拉里告诉阿米特。他要的预算越来越多，用于人员培训及建立越来越多的行动框架和人脉。哈拉里的人在无数地方和国家开设了数百家商业公司，它们在他离任后将为摩萨德服务许多年。这些公司大多没有立即投入使用，但是哈拉里有先见之明，比如他料到有一天对“凯撒利亚”来说控制一个中东国家的航运公司是件好事。果然，有一次，该部队需要一艘民用船只在也门海域为摩萨德小组提供掩护。[①] 这支摩萨德小组执行间谍任务的同时，将一包包肉装上一艘船从一个地方运到另一个地方。

1967 年，哈拉里的变革开始产生显著的成效，在目标国家的“凯撒利亚”特工每天都在给以色列传回有价值的情报，大多都跟当时以色列的主要敌人叙利亚、埃及、约旦和伊拉克有关。

摩萨德、“阿曼”和政府有理由为下一场与阿拉伯国家的军事对抗准备大量资源，这场对抗的确在那年 6 月到来了。

然而，以色列情报机构未能注意到接下来的一大挑战：数百万巴勒斯坦人准备为回归祖国而战。针对以色列人和其他犹太人的巴勒斯坦恐怖主义浪潮很快将席卷中东和欧洲。

“我们还没准备好应对这种新的威胁。”哈拉里说。[②]

---

① 这些任务是“秘酱行动”（Sauce/Rotev）和“豪猪行动”（Porcupine/ Dorban）的一部分，其中以色列为也门北部保皇派提供军事援助，在英国军情六处和沙特阿拉伯情报部门联手的情况下，共同对付在埃及支持下已经夺取政权的革命分子。Alpher, *Periphery*, 67 – 69. 2014 年 3 月对哈拉里的采访，2014 年 5 月 28 日对克莱恩的采访，2015 年 5 月 18 日对埃尔弗的采访，2011 年 7 月对“沙乌尔”的采访。

② 2014 年 3 月 23 日对哈拉里的采访。

七
“武装斗争是解放巴勒斯坦的唯一途径”

在以色列于1948—1949年战争期间征服的这片土地上，65万至70万巴勒斯坦人要么逃离，要么被驱除，因为以色列在此正式建国。阿拉伯人发誓要摧毁这个新生的国家，而以色列领导人坚信，他们这个还不稳固、脆弱的国家若想生存下去，其境内的阿拉伯人就必须越少越好。这就是驱逐和全面拒绝任何难民返回的理由，尽管这在道德上是有问题的。

难民被安置在加沙地带（1948—1949年战争后，沿巴勒斯坦西南沿岸形成的一条141平方英里的狭长地带，1967年之前由埃及控制，之后由以色列控制）[①]、约旦河西岸（约旦的叫法，这是约旦在1948年战争后控制的前英属巴勒斯坦托管地上的一片2 270平方英里的土地；1967年被以色列占领）以及在其他阿拉伯邻国建立的破败不堪的营地。这些阿拉伯国家的执政当局扬言他们最终会将锡安分子从地图上抹去，让巴勒斯坦人返回家园。但那不过是动动嘴皮子。实际上，这些政权将其苛刻的条件强加在不幸的难民身上，后者往往没有权利，自己的人生也不能自己做主，没有受过高等教育，也没有有价值的就业前景。生活条件很恶劣，公共卫生乃至食品安全也很堪忧。1948—1949年战争期间涌入加沙地带的难民是该地区人口的3倍多。居民人数从1945年的大约7万飙升至1950年的24.5万；到1967年，居民人数达到35.6万；到2015年，为171万。这些难民变成了没有国籍的人，他们被赶出自己的国家，又不被另一个国家接受。但是，他们与生活在约旦河西岸和加沙地带的村庄及城市的巴勒斯坦永久居民仍然视彼此为**一个民族**。在脏兮兮的难民营，年轻的武装分子在个人自豪感和对以色列的仇恨驱使下自发组织起来，投身民族主义运动。

他们当中有一个名叫哈利勒·瓦齐尔的男孩，1935 年出生在特拉维夫东南部的小镇拉姆拉。[2] 1948 年战争期间，他和他的家人以及拉姆拉的许多居民一道被驱逐到加沙，住进了那里的一个难民营。

16 岁时，瓦齐尔已经是一个激进组织的领导人。瓦齐尔急于为家人被驱逐出拉姆拉报仇雪恨，他说他“找到了参加过［1948 年］巴勒斯坦战争的圣战者，这样一来我们就能向他们学习作战经验了”。[3]

这些 1948 年战争的老兵训练了瓦齐尔和他的朋友，而他们又去训练其他巴勒斯坦年轻人。1953 年，年仅 18 岁的瓦齐尔就已经指挥着 200 名年轻人，他们全都热切地想要与锡安主义敌人作战。1954 年底到 1955 年初，瓦齐尔的手下在以色列境内开展了一系列破坏和暗杀行动。埃及人把这些年轻的激进分子当成廉价的代理人，从开罗向加沙派出了巴勒斯坦学生作为增援部队。其中有一个开罗大学的电气工程专业学生，名叫穆罕默德·亚西尔·阿卜杜勒·拉赫曼·阿卜杜勒·拉乌夫·阿拉法特·古德瓦·胡塞尼，也就是亚西尔·阿拉法特。

---

① 战前，加沙地带的人口略多于 7 万，根据 1967 年的一次人口调查，该地区人口为 35 万. Kabha, *The Palestinian People: Seeking Sovereignty and State,* 157 – 58. CIA World FactBook, https://www . cia. gov/library/publications/the-world-factbook/geos/gz. html; United States Census Bureau, International Programs, International Data Base, https://www. census. gov/population/ international/data/idb/region. php? N =%20Results% 20&T = 13&A =separate&RT = 0&Y = 1967&R =-1&C =GZ。

② Zelkovitz, *The Fatah: Islam, Nationality, and the Politics of an Armed Struggle,* 25 – 26 (Hebrew).

③ mujahideen 的字面含义是“参加吉哈德的人”，通常指游击队战士，在以色列人和西方人那里指的是恐怖分子。这一引自瓦齐尔的话参见：Sayigh, *Armed Struggle and the Search for State*, 81。

阿拉法特的出生地颇有争议。① 据巴勒斯坦官方说法，他于 1929 年出生在耶路撒冷，诚如人们对巴勒斯坦领导人所期望的那样。然而，也有人说阿拉法特出生在加沙甚至开罗。不管怎样，他生在一个显赫的巴勒斯坦家庭，与伊斯兰领袖、大穆夫提哈吉·阿明·胡塞尼以及 1948 年巴勒斯坦军队指挥官阿卜杜·卡迪尔·胡塞尼都有些渊源，这两个人都是当时的头号暗杀目标。

化名为阿布·阿马尔的阿拉法特，与化名为阿布·吉哈德的瓦齐尔，不仅成了同事，后来还成了知己，他们俩齐心协力加强了加沙地带的巴勒斯坦基层组织。

然而，以色列情报机构并不过分关注难民营中日益恶化的好战气氛。“大体上，这样说吧，对离散的巴勒斯坦人我们真不感兴趣，”时任“阿曼”官员亚哈伦·列夫兰坦言，“那个时候他们还未形成有影响力的军事力量。”武装分子不是一个长期的战略问题，而是一个近在眼前的战术问题，只有当他们溜过边境滋扰并恐吓犹太人时才会引起关注。而这一问题表面上已经通过 1956 年的西奈半岛战役得以解决：埃及害怕以色列的报复，更关心的是维护边境和平而不是巴勒斯坦人的艰难处境，因此停止了对这些突袭活动的赞助。

不过，武装分子对此事的看法则不同。埃及人禁止采取进一步渗透行动，阿布·吉哈德和阿拉法特无视此禁令并与之对着干，他们认定巴勒斯坦人只有采取独立行动方能结束苦难。以色列在西奈半岛战役中的军事胜利阻止了巴勒斯坦人从埃及领土进行的恐怖渗透，但也无意间促成了一场独立的游击运动。

阿拉法特和阿布·吉哈德多年来颠沛流离，从一个国家转移到另一个国家，终于在 1959 年底辗转来到达科威特。② 他们已经认识到，

---

① Cobban, *The Palestinian Liberation Organization: People, Power and Politics*, 6 – 7. Yaari, *Fatah*, 9 – 17 (Hebrew). Zelkovitz, *The Fatah*, 25 – 26 (Hebrew).

② Sayigh, *Armed Struggle*, 85.

在纳赛尔眼中他们的行动不过是绊脚石，因为纳赛尔正试图统一阿拉伯世界，由他来领导。他们明白只要他们待在一个阿拉伯大国，就绝不可能建立一个自己掌握权力的全巴勒斯坦人的组织。

阿布·吉哈德接受了阿拉法特的至高地位，比他年长6岁的阿拉法特此时已在巴勒斯坦流散人口中拥有广泛的人脉。阿拉法特认为自己是领袖，但他立即肯定了阿布·吉哈德的行动能力，这是他本人所缺少的。阿拉法特、阿布·吉哈德和3名同伴花了两年的时间为他们的组织制定了一系列原则和运作框架。他们是秘密进行的，以避免引起阿拉伯国家的反对。最终在1959年10月10日，“巴勒斯坦解放运动”正式成立了。

然而，他们很快发现，该组织名称的阿拉伯文首字母缩写为“哈塔夫”（Hataf），这个词翻译过来竟是“速死”之意，实在太丢脸了。阿布·吉哈德对象征性事物特别敏感，因此，他提议将这些字母倒过来写，就成了“Fatah”（法塔赫）——这个词的意思是“辉煌的胜利”。

当时以传单的形式传播的该组织基本原则，后来集中体现在了《巴勒斯坦民族盟约》里。[1] 其中，第9条规定“武装斗争是解放巴勒斯坦的唯一途径”，而第6条实际上是要求驱逐1917年以后抵达巴勒斯坦的所有犹太人。第20条指出：“声称犹太人与巴勒斯坦有历史或宗教关联的说法都不符合历史事实……犹太人也不构成具有独立身份的单一国家；他们是其所在国的公民。”第22条提到“犹太复国主义……其本质上是狂热的种族主义，其目的是侵略性的扩张主义和殖民主义，其手段是法西斯式的”。该盟约中对犹太复国主义的指责大多声称它是国际帝国主义的工具。

以色列情报机构一心扑在纳赛尔身上，认为埃及才是最确凿、最

① 关于法塔赫成立之初的情况，参见：Sayigh, *Armed Struggle*, 88-89。

可怕的威胁，完全没注意到法塔赫的成立。直到 1964 年初，木已成舟 4 年多之后，两名以色列间谍才提交了关于该组织的第一份实地调查报告。[①] 伪装成巴勒斯坦商人的尤里·伊斯雷利（在摩萨德人称“拉迪耶”）和伊扎克·萨吉夫（“伊斯雷利”）警告说，在法塔赫的支持和鼓动下，学生基层组织在欧洲的发展态势越来越猛，不容小觑。1964 年 4 月 6 日，整个摩萨德都在忙着处理德国科学家的事，拉迪耶给他在摩萨德的上线写信，警告说：“我的结论是，我们面临的来自学者、学生和受过教育［的巴勒斯坦］人的危险不亚于以大规模杀伤性武器武装起来的阿拉伯国家。”

起初，他们的摩萨德专案官不为所动，把阿拉法特、阿布·吉哈德及其朋友斥为“光说不练的学生和知识分子”。但是，拉迪耶和伊斯雷利坚持不懈，警告说他们的巴勒斯坦熟人越来越频繁地谈到“以武装斗争反对犹太复国主义实体”。

法塔赫“完全不同于之前存在过的任何组织”，[②] 他们在 1964 年 5 月的一份报告中坚称。“这两个人”——阿拉法特和阿布·吉哈德——“能够煽动巴勒斯坦人起来对抗我们”。

法塔赫于 1965 年 1 月 1 日发动了第一次恐怖袭击，企图炸毁以色列的“国家输水系统”（National Water Carrier），[③] 这是一个浩大的管道和运河系统，旨在将加利利海的水输送到该国干旱的南部。这是一个极具象征性的行为，即威胁要切断中东沙漠中的生命之源——水——这可是戳到了该地区所有居民的痛点。运河系统的建设一直是

① Mossad, History Department, *Ladiyyah: The Mistarev and the Warrior*, 1989, 42（作者的资料，从“林特”处获得）。The Shin Bet, *The Mistaravim Affair*, 日期不详（作者的资料，从“双胞胎”处获得）。2001 年 4 月 6 日对哈雷尔的采访，2013 年 8 月 12 日对萨米·莫利亚的采访，2016 年 10 月 13 日对沙伊·伊斯雷利的采访，2013 年 9 月 1 日对哈达尔的采访。Ronen Bergman, “Double Identity,” *Yedioth Ahronoth*, August 30, 2013。

② Mossad, History Department, Ladiyyah: The Mistarev and the Warrior, 1989, 54.

③ Yaari, Fatah, 40 – 41 (Hebrew).

个饱受争议的问题，彼时在阿拉伯舆论中引起了极大的骚动。尽管叙利亚总理萨拉赫·比塔尔在 1963 年 9 月宣布阿拉伯国家已决定发动“一场不屈不挠的运动，以防止［以色列］实现其将水引到沙漠的梦想”,① 但这些都是空话。只有法塔赫这个初生的资源匮乏的组织主动地采取了行动。

该行动由阿布·吉哈德策划，手法相当业余，且一败涂地。本该执行法塔赫第一次军事行动的小队在动手日期前整整一周在加沙被捕,② 另一个小队在动手日期前几天在黎巴嫩被捕。③ 最终，来自约旦的第三个小队确实设法在国家输水系统的站点放置了炸弹，但没有爆炸，还被安全巡逻队发现了。④ 这支小队的成员被抓获。尽管这次行动明显失败了，但对这件事的报道还是在阿拉伯世界引起了强烈反响。终于有一支队伍准备对付以色列人了。“阿曼”注意到了它，却没有做点什么。

与此同时，拉迪耶多年来过着双重生活苦心建立起来的关系网也开始得到了回报。阿拉法特和阿布·吉哈德与欧洲各地，特别是东德和西德的巴勒斯坦学生保持着密切的联系。拉迪耶有个巴勒斯坦朋友，叫哈尼·哈桑，是西德巴勒斯坦学生联合会会长，他的兄长卡莱德（Khaled）是法塔赫的 5 位创始成员之一。哈尼经济上窘迫，拉迪耶伸出援手。他提出为哈尼支付其位于法兰克福的贝多芬大街 42 号公寓的房租，那里也是学生组织的总部。法塔赫的领导人还定期在这里聚会。

1965 年 1 月，摩萨德的监视单位“巨人”在这间公寓里安装了

---

① 1963 年 9 月 11 日对萨拉赫·比塔尔的采访，引自 Segev, *Alone in Damascus*, 223。

② Gobban, *Palestinian Liberation Oragnization*, 33.

③ Yaari, *Fatah*, 40 – 41 (Hebrew).

④ Yaari, *Fatah*, 9 (Hebrew). Gobban, *Palestinian Liberation Oragnization*, 33. Sayigh, *Armed Struggle*, 107 – 8.

窃听器。[1] 在其后的8个月里，以色列特工从大厅对面的一个据点窃听到巴勒斯坦人的战略会议，听到他们发誓要将“以色列从地图上抹去”，正如阿布·吉哈德在一次被窃听的会议上宣布的那样。

拉菲·艾坦此时是摩萨德的欧洲行动负责人，多年前他曾指挥过以色列国防军部队，正是这支部队把阿布·吉哈德的家人驱逐出了拉姆拉。听到这场密谋，他顿时明白这是一场很有潜力的运动，而且有一位极富个人魅力且极其危险的领导人。“阿拉法特的本性在当时的法兰克福会议上就已经很明显了，”艾坦说，“学生们告诉阿拉法特和阿布·吉哈德有15个巴勒斯坦组织，确保它们全都在一个统一指挥下展开行动很重要。阿拉法特说没这必要，每个组织都有自己的民兵和预算实际上是件好事。他说，这样做可以确保‘反对犹太复国主义的斗争持续进行，直到我们把所有的犹太人扔进大海’”。[2]

法塔赫在1965年的整个上半年发动了越来越多的游击袭击，还在道路上埋设地雷、破坏管道、用小型武器向以色列人开火。[3] 这些袭击大都失败了，但其反响却传到了身在巴黎的拉菲·艾坦那里。1965年5月，艾坦向摩萨德局长阿米特申请调用一支“凯撒利亚”小队闯入贝多芬大街的公寓，把那里的人全都干掉。“我们可以轻松办到，”他在给阿米特的信中说，“我们有办法接近目标，这是一个我们可能不会再有的机会。”

但阿米特仍然因“凯撒利亚”特工科恩和洛茨被抓而心烦意乱，拒绝签字。在他眼里，这群人不过是一帮没有实干能力的年轻恶棍。

“太糟糕了，他们不听我的，”艾坦数十年后说，“我们本可以少费许多精力，少头疼难过几次。”[4]

---

① Mossad, History Department, *Uri Yisrael (“Ladiyyah”)—a Unique Operational Figure*, 1995（作者的资料，从“林特”处获得）。

② 2013年1月24日对艾坦的采访。

③ Pedahzur, *The Israeli Secret Services and the Struggle Against Terrorism*, 30.

④ 2013年1月24日对艾坦的采访。

在接下来的几个月里，袭击次数越来越多，频率稳步上升，1965年总数达到39次。[①] 显然，阿拉法特和阿布·吉哈德是一个不会自动消失的问题。“起初，他们的恐怖袭击很滑稽可笑，”时任“阿曼”情报收集部门副主管的亚哈伦·列夫兰说，“但是随着时间的推移，他们越来越像回事儿……情报界面对这些情况以两种典型的方式做出反应，第一种是成立专门处理这件事的特别部门，第二种是打击金字塔的顶部。”

这个“特别部门”于1965年8月成立，是个研究如何打击巴勒斯坦恐怖主义的秘密委员会，有3名成员：列夫兰、“凯撒利亚”副指挥官迈克·哈拉里和“阿曼”504部队指挥官施穆埃尔·格伦。

三人委员会下达了除掉阿拉法特和阿布·吉哈德的命令。委员会深知该单位最近遭遇的种种灾难使他们极不可能获准动用“凯撒利亚”进行定点清除，因此，转而建议使用邮件炸弹。根据拉迪耶和伊斯雷利收集到的情报，这些炸弹将被寄给在黎巴嫩和叙利亚的一些法塔赫官员。

10月8日，摩萨德局长阿米特会见了总理兼国防部长列维·艾希科尔，将计划呈交他批准。“我们有3个目标，”阿米特说，“我们的人（拉迪耶）已经从首都（贝鲁特和大马士革）回来了，而且我们想下手了。”[②]

在确定目标之后，阿米特指出，拉迪耶“已经带回了所有必要的情报，建议给他们每人送一份‘礼物’”。这些邮件看上去要是目标认识的人寄的。为了使其看起来尽可能真实，它们会直接从黎巴嫩境内寄出。

“这次行动将由一位女性执行。她会去贝鲁特，将信塞进那里的邮箱……［她是］南非人，持有英国护照，而且已经准备就绪。”阿

---

① Cobban, *Palestinian Liberation Organization*, 33.

② “Meeting Between Eshkol and Amit,” October 8, 1965, 5.

米特指的是西尔维娅·拉斐尔，她的父亲是犹太人，母亲则是非犹太教徒。她对犹太人忠心耿耿，移民到以色列，而后被招募进摩萨德。她接受了莫提·科菲的训练，成为“凯撒利亚”历史上最有名的女特工。

阿米特告诉艾希科尔会有一大波邮件炸弹出动。尽管摩萨德的目标集中在三个人身上，但“阿曼”会同时向约旦的法塔赫特工寄出12到15封致命邮件。

艾希科尔对此持怀疑态度。“我们有过一路奏效的先例吗？……在埃及就没有。”他说，以此提醒阿米特，寄给埃及的德国科学家的邮件炸弹并没有杀掉他们，而只是造成了一些损伤。

阿米特向他保证：“我们这次会加入更多的［爆炸性］材料。现在我们要放20克。”

然而，这次诡雷还是没有成功。有几位收信人受了轻伤，但大多数信件在造成任何伤害之前就被发现并拆除了。

当时，阿拉法特和阿布·吉哈德在大马士革，该地同意将其对法塔赫的赞助扩大到它的活动，并允许它的军事单位使用叙利亚的一些训练设施。[①] 以色列在大马士革开展任何形式的行动的可能性都非常有限，特别是在伊莱·科恩被捕和那里的其他特工仓皇撤离之后。此外，法塔赫从叙利亚可以更好地协调对以色列的斗争，可以频繁进入约旦统治下的约旦河西岸。法塔赫在那里建立了基地，从那里他们发动了对以色列国内的恐怖袭击。大多数袭击都是企图破坏民用设施，包括民宅、公共机构和基础设施，如水管、铁路和土路。

1966年，以色列境内发生了40次法塔赫袭击。尽管袭击频率与1965年持平，但在大胆程度和质量上有着显著差异。法塔赫从1966年中期开始尝试打击以色列的军事目标，在1966年11月11日的一次这样的行动中，3名以色列士兵乘坐的车撞上了地雷，被炸身亡。

---

① Segev, *Alone in Damascus*, 29.

2 天后，以色列军队洗劫了约旦领土上希伯伦以南的巴勒斯坦村庄萨穆亚，以示报复。他们最初的目标是把村里的房子全部捣毁，希望这个信号能震慑阿拉伯国家，并促使它们着手反对法塔赫。然而，约旦军队进行了干预。结果造成 16 名约旦士兵和 1 名以色列士兵死亡，边界局势骤然紧张起来。

尽管如此，将巴勒斯坦问题一举解决的冲动是如此强烈，以至于以色列当局竭尽全力甚至连法塔赫这个名字都绝口不提。“我们不想承认法塔赫，不想说这次或那次恐怖袭击是他们干的，” 1964 年至 1967 年担任“阿曼”研究部门负责人的什洛莫·加齐特说，“另一方面，我们又不得不提到他们，所以，我们定了一个中性的称谓。”[①] 这个词是 paha（帕哈），在希伯来语中是敌对恐怖主义活动的首字母缩写。数十年来，以色列官员在告知公众恐怖行为的幕后黑手时一直都是这么说的。

1967 年初，局势急转直下。[②] 到 5 月初，法塔赫已越过约旦、叙利亚、黎巴嫩和埃及边界对以色列发动了百余次袭击。13 名以色列人被杀：9 名平民和 4 名士兵。小规模袭击的反复出现——巴勒斯坦人越过边境突袭，以色列进行报复——导致以色列与阿拉伯邻国本已脆弱的关系更加恶化。

5 月 11 日，以色列宣布最后一次警告叙利亚，如果再不遏制法塔赫，以色列将采取大规模军事行动。这一警告导致埃及、叙利亚和约旦成立了联合军事指挥部，各方都集中了数量巨大的部队。许多阿拉伯人认为，跟以色列国清算的时机总算到来了。[③]

---

① 2016 年 9 月 12 日对什洛莫·加齐特的采访。

② “Operation Tophet,” *Maarakhot*, April 1984, 18 – 32. Sayigh, *Armed Struggle*, 211 – 12.

③ 阿以局势恶化很大程度上源于苏联情报机构的介入。Ronen Bergman, “How the KGB Started the War That Changed the Middle East,” *New York Times*, June 7, 2017. 2017 年 4 月 6 日对西蒙·沙米尔的采访，2017 年 4 月 6 日对迈克尔·奥伦的采访，2017 年 4 月 6 日对阿米·格鲁斯卡的采访。

在以色列，许多人害怕再来一次大屠杀。一种阴郁的气氛弥漫开来，有些人预计会有数万人死亡。在特拉维夫市中心像甘·梅厄这样的公园里，人们仓促地准备了多个大规模的合葬墓地。

艾希科尔总理于 1967 年 5 月 28 日在以色列电台发表讲话，这只会让情况变得更糟。① 因为讲稿在最后一刻才改好，艾希科尔在关键的词句上磕磕巴巴。以色列公众将之理解为他缺乏决断力，结果加重了已有的恐惧心理。

然而，以色列军队和情报界的负责人对自己的能力很有把握，他们向艾希科尔施压，要他允许他们先发制人。② 摩萨德局长阿米特飞往华盛顿与美国国防部长罗伯特·麦克纳马拉会面，阿米特从麦克纳马拉的回应中明白自己获得了采取先发制人行动的许可，这后来被他形容为“闪亮的绿灯”。③

六日战争于 1967 年 6 月 5 日早上 7 点 45 分爆发，整个以色列空军对敌方数十个机场进行了轰炸和低空扫射。所幸摩萨德和“阿曼”为战争准备多年，收集到了详细而准确的情报，使得以色列空军可以在几个小时内摧毁了埃及、叙利亚和约旦拥有的几乎所有战机。到 6 月 10 日战争结束时，以色列占领的土地面积扩大了 300%，其征服的领土包括西奈半岛、戈兰高地、约旦河西岸和加沙地带。

它现在也管着这些领土上超过 100 万的巴勒斯坦居民，其中许多

---

① 艾希科尔非常犹豫要不要在未得到美国同意的情况下开战，在摩萨德局长阿米特和美国中情局驻以色列站站长约翰·哈登会面后，他变得更犹豫不决，因为哈登威胁说：“如果你们出手，美国将在埃及领土部署军力来保护它。”阿米特答道：“我不相信［我刚刚听到的］。”Mossad, report on the meeting with John Hadden, May 25, 1967（作者的资料，从阿米特处获得）。2006 年 6 月对约翰·哈登的采访，2017 年 4 月 6 日对纳沃特的采访，2017 年 4 月 6 日对叶沙亚胡·加维什的采访。

② Mossad Chief Amir to PM Eshkol, “Report on U. S. Visit 31. 5 – 2. 6. 1967, ” June 4, 1966（作者的资料，从阿米特处获得）。

③ 2006 年 4 月对阿米特的采访。Central Intelligence Agency, “Office of the Director, Richard Helms, to the President, ” 含附件“Views of General Meir Amit, Head of the Israeli Intelligence Service, on the Crisis in the Middle East, ” 1967 年 6 月 2 日（作者的资料，从阿米特处获得）。

人是1948年的难民，这些人现在被20年前夺去他们土地的同一部队控制着。不到一个星期，中东的面貌发生了天翻地覆的变化。

这场战争证明：以色列的情报界和军队拥有阿拉伯国家的对手无力挑战的优势。然而，一些以色列人也意识到，大获全胜不仅是欢欣鼓舞的理由——也是缔结长久停战协议的机会。“阿曼”研究部门负责人加齐特起草了一份特殊的绝密文件，分发给政府和军队的领导人，其中包括一个警告：“我们不应该自吹自擂，嘲笑溃败的敌人，贬低他和他的领导人。”① 这份备忘录呼吁立即与阿拉伯国家进行谈判，并用已征服的领土做交易——以色列撤军，建立一个“独立的巴勒斯坦国”以换取全面、绝对和永久性的和平协议。在辛贝特内部，也有许多人认为这是结束犹太人和阿拉伯人之间民族冲突的历史性机遇。就连以色列的头号间谍梅厄·阿米特也看出了实现和平的可能性。然而，他的意见被人当作了耳边风。

以色列公众、议员和内阁部长经历的急剧变化——从一个濒临毁灭的国家的公民和领导人变成了看似不可战胜的帝国的公民和领导人——蒙蔽了他们的双眼，使得每个人都对胜利和占领敌方领土可能会带来严重的危险视而不见。

阿米特是为数不多的了解民族心理中这种深刻而危险的新趋势的人之一。“现在发生的事令人失望，失望得令人痛苦，”他在战后两周的日记中写道，“我对浪费这种胜利的机会感到忧虑、担心、害怕……当我看到事情是如何处理的时候，只觉得双手无力，心中有种可怕的感觉。”②

当阿米特把以色列的胜利视为实现和平的机会时，亚西尔·阿拉法特和阿布·吉哈德将阿拉伯国家的溃不成军当成一场可以利用的灾

---

① AMAN Research Division, “Israel and the Arabs: A New Situation,” June 8, 1967（作者的资料，从加齐特处获得）。2016年9月12日对加齐特的采访。

② Personal diary of Meir Amit, July 1967（作者的资料，从阿米特处获得）。

难。他们明白战败的阿拉伯国家领导人颜面无存，这将为新领导人腾出公众舆论空间，后者会被认为是年轻、勇敢、两袖清风。阿布·吉哈德也意识到现在对以色列发动游击战会更容易。

6月20日，战争结束仅仅过了10天，阿拉法特和阿布·吉哈德就从贝鲁特宣布法塔赫将继续战斗，只是现在在以色列刚刚征服的领土内。[①] 阿布·吉哈德言出必行，在加沙和约旦河西岸发起了一波极具破坏性的恐怖袭击——1967年9月发生了13次，10月发生了10次，11月达到18次，12月达到20次。目标几乎全是民用设施：工厂、房屋、电影院等。这些袭击发生后，以色列情报机构没人敢提议与法塔赫进行谈判。

尽管阿布·吉哈德在挑事，但以色列人很清楚法塔赫的领导人是亚西尔·阿拉法特。他才是制定外交与意识形态路线的人，而且他在逐渐设法将所有巴勒斯坦派系团结在他的领导之下。他还开始调和与阿拉伯各国领导人之间的关系，这些人最初认为法塔赫是危险的威胁。1964年，阿拉伯国家成立了“巴解组织”，并把他们的傀儡哈默德·舒凯里推上了领导人的位置。不过，该组织在六日战争中的表现差强人意，此后，随着阿拉法特的影响力日益上升，法塔赫逐渐开始控制巴解组织，直到阿拉法特最终当选为主席。阿布·吉哈德成为其军事行动的协调员，实际上是第二把手、副指挥。

阿拉法特喜欢戴那种垂下来像一幅巴勒斯坦地图的阿拉伯头巾，这已成为巴勒斯坦斗争的象征。

“以色列必须打击恐怖组织的核心，即他们的总部，”辛贝特驻耶路撒冷和约旦河西岸的指挥官耶胡达·阿尔波尔在日记中写道，“除掉阿布·阿马尔，即阿拉法特，是找到解决巴勒斯坦问题的出路的先决条件。”[②] 阿尔波尔向三人委员会施压，敦促其采取措施实现

① Yaari, *Fatah*, 92－94 (Hebrew).

② 佩里的书中引用的阿尔波尔的日记，Perry, *Strike First*, 42 (Hebrew)。

这一目标。至于他本人则弄了一份通缉海报并分发了出去，它是许多海报中的头一份，其中包括如下描述：“矮个子，155—160 厘米；皮肤黝黑。身材：圆胖；头顶中秃。两鬓头发——灰白。胡子刮得很干净。举止：躁动不安。眼睛：不停地转来转去。”[①]

在六日战争期间及其结束后不久，以色列军队数次试图刺杀阿拉法特。[②] 以色列获胜之后没几天，辛贝特的一名线人在离雅法门不远的耶路撒冷老城认出了他的藏身之处。一队士兵被派去抓捕阿拉法特，不论死活都行，但他在他们到达前几分钟设法脱逃了。两天后，士兵们接到 504 部队一名特工的情报后展开行动，突袭了耶路撒冷以东的贝特哈尼那村的一间公寓，不过只发现了一个装满沙拉和芝麻酱的皮塔饼，上面咬了几口。一天后，阿拉法特乔装成女人乘坐其支持者的马车设法越过了约旦河上的一座桥。

与此同时，巴解组织对以色列的恐怖袭击越来越频繁，也越来越致命。从战争结束后至 1968 年 3 月期间，有 65 名士兵和 50 名平民遇难，249 名士兵和 295 名平民受伤。法塔赫从其位于约旦河谷南部的卡拉米总部发动的袭击，导致以色列国防军和约旦军队之间频繁地擦枪走火、冲突不断，两国漫长的边境线上紧张局势升温，造成以色列方面无法正常生活。以色列国防军高层敦促艾希科尔批准大规模军事行动，但他犹豫不决。[③]

摩萨德很沮丧。[④] “恐怖袭击造成的羞辱让人感到无助，”“凯撒利亚”的负责人茨维·阿哈罗尼回忆说，“我告诉伙计们：‘跳出常

---

① Shin Bet, Wanted poster for Yasser Arafat, June 1967（作者的资料，感谢什洛莫·纳迪蒙）。

② 2012 年 5 月 9 日对萨顿的采访。Bechor, *PLO Lexicon*, 266 (Hebrew). Rubinstein, *The Mystery of Arafat*, 98 (Hebrew)。

③ “Meeting of the IDF General Staff 38 - 341,” April 1968, 17 - 18（作者的资料，从“希兰”处获得）。

④ 1998 年 7 月对茨维·阿哈罗尼的采访。

规思维，想个办法干掉阿拉法特。’”

他们在1968年1月提出的一个计划需要将一辆大轿车从欧洲运到贝鲁特，在那里装满炸药后，由一名“凯撒利亚”特工在商人的掩护下开往大马士革。[1] 车会停在阿拉法特的寓所外面，时机一到就远程引爆。阿米特去找艾希科尔寻求其批准，但遭到断然拒绝，理由是这次袭击会授人以柄，从而对以色列政治领导人采取报复。艾希科尔将阿拉法特视为恐怖分子，但后者已经获得了政治领袖的地位，这一点可能是巴解组织主席大获成功的最好证明。

但巴勒斯坦人的恐怖活动有增无减。3月18日，一辆校车撞上了地雷，护送校车的两名成年人遇难，10个孩子受伤。现在，艾希科尔虽然心有不甘，但屈服于压力，同意刺杀阿拉法特将是针对卡拉米及其周边地区的巴勒斯坦军队行动的首要目标。[2]

1968年3月21日，来自以色列国防军精锐突击队“以色列总参侦察营”（Sayeret Matkal）的一支小分队，乘直升机来到位于卡拉米的法塔赫基地附近沙漠中的一个集结点。突击队员得到的命令简单明了：“白天进攻，夺取控制权，孤立恐怖分子并杀掉他们。”在行动前一晚的内阁会议上，总参谋长哈伊姆·巴尔-列夫中将保证“行动干净利落”，言下之意是不会或几乎不会造成以色列人员伤亡。

但行动出了大纰漏，战斗久拖不决，时间远超预期。每年的那个时候约旦河水位很高，两岸植被茂密，地势险要，拖住了本该支援突击队的机械化部队。此外，由于协调失误，空军投下了按原定时间警告平民撤离的传单。原想来个出其不意，现在不行了，法塔赫军队有足够的时间为袭击做准备。他们展开了猛烈的反击。

---

① Klein, *The Master of Operation: The Story of Mike Harari*, 100－101 (Hebrew). 2014年3月29日对哈拉里的采访，2014年10月6日对克莱恩的采访。

② Supreme Command Secretariat, Bureau of the Chief of the General Staff, General Staff debriefings on Operations Tophet and Assuta, MODA, 236/72. 2013年3月25日对哈达尔的采访，2013年5月14日对伊曼纽尔·沙克德的采访，2012年5月9日对萨顿的采访。

阿拉法特——再一次乔装成女人——乘一辆摩托车狂奔而去。

尽管伤亡——33 名以色列人死亡，以及 61 名约旦人和 100 多名巴勒斯坦人死亡——情况对以色列国防军有利，但巴勒斯坦人第一次在面对面的战斗中成功地抵抗住了中东最强大的军队。谁才是真正的胜者一目了然。①

阿拉法特立即领悟到了以色列拙劣的行动中蕴含的公关潜力，并将其变成巴勒斯坦人在面对敌人进攻时勇敢无畏的传奇。他甚至（说谎）吹嘘他的部队打伤了以色列国防部长摩西·达扬。数以千计的巴勒斯坦人受此鼓舞，纷纷加入巴解组织。卡拉米行动之后，没有人再怀疑有一个巴勒斯坦国存在，尽管以色列官方此后多年一直拒绝承认。没有人会搞错：亚西尔·阿拉法特是那个国家无可争议的领导人。

卡拉米行动的失败致使以色列在对约旦的袭击中采取了更加克制的政策，在以色列国防军内部引起了极大的挫败感。那一时期的总参谋部会议记录反映了高层对巴解组织和备受巴勒斯坦年轻人推崇的亚西尔·阿拉法特的关注程度。②

军事和情报界继续寻找查出并铲除阿拉法特的办法，但都没有成功。最终，出于绝望，他们甚至愿意采取一个特别不可思议的计划。③ 1968 年 5 月，本雅明·沙利特这个瑞典出生的、颇具个人魅力的海军心理学家不知从何处听说了秘密存在的三人委员会，并根据 1962 年的电影《满洲候选人》（*The Manchurian Candidate*）提出一个方案。在这部影片中，一名情报机构催眠师给一个美国战俘洗脑，派他刺杀美国总统候选人。

---

① Zeev Maoz, *Defending the Holy Land*, 244 – 46 (Hebrew).

② 例如，参见第 341 – 5 号会议记录，那是 1969 年 3 月总参谋长与新任总理果尔达·梅厄的第一次会谈，回顾了以色列当时面临的所有威胁（作者的档案，从“希兰”处获得）。

③ 2012 年 5 月 9 日对萨顿的采访，2013 年 3 月对“史蒂夫”的采访，1998 年 7 月对茨维·阿哈罗尼的采访。

沙利特声称他也可以如法炮制，目标就是阿拉法特。沙利特在“阿曼”局长亚哈伦·亚里夫少将出席的一次会议上告诉委员会，如果给他一个巴勒斯坦囚犯——从以色列监狱中成千上万个囚犯中随便挑一个——只要此人有适当的特征，他就能对其洗脑并将其催眠成一个听他摆布的杀手。[①] 然后，他会将其送去约旦河那边，加入那里的法塔赫部队伺机除掉阿拉法特。

难以置信的是，委员会批准了这个计划。辛贝特找了几个合适的人选，沙利特对他们进行了详细的面试，挑出了一个他认为最合适的。这个人出生在伯利恒，28 岁，体格健壮，皮肤黝黑，不是特别聪明，很容易受人左右，似乎并不完全信服阿拉法特的领导。被捕时，他一直住在希伯伦附近的一个小村庄，是个低阶法塔赫特工，官方代号为“法特基”。

“阿曼”的 504 部队奉命提供必要的基础设施，但该部队的特工强烈反对这个计划。正如当时该部队驻耶路撒冷基地的指挥官拉菲·萨顿所说：“这个主意愚蠢而疯狂，整件事就像科幻小说，都是狂野的想象和错觉。”

然而，萨顿的反对意见被驳回了。一个包括十来个房间的小型建筑被交给沙利特的小队使用。沙利特在这里花了 3 个月的时间训练法特基，使用了各种各样的催眠术。灌输进这个易受人左右的年轻人脑子里的信息是：“法塔赫好。巴解组织好。阿拉法特坏。必须除掉他。”两个月后，法特基似乎接受了这个信息。在受训的第二阶段，他被安置在一个特别准备的房间里，还得到了一把手枪。阿拉法特的照片从不同的角落跳出来，他被要求立即对其开枪，不假思索，对准

---

① 当时，包括美国和苏联在内的其他间谍机构也在尝试用催眠和药物来培养训练有素、无所畏惧的特工。其中一个项目是中央情报局的“神经控制试验”(MKULTRA)，该项目显然研究了诱发精神病的药物的各种效果以及用它们来创造完美战士或在审讯中榨取情报的可能性。该项目工作人员弗兰克·奥尔森可能死于自杀，也可能遭到谋杀。2000 年 9 月对埃里克·奥尔森的采访。Ronen Bergman, “Vertigo,” *Yedioth Ahronoth*, October 6, 2000。

眉心——开枪。

“阿曼”局长亚里夫和亚哈伦·列夫兰是三人定点清除委员会的成员，也是“阿曼”的高层，他们多次前去考察沙利特的工作。“法特基站在屋子中央，沙利特跟他说话，仿佛他们只是在进行正常的交谈，”列夫兰告诉我，“突然，沙利特一拳打在桌上，法特基开始绕着桌子跑。他会自动对沙利特的各种手势做出反应。然后沙利特把他放进一个房间，向我们展示每当阿拉法特的照片从其中一件家具里跳出来时，法特基是如何拔枪射击的。这一幕令人印象深刻。”

12 月中旬，沙利特宣布行动可以继续推进了。行动时间设定在 12 月 19 日晚，法特基被安排游过约旦河进入约旦王国。一场风暴袭来，大雨滂沱。通常平静而狭窄的约旦河漫过了堤岸，“阿曼”希望推迟计划，但沙利特坚称法特基处于“最佳催眠”状态，必须利用这个时机。

一大群随行人员从耶路撒冷赶来陪同法特基。沙利特放下他，说了几句催眠的话。法特基背着一个装着他的装备的背包，走进了汹涌的河水中。当他蹚水下河时，水流一下子就把他掀翻了。他抓住一块大石头，既不能游到对岸，又无法回到岸上。504 部队的司机奥瓦德·内坦是个大块头，身强力壮，他立即跳进水里，冒着极大的风险用绳子把自己和法特基绑在一起，将其拉到自己身边。然后他跟法特基一起游过河，把他放在了约旦境内。

拉菲·萨顿站在约旦河的以色列岸边，注视着浑身湿透、瑟瑟发抖的法特基向他的训练员们挥手告别。① “他拿手比划成手枪，做了个向假想的目标射击的姿势。我注意到沙利特对自己的病人很满意。那时已经过了凌晨 1 点。”

大约 5 个小时后，504 部队收到了其在约旦的一名特工发来的情报：一个年轻的巴勒斯坦男子、从伯利恒来的法塔赫特工到卡拉米警

① 2012 年 5 月 9 日对萨顿的采访，2013 年 1 月对“史蒂夫”的采访。

察局自首。他告诉警察，以色列情报机构试图给他洗脑让他杀掉阿拉法特，并交出了他的手枪。法塔赫内部的一名线人3天后汇报说，法特基已经被移交给该组织，他在那里发表了一场热情洋溢的支持阿拉法特的讲话。①

① 30年后，当拉菲·萨顿在20世纪90年代访问约旦时——在该国与以色列签署和平协议之后——一个自称法特基的人来找他。“我是以色列军官试图催眠并派去暗杀阿拉法特的那个法塔赫囚犯。”他说。他感谢萨顿对他善待有加和尊重，并感谢他的司机在河里救了他。他笑着说：“和平是上帝的旨意，不再需要催眠。”2012年5月9日对萨顿的采访，1998年7月对茨维·阿哈罗尼的采访。Sutton, *The Orchid Salesman*, 162－65 (Hebrew)。

八
梅厄·达甘及其专长

以色列占领加沙地带和约旦河西岸之后，那里的巴勒斯坦人——包括难民和一直住在那里的人——发现自己被敌人即巴解组织发誓要摧毁的犹太国家所统治。对民族主义政治既不参与又不感兴趣的巴勒斯坦人现在卷入了冲突洪流的漩涡中——以色列人决心控制被占领土，而巴解组织决心将以色列人驱逐出去。

他们所有人都生活在残酷和独裁的阿拉伯政权之下，但巴勒斯坦人本可以选择几乎完全置身事外，不理会在阿拉伯国家和以色列边境上正在发生的武装冲突。现在，已经变成人满为患的贫民窟的难民营和巴勒斯坦大城市——加沙、纳布卢斯、拉马拉、杰宁和希伯伦——变成了主战场，因为以色列在面对巴解组织的恐怖活动时不顾一切地竭力维护其权威。

以色列国防军的使命及其士兵构成也发生了根本性改变，尤其是士兵中 18 至 21 岁的服义务兵役的年轻人，义务兵役制自 1949 年起开始执行。以前，作战部队只在该国边境巡逻，保护其免受外部敌人的侵害，现在，他们被重新分配到巴勒斯坦城镇维持治安。这场战争也导致情报界发生了深刻的变化。负责在以色列境外收集情报的摩萨德放弃了对新占领土的责任。这一任务落到了辛贝特肩上，后者是个约有 700 名雇员的小机构，先前主要负责反间谍和政治颠覆活动。

从 1968 年到 1970 年，巴解组织对以色列士兵和平民的袭击变得更加频繁、有效和致命，与此同时，辛贝特也在迅速扩张。他们获得了预算、设施和人员配置，并从“阿曼”特别是负责招募阿拉伯线人的504部队接手了许多会说阿拉伯语的人。很快，打击巴勒斯坦恐怖主义就成为该组织的首要目标。①

最艰难的战区莫过于加沙地带，那是世界上人口密度最高的地区之一。六日战争结束后，以色列人开进加沙地带到达西奈半岛，在那里的市场上低价收购东西，并运送巴勒斯坦农场帮工和建筑工人。1970年，以色列开始在加沙地带和西奈半岛北部建立犹太人定居点。以色列人越来越频繁地受到袭击，高峰出现在1970年，当时加沙地带发生了500次恐怖袭击事件。② 其间，18名以色列平民遇害，数百人受伤。截至此时，以色列国防军只能控制主要的交通要道，巴解组织则统治着其他地方。

为了镇压加沙地带的恐怖活动，辛贝特列出了一份涉嫌参与袭击以色列人的加沙人名单。他们收集了大量情报，名单越来越长。③ 很快情况就变得明朗起来：辛贝特这个从事情报收集的组织无法独自行动。要逮捕或除掉名单上的人，得有军方的人力和火力。这件事引起了1969年被任命为以色列国防军南部司令部负责人的陆军少将阿里埃勒·沙龙（阿里克）的注意。沙龙开始把越来越多的军事单位往加沙地带调动，以协助辛贝特搜寻、逮捕或杀死恐怖分子。这些活动的情报主要是巴勒斯坦线人提供的，也有的是对被拘留者严刑逼供得到的。

并不是所有人都认可沙龙的激进做法。伊扎克·蓬达克准将是加沙地带的军事总督，负责民事事务，他坚持认为，遏制巴勒斯坦恐怖活动的办法是提高该地区居民的生活质量，并允许他们自行管理民事和市政事务，在有人居住的地区只保留最少的军事存在。“为了杀戮而进行武力恫吓和杀戮，只能引起巴勒斯坦人起义”——或者说民

---

① Melman and Raviv, *Imperfect Spies*, 154－58 (Hebrew).

② IDF, History Department, *Security*, Summer of 1969－1970, September 1970（作者的资料，从“希兰”处获得）。

③ 2011年5月21日对亚科夫·佩里的采访。

众暴动——“而无助于解决问题，”蓬达克说，“［国防部长］达扬和沙龙对于在加沙地带必须做的事意见不一。达扬希望与民众接触并建立联系，而沙龙正在追捕恐怖分子，只会通过步枪的瞄准镜去看他们，老百姓他一点儿都不感兴趣。”①

蓬达克被沙龙的手段吓了一跳，不无苦涩地抱怨了起来。“我听见沙龙在一群军官面前宣布，‘干掉一个恐怖分子就能得到一瓶香槟，抓到一个囚犯就能得到一瓶苏打水’。我说：‘老天啊，这是什么政策啊？谁像这样说话？说到底，如果我们不给他们一点援助，不给他们一条活路，他们全都会走上搞恐怖活动之路。’”

沙龙坚持认为与巴勒斯坦人和解无望。他说，对恐怖袭击应该以牙还牙、以暴制暴，那边的人没有可以与之进行和平谈判的。阿拉法特和巴解组织其他领导人的目标如果是摧毁以色列，那还有什么可谈的？

沙龙执掌的南部司令部正规军还有其他职责，比如在与埃及的漫长边境线巡逻，以及在苏伊士运河沿岸进行为期三年的消耗战（War of Attribution），因此沙龙需要一支专门打击恐怖主义的部队。同样重要的是，沙龙希望创建一个小型的封闭的部队，他们将直接向他汇报，并在相同的思维方式和准则下开展行动。

当决定由谁来领导这支新队伍时，沙龙立马想到了梅厄·达甘，想起了1969年年中在西奈半岛北部发生的一件事。② 法塔赫部署了

---

① 2017年6月6日对伊扎克·蓬达克的采访。

② 2003年5月对阿里埃勒·沙龙的采访。我于2013年和2014年对达甘进行过几次采访，地点在他家中，那是特拉维夫新建的高档公寓之一，此时他已从坐了9年的摩萨德局长位子上退休。达甘能活到我采访他，堪称一个医学奇迹。一年前，他被确诊为肝癌。只有器官移植才能保命，但他已经67岁，超过以色列法律规定的施行移植手术的年龄。在摩萨德的支持下，世界各地的朋友和同行都伸出了援手。最后，在达甘效力于摩萨德时就与他相识的白俄罗斯领导人亚历山大·卢卡申科命令其医生为达甘寻找肝源。“恐怕我不得不让所有期待我死掉的人失望了。”达甘告诉我。他仍然受到辛贝特的严密保护，因为有警告说有人——叙利亚或伊朗的特勤机构、哈马斯、真主党、巴勒斯坦伊斯兰圣战组织等（名单还在继续）——会对他下手，为其高级人员被暗杀报仇雪恨。“对此没什么可做的，”他笑着说，“当你与他们每一个发生冲突时，就会发生这种情况。”2015年底，达甘癌症复发，次年3月病逝。他在数千人的观礼下以象征国家所有荣誉的规格下葬。

喀秋莎火箭炮，与定时引信相连，就布置在雷区中央，瞄准的是以色列国防军基地。没有一个士兵或军官敢靠近火箭炮去拆除它们，但达甘却挺身而出，尽管那时他还只是一名年轻的侦察员。他毫无畏惧地径直走向喀秋莎，拆除了它们。他让沙龙想起了年轻时的自己。

达甘生于 1945 年，他的父母在他出生 6 年前逃离了波兰小镇卢科夫，因为当时一位俄国军官警告他们德国人马上就要攻下这一地区了，情况对犹太人不利。他们在条件恶劣的西伯利亚平原找到了避难所。战争结束后，他们与数以万计的其他难民一起历经艰险返回波兰，殊不知他们的家园什么都没留下，没能逃走的犹太人一个都没活下来。在乌克兰的某处货运火车站，梅厄出生了。在那样一个狭窄冰冷的车厢里，他活下来的希望渺茫，不过，父母的悉心照顾，再加上他显然天生体魄强壮，他活下来了。

“我的父母绝口不提那个时期，”达甘说，“仿佛有人把 1939 年至 1945 年那段岁月从日历上抹掉了。的确，他们活了下来，他们救了我们，但是战争使得他们的精神崩溃，他们也从没有真正康复过来。”① 只有一次，梅厄的父亲准备告诉梅厄他返回被摧毁的家乡的事。他发现了死亡谷，犹太人在那里被屠杀，埋进一个万人坑里，他想为他们立一座纪念碑，于是付钱雇了村里一个波兰非犹太教徒来帮忙。这个人告诉梅厄的父亲，在盖世太保最后几轮围捕犹太人期间，有一次德国人叫他拍照。他们离开该地区时忘记拿走胶卷，他就把胶卷给了梅厄的父亲。当照片冲洗出来后，梅厄的父亲发现其中有一张是自己父亲，也就是梅厄的祖父的，那是在他被枪杀并扔进万人坑之前的一刻拍的。

照片上，梅厄的祖父多夫·埃利希留着长长的胡须和鬓发，眼中满是恐惧地跪在一群咧着嘴笑、挥舞着带刺刀的步枪的德国士兵面前。“我们总以为刽子手是极端法西斯分子，是狂热分子，”他说，

① 2013 年 5 月 26 日对达甘的采访。

“事实正好相反，实施这次大屠杀的营是德国国防军的后方部队。战斗部队在前线。这些人是律师和商人，是再普通不过的人。结论很可怕：随便找个人，都能把他变成杀人不眨眼的魔鬼。”达甘的第二个教训甚至更一针见血：“让我们承认事实吧——大屠杀中的大多数犹太人都是没有抗争就死了。我们绝不允许这样的情况再发生，绝不能在尚未为我们的生命抗争之前就跪下。”①

在波兰生活了5年之后，他们一家人踏上了去意大利的路，在那里他们登上了一艘改装后适合运送移民的牲口船去以色列。在波兰期间，梅厄学会了波兰语，几十年后他作为摩萨德局长用这种语言在与波兰同行举行的会晤中打破了僵局。与达甘同船的一个朋友说，即使在那时，在船上拥挤不堪、境况极为悲惨的情况下，达甘也“表现得像个天生的战士”②。一路上，船差点儿在暴风雨中沉没，梅厄再次命悬一线，他在甲板上等待，身上绑着救生带，手里还握着一个橙子。这就是他记得的事：他手里有个水果。③“在船上，我有生以来第一次尝到了橙子的滋味，”他说，“我还记得我父亲给我水果时的那种无比自豪，他说它来自以色列的土地。”

在海上航行一个月之后他们来到了海法。在那里，犹太事务局官员将旅客送到了一个临时营地，安排他们住进了东倒西歪的帐篷里，之后辗转住进了卢德镇附近一个英军撤离后留下的临时住所。每个房间里住着六户人家，只用一道帘子隔开。每个营房只有一个淋浴间。除了生活安排上的困难，移民们还不得不面对老兵们的羞辱。土生土长的以色列人被称为“萨布拉人”（sabras），他们看不起犹太难民。萨布拉人指责欧洲的犹太人没有奋起反抗纳粹，而是像待宰的羔羊一样乖乖地排队进了毒气室。

---

① 2013年5月29日对达甘的采访。

② Anat Talshir and Igal Sarna, “I Love to Put On a Costume and Go Act in Enemy Territory,” *Yedioth Ahronoth,* October 24, 1997.

③ 2013年7月20日对达甘的采访。

17岁的时候，高中辍学的达甘加入了以色列总参侦察营，这是一支在敌方战线上执行秘密任务的精锐部队（那里锻造出了后来许多以色列的军事和文职领袖）。在1963年8月自愿加入总参侦察营的30名以色列国防军新兵中，只有14人完成了为期75周的魔鬼训练课程。与达甘一起开始这门课的丹尼·亚托姆，后来担任过以色列国防军一些高级职务，并成为摩萨德局长——是达甘的前任之一。亚托姆记得第一次遇见达甘时自己很惊慌。[①]“他会一把抽出他的突击队小刀，掷向任何一棵树或电线杆。”他说，“我心想自己进了一个真正的杀手组织——或许我在这个地方没有留下来的机会。”亚托姆过关了，达甘却没有。[②]“回首往事，”达甘说，“这只是我的猜测，我想我真的并不适合那里。我不是萨布拉人，不是基布兹，也不是山谷的人。”他所说的山谷是指位于海法东部的耶斯列山谷，那里有许多基布兹，大量以色列总参侦察营队员来自那里。“他们心想，‘这个奇怪的想挤进我们当中的陌生人到底是谁啊？’”

达甘被分配到伞兵部队，在侦察旅服役。他从步兵军官做起，1966年被授予中尉军衔。在六日战争中，他被征召参加预备役，担任一个伞兵连的指挥官，最初在西奈半岛作战，然后转到戈兰高地。

“突然之间我们发现自己陷入了一连串的战争之中，”他说，“我从哪里感觉到以色列的存在没有保障呢？只有通过我的双脚；只有通过所有这些战斗。”六日战争结束后，他再次申请加入正规军，并被派到西奈半岛担任作战官，在那里沙龙第一次遇到他并见识了他在拆除喀秋莎火箭炮时表现出来的英勇气概。

1969年，他成为沙龙新组建的特种部队的指挥官。这是一支小型部队，人数最多时只有150名士兵，且高度机密，在以色列国防军内部文件中只以代码5176称之。在非官方场合，它被称为“雷蒙侦

---

① Yatom, *The Confidant*, 83 (Hebrew).
② 2013年5月26日对达甘的采访。

察队”（Sayeret Rimon），也叫“手榴弹突击队”，因为其徽章是由一枚手榴弹、一柄刀和伞兵翼组成。达甘接管了一座废弃的别墅作为基地，它位于加沙市南面的海滩上，埃及总统纳赛尔曾在那里住过。

达甘的一个士兵说，达甘的“恐惧机制严重失灵”。大家都说他异乎寻常地大胆，极其专注和进取。那么，他的新部队几乎没有军事单位的常规属性这一点是很适合他的。这个部队自由、狂野，只对一件事感兴趣：执行的任务越多越好。每天早上达甘都会光着膀子从卧室里出来，带着他的杜宾犬帕科走向院子。① 他会拔出手枪，朝他手下胡乱扔在地上的汽水瓶和易拉罐开枪。然后，一队助手会给他准备早餐，给他擦靴子。达甘亲自挑选士兵，从其他部队精挑细选愿意无条件听他指挥的人。

25 岁左右时，达甘开始形成自己的作战理论，② 这与以色列国防军和以色列间谍机构今天仍在遵循的作战理论惊人地相似。该理论的指导原则是以色列应该避免大规模战争，因为“像六日战争那样巨大的迅速的胜利永远不会再有了”。他认为，今后以色列不应卷入全面的军事对抗，“除非刀架在脖子上”，他反而坚信可能会在一系列有限的精确的交战中击败阿拉伯人。因此，应该毫不留情地追击、追捕和消灭敌人的领导人和重要的战地人员。

到 1969 年年底，在经过大约半年的招募、训练和队伍建设之后，达甘确定时机成熟了。辛贝特交给他一份关于加沙地带通缉人员的文件。③“不过名单只会越来越长。”阿维格多·埃尔丹说，他是新部队的首批新兵之一。辛贝特可能知道自己的目标是谁，但是由于该机构火力不足，无法找到他们。这份文件含有 400 多个名字。

辛贝特把通缉人员名单分成两类。“黑色”目标大多是最无足轻

① 2004 年 3 月对“立方体”的采访。
② 2011 年 1 月 8 日对达甘的采访。
③ 2016 年 4 月 20 日对阿维格多·埃尔丹（即阿祖雷）的采访（作者的资料，从“杰迪”处获得）。

重的小特工，他们还不知道通缉他们是为了予以拷问。达甘的手下试图用他所称的“身份识别侦察”任务扫清这些目标。一名被捕的巴解组织“黑色”特工将受到辛贝特的审问，如果他拒绝合作，就会受酷刑。然后，他会被扔进一辆出租车，挤在达甘的两名持枪的手下中间，被要求指认出藏身处、帮助巴解组织的家庭、武装分子的路线等。乘吉普车紧随其后的手榴弹突击队队员根据供出的情报立即采取行动，逮捕线人指出的任何人。

另一类是“红色”目标，① 他们知道自己被通缉，这意味着他们要警觉得多，总是在逃亡，通常全副武装。除掉“红色”目标通常需要距离够近，以求速战速决。因此，达甘派出他最好的手下深入加沙社区，乔装成阿拉伯人，由巴勒斯坦合作者陪同不致惹人怀疑。

这个小组是与辛贝特一起成立的，代号“变色龙”（Zikit）。② 一开始挑选了 8 名精锐的作战士兵。“变色龙计划”非常机密，起初“我们不知道他们训练我们干什么”，埃尔丹说，“我们只知道他们把我们整得够呛，可别忘了我们被招进去时已是久经沙场了”。③

“变色龙”队员携带着辛贝特提供的伪造的本地文件。他们能够潜入人口稠密地区的腹地而不被发现，直到他们拔出枪来。

“我们利用了这些恐怖组织的主要弱点，”达甘说，“他们严格地进行单独管理，每个人只知道自己这部分的成员，而不认识其他部分

---

① 辛贝特的通缉名单（作者的资料，从“杰迪”处获得）。

② “变色龙”亦称为“雷蒙突击队”（Rimon Rangers），关于其成立有很多相互矛盾的传言。不过，确定无疑的是，在某个阶段该部队在沙龙的支持下由达甘领导。2013 年 5 月 29 日对达甘的采访，2016 年 4 月 20 日对卢宾、泰希纳、埃尔丹和丹尼·波尔的采访。

③ 以色列总参侦察营的摩西·卢宾去教授这支潜入敌方领土的队伍要用到的技术和方法。除了枪支练习与定向练习之外，还训练一种名为“跳舞”的技巧，目的是在进入房子时缩小人的轮廓，使其被屋内人开枪打中的危险降到最小。学员们还练习驾驶各种车辆，包括加沙地带居民常用的车型，并伪装成阿拉伯人在加沙地带各种独自行路，“其目的只是提振我们对自己不会被识破的信心。”首批“变色龙计划”的学员梅厄·泰希纳说。2016 年 4 月对埃尔丹、摩西·卢宾和梅厄·泰希纳的采访。

的人。如果你以当地武装分子的身份出现，而且能说目标的语言，他就无法知道这实际上是个诡计，等知道了为时已晚。”①

就像该部队一名老队员摩西·卢宾所说：“我们发现恐怖组织是通过船只从黎巴嫩搞到武器和金钱的。他们会乘坐从贝鲁特出发的母船，远航到加沙海岸，然后换上小渔船航行到海岸。我们心想：‘那我们为什么不坐船从黎巴嫩去呢？’”

所以，1970 年 11 月，6 名“变色龙”队员登上了一艘被以色列海军拖到加沙海岸外某处的渔船。

这支小队有以色列国防军的 3 名犹太士兵，由达甘带队。有 2 名巴勒斯坦合作者加入了他们，其中一人逃脱了约旦国王侯赛因 2 个月前对巴解组织成员的大开杀戒，对以色列人救了他心存感激。另一人代号是“潜水艇”，他把匕首插进亲戚的脑袋致其死亡，辛贝特放了他，条件是要他合作。最后一人是以色列国防军军官，一个以色列贝都因人，其职责是监测巴勒斯坦人携带的窃听器的信号传输，那两人的任务本是先走一步，与通缉犯取得联系，然后让其他人知道事情的进展。贝都因人还有另外一项任务：通知达甘这两个巴勒斯坦人是否会叛变。

“变色龙”小队抵达海滩，在一个果园废弃的打包棚里躲了几天，而那两个合作者偶尔冒险到周围的难民营打探。他们自称是“解放巴勒斯坦人民阵线”（以下简称“人阵”）的，从黎巴嫩来。

起初，没有人上钩。“他们害怕我们——不是因为他们认为我们是以色列人，而是因为他们认定我们是巴解组织的人，”这个小队的一名成员回忆道，“被通缉的恐怖分子对当地人并不总是那么友善。他们常常勒索他们，索要越来越多的食物，还强奸妇女。在柑橘园里，我们经常发现阿拉伯人的尸体，他们不是被我们而是被通缉犯杀

---

① 2013 年 5 月 29 日对达甘的采访。

死的，他们借处决与以色列勾结的人之名了结个人恩怨。”①

在一次为获得对方信任而谋划的假行动中，② 这队人被以色列国防军巡逻队“发现”了，巡逻队开了火并佯装追击。达甘和他的手下逃到了贝特拉西亚难民营南边的一个沙丘区。

这场交火引起了当地人的兴趣。“潜水艇”设法安排“变色龙”队员与一名妇女见了面，据说她与被通缉的“人阵”高级成员有联系。“变色龙”队员杀了只鸡，把血抹在脖子上缠的绷带上，假装他们不能说话而让一名合作者来应答。“我们是来帮你们的，”他告诉这个女人，“把最高指挥官带到沙丘来吧。”

一天后，恐怖分子出现了。③ “他们一共三人——两男一女，携带武器，都是高级指挥官。”达甘回忆道。在互致问候之后，达甘轻声说出了暗号。3 名士兵用他们的 9 毫米口径贝雷塔手枪近距离干掉了两个男的。他们每人挨了 15 到 20 枪。

“女的没挨枪。”达甘满意地说。

据埃尔丹回忆，“接着，梅厄迅速跑下我们所处的高高的沙丘，朝他们走去，夺过他们其中一人想拔出来对我们开火的星式手枪，在确认这就是我们的目标后开了枪——另外分别给了那两人的脑袋一颗子弹”。达甘自己拿着星式手枪，把枪套交给了埃尔丹。

接着，他们带走了这名妇女，把她交给辛贝特审问。

1971 年 1 月初，在一个暖和的星期六早晨，一个名叫鲍勃·阿罗约的 30 岁广告公司主管带着家人前往山区徒步，那片山岭俯瞰西奈半岛地中海沿岸的巴达维尔湖。阿罗约出生在马耳他，在英格兰长大，1969 年携妻子普丽缇和两个孩子马克与阿比盖尔移居以色列，

---

① 2013 年 7 月对“内塔”的采访，2004 年 3 月对“立方体”的采访。

② 2016 年 4 月 20 日对卢宾、泰希纳和埃尔丹的采访。

③ 2013 年 6 月 19 日对达甘的采访。

在特拉维夫东边的一个小郊区定居下来。孩子们还很小——马克 7 岁、阿比盖尔 5 岁——所以，阿罗约计划了一次温和的短途徒步旅行；他们在和风煦日下向南走了一天，然后准备早点回家吃晚饭。两个孩子都特别漂亮，他们的脸在以色列家喻户晓，因为他们的父亲把他们放进了自己设计的一些广告中。

下午 3 点，阿罗约一家徒步完之后爬进了他们的福特柯蒂纳汽车，动身回家。他们驱车向北穿过阿里什镇，然后进入加沙地带，在那里要经过主路沿线的巴勒斯坦村庄和难民营。当时，前往西奈半岛的以色列人仍然经常开车穿过加沙地带，因为这条路线最短最好走，而且在那之前一直相当安全。

就在加沙城北边，一家七喜工厂附近，一个临时路障挡住了他们的去路。① 一个少年朝汽车跑过来，往后座扔了一枚手榴弹。炸弹炸掉了车内的大部分东西，燃起了一个火球。受伤的阿罗约爬出来向站在附近的两个年轻人求救，但他们只是大笑着奚落他。阿比盖尔死在了车里，马克死在了医院。普丽缇伤得不轻，落下了终身重度残疾。两天后，阿罗约的孩子们被安葬在耶路撒冷橄榄山一座古老公墓的单独坟墓里，数万以色列人参加了葬礼。以色列国防军首席牧师拉比什洛莫·戈伦少将致悼词。以色列全国上下为此哀悼。

两周后，辛贝特抓到了凶手。丢手榴弹的是 15 岁的穆罕默德·苏雷曼·扎基，来自加沙的舒加艾耶社区；他的同谋一个 16 岁，一个 17 岁。三人都是镇上法拉斯汀高中的学生，受法塔赫高级特工招募执行此次任务。袭击阿罗约一家这种事他们不是第一次干了。

马克和阿比盖尔被害一事成为应对六日战争之后泛滥的恐怖主义袭击的转折点。“我们断断不能任由局势再这样发展下去了，”梅厄·达甘说，“那些孩子被害后，阿里克［沙龙］开始亲自处理加沙

① “Suddenly There Was an Explosion in the Car,” *Yedioth Ahronoth,* January 3, 1972.

地带的恐怖活动。”[①] 沙龙不再满足于听取达甘的汇报，尽管他仍对达甘充满信心。从那以后，沙龙“会经常出现在我们的别墅，参与任务的策划和巡逻的部署，事无巨细，亲力亲为”。

阿罗约一家的惨剧也立竿见影地结束了以色列国防机构内部就如何处理被占领土上巴勒斯坦人的问题的争论。沙龙的办法胜出。大量的军队涌入加沙地带，奉沙龙之命拆除房屋，以便在拥挤的难民营中开辟宽阔的通道。1972 年 1 月的一个晚上，沙龙下令将几千名贝都因人从拉法市以南一片 2 500 英亩的土地上驱逐出去。负责被占领土政府事务的什洛莫·加齐特将军十分震惊。第二天早上，当他听说此事时大发雷霆并威胁要辞职。他后来说：“这种做法，只能用种族清洗和战争罪来描述。”[②]

沙龙获准自由调遣特种部队和秘密部队，以便在恐怖分子袭击以色列之前找出并干掉他们。

与此同时，达甘和他的手下不断谋划出新的手法来寻找并处置这些被通缉的巴勒斯坦人。一种策略是在妓院伏击他们，另一种策略是当得知恐怖分子计划在橘园会面时就躲在树上，通过拉动彼此之间的钓鱼线进行沟通以保持绝对安静，等恐怖分子一现身就开枪。

他们还经常利用巴勒斯坦合作者把装有诡雷装置的手榴弹卖给巴勒斯坦解放军（Palestine Liberation Army）。保险销断开的时间会从通常的 3 秒缩短到半秒，以确保任何碰了它的人都会立即被炸死。有一次，他们还模仿了英国在二战期间用过的“肉馅行动”，达甘伪装成一具尸体，被自己的战友抬着——其中两个是与他们合作的巴勒斯坦人，另外几个乔装成阿拉伯人——进入恐怖分子藏身地。[③] 一进去，他们就干掉了所有人。

---

① 2013 年 6 月 19 日对达甘的采访。
② 2016 年 9 月 12 日对加齐特的采访。
③ 2013 年 6 月 19 日对达甘的采访。

阿罗约一家的惨剧发生一个月之后，即1971年1月29日，两辆吉普车在达甘的指挥下沿着贾巴利亚难民营和加沙市之间的一条公路行驶。[①] 路上，他们遇到一辆当地的出租车，上面坐满了朝反方向开去的乘客。达甘认出了乘客中有两人是"红色"目标：法齐·卢埃迪和穆罕默德·阿斯瓦德，后者也被称作"阿布·尼姆尔"。达甘命令吉普车掉头去追出租车。吉普车追上去后截住了出租车的去路，达甘的士兵跳下车，包围了出租车。达甘拔出手枪朝汽车走去，阿布·尼姆尔也跳下车，手握一枚保险销已经拔出的手榴弹。他叫道："再敢靠近一步，我们同归于尽!"达甘停顿了一两秒，然后大喊着"手榴弹!"冲向阿布·尼姆尔，一把抓住他握手榴弹的手，并用自己的头盔去撞他的脑袋。流血不止的阿布·尼姆尔昏了过去，达甘镇静地小心翼翼从他手中取下手榴弹，在地上找到了保险销，又插了回去。这一英勇的行为为达甘赢得了参谋部颁发的奖章，也使沙龙有机会以其黑色幽默来评价达甘："他最大的专长在于分离阿拉伯人的脑袋。"

实际上，关于达甘所选方法的有效性问题几乎没有争论的余地。[②] 在手榴弹突击队的带领下，在沙龙的鼓励与支持下，辛贝特和以色列国防军特种部队在1968年至1972年间基本上消灭了加沙地带的恐怖主义。巴勒斯坦组织没有对达甘的策略做出反应。他们想不通辛贝特是怎样知道他们秘密的，假扮成阿拉伯人的以色列士兵又是怎么神不知鬼不觉地突然冒出来，抓住并杀死他们的战士的。辛贝特的400人通缉名单（不断有新名字加入其中）在1972年减少到10人。那一年，发生在加沙地带的恐怖袭击骤降为37起，而前几年每年都有数百起。该数字将在接下来的4年里每年继续下降。

---

① 2013年6月19日对达甘的采访，2003年5月对沙龙的采访。1973年4月，总参谋长大卫·埃拉扎尔中将向梅厄·胡伯曼上尉（达甘的原名）颁发"英勇勋章"获得者的证书。

② Gazit, *Trapped Fool*, 61－63。对达甘和佩里的采访。Letter from David Ronen to *Haaretz*, October 2002. 手榴弹突击队行动概要的存档资料是"艾米莉亚"给作者看的。

但是这些方法也是要付出代价的。

伊扎克·蓬达克后来回忆起读到过的一份该部队提交的报告，上面写着："我们的小分队在沙提（Al-Shati，加沙的一个难民营）追捕一名被通缉的恐怖分子。他钻进其中一座房子。小分队追着他破门而入，解除了他的武装，在屋子里干掉了他。"蓬达克说他曾提请一名情报官员注意，倘若这份报告落到联合国或红十字会手里，很可能会引起国际丑闻。据蓬达克说，这名官员问："那又怎么样呢？毁掉报告就是了。"

蓬达克将此事汇报给了南部司令部长官沙龙，[①] 当沙龙拒绝进一步调查时，蓬达克回忆说，他对沙龙道："你是个骗子、恶棍、无赖。"沙龙起身举起一只手像是要给蓬达克一耳光，但蓬达克没有害怕。"你敢动手的话，我就在你的办公室里打断你的骨头。"他说。沙龙坐了下来。蓬达克说他行了个礼并宣布："现在我知道你还是个胆小鬼。"说完扬长而去。

几名记者采到了达甘的几个未具名的手下的谈话，说到他们对已然举手投降的人开枪。[②] 有人引述另一人的话，称他和其他士兵逮捕

---

① 2017 年 6 月 6 日对蓬达克的采访。2017 年 8 月蓬达克去世，他对我说过的档案公开了，随后，沙龙之子吉拉德代表其家庭回应说："这是谎言与幻想的集合，这个男人的突出成就就是步入了耄耋之年。"（2017 年 8 月 30 日吉拉德·沙龙在 WhatsApp 上发帖的内容。）

② 1997 年 8 月 12 日，曾在达甘手下效力的丹尼尔·奥科夫开车穿过内盖夫，前往位于西奈半岛的埃及边境地带的塔巴的赌场，车上载了两名搭便车的年轻英国人，杰弗里·麦克斯·亨特和夏洛特·吉布。途中，他拔出 9 毫米口径手枪对他们开枪，亨特当场死亡，吉布受伤后装死，逃过一劫。受审时，奥科夫声称他这么做是因为"我听到他们讲外语，突然以为自己身在梅赛德斯［手榴弹突击队用的汽车］里，在加沙假扮阿拉伯人"。他被判 20 年徒刑。法庭驳回控方的无期徒刑的要求，认定奥科夫在杀人时"处于严重的精神混乱状态"。服刑 13 年后，他获得假释。另一名手榴弹突击队队员让-埃尔拉兹证实了该部队杀人的说法。"我本人杀了 20 多人。"他在狱中写道。2001 年 3 月，他因谋杀一名基布兹的兵工厂警卫、盗卖武器给恐怖分子而被捕入狱。Anat Talshir and Igal Sarna, "I Love to Put On a Costume," *Yedioth Ahronoth,* October 24, 1997. 1993 年对让-皮埃尔·埃尔拉兹的采访。Letters from jailed Elraz, August 2002. Ronen Bergman and four other reporters, "Killer," *Yedioth Ahronoth,* September 6, 2002。

了一个因谋杀以色列国防军军官而被通缉的巴勒斯坦人。据跟他们一起的辛贝特特工说，这个人永远不会被送上法庭受审，因为这样的话情报局就要被迫出庭说出提供信息导致此人被捕的合作者的姓名。士兵们会让俘虏“逃跑”——然后在其背后开枪打死他。

该部队的另一名老兵说：“俘虏会从他被俘的屋子被带到旁边一条黑漆漆的巷子里，士兵们会在那里留下手枪或手榴弹，故意摆成引诱他去拿的样子。他一旦这么做，他们会开枪打死他。有时候他们会告诉他，‘你有两分钟时间逃跑’，然后他们会以他想逃跑为由射杀他。”

其他前手榴弹突击队队员说，对于“红色”目标名单，达甘单方面废除了以色列国防军关于嫌疑人在被杀前有机会投降的规定。在达甘的指挥下，“红色”目标是一经发现立即处死。达甘证实了这一点，说这是合理的：“所有关于我们是行刑队或杀手团伙的指控都是无稽之谈。我们是在战斗条件下行动的，我们和被通缉者都身穿便衣，持同样的武器。在我看来，对持武器的人没有也不可能有逮捕程序。当时几乎所有的被通缉者都有武器。任何携带武器的人——不管是转身、奔跑还是逃跑，只要持有武器——你都要开枪。我们的目标不是杀人，但也不是自杀。很显然，如果我们不先开枪，他们就会向我们开枪。”①

1972 年 11 月 29 日，一次逮捕行动以被通缉人员死亡告终，蓬达克要求把达甘的副手施穆埃尔・帕兹送上军事法庭。在审判中，据称帕兹从远处向一名手持步枪的男子开枪，此人中枪倒下。帕兹走过去，又向他连开几枪以确保他必死无疑。帕兹问：“那你到底想让我怎么做？”② 达甘说：“那个人倒下并不意味着他不会采取行动，如果他只是受了伤，那他仍能对我们开火。在这种情况下没有别的应对

① 2013 年 6 月 19 日对达甘的采访。
② 2017 年 3 月 31 日对施穆埃尔・帕兹的采访。

方法。”

疑罪从无，帕兹被无罪释放了。所有其他的投诉、谣言、证词——更别说许多尸体——都被掩盖起来，以防外界调查。

毫无疑问，达甘的部队是残忍无情的，它按照自己的规则行事。有人可以据此认为这是一个平行于以色列刑法的法外法律体系的开始，它在完全保密的情况下神不知鬼不觉地发展了起来。这是达甘的部队第一次在以色列控制的领土上消灭人，而不是如国际法要求的那样逮捕并起诉他们。“为了保护本国公民，”达甘说，“国家有时候必须采取有违民主的行动。”

所有这一切都得到了以色列民事当局的支持，它们甚至对此视而不见。国家领导人最想要的是被占领土的安宁。这种安宁使得以色列政府能够享受廉价的巴勒斯坦劳动力和从巴勒斯坦领土进口的廉价商品以及出口市场，这对于一个被敌对国家包围且与之没有贸易关系的国家来说是个大问题。

此外，这还使得在被占领土上建立犹太人定居点成为可能。以色列右翼人士认为，为了保持战略优势，以色列必须牢牢守住 1967 年占领的区域。此外，许多信教的犹太人认为征服《圣经》中的朱迪亚和撒马利亚是一种神赋予的干预行为，它将使犹太民族重返历史上的家园，并加速弥赛亚的到来。这两部分人都希望建立尽可能多的定居点可以阻止未来巴勒斯坦国的建立。

在没有发生恐怖袭击的情况下，政治梯队将辛贝特和以色列国防军造就的安宁解读为一场大获全胜和一次沉冤得雪的机会，仿佛历史已然停滞，无需处理巴勒斯坦问题。

九
巴解组织登上国际舞台

1968年7月23日晚上10点31分，以色列航空426航班从罗马的菲乌米奇诺机场起飞。这架波音707载着38名乘客，其中有12名以色列人，还有10名以色列机组人员，计划于1点18分在特拉维夫降落。

飞机起飞约20分钟后，机上3名巴勒斯坦恐怖分子中的一人闯进了驾驶舱。起初，飞行员以为这个人喝醉了，就叫空姐把他带出去，而他却拔出了手枪。副驾驶毛兹·波拉特打了那人的手，满以为他会松手丢掉手枪。结果他没有。恐怖分子用手枪敲波拉特的头，打伤了他，然后朝他开了一枪，但没打中。他掏出一枚手榴弹，好在机长反应敏捷，告诉恐怖分子他想去哪里自己就把飞机降到哪里。11点07分，罗马的控制塔收到一条信息，[①]说这架在33 000英尺高空的飞机正在改变航线，飞往阿尔及尔，经阿尔及利亚当局同意，它于凌晨0点35分降落了。一路上，劫机者向所有正在收听广播的人播报称他们将飞机的呼号改为"巴解707航班"（Palestine Liberation 707）。

抵达阿尔及尔后，所有非以色列人以及妇女和儿童都被释放了。剩下的7名机组人员和5名乘客被扣为人质，关在机场附近的阿尔及利亚国家安全警察的一处设施里，用以换取关押在以色列监狱的24名囚犯获释，这12人在那里被囚禁了三周才重获自由。

劫持426航班是一个新派系——"解放巴勒斯坦人民阵线"——的一次令人震惊的大胆袭击。[②]它于上年12月在大马士革成立，其创始人是两名难民：来自吕大的乔治·哈巴什和来自萨费德[③]

的瓦迪·哈达德——他们都是儿科医师、东正教基督徒。通过这次迅捷出击，“人阵”赢得了短期的战术和战略上的胜利，表明其具备夺取以色列民用飞机并向全世界宣传巴勒斯坦事业的可怕力量。它也迫使耶路撒冷与一个其拒绝承认的组织谈判，这是一种带有羞辱性的让步。更糟糕的是，以色列最终被迫同意用囚犯交换人质，而以色列此前曾宣称永远不会发生这样的羞辱。

但426航班事件只是一个序幕。尽管通过以色列国防军和辛贝特的不懈努力，在以色列边境内及边境沿线进行武装袭击变得越来越困难，但阿拉法特及其追随者——他可以根据一时的需要承认或否认无数的小派别和分支派系——意识到世界为他们提供了一个比加沙地带或约旦河西岸大得多的舞台。④

任何地方都有可能爆发恐怖袭击。可是西欧对阻止恐怖行动完全没有准备好：边境上漏洞百出，轻而易举地就能避开机场和海港的障碍，警察部队软弱无能。左派学生运动培养出了一种对巴勒斯坦人的同情，而欧洲本土的激进分子——譬如，德国的“巴德尔-迈因霍夫帮”、意大利的“红色旅”——为之提供了后勤和行动方面的合作。

所有这一切构成了对以色列情报界的巨大挑战。只要巴勒斯坦问题仅限于六日战争之后以色列占领的领土范围内，事情就相对简单了。但现在全世界都成了前线，犹太人——尤其是以色列人——成了目标。

在426航班事件大败一年多之后，环球航空公司840航班从洛杉

---

① Announcement by transpor- tation minister on the hijacking of the El Al plane, the Knesset, session 312, July 23, 1968.

② 2009年6月21日对艾坦·哈珀的采访。Bergman, *By Any Means Necessary: Israel's Covert War for Its POW and MIAs,* 28－29 (Hebrew)。

③ 也译为萨法德、采法特，是犹太教四大圣城之一，位于加利利山区。——译者

④ Yaari, *Strike Terror,* 242. Merari and Elad, *The International Dimension of Palestinian Terrorism,* 29－41 (Hebrew).

矶飞往特拉维夫，机上载有120名乘客（其中仅有6名以色列人）和7名空乘人员。[1] 飞机在纽约经停，然后降落在罗马加油。从最后一个经停站雅典起飞半小时后，4名在罗马登机的巴勒斯坦人开始了行动。其中一人用枪指着空姐逼她打开了驾驶舱的门。副驾驶哈里·奥克利惊讶地发现空姐身后站着一名妇女，手里握着一枚手榴弹。

“她打扮非常时髦，一身白，”这架航班上的空姐玛格丽塔·约翰逊回忆道，“戴着白色软帽，穿着白色收腰外衣和白色长裤。”据一位男机组人员描述，这位漂亮的女士命令机长改变航线飞到海法，她说自己出生在那里，可是锡安分子不允许她回去。[2]

莱拉·哈立德确实于1944年出生在海法。在犹太人经过一番苦战夺取这座港口城市后，她的家人逃亡黎巴嫩，打算在战争尘埃落定后回去。但是新成立的以色列国禁止难民返回，哈立德在黎巴嫩南部提尔的一个拥挤不堪的难民营长大。她逐渐养成了敏锐的政治意识，15岁时就已经成了泛阿拉伯世俗社会主义运动约旦分支的一员，该运动由后来作为“人阵”联合创始人之一的乔治·哈巴什领导。

劫持环球航空公司的840航班并不是哈立德第一次对民用飞机下手。1969年2月18日，她协助策划了对即将从苏黎世机场起飞的以色列航空公司波音707飞机的袭击，4名“人阵”成员向飞机投掷手榴弹，并用AK－47从停机坪上对着飞机扫射，雨点般的子弹射向驾驶舱，副驾驶受了致命伤。[3] 在另外几次袭击事件中，她要么直接参加，要么是幕后推手。但劫持环球航空公司840航班这次使她声名大噪。

以色列空军战机因害怕伤及乘客而无能为力地进行了护航，飞机

---

① “No Response from El Al Flights: The Hijack of an Airplane to Algeria,” Israeli Air Force website.

② *Leila Khaled: Hijacker,* 2016年的一部关于莱拉·哈立德的纪录片，由莉娜·马克布尔（Lina Makboul）执导。

③ 约拉姆·佩雷斯是以色列航空公司培训的飞行员。他在这次袭击中受重伤，六周后在医院去世。2008年12月5日佩雷斯的姐姐塔米·因巴尔写给作者的信。

在以色列上空进行了示范性飞行后，在大马士革安全着陆，所有乘客和机组人员随即全部获释，只有两名以色列人被扣作人质以交换叙利亚士兵，3 个月后人质获释。劫机者炸掉了这架空飞机的机头，然后被叙利亚情报部门神不知鬼不觉地送到了安全的地方。

与此同时，哈立德成了那个时代的象征，世界上最著名的女恐怖分子。[①] 数百篇文章对她进行了描述，赞美自由战士的歌曲大肆追捧她。她的照片出现在海报上，其中最具代表性的一张是她手持 AK-47 机枪，头巾下的黑发迎风飘扬，手上还戴着一枚醒目的戒指。“那是我用子弹和手榴弹的保险销做的。”她说。

1970 年 9 月 6 日，哈立德和她的同伙试图劫持一架从欧洲起飞的以色列航空公司航班，但他们失败了。机长尤里·巴尔-列夫是前以色列空军战斗机飞行员，他让飞机突然俯冲，由此产生的反重力将劫机者猛砸到了地板上。[②] 一名辛贝特的便衣开枪打死了哈立德的搭档，另一名特工从驾驶舱内钻出来制服了她。飞机着陆后，她被移交给了伦敦警方。

不过，另外 4 支“人阵”小队要成功得多，他们在同一天劫持了泛美航空公司、瑞士航空公司和环球航空公司的飞机（以及 3 天后劫持了英国海外航空公司的一架飞机），迫使它们在约旦着陆，并要求释放哈立德和她的许多战友。[③]

除了 55 名犹太人和 1 名男机组人员，其他乘客被带到安曼的一个巴勒斯坦社区释放了。劫机者在电视摄像机面前炸毁了空飞机，这一幕被转播到了全世界。媒体称之为“航空史上最黑暗的一天”。

---

① 2001 年 1 月 26 日《卫报》。Merari and Elad, *International Dimension of Palestinian Terrorism*, 95 (Hebrew).

② 2017 年 6 月 19 日对尤里·巴尔-列夫的采访。

③ 甚至在这次备受瞩目的行动之前，哈巴什就公开承认其行动目标是要把阿拉伯国家卷进去。“那正是我们想要的。这些行动旨在限制我们尚未准备好接受的和平解决方案的前景。”*Jerusalem Post*, June 10, 1969, 亦可参见 Merari and Elad, International Dimension of Palestinian Terrorism, 28 (Hebrew)。

对于约旦国王侯赛因来说，那天也是一个至暗时刻，他被国际媒体形容为失去对自己王国的控制的无能君主。巴勒斯坦人在约旦人口中占大多数，侯赛因有理由担心阿拉法特及其追随者的胃口越来越大，做起事来就好像这个国家属于他们似的，他担心他们正谋划夺走他的王国。在飞机劫持事件使侯赛因在全世界面前下不来台以及巴勒斯坦人的一支小队企图刺杀国王之后，他的报复不仅动作快而且下手狠。9 月中旬，他命令约旦军队、警察和情报机构对阿拉法特的人发起了残酷打击，不分青红皂白直接挥下屠刀。[①] 在被巴勒斯坦人称为“黑九月”的为期一个月的系列行动中，数千巴勒斯坦人被杀，巴解组织被迫转移至黎巴嫩，在那里，残缺不全的领导层开始重建。

法塔赫及其派系很快重新集结，掀起了一股野蛮的国际恐怖浪潮。巴萨姆·阿布·谢里夫解释说，“人阵”意在“表明被逐出约旦并没有削弱我们的力量”。

1971 年 11 月 28 日，就在约旦首相瓦斯菲·塔勒下令打击巴勒斯坦人一年多以后，他在开罗被枪杀。两周后，一群枪手企图杀害约旦驻英国大使扎伊德·里法伊。两个月后，巴勒斯坦人在德国处决了 5 名据称与以色列合作的约旦公民，接着炸了一家荷兰天然气公司和一家德国电气公司的办公室，指控它们与以色列有贸易往来。

所有这些袭击都是由一个彼时还寂寂无名的组织 Ailool al-Aswad 实施的，在阿拉伯语中这个名字意为“黑九月”，目的是纪念在约旦发生的大屠杀。这个名字可能很新，但它并不是个新组织。摩萨德很快就发现“黑九月”是另一个不断发展的法塔赫派系，[②] 由萨拉赫·

---

① 叙利亚派军队支援巴勒斯坦人，但以色列应美国要求将军队调往边境，并宣布如果大马士革不撤走装甲纵队，就会遭到攻击。叙利亚人撤退了，侯赛因重新完全控制约旦。对“黑九月”事件的详细描述参见 Sayigh, *Armed Struggle*, 261 – 81。2016 年 11 月 29 日对什洛莫·加齐特的采访。

② “Protocol of a meeting between PM Meir and Mossad Director Zamir,” January 5, 1972（“保罗”给作者看过）。阿布·伊亚德多年后在回忆录中承认“黑九月”确实是巴解组织的分支。Abu Iyad, as quoted in Merari and Elad, *International Dimension of Palestinian Terrorism*, 33 (Hebrew)。

哈拉夫（又名阿布·伊亚德）领导，他是巴解组织情报部门“拉赛德”（Rassed）的前指挥官，他一直试图在反复发生的内讧中维持自己的恐怖主义立场。为了针对更大范围的目标采取行动，哈拉夫重新界定了巴勒斯坦人民的敌人，从“美帝国主义开始，接着是与之勾结的阿拉伯政权，最后以以色列收尾”。①

1972 年 5 月 8 日，4 名恐怖分子——3 个来自“黑九月”，1 个来自“人阵”——劫持了一架从布鲁塞尔飞往特拉维夫的比利时航空公司的客机，机上载有 94 名乘客和 7 名机组人员。超过一半的乘客是以色列人或犹太人。当飞机在卢德（现名本-古里安）机场降落时，劫持者要求释放被关押在以色列的 315 名恐怖分子战友。

两份不同的应对方案摆在了国防部长摩西·达扬的面前。梅厄·达甘及其“变色龙”队员建议他们剃光头发，扮成阿拉伯囚犯，混在其他刚被释放的囚犯当中，跟他们一起登机，然后一旦人质安全了，他们就拔出藏好的武器消灭恐怖分子——并且一如达扬对最高指挥部提议的那样，“如有必要，连获释囚犯一并解决”。②

达扬更喜欢以色列总参侦察营突击队的指挥官埃胡德·巴拉克提出的方案。巴拉克和他的团队扮成了机场地勤人员，穿着白色长袍，携带藏好的贝雷塔点 22 手枪，伺机接近被劫持的飞机。接着他们冲进飞机，打死打伤了所有的恐怖分子。一名女乘客在交火中遇难，另有两名乘客受伤。一个名叫本杰明·内塔尼亚胡的年轻士兵被队员射出的子弹击中，受了轻伤。

对被劫比利时航空公司航班采取的行动在以色列以神话般的规模传播。不过，尽管大获成功，巴勒斯坦人的主要战略目标还是实现了。③“黑九月”的一名指挥官说：“整整一天，全世界的革命者正凝

---

① 1971 年 10 月 19 日阿布·伊亚德接受《非洲青年》（*Jeune Afrique*）采访。Sayigh, *Armed Struggle*, 309。

② 2013 年 5 月 29 日对达甘的采访。

③ Sayigh, *Armed Struggle*, 208, note 207.

神屏气地关注着巴勒斯坦被占领土的机场会发生什么。全世界都在看着。”

那些革命者中的许多人很快就为支持巴勒斯坦的事业集结了起来。[1] 新一波恐怖活动引发了申请加入地下组织的人数呈井喷式增长。据“黑九月”的一名成员称，几乎所有人在申请加入时都说了类似于“终于你们找到了让世界听到我们声音的方法”的话。

这些新兵被用来大搞破坏，制造毁灭性影响。1972 年 5 月 30 日，3 名在朝鲜和黎巴嫩接受过“人阵”训练的日本“赤军”地下组织成员登上了从罗马飞往卢德机场的法航航班。[2] 日本人所做的，或者更准确地说，他们渴望为这一事业献身的热情，给巴勒斯坦人留下了深刻的印象。

他们在机场没有引起注意。辛贝特在以色列航空的柜台附近安排的筛查人员要找的是神情紧张的中东人而非亚洲游客。

3 名日本男子从行李中掏出 AK－47 和手榴弹，开始向人流密集的航站楼无差别地开火。[3] “我看见 25 个人叠在一起躺在 3 号传送带附近的血泊中，”一名目击者回忆道，“一个［男人］手持冲锋枪站在传送带旁边，对着整个屋子扫射。另一个［男人］一看见有聚集的人群就向他们扔手榴弹。”

救护车的警报声在特拉维夫的街道上响了几个小时。[4] 26 人死亡，其中 17 人是前往圣地的波多黎各基督教朝圣者，78 人受伤。

---

① Sayigh, *Armed Struggle*, 309, note 210.

② “赤军”领导人重信房子派自己的丈夫执行自杀行动，她说：“因为我负有组织之责，也因为我是他的妻子，我是突击队登上带他们去卢德的飞机之前最后一个见他们的人。” Farrell, *Blood and Rage*, 138。

③ *New York Times,* June 1, 1972. 2009 年 12 月 2 日采访机场事件的亲历者埃拉姆。

④ 其中一名日本人冈本公三活了下来，他为此很遗憾。在审问时他拒绝开口，跟阿拉伯恐怖嫌疑人不同，他没有受到酷刑。等一名以色列将军提出给他一把带一颗子弹的手枪以便他在合作后自杀之用，他才同意开口。这位将军是雷哈瓦姆·泽维，但他没有履行他说好的义务。Steinhoff, unpublished manuscript, 55, as referred to in Blood and Rage, 141。

在贝鲁特的一次新闻发布会上，“人阵”发言人（莱拉·哈立德的丈夫）巴萨姆·扎耶德为屠杀朝圣者一事辩护，声称“人阵”的观点是没有无辜者——所有人都有罪，只要他们未曾“帮过巴勒斯坦人一星半点”。[①] 由于未能阻止大屠杀，以色列国防机构弥漫着一种痛苦的懊悔自责的气氛。

在这波新的恐怖活动浪潮中，以色列拼尽全力想出了一个差强人意的应对之举。起初，在没有任何确切情报的情况下，总理列维·艾希科尔下令对一个相对容易的目标，即阿拉伯民航采取惩罚性行动。[②] 这一行动的理据在于控制这些航空公司的阿拉伯政权应对所发生的事情以及在背后支持巴解组织负责。

1968 年 12 月，一支特遣部队突袭了贝鲁特国际机场，炸毁了属于中东航空公司、黎巴嫩国际航空公司和跨地中海航空公司的 14 架空飞机。这次行动成功地在没有造成以色列人员伤亡的情况下摧毁了飞机，但并没有对震慑今后对以色列民航的恐怖袭击产生实际影响。国际社会对以色列袭击民用目标的反应十分强烈，在联合国安理会的谴责声中，法国总统戴高乐加强了法国对以色列的武器禁运，取消了 50 架喷气式战斗机的销售合同。[③]

更多的失败接踵而至。[④] “连接点”获得的情报表明，贝鲁特的某个办公室是巴解组织在该市的总部。1970 年 2 月 2 日，“凯撒利亚”特工用装有计时器的发射装置向这些办公室的窗户发射了 4 枚火箭弹。结果，这处房屋主要处理行政事务。“几个秘书受伤，一些文

---

① *New York Times*, June 4, 1972.

② “礼物行动”（Tshura），见以色列空军网站，http://iaf.org.il/4694-32941-HE/IAF.aspx。

③ Henry Tanner, “France Pledges to Aid Lebanon If Her Existence Is Threatened,” *New York Times*, January 15, 1969.

④ 2014 年 3 月 23 日对哈拉里的采访，2014 年 5 月 28 日对克莱恩的采访，2015 年 11 月对“布莱克”的采访。

件被毁。”一位“凯撒利亚”特工说，仅此而已。这是以色列新总理、令人敬畏的鹰派果尔达·梅厄批准的首批反恐行动之一，列维·艾希科尔去世后，她于 1969 年 2 月继任。

干掉“人阵”创始人的行动也不比这顺利。两名“凯撒利亚”特工设法搞到了瓦迪·哈达德在贝鲁特穆希丁大街 8 号公寓的地址，这里曾是他的办公室和住所。“凯撒利亚”领导人茨维·阿哈罗尼说：“哈达德表现得就像贝鲁特的庄园主，找到他一点也不费事——他也不害怕，没有采取任何防范措施。”① 7 月 10 日，以色列海军突击队（707 部队）从一艘导弹快艇下来，乘橡皮艇来到贝鲁特赌场附近的海滩，并给在哈达德住所对面租了一间公寓的“凯撒利亚”杀手送去两个榴弹发射器。上午 9 点，其中一人将火箭弹对准了一个房间的窗户（他之前看见哈达德坐在里面），然后按下计时器按钮（定时 30 秒）逃离了现场。

“但是你能怎么办呢，”迈克·哈拉里说，“就在这时，哈达德进了他妻儿所在的另一个房间，从而躲过了一劫。果尔达下令不得伤及无辜，而我们却‘铲平’了整层楼。”②

与此同时，一名潜伏在黎巴嫩的以色列特工在贝鲁特东南部山区的布萨达找到了乔治·哈巴什的别墅，③ 甚至还拍到了哈巴什和他的一些手下坐在门廊上的照片。7 月 15 日，以色列空军发动攻势轰炸该房屋，但他们袭击并摧毁的是隔壁一所房屋。哈巴什毫发无损地逃掉了。

不久之后，阿哈罗尼辞去了“凯撒利亚”主管一职，部分原因在于他因未能消灭恐怖分子头目而招致的批评。接替他的是迈克·哈拉里。

---

① 1998 年 7 月对茨维·阿哈罗尼的采访，2016 年 5 月 14 日对安拉姆·阿哈罗尼的采访，2014 年 9 月对“达伦”的采访。

② 2014 年 3 月 10 日对哈拉里的采访。

③ 2005 年 2 月对克洛维斯·弗朗西斯的采访。

哈拉里直接瞄准了头号目标：亚西尔·阿拉法特。哈拉里的暗杀计划名为“白色沙漠行动”①，他们打算1970年9月1日在利比亚为穆阿迈尔·卡扎菲上校举行的庆祝活动上刺杀巴解组织领导人。该国首都的黎波里老城的城墙边搭了一个贵宾平台。“凯撒利亚”内部提出了几套方案：在墙的另一侧放一个连着计时器的迫击炮，然后轰炸阿拉法特和其他领导人就座的平台，或者在平台下方放置炸弹，等阿拉法特一上去就引爆。“最终我们得出结论，这次行动问题重重，因为这样不仅会把阿拉法特炸上天，跟他一起的另外120名领导人也会无一幸免。所以，我们决定派狙击手。”哈拉里和他的部下多次前往利比亚勘察现场，租安全屋并规划逃跑线路。

当摩萨德局长茨维·扎米尔将方案呈交总理果尔达·梅厄做最后批准时，一切已经准备就绪。② 但她担心这次行动会使以色列成为众矢之的，并招致国际社会的严厉批评，进而引发对以色列领导人的暗杀企图。计划被取消了。

失望之余，哈拉里派了两名特工前往欧洲，命令他们重新启用邮件炸弹。莫提·科菲说，这种炸弹“有两个明显的优势”，“它们很容易运送到目标国家，因为它们不仅看起来无害，还留足了逃跑时间——不像开枪那样会立即引起注意”。③ 以色列人确实用这些炸弹炸伤了几名激进分子，④ 但不久巴解组织的人就学会了对邮件要多加小心。

法塔赫及其分支仍然没有被吓倒。摩萨德的首要目标——阿拉法

① 2014年3月23日对哈拉里的采访。

② 哈拉里得到扎米尔的批准，在仪式举行期间进入可做开枪地点的公寓，进行实时演习，模拟射击并逃跑——所有一切都是为了向总理展示“凯撒利亚”的能力。一切都很顺利，除了在演习中被指定“杀死”阿拉法特的摩萨德特工没有带枪，所以他只能用手指着阿拉法特的头。

③ 2011年6月9日对科菲的采访。

④ “人阵”发言人巴萨姆·阿布·谢里夫在打开一本切·格瓦拉的回忆录时面部受伤并失去了几根手指。Merari and Elad, *International Dimension of Palestinian Terrosim*, 119. Bechor, *PLO Lexicon*, 25。

特、阿布·吉哈德、哈巴什和哈达德——也都还活着，不仅健健康康，还活成了心腹大患。

在以色列领导层的闭门会议中，矛头都指向了情报界未能阻止恐怖袭击和震慑未来的袭击。[1] “当一辆公共汽车在耶路撒冷爆炸时，他们就会看着我，”哈拉里说，“为什么我不去贝鲁特或开罗炸4辆公共汽车呢？毕竟，无论他们在以色列干了什么，我们都能在开罗、大马士革、安曼或其他任何地方对他们还以颜色。我本可以同时进行的。但我没准备这么干，不想堕落成他们那样的人。我们并没有那么绝望，我们想有选择地打击，恐怖分子会知道是以色列干的却又没留下任何证据。”

为了做到这一点，哈拉里得克服两大阻碍。[2] 首先，所有的恐怖组织总部都设在阿拉伯国家的首都，这些地方所提供的庇护令“凯撒利亚”难以施展拳脚。其次，“凯撒利亚”那个时候的人手根本不适合执行这种任务。007系列电影及同类型电影往往将间谍刻画得千人一面——同一个人可以是间谍、刺客、入室偷窃的高手、监视专家，既为决策者收集情报，又为决策者分析情报。现实情况则迥然不同，特别是在摩萨德。“凯撒利亚”的特工受过训练，可以潜伏得很深以执行长期任务。他们本该尽可能少地引起注意，尽可能少与当地行动人员发生摩擦，尽其所能地收集情报，以便以色列对任何即将发生的战争提前做好准备。“我的人不是突击队员，”哈拉里说，“我找的是那种能花时间在开罗当个考古学家并邀请纳赛尔参观其挖掘现场的男人，或者是一个能在大马士革的军队医院里当护士的女人。这些

---

① 那一时期，有一次摩萨德决定在贝鲁特直接行动。“人阵”的另一位发言人名叫加桑·卡纳法尼，是位著名的作家和诗人，摩萨德通过他与出发前的日本“赤军”激进分子的合影确认了他的身份并将他加入了暗杀名单。1972年7月8日，卢德杀戮事件六周后，卡纳法尼和他17岁的侄女拉米斯·纳吉姆上了他的奥斯汀1100汽车，他一点火，车就爆炸了。摩萨德害死了一个无辜的姑娘仅仅因为她跟错了人上错了车，这一事实从没被讨论和调查过。2014年3月23日对哈拉里的采访，2014年7月对“伊桑”的采访。

② 2014年3月23日对哈拉里的采访，2005年10月对“库尔茨”的采访。

人没有受过干掉哨兵、拔枪或飞刀的训练。为了打击恐怖活动，我需要不同的人和各种各样的武器。”

巴解组织向全球采取行动的转变也给以色列人带来了政治上的挑战。那些年里，欧洲国家自己没有打击恐怖活动，他们也不允许以色列人在其境内这么干。欧洲人觉得中东争端离他们很遥远，而且也无关紧要，因此没有动力采取行动。摩萨德收集了数百条针对欧洲以色列人和犹太人的恐怖行动计划的情报，但要处理这些，它需要友好的欧洲情报机构的协助。果尔达·梅厄在以色列议会外交与国防委员会的一次秘密会议上解释说：“我们一而再再而三地通知它们，但都石沉大海。”①

摩萨德内部的沮丧情绪正在日益累积。“我不明白为什么我们老老实实坐在这里，而恐怖分子却在密谋怎样杀害犹太人，”“凯撒利亚”情报长官阿夫拉罕·“罗米”·波拉特在摩萨德总部的一次会议上抱怨道，“我们知道他们在哪里。他们在德国、法国、意大利和塞浦路斯的办公室都是众所周知的。他们甚至不想躲躲藏藏。我们就该发生一次劫机事件就炸毁他们一个办公室，这样的话，‘这片土地可以安生 40 年’。”他引用《圣经·士师记》的话说。②

哈拉里的解决办法是在“凯撒利亚”内部组建一个特别小组，其任务不是在敌对行动之前收集情报，而是专注于“秘密行动并对人类目标和破坏行动进行识别、监视和铲除”。该小组将以“刺刀”（Kidon）为代号，主要将在西欧和其他地方的民主国家开展行动。

实际上，“刺刀”的核心 1969 年中期就在一个名叫丹尼的特工指挥下初具雏形了，③ 但多年来，哈拉里不能将之用于战场，只能将其活动限制在训练和制定作战理念上。果尔达·梅厄尽管对西方国家

---

① Knesset Committee on Foreign Affairs and Security, October 9, 1972.

② “黑巧克力”在 2012 年 11 月想起说过这句话，他在 20 世纪 70 年代是“凯撒利亚”成员。

③ 2017 年 6 月对“沙乌尔”的采访。

保持警惕，但尊重它们的主权。她明白，倘若以色列未经许可就在它们的领土上进行定点清除，这些友邦将永远不会再与以色列合作。用她的话来讲就是，欧洲情报机构“有权决定在其领土上什么可以做，什么禁止做……有些友邦会说：‘你们不能在这里这么干；我们才是这里的主人。’所有这一切并不容易。毕竟不是我们的国家”。①

哈拉里确信梅厄最终会改变心意，悄悄地命令“刺刀”继续训练。他告诉扎米尔：“最终，我们别无选择，只能在欧洲干掉他们。”扎米尔同意训练必须继续下去。“我们尊重总理的政策，所以我们只在情报收集方面下了功夫，并为将来所需的人员和武器做好准备。”②

这种训练和准备的方案是艰巨的。新兵必须擅长快速行动，能驾驶汽车或摩托车、跟踪与摆脱跟踪、闯入建筑物以及徒手搏斗。他们还必须在各种格斗条件下冷静地采取行动。他们训练手枪的枪法，重点是练习一种名为本能射击的方法。该方法从某种角度上是由曾协助解放达豪集中营的美军老兵戴夫·贝克曼发明的，其基本原理是从静止状态迅速转为射击姿势，或者在移动状态下射击时达到最大的精确度。③

然后，新兵还需要接受另一项技能训练：化装。④“刺刀”的大

---

① Knesset Committee on Foreign Affairs and Security, protocol of session on October 9, 1972, 10.

② Zamir, *With Open Eyes*, 67 (Hebrew).

③ 在以色列航空公司航班上卧底的辛贝特空警也使用贝克曼的本能射击。现在，特拉维夫东部的辛贝特秘密靶场也教授贝克曼的技巧。这个靶场造得如迷宫一般，分为一个个房间和楼梯，其隐蔽处和楼梯里藏着敌人模样的纸板。靶场上方是一个强化玻璃天花板，教官可以通过玻璃看到受训人员，并通过对讲机发出指令。修建迷宫的目的是让受训人员可以朝任意方向开火，传感器和摄影机会记下每一次射击。2005 年 5 月作者参观辛贝特的靶场所见。

④ 2013 年 1 月 22 日对亚林·沙哈夫的采访。在 1972 年中期打击恐怖主义的最重要时刻，哈拉里将“凯撒利亚”的名字改成了“马萨达”（Masada），是以朱迪亚沙漠中俯瞰死海的与世隔绝的山顶堡垒命名。公元 1 世纪，最后一批反抗罗马帝国的犹太起义者曾在马萨达避难，并在此抵抗围城的罗马军团，最终他们选择与他们的妇孺一起自杀而不是投降变成奴隶。马萨达是英雄主义的象征，是以色列独立精神的重要组成部分，代表一种为了“马萨达绝不会再陷落”而时刻准备着的牺牲精神。未来，这个单位的名称还会多次变更。为免混淆，本书通篇以“凯撒利亚”称之。

多数行动都是短期的，因而可以用各种伪装来改变身份。据目前培训摩萨德特工化装术的亚林·沙哈夫所言，这是一项复杂的任务：“你必须确保即使在打斗中胡子也不会掉下来，而且假发很合适，即使在屋顶上追逐也不移位。战士必须知道如何装扮才能使其看起来可信，还得能在逃跑时快速卸妆。”

最后，新兵还要接受一次大考。他所在的组织会送他回家，回到他自己的社区和自己的社交圈，而且人是伪装过的，用的是化名。倘若他能在那里，在最了解他的人当中往来应酬而不被识破，他就会被认为有能力在一个敌对的陌生国度执行任务。

1972 年 7 月初，“黑九月”的 8 名成员抵达了利比亚沙漠中的一个训练营，[①] 该营由法塔赫的安全与情报机构负责人穆罕默德·优素福·纳贾尔[②]指挥。这 8 个人全都是法塔赫激进分子，因多种原因被选中。[③] 有些人战斗经验丰富；有些人熟悉欧洲的大体情况，更准确地说，对德国很熟。其中有个人叫穆罕默德·马萨尔哈，他生于 1945 年，是达布里亚的加利利村委会首任会长的儿子。他的德语和英语都很流利，年纪又比其他人大，但他不是战士，而是该组织的理论家和发言人。马萨尔哈的代号为“伊萨”，其声音和形象将很快传遍全世界。

在利比亚营地，这 8 个人受到了“黑九月”的创始人萨拉赫·哈拉夫（即阿布·伊亚德）和穆罕默德·乌达（即阿布·达乌德）的接见，后者是做了很久的法塔赫特工，而且是备受阿布·伊亚德信任的得力心腹。乌达告诉他们，他们即将参加一次极其重要的行动，但并没有透露具体是什么行动。在接下来的几周里，这伙人接受了包

---

① Sayigh, *Armed Struggle*, 309.

② 他的孙子 2018 年在美国作为民主党人竞选国会议员。——译者

③ “黑九月”行动人员的个人信息摘自慕尼黑袭击的大型报告，Shai Fogelman, “Back to the Black September,”*Haaretz Weekly Magazine*, August 31, 2012.

括手枪、冲锋枪、手榴弹在内的武器训练，以及徒手格斗和体能训练。特别强调了化装术。他们都分到了代号和伪造的利比亚护照，并奉命在整个行动过程中掩盖好自己的真容、频繁更换服装，以便让关注他们的人以为这个组织有很多人。

以色列情报机构完全没有注意到利比亚的这些准备活动。7月7日，一名代号为“路西法”的巴勒斯坦特工警告摩萨德，说“‘黑九月’计划在欧洲发动袭击”，他还在8月5日称“‘黑九月’正在准备一场国际性的行动”。[①] 但他没有透露任何详情。如此多的恐怖活动警报和提醒涌入摩萨德的研究部门，不可避免地，有不少被忽视了。路西法所提供的，正是诸多被遗漏掉的信息之一。

9月3日和4日，8名“黑九月”武装分子分别乘飞机进入西德。他们在慕尼黑会合，那里正在举办1972年的奥运会，全世界有数亿人在观看。巴解组织代表无国籍的巴勒斯坦人要求参加，但被国际奥委会拒绝了。“显然，从这个假装与政治无关的享有盛名的赛事机构的角度来看，我们是不存在的，”哈拉夫后来说，“‘黑九月’的领导层决定亲自动手。”

直到行动前夕，乌达才终于在慕尼黑火车站附近的一家餐厅里将计划告诉了他们。8个人起草了一份联合的临终遗愿和遗嘱，并与乌达把从西班牙和瑞典走私过来并藏在火车站一个储物柜里的武器及炸药归拢到一起。乌达收走了他们的护照，把他们送到了奥运村A25号门。他们轻松地翻过围墙，来到了康纳利街31号——以色列的奥运代表团所在地。此时，奥运村里有32名警察——两人有手枪，其他人没有携带武器，因为德国东道主希望尽可能地营造一种和平与安宁的氛围。他们谁都没有注意到发生了什么。

9月5日凌晨4点左右，“黑九月”闯入以色列队的驻地。一名运动员设法逃脱了。摔跤教练摩舍·温伯格和举重运动员尤瑟夫·罗

---

① 2014年7月对“伊桑”的采访。

马诺奋力抵抗恐怖分子，但被枪杀。接下来的9个小时里，他们的尸体一直躺在地板上，就在另外9名被劫为人质的队员的视线范围内。后来人们发现罗马诺的尸体上有严重损毁的痕迹。

在全球数亿观众的注视下，马萨尔哈（伊萨）与巴伐利亚州的警察和政府代表进行了谈判。那天上午在耶路撒冷，果尔达·梅厄一脸阴沉地通知以色列议会："凶手要求用关押在以色列监狱的200名恐怖分子交换人质。"

梅厄在总理任期内处理每件事的风格都是一致的，[1] 这次她依然仰赖国防和情报部门的判断，只有一条不可逾越的规定：在任何条件下都不得与恐怖分子谈判。

德国人坚决拒绝暂停比赛，声称西德电视台没有其他节目可播。"难以置信的是，他们居然继续比赛，"《洛杉矶时报》的吉姆·穆雷写道，"这跟在达豪集中营开舞会差不多。"

以色列总参侦察营的小队立即开始准备营救行动。不过，令以色列震惊的是，在处理这种事上经验远远不够的德国人居然拒绝以色列人入境。两名高级官员——摩萨德局长茨维·扎米尔和辛贝特的审讯部门负责人维克托·科恩——只获准远距离观看谈判。

科恩是叙利亚人，阿拉伯语流利，对审讯恐怖分子有相当丰富的经验，曾与劫持比利时航空公司飞机的"黑九月"恐怖分子进行过谈判。"在那次飞机劫持事件中，他们让我正常安排工作，"科恩回忆道，"从与劫机者的对话中我掌握了很多信息：他们的方言让我听出他们来自哪里；他们的措辞让我判断出了他们的心态；我还通过我感受到的力量去判断他们的警觉程度。当我觉察到他们累了，我就告诉以色列总参侦察营是时候攻进去了。"[2]

---

① Goldstein, *Golda: A Biography*, 525 (Hebrew).

② 2015年5月27日对维克托·科恩的采访。

然而，在慕尼黑，科恩和扎米尔多次提出指导德国人如何应对恐怖分子，却一再遭拒。于是，他们只能眼看着幸存的队员被枪指着走出宿舍楼，登上停在附近的两架军用贝尔 UH－1 直升机。整个事件在扎米尔心中烙下了深深的印记："运动员被带上飞机的那一幕我到死都不会忘记。通道两边是一片草坪，站着来自无数国家的数万人。死一般的沉默。我和［德国内政部长汉斯·迪特里希·］根舍、［弗朗茨·约瑟夫·］施特劳斯站在一起，维克托站在我旁边，我们看着以色列运动员手被绑着，身体两侧是恐怖分子，然后步调一致地走向直升飞机。慕尼黑的这一场景令人震惊，对于德国领土上的犹太人尤其如此。"①

直升机把人质带到了附近的一个军用机场，一旦释放巴勒斯坦囚犯的协议达成，那里的一架飞机就会立即带他们飞离德国。随后，载有扎米尔、科恩和德国官员的几架直升机就会追踪恐怖分子和人质而去。

德国在军用机场策划了一次营救行动，但他们部署的队伍没有受过训练，组织混乱，又缺乏有关恐怖分子的情报、狙击手的装备以及执行这类任务所必需的支持。他们毫无章法地乱开火，没有打中或杀掉足够多的恐怖分子以压制其战斗力。

"恐怖分子朝我们所在的大楼开枪，"扎米尔说，"枪声不断，维克托和我跑下楼，在黑暗中摸索，寻找这次行动的指挥官。我们看见恐怖分子向直升机飞行员开枪，他们摔倒在地。当我们找到［这次行动］的［德国］指挥官时，我要求上楼顶跟恐怖分子对话，并警告这些人如果继续开火就别想活着离开。指挥官们拒绝了，我们据理力争直到他们同意，条件是我们讲阿拉伯语而不是德语。"

科恩拿起扩音器开始劝恐怖分子投降。"但这已经没什么用了，

---

① Zamir, *With Open Eyes*, 69.

也为时已晚，我得到的回应是一通射击，差点要了我俩的命。”[1]

扎米尔问德国人为什么不派军队给恐怖分子一点颜色。他被告知，警方正在等待装甲车的到来，而这些装甲车因为好奇的群众围观而被堵在了去机场的路上。

扎米尔看着恐怖分子朝关着以色列人的直升机里扔手榴弹，看着手榴弹爆炸后以色列人的身体被火舌包围。当他奔向硝烟未尽的飞机时，看到的只是9具以色列人的尸体，他们被铐在一起，都烧焦了，有的身上火还没灭。

在扎米尔看来，德国人在人质事件中的行为说明了一点：“他们甚至没尽最小的努力来挽救生命，也没有冒最小的危险去救我们的人和他们自己的人。”他说他看见一个德国飞行员大声呼救。[2]“我告诉[德国警察]：‘看在上帝的分上，直升机里有人在流血。一个受伤的机组人员爬了200米。把他救出来！’他手脚并用地爬着，受了伤，但没有人动身去救他。”

据科恩说：“后来我们得知，有些本应参加救援行动的警察在行动开始前做出了决定，表示他们不准备为了以色列人冒生命危险。”

凌晨3点刚过，此时恐怖袭击发生不到23小时，扎米尔给梅厄打了电话，梅厄祝贺他行动成功。她接到一个德国线人的错误信息以为所有的以色列人都安然无恙。“我很抱歉告诉你，果尔达，”他对她说，“一个运动员都没救出来。我看见他们所有人了。没有一个活下来。”

几乎同时，历史的相似之处被勾勒出来。犹太人再次在德国的土地上被屠杀，而世界上的其他地方却在照常运转，好像什么都没发生。更糟的是，以色列被德国当局搞得无能为力，被迫眼睁睁地看着恐怖分子屠杀其公民。在以色列，此后几天的生活仿佛停滞了。全国

---

① 2015年5月27日对维克托·科恩的采访。

② Security Cabinet meeting, September 6, 1972（作者的资料，从“保罗”处获得）。

各地的犹太新年庆典被取消了，民众中弥漫着一种悲观情绪。

巴勒斯坦人认为这次行动成功了，因为他们的事业已成为世界人民目光的焦点。巴解组织的一个机构写道："在白宫放炸弹，在梵蒂冈埋地雷，巴黎来场地震，都不会像'黑九月'的慕尼黑行动能在全世界引起这么大的反响……这就好比在高山之巅刻上'巴勒斯坦'的名字，全世界的各个角落都能看得清清楚楚。"①

事情刚刚发生，梅厄政府能做的相当有限。政府发布了一份官方声明："以色列政府在愤怒和深恶痛绝中沉痛悼念惨遭阿拉伯恐怖分子杀害的 11 名以色列人。"梅厄还下令空袭了十几个"叙利亚和黎巴嫩的恐怖分子基地、营地和总部。目的是报复恐怖分子而不是伤害平民"。②

但这只是开始。

9 月 6 日傍晚，扎米尔从慕尼黑返回。在即将对以色列未来反恐政策产生巨大影响的两次通报会上，他激动地描述了这次袭击的情况和德国的反应——德国拒绝接受援助或建议，以及德国部队表现出的混乱、缺乏专业性和冷漠。

"德国人这次丢脸简直丢到家了。"他说。③ 他告诉内阁会议上一脸震惊的诸位，德国人只想把事情推到一边，让奥运会继续。

当扎米尔的描述传开，人们的怒火急剧飙升，他们恨夺去犹太人生命的恐怖组织，也恨惨败收场还拒绝承担责任的德国当局。在以色列议会小组的一次秘密会议上，一位与会者激动地表示："我们不仅要保护好我们自己，还要继续进攻。我们必须找出恐怖分子并干掉他

---

① *Al-Sayyid*, September 13, 1972，引自 Merari and Elad, *International Dimension of Palestinian Terrorism*, 35。

② Secret annex to cabinet decision following the Munich attack, Michael Arnon to Defense Minister, September 11, 1972（作者的资料，从"保罗"处获得）。巴勒斯坦人声称在这些袭击中包括妇女儿童在内的 200 名平民被杀。以色列对此予以否认。Fogelman, *Haaretz Weekly Magazine*, August 21, 2012。

③ Security Cabinet meeting, September 6, 1972, 5（作者的资料，从"保罗"处获得）。

们。我们要把他们从猎人变成猎物。”① 梅纳赫姆·贝京提议轰炸利比亚。

梅厄之前因其指挥下的情报组织未能发现并阻止慕尼黑惨案而受到严厉批评，② 还曾担心失去连任的机会，现在她终于醒悟过来了。梅厄和她的内阁决定，如果欧洲人在他们自己的国土上都不能尽力阻止恐怖分子，那么摩萨德将径自采取行动。9 月 11 日，内阁授权总理批准哪怕是在友好国家对目标下手也无需通知当地政府。梅厄 9 月 12 日告诉以色列议会：“不管报不报复，反正他们在哪里搞阴谋，在哪里准备杀害以色列的犹太人乃至任何地方的犹太人，我们都将不遗余力地收拾他们。”

哈拉里是对的：梅厄改变心意了。“刺刀” 即将出鞘。

---

① 1972 年 11 月 3 日以色列议会外交与安全委员会会议，会议记录编号 243（作者的资料，从“保罗” 处获得）。

② 同上。

十
“我对自己杀掉的任何人都没有疑虑”

“美丽的莎拉离开房子，正向她家走去。”①

这是1972年10月的一天晚上，“刺刀”小队在罗马的无线电波中传送的信息。“好的，行动。准备战斗。”迈克·哈拉里从他的指挥所下令。

“美丽的莎拉”并不是个女人，而是一个身材瘦高、戴眼镜的男人的代号，他有一头油亮浓密的黑发，一张表情丰富的脸。他的真名叫瓦埃勒·泽维特尔，是个巴勒斯坦人，在利比亚驻罗马大使馆兼职做翻译。泽维特尔就快完成阿拉伯语版《一千零一夜》译成意大利语版的工作了，那天晚上他去他朋友、澳大利亚画家珍妮特·文恩-布朗的家里，一起讨论了他在翻译这本书里妙趣横生的描述时的一些细节问题。②在门口，女主人给了泽维特尔一条为他烤的面包。他把面包放进了他装手稿的信封里。

离开后，他径直前往位于汉尼拔广场4号的公寓。他坐了两趟公交车，从第二辆公交车下来后，他走进一家酒吧，一路上手里拿着装着他译作最后几章的那个白色信封。

“刺刀”的一个监视小组一直盯着泽维特尔。摩萨德认为他不仅仅是个翻译——这不过是个幌子，他实际上是“黑九月”在罗马的行动指挥官。意大利是一个在反恐力量方面特别弱的国家，罗马当时已经成了巴勒斯坦的欧洲恐怖活动中心。摩萨德认为泽维特尔负责走私人员和武器，并负责选择目标。

摩萨德还怀疑泽维特尔策划了9月企图在从罗马出发的一架以色列航空公司班机上放置炸弹的一次活动。③意大利当局也有自己的怀疑：8月，警察曾因其涉嫌参与“黑九月”对多家和以色列有贸易往来的石油公司的袭击而短暂拘留过他。

泽维特尔离开咖啡馆往家走。监视小组用无线电通知了他们的两名同事，确认目标正在靠近。泽维特尔走进了他那幢公寓楼的灯光昏暗的大厅，按下了电梯的按钮。他根本没看见躲在楼梯下面暗处的两个刺客，等发现为时已晚。他们拔出枪管上装有消音器的贝雷塔手枪，对着泽维特尔连开11枪。子弹的力道使他往后倒去，栽进一排盆栽里，然后倒在地上，手里还握着他的《一千零一夜》手稿。他就那么死在了地上。

不出几小时，所有17名“刺刀”特工全部逃离了意大利，踏上返回以色列的路。他们当中没人被抓到。④ 行动完全按计划进行。

---

① 2015年11月对“布莱克”的采访。一些细节上的相似描述可参见：Klein, *Striking Back*, 117－18。

② 珍妮特·文恩–布朗传记作者彼得·曼宁2015年10月20日写给作者的信。2015年12月24日对彼得·曼宁的采访。

③ 尽管这次行动被挫败（伪装成录音机被带上飞机的诡雷在半空爆炸，但飞行员设法安全着陆），而且说服两名欧洲游客将录音机带上飞机的两名巴勒斯坦恐怖分子被抓获后受审，但是总理果尔达·梅厄断定意大利人会迫于压力释放他们。“意大利人正坐在那里发抖。”她说。不久之后，事实证明她是对的，因为意大利政府在巴解组织施压下释放了他们。Protocol of cabinet meeting, November 5, 1972（作者的资料，从“保罗”处获得）。

④ 自成立以来，摩萨德引起了全世界的极大兴趣，激起了一种对其冒险故事似乎永不满足的渴望。那些据称提供了该组织内部视角的电影、书籍和电视剧经常会在畅销榜上名列前茅。其中一个故事似乎尤其魅力持久，即20世纪70年代初，果尔达·梅厄下令对欧洲的巴勒斯坦恐怖分子实行定点清除的事。对这个故事最著名的演绎，也许当属史蒂文·斯皮尔伯格2005年的电影《慕尼黑》（*Munich*），由艾瑞克·巴纳和丹尼尔·克雷格主演，该片获得5项奥斯卡奖提名。该片——以及对这类行动的绝大多数描述——与现实之间的关联微乎其微，因为它们都缺乏参考资料和脚注［除了阿隆·克莱恩在《反击》（*Striking Back*）中的精彩讲述］。电影是根据乔治·乔纳斯的一本书改编的，据报道，是基于一个据称名叫尤瓦尔·阿维夫的该组织头号杀手的讲述而写。阿维夫作为前摩萨德特工的资格一直备受怀疑。据所有实际参与行动以及对克莱恩的书和本书谈及过这（转下页）

泽维特尔只是一长串即将死去的武装分子和巴解组织人员中的第一个。

果尔达·梅厄对欧洲友邦的态度变化得既快又猛。她出生于基辅，在密尔沃基长大，对世界的看法很直接，有时甚至很教条：事情非黑即白，非好即坏。在梅厄心中，巴勒斯坦恐怖分子的行动和二战的暴行之间有着直接的联系，她对《纽约时报》的出版人老阿瑟·苏兹贝格说："那些起先伤害犹太人的人之后还会伤害其他人；希特勒是这样，阿拉伯恐怖分子也是这样。"①

她会爽快地宣称自己对军事和情报知之甚少，在这些方面她靠的是国防部长摩西·达扬、内阁大臣伊斯雷尔·加利利和摩萨德局长茨维·扎米尔；但在慕尼黑惨案以后，她很清楚，以色列不能依靠其他国家来保护其公民。以色列现在不再尊重任何国家的主权，而是无论何时何地只要他们得出结论认为有必要杀人就动手。

这一政策变化对"凯撒利亚"的行动产生了重大影响。② 在慕尼黑惨案之前，梅厄将暗杀行动仅限于目标国家，即那些官方敌视以色列的国家，比如叙利亚和黎巴嫩。但由于环境险恶，"凯撒利亚"特工很难在这些国家除掉任何人。使用手枪或狙击步枪——都是要求近距离接近目标的方法——必定会引起当局的迅速注意，即使凶手干净利落地逃离现场，在他们出境前，高调谋杀引发的严格边境管制很可

(接上页)次行动的人说，此人就连在各种出版物中给出的行动代号——"上帝的怒火"——都是不正确的。1995 年 12 月、2005 年 11 月 6 日对尤瓦尔·阿维夫的采访。2005 年 11 月 7 日，阿维夫就他与斯皮尔伯格和"梦工厂"的联系写给作者的信。尤瓦尔·阿维夫的大部分材料都在下文中有所讨论，见 Ronen Bergman, "Living in a Movie," *Yedioth Ahronoth*, December 2, 2005。斯皮尔伯格回应说，他的电影是根据可公开获得的最佳信息制作的。Ofer Shelah, "Saving Munich," *Yedioth Ahronoth*, February, 2006。更多详情见：Chris Thompson, "Secret Agent Schmuck," *Villge Voice*, October 16, 2007。

① *Yedioth Ahronoth*, March 6, 1973.

② 2014 年 3 月 10 日对哈拉里的采访，2014 年 10 月 6 日对克莱恩的采访，2005 年 10 月对"库尔茨"的采访，2015 年 11 月对"布莱克"的采访。

能就到位了。一名在目标国家被捕的以色列刺客很可能会死，而且必然是在遭受酷刑之后。远距离射杀可能会更安全，但此类方法不那么有效，容易受到许多变数的影响，而且极可能殃及无辜。

在所谓的基地国家——与之交好的国家，包括西欧所有国家——执行任务会方便得多。被抓到的刺客顶多是坐牢。此外，负责与国外情报机构联络的摩萨德“天谴行动队”（Tevel）已经与欧洲的许多情报机构发展出了密切联系的网络，用摩萨德的行话讲就是“软垫”，因为在出现复杂状况时它们能提供当地联络人以帮忙解决问题——有时候也是卖个人情，以图将来回报。最重要的一点是，在欧洲杀掉一个人并全身而退要容易得多。①

有很多人要除掉。第一份名单上有 11 个名字：参与慕尼黑惨案的恐怖分子。很快就明朗了，他们都躲在阿拉伯国家或东欧，很难找到。然而，与此同时，关于其他没那么重要但居住在欧洲的目标的大量情报开始汇集起来。在慕尼黑惨案之后，任何被摩萨德怀疑与“黑九月”有牵连的人——确切地说是任何被怀疑属于巴解组织的人——都成为合法的目标。② 这就形成了一份长长的目标名单。

“我们想搅浑这摊水，”一位“凯撒利亚”特工说，“真正的刺杀，是近距离的，会引起恐惧，令人颤抖；即使以色列否认与之有关，也会很明显是以色列人的手指扣动了扳机。”③

那根手指应该属于“刺刀”。1972 年 9 月中旬，茨维·扎米尔出

---

① 2012 年 5 月对“萨尔瓦多”的采访。

② 摩萨德局长扎米尔后来声称，暗杀不是为了复仇，而是为了防止未来的恐怖袭击。然而，这与扎米尔下属所说的话很难相一致。他们大多明确表示，他们展开暗杀行动时心里想的就是复仇。其中一人冷冷地说：“必须说清楚，任何杀害犹太人的人都会成为合法的目标。”接替扎米尔担任摩萨德局长的纳胡姆·阿德莫尼和梅厄·达甘表示，复仇是 20 世纪 70 年代暗杀的动机之一。2015 年 6 月对“布莱克”的采访，2011 年 5 月 29 日对纳胡姆·阿德莫尼的采访，2013 年 5 月 29 日对达甘的采访。对茨维·扎米尔的采访，见 Yossi Melman, “Golda Gave No Order,” *Haaretz*, February 17, 2006。

③ 2015 年 11 月对“布莱克”的采访，2014 年 4 月 11 日对哈拉里的采访。

现在“刺刀”的训练中心。“以色列不会坐以待毙，”他告诉特工们，“我们要找到做这事的人。你们将是情报局伸出去的手。”

一个代号“库尔茨”的“凯撒利亚”特工说：“这些话，激起了我们的自豪感。”① 在慕尼黑惨案发生不到一年的时间里，14 名巴勒斯坦武装分子将会死去。

暗杀小组的组长兼部分行动的指挥官是尼希米·梅里，② 他是大屠杀的幸存者，出生在波兰南部第比林村的一个传统犹太家庭。当盖世太保围捕他们村里的犹太人并把他们赶进附近的森林时，他才 12 岁。③ 犹太人被命令挖了一个坑，然后被迫沿着坑边一字排开。接着，机关枪一通扫射。尼希米已经是个足智多谋的壮小子，就在开火命令前一秒他跳进了坑里。德国人没注意到，他静静地躺在亲人和邻居的尸体旁，直到杀戮结束。德国人走后，他才从万人坑里爬出来，全身是血。

后来在战争中，当梅里被俘，被迫在一个简易机场上干苦力时，他救了一名纳粹德国空军军官，后者驾驶的梅塞施米特式战斗机坠毁在跑道上。梅里爬进起火的飞机，救出了昏迷的飞行员，从而为自己赢得了多年的庇护。战后，他乘坐著名的非法移民船“出埃及号”移民至巴勒斯坦。他参加了 1948 年的独立战争，被俘了，在一名约旦士兵开始对战俘大开杀戒后又一次奇迹般地活了下来。

后来，他加入了辛贝特，当了本-古里安的卫兵。他的同事和上级注意到他头脑冷静，对干掉任何伤害犹太人的人并没有道德上的

---

① 2005 年 10 月对“库尔茨”的采访。

② 关于梅里是像他本人和一些摩萨德消息人士所称的那样被正式任命为“刺刀”负责人，或者更确切地说，是像哈拉里所称的那样被任命为该队某些行动的外勤指挥官，存在着矛盾的说法。多年来，两人之间出现了某种分歧与摩擦。2017 年 6 月对“沙乌尔”的采访，2012 年 6 月 12 日对尼希米·梅里的采访，2014 年 3 月 10 日对哈拉里的采访。

③ 2012 年 6 月 12 日对尼希米·梅里的采访，2009 年 6 月 21 日对哈贝尔的采访。尼希米·梅里与记者埃坦·哈贝尔的谈话录音（作者的资料，摩西·梅里发来）。

疑虑。

“尼希米过去常常在早上起床时嘴里咬着一把刀。”① 他的一名队友回忆。

梅里是摩萨德-辛贝特联合行动队“鸟之队”的成员。他参加了绑架亚历山大·伊斯雷尔的行动，此人是个企图出卖以色列机密的骗子；也参加了暗杀和恐吓给纳赛尔造导弹的纳粹科学家的行动。后来，他被调到“凯撒利亚”，并被分配到建立“刺刀”的团队。以色列最著名的记者之一、当过伊扎克·拉宾高级助手的埃坦·哈贝尔说，他曾责备扎米尔将梅里安排进“刺刀”。哈贝尔说这么做不道德，因为这是“利用大屠杀的恐惧来制造杀人机器”。②

但梅里本人并不介意加入“刺刀”，他对自己在该队服役期间所做的事没有一丝一毫的内疚。多年来，了解其秘密生活的人问过他，那些被他杀死的人的样子是否会不断浮现出来让他心神不宁，是否做过跟他们有关的恶梦。“我晚上会梦到我的家人，”梅里这样回答，“我梦到那里的杀人谷，就在波兰的第比林村附近；我梦到在死亡集中营里’挨饿的、病恹恹的囚犯’。这才是困扰我的事。我对自己杀掉的任何人都没有疑虑。他们活该胸口挨一颗子弹，脑袋挨两颗，每个人都活该。”③

梅里是在罗马射杀泽维特尔的人之一。④ 两周后，下一个目标定了：马赫穆德·哈姆沙里，据传是“黑九月”的二号人物。

摩萨德指责他密谋利用国际航空邮件在从欧洲到以色列的飞机上安放气压炸弹。1970 年 2 月，从法兰克福飞维也纳的飞机刚刚升空没多久，一枚这样的炸弹爆炸了，但飞行员成功迫降。瑞士航空公司

---

① 2017 年 6 月对“沙乌尔”的采访。

② 2009 年 6 月 21 日对哈贝尔的采访。

③ 2012 年 6 月对尼希米·梅里的采访。

④ 1980 年哈拉里辞去“凯撒利亚”负责人的职务时，该单位送给他一份特别的离别礼物——梅里处死泽维特尔时所用的贝雷塔手枪，被镶嵌在一个镶框牌匾里，是他手下的特工送的。哈拉里将其陈列在客厅一个显眼的架子上。

的330航班从苏黎世飞往香港，经停特拉维夫，其飞行员在货舱发生炸弹爆炸后试图迫降，但不幸坠毁在森林，机上47名乘客和机组人员全部遇难。摩萨德还认为哈姆沙里与1969年5月本-古里安在访问丹麦期间差点遇刺有关，并怀疑他在巴黎的公寓就是“黑九月”的武器库。

在巴黎监视哈姆沙里的“刺刀”特工发现，他大部分时间都和妻子及幼女待在家里，其余时间会见各种各样的人，大多是在热闹的公共场所。

他身边围绕着那么多无辜之人，这真是个难题，梅厄对此非常敏感。她邀请哈拉里到家里做客，并给他泡了一杯茶。① 她说：“迈克，一定要确保别让任何法国公民掉一根头发。一根头发都别伤到。你懂我的意思吗?”

尽管梅厄刚刚萌生了在欧洲杀人的意愿，但她仍然明白某些规矩还是得遵守的。她也一直对独自承担置人于死地的责任感到不安。每当扎米尔要她签署“红色文件”——因暗杀令打印在红色纸张上而得名——时，她都要召集一组经过挑选的内阁大臣与她一起商议，其中包括宗教事务部长泽拉克·瓦哈夫提格（Zerach Warhaftig），他会给每次行动都盖上一个从宗教角度批准的印章。②

因此，刺杀哈姆沙里就得等他一个人在公寓里的时候进行。梅里和罗米制订了行动计划，要求加派一个单位——这有违“凯撒利亚”

---

① 2014年3月10日对哈拉里的采访。

② 11月29日，“黑九月”劫持了一架从贝鲁特飞往法兰克福的汉莎航空公司飞机，暗杀哈姆沙里的最后一试被提前了。德国人立即释放了仍在监狱服刑的3名慕尼黑惨案的恐怖分子；他们乘飞机到利比亚，在那里受到了盛大的欢迎。这起劫机事件的种种情况，令人们怀疑与德国人的协调为释放杀害运动员的凶手提供了借口。以色列国内的愤怒情绪高涨，部长们对德国政府发言人的声明大为恼怒，这名发言人说：“不是德国造成了中东冲突。”宗教事务部长瓦哈夫提格声明：“600万犹太人被杀害，确实对中东冲突产生了影响。”在那次内阁会议后，瓦哈夫提格去找梅厄，并敦促她批准对更多的暗杀目标采取行动。2014年1月对“托博伦”的采访。“Germany's Secret Contacts with Palestinian Terrorists,” *Der Spiegel*, August 28, 2012。

的惯例，多数时候它是作为摩萨德内部一个独立单位运作的。

12月3日，“彩虹”（Keshet，“巨人”的新名称，它负责秘密渗透）的一队人马闯入了哈姆沙里的公寓拍了几十张照片，特别是他的工作区域。[①] 随后，这些照片被航运回以色列，由摩萨德技术部门的雅科夫·里哈维（Yaakov Rehavi）进行研究。他注意到电话机放在大理石底座上，于是和他的员工做了一个一模一样的底座，里面填满了炸药。

12月7日，一个自称卡尔的意大利记者（实际上是尼希米·梅里）给哈姆沙里打电话，约好第二天在他家附近的一家咖啡馆进行采访。采访进行时，“彩虹”小队再次闯进他家换掉了电话底座。哈姆沙里回到家，没过多久，电话铃就响了。“是哈姆沙里博士吗?”一个声音问道。得到肯定的答复后，有人按下了遥控引爆器上的按钮，大理石底座爆炸了。据参与了这次行动的“库尔茨”说，哈姆沙里几乎被大理石碎片“削成了两半”。[②] 几周后，哈姆沙里死在了巴黎的一家医院里。

摩萨德和“阿曼”的人在协调定点清除之事时花了大量的时间和心思来考虑每个任务的道德问题。这样的行动应被视为道德的，至少在杀手自己眼中应是如此，这一点很重要。甚至在40年后，哈拉里和他的特工还能描述他们对目标和手段的那种深刻信念。哈拉里对我说：“在‘凯撒利亚’没有天生的杀手。他们都是像你我一样的普通人。倘若他们没来‘凯撒利亚’，你就不会发现他们是见不得光的

---

① 在还没有微型通讯设备的年代，为了在不出声的情况下警告外部来的危险，该单位的指挥官茨维·马尔钦设计了一个可以挂在皮带上的小盒子，当无线电信号以某个波长上发出时这个小盒子会振动。实际上，这可能是第一个寻呼机。

② 在哈姆沙里被杀的第二天，有人打匿名电话给安基·斯皮策，她是慕尼黑遇难者之一、击剑教练安德烈·斯皮策的遗孀。“10点听新闻，”打电话的人说，“是给安德烈的。”2012年2月22日对安基·斯皮策的采访。Klein, *Striking Back,* 129－33。

雇佣杀手。我的‘凯撒利亚’战士正在肩负国家的使命。他们知道有的人必须死，因为他杀害过犹太人，如果他继续活着，就会杀害更多的犹太人，因此，他们这样做是出于信念。他们当中没有人对该不该做这事有任何怀疑，甚至没有丝毫的犹豫。”①

摩萨德局长扎米尔也知道梅厄的支持对他的战士来说很重要。②他也知道总理是怎么想的，所以他每次见她总是带着一两个“刺刀”特工同去。其中一人会告诉她，知道他们的指挥官梅厄是“一个有道德价值观、有良好判断力的人”是多么重要。他继续说，因为这样，杀手“对他们所做的一切感到更加自在，即使有时候或曾经有过疑问”。

梅厄心花怒放。在与“凯撒利亚”战士再次会面后，她说：“我面朝他们坐着，对他们的勇气、沉着、执行能力和知识充满了惊叹。他们身处虎穴。……千言万语都说不尽我们有这样的团队是多么幸运。”③

尽管彼此欣赏，也对其行动的合乎道德有着共同的信念，但实际上，对于慕尼黑惨案后的许多定点清除行动背后的动机以及是否选择了合适的目标，还存在很多疑问。

“我们在那一时期杀了一些阿拉伯人，我们不知道为什么要杀他们，他们至今也不知道自己为什么会死，”一位“凯撒利亚”军官说，“泽维特尔与运动员被害毫无关系，或许只不过因为他们的飞机在飞往慕尼黑的途中从罗马上空飞过。”④

一位时隔多年后查阅泽维特尔档案的摩萨德高官承认“那是个

---

① 2014 年 3 月 10 日对哈拉里的采访。

② From accounts given by Director Zvi Zamir to the Mossad's history department, quoted in Zamir, *With Open Eyes*, 76 – 80.

③ Knesset Committee on Foreign Affairs and Security, protocol of session on November 3, 1972（作者的资料，从“保罗”处获得）。

④ 2015 年 6 月对“布莱克”的采访。

可怕的错误”。[1] 事实上，巴勒斯坦人长期以来一直坚称泽维特尔是个厌恶暴力的温和的知识分子。[2]（当然，那个时期，“刺刀”的几乎每个暗杀目标都有类似的主张。）

但对有些人而言，那并不重要。[3] “假设他［泽维特尔］只是巴解组织驻罗马的代表，对这一点没有异议，”一位负责为摩萨德确定袭击目标的“阿曼”军官说，“我们视那个组织为一体，我们从不接受处理政治事务的人与负责恐怖活动的人之间有区别的说法。法塔赫是一个正在谋杀犹太人的恐怖组织。任何属于此类组织的人都要知道他自己是正当的暗杀对象。”

实际上，事后很难回溯确定泽维特尔被杀究竟是个错误，还是以色列情报界的许多门徒曾经用过且今天仍然在用的方法的一部分：恐怖组织的每个成员都是合法的暗杀对象，哪怕其职能与恐怖主义行径并无直接关联。

这一方法所固有的问题，在于它允许摩萨德除掉它能除掉的人，而不一定是该机构认为它该除掉的人。[4] 尽管摩萨德认为定点清除行动是成功的，但到 1973 年初，显而易见：它并未伤及巴解组织的高层。[5] 这

---

① 2011 年 5 月 22 日对“伊夫塔克”的采访。

② 1993 年，BBC 对梅厄的反恐顾问亚哈伦·亚里夫进行了令人惊讶的采访，为巴勒斯坦人的主张提供了一些额外的支撑。亚里夫首次承认摩萨德是暗杀行动的幕后黑手，并反驳了摩萨德关于泽维特尔的说法：“他与恐怖活动有某种关联，但不是在执行任务层面。”类似的疑问阿隆·克莱恩的书中也提到了，参见 *Striking Back*, 119。

③ 2011 年 4 月对“精选”的采访。

④ 显然，在摩萨德于欧洲开展暗杀行动的最初几个月里，巴勒斯坦人仍表现得若无其事，继续加速推进在欧洲和其他地方的恐怖活动。他们策划了对以色列航空公司办事处的袭击，邮寄炸弹包裹，伏击以色列代表，而且在他们最猖狂的时候，竟攻入以色列驻曼谷大使馆并扣押了那里的工作人员。Merari and Elad, *International Dimension of Palestinian Terrorism*, 17（Hebrew）。

⑤ 法塔赫也对摩萨德进行了反击，1973 年 1 月成功地策反了“连接点”正在用的两名巴勒斯坦特工。其中一人在与其上线扎多克·奥菲（Tzadok Ofir）会面时拔出手枪，开枪打伤了他；另一人在马德里的一次会面中杀死了他的摩萨德专案员巴鲁克·科恩（Baruch Cohen）。在以色列，这些事件只能证明必须加强暗杀行动。1999 年 2 月 4 日对吉迪恩·埃兹拉（Gideon Ezra）的采访，2012 年 5 月 9 日对萨顿的采访，2015 年 5 月 18 日对艾尔弗的采访。Klein, *Striking Back*, 142－47。

些目标躲在贝鲁特。那是以色列不得不出击的地方。而那将是一个困难得多的任务。

……

1972年10月9日，一条加密情报传到了负责与中东地区的以色列特工通信的“阿曼”基地。它位于面朝大海的山脊之上，四周沙丘环绕，是以色列最美的景观之一。数百名士兵受雇于此负责接收、破译、编码及传输绝密文件。

那天晚上的情报是这样写的：“模特（Model）要求紧急会面。”

“模特”是克洛维斯·弗朗西斯的代号，他是“阿曼”和摩萨德在黎巴嫩安插的最有价值的特工之一。弗朗西斯是一位衣冠楚楚的黎巴嫩人，出生在一个富有的、人脉广的基督教家庭，数十年来一直在忠心地为以色列效力。从20世纪40年代起，他一直在用信鸽发送加密情报。多年来，他利用安装在车门上的摄像头给以色列情报机构提供了约10万张照片，上面记录了这个国家的每个角落。他定期坐潜艇或海军舰艇造访以色列，向情报局高官汇报工作。但他从不要钱。他说自己做间谍是因为“我相信黎巴嫩和以色列之间的联盟，后来是因为我认为巴勒斯坦人在黎巴嫩的活动对我的国家构成了很大的危险”。

在他的会面请求发出3天后，一条橡皮艇趁着漆黑的夜色划到了黎巴嫩南部提尔附近的一个海滩。① “模特”爬了上去，被送到一艘将开往海法的导弹艇。504部队的高级军官在那里等着听他要说些什么。“模特”没让他们失望。他带来了4名巴解组织高官在贝鲁特的家庭住址：穆罕默德·优素福·纳贾尔，巴解组织情报机构负责人，慕尼黑惨案就是他参与策划并批准实施的；卡迈勒·阿德万，负责法塔赫在以色列、约旦河西岸和加沙地带的秘密行动；卡迈勒·纳赛尔，巴解组织发言人；阿布·吉哈德，阿拉法特的副手。前三人住得

① 2005年2月对弗朗西斯的采访。

很近，都在凡尔登大街的两栋高层公寓里。

情报上报给了“凯撒利亚”的情报主管罗米，他在特拉维夫开普兰大街2号的“凯撒利亚”总部召开了一系列会议。除了巴解组织人员的住址情报，还收集了大量关于巴解组织在黎巴嫩的其他目标——武器工场、指挥所和办事处——的高级情报。哈拉里说他相信“是该来一次［定点清除］行动了”，但情报里仍然有太多缺口导致他无法继续推进。哈拉里说：“这是我的规矩，没有情报就没有行动。就是这样。”

为了填补这些情报缺口，“凯撒利亚”决定派一名女特工到贝鲁特。

耶尔（只有她的名字可以公开）1936年出生在加拿大，在新泽西州的一个犹太家庭长大，与以色列没有一丝关系。后来，她对这个年轻的国家萌生了一种情感，认定“真正的锡安主义意味着移民到以色列并放弃美国的舒适生活”。那时候正值六日战争前夕，“以色列唤起了我对弱者的同情。从孩提时期起，我就被那些处于弱势、备受歧视的人所吸引”。她移民之后找的第一份工作是计算机程序员，后来被摩萨德人事部招进了“凯撒利亚”，接受漫长而艰辛的培训。没过多久，她就因才华非凡、头脑冷静而广为人知，她把恬静的魅力和迷人的外表当作强大的武器。哈拉里派耶尔去贝鲁特时对她说：“像你这样有女人味、精致、美丽的女人，谁会怀疑呢?”

耶尔——在摩萨德的代号是“尼尔森”——和她的上线为她编了个假身份，[①] 说她是电视剧编剧，为了写一部关于海斯特·斯坦霍普夫人（Hester Stanhope）的电视连续剧来到黎巴嫩，斯坦霍普夫人是位英国贵妇，她无视19世纪的保守限制，成为开风气先河的政治和社会活动家。斯坦霍普四处游历，在黎巴嫩和叙利亚度过了一生的

---

① 沙布泰·特维特（Shabtai Tevet）给耶尔进行了作家生活与工作方面的短暂培训，他是《国土报》的高级记者、本-古里安的传记作者和哈拉里的朋友。

最后几年。

耶尔于1973年1月14日抵达黎巴嫩。她在布里斯托酒店登记入住，几天后，她在那3个目标居住的两幢楼正对面的一幢豪华大楼里租了套公寓。她很快在贝鲁特结识了一些当地人和外国人，他们同意协助她为斯坦霍普夫人的连续剧做些研究工作。耶尔的假身份使她能够自由活动，并为她在黎巴嫩的任何地方旅行提供了正当的借口。

她开始在可能作为着陆区的地方和目标建筑周围活动，随身带着一个装有相机的手提包，只需按下包外面的按钮就能拍摄。① "每个细节都很重要，"耶尔后来在日记中写道，"记下3间公寓里白天和晚上的常规活动，灯什么时候亮、什么时候灭，什么时候透过窗户能看到谁，他们的车的细节，谁来拜访过他们，这个地方是否有守卫，等等。"②

有了耶尔侦察到的大量情报，摩萨德现在知道要对谁下手，在哪里下手，但仍然存在巨大的障碍。巴解组织高层的住所位于贝鲁特人口稠密的街区，所以不能用炸药——杀死无辜平民的可能性高得让人无法接受。对这些人只能近距离下手。然而，问题是黎巴嫩是一个目标国家，与以色列为敌，杀手一旦被俘肯定会受酷刑并难逃一死。这就意味着已经部署在贝鲁特的"凯撒利亚"战士所受的不是格斗训练而是长期的潜伏监视训练。而能够精准杀人的"刺刀"战士，却缺乏令人信服的假身份，无法进入目标国家并在那里停留足够长的时间来完成任务。就算他们干了，在清除多达7个巴解组织目标——3个人和4处军事设施——之后快速逃离该国也几乎是不可能的。

罗米和哈拉里得出了一个无法回避的结论："凯撒利亚"无法独立完成这样的任务。③ 只有以色列国防军拥有成功突袭所需的部队和

---

① "凯撒利亚"在"青春之泉行动"之前搜集到的情报文件，包括耶尔在贝鲁特时拍摄的照片，都存在作者的资料里（从"古斯塔夫"处获得）。

② Mass, *Yael, the Mossad Warrior in Beirut*, 66 (Hebrew).

③ 2014年3月23日对哈拉里的采访。Klein, *Striking Back*, 157 – 61。

资源。这是个全新的提议——此前，摩萨德和以色列国防军从未在地面攻击行动中有过合作。这也带来了特殊的风险。以色列通常拒不承认摩萨德应对袭击负责，但一旦一支大型军队开始杀人，即使士兵不穿军装，以色列也不可能声称没有参与了。

以色列国防军的最初方案简直一团糟，又笨拙又耗时，需要派100人冲进两幢大楼把居民赶到大街上。那场面俨然是警察在排查目标，稍后再干掉他们。

以色列国防军参谋长大卫·埃拉扎尔中将对这个计划表示严重怀疑。他询问以色列总参侦察营的指挥官埃胡德·巴拉克有没有新想法。

以色列总参侦察营成立于20世纪50年代后期，① 其目的是打造一支能秘密渗透敌方领土的精英部队，其章程上写着它“将接受训练以执行作战任务、破坏和［情报］收集”。直到20世纪70年代，该部队主要专门渗透进敌后，为的是安装精良的监听和监视设备。② 它曾经而且现在仍被认为是以色列国防军最精锐的单位，一直吸纳新兵中的尖子，然后他们会接受为期20个月的培训课程，据传这是世界上最艰难的训练。

埃胡德·巴拉克是在以色列总参侦察营成长起来的第一位军官，1971年升任指挥官。巴拉克出生于基布兹，身材矮小，但体格健硕，意志坚定，体现了这支队伍所需的所有特殊素质。他还是个老练的政治家，懂得如何与上级打交道，他雄心勃勃，但始终保持镇定。从接过指挥棒的那一刻起，巴拉克就推动总参侦察营成为以色列国防军行

---

① Dar to CoS, Chief of AMAN and Commander of Unit 131, “Setting the Ground of the Establishment of Undercover Mista'ravim Unit,” October 2, 1955（作者的资料，从阿夫拉罕·达尔处获得）。

② 监听设备可以长时间运转，得益于犹太裔美国科学家扎尔曼·夏皮罗提供的核电池，他是宾夕法尼亚NUMAC公司的所有者。2005年6月6日对阿米特的采访，2017年7月16日对艾米拉姆·莱文的采访。Ronen Bergman, “The Nucleaar Batteries and the Secret Listening Devices,” *Yedioth Ahronoth*, June 6, 2017。

动中更重要的角色，而不仅仅是在敌后收集情报。[1]

所以，当埃拉扎尔请巴拉克协助策划贝鲁特的暗杀计划时，“巴拉克的脸上露出一抹满意的神情，就像主厨开始烹制一道不同寻常的菜肴一样”,[2] 其手下一名军官说。巴拉克查阅了原始情报，贝鲁特地图上的标绘点，以及先前那个 100 人的计划。“长官，这没用，”巴拉克对埃拉扎尔说，“像这种规模的军队进入贝鲁特，可能要在那里待很长时间，等到百人的庞大阵容完事，就会引发交火。可能会有很多致命的伤亡，我们这边和他们那边都会有。还有平民。”

埃拉扎尔问他：“你会怎么做?”

巴拉克回答：“一旦确定 3 个目标在家，我们会派非常小的一队人进城，不超过 15 人，去公寓，闯进去，向他们开火，然后撤离。几分钟就搞定了。只要计划得当，手段合适，训练到位，我们就可以在敌人增援赶到现场之前来去。等他们明白发生了什么，我们都走了。最重要的是：要保持出其不意。”

埃拉扎尔微微一笑，批准了巴拉克的计划。[3]

几天后，“青春之泉行动”（Operation Spring of Youth）——贝鲁

---

① 巴拉克积极推动以融入以色列国防军的行动是正确的。随着时间的推移，以色列总参侦察营成为卓越、决心与创新的同义词。该部队的老兵继续在军中担任要职，退役后成为以色列精英群体的一部分。埃胡德·巴拉克后来担任总参谋长一职，继而进军政坛，成为国防部长和总理。乌兹·达扬成为副参谋长，作为文官他还领导着国家安全委员会。丹尼·亚托姆当上了摩萨德局长。沙乌勒·莫法兹成为参谋长和国防部长。摩西·亚阿隆成为参谋长、国防部长、本杰明·内塔尼亚胡的副总理，内塔尼亚胡本人也是以色列总参侦察营的老兵。2012 年底，《新消息报》编写的一份报告显示，以色列经济、社会、安全和政治权力中心的相当一部分由以色列总参侦察营的前士兵掌握，这支队伍的规模不超过一个营。

② Bester, *Secret Solider*, 143 (Hebrew).

③ 2011 年 6 月 5 日对阿莫隆·比伦的采访，2013 年 11 月 24 日对巴拉克的采访。

特突袭——计划绘制完毕。[①] 海军第 13 突击队（Flotilla 13）将把突击队员送上海滩，“凯撒利亚”特工会坐在租来的车里等在那儿。

摩萨德小队随后会把人马带到凡尔登大街，他们将突袭那里的法塔赫领导人的公寓，干掉目标之后便溜回海滩，逃往以色列。与此同时，其他突击队会袭击黎巴嫩的另外 4 个目标。

显然在这次行动之后很难再开展一次这样的行动了，所以，以色列人希望尽可能多地清除一些目标。巴拉克曾说，他感觉埃拉扎尔对以色列总参侦察营能否成功清除 3 名巴解组织高官并不是很有信心，他希望“增加目标以分散［失败的］风险”。

这是一场复杂的演习，涉及不同单位的协调与整合，所以埃拉扎尔亲自监督了一些训练环节。[②] 他担心这么一群人半夜在贝鲁特市中心走动可能会引起怀疑，建议其中一些人男扮女装。“这样你们也可以藏匿更多的武器。”埃拉扎尔笑着说。

以色列总参侦察营的一些人不喜欢他们的指挥官让他们参与超出情报收集范围的行动。突袭前爆发了一场内部争论。阿米塔伊·纳赫马尼和阿米特·本·霍伦是巴拉克手下的两名军官，都是左翼青年运动（Hashomer Hatzair）的基布兹成员，他俩争辩说，这支部队设立的初衷不是作为敢死队，他们无意变成暗杀者。巴拉克试图说服他们，但他们要求见更高级别的官员。巴拉克安排了一次与参谋长埃拉扎尔的会面，后者向这二人讲述了反恐战争的重要性以及法塔赫在以色列和境外对犹太人造成的伤亡。他说，“有力而优雅地”回击是他

---

① 这不是以色列国防军第一次对黎巴嫩境内的巴解组织目标采取行动，但以前的规模从没有这么大，以至于需要包括摩萨德在内的联合部队参加。更多有关黎巴嫩境内之前的袭击，如“巴达斯行动”（Operation Bardas），参见 Nadel, *Who Dares Wins*, 198 – 235（Hebrew）。关于“青春之泉行动”的部署，参见 Bester, *Secret Solider*, 109 – 14（Hebrew）. Operations Division, Spring of Youth, April 9, 1973, MODA 580 – 75 – 401. 2013 年 7 月 1 日对巴拉克的采访。

② 登陆和乘车到目的地，是在特拉维夫北面一个新高档社区附近的海滩上演练的，那里有正在建设中的高层公寓的框架，跟目标居住的豪华建筑有些相似。2013 年 5 月 1 日对沙吉德的采访，2012 年 1 月 13 日对巴拉克的采访。

们的责任所在。两位军官接受了解释，被派往先遣队。

巴拉克说，他将这场争论视作“队伍实力的证明。不仅是优秀的职业军人，还是有主见的人、会问问题的人，不仅不满足于只执行命令，还要求了解命令背后的逻辑”。

当以色列总参侦察营和海军第13突击队在练习登陆时，耶尔和“模特”继续收集情报。① 耶尔为登陆选择了一个合适的地点——金沙酒店的私人海滩，因为那里只有酒店客人才能进入，而且离酒店停车场很近。然后，这个身材娇小的女人穿着长裙，戴着墨镜，拎着一个手袋在附近的街道上闲逛，拍了突击队完整路线的照片——海滩，他们开车经过的街道，他们可能不得不炸毁、以防呼叫增援的电话接线盒，凡尔登大街上的建筑以及入口处的礼宾部。

耶尔还收集了有关附近警察局的详细信息：该警察局离公寓大楼只有约600英尺，警察巡逻的情况，以及警察接到呼叫后需要多长时间抵达现场等。

在向参谋部报告部队做好出发准备之前，步兵和伞兵的首席军官兼本次行动的总指挥官伊曼纽尔·沙吉德准将坚持要跟将把他的士兵从海滩送到各处目标并送回来的“凯撒利亚”人员见个面。于是，扎米尔、哈拉里和罗米与“凯撒利亚”团队一起来到以色列总参侦察营的一处训练设施，会见了埃拉扎尔、沙吉德和巴拉克。

对于此次会面，沙吉德的形容是“不亚于一场灾难”。他让“凯撒利亚”的人自我介绍一下，并谈谈各自过去的作战经历。“你上次拿枪并且开火是什么时候？”他问。令他震惊的是，他们中的大多数人从没拿过枪，甚至只有一些人在以色列国防军服过役。那些受过某种军事训练的人，也只是受过最起码的训练，所谓作战技能见都没

---

① 哈拉里决定不告诉耶尔行动的细节和时间安排。“她会在我们不知情的情况下暴露并被迫讲出她知道的一切，这种可能性哪怕微乎其微都会危及我们部队的安全。”他对我说。Mossad, intelligence summary for Operation Spring of Youth, April 6, 1973（作者的资料，从“古斯塔夫”处获得）。2011年6月5日对阿莫隆·比伦的采访。

见过。

沙吉德勃然大怒，转身对扎米尔说："把你的麻雀带出去。"沙吉德告诉哈拉里，他"不准备让这些非作战部队的人参与行动"。①

"如果他们是作战部队，我们根本就不需要以色列国防军了。"哈拉里生气地回答。埃拉扎尔出面调停并接受了扎米尔的保证，即"他们在其奉命采取行动的领域堪称最高级别的战士，有能力让以色列国防军士兵完成自己的职责"。

4月6日，6名"凯撒利亚"特工从欧洲不同的机场飞往贝鲁特，他们持有伪造的德国、比利时和英国护照。他们分别入住金沙酒店，还租了大型美国产轿车，并把车停在酒店停车场。

4月9日下午，以色列国防军部队乘大巴前往位于海法的以色列海军基地。在最后的训话中，沙吉德对他们说："你们别向目标开完枪就走。只有在确保目标不会再站起来之后，你们才能离开公寓。"②

下午4点，在风平浪静的地中海上，8艘以色列导弹艇向北航行。在离贝鲁特12英里的地方，他们关掉了发动机，放下锚。下午5点，一名"凯撒利亚"特工与耶尔在腓尼基酒店会合。她确认3个目标都在家。他们分手后，特工用无线电通知等待的部队："鸟儿在窝里。"

19条橡皮艇从船舷放下来，每条都载满了士兵：21名以色列总参侦察营的人、34名海军突击队员、20名伞兵侦察部队士兵。在外围支援这些精锐的作战部队的还有3 000人。这次定点清除行动，就算不是20世纪规模最大的，也是之一。哈拉里、扎米尔、罗米、埃拉扎尔和国防部长达扬在基里亚-萨罗纳（Kirya-Sarona）的一个地堡中监视这次行动，那里是以色列国防军指挥部所在，位于特拉维夫的

---

① 根据2013年5月14日对沙吉德的采访、2014年3月29日对哈拉里的采访、2011年6月5日对阿莫隆·比伦的采访重建的会面场景。

② 行动指挥官在部队出发前的手写记录中的批注，以及1973年4月4日伊曼纽尔·沙吉德准将做的最后一次作战指示（作者的资料，从"斯塔克"处获得）。

圣殿教社区旧址。与此同时，“阿曼”局长埃里·泽拉（Eli Zeira）也在波尔（希伯来语意为“壕沟”，是地堡的另一种叫法）关注着行动的进展。他知道，尽管几乎整个以色列海军都被动员起来了，但“青春之泉”仍是“一次没有救援可以依靠的行动”。[①]

小艇朝贝鲁特的灯光划去。抵达海滩后，海军第 13 突击队的人把突袭队队员领到了干燥处，这样他们的衣服就不会被打湿，伪装就不会破坏——还得特别留神队伍里浓妆艳抹的男扮女装队员。摩萨德特工和车正在酒店停车场等着。

巴拉克扮成了女人，坐在三辆轿车中一辆的前排上。“出发!”他下令，但车子动也没动。摩萨德特工汗流浃背，浑身颤抖。巴拉克以为他病了或者受了伤，但他只是在害怕。[②]“我从来没去过要交火的地方，”他承认，“我对该区域进行了最后一次侦察。两名手持冲锋枪的宪兵在建筑附近的街上巡逻。”巴拉克和久经沙场的以色列总参侦察营战士穆基·拜瑟尔（Muki Betser）为安抚司机，谎称不会交火。

“出发!”巴拉克又喊了一声，因为担心行动会被取消，他决定不向待在导弹艇上指挥的沙吉德汇报此事。

三辆车开进了贝鲁特的拉姆莱特-贝达（Ramlet al-Bayda）高档社区。在离目标只有两条街的地方，队员们下车开始步行——一男一女（男队员所扮）两两而行。天色已晚，大约晚上 11 点，但街上仍然有一些人。两名持枪警察站在那里，百无聊赖地抽着烟。他们没留心从他们身边经过的一对对男女。

穆基·拜瑟尔搂着巴拉克，俨然一对热恋的情侣。“这让我想起了罗马。”[③] 拜瑟尔对巴拉克低语道。

在其中的一幢楼里，纳贾尔睡着了。在另一幢楼里的公寓里，阿

---

① 2010 年 6 月 29 日对埃里·泽拉的采访。
② 2013 年 11 月 24 日对巴拉克的采访。
③ 2016 年 6 月 10 日对穆基·拜瑟尔的采访。

德万和纳赛尔也正在各自的家里睡觉。一对对男女在两幢楼的入口处分开，大家分头行动——三组人分别对付 3 个目标，另一个包括一名医生的小组在巴拉克的指挥下负责在街上掩护。

他们预计应该待在公寓楼大堂的巴解组织守卫已在各自的车里睡着了，没有遇到阻碍，士兵们开始上楼梯，他们边爬边数台阶，以免误闯别的公寓。每个小组到达目标处后，就找位置，将小型炸弹放在门边，然后每个指挥官在无线话筒上敲三下。巴拉克听到三支小组传来的三下敲击声后，就敲五下回应，意思是“行动”。与此同时，他给沙吉德发信号，表示黎巴嫩各地的其他袭击可以开始了。要想继续出其不意，就得在他们动手前破门而入。

三扇门被三枚小型炸弹炸开了。一名妇女被楼梯上重重的脚步声吵醒，就从猫眼里向外张望，结果因为爆炸连带炸开了她家的门而被炸死。纳贾尔从卧室出来，明白过来发生了什么事，试图把自己关在另一个房间里。拜瑟尔用自动步枪对着房门开火，杀死了他和他的妻子。第二目标卡迈勒·纳赛尔躲进了床底下，开枪打中了一名以色列士兵的腿。突击队员掀翻了床，看见了纳赛尔，用两梭子弹打死了他。

在第三间公寓里，卡迈勒·阿德万拿着上了子弹的 AK－47 走出房门，但显然被眼前出现的一对男女搞得有点摸不着头脑，他迟疑了片刻，结果被以色列人藏在衣服里的乌兹冲锋枪打死了。

与此同时，一名本应保护目标、却在自己的雷诺轿车里睡着了的巴解组织卫兵醒了，拔枪从车里出来。巴拉克和他的高级军官阿米拉姆·列文用带消音器的手枪向他射击，一发子弹打在车上，触发了警报。[1] 噪音惊醒了邻居，邻居报了警。“现实表明总是会有些新的惊喜，”拜瑟尔说，“始料未及的事才是人们最期待的。”[2]

---

① Bester, *Secret Soildier*, 163.

② 2016 年 6 月 10 日对拜瑟尔的采访。

附近警察局的警察火速赶往瓦尔登大街，以色列人还在公寓里翻箱倒柜地找文件。最后，突击队冲下楼，差点落下一个名叫约纳坦·内塔尼亚胡的人，他是本杰明·内塔尼亚胡的哥哥。现在他们得跟贝鲁特警察交火了。列文站在街中央，头上还戴着金色假发，他的乌兹冲锋枪左右摆动，喷射着子弹。巴拉克站在街上向警察开火。拜瑟尔朝一辆警用路虎开枪，掩护列文。一辆载有4名黎巴嫩士兵的吉普车赶到，带着刺耳的刹车声冲进交火现场。以色列人对车子开枪，拜瑟尔朝它扔了一枚手榴弹，炸死了3名乘客，司机受了轻伤。耶尔透过窗户看见他坐在人行道上，抽泣了几个小时才被送进医院。

刺客们拦阻警察，士兵们鱼贯地爬进租来的汽车朝海滩疾驰而去。他们沿途撒下锋利的小钢三角，刺穿了追来的警车轮胎。巴拉克拿起无线电，呼叫海军突击队来接应他们。尽管很混乱，但他仍然保持镇静，把自己从这摊事中抽离出来。他说："我还记得我惊讶地看着街道，我从未走在如此壮观的街道上，我从未见过如此漂亮的公寓楼。这种建筑标准是我们在以色列不常见的。"假发让他觉得很热，所以他打开了车窗，凉风扑面而来，他放松了。一个人朝路边跑去，大喊让车减速。"打死他，穆基。"① 他对拜瑟尔说。

"他是加油站员工，不是警察。"拜瑟尔没有开枪。

第二支突击队是伞兵侦察部队，他们袭击的是贝鲁特另一个社区的一幢大楼，但运气不太好。他们干掉了他们瞄准的"人阵"大楼入口处的警卫，却不知道这里还有第二个警卫岗。一名巴勒斯坦人开了枪，造成3名以色列人受重伤。其中两人被撤离到一辆等候的汽车里。第三个人是以色列人伊戈尔·普莱斯勒，他中了14枪。一名海

① Chief Infantry and Paratroops Officer headquarters, operations report for Operation Spring of Youth, May 11, 1973（作者的资料，从"斯塔克"处获得）。Amnon Biran, "Spring of the Elite Forces," *Mabat Malam*, April 2011 (Hebrew)。2013年11月24日对巴拉克的采访，2012年11月对"黑巧克力"的采访，2013年1月对"布莱克"的采访，2010年10月12日对阿维拉姆·哈莱维（Aviram Halevi）的采访。Bester, *Secret Soldier*, 164－66。

军突击队员把他搀起来，朝汽车跑去，但“人阵”的一个人显然以为普莱斯勒是巴勒斯坦人，所以跑过去救他，结果跟这名突击队员扭打起来。三人摔倒在地上，压在一起，普莱斯勒的一只胳膊动弹不得，但他设法用牙齿叼起了手枪。巴勒斯坦人跑了，突击队员去追，普莱斯勒以为自己被抛下了，他正想用手榴弹结果自己，幸好这时突击队员跑回来又把他扶了起来。① 到处是枪声、爆炸声和叫喊声，附近大楼里也渐渐灯火通明。

突击队的指挥官阿莫隆·利普金-沙哈克没有立即撤离，他带着赢得参谋长赞许的从容冷静地命令队员们留下来执行任务，在大楼里安放炸弹。

利普金-沙哈克说：“我最艰难的时刻不是在实战中，而是当我们返回车上时。我惊讶地发现载着伤员的汽车不见了。”② 他和他的队员，包括受重伤的普莱斯勒被困在贝鲁特的市中心，只有两辆车。第三辆车由一名“凯撒利亚”特工驾驶，载着两名受重伤的队员消失了。无线电联系不上，东找西找也一无所获。

“真叫人担心啊。”利普金-沙哈克说。他不想在不知道伤员在哪里的情况下撤退，但他别无选择。他下令登上两辆车，直奔海滩。他们刚一出发，就听到一声巨大的爆炸声，他们的目标建筑倒塌了。后来，他们得知大约 35 名“人阵”激进分子被埋在废墟里。

他们到达海滩时，发现“凯撒利亚”的那个人坐在车里，他们的两名战友在后座上，一个已经失血而死。③ 司机汗如雨下，手指颤抖着抽着烟。利普金-沙哈克说：“我问他发生了什么事，为什么不等我们，为什么不等队医来处理伤员。他有些迷茫，倘若我没理解错的话，他在突袭开始时听见枪响，以为我们不会活着回来，所以决定逃去海滩。”

---

① 2017 年 7 月 6 日对伊戈尔·普莱斯勒的采访。

② 2011 年 5 月 26 日对阿莫隆·利普金-沙哈克的采访。Klein, *Striking Back*, 168－69.

③ 2012 年 4 月 3 日对利普金-沙哈克的采访。

利普金-沙哈克的人气愤万分。“让没有作战经验的人参与这次行动是个错误，”他们当中的一人说，“那个‘凯撒利亚’人看到我们有麻烦就吓得要死，居然逃跑了。”

一整队人登上救生艇，返回导弹艇。另一名伤员在船上接受手术时死亡。两名伞兵心情难抑，对着那名“凯撒利亚”特工发火，说他害死了他们的两名战友。[①] 他也大吼着对骂。一个士兵扇了他一巴掌，他也回敬一拳，两人在甲板上打了起来，直到其他人把他们拉开。

不过，天亮时，所有的突击队员都回到了以色列。巴拉克回到家时，他的妻子娜瓦还在睡觉。他放下背包，在她身旁躺下，精疲力竭，靴子都没来得及脱。当她醒来时，惊讶地发现丈夫在她身边睡得很沉，脸上还化着妆，嘴唇上还涂着鲜红的唇膏。[②]

第二天，在贝鲁特，到处还是前一天晚上留下的一片狼籍，没有人注意到一个瘦女人走进了居里夫人大街上的邮局。耶尔给她的专案官写了一封信，描述了她从公寓窗户看见的那一幕给她造成的心理创伤。[③]

亲爱的埃米尔：

我仍然因为昨晚的事而浑身发抖。半夜，我突然被巨大的爆炸声惊醒……我惊慌失措——以色列人打来了！……太可怕了……今天早上，一切仿佛一场噩梦。但并不是。那些可怕的以色列人真的来过这里……我有生以来第一次明白过来为什么对那个国家和犹太人有那么多的仇恨……真的，这是一个如此美丽、宁静的住宅区，住的都是温和善良的人。

---

① 2013 年 10 月对“辛巴德”的采访。
② 2013 年 11 月 24 日对巴拉克的采访。
③ 这封信的复印件从“米德伯恩”处获得，作者保存。

耶尔告诉“埃米尔”，她想去看他，顺便休个假，平复一下心情。“我真的很想你（比我以为的还要想），”她用隐形墨水补充道，“昨晚的表演太精彩了。向你们致敬！”

为免引起怀疑，耶尔在贝鲁特又待了一周，尽管人们愈发担心她很可能会因为突袭之后采取的严格安保措施而暴露。“当飞机起飞，轮子离开地面时，我在座位上放松下来。我觉得包裹着我的假身份在向我身上的每个器官施压，我的灵魂渐渐变弱，我被撕成了一块块碎片。当我在希斯罗机场落地时，我的胳膊软绵绵的，没力气从座位上起来。我得再歇会儿才能下飞机。”①

在以色列这边，“青春之泉行动”被认为是大获成功，它的所有目标都实现了。干掉了3名巴解组织高官，还有另外约50人，几乎都是巴解组织成员。“黑九月”的最高指挥官萨拉赫·哈拉夫（即阿布·伊亚德）逃过一劫，因为他在突击前不久离开了他经常去的一个目标公寓。② 4幢用于制造武器的建筑和工场被毁。从阿德万的公寓搜出大量文件一事被巴勒斯坦人视为一场灾难，它们向辛贝特提供了巴解组织分支在被占领土上的详情，导致大量人员被捕，切实重创了那里的法塔赫网络。③

由于这场胜利，在以色列没有人注意到两名摩萨德司机不专业的表现，他俩都是哈拉里的精锐单位“凯撒利亚”的队员，也没人关注到他们妨碍了两名士兵接受治疗，致其因伤而死，而且有可能造成

---

① Mass, *Yael, the Mossad Warrior in Beirut*（作者所存资料中未被审查的手稿初稿，从“莫里斯”处获得），117（Hebrew）。

② 他和他的助手陶菲克·提拉维（Tawfiq Tirawi）正在拜访3名参与制造慕尼黑惨案并被德国人释放的恐怖分子。提拉维回忆说，凌晨1点左右，他们听见枪声，一名等在外面的保镖冲进来大叫：“摩萨德，摩萨德来了。”2002年6月对陶菲克·提拉维的采访。

③ 其他的文件指出了巴解组织和欧洲左翼组织之间存在联系，这强化了摩萨德作为一个组织能有助于西方国家打击本土恐怖主义的斗争的地位，同时也巩固了以色列提出的只有通过合作才能阻止这一现象的主张。2015年9月2日对施姆松·伊兹哈基（Shimshon Yitzhaki）的采访，1999年2月1日对卢文·哈扎克（Reuven Hazak）的采访。Sayigh, *Armed Struggle*, 311。

更大的灾难。[1]

这次行动令黎巴嫩大为震惊。[2] 黎巴嫩政府因为其在面对“以色列的侵略”时的无能而引咎辞职。阿拉伯世界一片骚动，埃及大报《金字塔报》评论说，这次行动的目标是“让阿拉伯人的心中产生一种以色列控制该地区的感觉”。多亏了“青春之泉行动”，阿拉伯世界这下子相信了摩萨德能随时随地发动袭击的神话。

---

① 行动之后过了几天，沙吉德准将要求摩萨德局长解雇这名“凯撒利亚”特工，遭拒后，沙吉德敦促参谋长埃拉扎尔请总理下令这么做，但“在行动之后欢庆气氛中，没有人听我的”。2013 年 5 月 1 日对沙吉德的采访。

② *Haaretz*, March 12, 1973。

十一
“认错目标不是失败，是失误”

“青春之泉行动”取得令人瞩目的胜利并不意味着摩萨德在欧洲的定点清除行动会放缓。

在为贝鲁特突袭做准备的最后几天，梅里和另一名特工在巴黎静候巴西尔·埃尔-库拜西，他是贝鲁特大学的法学教授，也是“人阵”的低级别活动分子。他们等他跟一名妓女完事儿后开枪打死了他。[①]（“我决定允许这个家伙在死之前享受一场性事，就像满足被判死刑的人最后一个要求那样。”梅里说。）

然后，“青春之泉行动”的人马返回以色列才几个小时，哈拉里、梅里和另外5名特工就到了雅典，在那里用放在酒店床垫下的炸弹炸死了扎伊德·穆查西。[②]穆查西刚被任命为法塔赫驻塞浦路斯代表，接替1月24日被摩萨德除掉的侯赛因·阿卜杜·基尔——他是被放在尼科西亚酒店床垫下的一枚炸弹炸死的。

6月10日，有情报表明瓦迪·哈达德派了两个人去罗马，目的是袭击以色列航空公司办事处。情报来自潜伏在哈达德组织中的一名“连接点”特工。这个刚招募来的新兵很优秀，“阿曼”的年度报告形容他是“出色的线人，有优质的专门渠道接近哈达德的组织”，[③]他也愿意一手交钱一手交情报的交易，并得到了“伊扎翁”（Itzavon）的代号，希伯来语中意为“伤感”。这两个家伙开着挂德国车牌的梅赛德斯在罗马转悠，由“刺刀”特工“卡洛斯”指挥的一队人开始跟踪他们。

6月16日至17日晚，“刺刀”小队在汽车底盘安了一枚炸弹。早上，其中一个巴勒斯坦人上了车，发动引擎驱车离开，一辆摩萨德汽车跟在他后面，开车的是哈拉里，“卡洛斯”坐在乘客座位上，手里拿着一个鞋盒大小的遥控器。要成功引爆，就必须保持最小车距。几分钟后，车里的巴勒斯坦人停车接自己的搭档，此人住在别处，接着他们又开走了。就在“卡洛斯”要按下引爆按钮时，汽车开进了巴贝里尼广场，那里的特里顿喷泉是意大利巴洛克巨匠吉安·洛伦佐·贝尼尼的雕塑杰作。

哈拉里对罗马非常熟悉，这要追溯到二战期间他协助难民移民到以色列的那些日子，而且对艺术作品鉴赏很有心得。“别！住手！雕像……那是贝尼尼！别引爆！”他对摸不着头脑的“卡洛斯”大喊道，接着开始解释起了这一作品对他有多么重要。

几秒钟后，等汽车载着两个巴勒斯坦人驶离喷泉，他们按下了按钮。[4] 车前部爆炸，两人伤得非常重，其中一个后来死在了医院里。警察在他们的车里找到了武器，认为爆炸是“工作事故”，误以为这两人是车里载着炸弹但操作失误的恐怖分子。

---

① 摩萨德怀疑库拜西在策划趁果尔达·梅厄访问纽约之机，在她的车队里放一枚汽车炸弹来要她的命。库拜西2月抵达巴黎，在玛德莱娜广场附近的一家小酒店入住。他很快就开始流连于阿拉伯年轻人经常光顾的酒吧。尼希米·梅里觉得自己年纪太大了没法跟他们打成一片，所以他用了个极不正统的办法，即派他的儿子摩西监视库拜西。这个小伙没经过正规的间谍训练，但他说尼希米笃定虎父无犬子。“我以前常去酒吧，点杯喝的，跟一个阿拉伯人搭讪。我随身携带一个藏有相机的袋子，坐在那里给酒吧里的人拍照。”通过这些照片以及其他侦察队收集到的文件，摩萨德确认库拜西与法塔赫成员在会面。2012年6月12日对摩西·梅里和尼希米·梅里的采访。

② “很遗憾，他们就是不愿意自己去死。得有人帮他们一把。”“库尔茨”说，他参加了暗杀侯赛因·阿卜杜·基尔的行动。2005年10月对“库尔茨”的采访。Klein, *Striking Back*, 137－38。

③ Mossad, History Department, *Report on Operation Heartburn*, 1996, 17, quoting from AMAN's Annual Report for 1978－79（作者的资料，从“词汇”处获得）。

④ 2014年4月11日对哈拉里的采访。某些方面与之类似的叙述，参见 Klein, *The Master of Operations*, 17－19. “Two Bomb-Carrying Arabs Injured in Explosion,” *JTA*, June 18, 1973。

"伤感"还汇报了"人阵"在欧洲的领导人穆罕默德·布迪亚的动向。[1] 布迪亚是个多面人，他是阿尔及利亚革命者，也是放浪形骸的双性恋花花公子、冒险家，还是为哈达德和"黑九月"效力的顶级恐怖分子。他在巴黎经营着一家名为西方剧场的小剧院，就是为他袭击以色列人和犹太人的各种计划打掩护的。

多亏了"伤感"的报告，辛贝特在他那些计划付诸实施前挫败了一些。其中之一就是在 1971 年逾越节家宴那晚同时在特拉维夫 7 家最大的酒店引爆大威力的 TNT 炸弹。

1973 年 6 月间，"伤感"报称布迪亚又在策划一场大规模袭击。[2] 一支"刺刀"和"彩虹"特工组成的 30 人小队在巴黎跟踪他很长时间，当他把车停在拉丁区的弗塞-圣贝尔纳街时，机会终于来了。他折返后再次发动引擎，汽车座位下方的一枚压敏炸弹爆炸了，他当场死亡。

"刺刀"接二连三的胜利为整个组织注入了一种欢快的情绪。[3] 一名"凯撒利亚"老兵说："摩萨德无所不能，没有我们抓不住的人。"[4]

也就是说，对"黑九月"的清算仍在继续。诱发定点清除飙升的那场袭击——骇人的慕尼黑惨案发生 9 个月之后，"黑九月"的高级成员仍然逍遥在外。摩萨德干掉了不少人，但当中没有它最想干掉的那 11 人，其中包括参与那次行动的仍然活着的 3 个人，他们一度

---

① 2012 年 2 月 7 日对哈达尔的采访。

② 2014 年 2 月 12 日对哈拉里的采访，2012 年 11 月 2 日对"黑巧克力"的采访，2014 年 5 月 28 日对克莱恩的采访。

③ 布迪亚之死是"人阵"的重大损失。两天后，该组织宣布他们已经为布迪亚报了仇——以色列驻华盛顿大使馆武官约瑟夫（"乔"）·阿隆上校 7 月 1 日在马里兰州家中的车道上被枪杀。阿隆之死究竟如何仍是个谜，而且一直充斥着各种阴谋论。伊里奇·拉米雷斯·桑切斯——"豺狼"卡洛斯——卷进来或者至少知道此事之后，调查于近期重启了。Adam Goldman, "I Wrote to Carlos the Jackal, and an Israeli's Assassination Case Was Revived," *New York Times*, January 8, 2017. 与索菲·博内特的电邮往来，她于 2017 年 5 月执导了一部关于"豺狼卡洛斯"的纪录片。

④ 2005 年 10 月对"库尔茨"的采访。

被监禁，但后来“黑九月”劫持了一架汉莎航空公司的飞机并迫使德国人释放了他们。另外8人被摩萨德认为与酝酿、指挥或执行这次行动有关。

在那份名单上高居首位的是“黑九月”的行动指挥官阿里·哈桑·萨勒姆。

阿里·萨勒姆的父亲哈桑·萨勒姆是1947年巴勒斯坦作战部队的两名指挥官之一，那一年联合国通过了建立以色列国的决议后战争爆发。“哈加纳”多次尝试暗杀他均未如愿，直到他最终战死沙场。

他的儿子继承了这份沉重的衣钵。阿里·萨勒姆接受过两次采访，其中一次他这样说道：“我想做自己，［但］……我一直都清楚一件事：我是哈桑·萨勒姆的儿子，不能辜负这一点，甚至都不必别人来告诉我哈桑·萨勒姆的儿子该怎么活。我的成长过程是被政治化的，我为巴勒斯坦事业而活，而这一事业此时正陷入恶性循环。这是一个没有领袖的民族，人们分散在各地，我是其中一员。我母亲希望我成为另一个哈桑。”

不过，到20世纪60年代中期，来自阿里家人与亚西尔·阿拉法特的压力足以触动他。阿里屈服了，他来到了法塔赫的征兵处。“我越来越依恋法塔赫，”他回忆道，“我发现那正是我在寻找的东西。”①

“他很快就成了阿拉法特的宠儿。”哈拉里说。

1968年，他被阿拉法特送到埃及接受情报和爆破操作训练。他成了阿布·伊亚德的助手，后者派他去负责确认和清除与以色列人合作的阿拉伯人。

萨勒姆年轻、英俊、富有，又风度翩翩，享受着作为法塔赫秘密情报机构“拉斯德”（Rasd）成员的高调生活。据一份以色列军事情报称，他将自己对女人和党派的爱与恐怖活动结合在一起的方式令

① Nadia Salti Stephan, “Abu Hassan by Abu Hassan,” *Monday Morning*, April 1976.

“法塔赫的人感到惊讶”。[1]

摩萨德认为萨勒姆参与了一长串恐怖袭击，有针对约旦的，也有针对以色列的，包括劫持比利时航空公司的飞机。在纳贾尔位于贝鲁特的公寓中缴获的文件表明，萨勒姆的任务包括联络欧洲恐怖组织，邀请德国“巴德尔-迈因霍夫帮”的联合创始人安德烈亚斯·巴德尔前往黎巴嫩的巴勒斯坦训练营。[2]“我们把文件拿给德国人看，”摩萨德的反恐部门负责人施姆松·伊扎基说，“向他们表明巴勒斯坦恐怖主义威胁也与他们有关。”

关于这些指控是没有异议的，但摩萨德还确信萨勒姆参与了慕尼黑惨案的策划与执行，而且那群恐怖分子被派到奥运村康纳利大街31号的时候他就在现场不远处。然而，穆罕默德·乌达（即阿布·达乌德）坚称萨勒姆与此事无关，这次行动是他乌达策划并指挥的。[3] 凯·伯德（Kai Bird）的《特务风云》（*The Good Spy*）和阿隆·克莱恩的《反击》这两本书也对萨勒姆所扮演的角色提出了质疑。

但时至今日，伊扎基仍然坚信：“事隔多年，尽管萨勒姆已经不在人世，阿布·达乌德想自己独揽战功的这一事实却并没有改变。阿里·萨勒姆在慕尼黑袭击发生时不在现场，但他以可能最隐蔽的方式参与了这场骇人听闻的杀戮事件的策划、人员招募和实施。”[4]

不管怎样，萨勒姆都是被标记的目标。[5]“阿里·哈桑·萨勒姆是头号目标，”哈拉里说，“我们追捕他很长时间了。”摩萨德只有一张他的近照，然而他们没能通过这张照片锁定他。有关他的情报使得“刺刀”特工奔赴汉堡、柏林、罗马、巴黎、斯德哥尔摩和其他的欧

---

① AMAN Research Department, “Terror Activity Abroad”, May 1, 1969（由“词汇”向作者出示）。

② 2015 年 9 月 2 日对伊扎基的采访。Bird, *Good Spy*, 90。

③ Bird, *Good Spy*, 133－34. Klein, *Striking Back*, 192.

④ 2015 年 9 月 2 日对伊扎基的采访。

⑤ Harari quote from Yarin Kimor, *Sealed Lips*, Channel 1, September 20, 2014.

洲城市。每一次，他们似乎都跟他擦肩而过。

1973 年 7 月中旬，事情有了突破，为法塔赫效力并与“黑九月”有关的一个名叫科迈勒·贝纳米尼的阿尔及利亚人，离开了他在日内瓦的公寓去赶一趟飞往哥本哈根的航班，并在那里等萨勒姆。摩萨德有理由相信他正与萨勒姆策划一场袭击，于是跟踪了他。以色列人推断，如果他们能跟紧了贝纳米尼，就会找到萨勒姆并杀了他。

跟踪贝纳米尼的“凯撒利亚”特工看见他没有离开哥本哈根机场，而是去了换乘区，紧接着登上了一班飞往奥斯陆的航班。① 从那里他乘火车到利勒哈默尔，一路上，摩萨德特工都紧跟不放。哈拉里和罗米得出结论：他打算在一个冷清的挪威小镇会见他们的目标萨勒姆。

哈拉里赶紧从在欧洲其他地方执行任务的两个“刺刀”小队中征用人员，迅速组建了一个行动队。② 这支 12 人的队伍由尼希米·梅里领头，由受过训练的杀手、其他特工以及懂挪威语并能胜任这项工作的“凯撒利亚”人员混编而成。其中有个队员名叫西尔维娅·拉斐尔，她化名帕特里夏·罗克斯伯格，以反以色列的加拿大摄影记者的身份行走于阿拉伯世界，收集了大量有关该地区军队的重要情报。

这个小队的其他成员包括阿夫拉罕·戈麦尔，他是拉斐尔的教官；丹·阿贝尔，一位偶然参加摩萨德在阿拉伯国家行动的丹麦籍犹太商人，协助安排后勤、租车和租公寓等事宜；玛丽安妮·格拉德尼科夫，瑞典移民，新近加入摩萨德的前辛贝特雇员，能说一口流利的斯堪的纳维亚各地语言。

---

① Klein, *Striking Back*, 186－87. 2014 年 3 月 10 日对哈拉里的采访，2014 年 10 月 22 日对宜兰·米兹拉希的采访，2005 年 10 月对“库尔茨”的采访，2012 年 11 月对“黑巧克力”的采访。

② 另一种说法是，贝纳米尼在米兰上了一趟去奥斯陆的火车，摩萨德一支小队尾随其后，在那里，据一名跟踪人员所说，“我们把他和火车上的另一名乘客弄混了，结果出了错”。2017 年 6 月对“沙乌勒”的采访。

接下来发生的事颇有争议。有一种说法，可能是最准确的，说“凯撒利亚”跟踪小组在利勒哈默尔跟丢了贝纳米尼。于是，他们开始用“梳理法”，一种梅里在20世纪50年代为寻找在以色列的克格勃特工协助设计的方法，它使得搜索队可以在大片城区布控，并迅速定位目标所在位置。经过一天的搜寻，他们盯上了市中心一家咖啡馆里的某人，此人当时正跟一群阿拉伯人坐在一起。他们心想，这个人跟他们携带的萨勒姆照片上的人长得一模一样，“就像一母所生的两兄弟”,[①] 亚哈伦·亚里夫将军后来回忆道，这位“阿曼”前局长此时是梅厄总理的反恐顾问。

另一种说法是，被确认为萨勒姆的那个人并不是跟几个不知名的阿拉伯人坐在一家咖啡馆里，实际上，他是在跟几个著名的法塔赫活动分子开会时被认出来的。那么，根据这种说法，以色列人看见嫌疑人正在跟另外几个著名的恐怖分子接触，因此，除了照片，他们还有其他迹象表明这个人很可能就是他们正在寻找的人。

不管哪种说法是对的，一份明确肯定此人是萨勒姆的报告被送到了位于沙乌勒-哈姆莱克大街的摩萨德总部。但哈拉里被告知当面去跟摩萨德局长茨维·扎米尔汇报是不可能的，因为他已决定亲自前往利勒哈默尔以确保清除行动进行时他在现场。哈拉里命令他的小队继续监视。

他们很快就发现，那个他们认为是萨勒姆的男子在利勒哈默尔过着平静的生活。他有个身怀六甲的金发挪威女伴，他去城里看电影，到室内游泳池游泳，在他身上看不到一个担心摩萨德可能会找上门的人应该有的任何不安或谨慎。玛丽安妮·格拉德尼科夫买了一件游泳衣，到游泳池盯着他并观察他。她所看到的一切只是让她起疑：这个男人真的是他们最想抓到的头号巴勒斯坦恐怖分子吗？

---

① 1993年11月23日，BBC对亚哈伦·亚里夫将军的采访。

她不是唯一一个这么想的。[1] 不过，当格拉德尼科夫和其他人将他们的怀疑汇报给哈拉里时——哈拉里转而跟扎米尔讨论了他们的看法，扎米尔已经到了奥斯陆，正在来利勒哈默尔的路上——他们被打发走了。"我们告诉他们，我们认为那个人不是我们要找的人，"一个化名"沙乌勒"的特工说，"但迈克和茨维卡（即扎米尔）说看不出有什么不同之处。他们说：'即使不是萨勒姆，他显然也是与恐怖分子有瓜葛的某个阿拉伯人。所以即使我们没有除掉萨勒姆，最坏的结果也不过是除掉了一个不那么重要的恐怖分子，但仍是个恐怖分子。'"

哈拉里有自己的想法："7 名特工明确指认照片上的人和我们在街上看到的是同一人，只有少数人认为不是。你得拿主意，得尊重大多数人的意见。最简单的事莫过于说'别动手'，但那样一来什么事都做不了。"[2]

目标一直处在监视下。7 月 21 日，星期六，扎米尔没能赶上开往利勒哈默尔的火车，所以，他打电话命令哈拉里继续此次清除行动。那天晚上，那个人和他的女伴离开了公寓，上了一辆公交车去剧院。"刺刀"小组的人或开车或步行，确保不让他们离开自己的视线范围。晚上 10 点半，这对情侣离开了剧院，乘公交车回家。当他们下车时，一辆灰色沃尔沃在附近停了下来，"沙乌勒"和另一名代号 Y 的特工下了车，他俩拔出带消音器的贝雷塔手枪，朝男的开了 8 枪后跑回汽车逃离了现场。他们没向那个女人开枪，留下她一人跪在受害者旁边，搂着他血淋淋的头尖叫。

两名杀手开车来到事先安排好的会合点，队里的另一些人和迈克·哈拉里正在那里等着他们。"沙乌勒"报告说行动很成功，但又

---

① 另一方面，梅里确实认为那个表面上在利勒哈默尔过着宁静生活的人实际上就是萨勒姆。2014 年 3 月 10 日对哈拉里的采访，2012 年 6 月 12 日对尼希米和摩西·梅里的采访，2017 年 6 月对"沙乌勒"的采访。

② 2014 年 3 月 23 日对哈拉里的采访。

补充了一句，说他们开走时看见一个目击刺杀行动的女人抄下了沃尔沃的车牌号。

哈拉里要负责后勤的阿贝尔把车停在偏僻的小巷，把钥匙扔进下水道。① 接着，阿贝尔和格拉德尼科夫乘火车到奥斯陆，再飞往伦敦，然后飞去以色列。其他特工在租来的公寓里又等了几个小时，然后也飞走了。与此同时，哈拉里和两名杀手将开车南下到奥斯陆，从那里乘船到哥本哈根。

“沙乌勒”和Y分乘不同的航班飞离丹麦。哈拉里登上了飞往阿姆斯特丹的航班，信心十足，满面春风。干掉萨勒姆是哈拉里在扎米尔任期结束后登上摩萨德局长宝座的最后一步。直到他抵达阿姆斯特丹看到电视新闻，他才终于明白灾难刚刚开始。

以色列人在利勒哈默尔杀掉的男子不是阿里·哈桑·萨勒姆，而是艾哈迈德·伯乌齐基，一名在游泳池当服务员和清洁工的摩洛哥人。② 他娶了一个叫托丽尔的女人，已经怀孕7个月。她描述了事情的经过：

> 突然之间，我丈夫倒了下来。③ 我不明白发生了什么事，接着我看见了那两个人。他们一共有3个人，离我们有4米远。其中一人是司机，第二个人是他车上的乘客。他们站在车外面，一边一个，正在开枪。我平躺在地上，想着他们也想杀掉我，我不一会儿就要死了。不过接着我听见车门关上开走的声音。我的丈夫没有喊叫……我爬起来，竭尽全力跑到最近的人家，要他们叫警察和救护车。我返回时，已经有人在我丈夫旁边施救了。一辆

① 他们把车丢在一家著名丹麦酒店的车库里，一直停在那里，直到3年后才有服务员发现不对劲，车才被还给租车公司。

② 伯乌齐基也是吉卜赛国王乐队（the Gipsy Kings）的联合创建人奇科·伯乌齐基的哥哥。2017年2月26日对乌力·魏登巴赫的采访。

③ Moshe Zonder, “I Was Sure They'd Kill Me Too,” *Maariv*, September 13, 1995.

救护车到了之后，我陪我丈夫一起到了医院，那里的人告诉我他死了。

摩萨德局长扎米尔试图为这次灾难开脱："我们中没有谁做的决定是一贯正确的。认错目标不是失败，是失误。"① 扎米尔将部分责任推卸给了受害者的行为："我们派去跟踪他的人觉得他的行为举止可疑。他经常旅行，目的不明。他也可能在贩毒。"

梅里不在现场是因为他前一天韧带撕裂，哈拉里下令将他送回了以色列。根据他的说法，伯乌齐基被人看见在与著名的法塔赫特工科迈勒·贝纳米尼会面。因此，他坚持认为这次行动仍是成功的。"有人说行动失败，这令我很生气，"他说，"我干掉头号杀手或他的副手有什么区别呢？"

不过，没有实质性的证据表明伯乌齐基是任何人的副手。实际上，他与恐怖主义毫无关联，利勒哈默尔事件不过是冷血地谋害了一名无辜的游泳池清洁工罢了。

而"刺刀"的问题才刚刚开始。② 据"沙乌勒"所言，在等待刺杀行动推进的时候，丹·阿贝尔为他在以色列建造的房子买了个水龙头和其他几样物品。他把这些东西放在了灰色沃尔沃的后备厢里——哈拉里后来让他把这辆车扔掉，因为有目击者看到了车牌号。但阿贝尔不想扛他采购来的那么重的物品，因此非但没有处理掉沃尔沃，还和格拉德尼科夫一起开到了奥斯陆的机场。

警察正在机场的还车处等着。③ 因为有幽闭恐惧症，阿贝尔在受审讯时很快就崩溃了。"等到行动结束后，""沙乌勒"说，"我们才

---

① Yarin Kimor, *Sealed Lips*, Channel 1, September 20, 2014.

② 2011 年 7 月对"沙乌勒"的采访，2014 年 3 月 23 日对哈拉里的采访。

③ 然而，挪威警方的记录中对阿贝尔被捕时情况的叙述略有不同，他们将功劳记在自己头上，而不是记下车牌号的警觉的邻居。无论是哪种情况，最终结果对摩萨德都堪称灾难。Yossi Melman, "Protocols of Lillehammer Failure Revealed," *Maariv*, July 2, 2013。

读到阿贝尔的档案，得知他［有］幽闭恐惧症，才知道他被捕受审讯时有多害怕。这是‘凯撒利亚’方面非常不专业的行为。有人如实撰写了一份报告，竟然没人读。要是他们读过，他就会立即被调离执行任务的岗位。”①

阿贝尔告诉警察到哪里可以找到阿夫拉罕·戈麦尔和西尔维娅·拉斐尔，对他们藏身之处的搜查导致两名特工被抓。挪威人很清楚这是定点清除，摩萨德是幕后真凶。在犯人身上搜到的（特工们本该阅后毁掉的）文件导致欧洲各地的安全屋、协作者、通讯频道和行动方法全暴露了。② 这些情报也帮助意大利和法国安全部门调查在其国内实施的定点清除行动。

6名犯人被送上法庭，上了全球各地的头条新闻，在以色列引发了极度不安。特别令人尴尬的是阿贝尔吐了个干干净净，甚至包括特拉维夫的摩萨德总部的电话号码。以色列没有承认其对伯乌齐基被害案负有责任，但为囚犯们提供了法律援助及其他方面的帮助。③ 法庭把摩萨德作为谋杀案的幕后元凶。6名囚犯中的5人被判有罪，分别被判处1年至5年半的监禁，但他们服刑后没多久就都被释放了，因

---

① 哈拉里在回应“沙乌勒”的话时说：“在利勒哈默尔事件之前，我们不知道他［阿贝尔］有幽闭恐惧症。相反，此前他执行所有任务时都表现出色。”问题在于他们是否本应知道。面对这个问题，哈拉里用一种明显的讽刺语气打断了我：“你是个做事认真的人，对吗？那么，假设你是个特工并且身在挪威，世界的尽头，靠近北极，你不懂当地的语言，也不识当地的文字。所以，你看不懂街道名称、公寓外面的名牌或者可能跟你的任务有关的报纸标题。也就是说，我训练出来的人不会说这种语言，所以，我选了接受过一点训练的人，包括‘准间谍’，就是正在接受训练的人，但他们确实懂挪威语，因为这就是我手头有的，而我需要能翻译的人。”2014年3月23日对哈拉里的采访。

② 围绕“凯撒利亚”领导人在利勒哈默尔事件中的表现的许多问题，以及对他们的严厉批评，在2014年4月哈拉里的一位下属写的一封匿名信中可见一斑，信中包含了那时尚未发表的信息，保存在作者的资料中。

③ 直到20世纪90年代中期，在挪威对哈拉里和扎米尔提起诉讼后，以色列才决定对此次谋杀负责。以色列付给托丽尔·拉森·伯乌齐基和她22岁的女儿玛丽卡总计28.3万美元的赔偿金，而伯乌齐基上一段婚姻的儿子贾马尔·特叶·路特杰森单独得到一笔11.8万美元的赔偿金。“Israelis to Compensate Family of Slain Waiter,” *New York Times,* January 28, 1996。

为以色列和挪威政府达成了秘密协议。[1] 他们出狱后，在以色列受到了英雄凯旋般的欢迎。

哈拉里和扎米尔保住了各自的职位，尽管这件事搞砸可能让哈拉里成为摩萨德局长的梦想破灭。“凯撒利亚”的老兵莫提·科菲说：“利勒哈默尔行动的过程真可谓是全线失败，从跟踪目标的人到枪手，从摩萨德到以色列，那些真的对所发生的事负有责任的人却奇迹般地脱身了，而且毫发无损。”[2]

那个奇迹就是果尔达·梅厄，摩萨德的铁杆粉丝。[3] 哈拉里声称他和扎米尔承认这次溃败是他们的责任，“我们立即向果尔达提出辞职。她不接受。她说还有重要的事情要做，需要我们留下，我们必须留下”。此后的数周里，哈拉里一直在想办法把自己的人弄出监狱，此时总理邀请他到她位于特拉维夫北面的简朴的公寓做客，哈拉里说，她“在厨房里给我沏茶，真的很卖力地逗我开心”。

不过，利勒哈默尔的失败导致“凯撒利亚”的政策变得谨慎起来。9 月 4 日，哈拉里负责“凯撒利亚”和“彩虹”在罗马的一次大范围的行动，任务是追踪以阿明·辛迪为首的一支“黑九月”小队，此人是以色列希望除掉的慕尼黑惨案 11 人名单上的一个。这支小队代表利比亚统治者卡扎菲行事，他给他们配备了 6 枚斯特雷拉 SA－7 肩射防空导弹，他们正计划用这些导弹击落一架刚刚从菲乌米奇诺机场起飞的以色列航空公司的客机。[4] 他们把导弹运到了罗马郊区奥斯提亚的一处公寓，哈拉里和他的团队一路跟踪，用哈拉里的话来说，

---

① 以色列因利勒哈默尔事件卷入了外交和法律纷争，帕尔默（Palmor）的《利勒哈默尔事件》（*The Lillehammer Affair*）对此有详细的描述，这份报告为奉命协调该事务各项工作的一名外交部官员所写。

② 2011 年 6 月 9 日对科菲的采访。

③ 2014 年 3 月 23 日对哈拉里的采访。

④ 卡扎菲想击落以色列的飞机自有其理由。1973 年 2 月 21 日，以色列空军击落一架从的黎波里飞往开罗的利比亚航空公司客机，当时这架飞机迷路后进入了以色列控制的西奈半岛空域，朝迪莫纳市的秘密核设施飞去。机上有 113 人，其中 108 人遇难。

从奥斯提亚“一投便可击中飞机跑道”。[1] 他们打算从楼顶发射导弹。

在附近的操场上，孩子们正在妈妈身边玩耍，哈拉里和扎米尔坐在草坪上跟梅里争论，梅里恳求道：“让我去吧。只消一分钟我就能把他们全部干掉，然后取下导弹。”

但经过了利勒哈默尔的惨败之后，扎米尔很谨慎。听到梅里嚷嚷着反对，扎米尔说：“尼希米，这次不行。我们会通知意大利情报机构，让他们来处理。”

“那我们从中得到了什么？”梅里问，“阿拉伯人要劫持意大利飞机或者通过其他途径威胁他们，他们会放走这些家伙。”

“如果以色列航空的飞机下一秒就有危险，那么我们不仅会炸掉公寓，还会炸掉整栋公寓，不过离他们计划发射导弹还有好几个小时呢，”哈拉里回答，“此外，我们在炸哈姆沙里时，知道炸弹只会炸掉台灯、桌子和他的头，但是这里呢？我怎么能在不知道他们的邻居是谁、哪些人可能受伤的情况下让你在一栋六层楼里弄出一场枪战呢？说不定意大利总理就住在过道对面的公寓呢？说不定是总理的祖母呢？”

梅里没有被这番话说服。扎米尔命令梅里代表摩萨德跟意大利警察合作，指出公寓的位置，因为他是意大利语最流利的人，梅里一听气炸了。“如果他们看见我，我会被烧死，我就再也不能参加其他行动了。”梅里抱怨道。

哈拉里努力安抚他。“别担心，尼希米。以色列有一些优秀的整容医生。我们会给你整一张新面孔，甚至比你现在这张还要好。去指给他们看公寓在哪里吧。”[2]

意大利人逮捕了辛迪小队的所有人，不过，正如梅里预料的，迫

---

① 2014 年 3 月 23 日对哈拉里的采访。Zamir, *With Open Eyes*, 142－46. Klein, *Master of Operations*, 28－35。

② 2014 年 3 月 23 日对哈拉里的采访，2012 年 6 月 12 日对尼希米·梅里和摩西·梅里的采访，2015 年 11 月对“布莱克”的采访。

于卡扎菲的压力他们在被关押 3 个月后被释放了。[1]

利勒哈默尔事件之后，“刺刀”实际上被解散了。梅里在那次行动中使用的意大利假护照在挪威警察调查期间过期了，他在国外的走动受到了极大的限制。没过多久，他就离开了摩萨德。

---

① 大多数巴勒斯坦囚犯被送上了一架飞往利比亚的意大利空军运输机，但飞机在地中海半空爆炸了。机上人员全部遇难。一些意大利官员指责引起爆炸的神秘机械故障是摩萨德做的手脚。以色列否认了，而据我所查，他们说的是实话。

十二
狂妄自大

尽管利勒哈默尔事件的烂摊子还在，但国防机构的情绪总的来说仍因为“青春之泉行动”而兴高采烈。[①]人们有了一种新的信心，它不只在摩萨德，还弥漫于以色列整个领导层当中。

行动结束两天后，国防部长摩西·达扬登上了马萨达[②]堡垒的山顶。[③]正是在这里，反抗罗马帝国的犹太奋锐党人（Zealots）宁愿杀掉家人而后自杀也不愿被俘，从而创造了以色列这个国家的主要英雄神话。达扬宣布：“我们要建立一个拥有广阔边界的新以色列，不同于1948年的……现在各种形势极为有利，毫无疑问，这是我们的国家不曾有过的。”总参谋长埃拉扎尔在写给扎米尔的信中吹嘘说，“青春之泉行动”之后，“以色列国防军的威望飙升到新高，荣光也随之大增”。[④]果尔达·梅厄也在1973年4月15日写道：“这些战士彰显了英雄主义气概、足智多谋、牺牲与奉献的崇高精神，他们的故事将在以色列家喻户晓、世代相传，激励心怀钦佩与自豪的人们追随他们，书写迄今我国英雄主义传统的新篇章，这样的日子就要到来！”

然而，自信很容易滑向过分自信，过分自信的隐患不会止步于“凯撒利亚”和利勒哈默尔的惨败。[⑤]在突袭事件过了40年后，当年的突袭小组组长、后来的总参谋长、总理兼国防部长埃胡德·巴拉克曾暗示这种狂妄自大对整个国家造成了灾难性的后果。他说：“回想起来，在我看来，那天晚上我们从贝鲁特回来，国家领导人从这次行动的大获全胜中得出了错误的结论。这创造出了一种没有根基的信心。

不可能因为一次外科手术式的精确的突袭行动成功，就以为全军都有这种能力，好像以色列国防军什么事都能做到，我们变得无所不能。”

“他们——总理、国防部长和其他所有人——看见我们总参侦察营和摩萨德的人接到命令没几周就开始行动，而且还干得不错，就以为这种能力在全军是很普遍的。但我们的胜利，不管是在六日战争中还是在随后的行动中取得的，都源于精确的计划和对出其不意的战术的绝佳利用。我们发起行动。我们制定时间表，也决定了结果。”

“而且随着这种新的安全感的到来，我们也开始沾沾自喜。我们就不想想他们也会给我们来个出其不意，也会那样伤害我们。”

对武装部队的坚定不移的信念，以及相信国防体系的三大分支（以色列国防军、辛贝特和摩萨德）可以让以色列免于任何危险，使得这个国家的领导人觉得没有与阿拉伯人达成外交妥协的迫切需要。以色列以外的国家并不这么看。

1972 年，美国国家安全顾问亨利·基辛格发起了一场秘密外交倡议，旨在让以色列和埃及达成和平协议或者至少是一项非战协议。⑥ 他意识到，只要以色列一直占据它在 1967 年占领的埃及领土，埃及就会不惜一切代价重新征服该地区，中东地区的战火重燃只是时

---

① “青春之泉行动”不是情报团体在 1973 年取得的唯一成功。摩萨德长期在埃及政府高层中安插着一名间谍，据信收获巨大，此人名叫阿什拉夫·马尔万，是安瓦尔·萨达特总统的办公室主任和已故总统纳赛尔的女婿。此外，以色列总参侦察营在实施“领事行动”（Operation Consulate）期间在西奈半岛秘密安装了侦察设备，接到了埃及军队的主要通信电缆上，使“阿曼”可以获得绝密谈话的部分内容。2011 年 11 月对“康斯坦丁”的采访，2012 年 1 月 13 日对埃胡德·巴拉克的采访，2017 年 5 月 10 日对列文的采访。关于赎罪日战争之前，对阿什拉夫·马尔万的招募和指派，以及他可能参与欺骗埃及的行动等问题，参见 Bergman and Meltzer, *The Yom Kippur War: Moment of Truth*, 31－41, 470－522 (Hebrew)。

② 犹太人的圣地。——译者

③ *Davar*, April 17, 1973.

④ 引自印在 Zamir, *With Open Eyes* 中的扫描文件，照片在第 128 页后面。

⑤ 2012 年 1 月 13 日对巴拉克的采访。

⑥ Kissinger to President Nixon, Washington, February 25－26, 1973. National Archives, Nixon Presidential Materials, NSC Files, Kissinger Office Files, Box 131.

间问题。

这一倡议的关键时刻在1973年2月25日至26日到来，基辛格与埃及特使在纽约州阿蒙克的中央情报局安全屋进行了备受瞩目的会晤。埃及特使宣布埃及打算与以色列签署和平协议，条件是以色列承认埃及对西奈半岛的主权，但以色列军队可以保留，稍后再全部撤走，以换取两国建立外交关系。这一条件史无前例地有利于以色列。然而，埃及总统安瓦尔·萨达特也警告说倘若9月前不接受这一条件，他就开战。

梅厄拒绝了。“这事儿免谈。”梅厄告诉基辛格。

达扬的意见与其相同。他说：“我宁愿要没有和平的沙姆沙伊赫，也不要没有沙姆沙伊赫的和平。”①

在这个时间点上，埃及和叙利亚已经在狂热地进行武装力量的战斗准备：大规模的军队挺进前线然后又离开；空军演习用上了苏联提供的先进地对空导弹系统；训练突击队使用赛格反坦克导弹；而且大规模的军事部署为大部队跨过苏伊士运河做准备。这些都是显而易见的战争准备，但由于没有情报明确肯定这一事实，以色列国防机构仅仅将之视为战争游戏。

埃拉扎尔确信摩萨德和“阿曼”至少能在战争爆发前48小时警告以色列，这时间足够动员后备军。② 他和他的同僚不是很担心，不管怎么说，他们都自信地认为阿拉伯人害怕以色列，不敢发动战争。就算他们这么做了，以色列人也肯定很快就“会打断他们的骨头”。

他们错了。

10月6日下午2点，埃及和叙利亚的军队对以色列发动了大规

---

① Kipnis, *1973: The Way to War*, 89 (Hebrew).

② Testimony of CoS David Elazar before the Agranat Commission, January 31, 1974, February 17, 1974, February 21, 1974（作者的资料，从“毕加索”处获得）。

模的联合突然袭击。[①] 这一天是犹太教的“赎罪日”，以色列人，哪怕不信教的百姓，也会斋戒，或去犹太会堂或待在家里，因此，前线部署的兵力很少。埃及人派出了 2 200 辆坦克、2 900 辆装甲运兵车、2 400 门火炮以及大量的防空和反坦克武器，还投入了数十万步兵和突击部队，其中大部分兵力已跨过苏伊士运河。在戈兰高地，叙利亚人派出了 6 万士兵、1 400 辆坦克和 800 门火炮入侵以色列领土。两国都动用了大部分空军和海军力量。而面对他们的以色列军队只有几百人，大多数还是预备役军人，他们留在那里以替换正规军回家过节。

开头几天，阿拉伯军队在与以色列人的交战中取得了显著的胜利，后者除了遭到突然袭击外，也领会错了对方的战术。埃及人在苏伊士运河西奈半岛一侧建立了令人望而生畏的滩头阵地，叙利亚人深入戈兰高地，一路所向披靡，大有横扫约旦河谷和加利利之势。

然而，在付出巨大的努力和牺牲之后，以色列人成功地遏制了入侵，经过 19 天的反攻扭转了战局。埃及人几乎被赶出了整片滩头阵地。以色列军队跨过运河，包围了水路西侧的敌军后，向开罗进发，到达了离埃及首都仅 60 英里的地方。叙利亚人也被赶出了戈兰高地，以色列军队长驱直入，直到进入大马士革的炮火射程范围之前才停下。

但这场胜利代价惨重。2 300 多名以色列士兵死于赎罪日战争，而这场战争本可以通过谈判避免的，或者至少可以在有充足情报的情况下有所准备的。

抗议浪潮席卷了以色列社会，一个调查委员会就此成立，总参谋

---

① 哈拉里和“凯撒利亚”为战争爆发制定了几个应急计划，包括在塞得港托运和引爆装满炸药的集装箱，在开罗各军事总部和政府办公室放置炸药。哈拉里把这些计划呈报了总理梅厄，但她对此感到错愕和惊恐，不想再冒额外的风险，便驳回了。Bergman and Meltzer, *The Yom Kippur War: Moment of Truth*, 31 – 41, 470 – 522 (Hebrew). 2014 年 3 月 29 日对哈拉里的采访。

长埃拉扎尔和“阿曼”局长泽拉及其他高级官员被迫辞职。这场战争至少暂时驱散了以色列人在军事和谍报工作上的优越感，进而消除了他们的安全感。尽管委员会没有明确指责梅厄或达扬，但迫于强大的舆论压力，总理于4月11日提出辞职。

一个月后，1974年5月13日的清晨4点30分，解放巴勒斯坦民主阵线（以下简称“民阵”）的3名成员偷偷越过黎巴嫩边境潜入以色列，该组织是与“人阵”无关的巴解组织分支。① 天黑前，他们一直躲在山洞里。一支以色列边境警察巡逻队发现了他们的脚印，但没能追踪到他们。在夜色的掩护下，3个人开始向马阿洛特行进，这个镇子离新移民为主要人口的边境地带仅有约6英里。路上，他们伏击了一辆载着下班回家的妇女的汽车，杀死一人，伤一人。赶到现场的以色列国防军部队没能抓到恐怖分子。

凌晨3点30分，三人来到该镇边缘地带的一座房子。他们当中两人是土生土长的海法人，会说希伯来语，他们告诉屋里的人他们是在搜捕恐怖分子的警察。门一开，他们就冲了进去，杀死了勒约瑟夫·科恩、佛图娜·科恩和他们4岁的儿子摩西，打伤了他们的女儿碧碧。他们没有注意到16个月大的婴儿伊扎克，他是聋哑人，没出声。离开这家时，这几个巴勒斯坦人遇到了当地政府雇员雅科夫·卡多什，他们命令他说出去学校的路怎么走。他照做了，然后他们朝他开枪，打伤了他。

三人来到内提夫-梅厄小学，打算坐等第二天来上学的孩子们。他们没料到会有85名15至17岁的青少年以及10名成年人正在此处睡觉。孩子们来自萨费特的一所教会学校，他们在马阿洛特地区做了一夜的实地考察。当安全部队赶到现场时，恐怖分子高喊如果不在早上6点前释放他们被关押在以色列监狱中的战友，他们就杀掉所有

① *Yedioth Ahronoth*, May 16, 1974.

人质。

果尔达·梅厄此时还在任上，还是总理，平常咄咄逼人的她这次准备让步，满足恐怖分子的要求。[1] 经过了赎罪日战争的冲击，以及调查委员会的结论和针对她的愤怒的抗议示威后，梅厄不想自己身为总理的最后一次行动危及孩子们的生命。内阁赞同她的建议。然而，同样将被替换的国防部长达扬却不同意。赎罪日战争的余波对他产生了相反的影响：经历了特拉维夫数千抗议者要求他辞职这件事后，达扬认为自己的政治生涯即将迎来屈辱的结局，所以他希望展现决心和权威。“对付恐怖分子的唯一办法就是不要让他们如愿，不让他们活着离开。我们必须干掉他们。”他这样敦促总理。最终，梅厄同意了。早上 5 点 15 分，攻入学校的命令下达到了以色列总参侦察营。

这一次，总参侦察营证明了自己无力胜任此次任务。[2] 开第一枪的狙击手只对目标造成了轻伤，由阿米拉姆·列文指挥的一支队伍上错楼层进错了房间。恐怖分子开火还击，还向人质所在的房间里扔手榴弹。由于人质是虔诚的信徒，他们分开来坐——男孩沿着墙壁坐，女孩子坐在中间——绝大部分火力都打中了女孩。在总参侦察营想办法接近恐怖分子并杀掉他们的 30 秒里，22 个孩子——其中 18 个是女孩——4 名成年人质和 1 名士兵遇难。68 人受伤，每个幸存的人质都带伤。

梅厄的政治生涯悲惨地结束了。1974 年 6 月 3 日，她被六日战争的参谋长、前驻美大使伊扎克·拉宾所取代。拉宾时年 52 岁，是到当时为止最年轻的总理，也是第一位担任此职的土生土长的以色列人。他也与梅厄截然不同，梅厄几乎完全不干涉军事和情报顾问的建议，而拉宾却事无巨细地参与所有军事和反恐行动。

还有许多这样的行动即将到来。

---

① *The Truth Behind the Maalot Massacre,* documentary film by Orly Vilnai and Guy Meroz, Channel 10, March 2014.

② Zonder, *Sayeret Matkal*, 119 (Hebrew).

马阿洛特袭击是新一轮恐怖活动的开端，是“青春之泉行动”的又一次回响。

巴解组织的 3 名领导人在贝鲁特死亡后，它发生了一些组织和结构上的变化。摩萨德认为，这次行动产生了一种寒蝉效应。[①] “这在他们心中注入了极大的恐惧。”施姆松·伊扎基说。

“这迫使他们东躲西藏，”哈拉里补充道，“我们设法扰乱了他们。阿拉法特没法连续两个晚上睡在同一张床上，这可不是一桩小事。”[②]

另一方面，“青春之泉行动”也壮大了阿布·吉哈德的力量。[③] 多亏了以色列的努力，他的大多数内部竞争对手现在都已经出局了。在“青春之泉行动”后，阿拉法特和阿布·吉哈德决定终止“黑九月”的活动，停止对以色列和被占巴勒斯坦领土之外的目标发动袭击。一些记者和历史学家，包括知名巴勒斯坦人，认为他们这么做是因为他们意识到在西方国家针对以色列人或犹太人实施的恐怖行为最终对巴勒斯坦事业弊大于利。无疑，他们还认识到一旦他们在欧洲进行恐怖活动，就赋予了以色列在那片大陆上针对他们的人实施定点清除行动的合法性，从而使每次恐怖袭击都付出非常高昂的代价。

其他人则将之归因于巴解组织在 1974 年获得国际地位这一事实，那一年，阿拉法特受邀在联合国大会上发言。真相可能介于二者之间。

无论出于哪一种原因，巴解组织最高军事委员会主席阿布·吉哈德下令所有恐怖袭击的目标只能在“被占领的祖国”境内。好战分子从欧洲通过机场和海港溜进该国，越过约旦边境，或者像袭击马阿洛特的 3 名恐怖分子那样，从黎巴嫩发动突袭。

“民阵”一手策划的马阿洛特袭击反映了阿布·吉哈德的策略。

---

① 2015 年 9 月 2 日对伊扎基的采访。
② 2014 年 3 月 29 日对哈拉里的采访。
③ Sayigh, *Armed Struggle*, 310－11.

这是自慕尼黑惨案以来巴勒斯坦人发动的最致命的袭击，也是有史以来越过边境向以色列领土发动的后果最严重的袭击。但这不是最后一次，只是在预示未来会发生什么。

1975 年 3 月 5 日晚上 11 点左右，阿布·吉哈德的 8 名手下乘坐一艘伪装成埃及商船的船只驶入以色列水域。没有月光，在漆黑夜色的掩护下，恐怖分子爬进了橡皮艇，在特拉维夫的一片海滩登陆。他们穿过沙地来到街上，用自动步枪对着赫伯特·塞缪尔①广场路一通扫射。

他们的船被打扮成埃及风格，因为恐怖分子想破坏美国国务卿亨利·基辛格即将对这一地区的访问，基辛格还没有放弃促成以色列和埃及实现和平的努力。

恐怖分子占领了萨沃伊酒店，这是一家面向低端消费市场的酒店，离海滩有一个街区远。这几个人冲进大堂，杀死了前台接待，把他们找到的所有客人都赶进了一个房间。

这是“恐怖分子第一次成功地把一支小队送进该国的腹地”，事件结束后不久，一份关于该事件的秘密军事报告这样写道。② 恐怖分子离以色列军事和情报机构总部所在的前圣殿教社区基里亚大院非常近，甚至有一颗 AK－47 的流弹穿过窗户，落在了以色列国防军最高指挥官开会的会议室里。③

在萨沃伊酒店内，8 名恐怖分子手持 AK－47 突击步枪和榴弹发射器，在关押 11 名人质的房间周围布置了一系列的爆炸装置。（另有 8 名平民躲在酒店的其他地方。）他们威胁说，如果 20 名巴勒斯坦囚犯不在 4 小时内释放，他们就杀掉所有人质。

此外，尽管已经过去差不多两年了，巴勒斯坦人还声称他们的这

---

① 赫伯特·塞缪尔爵士是英国的首位巴勒斯坦高级专员，著名的自由党犹太政治家。——译者

② General Staff Branch, History Department, *The Terror Attack at the Savoy Hotel*, August 1975（作者的资料，从“戈麦兹”处获得）。

③ 2016 年 9 月 12 日对加齐特的采访。

次突袭是为了报复“青春之泉行动”。

谈判一直持续到晚上，是通过其中一名人质进行的，她叫科察娃·列维，是个足智多谋的年轻女子，会说阿拉伯语，为以色列人提供了大量关于酒店内形势的重要情报。她还说服恐怖分子让她把一名受重伤的德国游客带出大楼，这名游客在交火中失去一条腿，正躺在酒店大堂里，尽管她本可以待在酒店外面的，但她还是勇敢地走回去协助谈判。

但以色列根本无意释放巴勒斯坦囚犯。相反，当以色列谈判人在争取时间的时候，以色列总参侦察营的一支部队策划了营救行动。早晨5点16分，44名突击队员攻进酒店。他们打死7名恐怖分子，后来又抓获一个。但只有11名人质得救。恐怖分子在意识到自己受到攻击时引爆了炸弹，8名平民被炸死。另有3名士兵身亡，包括一名参谋，他是该突击队的前任指挥官，跟着突击队进入了酒店。

失败仿佛没完没了，这次事件被视为又一次重大失败。[1] 奥马尔·巴尔-列夫是参加了酒店突袭的以色列总参侦察营士兵，后来升任该队指挥官，他说：“那时候真可怕，每隔几周我们就在半夜爬起来，被直升机运到另一处恐怖袭击的现场。你知道在天亮前的几个小时里你必须把麻烦处理干净。尽管这一切都发生在以色列境内，但行动的性质与我们部队习惯的截然不同——所有的先机、所有出其不意的要素以及所有的计划部署都由对方掌握。非常可怕。”

随着袭击的持续不断，以色列显然需要加倍努力才能消灭巴解组织领导人。但就算“刺刀”全力以赴，摩萨德仍然发现很难在巴勒斯坦恐怖组织头目们居住的黎巴嫩等目标国家开展行动。此外，当地的安全防范措施在“青春之泉行动”之后也大大加强了。利用摩萨德特工来解决巴解组织领导人现在就算不是不可能，也会被视为不切

① 2012年11月15日对奥马尔·巴尔-列夫的采访。

实际。

于是，以色列转而将目光投向空军。1975年8月中旬，法塔赫内部的一名摩萨德间谍报告说，巴解组织计划10月1日在贝鲁特南部的麦地那-利亚迪亚赫（Al-Madina al-Riyadiyyah）体育场举行集会，而集会前一小时，法塔赫的全体领导人会在附近的办公室会面。[1] 这被视为天赐良机，可以将亚西尔·阿拉法特、哈利勒·瓦齐尔（即阿布·吉哈德）、法鲁克·卡杜米、哈尼·哈桑、瓦迪·哈达德以及其他许多高官一网打尽。总理伊扎克·拉宾下令立即制定行动计划。

参谋部和空军力主空袭，但遭到“阿曼”局长什洛莫·加齐特将军的强烈反对。[2]“我告诉国防部长西蒙·佩雷斯，我们决不能卷入这种公开的事件。我准备全力打击恐怖主义，但只能开展神不知鬼不觉的秘密行动。有些以色列人不为定点清除感到羞耻，我正好相反：我觉得羞耻。我很低调，不会在这种事上自吹自擂。”

他的反对意见被驳回，计划开始了。[3] 阿维姆·塞拉少校（Aviem Sella）当时是冉冉升起的空军新星，奉命协调行动。8架A-4天鹰攻击机和一架F-4幻影战斗轰炸机准备就绪。直升飞机随时待命，以防飞行员被击中或撞机需要救援。一切都在按计划进行。

到了行动当天的早上，天气预报来了，说贝鲁特有大雾。由于此时以色列的炸弹还没有精确的全天候制导系统，不确定能否击中目标。“但情况太诱人了，机不可失失不再来啊，”塞拉少校说，“而且所有大规模的准备工作已就位——空军大部队已经进入行动状态。我们决定试一试。我对本尼（即空军司令佩莱德）说：‘来吧，让我们碰碰运气——下令飞机起飞，或许会发生奇迹。’”

---

① 2014年10月对“格莱科”的采访，2015年8月对“雅各布”的采访。

② 2016年9月12日对加齐特的采访。

③ 这次行动的代号为“解救之子”（Operation B'nei Mazor）。2013年7月10日对阿维姆·塞拉的采访。（“罗伊”向作者出示了空军档案中有关此事件的报告。）

飞行员起飞了，希望天空会晴朗起来。天却不遂人意，他们飞抵贝鲁特时云层仍然遮着这座城市。

但塞拉“没有考虑飞行员的动机”，正如他后来承认的，“飞行员得到的命令是看不见目标就不要投弹，但这仍然给了他们极大的自由裁量权。他们知道目标的性质，明白消灭巴解组织领导人对以色列有多么重要。”

在云层的掩护下，飞行员俯冲到低于命令允许降到的飞行高度。当他们看到自己已飞到目标上方时，他们丢下了炸弹，这些炸弹有一个保险装置，由一根连接到飞机上的电缆控制。但由于他们飞得比预期的低，保险没有松开，导火索没有工作，炸弹落到地上和建筑物屋顶上没有爆炸，用塞拉的话说，“就像倒了一堆鸡蛋”。

空袭中只有阿布·吉哈德的司机被一颗没引爆的炸弹压死了。第二天，贝鲁特的一家报纸刊登了一幅漫画，画的是一个巴勒斯坦男孩对着一枚以色列炸弹撒尿。阿布·吉哈德下令调查是谁泄露了这次会谈的信息。3 个月后，摩萨德的另一名宝贵人才身份暴露被处决。

法塔赫现在将其恐怖活动集中在以色列境内，而“人阵”的死亡袭击则继续针对国外的，特别是欧洲境内的犹太和以色列目标。①“人阵”炸毁犹太会堂、以色列公使馆和以色列航空公司的办事处，其武装分子劫持飞往以色列的飞机，这种事他们已经驾轻就熟。

乔治·哈巴什仍然是“人阵”的领导人，但该组织最才华横溢的行动指挥是哈巴什的副手瓦迪·哈达德。②

“他很有本事，能将炸药秘密运进袭击地点并将其隐藏起来。”哈达德组织内部负责安排特工的宜兰·米兹拉希说。摩萨德的反恐负责人施姆松·伊扎基说：“此人偏爱精心准备后的高质量行动，有时

① 1973 年 12 月至 1978 年 5 月，“人阵”发动了 20 次国际恐怖主义行动。Merari and Elad, *International Dimension of Palestinian Terrorism*, 170 – 74 (Hebrew)。

② 2014 年 4 月 22 日对米兹拉希的采访。

候甚至是距离遥远的行动，他在也门南部的一个基地对他手下进行的训练不同于我们一贯的那种。”①

其他人也钦佩哈达德的专业精神。② 克格勃给了他慷慨的援助以及一个代号，叫“民族主义者”，想“通过‘人阵’的活动实现我们自己的部分目标，同时予以必要的保密”，克格勃的负责人尤里·安德罗波夫在1969年写给苏联领导人勃列日涅夫的信中这样说。哈达德消灭了苏联的叛逃者，又袭击与中央情报局有关的目标，作为回报，他从克格勃和斯塔西获得了资金、培训、先进武器和情报。

哈达德独立而果敢。③ 当哈巴什对内宣布他正在斟酌是否遵守阿拉法特关于暂停中东地区之外的恐怖活动的要求时，哈达德却宣布哈巴什想怎么都可以，但他和他的人会以自己的方式继续行动。

多年来，哈达德一直在策划一次重大袭击，一场会震惊世界的袭击。他在策划和情报收集上投入了大量的时间，但由于种种操作困难，他一直在推迟实施。最大的困难之一是他需要找到长得像欧洲人的特工。1975年中期，他要的人突然出现了。

巴解组织与欧洲一些激进的极左组织颇有交情，④ 甚至为它们在与苏联关系密切且都持极端反以立场的黎巴嫩和也门南部建立了训练营。

哈达德与西德的“红军旅”关系尤其好，后者又名“巴德尔-迈因霍夫帮”。⑤ 其成员信奉无政府主义意识形态，并对德国执法部门

---

① 2015年9月2日对伊扎基的采访。

② The Mitrokhin Archive, k－24, 365, Churchill College, Cambridge University. Ronen Bergman, “The KGB's Middle East Files: Paletinians in the Service of Mother Russia,” *Yedioth Ahronoth*, November 4, 2016. Andrew and Mitrokhin, *The Mitrokhin Archive II*, 244. 2016年2月21日对克里斯托弗·安德鲁的采访。

③ 2015年9月2日对伊扎基的采访。Mossad, *Operation Heartburn*, 7。

④ The PLO had excellent ties Ravid, *Window to the Backyard*, 49.

⑤ 与“巴德尔-迈因霍夫帮”的联系是由他的助手泰西尔·库贝赫（Taysir Kubeh）建立的，库贝赫负责通过德国的巴勒斯坦教师和学生建立该组织的秘密外交关系。2015年9月2日对伊扎基的采访。

和大企业实施城市游击战术。在他们眼中，与压迫巴勒斯坦人的以色列为敌是反抗帝国主义罪恶的另一条战线。

刚刚获释的两名“红军旅”成员——托马斯·鲁特和布里吉特·舒尔茨——溜出了德国，来到位于亚丁附近的一个“人阵”训练营，与“红军旅”的其他人会合。他们就是哈达德需要的西方人。

“人阵”自己的3个人奉命在肯尼亚内罗毕的机场外等待一架即将进港的以色列航空公司飞机，而两名德国人则在航站楼内该航空公司的柜台观察，以确定航班的最终到达时间，并提醒等候在外的小分队。①

飞机一从他们头顶飞过，“人阵”的人就应该立即用斯特雷拉SAM－7肩射防空导弹将其击落。

在行动前的两个月里，这些人已经练习过发射斯特雷拉导弹，并研究了“人阵”特工进行初步侦察时绘制的内罗毕机场草图。② 他们一起确认了机场外面稍稍靠西的一片区域，在蒙巴萨公路的主干道和内罗毕国家公园的篱笆之间散布着成片的高大树木和仙人掌。从这里看过去，机场跑道一目了然。

行动前一周，克格勃提供给哈达德的两枚斯特雷拉导弹被偷运至肯尼亚。小分队的8名成员分别持假护照提前9天进入肯尼亚，住进了市中心的一家酒店。

袭击的一切准备都已就绪，但摩萨德通过“连接点”的特工“伤感”察觉了这一阴谋。

摩萨德内部吵开了，③ “连接点”的负责人施穆埃尔·格伦最看重的是保护“伤感”，担心如果摩萨德向肯尼亚当局透露袭击计划的细节并协助他们将之挫败，哈达德那群人会意识到摩萨德在他们内部

① 另外一些巴勒斯坦人和德国人被派往内罗毕提供后勤服务。哈达德下的行动命令文件可在摩萨德找到，*Report on Operation Heartburn*，68－80。

② *Report on Operation Heartburn*, 73.

③ *Report on Operation Heartburn*, 30.

安插了特工，那会置“伤感”于死地。格伦提议用“希伯来劳工”（Hebrew Labor）挫败阴谋，也就是说让“刺刀”去对行凶者进行定点清除，“而不必与当地政府分享情报”。

另一方面，摩萨德的外交部门负责人纳胡姆·阿德莫尼长期负责该机构在非洲的行动，很了解乔莫·肯雅塔总统及其情报部门首脑，因此极力反对在“当地政府”眼皮底下执行这种行动。

另外还有操作层面的考虑：在经历了灾难性的利勒哈默尔事件后，“刺刀”才刚刚开始重组，“我们觉得在这个人手上有导弹的情况下对付他们可能太复杂了”，摩萨德前官员埃利泽·萨夫里尔说。①

前将军伊扎克·霍菲于1974年接替扎米尔担任摩萨德局长一职，此时正在兰利拜访中央情报局同行的他接到了行动相关报告。他给拉宾发了一封密电：与肯尼亚政府合作，别动用“刺刀”。

“原则没变——倘若有人杀了犹太人，这笔账要跟这个人算，”②伊扎基说，“但不可能每天都杀人。定点清除会给你的同胞带去巨大的风险，并有可能破坏与你实施杀戮的国家的关系——在这件事上是肯尼亚。在行动中，规则是不做不必要的事。我们的最高目标是确保以色列航空公司的飞机不出事，与此同时，尽可能全面地确保我们线人的安全。”③

因此，以色列人没有准备动手消灭这支恐怖小分队，而是争取到了肯尼亚安全部队的帮助。④ 1976年1月23日，星期五，深夜时分，一个由17名以色列人组成的小组飞出以色列空军27号基地，前往内罗毕。⑤ 这次行动的代号是“心急如焚”。“当时非常焦虑，”机上一

---

① 2015年10月2日对埃利泽·萨夫里尔的采访。

② 引自《圣经·以西结书》（33：4），blood一词在《圣经》和合本中意译为“罪”。——译者

③ 2015年9月2日对伊扎基的采访。

④ 摩萨德与肯尼亚安全机构有着丰富且非常积极的合作历史。Ronen Bergman, “Israel and Africa,” 112－16。

⑤ Mossad, *Report on Operation Heartburn*, 30－31.

名军人萨夫里尔回忆道，“那么多人生命危在旦夕，都指望我们以及行动取得成功。”①

以色列小组一着陆，阿德莫尼就与肯尼亚情报局官员会面，并向他们通报即将发生的袭击。肯尼亚人震惊了。当肯雅塔总统得知索马里卷入其中时勃然大怒，肯尼亚人欣然同意合作——他们很高兴摩萨德没有在他们眼皮底下自行其是。他们坚持要求知道摩萨德线人的身份，为的是确保他们是根据可靠情报采取行动的，但阿德莫尼礼貌地拒绝了。

摩萨德-肯尼亚联手组建的一个小组很快就锁定了德国人和巴勒斯坦人的位置，并开始密切监视。② 他们也确认了那辆白色小型巴士的位置，车上放着导弹，车牌号是 KPR338。后来，这 3 名巴勒斯坦人开车去侦察发射地点时，联合小组亦尾随其后。

1 月 25 日，以色列航空公司 LY512 航班要从约翰内斯堡起飞去特拉维夫了。③ 这架波音 707 客机载有 150 名乘客，照计划下午 5 点在内罗毕做中途停留。此前不久，3 名巴勒斯坦人和 2 名德国人驾驶白色小型巴士及一辆租来的车动身了。他们的第一站是把德国人送到航站楼，然后离开机场开上主路，之后右转至去计划发射地点方向的泥巴路。但没等他们到那里，肯尼亚特工就对这伙人动手了，随后又第一时间在航站楼的以色列航空柜台附近抓到了 2 名德国人。5 个人没有反抗，束手就擒。

---

① 2015 年 10 月 2 日对萨夫里尔的采访。

② Mossad, *Report on Operation Heartburn*, 36 – 37.

③ 萨夫里尔是被派往内罗毕的摩萨德特工之一，他面临着独一无二的两难处境：他得知自己的外甥女吉拉特·雅尔登要乘这趟航班。“我不知道该不该提醒她不要乘这趟飞机，”他告诉我，“一方面，严守机密特别重要。任何信息的泄露都可能吓跑恐怖分子。我非常确信在他们发射导弹前我们会阻止他们。另一方面——这是我姐姐的女儿，在像这样的行动中任何事情都可能发生。要是我们找不到恐怖分子怎么办？忠于摩萨德还是忠于家庭，哪个更重要？”最终，萨夫里尔决定以摩萨德为先，他让吉拉特登上了飞机，担负起了维护她的生命安危之责。2015 年 10 月 2 日对萨夫里尔的采访。

至此，肯尼亚人与以色列人完成了通力合作，① 但他们不想此事公之于众，生怕曝光后他们将不得不面对第三世界与非洲论坛的巨大压力。他们提出了两个解决办法：“要么我们把他们带到沙漠里喂鬣狗”，要么以色列人把他们带走，条件是双方达成互谅永不泄露囚犯在他们手中。

以色列人希望能从囚犯那里获取更多有关哈达德及其活动的情报，所以选择了第二个解决办法：将这些恐怖分子快速转移至以色列，然后关押在与世隔绝的极端条件之下，等待秘密审判，从而使他们“消失”。这或许是西方参与“911 事件”后被中央情报局称为“引渡”的行动的第一个案例，也就是说将嫌疑人从一个国家秘密地不留书面证据地经由法外途径转移到另一个国家。

来自“阿曼”504 部队的审讯人员和医务人员飞往内罗毕。在开始回以色列的这段 6 小时航程前，5 名囚犯被绑在担架上并被注射了镇定剂。

与此同时，在特拉维夫，一些人正在重新考虑将囚犯带回以色列领土是否明智。② 总理的反恐和情报顾问雷哈瓦姆·泽维将军向伊扎克·拉宾提出了另一方案：“让我们把这 5 个正直的灵魂扔进红海，解决这个难题吧，”他说，“肯尼亚人对整件事闭口不言。没人知道他们被抓了。我们有情报说，瓦迪·哈达德向他们保证过如果他们被抓，他会劫持一架飞机让他们获释。如果我们把他们带到以色列，消息一传开，只会引发针对我们的另一波恐怖袭击。让我们现在了结此事吧。”

拉宾看着泽维，沉默了很长时间。然后，他交代助理召集了一次针对定点清除的内阁紧急会议。

---

① 2015 年 7 月 14 日对萨夫里尔的采访，Mossad, *Report on Operation Heartburn*, 59。
② 2014 年 9 月对“埃莉诺”的采访，2011 年 3 月对“马克”的采访，2013 年 7 月对“林格”的采访。Mossad, *Report on Operation Heartburn*, 59 – 60。

“你们怎么说?”等与会的部长听完泽维的提议后拉宾问他们。他们全都同意把5名囚犯带到以色列将危及世界各地的以色列旅客。哈达德是个经验丰富的劫持者，他会竭尽所能地解救他的人。拉宾也认可这一评估，尽管如此，他仍然拒绝批准处决被注射镇静剂的囚犯，“除非司法部长也同意，”他说，“现在打电话给亚哈伦。”

后来成为以色列最高法院的首席大法官和这个国家最著名的法官的亚哈伦·巴拉克，默不作声地听取了秘密行动的来龙去脉以及将行凶者扔进大海的提议。[①] “你说完了吗?”他在泽维解释完毕后问道。他生气地说：“真有你的，我觉得你肯定是疯了。你想杀掉的可是两个德国人，而且他们在一架以色列军用飞机上，被五花大绑，还被注射了镇定剂。我说什么都不会同意这么做。”

3名巴勒斯坦人和2名德国人安全地降落在以色列，然后被带到504部队的秘密审讯地点，就在特拉维夫东南面一个代号为“追踪”(Stalk)的基地里。他们被关进只有光秃秃的墙壁的漆黑囚室，同时被多次注射镇静剂。当他们开始苏醒时，“我们决定跟他们玩会儿鬼游戏，”辛贝特审讯部门负责人阿利耶·哈达尔说，“他们一醒，我们就戴上面具鬼哭狼嚎，仿佛他们已经死了，去了阴间。”[②]

以色列人非常迫切地想知道尽可能多有关“人阵”的组织结构与行动方法，甚至想知道在哪里能找到瓦迪·哈达德。

504部队的高级审讯员Y是一名中校，[③] 他戴着一顶东正教犹太人的无边便帽，是出了名的政治右翼分子，他负责审问3名巴勒斯坦人。Y是为以色列国防军的特种部队进行战俘训练的人，会模拟严酷的囚禁条件和严刑拷打。在内罗毕这五人到达前不久，他用警棍抽打一名以色列总参侦察营的士兵，导致其脊柱永久性损伤。此事过了几个月后，Y审问过的

---

① 巴拉克一离开会议室，就召集了由国家检察官加布里埃尔·巴哈领衔的司法部高级官员对此提议进行协商，巴哈听了泽维的建议后也“吓得发抖”。2014年9月28日对多里特·拜恩尼施的采访，2013年7月对“林格”的采访。

② 2017年5月14日对哈达尔的采访。

③ 2011年3月对“马克”的采访。

一名巴勒斯坦囚犯倒地不起，被送去医院后死在了那里。

“Y 没有弄死他。没有。他就这么死了，”时任 504 部队指挥官伊戈尔·西蒙说，“审问过程很长。非常长。他挨了打，但可以确定他的死与此无关。验尸报告可以证明。”①

当 3 名阿拉伯特工被从肯尼亚带来后，Y“非常努力地审问他们”，一名辛贝特特工说。其中一人受了重伤，住了院，但他康复了。

德国囚犯享受的是截然不同的待遇，辛贝特的人对他们进行有礼貌的审问。“阿曼”局长什洛莫·加齐特将军视察了审讯地点。“这位女士［舒尔茨］令人印象相当深刻，”他说，“一个非常坚强的女人，用严厉的手段控制着自己和周遭的环境。那个男的是个讨厌鬼。”② 最终，哈达尔以心平气和而狡猾的审问方式，柔声细语和毫无恶意的外表拿下了舒尔茨。

两名德国人招供了，认了罪，还供出了哈达德的相关情报。“他们告诉我们很多事情，包括未来恐怖袭击的计划，”哈达尔说，“在整个过程中，摩萨德的那个女人［德语-希伯来语口译员］一直坐在那里，用希伯来语跟我说，‘我想杀了她。’”

“在分别前，我握住舒尔茨的手问她：‘布里吉特，如果有一天你回到德国，有朋友告诉你你得杀掉哈里（这是她以为的我的名字），你会怎么做？’她眼睛都没眨一下地回答，‘我不能杀你，哈里，在你为我做了那么多之后。’”

“我很高兴。我以为或许她身上有改过自新的一面。但接着她补充道：‘我会请别人干掉你。’”③

---

① 2012 年 7 月 9 日对伊戈尔·西蒙的采访。

② 2017 年 7 月 19 日对加齐特的采访。

③ 2017 年 5 月 14 日对哈达尔的采访。舒尔茨也对约翰·勒卡雷（即大卫·康威尔）印象深刻，他的朋友“阿曼”局长加齐特为他安排参观了这个秘密军事监狱，这个监狱外号叫“维拉·布里吉塔”（Villa Brigitta），取自同名的德国恐怖分子。为哈达尔的审问做翻译的摩萨德女员工在被引见给勒卡雷时，后者用的是化名和假军衔——“监狱主管考夫曼上尉”。Le Carré, *The Pigeon Tunnel*, 109 – 15 (Hebrew)。

1976年6月27日，也就是肯尼亚袭击被挫败6个月之后，拉宾和他的内阁在位于特拉维夫基里亚-萨罗纳的总理办公室召开会议。

部长们正在讨论国防部长西蒙·佩雷斯关于增加以色列国防军士兵工资的提案，下午1点45分，军事秘书走进来递给拉宾一张纸条。[①] 他的脸色突然凝重起来。他清了清嗓子提请大家注意。“在继续讨论前，我有事要宣布，”他说，“一架9点50分从卢德起飞的法航飞机失联。显然是遭到了劫持。显然是往别的方向飞了。机上大约有83名以色列人。”

军事助理埃弗雷姆·波伦告诉拉宾，情报人员还不知道是谁干的，有进一步情报会向他通报。

拉宾后来向一位同僚透露，有那么一刻，他后悔没同意将内罗毕那五人扔进大海。

“不用了，”拉宾告诉波伦，“我知道，是瓦迪·哈达德干的。”

有4名劫机者——2名来自“人阵”，2名是德国极左分子。[②] 他们趁飞机在雅典经停时登上这架飞往巴黎的班机，起飞后，他们起身拔出枪冲进驾驶舱，命令飞行员先飞往班加西加油，再去接另外3名恐怖分子，然后飞往乌干达的恩德培。

瓦迪·哈达德再次证明了他是恐怖分子世界里最优秀的战略家。他从自己和别人的错误中汲取了教训，在拥有准确的情报、精心的准备以及至少两名独裁者——利比亚的卡扎菲和乌干达的阿明——通力协作的基础上，开展了一次大规模行动，这两位独裁者都为劫机者提供了后勤援助和庇护，以色列鞭长莫及。

阿明以前是拳击手，曾在英军中当过中士，在摩萨德和以色列国

---

① 1976年6月27日内阁会议记录（作者的资料，从“保罗”处获得）。这张由波伦传过去的纸条存在作者的资料里（从阿夫纳·阿夫拉罕处获得）。2009年2月11日对阿莫斯·埃伦的采访。

② IDF, History Department, *Operation Thunder Ball,* November 1977, MODA, 107.79.18, 3－11.

防部的支持下夺取了乌干达的控制权，与以色列保持着多重秘密往来。[1] 阿明在收到装在双层箱底行李箱中的贿赂后，回馈以色列的是大量军事和民用合同，并允许摩萨德在乌干达自由活动。

但阿明的嗜血与残忍和他对金钱的欲望一样高企，1972 年，当卡扎菲开始向他提供比以色列多的贿赂时，他驱逐了以色列代表，并公开与以色列为敌。他同意在距离以色列 2200 英里外的恩德培接待劫机者及其人质。

哈达德相信以色列别无选择，只有与其谈判。[2] 在恩德培，他的特工们释放了 209 名非以色列和非犹太乘客以及 12 名法航机组人员，不过机组人员团结一心，勇敢地坚持与剩下的 83 名犹太人和 8 名非以色列犹太乘客同进退。劫机者随后要求释放 53 名“自由战士”以交换以色列和犹太人质。[3] 这一要求是由伊迪·阿明亲自打电话告诉以色列的。“自由战士”名单中包括神甫希拉里翁·卡普奇，此人凭借自己的外交身份利用他的梅赛德斯私家车偷运大量武器到耶路撒冷的法塔赫据点；以及 1972 年卢德机场惨案的凶手之一冈本公三；还有内罗毕事件的 5 名恐怖分子，哈达德确信他们在肯尼亚或以色列手中。

摩萨德乱作一团。现在很多人都后悔没将内罗毕五人组扔进大海里。在一次指挥官会议上，萨夫里尔说：“他们要 5 个人？乐意效劳。让我们飞去乌干达，把他们从飞机上扔到航站楼楼顶上，这样哈达德就会明白他从我们手上只能得到这些。”[4]

与此同时，以色列国防军策划了一次要动用庞大的部队的救援行

---

① Ronen Bergman, “Israel and Africa,” 121 – 39.

② 2015 年 10 月 14 日对阿夫纳·阿夫拉罕的采访，2016 年 4 月 1 日对阿吉瓦·拉科塞的采访，2016 年 6 月 29 日对伊杜·内塔尼亚胡的采访。Netanyahu (ed.) *Sayeret Matkal at Antebbe,* 25 – 28 (Hebrew).

③ 1976 年 6 月 30 日，辛贝特局长阿夫拉罕·阿西图夫在安全内阁会议上所作的报告（作者的资料，由“保罗”提供）。

④ 2015 年 10 月 2 日对萨夫里尔的采访。

动，部队将在维多利亚湖区登陆，然后确保整个机场及其周围大片土地的安全。拉宾听着汇报，越听越生气。①

"在确保整片区域安全所需的时间里，劫机者会杀掉所有人质，阿明会有时间派出援军。"他愤怒地说。

"拉宾告诉以色列国防军，他希望看到一个从部队登陆到救援行动开始不超过3分钟的方案。"总理办公室主任阿莫斯·埃伦说。但在那么远的地方，在没有情报的情况下，这个要求似乎是不可能做到的。

由于没有任何可行的替代方案，拉宾有意答应劫机者的要求。尽管他讨厌这么做，但他认为没有别的办法能挽救百余条无辜的生命。然而这一行为意味着破坏由果尔达·梅厄制定并在此后被确立为以色列政策的铁律：不与恐怖分子谈判。辛贝特局长阿夫拉罕·阿西图夫下令，倘若真的别无他法，那么至少"手上沾满鲜血"的囚犯——自此以后这个表述在类似情况下被反复使用——绝不可用来交换人质。② 换言之，只有巴解组织的初级成员且没有直接参与杀害以色列人者可以考虑释放。"任何曾杀害过犹太人的人，"阿西图夫说，"要么灭掉，要么在被判终身监禁后死在以色列监狱里。"

辩论持续了四天。人质的亲属在基里亚大门外的示威活动愈演愈烈，在拉宾的办公室都能听见。以色列主要核反应堆的主管之女是人质之一，该主管找到了拉宾并对其施压，希望其与恐怖分子达成妥协。

不仅如此，拉宾随后还接到了一份军事审查局的秘密报告，称其已经禁止以色列一家日报发表一篇包含"心急如焚行动"（Operation Heartburn）所有细节的报道。阿西图夫通知拉宾，表示他已下令监听

---

① 最终，海军突击队沿着维多利亚湖进行的侦察表明该计划不可行，因为湖里到处是鳄鱼。Halevy, Reicher, and Reisman, eds. Operation Yonatan in First Person, 38－39 (Hebrew)。2009年2月11日对埃伦的采访。

② 2013年7月对埃伦的采访。Ronen, Bergman, "Gilad Shalit and the Rising Price of an Israeli Life," *New York Times Magazine*, November 9, 2011。

记者的电话，但仍未能确定泄密的源头。拉宾勃然大怒："我真的很震惊……在这个国家不可能把一个军事记者关起来，盘问他到底从哪里得到的情报……这［情报泄露］对我们来说会是一场灾难。"①

拉宾明白，违背以色列对肯雅塔做出关于内罗毕五人组一事绝对保密的承诺，将使以肯关系出现危机。更重要的是，此事的披露可能会将此刻正要求全世界支持其打击劫机者的以色列刻画成一个使用类似恐怖手段的强盗国家。另一方面，以色列在自己和肯尼亚都否认知道这伙人下落的情况下怎么能跟恐怖分子谈判？

最终，"凯撒利亚"想出了一个不需要用囚犯去交换人质的解决方案。5年前，哈拉里认定他需要招募一名可以冒充飞行员的特工。为什么呢？"因为或许有一天我们会需要"，对于任何关于他那些不会产生立竿见影效果的未雨绸缪的质疑，他都习惯性地这样回答。他说服扎米尔投入财力，一个代号"大卫"的特工在以色列和欧洲接受了长时间的训练。

现在，投资终于有了回报。

"大卫"在肯尼亚租了一架飞机，在恩德培机场的航站楼和停机坪上空盘旋，航拍了很多照片。② 他在降落时，假装是一个生活在中非某国的娇生惯养的富有英国猎人，在很多事情上需要控制塔的协助。乌干达的空管人员愿意合作，甚至还跟他喝了一杯，分享了他们对"过去几天乱糟糟的局面"的印象，这是他们对附近航站楼的人

① 拉宾是在6月30日下午召开的国防机构负责人紧急会议上发表这番讲话的。参谋长莫迪凯·古尔（Mordechai Gur）同意拉宾的观点，认为辛贝特应该盘问这名记者。"我认为不得不这么做，百分之百同意。今天动手还不晚。"但这样的讯问没有发生，因为巴拉克大法官告诉拉宾这涉嫌违法并明令禁止。"Meeting Between Prime Minister and Minister of Defense with Heads of the Defense Establishment," June 30, 1976（作者的资料，从"保罗"处获得）。

② 在跟他们交谈时，他能从地面拍摄控制塔的照片，甚至获得了空军急需的情报——机场加油嘴的直径。2014年3月10日对哈拉里的采访，2014年10月6日对克莱恩的采访，2016年9月12日对阿维·怀斯·李弗恩的采访。"大卫"拍摄的恩德培机场照片的副本保存在作者的资料中（从"伊桑"处获得）。

质情况的描述。

12 小时后，哈拉里给拉宾带来了“大卫”提供的详细报告和几百张照片，总理的脸上露出了笑容。“这正是我要的，”他说，“这是行动所需的情报。”对拉宾来说，尤其重要的是航站楼周围的乌干达士兵的照片，他认为这证明了瓦迪·哈达德的人没有在大楼里设置诡雷。“否则伊迪·阿明不会让他的手下出现在那里。”他说。照片也很清楚地反映出守卫航站楼的乌干达军队人数很少。

以色列总参侦察营想出了一个新颖而大胆的计划：总参侦察营一支小型特遣队将乘坐一架无标识的 C－130 大力神军用运输机，在夜色的掩护下，借着为一架计划比它先降落的民用运输机点亮的跑道灯着陆。部队落地后将驾驶多辆车朝航站楼驶去，开在最前面的是一辆黑色梅赛德斯，与阿明经常开的那辆颇为相似，以迷惑乌干达士兵。在接近航站楼的地方，部队将从几个不同的入口下车攻入大楼，利用突然袭击引发的混乱消灭恐怖分子。这一切应该在不到两分钟的时间里完成。随后，更多的以色列国防军部队将立即降落，并负责对付控制塔、乌干达士兵和乌干达空军飞机，这样一来，在载有人质和士兵的以色列飞机起飞后，他们就无法追击。肯雅塔同意以色列飞机返程时在内罗毕着陆加油。

国防部长西蒙·佩雷斯相信这一计划能成功，便敦促拉宾批准。7 月 3 日，总理批准了这次突袭行动。①

此次行动指挥官问拉宾，如果他们遇到阿明本人该怎么办。“如果他干涉，命令就是杀了他。”拉宾说。外交部长伊加尔·阿隆补充道：“就算他没干涉，也这么办。”

以色列特遣队乘坐 4 架飞机出发去执行此次任务。每名士兵都拿到了一份乌干达地图和一笔美元，以防他们被困，不得不独自逃

---

① “Protocol of Cabinet Meetings on July 3, 1976, and July 4, 1976”（作者的资料，从“保罗”处获得）。2015 年 8 月 4 日对佩雷斯的采访。

跑。“但我们心知肚明，这只是说说而已，实际上这是一次没有逃离计划的行动。如果出了差错，我们会被困在这里，直到战死。”伊夫塔赫·莱彻（Yiftach Reicher）说，他是本杰明·内塔尼亚胡的哥哥约纳坦·内塔尼亚胡的副官、以色列总参侦察营的现任指挥官。

第一架大力神飞机按计划着陆了。[①] 莱彻回想起自己坐在跟在黑色梅赛德斯后面的一辆路虎里的情景：“机场空无一人，四周一片寂静，到处漆黑，宽阔的跑道上无人走动。我心里只有一个念头‘妈呀，真吓人！’。”

差点没能做到出其不意，因为这支部队遇到了两名乌干达士兵，内塔尼亚胡认定他们构成了危险，用装有消音器的手枪朝他们开火。[②] 士兵没被打死，坐在内塔尼亚胡后面的那个人认为他们仍然很危险，用不带消音器的步枪打死了他们。

枪声引来了乌干达的其他部队，一场火拼开始了。以色列人的车抵达航站楼后开始进攻，但内塔尼亚胡被打中了，后来伤重而死。然而，当穆基·拜瑟尔带领的突击队攻进航站楼时，恐怖分子大惊失色，还没来得及组织反击，就全被穆基干掉了。莱彻的小队攻进了附近一幢由乌干达军队把守的大楼，歼灭了里面所有敌人。另一支小队占领了控制塔，还有一支小队摧毁了停在跑道上的 8 架乌干达空军米格战斗机。

8 名劫机者全被歼灭。3 名人质在交火中丧生。还有 1 名人质是前一晚被送往医院的一位年迈的以色列妇女，后来她在阿明的授意下

---

① 2013 年 11 月 25 日对伊夫塔赫·莱彻的采访，2016 年 5 月 16 日对怀斯·李弗恩的采访。Ronen Bergman, “Operation Entebbe as Told by the Commandos: Planning the Mission,” *Yedioth Ahronoth,* June 27, 2016. Halevy, Reicher, and Reisman, eds., *Operation Yonatan in First Person,* 19－32 (Hebrew)。

② Ronen Bergman and Lior Ben Ami, “Back from Africa,” *Yedioth Ahronoth,* June 17, 2016.

被害，以报复这场突袭行动。[1]

但 100 人获救了，以色列也没有让步。这次行动成为处理人质危机的范本：不与恐怖分子谈判，不对恐怖分子妥协，但愿为解救人质赴汤蹈火，就算付出生命也在所不惜。

尽管恩德培突袭是一次战术上的重大胜利，但下令劫机的人——那个果尔达·梅厄 6 年多前就签署了暗杀令的男人，那个被穿过贝鲁特办公室窗户的火箭筒密集火力击中却只受了轻伤的恐怖分子，那个没被 1974 年扔进贝鲁特一座体育场的炸弹炸死的狂热分子，那个被列在以色列暗杀名单榜首并且是一些仍在酝酿中的暗杀计划的目标的男人——仍然活着，仍然逍遥在外。[2]

拉宾命令摩萨德不惜一切代价去做。瓦迪·哈达德必须死。

① 2013 年 11 月 25 日对莱彻·阿提尔（Reicher Atir）的采访，2016 年 5 月 16 日对怀斯·李弗恩的采访，2016 年 4 月 1 日对阿米尔·奥弗尔的采访，2016 年 5 月对吉奥拉·祖斯曼的采访，2011 年 6 月 13 日对丹尼·阿蒂提的采访，2012 年 11 月 15 日对奥马尔·巴尔-列夫的采访，2016 年 5 月对品查斯·布克里斯的采访，2016 年 7 月 6 日对拉米·谢尔曼的采访，2016 年 7 月 6 日对什洛米·莱斯曼的采访，2011 年 6 月 14 日对沙乌勒·莫法兹的采访，2016 年 6 月 10 日对拜瑟尔的采访。

② 2015 年 3 月对“格莱科”的采访，2015 年 8 月对“雅各布”的采访。

十三
命丧牙膏

1977年5月，自1948年成立以来就一直统治这个国家的以色列工党首次在全国选举中失利。击败它的利库德集团是一个民族主义右翼政党，由反英地下组织“伊尔贡”的前指挥官梅纳赫姆·贝京领导。在诸多因素的共同作用下——来自阿拉伯国家的犹太移民遭受的歧视和侮辱、工党腐败的曝光、赎罪日战争的各种过失，以及富有个人魅力的贝京利用这些因素驾驭民粹主义浪潮的能力——引发了一场令以色列人和海外观察家震惊的混乱。

贝京在许多外国领导人和本地高官眼中是个极端主义者、战争贩子。以色列军方和情报机构的一些负责人确信，他们很快会被新政府的党羽所取代。

但甫一上任，贝京总理采取的措施就令国内外所有人大为惊讶。1978年，在戴维营与吉米·卡特总统和安瓦尔·萨达特总统举行的一次引人瞩目的首脑会晤中，他同意与埃及缔结一项突破性的和平协议，规定以色列最终要从1967年从埃及那里占领的西奈半岛全面撤军。撤军、拆除定居点以及放弃油田和旅游设施，这些承诺遭到了以色列右翼的强烈反对。但贝京甘冒违背自己政治立场的风险，迫使他所在的政党服从。他还极大地强化了与美国的安全联盟，并巩固了以色列最高法院的至高权威。

对内还没有清洗。实际上，贝京甚至要求与工党关系密切的两个人——辛贝特局长阿夫拉罕·阿西图夫和摩萨德局长伊扎克·霍菲——留任。“这让我们觉得很奇怪。”霍菲说。[1]工党在军事和情报问题上态度强硬而务实。霍菲说："但对贝京而言，军队是神圣的。"

实际上，这意味着贝京给了军方和情报机构全权负责的权力。[2] 当他领导议会反对派时，他接触情报界的机会非常有限，他要学的东西有很多。但即使在接触到具体细节后，他充其量也只在表面上管一下。摩萨德副局长纳胡姆·阿德莫尼说："他仿佛在离我们 8 万英尺的高空盘旋。"

贝京在摩萨德呈给他的所有红头文件上签字时不会提出任何疑问。总理甚至没有坚持标准操作流程，即让一名助手誊写与摩萨德局长的会议纪要以批准破坏活动和定点清除行动。这令霍菲很惊讶。他说："拉宾会把这种事提交给某种内阁会议来批准。"但贝京批准行动的时候是"当面批，没有速记员和军事助手……我曾提醒他书面记录很重要"。

贝京与他的情报部门主管之间唯一的分歧在于隐蔽性与优先性。在他与霍菲的首次会面中，他说他希望摩萨德能针对在逃的纳粹战犯发起大规模的定点清除行动。[3] 霍菲说："我告诉他，'总理，今天摩

---

① 2002 年 1 月 11 日在贝京中心对伊扎克·霍菲的采访。

② 2011 年 5 月 29 日对阿德莫尼的采访。

③ 贝京废除了前任总理们将追捕纳粹罪犯一事放在摩萨德优先事项中较低位置的决定（艾希科尔于 1968 年 12 月 31 日签署命令，梅厄和拉宾批准），在他的大力支持下，内阁安全委员会于 1977 年 7 月 23 日通过决议："命令摩萨德恢复搜捕纳粹战犯，特别是约瑟夫·门格勒。若无法将他们绳之以法，就格杀勿论。"从那时起，摩萨德确实采取行动想找到并铲除门格勒，但都无功而返。"凯撒利亚"的确找到了"里昂屠夫"克劳斯·巴比，他是盖世太保在里昂的指挥官，对将数千名犹太人送往玻利维亚的死亡集中营负有责任。"凯撒利亚"局长哈拉里专程赶到拉巴斯，监督暗杀行动的准备工作，但最终因为逃跑路线存在种种不确定性而决定取消行动。回首往事，他认为自己过于谨慎："我认为［对付纳粹］应该有更多的事可做。只要有一个纳粹还在世界的某个角落呼吸，我们就应该帮他停止呼吸。今天，当我知道这些纳粹住在中美洲和南美洲，而我们本可以轻而易举把世界翻个底朝天的时候，我想那时我们简直太傻了。"以色列没有刺杀巴比，而是将收集到的有关他的情报转给了法国，法国引渡了他并于 1983 年对其进行了审判。1987 年他被判终身监禁，1991 年因癌症死于狱中。2015 年 6 月 30 日对米丹的采访，2011 年 3 月 10 日对哈拉里的采访，2014 年 5 月 28 日对克莱恩的采访，2017 年 9 月 11 日对约西·陈的采访。Mossad, Caesarea, Revav, commander of Messer, to Mike Harari, April 11, 1978. Mossad, History Department, *Looking for the Needle in the Haystack,* 2007, 117－220 (author's archive, received from "Midburn"). Ronen Bergman, "Why Did Israel Let Mengele Go?" *New York Times,* September 6, 2017. Interview with Hofi, Begin Center, January 11, 2002. Klein, *Master of Operations,* 236－39。

萨德还有其他关系到以色列现在与未来安全的任务，我优先考虑今天和明天，而不是昨天'。他明白这一点，但并不赞成……最后，我们决定集中对付一个目标，即［约瑟夫·］门格勒，但贝京是个非常情绪化的人，他很失望。”

但与此同时，贝京也理解了霍菲的观点。与贝京关系很近并在其任总理期间担任新闻顾问的以色列知名记者什洛莫·纳迪蒙说：“有的以色列人认为大屠杀是一次性的历史灾难，贝京与他们不同，他发自内心地认为大屠杀的教训是犹太人必须在自己的国土上保护自己，以防他们的生存受到新的威胁。”①

贝京将亚西尔·阿拉法特与阿道夫·希特勒相提并论，认为呼吁摧毁以色列国的《巴勒斯坦之约》（*Palestinian Covenant*）跟《我的奋斗（下）》如出一辙。贝京1979年7月9日在以色列议会上发表演讲时说：“我们犹太人和锡安主义者凭我们的经验是不会走30年代的欧洲和全球领导人走过的路的。”演讲中，他猛烈抨击西德总理维利·勃兰特和奥地利总理布鲁诺·克赖斯基与亚西尔·阿拉法特有来往。

“我们对《我的奋斗（下）》很慎重，我们将尽我们所能并在上帝的帮助下，阻止撒旦之子［阿拉法特］所说的……恐怖演变成现实……他是个卑鄙的杀人犯组织的头目，这种组织自纳粹之后从没有过。”

自1974年以来，在欧洲发生的恐怖袭击逐渐减少的情况下，阿拉法特一直着意强调国际舞台上的政治努力，以获得国际社会在外交上承认巴解组织，② 并摆出准备与以色列谈判的姿态。伴着以色列的强烈反对，巴解组织在世界各地，包括欧洲，设立了官方和公开的外

---

① 2015年2月18日对纳迪蒙的采访。

② Merari and Elad, *International Dimension of Palestinian Terrorism*, 130－31 (Hebrew).

交使团。在这场运动鼎盛的1974年11月，阿拉法特出现在联合国大会上，还发表了被公认为相对温和的演讲。①

此外，阿拉法特努力表现出一个以政治解决巴以冲突的倡导者的形象，这使得巴解组织与美国的关系开始解冻。以色列情报机构对其主要盟友和主要敌人之间有可能达成和解甚感关切。“阿曼”1974年12月呈给时任总理拉宾的一份文件警告说：“美国有兴趣在巴解组织内部获得最大影响力，这样它就不再是苏联的专属据点了。”② 文件还谈到被视为亲以色列的国务卿亨利·基辛格，称“我们在他的谈话中没有发现对巴解组织的未来完全否定的意思”。

以色列情报界并没有被巴解组织的外交策略所说服。对“阿曼”而言，这不过是“跟以色列算账的战略草案”。当阿拉法特向美国外交官示好并在联合国受到尊敬之时，他的人却在继续袭击以色列公民。“阿拉法特与他那滑稽可笑的外表截然相反，他堪称天才，”长期以来在军事情报界赫赫有名的阿莫斯·吉拉德少将说，“他有两名负责恐怖行动的副手，即阿布·吉哈德和阿布·伊亚德，但是除了一次袭击外，你根本找不到与阿拉法特有任何直接联系。这就像一个动物园管理员放任一头饥饿的狮子在大街上乱跑，让它吃人一样。谁的责任？狮子吗？显然是动物园管理员。阿布·吉哈德原则上得到了指示，其余的都是他自行其是。阿拉法特不想要报告，不参与行动策划会，不批准行动。”③

阿拉法特在世界舞台上愈发出名，这在摩萨德和“阿曼”之间引发了他是否仍然是合适的暗杀目标的激烈争论。④ 时任“阿曼”暗杀目标部门负责人的伊戈尔·普莱斯勒准将激动地争辩说，阿拉法特

---

① United Nations General Assembly, Twenty-Ninth Session, Official Records, A/PV. 2282.

② Intelligence Branch, Research Division, Special Report 12/906, December 25, 1974（作者的资料，从“生物学家”处获得）。

③ 2012年7月31日对阿莫斯·吉拉德的采访。

④ 2017年7月6日对普莱斯勒的采访。

应该列在暗杀名单的榜首，“他是个恐怖分子。他手上沾着犹太人的血。他命令手下继续进行恐怖袭击。必须采取一切手段除掉他”。

摩萨德反恐部门负责人施姆松·伊扎基不同意，并表示：“阿拉法特在联合国发表演讲之后已经成为一名政治人物。他是蛇头，但这个世界赋予了他合法性，杀了他会使以色列陷入不必要的政治乱局。”①

最终，后一种观点占了上风。这意味着阿拉法特的名字从暗杀名单中被删掉了，② 瓦迪·哈达德的名字升至首位。

恩德培突袭之后过了 18 个月，瓦迪·哈达德在巴格达和贝鲁特过着安全无忧、锦衣玉食的日子。

然而，摩萨德生怕在巴格达、大马士革和贝鲁特这样的阿拉伯国家首都动用枪支，因为被抓的风险太大了。所以更多是采取了无声的暗杀方式，它们没那么显眼，死状看起来也更像是自然死亡或意外，比如死于生病或车祸。在这种情况下，即使有被谋杀之嫌，在能采取任何措施之前，杀手也早就逃之夭夭了；相比之下，一旦有人死于枪杀，大家立刻就能想到杀手还没跑远。

摩萨德决定利用其在情报上对哈达德组织的深度渗透，将铲除哈达德的任务分配给了“连接点”。这次暗杀是下毒，任务被指派给了“伤感”，因为这位特工有权进入他家和他办公室。

1978 年 1 月 10 日，“伤感”用一管长得一模一样但含有致命毒素的牙膏掉包了哈达德的牙膏，③ 这种毒素是位于特拉维夫东南部耐斯兹敖那市的以色列生物研究所经过不懈努力研制出来的，该所是以色列守卫最严的地点之一。它成立于 1952 年，至今仍是以色列发展

---

① 2015 年 9 月 2 日对伊扎基的采访。

② Mossad, *Operation Heartburn*, 105－8.

③ 2013 年 7 月 20 日对达甘的采访，2009 年 6 月对“伯蒂”的采访，2016 年 8 月对“艾迪”的采访，2015 年 6 月对“伊桑”的采访。

其绝密防御和进攻性生物战制剂的基地。哈达德每次刷牙时，微量的致命毒素就会穿过他的口腔黏膜进入他的血液。当他体内的毒素累积到临界值时，就会致命。

哈达德开始感到不适，被送往伊拉克政府医院。[①] 他告诉那里的医生说他在 1 月中旬的时候已经开始饱受饭后剧烈腹部痉挛的折磨。他的食欲减退，人瘦了不止 25 磅。

他起初被诊断为肝炎，[②] 后来又被诊断为重感冒。医生们用了强效抗生素，但他的情况没有好转。他开始掉头发，高烧不退。巴格达的医生束手无策，他们怀疑哈达德被人下了毒。阿拉法特指示助手联系东德的秘密警察斯塔西寻求帮助。[③] 20 世纪 70 年代，斯塔西为巴勒斯坦恐怖组织提供护照、情报、住所和武器。东德领导人埃里希·昂纳克和该国的其他人把阿拉法特当成像菲德尔·卡斯特罗那样真正的革命家，并随时准备提供帮助。

1978 年 3 月 19 日，哈达德被飞机送往东柏林的一家政府医院（Regierungskrankenhaus），那里收治情报和安全机构的工作人员，而且久负盛名。他的助手为他打包了日常洗漱用品，包括那管致命的牙膏。

他登上从巴格达飞往柏林的飞机之后，摩萨德收到的情报材料看起来令人满意。“连接点”召开的一次指挥官会议的报告这样写道：“哈达德到德国时绝对完蛋了，生物研究所的专家说他已是行尸

---

① 在阿隆·克莱恩的《反击》一书中出现了一种稍有不同的说法，说毒药藏在一种哈达德特别喜欢的比利时巧克力里，是一名真实身份为摩萨德特工的手下送给他的。Klein, *Striking Back*, 179－81。

② 1978 年 4 月 21 日，洪堡大学的奥托·普罗考普医生为名叫“艾哈迈德”的病人写的病历（作者的资料，从冈瑟·拉奇处获得）。

③ 在东德情报机构有关巴勒斯坦人的内部通信中，提及巴勒斯坦人时公然流露出种族主义色彩的言语并不少，在那些备忘录中，巴勒斯坦人被蔑称为“操骆驼的”。斯塔西为巴勒斯坦组织提供训练和武器，并与克格勃一起敦促其对以色列和美国目标采取行动，同时确保他们不会在共产主义阵营内活动。感谢记者冈瑟·拉奇提供的资料。Ronen Bergman, “KGB's Middle East Files,” *Yedioth Ahronoth*, November 4, 2016。

走肉。”

他的入院手续上用的是化名“艾哈迈德·杜克力”，41岁，身高5英尺6英寸。他的情况确实很糟糕：身体多处出血，包括心脏周围的心包膜、舌根、扁桃体、胸膜和颅内的皮下出血，还伴有大量血尿。骨髓功能受到抑制，导致血液中的血小板计数下降。尽管受到了特殊照顾，但哈达德的情况仍在持续恶化。军医——东德最好的医生——让这位病人接受了每一项他们能想到的检查：血液、尿液、骨髓和X光。他们认为他中了毒，要么是老鼠药，要么是某种重金属，可能是铊，但他们没找到物理证据。根据东德一名特工发到以色列的情报，哈达德痛苦的尖叫声在医院回荡，医生们加大了他的镇定剂和催眠药剂量。

3月29日，在抵达东柏林医院10天后，瓦迪·哈达德在极度痛苦中死去。① 不久，斯塔西的负责人埃里希·米尔克收到了一份完整的报告，包括东柏林洪堡大学的奥托·普罗考普医生做出的尸检报告，他是法医界的世界级权威之一。他在报告中写道：直接死亡原因是“脑出血和全骨髓病引起的肺炎”，就这些症状以及参与讨论的人所言，有理由怀疑他是被暗杀的。不过，从吹毛求疵的法医学角度看，他实际上承认自己不知道是什么杀死了哈达德。

哈达德死时，他实际上掌控着一个完全独立于乔治·哈巴什领导的组织。但哈巴什为战友的离世感到悲伤，他毫不怀疑幕后黑手就是以色列。

摩萨德和以色列国防机构的领导们对这次行动的结果欣喜若狂。

---

① “Maj. Gen. Dr. Fister to the ‘Great Minister’ [identity undisclosed, probably Erich Mielke] with the Following Documents on 22. 4. 78: A Report on the Patient ‘Ahmed,’ Written by Dr. Prokop 21. 4. 78; Institute of Forensic Medicine at the Humboldt University, Corpse of Ahmed Doukli, 20. 4. 1978; An Expert Medical Report, number 258/78, by Dr. Geserick, Designated for the Military District and State Attorney, on the Corpse of Doukli, Ahmed. 29. 3. 78”（作者的资料，从冈瑟·拉奇处获得）。

以色列最强大、有力的敌人之一被消灭了。同样重要的是，在利勒哈默尔惨败5年后，摩萨德恢复了定点清除，而且手法极其老练。这恐怕是摩萨德第一次用“低特征”（low-signature）这个词来形容一次死亡看似自然或偶然的暗杀。

“听说哈达德死了，我非常高兴。”施姆松·伊扎基说。[①] 因为以色列从未承认它杀了哈达德，他强调“别把我的话当成确认参与此事的证据”，并宣称“手上沾过犹太人血的任何人都注定要死。顺便说一下，没了哈达德，他的组织也就不会存在了。它已经和乔治·哈巴什分道扬镳，又在哈达德的副手之间闹分裂，然后会继续分裂，直到消亡”。

哈达德被铲除之后，摩萨德盯上了下一个目标：阿里·哈桑·萨勒姆。

萨勒姆必须死的原因颇有争议。以色列情报机构认为他策划并实施了在慕尼黑屠杀以色列奥运代表团的行动，尽管与萨勒姆共事的人强烈否认这一指控。无论如何，铲除他的渴望愈发强烈，可能是因为在利勒哈默尔暗杀他的企图变成了摩萨德历史上最尴尬、最具破坏性的惨败这件事。萨勒姆本人则火上浇油，挖苦该机构搞砸了在挪威的行动。“当他们杀死伯乌齐基时，我在欧洲，”萨勒姆在接受黎巴嫩的 *Al-Sayad* 报采访时说，“伯乌齐基是游泳池员工。他的相貌和身材跟我不一样。”[②] 萨勒姆说自己性命无虞，“与其说是因为我技高一筹，不如说是因为以色列情报机构太弱了”。

这份采访由“阿曼”负责公开情报源的部门分发给情报界的负

---

① 我给伊扎基读了德国医生写的关于哈达德死前经历的可怕痛苦的报告。他笑道：“这些受苦的说法自带效果。它们传播开来，传到其他恐怖分子耳朵里，进入他们心里，让他们敬畏和恐惧，扰乱他们的判断，改变他们的行为，使他们犯错。”2015年9月2日对伊扎基的采访。

② Bird, *Good Spy*, 152.

责人——哈拉里要求该部门收集所能得到的有关萨勒姆的每个细节。[1] 在"凯撒利亚"的一次会议上，他在宣读该采访内容时告诉手下："不要害怕，他的死期终将到来。"

萨勒姆无疑与针对以色列人和阿拉伯人的许多恐怖主义行为都有关。他本人在两次接受采访时承认参与了"黑九月"的行动。但1978年以后"黑九月"就不复存在了，萨勒姆在法塔赫承担了一些内务职务，将恐怖活动留给了其他人。报复他过去所做的事是除掉他的充分理由吗？

亚尔·拉维德是504部队北部地区的指挥官，也是研究源自黎巴嫩的巴解组织袭击的顶级专家之一，他说："杀掉萨勒姆首先是为了了结慕尼黑惨案的账，在我们看来，他不是［20世纪70年代后期］恐怖袭击的发起者。"[2] 然而，当时"凯撒利亚"的其他特工坚称萨勒姆仍是个威胁，因为他是巴解组织第17部队（即阿拉法特的近卫部队）的指挥官。"我们必须记住，第17部队不仅在保护阿拉法特，还执行了各种各样的恐怖行动。"一位"凯撒利亚"老兵说。[3]

不过，还有更深层次的动机。

1978年7月10日，在摩萨德的一次高级别会议上，"凯撒利亚"的局长迈克·哈拉里汇报说在铲除萨勒姆的问题上取得了"重大进展"。但负责与其他国家情报机构的关系的摩萨德分支"天谴行动队"队长大卫·金齐说，他的美国中央情报局同行暗示萨勒姆是他们的资产。[4] "他们没有明说想保护他，但此事必须摆在桌面上，我们必须自问以我们与'赫尔加'（Helga）——摩萨德对中央情报局的别称——的关系是否应该改变我们对他的态度。"

---

① 2016年9月对"布莱克"的采访。

② 2013年1月17日对拉维德的采访。

③ 2015年6月对"伊桑"的采访。

④ 在《特务风云》中，凯·伯德描写了一个相似的场景，1978年夏，中央情报局的艾伦·沃尔菲与摩萨德讨论了萨勒姆与美国情报机构之间的关系问题。Bird, *Good Spy*, 207-208. 2011年5月对"传奇"的采访。

施姆松·伊扎基尖锐地回答："就算他与美国人有关，那又怎样？这个人手上沾满了犹太人的血。他参与了慕尼黑惨案。他仍然在与我们为敌。就算他是美国特工，我也不鸟他！"①

实际上，萨勒姆不只是中央情报局的线人。正如他在兰利的上司所言，编号 MJTRUST/2 的他，是中央情报局在中东最重要的联系人之一。此外，他在亚西尔·阿拉法特完全知情并授意的情况下，充当着美国人和巴解组织之间的交流渠道。

"多米尼克"是参与追捕萨勒姆的一名摩萨德高级官员，他说在整个 20 世纪 70 年代，摩萨德了解了中央情报局和萨勒姆之间关系有多深。摩萨德以及拉宾总理和贝京总理认为这些关系"不亚于盟友的卑鄙背叛、背后捅刀"。

凯·伯德的《特务风云》是关于罗伯特·C. 埃姆斯（Robert C. Ames）的权威传记，书中说，埃姆斯是中央情报局在中东最精明的外勤特工之一，萨勒姆与其初次会面是 1969 年，在贝鲁特的斯特兰德咖啡馆，并且此后继续在同一城市的中央情报局安全屋会面。埃姆斯向中央情报局汇报说，阿拉法特很器重萨勒姆。

巴解组织被美国官方定为恐怖组织，但中央情报局希望留有一条备用渠道。② 1973 年，经基辛格批准，该渠道成为联结美国与阿拉法特的秘密而正式的纽带。多年来，两人在欧洲和贝鲁特多次会面。即使在萨勒姆在"黑九月"中扮演领导角色之后，这种联系仍在延续。美国人坚持这么做，不是因为他们不同意摩萨德对萨勒姆在恐怖活动中的作用和责任的评估，而是全然不顾这一点。

萨勒姆甚至向埃姆斯坦言，他已将派特工炸毁以色列一家酒店的巴黎小剧院老板穆罕默德·布迪亚招进了"黑九月"。埃姆斯认为这是个"有趣的情报"，他甚至表达了对巴勒斯坦事业的同情。他在给

---

① 2015 年 9 月 2 日对伊扎基的采访。

② Memorandum of Conversation: Kissinger, Helms, Saunders, July 23, 1973, and attachment Ames to Helms, July 18, 1973. NA, RN, NSC Files Box 1027.

为他和萨勒姆之间传递信息的中间人的一封信里写道："我完全清楚我们朋友的一举一动，尽管我不赞成所有的活动，但我对他的组织认为必须执行这些活动的心情深有同感。"

埃姆斯竭尽所能说服萨勒姆，称"我们动手不是为了'打击'他的组织。与他的想法完全相反，我们不像他的组织那样是一个行动团体"。[①] 为了保持与萨勒姆的关系，埃姆斯还不断向其保证："我们的朋友应该知道他在高层仍有朋友，他的事业亦然。"

埃姆斯认为唯一适合告诫萨勒姆的一点是"黑九月"在美国采取行动的可能性："他在欧洲的活动有完整的记录，他在我们领土上的计划——我们不仅完全知情，还会予以重击，要他的组织好看——是我们之间唯一的分歧。"[②]

换言之，只要萨勒姆谨慎行事，不伤害美国人，不在美国领土采取行动，他就可以继续袭击其他目标而不必担心美国的报复。埃姆斯甚至还提出："我可以安排安全的行程……欧洲某地，如果他愿意的话。"

通过埃姆斯和萨勒姆的中间人，中央情报局副局长弗农·沃尔特斯与法塔赫高级官员于 1973 年 11 月 3 日在摩洛哥的拉巴特会面。[③] 埃姆斯和萨勒姆之间的共识成为官方立场——法塔赫不会伤害美国人，秘密沟通渠道将保持畅通。

1974 年，萨勒姆与阿拉法特一起前往纽约出席联合国大会时，埃姆斯没出现，但他组织了这次访问并安排了在华尔道夫酒店的会晤。[④] "我们看着他护送阿拉法特在纽约转悠。""多米尼克"说。这是种侮辱，挺让人受伤，"就好像他用手指头捅了你的眼睛似的"。

萨勒姆作为阿拉法特的特使，力图使美国官方承认巴解组织是巴

① Bird, *Good Spy*, 145.
② Bird, *Good Spy*, 126.
③ Bird, *Good Spy*, 151.
④ 2015 年 8 月对"雅各布"的采访。

勒斯坦人的唯一代表。这事并没有发生，但在阿拉法特看来，沟通渠道的存在本身就是一项重大成就。作为交换，萨勒姆帮助埃姆斯获得了有关黎巴嫩和巴解组织发展情况的各种情报，以及巴解组织的竞争对手企图伤害美国的情报。

埃姆斯和萨勒姆之间结成了深厚的友谊，[①] 由于埃姆斯在中央情报局的地位不断上升，这也逐渐影响了美国政府对巴解组织的态度。1975 年黎巴嫩内战爆发后，贝鲁特变成战区，萨勒姆派自己的人守卫美国大使馆。以色列人只能看着，咬牙切齿。[②]

与萨勒姆的联系并不是埃姆斯的私人活动，也不是流氓行动，尽管美国人对以色列确实持尖锐的批评立场。实际上，这是整个中央情报局的一个高优先级项目。1976 年底，中央情报局局长乔治·H. 布什通过埃姆斯给萨勒姆发出了访问兰利的官方邀请。这次访问发生在 1977 年 1 月，集公事休闲于一体。萨勒姆告诉埃姆斯，他“真的需要放个假”——他刚娶了前环球小姐、黎巴嫩的“选美皇后”乔治安娜·里兹克，想让她在夏威夷和迪士尼乐园度蜜月的梦想成真。埃姆斯答应为他办好。

中央情报局安排了这次旅行，无论这对夫妇去哪里——包括加州主题公园的所有游乐设施——都有一名高级官员护送。里兹克非常开心。萨勒姆讨厌迪士尼乐园，但他很满意中央情报局行动长官艾伦·沃尔菲送给他的礼物——一个用来装手枪的精美皮肩套。

回忆起这次访问，中央情报局的护送人员查尔斯·威弗里说：“他［萨勒姆］真正想做的事就是吃牡蛎。他认为这种东西壮阳。我住在酒店的隔壁房间——所以晚上我听到了效果。”[③]

因为以色列和美国情报界之间的关系以及以色列对美国整体上的

---

① Bird, *Good Spy*, 176 - 78.

② 2014 年 3 月 10 日对哈拉里的采访，2014 年 10 月 6 日对克莱恩的采访，2015 年 9 月 2 日对伊扎基的采访。

③ Bird, *Good Spy*, 181 - 83.

依赖，摩萨德保持了克制，没在美国领土上行动。萨勒姆知道他在那里不受威胁。这意味着这对夫妇可以在不受保镖打扰的情况下享受一个真正的假期。

不过，在正常情况下，萨勒姆几乎不会离开贝鲁特，他周围有严密的保护措施。他外出时会有满载保镖的车队同行，断后的是一辆丰田皮卡，上面装有一挺杜什卡22毫米口径重机枪。

埃姆斯及其中央情报局同事不以为然。① 伯德在自己的书中提到，中央情报局在贝鲁特负责与萨勒姆接头的联络官之一山姆·怀曼有一次问萨勒姆："那挺该死的大炮怎么保护你？它只不过向所有人宣布你在哪里。"萨勒姆笑笑说："哦，它很棒。"

伯德提到萨勒姆收到过中央情报局的几十次示警，有些语气非常肯定，说摩萨德要干掉他。

"我警告过他，"怀曼说，"我告诉他：'你这个白痴，他们要抓你，你在贝鲁特这样太招摇了。这只是时间问题……你违反了良好的情报工作的每一条原则。以色列人知道你是谁，知道你做过什么，所以你应该小心。'"

中央情报局甚至给萨勒姆提供了加密通信设备以加强他的安全保障，还考虑送给萨勒姆一辆防弹车以防他受到以色列人的袭击。②

在"多米尼克"看来，这种关系只能有一种解读："试想我们摩萨德与奥萨马·本·拉登建立了秘密关系，不是因为我们把他当成为了钱来效力的特工招进来，而是因为关系好，几乎就像盟友，交换情报和互惠互利。试想我们邀请他参观我们特拉维夫的总部，向他磕头，向他表示对双子塔遭袭事件的理解和同情，告诉他可以继续炸美国大使馆，只要别炸我们的就行，像接待皇室一样接待他和他妻子，并竭尽所能保护他免受海豹突击队的袭击。美国会怎么看？"③

---

① Bird, *Good Spy*, 179－80.

② Bird, *Good Spy*, 208.

③ 2015年8月对"雅各布"的采访。

摩萨德最终得出结论，“切断这一渠道”非常重要，[1] 以表明没人能幸免——也借此示意美国人，不能这样对待朋友。贝京总理从摩萨德局长霍菲那里得知萨勒姆与美国人之间的关系，不过即使知道了这一点，他还是接受了摩萨德的暗杀建议。

1978年6月，瓦迪·哈达德被杀3个月之后，追捕萨勒姆的“火炉行动”（Operation Burner）已经整装待发。自“青春之泉行动”以来，“凯撒利亚”第一次在目标国家杀人：用哈拉里的话说，就是“像烧制青花瓷那样谨慎以确保完成任务”。[2] “阿曼”504部队的一名代号为“鲁梅尼格”（名字取自当时的德国足球明星）的高级特工，被要求提供有关猎物习惯的情报。

“鲁梅尼格”即阿明·哈吉，是黎巴嫩著名什叶派家族成员，也是人脉广泛的商人。助他被招募进来的因素是他对巴勒斯坦人的仇恨，以及希望获得在中东自由运输他的货物的许可（有人说包括许多非法药物），有时候可以途经以色列而不受以色列海军的阻挠。“鲁梅尼格”与其接头人之间的会面通常在黎巴嫩海岸附近的一艘以色列导弹艇上进行。

哈吉利用自己的人脉获得了萨勒姆日常生活的大量细节，[3] 还发现他很多时候都在贝鲁特洲际酒店的健身房和水疗中心，而且他与里兹克住在该城斯努布拉（Snoubra）高端社区的一套公寓里。

哈拉里很开心。“萨勒姆天生是个花花公子，是贝鲁特社交圈的头面人物，”他说，“混进这样的圈子很容易。我派我的战士混进去，跟他擦肩而过。”[4]

---

① 2011年5月对“传奇”的采访。

② 2014年3月10日对哈拉里的采访。

③ 2014年8月14日对阿明·哈吉的采访（他以前的摩萨德专案官“科比”在场）。Ronen Bergman, “Waltz with Amin,” *Yedioth Ahronoth*, November 14, 2014。

④ 2014年3月29日对哈拉里的采访。

一名“凯撒利亚”特工来到贝鲁特，用伪造的欧洲身份在洲际酒店预订了一个房间，并在健身房报了名。他每天都到那里去，时不时地遇到萨勒姆。他知道萨勒姆特别迷恋奢侈品手表和时装，因此在更衣室换上投其所好的衣服，总是尽可能地靠近这个巴勒斯坦人。

一天，健身房的一些会员正在祝贺萨勒姆获得了里兹克在前一晚的舞会上获过的奖。“凯撒利亚”特工加入进来，跟萨勒姆搭上了话。“那里有种男性氛围。”哈拉里说。

这两人逐渐熟识，时不时地聊聊天。“安排这种邂逅旨在让目标主动搭讪，”一名参与此次行动的线人说，“否则会显得很可疑，特别是像萨勒姆这样被追杀的人。”①

当“凯撒利亚”特工回到以色列，他们讨论了如何对萨勒姆实施“低特征”暗杀，可能的方法包括“往他的牙膏、肥皂或须后水里偷偷加些‘药物’”，哈拉里说。但是，如果特工被发现，那风险就太大了。

另一个办法是在萨勒姆的健身房更衣柜里安装炸弹，② 因为担心伤及无辜，这个提议也被否决了。最终，哈拉里决定索性放弃在健身房、办公室或家里除掉他的设想，因为那些地方都有严密的安保措施。

哈拉里采纳的办法对摩萨德而言是崭新的：在大街上放置炸弹，命中移动目标。萨勒姆将在驱车穿过贝鲁特的时候被处死，虽然此时他有载着重机枪的丰田皮卡护卫，还有一辆满载保镖的车跟着。在沿途的某个地方，当三辆车经过时，一个大型爆炸装置会被守在安全距离之外的摩萨德特工引爆。

雅科夫·里哈维曾是美国航空航天局的科学家，被摩萨德聘为技术部门主管，他为特工们发明了一种练习执行任务的特殊装置。在演

---

① 2015 年 6 月对“布莱克”的采访。

② 2014 年 3 月 29 日对哈拉里的采访，2014 年 5 月 28 日对克莱恩的采访，2015 年 8 月对“金枪鱼”的采访。

练过程中，操作人员必须在被一种高速牵引力带动的金属轮子上的汽车底盘通过某个点的那一刻按下按钮。不会发生爆炸，只有一个电子信号，它会显示按钮是否精确地在车辆经过时同步按下。

参加演练的特工回忆起里哈维和另外两名男特工未能准确把握时机的事。“你们还是让我试一试吧。”反恐部门的一个女接待员说，她时常在演练现场。里哈维傲慢地笑了笑，递上遥控器。她时机把握得恰到好处，一连几次都进行得很到位。最后，他们用炸药试了一下，车里放了个橱窗模特儿，这名女特工再一次完美地把握了时机。

“只要男性按下按钮，就会有一种绝望的气氛，”哈拉里说，“但当她一次又一次在不同光线条件下恰到好处地按下按钮后，我意识到妇女显然比男性更擅长，我做出了相应的决定。”一名代号“莉娜”的女特工将在贝鲁特按下按钮。“做出这样的决定很不容易，”里哈维说，“我们不得不换掉为掩护身份编出的场景，并安排好那种可能在看得见街道的现场待上数小时的妇女会干的事。她只知道怎么按按钮是不够的。萨勒姆每天并不是在固定的时间离开家，有时候需要保持长达 18 小时的警觉，有时候她不得不闭目养神或去上厕所。这不是件容易的事。”

莉娜的真名是艾丽卡·钱伯斯，① 1948 年出生在英格兰，父亲马库斯·钱伯斯是一位设计赛车的工程师，大半辈子都是在车道上度过的，他的妻子洛娜是位歌手和演员，出生于捷克斯洛伐克一个富裕的犹太家庭，其大多数亲人在大屠杀中遇害。艾丽卡 20 世纪 60 年代就读于南安普敦大学，她在那里飙车的故事令人们印象深刻。她去了澳大利亚，然后到了以色列，在希伯来大学攻读水文学硕士学位。1973 年初，摩萨德一名招募员找上了她。她喜欢把冒险与用她自己的话说“为国家安全做出重要贡献”结合在一起的想法。她通过了所有的筛

① Dietl, *Die Agentin des Mossad*, 85－96, 112, 147.

选测试，被“凯撒利亚”吸纳。1975 年中期，她离开以色列，开始用伪造的英国身份在海外执行任务。

莉娜和两个男特工被选中执行暗杀萨勒姆的行动。[①]

计划复杂，还是需与以色列国防军的特种部队密切合作，他们将执行摩萨德无法自行完成的环节。

莉娜于 1978 年 10 月抵达贝鲁特，假称是非政府组织的员工，有兴趣在特拉扎塔尔（Tel al-Zaatar）难民营一个收容所帮助巴勒斯坦孤儿。她在城里住了约两个月，并与另一名特工一道秘密收集有关萨勒姆动向的情报。新年伊始，她在贝卡大街一幢高层建筑的 8 楼租了一套房，那里可以俯瞰萨勒姆的公寓。1 月 16 日，另外两名特工分别抵达贝鲁特，一个持有英国护照，另一个持有加拿大护照。

1 月 18 日，以色列总参侦察营的一队人马带着 100 公斤塑胶炸弹和一个引爆装置越过边界进入约旦，就在死海以南的阿拉巴地区。[②]在边境的另一边，一名 504 部队特工正在等待。他把炸药装进自己的车里开往贝鲁特。1 月 19 日，他在一个地下停车场与另外两名男特工会合。他说了密码——两个英语单词——他们回复的也是事先安排好的两个单词。特工随后把炸药和引爆装置交给他们，道别后离开。他在此次行动中的任务完成了。

两名特工将炸弹放进他们两天前租的一辆大众汽车的后备厢，装好引爆装置，然后把车停在离萨勒姆公寓楼外的街道上。

哈拉里亲自来到贝鲁特督查“火炉行动”的高潮部分。他决不允许自己再遭遇利勒哈默尔那样的失败。[③] 把一辆装着炸弹的大众汽

---

① 三人除了练习实际刺杀之外，还接受了海上撤离训练。他们假设在市中心发生汽车爆炸后，贝鲁特机场将要关闭，或者至少会加强安保措施。大卫·西耶克那时还是一名年轻军官，后来成为第 13 突击队的副指挥官，他训练他们应对疏散到海上的过程中可能需要游泳或使用武器的紧急情况。2013 年 4 月 11 日对大卫·西耶克的采访。

② 2011 年 11 月对“里奇”的采访。

③ 2014 年 3 月 23 日对哈拉里的采访。

车长时间停在繁忙的街道上可能会出问题，可能会引起停车检查员的怀疑。解决的办法是“在我们肯定萨勒姆不会经过的时候换车。只要确保我们能保住行动所需的那个必要车位”。1979 年 1 月 21 日，哈拉里告别莉娜和另外两名特工，飞走了，以确保现场的特工尽可能的少。

第二天，下午 3 点刚过，萨勒姆与妻子吃完午饭，跟她吻别后出门了。他上了雪佛兰，于 3 点 23 分开往第 17 部队办公室，他的保镖们坐路虎在前面开道，丰田车断后。当他的雪佛兰只开出约 60 英尺就与大众汽车并排了。莉娜按下了按钮。巨大的爆炸让贝鲁特感到了震颤，雪佛兰变成了一个火球。其中一名在远处盯着的男特工后来告诉自己的朋友萨勒姆设法爬出了汽车，他的衣服着了火，整个人摔倒在地上。这名特工咬牙切齿地说：“去死吧，狗娘养的！去死！”[①]

“黑九月”的慕尼黑行动指挥官阿布·达乌德（即穆罕默德·乌达）碰巧经过，跑过去想帮忙。[②] 他看见萨勒姆的脑袋上插进了一块巨大的金属碎片。萨勒姆被紧急送往美国大学的医院，最终死在了手术台上。

另有八人死于这场爆炸：萨勒姆的司机和两名保镖、三名黎巴嫩公民、一名德国人、一名英国人。哈拉里承认，在一个人潮涌动的街区使用大型爆炸装置，这类行动在非阿拉伯国家永远不会被批准。

莉娜和另外两名特工在贝鲁特北面朱尼耶（Jounieh）附近的海滩上等待着，海军第 13 突击队的人划的橡皮艇将在午夜时分接他们。[③] 一名年轻的海军突击队员把莉娜扶上船。那个男特工名叫霍里德，这是他第一次出任务，未来他将成为“凯撒利亚”的负责人。小艇与等在海上的一艘海军导弹艇会合，不出几个小时，这队人马就身在海法了。

---

① 2016 年 9 月对“布莱克”的采访。

② Bird, *Good Spy*, 215 - 16.

③ 2013 年 4 月 11 日对西耶克的采访。

萨勒姆被杀是对巴解组织的一次重大打击。“我警告过他们!”阿拉法特在随后接受电视采访时哀叹道，语气无比沉痛，“我警告过我的兄弟们，‘小心！摩萨德会追捕我们，一个接一个，一个指挥官一个指挥官地’。” 在萨勒姆的盛大葬礼上，阿拉法特把死者的儿子哈桑（其名字取自他那在 1948 年的战争中担任巴勒斯坦指挥官的祖父）抱在腿上，手里拿着一把 AK－47——就跟 25 年前在阿里父亲的葬礼上抱着阿里一样。

中央情报局贝鲁特站站长弗兰克·安德森给哈桑写了一封感人的慰问信：“在你这个年纪，我失去了父亲。今天，我失去了一位比其他人都更令我尊敬的朋友。我答应你，我将永远铭记你的父亲——并随时准备成为你的朋友。”①

以色列已经跟阿里·萨勒姆算清了账，但未能成功地切断美国和巴解组织之间的联系。罗伯特·埃姆斯为朋友之死感到伤心，他努力与巴解组织派来接替他朋友的哈尼·哈桑接上了头。暗杀发生后，埃姆斯支持被视为亲巴勒斯坦的立场，他是制定里根经济复兴计划的关键人物，而这实际上是美国首次正式承认巴勒斯坦人有权建立一个属于他们自己的国家。

① Bird, *Good Spy*, 217.

十四
一群野狗

大约在瓦迪·哈达德因遭摩萨德下毒而饱受痛苦折磨住进一家东德医院前一周，辛贝特从一个代号为“女仆”的线人处获悉，巴解组织一支小队正在为突袭以色列进行训练。负责处理巴勒斯坦恐怖主义活动的“阿曼”分部的阿莫斯·吉拉德在耶路撒冷的辛贝特安全屋与“女仆”会面，会后他忧心忡忡：“我知道他们正在策划一些可怕的事，他们想要我们的人死伤越多越好。”[①]

这一情报是从塞浦路斯的巴解组织办公室窃听所得，内容非常具体。辛贝特知道了恐怖分子的名字以及他们在黎巴嫩的达穆尔海滩的基地的确切位置。他们知道恐怖分子正密谋从海上发动袭击，其目的在于破坏贝京发起的与埃及的和平谈判。阿拉法特和阿布·吉哈德之所以下达此次命令，是因为他们担心埃及与以色列的休战会使巴勒斯坦人陷入困境，他们确实该担心，因为埃及至今一直是他们主要的支持者。这次突袭对巴解组织意义非同小可，连阿布·吉哈德也亲自出面和他驻黎巴嫩的行动指挥官阿兹米·兹莱尔一起给游击队员通报了情况。

吉拉德想先下手，通过对恐怖分子的基地采取先发制人来消除威胁。[②]1978 年 3 月 5 日，海军第 13 突击队开展了“幸运者”（Bar-Mazal）行动，目的是消灭达穆尔基地所有的恐怖分子，但他们实际上只干掉了一幢建筑物里的一些人，而在附近一幢建筑物里没有出来或没有开火的人毫发无损。“女仆”也汇报了此事。

吉拉德命令突击队再次出击结果他们，但国防部长埃泽尔·魏茨曼[③]说：“忘了所有这些突击队袭击吧。我明天要去华盛顿了，这只会毁了我的出访。”

吉拉德表示强烈抗议：“现在阿布·吉哈德已经知道我们知道他在谋划什么。这只会促使他让他们尽快行动。一场凶残的袭击就要来了。”

魏茨曼可能是对的：以色列在另一个主权国家的领土上采取军事行动的事一旦上了新闻头条，会给他担任国防部长以来首次访问五角大楼之行蒙上阴影，但事实证明这是一个代价高昂的决定。

1978 年 3 月 11 日，下午 2 点 30 分，11 名法塔赫分子在海法南面的马干-迈克尔基布兹④附近的一个海滩登陆，那里是一片自然保护区，有鱼类养殖场，往返非洲的候鸟途中成群地在此停留。一个名叫盖尔·鲁宾的美国自然摄影师正在拍摄这些鸟类时，巧遇了突击队。此时，巴勒斯坦人在海上度过了险象环生的 3 天，其间 2 名成员溺水身亡，他们筋疲力竭，近乎绝望。由于海浪汹涌，他们被冲出海岸数英里外，完全不知道身处何方，以为自己在塞浦路斯登陆了。鲁宾告诉他们，他们在以色列，就在海法和特拉维夫之间，这令他们如释重负。在谢过她之后，他们开枪打死了她。

接着，袭击者上了海滨公路，这条路连接的是海法和特拉维夫。他们持枪劫持了一辆出租车，然后又劫持了一辆公交车，并把司机和乘客作为人质。他们命令公交车司机往南开，去往特拉维夫。阿布·吉哈德曾指示他们占领一家宾馆，但恐怖分子此刻因为手里有几十名人质而斗志昂扬，鲁莽地决定改变行动的性质。以色列国防军对接下来发生的事的绝密报告指出：“恐怖分子的临时起意致使他们采取了一种新的攻击方法——走到哪里攻击哪里（沿着这条 50 多公里的路），这完全出乎意料，对此安全部队方面根本没有任何部署。”

---

① 2015 年 8 月 4 日对吉拉德的采访，2013 年 1 月 2 日对贾迪·佐哈尔的采访。
② 2012 年 7 月 31 日对吉拉德的采访，2011 年 8 月 19 日对加兰特的采访。
③ 后两次出任以色列总统。——译者
④ Kibbutz Maagan Michael，以色列最大的集体农庄。——译者

恐怖分子从公交车窗户朝路上的车辆开枪，然后截停了另一辆公交车，也把车上的乘客当做人质。因为这次袭击的性质不同以往，“安全部队发现很难了解情况，很难不断得到最新消息以评估局势进而采取主动，这影响了事件的进展及结果”。

尽管警察设法在特拉维夫北部郊区截停了公交车，但这种突发状况引发了全面混乱：“主要原因是缺乏集中指挥，向各个方向开火以求自保的恐怖分子如此，安全部队亦然。”①

其中一名恐怖分子把拿枪的手搁在一名人质阿夫拉罕·沙米尔之女的头上。沙米尔看见这个人受了伤，就冲过去一把夺过他的枪，朝站在公交车前面的一名恐怖分子开枪，然后又朝另一名恐怖分子开了3枪。“注意你身后！”一名女人质向他示警，沙米尔转身看见其中一个阿拉伯人正拿武器瞄准他。他们同时开火，双双受伤。勇气可嘉的沙米尔仍不罢手，他看见被他夺了枪的那个人躺在地上，低声咕哝着，满脸是血，手里的手榴弹保险销已被其拔掉。沙米尔奋力阻止他扔手榴弹，但他失败了，手榴弹滚到了地上。他拼命用恐怖分子的身体挡住爆炸，也没起作用。手榴弹爆炸，沙米尔的双眼受了重伤，该恐怖分子和5名人质被炸死，公交车也着了火。一些恐怖分子和人质设法逃脱了，但大多数人被活活烧死。②

最终，包括13名儿童在内的35名以色列人丧生，71人受伤。9名恐怖分子死亡，一人被当场抓获，还有一人在收治伤员的医院里被发现。“我看见他躺在那里，”辛贝特的高级审讯员亚利耶·哈达尔说，“受了轻伤，但身上插着饲管和静脉输液管，这简直是在当着我

① IDF General Staff, History Department, Terror Attack on the Coastal Road, December 1, 1983（作者的资料，从“保罗”处获得）。

② 后来的一些媒体报道称，以色列人的恐慌和对局势的误判导致了开枪过度，造成了大部分人死亡，而袭击者的目的是为释放囚犯进行谈判。即使这一说法准确无误，大家还是一致认为如果谈判没成功，阿布·吉哈德会命令手下杀掉人质。*Uvda*, Channel 2, May 26, 2013, “The Terrorist Who Carried Out the Attack on the Bloodbath Bus: I Apologize and I Regret It,” October 31, 2011。

们的面嘲笑我们。医生明白发生了什么，他背对着我们说，‘你们做你们分内的事，我做我分内的事’。我们拔掉了两根管子。他疼得尖叫了一声，立即开始说话：‘阿布·吉哈德派我们来的。’”

在以色列广为人知的海滨公路大屠杀（the Coastal Road massacre），是这个国家经历的少数几次恐怖袭击之一，也是它遭受过的数千次磨难之一，已被深深地印刻在以色列人的集体意识之中。国防部长魏茨曼对不准采取先发制人的攻击后悔不已，他紧急回国，命令以色列国防军对黎巴嫩南部发动大规模入侵，此即“利塔尼行动”（Operation Litani）。海滨公路大屠杀3天后，以色列装甲部队和伞兵进入黎巴嫩，目的是屠戮巴解组织人员，摧毁他们在黎巴嫩南部的基地，将他们赶到利塔尼河以北离以色列边境约15英里的地方。

这次入侵只实现了其中几个目标。约300名巴解组织特工被杀，他们的基地被捣毁，武器库被占领。此外，联合国驻黎巴嫩临时部队（UNIFIL）成立并被派扎在这一地区，还成立了一个主要由基督教民兵组成的亲以色列武装“黎巴嫩自由军”（the Free Lebanese Army）。然而，随着时间的推移，即使所有这些新武装也无法阻止喀秋莎火箭对以色列发射，也无法阻止巴解组织小队的跨境渗透。

由于屠杀平民所引发的愤怒，以色列士兵也在为期一周的“利塔尼行动”期间杀害囚犯、抢劫掠夺。① 以色列又一次受到了国际社会的强烈谴责。

魏茨曼明白，在黎巴嫩开展大规模行动是不可能的。与此同时，摩萨德的行动要数月的准备：弄清楚如何在假身份的掩护下进入目标国家，执行一次打击，然后神不知鬼不觉地离开。所以，魏茨曼选择

---

① 这些案件大多并未送达法庭审判，包括3月15日和4月16日实施的死亡行动，其中之一是杀死“一名大约13岁的恐怖分子”。“Treatment of Prisoners,” Y. Einstein, head of the IDF inspection in the State Controllers Office, to the Chief of the General Staff, November 9, 1978（作者的资料，从“贝尔”处获得）。

用突击队全副武装的特种部队进行精确的突袭和定点清除——这样没那么复杂，速度更快，还不需要假身份掩护。被选中执行大部分任务的单位是海军第 13 突击队。

魏茨曼任命负责此次黎巴嫩行动的人是拉菲·艾坦将军，他于 1978 年 4 月升任参谋长。艾坦是农民和木匠出身，在战场上是无所畏惧、坚忍不拔的伞兵，在政治上是鹰派，他“相信要在敌人后方发动对巴解组织的战斗，要去他们的集结基地骚扰他们”。

艾坦从来不吃政治正确这一套。为了回击巴勒斯坦人在约旦河西岸发射的火箭炮，他向以色列议会建议在那里建立新的犹太人定居点，直到阿拉伯人只能“像被下了药在瓶子里到处乱跑的虫子”。他担任参谋长的第一批举措之一，就是赦免两名被判有罪的以色列国防军罪犯——一个是战俘审讯员 Y，在其拷问期间一名巴勒斯坦恐怖嫌疑人身亡，另一名涉嫌内罗毕阴谋的囚犯住了院；还有一个是丹尼尔·品托中尉，他在“利塔尼行动”中严刑拷打并杀死了两名囚犯，还把他们的尸体扔进了井里。①

艾坦寡言少语，身材像熊一样，任参谋长一职后不久，他在位于阿特利特基地的海军突击队发表了讲话。“你们海军第 13 突击队，就像神父的卵蛋，”他说，“闲置不用——但留着好看。”② 他停顿了片刻，环顾四周，以确保大家听到他粗俗的俏皮话后会心一笑。接着他严肃起来，清了清嗓子，发表了主要观点：“所有这一切都会改变。”

海军第 13 突击队成立于 1949 年下半年，是一支秘密突击队，负责通过海上进行秘密渗透、破坏和定点清除。其缔造者选择的口号非常符合这一精神：“像黑暗中出没的蝙蝠，像悄然出鞘的利刃，像咆

---

① Military Court file no. 313/78, IDF Prosecutor v. First Lt. Daniel Pinto, judgment (in camera) of February 9, 1979（作者的资料，从“斯诺”处获得）。Eitan, *A Solider's Story: The Life and Times of an Iraseli War Hero*, 163 – 65 (Hebrew)。

② 2013 年 4 月 11 日对西耶克的采访。

哮着粉碎一切的手榴弹。”该队的队徽是一对蝙蝠的翅膀，中间是以色列海军军徽。历时18个月的训练项目就算不比以色列总参侦察营的更艰苦，也是不相上下。接近尾声时，新兵还要经历地狱式的战俘模拟测试。

1978年至1980年间，海军第13突击队在黎巴嫩领土或海上对巴解组织进行了23次突袭。① 在这些行动中，约消灭了130名敌人，伤及数百人，武器库和弹药库尽数被毁。其中一些袭击旨在铲除准备在以色列境内发动攻击的整支恐怖小队，其余的则定点清除特定的人，特别是阿布·吉哈德的手下。

在艾坦的监督下，旧的作战规则开始发生变化。在定点清除阿布·吉哈德的高级行动指挥官阿兹米·兹莱尔的初期，“鲁梅尼格”及其线人“网络”发现他在港口城市提尔的一个难民营活动，并在那里的一家海边咖啡馆里与一名助手定期会面。阿兹米·兹莱尔对多起袭击以色列人的行动负有责任，包括萨沃伊酒店那次和海滨公路那次。

1980年8月5日，突击队员准备乘橡皮艇到达离海滩一公里的地方，然后游到防波堤，从那里用狙击步枪干掉兹莱尔和他的助手。在最后的简报会上，艾坦命令他的手下用绊线和爆炸装置在防波堤上设好诡雷，以阻止任何追踪狙击手并朝他们开枪的企图。

第13突击队的指挥官阿米·阿亚隆（Ami Ayalon）表示反对。“我对他说，‘参谋长，我们不会放置诡雷’，”阿亚隆回忆道，“‘孩子们可能会过来，或许还有情侣。’但拉菲坚持这么做。他甚至都没试着证明自己的命令是合理的。”②

接着，艾坦走得更远了。“在你们杀掉兹莱尔以后，”他命令道，“用轻机枪扫射整个码头，确保没人会还击。”

“我对他说：‘你自己听听，这是什么逻辑？’”阿亚隆继续说

---

① 参见 Mike Eldar, *Flotilla 13*, 572－73 (Hebrew)。

② 2013年1月21日对阿米·阿亚隆的采访，2014年9月4日对加兰特的采访，2011年9月18日对艾尔达的采访。Eldar, *Flotilla 13*, 583 (Hebrew)。

道，“我们对谁扫射？那里所有的平民吗？为什么要派我们去除掉某个人？派空军好了。他们会朝码头投下一颗一吨重的炸弹，一了百了。”

艾坦的命令到头来并不重要：在突袭当天，边境上的以色列国防军部队对黎巴嫩发射过来的火箭炮进行了反击，炮击了提尔难民营。由于那里的恐慌局面，没人到港口喝咖啡。①

不过，阿亚隆和艾坦之间的争论源于以色列在黎巴嫩的活动产生的一个新的麻烦的现实。摩萨德在对欧洲的巴解组织人员进行定点清除时，恪守避免伤害无辜平民的政策。许多计划被搁置，就是因为可能会伤及平民。但只要目标身处敌国，只要无辜平民是阿拉伯人，他们就会毫不犹豫地扣下扳机。此外，摩萨德的行动必须得到总理的批准，这位对政治负责的文官往往在一定程度上参与行动的策划。另一方面，只有以色列国防军的一些行动需要政治层面的批准，而且只有在军队内部已经敲定之后。即便如此，批准权往往在国防部长而非总理之手。入侵黎巴嫩被视为战争行为——在战争中有更多行为是被容许的，特别是在阿拉伯的土地上。附带伤亡问题变得不那么重要了。

在腐败不堪且饱受战争蹂躏的黎巴嫩盛行的行为标准开始影响以

---

① 兹莱尔仍是巴解组织针对以色列的活动的主要行动者之一，并在以色列 1982 年 6 月入侵黎巴嫩南部之后的战斗中发挥过作用。那一年，504 部队招募了一个叫易卜拉欣·费兰的人，他是提尔港的高级官员，与兹莱尔过从甚密。两人都迷恋年轻男子。504 部队付给费兰不少钱，其中一些花在了他们的派对上。作为交换，费兰提供了兹莱尔的藏身处——位于宰赫拉尼港与提尔以北利塔尼河的河口之间海滩上的一幢别墅。1982 年 8 月 5 日，来自以色列警察部队的“以色列国境警察特勤队”（YAMAM）特别反恐小组的一支部队在第 91 师部的支援下突袭了这幢房子。突袭者报告说兹莱尔要去拿枪，被他们开枪打死。法塔赫情报机构怀疑费兰出卖了兹莱尔，两周后除掉了他，就在两年多前第 13 突击队的杀手在他们眼前占领的那家咖啡店附近。辛贝特的茨维卡·班得瑞说，兹莱尔没携带武器，也没有反抗，他是根据辛贝特的名为“克伦克”（Krenk，意第绪语意为“生病”）的处决程序被处死的。据班得瑞所言，他的战友渴望为其报仇，于是与刚刚成立的真主党成员联手，不久之后炸毁了以色列驻提尔的总部。2013 年 1 月 17 日对拉维德的采访，2015 年 3 月 22 日对伊扎克·莫迪凯的采访，2017 年 9 月 11 日对茨维卡·班得瑞的采访。

色列人，他们到那里杀人是为了保护自己的公民。艾坦主导甚至鼓励了这一趋势。“拉菲的态度是，我们在黎巴嫩杀掉哪些巴勒斯坦人并没有什么差别[①]——他们要么是恐怖分子，要么会成为恐怖分子，要么生了恐怖分子，”时任海军第13突击队副指挥官的大卫·西耶克说，“有一次，拉菲和我们一道坐导弹艇参加一次突袭，路上一名军官问他该怎样辨认恐怖分子。[②] 拉菲回答说：‘如果他们没有拿［生日派对］气球，他们就是恐怖分子。’”另一名前海军突击队员回忆起一次行动，这次行动之后，以色列国防军发言人汇报说“消灭了30名恐怖分子”，但实际情况是突击队员误撞了一辆卡车，车上许多乘客是妇女和儿童。

除了越来越血腥的突击行动之外，魏茨曼还授权艾坦大力推进情报部门在黎巴嫩的活动，特别是“阿曼”504部队的谍报活动。而在20世纪70年代晚期的黎巴嫩，一切荒芜之中，似乎什么都被允许了。有几次，504部队允许其特工在未经该单位授权甚至上级不知情的情况下杀人。譬如，1978年12月，一个名叫穆罕默德·阿卜杜拉的特工怀疑有人看见他在向以色列发送情报。“当晚，这个人被枕头闷死了。”该部队北部战区指挥官亚尔·拉维德说。还有另一个例子，1979年7月，一个名叫卡西姆·哈勒许的叙利亚特工威胁要揭发以色列特工。“我们召集了一次特别法庭审判，”拉维德吹嘘道，“我既是法官，又是检察官，还是辩护律师，我判他死刑，剥夺上诉权。”[③] 一名代号为“巴西人”的504部队特工开枪打死了哈勒许。504部队的特工把他的尸体带到以色列，并将他脸朝下埋在敌方死者的墓地，不忘在他死后最后再作践他一次。

以色列情报机构正在黎巴嫩成为永久的存在，既是为了收集阿拉

---

① 2013年4月11日对西耶克的采访。
② 2013年5月对“奥利弗”的采访。
③ 2013年1月17日对拉维德的采访。

法特的情报，也是为了打破巴解组织的稳定。[①] 在贝京的大力支持下，他们与巴勒斯坦人最痛恨的宿敌——黎巴嫩的马龙派民兵“长枪党”（the Phalange）——结成了秘密同盟。马龙派有自己的线人，他们与以色列分享他们收集到的情报。在长枪党人的保护下，摩萨德还能够在贝鲁特附近建立自己的基地，以色列国防军军官能够在黎巴嫩各地进行侦察，收集有关巴解组织和叙利亚军队的重要情报。

然而，这种伙伴关系付出了道德上的代价。长枪党人异常残暴，“本质上是一帮杀人犯、坏种，让我联想到一群野狗”。[②] 乌兹·达扬说。他是摩西·达扬的侄子，时任以色列总参侦察营的指挥官。

他们杀人后割下死者的耳朵来装饰自己的腰带，这种战利品简直令人毛骨悚然。他们炫耀自己1976年8月在百里香山（Tel al-Zaatar）的巴勒斯坦难民营进行的大屠杀。“1 000个巴勒斯坦人丢进大海是污染，”长枪党人说，他们几乎视之为战争口号，“但把500万巴勒斯坦人丢下去则可以解决问题。”

长枪党人的残暴行为并不仅限于巴勒斯坦人。他们的头号刽子手罗伯特·哈特姆（Robert Hatem）是个受过以色列训练的马龙派武装分子，他说自己亲手杀死或监督杀死的约有3 000人。[③] 长枪党人强占了贝鲁特卡兰迪纳（Karantina）区一个旧的宰牛场，把囚犯关在那里。“几乎没有一个来这里接受讯问的人会活下来。我们过去常常朝他们脑袋开枪，然后把他们——叙利亚人、什叶派、巴勒斯坦人和狗娘养的黎巴嫩军官——的尸体扔进石灰坑。谁想杀我们，我们就先把他干掉。”

哈特姆说，摩萨德军官只批准了杀害少数囚犯，其中包括4名伊

---

① Schiff and Yaari, *Israel's Lebanon War*, 50 – 75 (Hebrew).

② 2013年4月18日对乌兹·达扬的采访。

③ 在法国安全部门的庇护下，哈特姆自20世纪90年代中期起一直生活在巴黎。2005年2月我就是在那里对他进行了一系列采访。Ronen Bergman, “The Cobra,” *Yedioth Ahronoth*, March 4, 2005.

朗外交官，他们在饱受折磨后被枪杀，并被丢进石灰坑。但长枪党人的暴行在以色列人的大力支持下显然在更大范围内蔓延开来。

“在我们最开始跟他们打交道时，我服用治恶心反胃的药，这才能继续，”负责与长枪党人联络的摩萨德官员卢文·莫哈夫说，“因为敌人的敌人就是朋友，他们真的有助于我们对抗巴解组织。但随着日子一天天过去，我得出的结论是与这类人来往只会引发灾难。”[①] 为抗议与他们继续合作，莫哈夫离开了摩萨德，但该机构与马龙派的战略同盟更紧密了。

长枪党的领导人准确地掂量出了贝京的多愁善感，并明白了如何争取他的支持。“贝京把自己当成被压迫者的救星，能帮助受苦受难的人脱离苦海。”[②] 莫迪凯·齐波里说。贝京在“伊尔贡”时他是贝京的下属，从那时起就是其密友，后来又成为以色列国防军高级军官和贝京的国防部副部长。齐波里说：“他并不太了解中东的历史或如何处理中东事务，他确信长枪党是巴解组织想要消灭的西方基督教少数派。他也是这么看待我们以色列的犹太人的。”

齐波里是政府中唯一挺身而出反对摩萨德和以色列国防军的政治家，他试图说服他们和贝京：“我们绝不能成为长枪党的赞助人，千万别卷入他们的冲突。”[③] 但这无济于事。“在朱尼耶（长枪党总部所在地）举行的豪华宴会带来的喜悦冲昏了军队将领的头脑。”

然而，尽管哈特姆的石灰坑腐蚀掉了所有的尸体，但巴解组织的各种民兵还是设法巩固了他们在黎巴嫩南部的据点。他们朝边境沿线的以色列社区发射炮弹和火箭弹，以色列国防军则用大炮和空袭巴勒斯坦据点加以回击。1979 年间，双方陷入了一场仿佛永无休止的以牙还牙的鏖战。

---

① 2011 年 10 月 5 日对莫哈夫的采访。

② 2015 年 3 月 11 日对莫迪凯·齐波里的采访。

③ Ronen Bergman, “Dismissal in the Mossad Leadership,” *Haaretz*, January 3, 1997.

1979年4月22日，接近午夜时分，阿布·阿巴斯领导的一支巴解组织附属团体的恐怖小队乘坐橡皮艇在以色列纳哈里亚市的海滩登陆，该市离黎巴嫩边境以南约7英里。萨米尔·昆塔尔（Samir Kuntar）是4名队员之一，那时候才16岁半。这四人先是试图闯入一座房子却被枪声吓跑了，接着杀害了试图抓捕他们的一名警察，然后他们闯入了哈兰家的公寓，掳走了父亲丹尼和他4岁的女儿爱娜特当人质。他们把父女俩拖到海滩上，那里已经部署了士兵和警察，随后是一场火拼。昆塔尔朝丹尼开了枪，然后一把抓住爱娜特的头发，使尽全身力量将她的头撞向岩石，一次又一次，直到她死去。

丹尼的妻子斯玛达和他们2岁的女儿雅尔蜷缩在公寓里一处狭小空间躲了起来。斯玛达用手捂住蹒跚学步的孩子的嘴，以防她哭出声被袭击者发现。"我知道，如果雅尔哭喊，恐怖分子会朝我们躲藏的地方丢手榴弹，我们会被炸死。"她在发表于《华盛顿邮报》上的一篇文章里写道，旨在唤起全世界对恐怖主义的骇人行径的认识。"所以我一直用手捂住她的嘴，希望她能呼吸。[①] 当我躺在那里时，我想起我母亲告诉过我她在大屠杀期间是如何躲过纳粹的。'这跟发生在我母亲身上的事情一模一样'，我心想。"

然而慌乱之中，斯玛达用力过猛，小女儿窒息而死。

事发后不久，以色列国防军北方司令部的阿维格多·（亚诺什·）本-盖尔少将抵达现场。他看见了爱娜特破碎的头，雅尔了无生气的身体，目睹了斯玛达在意识到痛失自己所珍视的一切之后撕心裂肺的尖叫。"你无法想象暴行有多么可怕。"本-盖尔说。在为丹尼和他的两个孩子举行的葬礼上，贝京总理引用了以色列民族诗人哈伊姆·纳赫曼·比亚利克的一行诗："撒旦还未曾为一个孩童的血复仇。"

---

① Smadar Haran Kaiser, "The World Should Know What He Did to My Family," *Washington Post*, May 18, 2003.

骇人听闻的纳哈里亚谋杀将成为以色列与巴解组织之间冲突演变为全面战争状态的另一件里程碑事件。[1] 参谋长艾坦给本-盖尔下了个简单的命令："把他们全杀掉"，意思是巴解组织的所有成员以及黎巴嫩境内与该组织有关的任何人。

这样的政策从未得到过以色列政府的批准。我们不得而知的是曾经的鹰派但此时已经变得温和得多的国防部长魏茨曼在多大程度上了解这件事。"我们在许多当前问题上有诸多分歧，"艾坦这样描述他们的关系，"我赞成对黎巴嫩境内的恐怖分子采取报复行动。[魏茨曼] 往往改变立场……以寻求支持、安抚民意。埃泽尔根本不了解阿拉伯人……对阿拉伯人的让步被他们视为懦弱与疲于斗争的表现……埃泽尔没有接受我的看法，我也没接受他的意见。"[2]

在艾坦的支持下，[3] 本-盖尔任命了他称为"以色列国防军的顶级特种作战专家"，也就是 10 年前在加沙镇压过恐怖主义的人——梅厄·达甘来领导一个名为"南黎巴嫩区"（SLR）的新单位。达甘被擢升为上校，本-盖尔带他登上了俯瞰黎巴嫩南部的一座山丘之巅。"从现在开始，"他告诉他，"你就是这里的王。你想干什么就干什么。"

本-盖尔和艾坦为达甘定了目标：威吓、震慑并表明以色列会积极进攻，而不仅是被动防御。更具体地说，第一阶段秘密行动的目标是打击黎巴嫩南部各地的巴解组织基地，还有在恐怖分子开始对以色列采取行动之前协助恐怖分子并为他们提供住宿的居民的住所。

有了这一指令，达甘便随心所欲了。在"南黎巴嫩区"位于马佳永（Marjayoun）的总部，他和一些情报人员和操作人员建立了一个直接向他汇报的秘密组织。"我给了他的秘密行动完全的自由，"本-盖尔说，"梅厄喜欢参与秘密的小规模战斗，喜欢隐蔽黑暗的地

① 2013 年 11 月 6 日对阿维格多·本-盖尔的采访。
② Eitan, *Soldier's Story*, 182.
③ 2013 年 11 月 6 日对本-盖尔的采访，2013 年 5 月 26 日对达甘的采访。

方，喜欢间谍行动和策划大大小小的阴谋。那是他的强项。他是个非常勇敢的人，非常有创造力，非常有主见，时刻准备着冒巨大的风险。我知道他在干什么，但没有理会。有时候你得睁一只眼闭一只眼。”①

大卫·阿格蒙是北部司令部参谋部的负责人，是为数不多参与达甘的秘密行动的人之一。他说：“其目的是在黎巴嫩的巴勒斯坦人和叙利亚人中间制造混乱，不留下以色列人的痕迹，让他们觉得自己一直受到攻击，从而在心里注入一种不安全感。”② 为了不留下以色列人的蛛丝马迹，达甘及其组员招募了黎巴嫩当地人、基督徒、什叶派穆斯林，这些人讨厌阿拉法特，对于把这里当成自己地盘的巴勒斯坦人对待黎巴嫩及其人民的方式感到愤怒。达甘的“南黎巴嫩区”派这些所谓的“作战小队”在黎巴嫩南部开始了一系列定点清除和破坏行动。

“拉菲和我过去常常眨一下眼就批准各种行动，”本-盖尔说，“我常对他说：‘拉菲，我们有个任务要完成。’他会说：‘好，但别写在纸上。你知我知即可，私下里……我不想此事被人知晓。’我们没有按军事官僚机构的规则办事，因为我俩确实做了也可以说没做。我们把他们［当地人］当成代理人，雇佣军。我们激发他们心中的动力——基督徒、什叶派和逊尼派——我们挑拨他们互斗。”③

在这些袭击中使用的主要手段是藏在油罐或罐头中的炸药。由于此举并未得到以色列国防军的官方批准，而且必须瞒着军队的其他人，所以本-盖尔要求他当时居住的马哈纳伊姆（Mahanayim）基布兹的书记处允许他们使用迪尤克（Diyuk）金属制品厂。（“当然啦，我们给了他钥匙和全力支持，”其中一个书记说，“这是司令部的长官啊。他在我们眼中就像国王一样。”）

炸药是由以色列国防军的拆弹组提供的，其指挥官在不知道目的

① 2013 年 11 月 6 日对本-盖尔的采访。
② 2015 年 10 月 28 日对大卫·阿格蒙的采访。
③ 2013 年 11 月 6 日对本-盖尔的采访。

的情况下被艾坦命令合作。[1] 这个部门专门处理旧的未爆炸的军械——火箭筒、地雷和手榴弹，包括以色列人获得的战利品。使用这样的爆炸材料，可以在爆炸装置万一落入敌手的情况下，以色列国防军能最大限度地不让人发现以色列与此有关。

“我们夜里过来，”本-盖尔说，“梅厄和我以及其他人，还有带来了炸药的北部司令部的首席工程师，我们会把鼓形弹匣填满，把引信连好。”[2] 然后，那些鼓形弹匣会被装到大背包里送到快递员手中，如果太大的话则会用摩托车、自行车或驴子驮去。很快，炸弹开始在黎巴嫩南部的为巴解组织提供协助的人家里爆炸，炸死了那里的所有人，还炸掉了巴解组织的据点和办事处，大多是在提尔、西顿及其周边的巴勒斯坦难民营，造成了巨大的破坏和人员伤亡。

对本-盖尔和达甘而言，隐蔽行事——深夜里在一个基布兹制造炸弹，部署黎巴嫩的非正规军——是必要的，不仅要防着巴解组织，还要防着自己的政府，甚至要防着自己在以色列国防军的同僚。他们在外国领土上发动了一场未经批准的秘密战役。北部司令部向本应参与此类事务的“阿曼”汇报，也向本应批准此类事务的总参谋部行动局汇报。“但我们把它们排除在外。”本-盖尔说。据达甘所言，“阿曼”“一直在干扰我们。他们不明白什么是秘密行动，不懂这种行动有多重要”。

更准确地说，军事情报分部并不认同这些未经批准的杀戮的重要性。时任“阿曼”负责人的约书亚·萨盖伊（Yehoshua Saguy）少将是个谨慎的人，他怀疑达甘正在进行的那种任务是否有效。他并不像

---

① 该单位的一名成员对这类行动感到良心不安，称其“不亚于战争罪”。于是离开军队移民美国，几乎与以色列断绝了来往。2016 年 3 月对“鲁伯特”的采访，2013 年 11 月 6 日对本-盖尔的采访，2013 年 5 月 29 日对达甘的采访，2016 年 5 月 8 日对阿格蒙的采访，2012 年 4 月 16 日对贾迪·亚维兰（Gadi Aviran）的采访。

② 2013 年 11 月 6 日对本-盖尔的采访，1999 年 12 月对阿科尔·哈希姆（Aql al-Hashem）的采访。Sayigh, *Armed Struggle*, 513 – 21。

艾坦那样认为黎巴嫩局势非黑即白，他一再警告说以色列可能会陷入一个大得无法应对的局面。“本-盖尔甚至试图禁止我进入北方司令部总部或参观该地区。”① 萨盖伊回忆道。

“阿曼”的阿莫斯·吉尔伯阿说：“与北方司令部之间一直在斗争，他们绕过我们，在我们背后搞小动作；亚诺什［·本-盖尔］一直对我们撒谎。我们不相信他们报告的任何事情。更严重的是，这得到了总参谋长的批准，而总参谋长把总参谋部蒙在鼓里。这是本国历史上最丑陋的时期之一。”②

据本-盖尔所言，萨盖伊“意识到正在发生一些不寻常的事”③，并试图查明事实。萨盖伊命令他的野战安全部队“秃鹫”（Vulture）窃听北方司令部的电话，而该部队通常负责确保士兵不会在不安全的线路上泄露军事机密。“但我的指挥部通信官发现他们连到了我的线路上，我把他们全都扔进了监狱。”本-盖尔说，为发现“阿曼的阴谋”而自豪。

本-盖尔在他位于拿撒勒的办公室与达甘位于北部边境和黎巴嫩境内的各指挥部之间建立了加密电话线。④ “这是他给我看的第一个东西。”埃弗莱姆·斯内赫回忆道，那个时候他是北方司令部的高级军官。他这样描述本-盖尔第一次告诉他秘密活动时的情形：“他指着那个电话听筒说，‘这样约书亚［·萨盖伊］就没法窃听了，“阿曼”那边就没人找麻烦了’。”斯内赫说本-盖尔和艾坦“对萨盖伊的态度是正确的，他是个吃里扒外的家伙，想方设法破坏任何最初倡议”。

没过多久，萨盖伊去向总理贝京抱怨，说为了铲除那些来给在交火中丧生的恐怖分子收尸的同伙，本-盖尔要达甘在他们的尸体上安装诡雷。本-盖尔由此得出结论，“阿曼”显然想办法窃听了他的加

① 2015 年 11 月 20 日对约书亚·萨盖伊的采访。
② 2015 年 3 月 18 日对吉尔伯阿的采访。
③ 2013 年 11 月 6 日对本-盖尔的采访。
④ 2015 年 10 月 20 日对埃弗莱姆·斯内赫的采访。

密电话。[①]

“那我们别无选择了，”他说，“为了保密就得亲自参加所有的讨论会。”艾坦时不时地，通常是一周一次地从他居住的农庄特拉达什姆（Tel Adashim）开车到拿撒勒附近的北部司令部总部，与本-盖尔会面并策划他们影子战争的下一步行动。

即便如此，也并非所有事情都能保密。1980 年初，萨盖伊领导的以色列国防军内部各小队开始通知国防部副部长齐波里，说本-盖尔正在黎巴嫩境内进行强盗行动。他们找上他，因为他们知道他是唯一敢于公开谈论那里发生的事的政治家。“他们告诉我黎巴嫩发生的爆炸事件，甚至说亚诺什正在开挖以色列国防军部队占领的道路，以造成巴解组织在背后支持它的假象。”[②]

6 月，齐波里听说两个月前的一次行动中有妇女儿童被杀，当时正好有汽车炸弹在黎巴嫩南部的西部编队[③]所在的一条主路上爆炸，其目的本是巴解组织人员。“拉菲并未将行动上报待批，因为我们担心这种事不会被批准。”[④] 本-盖尔说。在军队内部报告和公开场合，北方司令部都声称这是黎巴嫩南部某民兵组织干的，听上去虽然有可能，但实际上完全是假话。

“其中一辆车设法逃脱了。两辆汽车起火后爆炸。我能告诉你这里边有大鱼吗？不，没有。不过，我们干掉了几个特工。”本-盖尔说。

齐波里强烈要求时任国防部长的贝京（魏茨曼已于 5 月辞职）将本-盖尔和达甘逐出军队。齐波里说：“我觉得这件事情很可怕，梅纳赫姆，我们是个主权国家。军队所做的一切只有经内阁授权后才能做。而在内阁里，如果这样的事拿出来讨论，我会发表意见。但这

---

① 2013 年 11 月 6 日对本-盖尔的采访。
② 2015 年 3 月 11 日对齐波里的采访。
③ 此为联合国驻黎巴嫩临时部队的西部编队。——译者
④ 2013 年 11 月 6 日对本-盖尔的采访。

事没人提，也没人授权。”

本-盖尔被召到特拉维夫的国防部长办公室，贝京、齐波里、艾坦和萨盖伊在那里等他。[①]“你在黎巴嫩采取的行动未经授权。而且在这些行动中，有妇女儿童被杀。”齐波里责问道。

“不对，”本-盖尔回答，“打死了四五个恐怖分子。谁在凌晨2点开着梅赛德斯在黎巴嫩转悠呢？只有恐怖分子。”

齐波里立即提出抗议。“北方司令部指挥官未经总参谋部批准擅自行动，必须免职，”他说，“我是国防部副部长，而我不知情。贝京先生，您是总理兼国防部长，您也不知情。参谋长也不知道。”

本-盖尔的手动了动，示意艾坦应该站起来说一切都得到了他的同意。但是艾坦意识到自己不能卷入其中，没理睬他，把手表摘下摆弄来摆弄去。

最后，贝京说话了。“本-盖尔将军，”他说，“我想问你，作为一名军官，你以你的荣誉告诉我：你的行动有没有得到任何上司的批准？”

“是的，总理。我获得了批准。”

“我相信北方司令部的指挥官。将军不会撒谎，”贝京说，“此事到此为止。我宣布本次会议就此结束。”

贝京知道身边发生了什么吗？齐波里尽管仍然将贝京视为值得尊敬的指挥官和受人尊敬的领导人，但他相信军人们利用了他对将军的美好印象，一次又一次地欺骗了总理。其他人认为贝京这位经验丰富的政治家对形势理解得非常透彻，但更愿意对这些令人发指的行为保留看似合理的否认态度。不管怎样，高层都意识到要求总理纠正这种情况是没有意义的。

尽管“阿曼”和北方司令部之间的内斗仍在继续，而“阿曼”

---

① 这段有关会议的讲述，来自2015年3月11日、2013年11月6日分别对齐波里和本-盖尔进行的采访。除了几处不重要的差别，他们的讲述完全相同。

后来也从黎巴嫩的线人那里获悉北方司令部的汽车炸弹和毛驴炸弹事件，但他们最终决定这件事就这么算了。吉尔伯阿说："这种小规模的战术性的行动有很多，所以我们决定算了，我们说：'也许我们不知道更好，只要它不造成政治上的破坏。'就像书上说的'让少年人起来，在我们面前戏耍吧'。"①

吉尔伯阿引用的是《圣经·旧约·撒母耳记下》第2章第14节的话，其大意是"让孩子们好好玩吧"。本-盖尔的目标是巴解组织的底层人员，他的任务只不过是战术上的小规模冲突罢了。他的秘密战争没伤到巴解组织领导人一根毫毛，他说这些行动对达甘来说一如游戏。"就像他有画画的爱好——而且他画得很好——一样，他的这些行动也是这样，"本-盖尔说，"它们是梅厄的爱好。"

"这些行动在灰色地带进行，对我来说很方便，"本-盖尔接着说道，"有时候人们没必要知道。有些议题你没必要像齐波里那种懦夫一样调查到底。让事情顺其自然，出岔子的时候知道怎么挺达甘就行了。对，达甘是匹野马，但是，一匹会跳栏甚至还会摔断腿的年轻野马总比用鞭子抽了才会朝前走两步的骡子好。"②

1981年8月5日，梅纳赫姆·贝京任命阿里埃勒·沙龙为以色列国防部长。贝京对这位前将军、他称为"光荣的陆军统帅"和"国际战略家"的人深为钦佩，尽管他有点担心沙龙的挑衅态度、不愿接受上级权威。"沙龙有可能用坦克攻击议会。"贝京两年前半开玩笑说过。

不过，贝京仍然相信他是在与埃及缔结和平协议之后从西奈半岛撤军的正确人选，尽管定居者和极右势力进行了略带暴力的示威，沙龙在没有流血冲突的情况下完成了这项任务。

---

① 2013年12月30日对吉尔伯阿的采访。
② 2013年11月6日对本-盖尔的采访。

但与此同时，沙龙也利用自己的职权在约旦河西岸和加沙地带建立了更多的犹太人定居点，这些定居点作为被占领土受国防部管辖。他还在整个国防机构里灌输了一种寻衅好斗、拼搏进取的精神。沙龙和20世纪50年代在沙龙指挥的以色列国防军伞兵旅当过军官的艾坦都认为，打击在黎巴嫩的巴解组织及其基地极其重要，他们命令军方开始策划在那里来一场大的军事行动。

“沙龙将其计划非常非常缓慢地透露给我们，”埃弗莱姆·斯内赫说，“起初，他命令我们准备［在黎巴嫩］进行局部的军事渗透，后来才描绘了大规模入侵、一直打到贝鲁特-大马士革公路的蓝图。”北方司令部参谋长大卫·阿格蒙说，到了后期，沙龙命令他制定计划占领整个黎巴嫩，甚至叙利亚的部分地区。“我们很清楚，我们并不了解全部情况，”斯内赫说，“而政府知道的比我们还少。”

但即使是沙龙也意识到以色列不能简单地入侵黎巴嫩并占领其部分地区。1981年7月，里根总统的中东问题特使菲利普·哈比卜来黎巴嫩地区调解，希望以色列和巴解组织达成停火。沙龙和艾坦强烈反对这种协议，因为其中没有巴解组织承诺不在其他地方——如被占领土或欧洲——袭击以色列人的内容。对沙龙而言，向巴黎的犹太会堂扔手榴弹理应被视为破坏停火协议。此外，贝京和沙龙都认为阿拉法特应对任何巴勒斯坦人在世界上任何地方的任何行为负责，即使他们属于与巴解组织无关的组织。但外界不是这么看的，哈比卜向以色列人明确表示，美国支持对黎巴嫩领土入侵的唯一前提是回应巴解组织的粗暴挑衅。

沙龙认为和平度过的每一天都是在给阿拉法特和他的人一份大礼，使他们有时间巩固他们在黎巴嫩的地位并提升他们在那里的军事部署。① 他决定稍稍推动一下事情的进展，以便执行自己的计划，并启动达甘在北方司令部的秘密武器。“这项活动第二阶段的目标，”

① Schiff and Yaari, *Israel's Lebanon War*, 125 – 26.

据斯内赫说，“是在提尔、西顿和贝鲁特的巴勒斯坦地区播下骚乱的种子，从而为以色列入侵提供一个无懈可击的理由。”①

沙龙还派拉菲·艾坦作为个人特使密切留意北方的秘密活动。艾坦——在特拉维夫屠戮圣殿教派的人、艾希曼的抓捕者、针对埃及境内德国科学家的行动的指挥官——因未被提拔到管理层而一怒之下离开了该组织。1981 年，他担任总理的反恐顾问及“拉卡姆”（LAKAM）的负责人，“拉卡姆”是国防部下负责解决军事技术问题的间谍机构。

到 1981 年 9 月中旬，汽车炸弹定期在贝鲁特和黎巴嫩其他城市的巴勒斯坦社区爆炸。② 10 月 1 日，贝鲁特的法哈尼区（the Fakhani quarter）发生了一起爆炸，造成 83 人死亡，300 人受伤，其中包括被困在巴解组织拥有的一家制衣厂大火中的许多妇女。另一起爆炸发生在西顿的巴解组织总部附近，造成 23 人死亡。仅在 1981 年 12 月就有 18 个装在汽车、摩托车、自行车或驴子上的炸弹在巴解组织办事处或巴勒斯坦人聚居区附近爆炸，造成了很多人死亡。

一个自称为“从外国人手中解放黎巴嫩阵线”（简称“解放黎巴嫩阵线”）的名不见经传的新组织宣称对所有这些事件负责。如今，炸弹装进了阿里尔埃牌洗衣粉袋子里，这样一来如果路上遇到路障检查，这种东西会显得人畜无害。在有些情况下，以色列人会招募女性来开车，以减少这些汽车在前往目标区域的途中被抓到的可能性。

汽车炸弹是由以色列国防军的特别行动执行处（Maarach Ha-Mivtsaim Ha-Meyuchadim）开发的，它们用到了最早几代的无人机之一。这些无人机会传递启动装置中发射的引爆光束。达甘手下的一名当地特工会把汽车开到目标处，根据空中或地面人员的观测，把车停

---

① 2015 年 10 月 26 日对斯内赫的采访。

② Sayigh, *Armed Struggle*, 513 – 21. Al-Hurriyya, July 9, 1981, List of incidents involving the FLLF on the Global Terrorism Database (GTD): http://www.start.umd.edu/gtd/search/Results, aspx? perpetrator = 2991.

在那里后离开。当观测员确定他们等待的时机到来时，就按下按钮，汽车就会爆炸。

沙龙希望这些行动会刺激阿拉法特袭击以色列，而以色列则会入侵黎巴嫩作为反击，或者至少会让巴解组织对长枪党人进行报复，这样以色列就能以保护基督徒之名大举进攻。

“解放黎巴嫩阵线”也开始袭击黎巴嫩境内的叙利亚设施，甚至宣称对攻击以色列国防军部队的行动负责。“我们从没参与过针对我方部队的行动，”达甘说，“但‘解放黎巴嫩阵线’为树立信誉而揽下责任，仿佛它的行动是针对黎巴嫩境内的所有外国武装。”

亚西尔·阿拉法特并没有被这样的伎俩蒙蔽。他指控摩萨德是爆炸事件及“解放黎巴嫩阵线”的幕后黑手。然而，这也不完全正确。摩萨德实际上强烈反对本-盖尔和达甘的所作所为。

当时的一名摩萨德军官说：“在沙龙的支持下，可怕的事就这么做成了。我不是吃素的，我支持甚至参与了以色列执行的一些暗杀行动。但我们在这里谈论的是为杀人而大开杀戒，以此在平民中散播混乱和恐慌。从何时起我们用驴子驮炸弹到市场引爆了？”①

另一位当时在黎巴嫩的摩萨德特工说：“我远远地看见一辆汽车爆炸，毁了整条街道。我们正在教黎巴嫩人明白汽车炸弹威力多大。我们后来在真主党身上看到的一切均可追溯到他们在这些行动之后所目睹的。”②

达甘和本-盖尔坚决否认“解放黎巴嫩阵线”刻意伤害平民。“目标始终是军事目标。”③ 本-盖尔说。达甘说除了派代理人上别无选择。“只要没有犹太人的生命受到威胁，我随时准备在为我们执行任务的黎巴嫩人的坟头流下无尽的眼泪。”但他补充说，使用雇佣兵也有坏处。“你可以给他炸药，让他去炸毁某处的巴解组织总部，但

---

① 2015 年 2 月对“莎莉”的采访。
② 2015 年 1 月对“艾尔迪”的采访。
③ 2013 年 11 月 6 日对本-盖尔的采访。

他有自己的各种盘算，现在他也有炸弹来解决了。所以，有时候炸弹会在别的地方爆炸。”①

阿拉法特意识到沙龙正试图煽动巴勒斯坦人违反停火协议，这样他就能发动入侵了，阿拉法特为了不让他得逞，采取了切实的措施，包括小有成效地制止了被占领土上的暴力活动。面对巴勒斯坦人的这种克制，“解放黎巴嫩阵线”的领导人决定把行动级别升高一档。

沙龙把阿拉法特重新列入了通缉名单，后者在1974年被从名单中剔除，当时摩萨德的结论是他已经变成政治人物，因此以色列不能伤害他。② 1981年下半年，本-盖尔和达甘开始策划一场他们预期会改变中东历史进程的行动。“奥林匹亚”是特拉维夫一家颇受欢迎的餐厅的代号，“奥林匹亚行动”计划将一个装有2吨炸药的卡车炸弹开到贝鲁特东部的一家剧院周围，巴解组织打算12月在此举行节日晚宴。一场大规模的爆炸将铲除巴解组织的整个领导层。但这个想法被打消了，初版“奥林匹亚行动”被取消，第二版“奥林匹亚行动”粉墨登场。后者要求以色列特工在贝鲁特体育场在建的一个贵宾台下放置大量炸弹，巴解组织计划1982年1月1日在那里举行成立周年庆。只消按一下按钮，就会炸得面目全非。③

到该计划进入实施阶段时，本-盖尔已不再是北方司令部的负责人。他对沙龙已经没什么用了。在沙龙看来，这位策划炸死几十个巴勒斯坦人并在黎巴嫩发动秘密战争的将军太心慈手软，缺乏决心。1981年12月，他将本-盖尔从北方司令部解职，任命了自己更喜欢

---

① 2013年5月26日对达甘的采访。

② 2013年11月6日对本-盖尔的采访，2013年5月26日对达甘的采访，2015年10月28日对阿格蒙的采访，2015年10月20日对斯内赫的采访，2016年1月5日对阿兹列尔·内沃的采访。

③ 时任辛贝特阿拉伯站代理站长的茨维卡·班得瑞说，总理的反恐顾问拉菲·艾坦和梅厄·达甘给他看了该计划，但驳回了他基于大量平民的存在而提出的反对意见。他们辩称那里不会有许多平民。班得瑞说，应艾坦的要求，他安排了艾坦和辛贝特局长阿夫拉罕·沙洛姆会面，后者也强烈反对此次行动。2017年9月11日对班得瑞的采访，2015年10月对“亨利”的采访。

的人——这一举动为沙龙的黎巴嫩计划埋下了伏笔。

正是在这个时候，第二版“奥林匹亚行动”进入高速推进阶段。1981 年 12 月 20 日，达甘招募的 3 名特工设法进入了贵宾台，并在巴解组织领导人将入座的位置下方埋下了大量炸药，所有炸药都与遥控引爆装置相连。此外，在离边境 3 英里的该单位的一个基地，3 辆车——一辆装有 1.5 吨炸药的卡车、分别装有 550 磅炸药的两辆梅赛德斯轿车——都已经准备完毕。这些车辆将由“解放黎巴嫩阵线”的 3 名什叶派成员开到贝鲁特，停在贵宾台背后的体育场围墙附近。台下的炸药爆炸一分钟后，也就是恐慌达到顶峰、幸存者奋力逃离时，它们将被遥控引爆。用北方司令部一位非常高层的军官的话说，死亡和破坏预计将“达到前所未有的程度，即使在黎巴嫩也是如此”。

拉菲·艾坦在一次会上向埃弗莱姆·斯内赫提交了一份这次策划的行动的说明，他写道：“如果行动成功，我们［以色列］将立即受到谴责。”这么写不是出于恐惧而是出于希望，[①] 因为正如斯内赫后来所言，“那些没有在体育馆的爆炸中丧命的巴解组织领导人会立刻知道他们该做什么：攻打以色列，违反停火协议，给急于入侵黎巴嫩的沙龙这么做的借口”。

一切各就各位，但就在此时有人将计划泄露给了萨盖伊，[②] 他转而把正在发生的事通知了国防部副部长齐波里。“外国外交官很可能会跟阿拉法特坐在一起，特别是苏联驻黎巴嫩大使亚历山大·索尔达托夫。”萨盖伊对齐波里说。

齐波里讨厌沙龙，并且总是怀疑其用意，所以他联系了他在建国前的地下组织“伊尔贡”的老长官：贝京。“大使事件本身就够严重的了，”齐波里说，“但更严重、更可怕的是，他们再次未经内阁批

---

① 2015 年 10 月 20 日对斯内赫的采访。
② 2015 年 11 月 20 日对萨盖伊的采访，2013 年 5 月 26 日对达甘的采访。

准就采取这种行动。”

12 月 31 日凌晨，就在第二版“奥林匹亚行动”计划预定实施的前一天，参谋长艾坦给达甘打了电话。“突然之间，我听说沙龙命令我们去找总理汇报该计划并取得其最终批准，”达甘回忆道，“那天一直在下雨。拉菲告诉我们，为了保密，他会到北方司令部来接我，然后一起飞到贝京那里。”①

在贝京的办公室，他用探询的目光盯着他们。“他们说苏联大使可能在台上。”贝京说。

“完全不对，”达甘说，“他或其他外国大使出席的可能性非常低。”

贝京问萨盖伊是怎么想的。萨盖伊说很可能会有一名苏联外交官出席。“如果此人出了事，”他说，“我们很可能会跟苏联交恶。”②

多年后，萨盖伊说，“作为‘阿曼’的负责人，我的职责不仅包括作战方面，还包括外交方面。我告诉贝京，不可能像那样毁掉整个体育场。这样一场屠杀后的第二天会发生什么？全世界都会对我们横加指责。就算我们拒不承认是我们干的，情况也不会有什么不同。大家心知肚明谁是幕后黑手。”

达甘、艾坦和沙龙试图说服贝京，他们说机不可失时不再来。但总理在惹火苏联人的事上很慎重，命令他们中止行动。

---

① “我很久都没有像在飞往耶路撒冷的航班上那样害怕了。”达甘回忆道。艾坦有军用飞行员执照，在参观空军基地时会偶尔练习一下飞行。正规飞行员竭力避免陪他飞。“这真的是性命堪忧。”其中一人回忆说。有时候艾坦会准备几袋盐，把它们丢到在海滩上亲热的情侣身上。本-盖尔回想起那些飞行经历仍心有余悸。他说有一次艾坦看见海上有一艘船，“大喊道：‘有一艘恐怖分子的船，我们炸了它吧。’”他驾着塞斯纳飞机离开海岸线朝那艘船飞去，结果发现那是美国第六舰队的驱逐舰。艾坦玩性大发，继续开玩笑，仿佛它就是一艘恐怖分子的船，尽管本-盖尔冲他大叫：“看看大炮和国旗！”看本-盖尔紧张不安，参谋长乐在其中，他开始贴着桅杆的高度在驱逐舰上方飞来飞去，直到全体船员被迫反击，对着那架塞斯纳喷泡沫。2013 年 5 月 29 日对达甘的采访，2012 年 11 月 13 日对拉维德的采访，2013 年 11 月 6 日对本-盖尔的采访。

② 2015 年 11 月 20 日对萨盖伊的采访。

“当然，最终证明我是对的，那里既没有苏联大使，也没有其他国家外交官，”达甘说，“但我们能怎么做呢？总理说取消，我们只能取消。之后还有一件非常复杂的事，就是把炸药弄出来。”①

贝京很快批准了另一项行动，该行动几乎不会伤害到外交官或平民。对巴解组织最高领导人的监视表明，他们每个月都会在某个星期五乘坐七八辆豪华的梅赛德斯奔驰轿车离开贝鲁特，驶往叙利亚，然后从那里去约旦举行领导层会议。此行既是工作又是休闲，阿拉法特经常参加。

1982 年 2 月初的一个晚上，一队“凯撒利亚”特工来到车队每月都会通过的一个主路口。他们拆下其中一个交通信号灯的顶部，换成摩萨德技术部门制造的，里面有一个摄像头，可以把影像传输到摩萨德总部。3 月 5 日星期五，凌晨 3 点，在巴解组织车队经过的几个小时之前，另一支规模更大的“凯撒利亚”小队抵达路口，并开始在路边的沟渠中埋设大量炸药，连上引线，以无线方式连接到总部。按照计划，摩萨德人员将在布好炸弹后离开现场返回以色列。他们离开贝鲁特后，将由本地特工进行监视。当车队经过标记在一棵树上并在传输的图像上清晰可见的某个点时，炸弹会被引爆，巴解组织领导人会被消灭。

一切都很顺利，② 直到拂晓来临，一名当地警察看见了以色列车队开来的两辆车，以及跪在车旁的两个人。“你们在那儿干什么？”警察用阿拉伯语问。“我们参加了一场婚礼，食物很糟，”一名摩萨德特工告诉他，“我们都在拉肚子，所以停下来方便了一下。”两名特工已经偷偷拔出手枪扣在了扳机上。但警察继续赶路去了。

特工们不知道他是相信了他们，还是去叫人增援了。总部决定不要冒任何风险。总理和国防部长都同意中止任务，小队返回以色列。

---

① 2013 年 5 月 26 日对达甘的采访。
② 2013 年 5 月 26 日对达甘的采访，2015 年 2 月对“莎莉”的采访。

铁律再次得到了严格遵守，即任何任务如果让特工有被俘的可能就必须中止。

倘若贝京允许达甘继续执行“奥林匹亚行动”，倘若阿拉伯警察没有开车经过，会发生什么呢？达甘认为历史将走上一条完全不同的道路。“如果他们允许我们采取行动，巴解组织领导人就玩完了，”他说，“我们所有人都会免遭 6 个月后的黎巴嫩战争以及其他许多麻烦。”

到底是不是这样，谁也说不清。其他人觉得沙龙和艾坦即使这样也不会满足，他们有个宏大的战略，不仅要在黎巴嫩，还要在整个中东地区创造新秩序。

到目前为止，他们一直保持沉默，等待发起战争的必不可少的借口。

十五
“两个阿布”

每年春天，伦敦的德拉鲁公司——一家总部位于英国的货币印刷厂和安全系统公司——都会在城里为外交官和企业高管们举办一场正式晚宴。1982年，晚宴于6月3日晚在豪华的多切斯特酒店举行。来自世界各地的84位大使和首席执行官们一边享用盛宴，一边扩展人脉，交流各种八卦。

晚上10点刚过，晚宴结束了，宾客们开始缓缓走出酒店，以色列驻圣詹姆士宫大使[①]什洛莫·阿尔戈夫在酒店大堂停下来跟一位外交官聊天。他们谈到了各自国家将送给查尔斯王子和戴安娜王妃的第一个孩子的礼物，孩子不出两周就要出生了。然后，就在出口处，阿尔戈夫与传媒大鳄罗伯特·麦克斯维尔握手，并感谢他的报纸对以色列的友好态度。[②]

辛贝特的贵宾护卫队未获准在英国活动，所以，保护阿尔戈夫的是英国保镖科林·辛普森警探。两人出了酒店，快走了30步，来到一辆防弹的大使专用沃尔沃轿车旁。辛普森为阿尔戈夫开了后门。

他们俩谁都没看到人行道上的刺客，等看到，一切都太迟了。

侯赛因·贾桑·萨义德是阿布·尼达尔（Abu Nidal）恐怖组织一支秘密小组的成员。他和两名战友已经等了一个半小时，一直盯着多切斯特酒店的前门。“行动前一天，”萨义德说，“我的指挥官卢桑来找我，跟我说明天对巴勒斯坦民族来说将是个伟大的日子，我们计划干掉一个重要的犹太复国主义者。”

他带着一把波兰制WZ－63微型冲锋枪，从后面走向阿尔戈夫。[③]

萨义德说："我走近他，他开始上车。我从包里拿出武器，双手握住，正如别人教我的那样。另一个人为他打开车门。我又上前一步，直到离他们只有几米远，然后我朝他开枪，一枪打中了他的脑袋。"

辛普森将阿尔戈夫推进车里，叫司机开往医院。大使伤势严重。接着，辛普森去追赶萨义德，他正朝着公园道北面的一辆汽车逃去，有两个朋友在车里等他。警探后来作证称，在南街的街角，离多切斯特酒店几个街区的地方，萨义德转身朝他开枪。子弹没打中他，但击中了一辆皇室成员的车，他们的衣服上洒满了碎玻璃。几乎同一时间，辛普森用他的点 38 口径手枪射中了萨义德的脖子，就在右耳下方一点的位置，将他放倒。"我开始朝汽车奔跑，"萨义德说，"我的枪卡壳了。突然，我感到脖子上挨了一下，我倒在了地上。"

事发 40 分钟后，萨义德的同伴被抓获。[④] 英国情报机构在阿布·尼达尔的小组里有一个双重间谍，但他们漏掉了他关于暗杀预谋的情报，等意识到时一切为时已晚。

阿尔戈夫死里逃生，但他瘫痪了，还得了重病，并因此于 2003 年去世。这起暗杀未遂事件发生后不久，以色列情报机构获悉阿布·尼达尔是阿拉法特的死敌，本名叫萨布里·班纳，是他"代表伊拉

---

① "驻圣詹姆士宫大使"是"驻英国大使"的正式称呼。圣詹姆士宫是伦敦最古老的宫殿之一，是皇室的法定官邸，也是英国本土最高规格的王宫。——译者

② 1999 年 4 月 22 日采访约阿夫·比伦（彼时阿尔戈夫的替身在大使馆，那天晚上也去了多切斯特酒店）。

③ 1999 年 4 月 20 日侯赛因·萨义德告知作者（存于作者的资料）。1999 年 4 月至 5 月电话采访侯赛因·萨义德。

④ 此事导致英国和以色列情报机构之间发生严重摩擦，摩萨德官员声称英国本可以采取更多措施来阻止刺杀行动。5 年后，以色列在伦敦的一个法塔赫小组里安插了一名双重间谍，而英国并不知情。小组成员暗杀了纳吉·阿里（Naji al-Ali）这名拥有英国公民身份的巴勒斯坦漫画家，他曾以漫画嘲笑阿拉法特。阿拉法特下令干掉他。英国当局声称以色列本可以避免这场杀戮，以色列无动于衷是因为要为袭击大使事件报仇，或者仅仅是因为以色列根本不在乎阿拉伯人被杀。英国驱逐了摩萨德驻伦敦站的大部分人。2013 年 1 月 17 日对拉维德的采访，1999 年 2 月对"格拉托"的采访。Sharon Sade and Ronen Bergman, "I Shot Shlomo Argo," *Haaretz*, June 11, 1999。

克情报部门领导人巴尔赞·提克里提（Barzan al-Tikriti）下令发动袭击的"，这是504部队前指挥官伊戈尔·西蒙说的，当时他在摩萨德的伦敦站任职。①

巴尔赞同母异父的兄弟和上司正是伊拉克的独裁者萨达姆·侯赛因，后者希望这次暗杀能引发他的三个中东劲敌——叙利亚、巴解组织和以色列——之间的大规模武装冲突，甚至可能把最大的敌人伊朗卷进来。②

碰巧的是，萨达姆和沙龙的鹰派同事不谋而合。在1982年6月4日上午举行的以色列内阁会议上，贝京总理宣布"袭击大使相当于袭击以色列国，我们会予以反击"。贝京的情报人员试图告诉他，自从去年夏天美国发起停火协议以来巴解组织已经老实了一年，对阿尔戈夫下手的是巴勒斯坦一个持不同政见的边缘团体，它本身就想消灭阿拉法特，可贝京是不会听这些人的意见的。"他们都是巴解组织。"贝京宣布。参谋长艾坦可没那么文雅："管他是阿布·尼达尔，还是阿布·什米达尔，我们都要打击巴解组织。"③

内阁批准对贝鲁特和巴解组织基地进行大规模空袭。显然，阿拉法特不会对此毫无反应。没过多久，以色列北部29个社区遭到巴解组织的猛烈炮击。

在伦敦，萨义德被判30年监禁。在电话采访和邮件采访中，他说他不认为是他开的枪引发了以色列对黎巴嫩的战争。④ "不管怎样都会发生，"他说，"这可能提供了侵略的时机，但拉菲和沙龙无论如何都想征服黎巴嫩。他们只不过是拿我做的事当借口罢了。"

---

① 2012年7月29日对西蒙的采访。

② 萨达姆也想报复以色列一年前袭击伊拉克的奥西拉克核反应堆的事。Amatzia Baram and Pesach Malovany, "The Revenge of Saddam Hussein," *Yedioth Ahronoth*, June 14, 2012。

③ Schiff and Yaari, *Israel's Lebanon War*, 12 (Hebrew).

④ 1999年4月20日侯赛因·萨义德写给作者的信。1999年4月至5月电话采访萨义德。

他可能是对的。无论如何，黎巴嫩的战火点燃了。

阿里埃勒·沙龙向以色列内阁呈交了一份为阿尔戈夫枪击事件报仇并于6月5日灭掉巴解组织武装的计划。他称之为“加利利和平行动”（Operation Peace for Galilee），这个名字意在给人一种印象，即这是一个为了自保而不得已采取的行动。沙龙告诉内阁，这将是一次有限的入侵，目的只是为了消除巴解组织炮火对以色列社区构成的威胁。[①] 以色列国防军挺进黎巴嫩境内不超过40公里，这是当时巴解组织火炮的最大射程。

唯一一位反对该计划的部长是莫迪凯·齐波里，现任通讯部长。[②] 他怀疑沙龙有更大的目的。由于有从军背景，齐波里还知道沿着黎巴嫩境内的叙利亚军队的侧翼进行如此深度的突袭，必然会导致以色列军队和叙利亚军队发生冲突。但贝京驳斥了齐波里的反对意见，并宣称：“我已经说过我们不会攻击叙利亚人。”

然而，齐波里的怀疑再次被证明是完全合理的。这确实只是沙龙真正计划的开始。[③] 他和他的参谋长艾坦一起制定了一个更宏大的秘密计划：他意图用以色列国防军的坦克改造整个中东地区。他设想以色列军队及其长枪党盟友会从边境到贝鲁特征服黎巴嫩，摧毁所有的巴解组织武装，并重创部署在那里的叙利亚军队。控制首都之后，以色列人将任命长枪党的领导人巴什尔·贾梅耶为总统，从而把黎巴嫩变成一个可靠的盟友。接下来，贾梅耶会将巴勒斯坦人驱逐到约旦，在那里他们将成为多数派，有能力取代哈希姆王国建立一个巴勒斯坦国。在沙龙看来，这将使巴勒斯坦人要求在朱迪亚和撒马利亚——约旦河西岸——建国的要求不复存在，这些地方也会顺势成为以色列的

---

① Minister of Defense at the Foreign Affairs and Defense Committee, Knesset, June 7, 1982, 1（作者的资料，从“多丽丝”处获得）。

② Schiff and Yaari, *Israel's Lebanon War*, 146.

③ Landau, *Arik*, 140－41, 196－98 (Hebrew)。2016年1月14日对萨盖伊的采访。

一部分。

在那个异想天开的计划中，还有一个更关键的要素：干掉亚西尔·阿拉法特。沙龙认为，在打击恐怖组织的战争中，标志性人物和符号与其组织本身同等重要。为了发出信号，粉碎巴勒斯坦人的精神，他和艾坦决心到贝鲁特找到阿拉法特的老巢将其杀掉。

为此，成立了一支特战队，代号为“咸鱼”。沙龙任命他的两名特别行动专家——梅厄·达甘和拉菲·艾坦来负责。“我认为干掉他会改变一切，”达甘说，“阿拉法特不仅是巴勒斯坦领导人，还有一层巴勒斯坦国奠基人的身份。杀掉他会引发巴解组织很大一部分的内部冲突，并显著抑制它以后做出任何战略决策的能力。”

“阿曼”负责人约书亚·萨盖伊少将和以色列国防军前将军、摩萨德局长伊扎克·霍菲，都坚决反对入侵黎巴嫩，因为他们知道沙龙和艾坦保证“入侵不超过40公里”的背后，还藏着一个计划，它将严重危害以色列。“我了解他们俩，”霍菲说，“我知道他们没有放弃自己的野心，他们会以某种方式得到他们一直想要的”——到贝鲁特，杀掉阿拉法特。① 霍菲警告贝京，入侵黎巴嫩将是贝京所在政党“利库德的赎罪日战争”，对国家和他本人的职业生涯都是一场灾难，正如1973年的冲突结束了工党的领导权一样。

但贝京对情报组织的反对意见不予考虑，6月6日，以色列国防军攻入了黎巴嫩。

一支由7.6万步兵、800辆坦克和1 500辆装甲运兵车组成的军队，兵分三路向北推进，第四队人马从海上登陆。

战况一开始在沙龙看来是乐观的。② 以色列军队实现了他们的大部分目标，这多亏了他们极度强大的火力，以及“阿曼”和摩萨德在深入渗透到腐败的巴解组织后为他们提供的顶级情报。民兵的表现

---

① 2002年1月11日在贝京中心采访霍菲。2015年11月20日对萨盖伊的采访。

② Bergman, *Authority Granted*, 170－80 (Hebrew).

甚至比“阿曼”预计的还要糟糕。[1] 大多数高级指挥官作鸟兽散，留下手下自生自灭。

正如齐波里所预测的那样，叙利亚人开始回击以色列的公然挑衅。1973 年时艾坦的部队在戈兰高地差点就被叙利亚人碾压，这一次他趁机挣回面子，下令大力反击。[2] 叙利亚人也在以色列人的炮火中凋零。

但随着军事上的胜利，以色列内阁部长们很快明白过来，他们得到的为打击巴解组织而“入侵 40 公里”的保证完全变味儿了。沙龙命令以色列国防军继续前进，声称出于多种作战原因必须这么做。面对他那极具魅力、专横霸道的个性，部长们几乎没有提出异议。

“我很快就看到 40 公里的计划就这么消失了，以色列国防军正在深度侵入黎巴嫩，”贝京的军事秘书阿兹列尔·内沃准将说。“沙龙撒谎，误导了贝京和内阁。沙龙厉害的地方在于他知道如何用最生动的方式解释为什么必须再推进几公里，因为不这样的话明天早晨叙利亚军队就会占领山头，使我们的部队陷入险境。他就这样成功地获得内阁对他一步步入侵的计划的批准。”[3]

6 月 25 日，以色列国防军包围了贝鲁特，远远超过了先前商定的范围，并开始对城内的西部社区进行恐怖的围攻和轰炸。

沙龙本希望马龙派长枪党人会帮助他们打击巴解组织，充当以色

---

① 对入侵的描述，参见 Schiff and Yaari, *Israel's Lebanon War*, 163 – 82 (Hebrew) 和 Sayigh, *Armed Struggle*, 508 – 31。

② 以色列和叙利亚之间的战场成为美国和以色列为对抗“赤军”实验室的前线而开发的最先进武器的第一个试验场。结果一目了然。6 月 9 日，黎巴嫩上空上演了喷气机时代最大的空战。在“蝼蛄 19 行动”中，以色列空军几乎打掉了叙利亚在黎巴嫩部署的所有俄罗斯产地对空导弹炮兵连。同一天，在空战中，以色列击落了 26 架叙利亚的俄制前线战机。46 小时内，总计 82 架叙利亚战机被摧毁，而以色列只损失了 1 架战机。2013 年 7 月 10 日对塞拉的采访，2013 年 4 月 18 日对大卫·艾弗里的采访，2011 年 6 月 5 日对伊扎克·本-伊斯莱尔（Yitzhak Ben-Yisrael）的采访，2013 年 4 月对“阿米特”的采访。Schiff and Yaari, *Israel's Lebanon War*, 183 – 222 (Hebrew)。

③ 2016 年 1 月 5 日对内沃的采访。

列的炮灰，特别是在人口密度高的地区。长枪党人也有类似的想法，但方向正好相反：以色列人将通过亲自作战来确立他们在黎巴嫩的霸权。“负责与长枪党联系的摩萨德完全误读了黎巴嫩局势，误解了马龙派的能力和意图。他们骗了我们。”内沃说。[①]

长枪党的领导人敦促以色列人征服越来越多的领土，并保证提供军事援助，但从来没有兑现。在6月16日与参谋长艾坦的会面中，长枪党领导人巴什尔·贾梅耶恳求以色列国防军占领贝鲁特。[②] 贾梅耶说：“你们宣布不会进入贝鲁特，没用的，因为这种话反而会激发巴勒斯坦人和穆斯林的战斗精神，阻碍政治进程。”与此同时，贾梅耶也就如何对待他的家乡提出了建议：“你们必须继续空中轰炸，因为炮击无效，他们已经习惯了。”

沙龙、艾坦和长枪党一起秘密策划如何通过代号“斯巴克”的联合行动占领贝鲁特。[③] 8月1日在沙龙家中举行了一次会议，[④] 以色列国防军和摩萨德的领导人都参加了，沙龙问贾梅耶：“你们能再次切断水源吗?”这表明他期望进一步施压逼巴解组织和叙利亚人撤出。

贾梅耶说：“有你们的掩护，我们可以。”

“好，”沙龙说，“但我们得在星期一恢复供水，[美国国务卿乔治·] 舒尔茨与 [外交部长伊扎克·] 沙米尔那天要会面。”

以色列内阁部长们后来才听说沙龙下令占领一个主权国家的首都，这在以色列历史上还是第一次。实际上，在整个战争期间，沙龙

---

① 2016年1月14日对内沃的采访。

② Mossad, “Notes on Meeting Between Johni Abdu, Bashir Gemayel and the CoS,” June 16, 1982（作者的资料，从“多丽丝”处获得）。

③ “Summary of Course of Events in West Beirut,” document submitted to Inquiry Commission on behalf of Defense Minister Sharon（作者的资料，从“多丽丝”处获得）。

④ Defense Minister’s Bureau, “Meeting Between Bashir Gemayel, Johni Abdu, and the Minister of Defense,” August 1, 1982（作者的资料，从“多丽丝”处获得）。

从未停止向内阁、以色列议会和这个国家保证他们“无意进入贝鲁特”①，还反复重申。但沙龙给以色列国防军的命令非常明确：“我们得摧毁贝鲁特南部”，那里是难民营和巴解组织基地所在地，7 月 11 日在他办公室召开的一次会上，他说：“能摧毁的都别放过……将之夷为平地。”②

对黎巴嫩的全面入侵和对贝鲁特的围攻将成为以色列的泥淖，这场侵略将持续 18 年，至少在南部是如此。

全世界，就连跟贝京私交甚好的美国总统罗纳德·里根也站出来反对以色列。“你们在贝鲁特制造了一场大屠杀。”里根在打给贝京的电话中愤怒地说。③ 贝京同样愤怒地回答：“拜托，总统先生，别教我什么是大屠杀。我和我的人民非常清楚‘大屠杀’的意思。”

摩萨德试图通过向伦敦的《观察家报》泄露文件来平衡局势，这些文件声称巴解组织有可供 10 万人使用的武器储备，它们实际上是苏联在中东的应急储备。④ 他们还声称，苏联有意派古巴士兵与巴勒斯坦人一起作战，征服加利利，摧毁犹太人定居点，并在那里建立一个独立国家。这些说法中是否包含一丝真相很值得怀疑，它们肯定没能令世人对以色列的看法有所改观。中东冲突再一次被视为大卫和歌利亚的故事——但这回以色列是强大残忍的巨人，巴勒斯坦人则是可怜的弱者。

沙龙对政府和以色列公众的全部欺骗是逐渐浮出水面的。但以色列伤亡人数的稳步攀升、模糊不清和动摇不定的目标以及士兵带回家

① “Meeting of Knesset Foreign Affairs and Security Committee,” June 13, 1982, 10, and “Statement of Defense Minister at Cabinet Meeting,” July 7, 1982（作者的资料，从“多丽丝”处获得）。

② Schiff and Yaari, *Israel's Lebanon War*, 259 – 60 (Hebrew).

③ 2016 年 1 月 14 日对内沃的采访。

④ *Yedioth Ahronoth*, July 18, 1982。2012 年 7 月对“米盖尔”的采访，1999 年 1 月对“弓箭”的采访。

的关于黎巴嫩境内的破坏与苦难的故事，开始引发抗议和反对。

沙龙的参谋长艾坦意识到，以色列国防军在黎巴嫩的大部分行动都是未经内阁批准而进行的，① 因此他故意缺席该机构召开的会议，声称他正跟作战部队在一起。他把权限划分和隐瞒的活儿甩给了沙龙，而沙龙根本不理会那些反对的声音，继续一意孤行。[《他踩了红线也不停》(*He Doesn't Stop on Red*) 是以色列著名摇滚音乐人沙洛姆·哈诺克写的一首关于沙龙的歌。]

目前尚不清楚贝京对沙龙复杂的计划究竟了解多少。最终，沙龙会起诉一名报道沙龙向贝京撒谎并向他隐瞒情况的记者。② 但沙龙败诉了。

至于除掉亚西尔·阿拉法特的计划，没有完整内阁会议或沙龙与贝京会谈的笔录，所以无法准确地说贝京和他的另一位部长如果知道"咸鱼行动"，又到底知道些什么。③

尽管如此，无论贝京对具体情况知道多少，他从不掩饰自己对铲除阿拉法特这一更大需要的看法。在 8 月 2 日给里根的信中，贝京写道，他感觉就像"派军队去柏林的地堡消灭希特勒"一样。④ 同一周，在以色列议会的一次演讲中，他再次把阿拉法特称作"脸上长

---

① Schiff and Yaari, *Israel's Lebanon War*, 116 (Hebrew).

② 沙龙起诉记者乌兹·本兹曼 (Uzi Benziman)，本兹曼后来在《我说出了真相》(*I Told the Truth*, Hebrew) 一书中讲述了审判的经过。对这次审判扣人心弦且不失风趣、但主观色彩浓厚的翔实描述见于多夫·魏斯格拉斯 (Dov Weissglass) 的书中，他本人也是沙龙诉《时代周刊》案首席律师，参见 Dov Weissglass, *Ariel Sharon: A Prime Minister*, 38 – 75 (Hebrew)。

③ 1982 年 6 月底贝京在接受以色列电视台的专访时，断然否认此次行动的目标之一是除掉阿拉法特，而不过是为了终结他的指挥和两个"阿布什么的"，后者是对阿拉法特两名副手的蔑称。他宣称"以色列国防军不仅有人性，而且讲民主。目睹 [以色列国防军的指挥官] 各司其职很令人高兴"。此事极为敏感，这一暗示可见于以色列国防军历史部门对黎巴嫩战争的研究，其中大量提及"咸鱼行动"。但该项目突然被终止，因为研究人员莫提·格兰尼教授 (Motti Golani) 好像表现得过于独立。这项含有高度敏感资料的工作从没有完成，格兰尼的所有资料都被没收。2013 年 1 月 15 日对格兰尼的采访。

④ *Yedioth Ahronoth*, August 13, 1982. Schiff and Yaari, *Israel's Lebanon War*, 274 (Hebrew).

毛的卑鄙家伙，杀害我们孩童的凶手”。[1]

“咸鱼”行动队由梅厄·达甘和拉菲·艾坦创立，在更广泛的战争司令部之外运作，其成员大多是以色列总参侦察营即将离任的指挥官乌兹·达扬中将手下的士兵。不过，它的任务由于城市战的种种现实而变得复杂。该行动队不能随手派一个排的士兵冲进贝鲁特去杀掉一个人，这种战术会造成不可想象的混乱。“所以，主要任务是确定‘咸鱼’的位置，将其置于空军的轰炸范围内，”达扬说，“但不能造成太多附带伤害。”[2]

约西·朗格茨基上校是“阿曼”技术部门的创建者之一，他在6月被召至贝鲁特切入巴解组织的所有通信系统。[3] 多亏了截获的电话，经过与总参侦察营部队执行的秘密潜入监视和摩萨德特工获得的情报反复比对后，“咸鱼”小组掌握了阿拉法特藏身处的大量情报。[4]

尽管如此，“这是一项非常复杂的任务，”达扬说，“我们得核对从各种渠道获得的情报，弄清哪个建筑或山洞才是我们要找的，在地图上精准定位，将其坐标精确到十位数，再传给空军，给他们足够的时间让飞机升空并投弹。”

在“咸鱼”战地指挥所漫长的日日夜夜里大多数时候都令人沮丧，因为阿拉法特一次又一次地逃脱了。朗格茨基和达扬会听到保镖安排阿拉法特在某个时间到达某个地方，并迅速地把坐标发给空军。有一次，他们甚至在电话中听到阿拉法特本人的声音，[5] 还派出两架战斗轰炸机炸平了那幢大楼，但据达扬说，阿拉法特“不到30秒之

---

① *Yedioth Ahronoth*, June 30, 1982.

② 2012年6月4日对达扬的采访。

③ 2011年8月对“维瓦尔第”的采访。

④ “咸鱼”小组将阿布·吉哈德加入暗杀名单。摩萨德知道在哪里可以找到他的妻子尹提莎，该小组计划给她下毒，使她生重病。阿布·吉哈德很顾家，会来看望她，杀手就可以伺机下手。“但贝京听说该计划后，认为这样做太邪恶了，予以了否决。”“咸鱼”小组的一位高级成员说。2013年4月18日对达扬的采访，2016年12月对“约阿夫”的采访。

⑤ 2012年6月4日对达扬的采访。

前”离开了。

巴勒斯坦领导人明白，炸弹一再落在他刚到或刚离开的地方并不是巧合。他告诉手下，沙龙在贝鲁特就像只“受伤的狼”，想杀了他以报复战争久拖不决。他开始采取更多的防范措施，在不同地点同时安排几次会议。他怀疑他的助手中有人可能是摩萨德间谍，所以在他们中间散布虚假信息，并且一直都在换地方。[①]

“咸鱼”军官摩西·亚阿隆（Moshe Yaalon）说：“阿拉法特一直打破常规，他行事毫无规律，这让人无法为地面突袭地堡或房屋做准备。”[②]

越来越绝望的行动队想出了无数个点子。7 月 3 日，以色列左派杂志的编辑尤里·亚弗纳瑞[③]穿越贝鲁特前线，在市中心采访了阿拉法特（一道进行采访的还有记者萨利特·伊沙伊和摄影师阿纳特·萨拉古斯提）。这次见面在以色列引起极大争议。阿拉法特被视为该国最大的敌人，这是他第一次会见以色列人。“我的目标是通过改变以色列人的思维方式，开始为巴以和平铺平道路。”亚弗纳瑞说。[④]“咸鱼”行动队并不特别欣赏这一创举（亚阿隆说：“我甚至不会开口对亚弗纳瑞及其无耻行径发表看法。”），但决定利用这个机会追踪这 3 名以色列人，让他们领着一群杀手直奔阿拉法特而去。[⑤]

在“咸鱼”行动队里发生了一场讨论：是否允许在执行任务时危

---

① “马提亚斯”向作者出示过一份 1982 年 7 月 1 日的摩萨德文件，其中说：“‘咸鱼’采取了极端的安保预防措施，根据‘连接点’的情报，因为担心自己人当中可能有人在为我们效力，他向手下发出了虚假消息。”

② 2011 年 8 月 16 日对摩西·亚阿隆的采访。沙龙 1982 年 7 月 18 日向内阁汇报称：“他一直在换地方……。从一个指挥所到另一个指挥所，有他们所有的通信系统和国际通讯……”阿拉法特本人声称，在被围困时他遭到以色列 13 次暗杀。Rubin and Colp-Rubin, *Yasir Arafat*, 98 - 99, 102。

③ 首位采访阿拉法特的以色列记者，曾任以色列国会议员，致力于实现巴以和平。——译者

④ 2013 年 7 月 19 日对亚弗纳瑞的采访。

⑤ 2011 年 8 月 17 日对亚阿隆的采访。

及以色列人的生命甚至可能置他们于死地。[1] 阿夫纳·阿祖莱（Avner Azoulai）作为摩萨德的代表参加了讨论，他总结了这次辩论的结果："如果从操作上看条件成熟，有理由猜测阿拉法特和这三位亲爱的犹太人都不会活下来。"

但一直谨慎行事的阿拉法特怀疑摩萨德可能在监听亚弗纳瑞和与他一起来的两名记者。阿拉法特的安保人员采取了严格的欺骗性反制措施，"咸鱼"行动队在贝鲁特南边的巷子里把他们跟丢了。

随着日子一天天过去，这场被煽动起来的混乱内战的实际情况却与沙龙和艾坦重构整片地区的过于野心勃勃的计划背道而驰，这两个鹰派人士给空军和"咸鱼"行动队不断施压，叫他们去除掉阿拉法特。时任空军指挥官大卫·艾弗里（David Ivry）少将说："从围攻贝鲁特开始，干掉阿拉法特的事就变得举足轻重了。感觉这是沙龙的私事，摩萨德或'阿曼'的人会时不时地出现在'加那利'，告诉我们阿拉法特在这在那，然后沙龙或拉菲会命令我们立即轰炸那里。""加那利"，是位于特拉维夫地底深处的一个掩体中的空军临时指挥部。

"我觉得挺乱的，有可能伤及平民，"艾弗里继续说道，"没得到总参谋部行动分部的书面命令，我还没准备好执行那样的轰炸任务。我希望将此事置于一个有组织的情报共享和决策框架内以得到更好的判断。实际上，很多命令都不是书面的。它们就这样在半道上消失了。"[2]

乌兹·达扬也有同样的疑虑。他说："阿拉法特安然无恙有两个原因——无尽的好运和我。我认为阿拉法特是个合法的目标，但不认为为了打击目标用任何手段都是正当的。如果我看出这意味着大规模杀害平民，即使我们知道阿拉法特在那里，我也不会同意轰炸的。"

"拉菲一向会暴跳如雷，"达扬接着说道，"他会打电话给我说：

① 2015 年 7 月 6 日对阿夫纳·阿祖莱的采访。
② 2011 年 5 月 30 日对艾弗里的采访。

‘我知道你有那个地方的情报。为什么飞机没升空？’我回答说不可能，因为周围有许多人。拉菲说：‘行了，我会负这个责。’我不准备允许这种事发生。轮不到拉菲来教我战争伦理。”①

拉菲·艾坦会提醒达扬他无权决定是否投炸弹。但达扬是这样解释的：“我所要做的就是从情报的角度汇报目标那边何时时机成熟。所以从那时起，每当我们知道轰炸会导致大量平民伤亡时，都会报告说从情报的角度来看，时机还不成熟。”

8 月 4 日傍晚，艾坦要空军作战部部长阿维姆·塞拉来见他。两个人私交甚好，艾坦对塞拉颇有好感，他是一位前途无量的军官，被认为有可能会成为空军司令。

跟塞拉寒暄后，艾坦告诉他第二天他不会和往常一样在“加那利”上班，而是会“出去一趟”。

“就像我们上次一起出去那样？”塞拉问，指的是 5 月去贝鲁特，为入侵和刺杀阿拉法特的行动做准备。

“差不多吧，”艾坦回答，“不过是从天上。明天早上在哈佐尔（南部的一个空军基地）跟我会合。你开飞机，我来导航和操作战斗系统。我们要轰炸贝鲁特。”根据“咸鱼行动”获得的情报，目标是阿拉法特第二天早上应该会在的一幢建筑。

塞拉知道艾坦有轻型飞机的飞行执照，不过他仍然确信自己听错了。“这简直是疯了，”他说，“我惊呆了。要是有人告诉我参谋长虽然不是真正的飞行员，却正带着空军作战部负责人一起从酣战中脱身稍作休息，为找乐子而轰炸贝鲁特，我决不会相信。”

但是参谋长艾坦执迷于杀掉阿拉法特。② 第二天，他们俩在哈佐尔碰头。他们是“幻影四人组”的成员，远征轰炸位于贝鲁特西部的萨那（al-Sana'i）办公大楼，阿拉法特本应在那里开会。“拉菲操

---

① 2012 年 6 月 4 日对达扬的采访。

② 2013 年 4 月 7 日对塞拉的采访。

作得马马虎虎；我想他有些晕机。我自己导航。他操作弹药系统，用今天的话来讲这个系统还是很原始的。我们对目标进行了两次轰炸，然后又追加了一次以确保击中。拉菲很高兴，我们飞回了以色列。”

阿拉法特再一次奇迹般地脱险：炸弹正好在他抵达之前炸毁了部分建筑。为了指挥空军行动，塞拉从哈佐尔返回特拉维夫，艾坦则乘直升机去贝鲁特。① 塞拉回忆说：“晚上，我在电视上看见他在贝鲁特郊区接受采访。他宣布以色列对轰炸平民周围的目标有限制——而这千真万确就是他那天早上亲手做的事。”

对沙龙和以色列来说，“咸鱼行动”的问题在于全世界都在看着。随着每一次暗杀行动以失败告终，以色列越来越像一个偏执地为杀掉某人而推翻一个主权国家的军事强国。阿拉法特非但没有被当成嗜血的恐怖分子，现在反而变成了一个饱受以色列战争机器追捕深陷困境的难民国家的领导人。沙龙的做法可谓适得其反。

其主要目标现在成为全世界同情的对象，入侵行为在军事灾难的泥潭中越陷越深。② 必须打破僵局，来一场表面上的胜利解围。8 月 1 日，以色列国防军开始对贝鲁特的巴解组织武装施加重压（“金刚行动”），伴以 72 小时的连续轰炸，旨在说服阿拉法特从黎巴嫩撤军。以色列空军在 10 个小时的时间里出征百余次，之后又从海陆空继续轰炸，并在 8 月 12 日达到高潮，由于造成的巨大破坏，这一天被称为“黑色星期四”。

施压奏效了。8 月 13 日，在美国人的调停下，阿拉法特同意从贝鲁特撤走其部队。乌兹·达扬离开了这座城市，心情复杂地把“咸鱼”行动队留给了亚阿隆指挥。“我的余生并没有为此哀悼，但

① 当晚晚些时候，艾坦飞回来向内阁会议汇报，沙龙骄傲地告诉部长们参谋长艾坦那天早上是如何“参加对贝鲁特的空袭的”。Transcript of cabinet meeting, August 4, 1982, 7（作者的资料，从“埃里克”处获得）。

② Schiff and Yaari, *Israel's Lebanon War*, 273 – 76 (Hebrew).

我那时以为并且到现在仍然认为行动没有执行是一种缺憾，”他说，“另一方面，从人道主义的视角来看，这场战争是件令人痛苦的事。我们看着周围的黎巴嫩人、贫穷、战争造成的破坏。在我们当中，在战斗部队当中，有很大的争论。我认识的一些朋友、战友，他们真的认为应该有人去杀掉沙龙，实际上有人真的考虑过暗杀他以挽救以色列国。我从一开始就支持战争，但我也明白这是个死局，战争不会有任何结果。沙龙和拉菲欺骗了大家。我离开贝鲁特时，感到一种巨大的解脱。”①

8 月 21 日，巴解组织经海路撤出贝鲁特。由于入侵黎巴嫩、围攻贝鲁特，以色列与美国的关系很紧张。总理贝京急于平息此事。当撤军协议签署时，他向美国调停人菲利普·哈比卜保证不会对撤离人员下手。遵守这一承诺对贝京来说很重要，他坚定地指示沙龙放弃任何已经制定的利用撤军跟阿拉法特算旧账的计划。

“咸鱼”行动队留在了贝鲁特，并于 8 月 30 日与辛贝特和摩萨德的军官一起在黎巴嫩国家石油和能源公司的相邻屋顶上占据了有利位置，可以俯瞰港口。“我们看到远处有一大队车辆，”一名辛贝特特工回忆道，“突然，我们看见那个戴着尽人皆知的头巾的著名头号通缉犯从一辆汽车里钻了出来。他站在一群人当中，仿佛被一群蜜蜂围着。”②

要杀他的话，简直易如反掌。③“我们离他只有 180 米，”亚阿隆说，“在这个射程内，我们队里的人握着狙击步枪，很难失手。”在场的其他人记得阿拉法特至少同时在 5 名狙击手的视线之内。

---

① 2012 年 5 月 15 日对达扬的采访。在我撰写本书时，来自伞兵侦察部队（以色列国防军步兵部队精锐部队之一，是入侵部队的先遣队）的一些人给我寄了一份东西，是他们于 1982 年 9 月写给议会的自由派议员阿莫隆·鲁宾斯坦教授（Amnon Rubinstein）的信的复印件。“如今的局势不再允许沉默。”他们写道，随后严正控诉沙龙用谎言和欺骗将以色列拖入战争，一场不必要的战争，犯下了严重的战争罪。

② 1994 年 4 月对“西蒙”的采访。

③ 2011 年 8 月 4 日对亚阿隆的采访。

其中一名指挥官用无线电联系了正在特拉维夫指挥掩体里的参谋长艾坦，向他汇报阿拉法特将会离开射程范围。① “我们能成功的。我们全都瞄准了他。我们有授权吗?”艾坦没回答，军官接着说：“他就要进去了，10 秒、9 秒——请给我们授权——8、7……”

最后，艾坦用带有鼻音的声音回答说：“放弃，我再重复一遍：放弃。没有授权。”听得出来他很失望。

24 小时后，贝京给了哈比卜一张阿拉法特在狙击步枪十字准星上的照片，以证明尽管有机会，以色列还是信守了承诺。那时阿拉法特已经到了雅典，在去巴解组织的下一站突尼斯市的路上。② 贝京对里根宣称的他“去地堡中消灭希特勒”的目标，已经变成眼睁睁地看着“希特勒”被空运出了贝鲁特。

---

① 2015 年 8 月 4 日对吉尔伯阿的采访。

② “Arafat in Greece in Snub to Arabs,” *New York Times*, September 2, 1982.

十六
黑　旗

沙龙答应过巴解组织一离开他就把以色列国防军从黎巴嫩撤出来，但他仍然专注于重构中东的宏伟计划。有以色列部队坚守阵地，加上摩萨德的施压，黎巴嫩议会在 1982 年 8 月 23 日投票决定任命长枪党领导人巴什尔·贾梅耶为总统。①在沙龙的幻想中，贾梅耶会将巴勒斯坦人驱逐出黎巴嫩。

更刻不容缓的是，沙龙想要打掉他所说的“恐怖核心［巴解组织民兵］和左派武装，他们有重型武器，一直待在贝鲁特西部”。

沙龙知道，联合国很快就会在贝鲁特部署一支多国维和部队，一旦人来了，他就不能再为所欲为了。在与摩萨德和辛贝特的负责人召开的一次会议上，他大声问道：“如果多国维和部队就位了，我们还怎么打击恐怖分子？这些会是完全不同的方法……我们得确保问题已经解决，我们今天所采取的每一步都会让事情变得更容易。”②

沙龙不想让以色列国防军进入巴勒斯坦难民营的腹地，所以他建议长枪党人去贝鲁特西部，“以确保那里［巴解组织］的任何人都被杀掉或抓起来”。③贝京喜欢这个想法，并批准将此事交给长枪党，因为“我们的士兵不会在这件事上流血”。④

摩萨德对这一想法进行了美化。⑤摩萨德与马龙派民兵的联系人阿夫纳·阿祖莱说：“我们有一份与巴勒斯坦人有来往的欧洲左派激进分子的长名单，我们的想法是把它交给长枪党，好让他们去找到并干掉这些人。之后，摩萨德就可以悄悄地告诉德国、法国和意大利等欧洲国家这些匪徒来自哪里，它们的问题就解决了，这样一来它们就会欠我们一个人情。”

然而事与愿违，贾梅耶和他的许多同伙在三周后被一名叙利亚特工放在贝鲁特长枪党总部的炸弹炸死了。[6] 作为反击，黎巴嫩马龙派民兵获得以色列人的许可，在位于萨布拉和沙提拉的巴勒斯坦难民营搜捕巴解组织战士。

9 月 16 日早上，“连接点”驻贝鲁特小组负责人亚尔·拉维德出现在长枪党总部，因为摩萨德在此设立了其贝鲁特驻地。“突然，”拉维德说，“我看见埃利·胡贝卡（Elie Hobeika，长枪党的军事领导人）的士兵正在磨刀，他们告诉我‘今天轮到白色武器上了’，这是黎巴嫩人对用刀杀人的说法。他们没有明确说是对谁，但在我看来显然他们打算割喉。我没有追问。我只是他们的客人。”[7] 拉维德没有向上级报告他看到的情况。

胡贝卡的刽子手罗伯特·哈特姆回忆说，当 350 名长枪党人动身去执行任务时，“胡贝卡告诉我们，‘去干掉那里的所有人。把营地夷为平地’。我们甚至还带上了一台 D9［推土机］，准备铲平一切”。

哈特姆说，难民营“由木棚屋、锡皮棚屋构成。当我们开火时，

---

① 包括梅厄·达甘与莱哈维亚·瓦尔迪（Rehavia Vardi）在内的以色列国防军和摩萨德人员负责荷枪实弹地“护送”因惧怕叙利亚人和巴解组织而拒绝去投票的议员。Mossad, “Minutes of Meeting Between Maj. Gen. Amir Drori and Gemayel,” July 27, 1982。1997 年 8 月 19 日对莱哈维亚·瓦尔迪的采访。负责黎巴嫩活动的摩萨德副局长梅纳赫姆·纳沃特（Menachem Navot）称这些只是“说服性的谈话”。2017 年 4 月 6 日对纳沃特的采访。纳沃特的日记，由作者复印并存于个人资料中，99－103。

② Notes of Sharon's meeting with heads of Shin Bet and Mossad and Sharon's account of cabinet meeting, August 21, 1982（作者的资料，从“多丽丝”处获得）。

③ Foreign Affairs and Security Committee, Protocol No. 118, September 24, 1982, 22（作者的资料，从“埃里克”处获得）。

④ Protocol of cabinet meeting, June 15, 1982（作者的资料，从“多丽丝”处获得）。

⑤ 2015 年 7 月 6 日对阿祖莱的采访。

⑥ Sharon report to cabinet, September 16, 1982, 9（作者的资料，从“多丽丝”处获得）。

⑦ 2013 年 1 月 17 日对拉维德的采访。

一切轰然倒下。我们朝四面八方开火，没去管这些墙后面是谁”。

大部分的破坏是由马罗姆·马沙拉尼（Marom Mashalani）指挥的一队人马造成的。[①] 哈特姆说：“其成员，包括指挥官在内，都吸食了足够分量的毒品。他们不区分战斗人员和非战斗人员，也不分男女，把所有人都射杀了。”

其结果是一场骇人听闻的大屠杀。[②] 死亡人数方面说法不一——以色列人说是 700 人，巴勒斯坦人说是 2 750 人。沙龙后来声称：“黎巴嫩部队［即长枪党人］在有以色列国防军控制、监督或协调其行动时会遵守战争惯例……。这次可怕的结果本质上是意料之外且原因不明的情况造成的。”[③] 换言之，沙龙辩称他无法预见要发生的事。

然而，以色列国防军和摩萨德的机密文件证明，长枪党的野蛮行径早已为以色列国防机构领导层所知。[④] 普遍的猜想是：巴解组织一从贝鲁特撤离，“长枪党就会想办法进去，秋后算账——谋杀将从第一天起就开始在贝鲁特发生”。

沙龙本人对长枪党可能做出的任何军事贡献都不屑一顾，声称：“忘了他们吧。他们什么也不会做。或许以后，直到……有可能去洗劫、杀人和强奸时。是的，然后他们会强奸、洗劫和杀人。”[⑤]

以色列国防军和摩萨德没有直接参与大屠杀，但他们支持马龙派武装以及未能保护被占地区的巴勒斯坦人使得以色列名誉受损。一发现长枪党人的所作所为，以色列人就勒令其停手，并对他们表达了愤

---

① 2005 年 2 月对罗伯特·哈特姆的采访。

② Sayigh, *Armed Struggle*, 539.

③ “Main Points of Defense Minister's Version at the Inquiry Commission,” document submitted to the Kahan Commission, par. 34（作者的资料，从“埃里克”处获得）。

④ “AMAN's References to Phalange Characteristics, Dec. 1981 – September 1982,” document submitted to Kahan Commission, par. 29（作者的资料，从“多丽丝”处获得）。

⑤ 沙龙在以色列入侵黎巴嫩半年前发表讲话，这是战争准备的一部分，以致他接下来的行为更加恶劣。Ministry of Defense, “Minister's Visit to the Northern Command,” January 14, 1982（作者的资料，从“多丽丝”处获得）。

怒。然而，与此同时，他们也开始教马龙派民兵如何在记者面前掩盖其暴行。①

国内外的严词谴责随之而来。反对党领导人伊扎克·拉宾和西蒙·佩雷斯在意识到死亡人数的规模后，撤回了对战争的支持。

沙龙的反应是一贯的。他在 1982 年以色列议会秘密事务监察委员会的闭门会议上作证时，② 宣读了从一捆机密文件中取出的一部分，是有关 1976 年（当时以色列是拉宾和佩雷斯执政）马龙派在特拉扎塔尔难民营屠杀巴勒斯坦人的。沙龙详细讲述了他们是如何残杀儿童，又是如何用屠刀划开孕妇肚子的。

佩雷斯生气地回答："谁知道［发生了什么］？"

沙龙答道："红十字会报告说，在大屠杀的那些天，我们的船阻止运送医疗援助的船进入……是你们跟他们建立了关系，我们只是在保持……你们还在大屠杀之后帮助了他们。我们那时也没指责过你们什么。而且，倘若你们不这样做，我也不会提及此事……你，佩雷斯先生，在特拉扎塔尔难民营的事发生之后，道不道德不能由你说了算。"

沙龙语气里的威胁很明显。他的一名助手向工党领导人暗示，如果他们推动对萨布拉和沙提拉难民营大屠杀的官方调查，这些有关他们在特拉扎塔尔难民营的所作所为的机密文件也会泄露给国际媒体。工党的批评适时地平息了。

然而，随着在黎巴嫩阵亡的以色列部队的官方统计人数每天都在上升，公众抗议活动仍在增加。示威游行就在总理官邸外，抗议者高

---

① 2011 年 10 月 18 日对尤瓦尔·迪斯金的采访，2012 年 7 月 31 日对吉拉德的采访，2016 年 1 月 5 日对内沃的采访，2014 年 1 月 8 日对吉尔伯阿的采访，1996 年 5 月对阿密尔·德洛里的采访，2014 年 3 月 30 日对朗·本-雅沙的采访。Mossad, Summary of Meeting Between the CoS and CoS of Lebanese Forces, September 19, 1982. Schiff and Yaari, *Israel's Lebanon War*, 334 (Hebrew)。

② "Minister of Defense at the Foreign Affairs and Defense Committee," September 24, 1982, 11（作者的资料，从"埃里克"处获得）。

喊口号，举着谴责贝京和沙龙的标语牌。每一天，抗议者都在更新贝京官邸对面的巨大标语牌，上面写的是在沙龙这场卑劣的战争中阵亡的士兵人数。

沙龙似乎对抗议活动漠不关心，贝京却很坐卧不宁。他越来越深地陷入后来变成临床抑郁症的一种状态，逐渐丧失了与身边人沟通的能力和愿望，几乎完全切断了自己与政府机构的联系。

“我眼睁睁地看着贝京憔悴下去，缩进自己的世界，”内沃说，“他意识到沙龙骗了他，他陷入了一个自己不想陷入的泥淖。受害者和抗议活动正在要他的命。他这个人非常敏感，或许太敏感了。”①

他的情况恶化得非常快，② 以致他的助手都不敢向他报告坏消息，生怕他会一病不起。

1982 年 9 月成为摩萨德局长的纳胡姆·阿德莫尼说：“我也在他精神走下坡路期间见过他，我开始简要汇报，没过几分钟我看见他的眼睛闭上了，我不知道他是否在听我说话，是睡着了还是醒着。这种情况非常非常尴尬。③ 我问他的军事助手阿兹列尔［·内沃］，‘你认为我该继续说下去还是打住？’……我们没有跟别人提过这事，但大家都知道。每个人都知道情况就是这样。”

然而，尽管贝京身边几乎每个人都知道他差不多已无法正常工作，更别说管理一个正在开战的国家了，但他们没有着手替换他，反而决定为他打掩护，他的助手们对以色列公众隐瞒了他的真实情况。④ 他的办公室秘书们继续每天打印总理的日程安排，但上面是空的。“所以，为了遮掩，我要他们将日程安排定为‘绝密’，这样就

---

① 2016 年 1 月 5 日对内沃的采访。

② 公共安全部部长约瑟夫·伯格（Yosef Burg）建议派警察进去将示威者赶出听证会，但贝京这位全心全意的民主人士回答说：“绝对不行。抗议是他们的权利。”2016 年 1 月 5 日对内沃的采访。

③ 2006 年 7 月 23 日在贝京中心采访纳胡姆·阿德莫尼。感谢贝京中心的拉米·沙哈尔（Rami Shahar）协助找到该材料。

④ Shilon, *Begin*, 411 – 37 (Hebrew).

没人看到了。”[1] 内沃说。他还补充道，他觉得自己和办公室里的其他人“都是罪犯，我们犯了大罪。你不能掩盖总理实际上不能行使职能的事实，还做出他能的样子。这令人想起了那些愚昧落后的政权”。

由于贝京几乎不再理政，沙龙现在可以随心所欲地指挥军队了。事实上，在整个这段时期，沙龙其实是在违宪且不受任何限制的情况下管理国家。他甚至掌管了摩萨德，尽管该机构属于总理的管辖范围。空军作战方面的负责人阿维姆·塞拉回忆说：“他实际上成了军队的总司令，越过参谋长艾坦发号施令，没人能反抗他。”[2]

“沙龙主导了［内阁］会议，”阿德莫尼说，“无论是在内阁全体会议上，还是在（本该决定国防事务）核心内阁会议上，他从没准确或完整地说明情况。也有些时候，沙龙会引出一个议题，内阁讨论，做决定，沙龙会在会后把我们叫出去——参谋长［艾坦］、我和其他军官——说‘他们决定他们的。现在我来告诉你们怎么做’，而他说的完全不是他们决定的那个。”[3]

沙龙凭借其当之无愧的而且是精心培养出来的巴顿将军式战争英雄形象，以及他对在个人或国家层面上得到他想要的东西没有任何怀疑或疑虑，在以色列被称为“推土机”。他愤世嫉俗，残酷无情，有时候还咄咄逼人，但更多时候是有魅力的、合群的，在认为有必要歪曲事实时他会毫不迟疑。“阿里克，以色列之王”，他的支持者过去常常这样称颂他，在这段时期，他的确得到了堪比君主的统治地位。

然而，尽管刚刚获得了权力，但沙龙也是个现实主义者，他很快明白巴什尔·贾梅耶死了而他对黎巴嫩的抱负还不能死。

---

① 2016 年 1 月 5 日对内沃的采访。
② 2011 年 5 月 31 日对塞拉的采访。
③ 2006 年 7 月 23 日，在贝京中心档案馆对阿德莫尼的采访。

阿明·贾梅耶代替其兄巴什尔当上了总统，他与以色列的关系要差得多，对以色列也不那么忠诚，没过多久，他就废除了以色列强迫他签署的和平协议。他不是一个特别强大的领导人：既缺少他哥哥的个人魅力和进取心，又没有将所有巴勒斯坦人赶出黎巴嫩的能力或愿望。

不过，沙龙杀掉亚西尔·阿拉法特的计划从未动摇过。在贝鲁特的战斗结束，巴解组织领导人和武装从贝鲁特撤离后，“阿里克和拉菲［·艾坦］恨不得马上干掉他。”时任“阿曼”研究部门负责人阿莫斯·吉尔伯阿准将说。

沙龙此时意识到，阿拉法特已经如此受欢迎，公开暗杀只会使他成为他事业的殉道者。所以，他命令情报组织加强对阿拉法特的监视，看看能否找到更巧妙的方式铲除他。

“咸鱼行动”演变成了“金鱼行动”。[①] 但任务没变，沙龙下令此任务为头等大事。每一天，有时候一天两次，“金鱼”行动队会在艾坦的办公室集中。“我们有上千件比这重要百倍的事要做。”吉尔伯阿说。但沙龙很坚持。

那时候，关于巴解组织领导人动向的任何情报充其量只是片面的。战时不是收集情报的理想氛围，而且因为巴解组织尚未找到一个永久基地来取代它在贝鲁特的那个，其官员和民兵在中东和欧洲各地辗转，居无定所，颠沛流离。阿拉法特更是马不停蹄地四处走动，会见领导人，动员支持者，接受采访，转移资金。[②] 一名“凯撒利亚”情报官员在“金鱼行动”的论坛上说：“如果一个人按照这种日常生活，还受到重兵保护，我们很难策划对其实施暗杀。”

摩萨德告诉沙龙，在这种情况下他们不可能接近阿拉法特。他们至多能报告其行踪，比如他某天在某国，或接下来搭乘什么航班。

---

① 2013 年 12 月 30 日对吉尔伯阿的采访。

② 2016 年 5 月对“莎莉”的采访，2011 年 6 月对“塔沃尔”的采访。

“阿曼”告诉国防部长，阿拉法特经常乘沙特阿拉伯提供的一架公务机，两名飞行员持有美国护照。击落飞机不成问题。[1]“没有人会动美国人。”“阿曼”的阿莫斯·吉拉德说。最重要的是，“阿曼”当时觉得暗杀他是不可能的。[2]“阿曼”的一名代表在“金鱼行动”论坛上说：“我们得等到他在一个永久驻地安顿下来，然后再开始策划在那里行动。”

但沙龙很着急。而阿拉法特有时候也乘其他私人飞机，偶尔还会乘民航。在沙龙想来，把飞机在天上，尤其是在很难找到残骸的深水区上空炸开花，是处理这件事的绝佳方式。

接下来的问题是如何确定阿拉法特在某个航班上。吉尔伯阿将军要求采取一些操作步骤来确定是不是他：“在我看来，只有我们能在他抵达机场之前事先做好准备，并让站在机舱门边的某个人告诉我们，‘就是他；我亲眼看见他了’。然后我会说，‘是时候了’。”[3] 这是情报工作中用的暗语，意思是近乎完全肯定。

该计划的基本要素一确定，沙龙就大力推进其实施。他指示空军司令艾弗里将军让战斗机准备好随时去拦截阿拉法特的飞机。艾弗里意识到这种行动有可能带来灾难，就再次通知参谋长艾坦，说他不准备直接听命于沙龙，说以色列国防军的规定是所有的命令均需来自总参谋部行动局。这对沙龙并没有太大的障碍，很快就通过适当渠道下达的命令大致上是相同的，只是省略了“击落”“摧毁”和“消灭”之类的词。

最后，他们在希腊找到了机会。[4] 阿拉法特会在得到当地同意的情况下，偶尔飞越雅典。阿德莫尼说：“希腊政府没有采取严厉的反恐措施，巴解组织在那里差不多为所欲为。”

---

① 2013 年 12 月 30 日对吉拉德的采访。
② 2016 年 1 月 17 日对吉尔伯阿的采访。
③ 2016 年 3 月 1 日对吉尔伯阿的采访。
④ 2011 年 5 月 29 日对阿德莫尼的采访。

1982年10月22日，两名“连接点”的特工报告说，阿拉法特将于第二天乘坐私人飞机从雅典飞往开罗。摩萨德立即派出两名“凯撒利亚”特工去了解更多细节。两名特工利用雅典机场安检不严，来到了私人飞机停机区域寻找阿拉法特。

回到特拉维夫后，沙龙不断施压，要求继续推进行动。[①] 空军命令两架F－15战斗机待命，以便随时从特拉维夫东南边的特尔诺夫空军基地起飞。但艾弗里一直很谨慎，亲自向飞行员介绍情况。他明白其中利害关系。他很清楚，如果以色列弄错了飞机，打了下来，后果会有多严重。“没有我的同意不得开火，”他对战斗机机组人员说，“明白了吗？即使出现通讯故障，若你们没听到我的命令”——他特别强调这部分：没听到我的命令——“就不能开火。”

下午2点，雅典的一名“凯撒利亚”特工打电话到摩萨德总部说：“他到了，身份确认无误。”[②] 他的语气里满是兴奋。他报告说，他看到巴解组织领导人及其手下做最后的登机准备，登上了一架DHC－5布法罗（加拿大产的双引擎货机），尾翼漆成了蓝色还带有棕色标记，注册号是1169。

在艾弗里看来，似乎有些不对劲。他说：“我没明白这整件事，我不明白阿拉法特为什么会飞往开罗。根据情报，他那时在那里没有所求之事。而且如果他要去那里，为什么要乘坐那种货机呢？对他那种身份的人来说完全谈不上体面。我要摩萨德核实那个人就是他。”

两名特工坚称他们很肯定。“目标留了更长的胡须来误导人。”他们报告说，但他们再次确认了其身份无误。

下午4点30分，他们报告说飞机已经起飞。艾弗里接到通知，艾坦也是，后者下令将其击落。艾弗里命令他的飞行员起飞。布法罗

① 2011年4月18日对艾弗里的采访。
② “德维尔”（Dvir）向作者出示了此次行动的文件资料。

是一种飞得很慢的飞机，跟 F－15 相比更是如此，但飞行路线离地中海上空有一段距离，超出了以色列雷达的覆盖范围。这些飞机升空，前往预计的拦截点，但在离以色列海岸线一定距离的地方，它们只能靠覆盖范围有限的机载雷达。

艾弗里仍然疑虑重重。他叫助手联系摩萨德，要求他们运用更多的手段确认阿拉法特在飞机上。他一如既往地不露声色，但在场的一名下属说："我们看得出他非常担心。"

艾弗里需要争取时间。他知道飞行员会过于急切，有时候他们会找理由朝目标开火，比如将无线电的静电干扰解读成确认开火。他需要使急于扣动扳机的手指冷静下来。"别开火，"他通过无线电提醒飞行员，"如果没接到无线电通知，不要开火。"

沙龙和艾坦不在地堡，但艾坦一直在给艾弗里打电话，想搞清楚发生了什么事，想看看击落飞机的命令是否已经下达。艾弗里每次都给出了相同的回答："拉菲，我们还没有确认那就是他。"而摩萨德实际上已经确认过并且随后再次确认了对方的身份。

艾弗里告诉"阿曼"和摩萨德，肉眼确认还不够，他要求再次核实阿拉法特在飞机上。

F－15 的雷达屏幕捕捉到了布法罗的光点，此时它在地中海空域 370 英里处。战斗机迅速靠近，绕着笨拙移动的目标盘旋。他们读出了机尾编号，看见了蓝色和棕色的标记。他们肯定自己找对了飞机。

领航员用无线电问："我们可以行动了吗？"

在"加那利"地堡中的艾弗里明白，以所有说法来看，答案应该是"是"。他的战士们已经在视觉上确认了目标，下面是空旷的大海，上面是开阔的天空，视线极佳，可以一击而中。他们的工作，或者说他的工作，是铲除目标，而不是选择目标。

但艾弗里没法无视自己的疑虑。"不，"他在无线电上回答战斗机飞行员，"我重复一遍：不能开火。"

他仍在拖延时间，但他知道拖延不了多久了。[1] 他推迟攻击的理由是他正在等待摩萨德和“阿曼”的更多情报，但面对参谋长直接打电话来要求他下令攻击，他的理由是无力的。艾弗里明白，如果他不尽快下令，就得向艾坦解释原因，更麻烦的是还要向沙龙解释。

“加那利”的气氛越来越紧张。每一分钟都是煎熬。

然后，还差5分钟就5点了，就在战斗机起飞25分钟后，“加那利”响起一阵刺耳的电话铃声。[2] 是与摩萨德的直线加密电话。“疑点多了起来。”电话那头传来尴尬的声音。正是之前肯定在阿拉法特登机时已进行过身份确认的那名情报官员。

摩萨德还有其他线人坚称阿拉法特根本不在希腊附近，飞机上的人不可能是他。

在没有得到其他命令的情况下，两架F－15战斗机继续绕着那架布法罗盘旋。艾弗里再次拿起电话听筒，重复他的命令：“我们还在等待更多情报。请密切关注目标并待命。”

5点23分，另一份报告传到“加那利”。[3] 摩萨德和“阿曼”的线人说布法罗上的人是法特希·阿拉法特，亚西尔·阿拉法特的弟弟。他是外科医生，巴勒斯坦红新月会的创始人。跟他一起乘机的是30名受伤的巴勒斯坦儿童，其中一些是萨布拉和沙提拉大屠杀的受害者。法特希·阿拉法特正护送他们到开罗接受治疗。

艾弗里松了一口气。他在无线电中宣布：“返航。你们回家吧。”

差一点酿成灾难——战战兢兢的飞行员手指稍有不慎就会害死一名医生和30名受伤的儿童，但即使如此，也没有让沙龙收手，也没能说服他放弃在空中刺杀阿拉法特的想法。实际上，他甚至变得更加鲁莽。当摩萨德报告说阿拉法特越来越多地搭乘民航，巴解组织经常

---

① 2011年4月18日对艾弗里的采访。
② 2014年8月对“艾尔迪”的采访。
③ 2011年4月18日对艾弗里的采访，2011年6月对“塔沃尔”的采访。

为他及其助手包下整个头等舱或商务舱时，沙龙决定将其中一个航班作为合法目标。

他命令艾坦、空军和行动部门拟出击落民用喷气客机的计划。

沙龙勾勒出了大致的参数。这架飞机要在远离海岸的公海上空被击落，这样调查人员得花很长时间才能找到残骸并确认飞机是被导弹击落的，还是因引擎故障坠毁的。掉在深海更好，找出真相会更难。

阿维姆·塞拉简直不敢相信自己的耳朵。① “他直接而明确地下令：击落飞机，”塞拉说，“我对杀掉阿拉法特没有异议，在我看来这个人的确该死。问题在于击落一架载有无辜乘客的民用客机。那是战争罪。”

虽然给人的印象是野蛮残忍，但艾坦在政治上是个非常谨慎的人，显然他不想卷入这样的冒险，塞拉说。“但是沙龙太霸道了，没人能与之相抗。”

空军拟定了击落飞机的详细计划。其代表在“金鱼行动”论坛上解释说，他们在飞越地中海的商业航线上选择了一个精确的位置，那里没有哪个国家的雷达可以持续覆盖，下面的大海有 3 英里深，令人望而生畏。以当时的技术条件在那里进行打捞作业将会极其困难，或许根本不可能。这一复杂的计划设定了严格的参数，要求以色列飞机可以在不被发现的情况下击落阿拉法特的飞机，这意味着实施攻击的机会窗口非常小。

由于行动将在远离以色列领空的地方发生，超出了以色列雷达和无线电覆盖的范围，空军必须组建一个空中指挥部，就在一架装有雷达和通讯设备的波音 707 飞机里。塞拉将从这架飞机上指挥行动。

随后，在沙龙的直接命令下，对阿拉法特的监视继续进行，拉马特-大卫空军基地的 4 架 F－16 和 F－15 战斗机处于升空拦截前的待命状态。在从 1982 年 11 月到 1983 年 1 月初的九周时间里，这些飞

---

① 2014 年 4 月 9 日对塞拉的采访。

机至少5次被紧急派去拦截和摧毁被认为载有阿拉法特的飞机，结果起飞后不久便被召回。

吉尔伯阿将军一次又一次地强烈反对这些行动。[①] “我明白空军会竭尽所能执行这项任务，飞机会永远消失。他们听命令行事，如果你下令他们建一条从海法到内盖夫的输血管道，他们会干得非常好，一刻都不会问是谁的血，但我要负额外的责任。”

身为“阿曼”研究部门负责人，吉尔伯阿的职责是评估每次行动的政治影响。“我告诉参谋长艾坦，倘若有人知道我们击落了一架民用客机，会毁了这个国家的国际声誉。”

有一次，一架民航飞机据信正载着阿拉法特从安曼飞越地中海上空到突尼斯，以色列直升机向其逼近，艾坦问吉尔伯阿是否肯定他们的目标在飞机上。两个人当时正站在“加那利”内部的中央区。

“参谋长，你真想听我的想法吗?”吉尔伯阿说。艾坦点点头。

吉尔伯阿感到自己的心脏怦怦直跳。[②] 他停顿了一下，详细解释了认为阿拉法特在飞机上的所有理由，然后又列举了怀疑他在飞机上的所有理由。

艾坦很不耐烦。“吉尔伯阿，”他叫道，“是还是不是?”

吉尔伯阿说：“我的直觉是，他不在飞机上。”

艾坦转过身去，走向房间另一头的红色加密电话。“阿里克，”他对正在自己办公室等得不耐烦的国防部长说，“答案是否定的。我们只能等下次了。”

以色列国防军训练中教过一课——这节课非常重要，是每个新兵都必须掌握的基本原则，其细节也是军官训练项目的关键部分。该课程可以追溯至1956年10月29日，当时一支以色列边境警察部队表

① 2016年1月17日对吉尔伯阿的采访。
② 2016年1月17日对吉尔伯阿的采访。

面上在加西姆村（Kafr Qasim）实行宵禁，围捕了一大群正好下班回家的村民。接着，警察枪杀了他们，一共 43 人，包括 9 名妇女和 17 名儿童。警察声称，他们是在服从对违反宵禁者可以开枪的命令，但本杰明·哈勒维法官在以色列最重要的一场司法裁决中说士兵不必听从显然是违法的命令。哈勒维写道："明显违法的命令，其显著标志是在这样的命令之上挂着一面黑旗，警告说：'禁止！'不仅是形式上的违法性，毫不掩饰或者哪怕稍微遮掩一下……而且是令人目不忍睹、心脏为之暴怒的违法举动，只要眼睛没瞎、心脏没有麻木或坏掉。"①

这个教训深埋在每个士兵的心中，这无疑是没有犯下战争罪的少数几个原因之一，尽管事实上 F-16 和 F-15 战斗机在 5 个不同场合接到命令拦截并摧毁载有阿拉法特的民航飞机。的确，空军司令部故意阻挠这些行动，拒绝服从他们认为明显非法的命令。② 塞拉说："当我们接到命令时，我会跟艾弗里一起去见艾坦。我告诉他，'参谋长，我们不打算执行这项任务。这根本不可能。我知道这里国防部长说了算。没人敢与之抗衡，因此我们会使之在技术上不可能'。拉菲看着我，一言不发。我把他的沉默视为同意。"

塞拉说，5 次行动中，以色列飞机每次都确认他们的目标在飞过海上，但任务被刻意破坏了。③ 有一次，空军波音 707 上的作战指挥部的无线电被设置到错误的频段，没有声音，通信中断久到使行动无法进行。第二次，吉尔伯阿在最后一分钟表示没有足够的证据表明阿拉法特在目标飞机上。第三次，塞拉通知艾坦，目标飞机确认得太

① Military prosecution against Captain Malinki, 3/57, 213-14.

② 2014 年 4 月 9 日对塞拉的采访。

③ 其中一名为拦截"金鱼"而处于戒备状态的飞行员是"阿米特"，他 24 岁，已是以色列空军王牌飞行员之一。"至今我仍然饱受这一问题的困扰：在击落飞机的命令到来的那一刻我会怎么做，我会开火吗？我会抗命吗？这些年来，在跟学员的多次谈话中，我都会提出这些问题，问他们会怎么做。我当然希望我们所有人都拒绝开火并飞回基地。"2013 年 4 月对"阿米特"的采访。

迟，拦截行动有可能被附近的海上国家发现，其实事实并非如此。还有几次，“我们只是拖延时间，直到飞机离开本可以在它们没反应过来的情况下进行攻击的区域”①。

不过，沙龙蓄意犯下战争罪的计划最终因其过去的肆无忌惮而流产。在以色列公众的巨大压力和国际社会的严厉批评之下，贝京被迫对贝鲁特难民营的大屠杀展开司法调查。② 领衔的是最高法院院长伊扎克·卡汉法官，但其背后的人物其实是亚哈伦·巴拉克这位固执己见、听从良心的总检察长，他曾经阻止杀害内罗毕事件的恐怖分子，并在那件事后被任命为最高法院法官。一连三个月，调查委员会听取了所有与此事有关的以色列人的证词，研读了数千份文件。

这次调查及其听证会首次打破了沙龙的独断专权。③ 在听取了巴拉克尖锐的质询后，国防和情报部门的负责人很快就明白他们的职业生涯也岌岌可危。他们赶紧聘请律师，律师则教自己的客户把责任推卸给别人。委员会很快出现互相指责、洋相百出的局面。

卡汉委员会于 1983 年 2 月 7 日公布了调查结果和建议。长枪党被认为对大屠杀负有直接责任，但委员会裁定一些以色列人也必须承担责任：“我们认为，如果长枪党的武装部队被引到难民营，就应该有人担心会发生大屠杀……任何与贝鲁特发生的事有关的人都应该立

---

① 2011 年 5 月 31 日对塞拉的采访。

② 1983 年 2 月，《时代周刊》发表了记者大卫·哈勒维（David Halevy）的一篇报道，说沙龙事先知道这场有预谋的报复行动。沙龙在纽约法院起诉《时代周刊》诽谤。哈勒维说《时代周刊》为获得有关此事的机密文件而付钱给一名高官，也是沙龙的同僚。然而，法官不允许将文件作为证据提交。陪审团认定沙龙确实遭到了诽谤，但由于该杂志此举并非出于恶意，他无权获得赔偿。2016 年 9 月 20 日对大卫·哈勒维的采访，2014 年 12 月 23 日对多夫·魏斯格拉斯的采访。*Ariel Sharon, Plaintiff, v. Time, Inc., Defendant*, United States District Court, S. D. New York, 599 F. Supp. 538(1984)。

③ 在委员会听取证人证词时，“解放黎巴嫩阵线”再次发动袭击。1983 年 1 月 29 日，该组织在位于黎巴嫩贝卡谷地的什图拉（Shtura）的法塔赫总部附近引爆了一个汽车炸弹，同时在贝鲁特西边、离法塔赫很近的左翼组织“哨兵”(Mourabitoun) 总部附近引爆了另一个汽车炸弹，造成约 60 人丧生，数百人受伤。这是该组织的最后一次行动。

即意识到这一点。”委员会发现总理贝京负有“一定的责任”，但它把大部分责任归于国防部长沙龙、参谋长艾坦和“阿曼”局长萨盖伊，以及其他一些高官和摩萨德局长阿德莫尼。调查委员会建议立即解除沙龙的职务。①

沙龙拒绝辞职，所以贝京和他的部长们将其解职。

接着，1983 年 9 月 15 日，贝京本人在痛苦和悲伤中辞去总理职务，由伊扎克·沙米尔接替。

眼下，追捕阿拉法特的行动取消了。沙龙的无情追捕以及这场追捕造成的巨大附带伤害，反而提升了阿拉法特的地位。阿拉法特现在成为享有国际声望的人物。许多人如今认为他是个政治家而不是个普通的恐怖分子。吉尔伯阿说：“渐渐地，人们意识到阿拉法特属于政治问题，不能被当成暗杀目标。”

“当然，”吉尔伯阿接着说，“在他的组织里，他手下的人则完全是另一回事。”

① A summary of the activities of the Kahan Commission from Cabinet Discussions of Establishment of Kahan Commission and Its Conclusions, February 10, 1983, published by Israel State Archives on February 1, 2013.

十七
辛贝特政变

在从特拉维夫南边去亚实基伦的 4 号公路上，司机沿着 32 英里长的两车道路一直开，随着内盖夫沙漠越来越近，绿意盎然的地中海风光逐渐被稀疏的植被所取代。4 号公路与地中海海岸线平行，经过阿什杜德的非利士古城，以色列人已在那里建了一座新的港口城市。这片土地曾经主要是沙丘，现在已经得到开发，一直延伸到加沙地带。

1984 年 4 月 12 日下午 6 点 20 分，一辆公交车从特拉维夫市中心的终点站出发开往亚实基伦。车上有 44 名乘客，其中 4 名巴勒斯坦人，他们彼此分开坐，假装互不认识，掩饰他们准备劫持这辆去加沙的公交车将乘客当作人质的紧张心情。

对以色列来说，这是段艰难的日子。国家仍在舔舐黎巴嫩的战斗留下的伤口，并仍然占领着该国的部分地区。越来越多的士兵躺在裹尸袋里被送回国，他们都是在与当地游击队的频繁交火中丧生的。在以色列国内，暴力也占了上风。4 月 2 日，来自“民阵”的 3 名恐怖分子乔装成游客进入以色列，在耶路撒冷市中心一条繁忙街道上用冲锋枪扫射并投掷手榴弹，造成 48 人受伤，其中 1 人后来死亡。幸亏携武装而来的平民采取行动，才制止了他们的暴行。还有犹太人针对阿拉伯人的恐怖活动。① 右翼极端分子袭击了巴勒斯坦市长，烧毁房屋，还预谋炸毁 5 辆拥挤的公交车。辛贝特赶在他们执行后一次袭击前抓住了他们。

300 路公交车上的 4 名年轻的阿拉伯恐怖分子也被卷入了这场暴

力漩涡。他们来自加沙的汗尤尼斯。领头的是20岁的贾马尔·马哈茂德·卡巴兰，一个十六口之家的长子。他父亲曾在特拉维夫多个餐馆当洗碗工，父亲去世后，他挑起了养家的重担。他曾因轻微的恐怖违法活动而在以色列某监狱服刑1年。他的3个同伴是19岁的穆罕默德·巴拉卡以及一对表兄弟：马吉迪·阿布·祖马和苏比·阿布·祖马，他俩都是未满18岁的高中生。卡巴兰说服他们跟他一起参与这次劫持，希望这会引起广泛的国际反响。但除了一腔民族主义热情，他们与任何组织都无关，除了一枚手雷别无其他武器。为此，他们带了刀和一瓶看起来像是酸或某种易燃物的黄色液体，以及一个露出一些电线的工具箱，实际上仅此而已，尽管他们对人质声称里面装着一枚由两个火箭弹组成的炸弹。

开出特拉维夫40分钟后，当公交车抵达阿什杜德的路口时，一名乘客发现其中一个阿拉伯人带着刀。他要司机停车，假装不舒服，想吐。在快要下车时，他大叫“恐怖分子!”，然后跳了下去。4人意识到自己被发现了，卡巴兰跑向司机，拿刀抵在他脖子上，用希伯来语命令他“快——开”。

逃脱的乘客报了警，警察在公交线路沿线设下了路障，但公交车都冲了过去。车开到加沙地带中心的迪尔巴拉（Deir al-Balah）附近某处时，安全部队在那里成功地射穿了它的车胎，将其逼停在一堵石墙边。一些乘客受了枪伤，他们的喊叫声和其他人质与劫持者的喊叫声交织在一起，司机跳下车，大声叫乘客照做。有些人成功了，但车门随后被卡巴兰关上，大多数人被困在了里面。

很快，公交车被士兵和特种部队包围，以色列国防军高级军官及辛贝特高层也来了。媒体赶到现场，还有一群好奇的围观者。卡巴兰大声喊话说只有在500名巴勒斯坦囚犯被放出以色列监狱后，他才会释放人质。

---

① 详情参见：Rachum, *The Israeli General Security Service Affair*, 44－45（Hebrew）。

主持谈判的是辛贝特的阿拉伯事务高级专家纳赫曼·塔尔。[1] 他很快明白自己在跟什么人打交道。诚如他在后来的一份证词中所言："我立即明白他们不是正经狠角色，不构成威胁。"时任军事情报局局长埃胡德·巴拉克的印象是，如果辛贝特设法再拖延几个小时，"劫持者会为了几片三明治而释放人质"。[2]

然而，以色列人仍然觉得如果能立即使用武力解救所有人质，就不应该进行谈判。凌晨 4 点 43 分，人在现场的参谋长摩西·莱维中将命令以色列总参侦察营对公交车发起猛攻。一名狙击手立即击毙了站在公交车前部的卡巴兰，他死了，身体倒在方向盘上，汽车喇叭长鸣不止。以色列总参侦察营的火力造成一名年轻女乘客死亡。士兵们击毙了巴拉卡，发现阿布·祖马这对表兄弟躲在乘客中。起初，总参侦察营的指挥官沙伊·阿维塔尔（Shai Avital）下令杀了他们，但当他意识到他们不构成威胁时立即撤回了命令，说："该死的，因为我从战斗结束的那一刻起就明白他们是战俘，不可以杀掉。"[3]

两兄弟被带下公交车，伞兵与步兵部队的军官伊扎克·莫迪凯准将进行了简短的审问，以确定公交车上是否有炸弹或其他恐怖分子，之后他们被移交给辛贝特，辛贝特的人已集结在附近的麦地里。

米察·库比是辛贝特的一名高级调查员，负责审问他俩，但情况并不理想。[4]"我尽力心平气和地做事，"库比说，"但那里的所有人都很疯狂。"

然后，阿夫拉罕·沙洛姆出现了。

沙洛姆是辛贝特的头头，已经当了 4 年了。他是逃离纳粹魔爪的奥地利犹太人之子，18 岁时加入了地下民兵组织"帕尔马赫"。以色列建国后，他加入了辛贝特的行动部。20 世纪 60 年代初，他与时任

---

① 2016 年 11 月 24 日对纳赫曼·塔尔的采访。
② 2013 年 3 月 8 日对巴拉克的采访。
③ 2010 年 12 月对沙伊·阿维塔尔的采访。
④ 2013 年 9 月 8 日对米察·库比的采访。

摩萨德定点清除小组负责人的伊扎克·沙米尔合作，阻止德国科学家为埃及导弹计划效力。两人成了好友。1983 年，梅纳赫姆·贝京辞职，沙米尔成为总理后，“沙洛姆成了安全机构最重要的人物，”20 世纪 90 年代领导辛贝特的卡尔米·吉龙说，“而且我认为阿夫拉罕当时觉得自己可以为所欲为。”①

沙洛姆在管理该组织时毫无约束，他的许多下属都认为他是个操纵欲强、冷酷无情的独裁者。② 沙洛姆手下的特工、20 年后成为该机构负责人的尤瓦尔·迪斯金说：“对阿夫拉罕，人们并无敬畏，只有恐惧。我们怕他。他是个强人，残暴、聪明、非常固执、决不妥协而且善于溜须拍马。”

对公交车的强攻一结束，沙洛姆就和参谋长莱维商量了，然后和他的人一起进了麦田。

“阿夫拉罕［·沙洛姆］握着一把手枪，”库比说，“使劲砸一名恐怖分子的头。我看见枪柄真的已经砸进那人脑袋了。”③

“他疯了。”另一名辛贝特人员说。

库比宣布自己不准备继续留在吵吵嚷嚷的现场，要求将囚犯转移到位于加沙的辛贝特审讯设施。负责看守 2 名囚犯的该机构行动小组“鸟之队”的成员将他们带出麦地，沙洛姆示意该小组指挥官埃胡德·亚托姆跟他到一边去，然后对其低语道：“干掉他们。”④

沙洛姆不想让恐怖分子在法庭上受审。他认为，允许劫持公交车的人接受审判只会助长更多的恐怖主义活动。

---

① 2016 年 1 月 27 日对卡尔米·吉龙的采访。

② Dror Moreh, *The Gatekeeper*, 33. 沙洛姆常在特拉维夫北部的辛贝特总部伏击迟到者，并以扣车等方式惩罚他们。有一次，一名因人高马大而被戏称为“斯巴达克斯”的特工在出勤忙了一夜后晚到了半小时。沙洛姆告诉他，接下来的一个月他必须乘公共汽车上下班。“斯巴达克斯”竟然逼近身材矮小的沙洛姆，咆哮着说不准备接受惩罚。沙洛姆没有退缩，说他认为“斯巴达克斯”的行为是“叛国行为”。接着扣了此人的车两个月。2008 年 5 月对“阿维萨格”的采访。

③ 2013 年 6 月 11 日对库比的采访。

④ Moreh, *The Gatekeeper*, 37 (Hebrew).

尽管如此，在公路上立即处决两名罪犯是不可能的，士兵、记者和平民全都看着呢。所以，亚托姆和他的队员把两人带到了几英里外一片空旷偏僻的田地里。苏比和马吉迪被那一夜发生的事弄得晕头转向，他们被带下车，放倒在地上。亚托姆向另外三人解释了该怎么做，然后捡起一块大石头，猛地砸向马吉迪的脑袋。其他人也跟着做了。

他们用石头和铁棍将这两人打死，选择这种残忍的方法是为了使这两人看起来像是在公交车遇袭后立即被群情激愤的变节（且身份不明的）士兵和平民杀死的。

库比还在加沙的审讯设施等着，结果收到通知说恐怖分子在路上死了，据称是被平民和士兵打死的。[①]"我立刻明白发生了什么，"库比说，"阿夫拉罕的规矩是，发动袭击的恐怖分子不该到最后还活着。当他们告诉我他们不会来接受审问时，我并不惊讶。我回家睡觉了，以为整件事已经就此结束了。"

库比这么想，是因为这样的事往往等尸体一冷就结束了。多年来，随着恐怖袭击不断增多，公众日益施压要求政府和武装部队采取更严格的反恐措施。然而，当以色列的应对措施加强，对这些应对措施的查核与控制却逐渐减弱。定点清除曾经即使在远离本国边界的地方也谨慎使用并要得到高层授权，如今开始越来越频繁地用到，而且离本国更近，受到的监管也少得多。例如，在六日战争期间和之后，几支任意妄为的部队所干的个别"违规活动"在20世纪70年代中期已成为公认的，尽管其合法性还有待商榷。

负责粉碎巴解组织在被占领土上的袭击的辛贝特，从20世纪60年代起就开始采用非法战术。辛贝特的审讯人员担心——这种担心并非毫无道理——如果他们不从被捕的囚犯那里榨出情报，会有更多的

① 2013年6月11日对库比的采访。

以色列人被杀。审讯中，最初的恐吓和羞辱演变成了赤裸裸的身体与心理的折磨：模拟处决、不许睡觉、强迫囚犯忍受痛苦的压力姿势（stress positions）以及极端的冷和热。囚犯有时还会被注射所谓的“真相血清”，并被告知这会导致性无能。

辛贝特用作审讯的黑暗肮脏的地下室给人一种阴森恐怖的感觉，就连“跨过门槛的正常人都会准备供认自己杀了耶稣”，吉龙说。

连阿夫拉罕·沙洛姆也坦言自己当年作为“鸟之队”的负责人去参观希伯伦拘留所时，亲眼看见一个“在我眼中是老年人的阿拉伯人”被拷问的情景是多么震惊。“那个阿拉伯人当时55岁，但看上去老多了。我们的一个懂阿拉伯语的人正冲他大叫：‘你为什么撒谎?’阿拉伯人站都站不稳了，又老又可怜，我开始为他感到难过。我问：‘为什么要冲他大叫?’最终，审讯人员拿起一把椅子，砸在地上，然后捡起一根椅子腿，打他的头，还说，‘把手放在桌上’，然后敲断了他所有的手指。”沙洛姆说，还有一次，“我看见审讯人员杀了一个阿拉伯人。不是用拳头打死的，而是把这人从这堵墙扔到那堵墙，一遍又一遍……然后拎起他的头去撞墙，差点儿把墙撞破。一个星期后，这个阿拉伯人死于脑出血。整个脑袋血肉模糊。”

一些囚犯在遭受酷刑时死去，一些被逼自杀。另一些案例中，被抓来审问的巴解组织活动分子甚至还没到拘留所就死了。

巴解组织的活动分子如今就这么时不时地消失。[①] 他们的家人怀疑他们被以色列人抓了，会向警方求助。警方随后会在报纸上刊登失踪者的照片——这是此类案件的标准流程——并且会问辛贝特有没有相关消息。“那时我们有一个固定的回复，”辛贝特的高级官员约西·基诺沙说，“那就是‘安全部门没有此人下落的信息’。每次警察问我们，我们就这样回答，尽管我们心知肚明此人被埋在哪个洞里。”

---

① 2014年12月23日对魏斯格拉斯的采访，他重述了与基诺沙的谈话。

在失踪者当中，有些是在代号为“砝码”（Weights）的秘密行动中被杀。在其中一次“砝码行动”中，阿布·吉哈德让他的手下把大量武器走私到被占领土上，存在他们藏武器的地方，直到其他巴勒斯坦特工把它们交给袭击小队。有时候，辛贝特的人发现了存放地后就开始监视，等取武器的人到了一举拿下。不过，在许多情况下，辛贝特的人会在存放地布下强力炸药，来取的人一出现，他们就远程引爆。

辛贝特的一个线人说：“‘砝码行动’背后的基本理念，是从［以色列在］黎巴嫩［的军事活动中］引入的概念中得出的，即有时候不值得把人抓回去关起来。这样做对我们的部队来说是个更大的风险，也会让对方想通过劫持人质来交换他们。不管怎样，他们都该死。那时我们是这样看的：无论谁去藏武器的地方取武器并拿去杀犹太人，最好让他们死于工作事故。”①

“砝码行动”会立即处决不构成直接威胁的嫌疑人，这是违反以色列法律与战争法的；但它并不是流氓特工的变节行为。② 这些是被正式批准的法外处决，由高级指挥官向辛贝特局长提议，经其批准后，再交由总理批准，先是拉宾，后来是贝京和沙米尔。

“砝码行动”中的一些引爆操作是通过一种代号为“感光板”（Plate）的射线或光束从远处进行的，在当时被认为是前沿的技术创新。③ 一位参加过这些行动的资深辛贝特特工说：“理论上讲，这一切都很好，但那些藏起来的东西有时候藏得非常表面，就在一堆建筑垃圾或大石头下面。有时候是巴解组织的人来取，但有时候牧羊人会搬起石头，或者会引起来漫步的情侣的好奇。发生过不少这样的事，好几个无辜者就这么死了。”④ 以色列国防军的随军牧师团会在半夜

---

① 2006 年 3 月对“拉斐尔”的采访。
② 2013 年 1 月对“埃尔文”的采访，2017 年 8 月对“扬”的采访。
③ 2013 年对“埃德加”的采访。
④ 2011 年 5 月对“拉斐尔”的采访。

弄走尸体，埋进阵亡敌军的墓园。

辛贝特在组织内部实行严格的讲真话政策，而对外撒谎也已制度化。① 囚犯在法庭上抱怨他们是被屈打成招的，但这并不重要。审讯人员被传唤出庭作证时，他们会拿出辛贝特内部所谓的“让他看着我的眼睛”那套。在被问及他们到底有没有殴打或折磨囚犯时，他们会看看法官，再看看囚犯，然后又看看法官，说：“我没碰过他。现在让他看着我的眼睛说我们对他做了什么。”

时任审讯部门负责人的阿利耶·哈达尔说：“我们对一切矢口否认，法官当然相信我们。因为一些阿拉伯人在描述我们所做的事情时往往夸大其词，全部驳倒根本不是问题。”

哈达尔和本书中其他各位接受采访的辛贝特成员都坚称，审讯得到的材料避免了恐怖袭击，挽救了许多以色列人的生命。他们还一再声称，只有罪犯受到了虐待。“我们从未伪造证据，”他说，“我们从不捏造我们不相信属实的事。如果没有十足的把握确信那个人真的有罪，我们就不会上法庭。”②

“砝码行动”于 1979 年 4 月 8 日取消，此事发生在一枚失灵的炸弹炸死一名辛贝特特工之后。③ 阿夫拉罕·沙洛姆在 1980 年被任命为辛贝特局长，他立即恢复了该行动，而且势头更猛。

沙洛姆执掌的辛贝特对被占领土和黎巴嫩的巴勒斯坦人采取了主

---

① Maiberg, *The Patriot*, 66 - 67 (Hebrew).

② 哈达尔也承认，至少有一次，一名男子的供词被证明是假的，不过哈达尔坚称一旦这一点变得显而易见，他自己就会对司法部说出发生的事。2011 年 10 月 9 日对哈达尔的采访。Report of committee of inquiry into interrogation means used by the General Security Services (Landau Commission), part 1, paragraph 2. 27。

③ 在此之前，一名以色列国防军军官在拉法赫（Raffah）郊外被炸死，当时他走近一个他怀疑藏有武器的坑，实际上那是辛贝特设置的饵雷，当他揭开盖子时，炸弹爆炸了。2011 年 10 月 9 日对哈达尔的采访，2017 年 9 月 11 日对班得瑞的采访，2013 年 1 月对“埃德加”的采访。辛贝特为纪念摩西·戈尔德法布（Moshe Goldfarb）这位那天遇难的特工，在网站上发布了一个网页，https://www.shabak.gov.il/memorial/Pages/110.aspx。

动出击的战略，但他很清楚，归根结底占领是一个无法通过武力解决的问题。“我们所做的就是控制战争，”他说，“我们能把战势维持在一定水平，这样国家就能做它想做的事，这很重要。但这解决不了占领问题。”①

持这种观点的不止他一人。几乎所有的情报界领导人都对巴勒斯坦问题持自由左派观点，② 并支持通过政治途径解决，这意味着需要做出妥协，而这会产生一个独立的巴勒斯坦国。若他们曾谈及此事，语气也是非常温和的。尽管沙洛姆对被占领土有自己的看法，但他并未反抗上级的安排，而是继续非常高效地执行反恐政策。

当时，辛贝特发现很难处理发生在黎巴嫩这个不受任何法律约束的土地上的针对以色列国防军部队的恐怖袭击，因此采取了特别残暴的手段。“在黎巴嫩的这种处置方法影响了辛贝特，”负责该机构在黎巴嫩的行动的西蒙·洛马赫说，“这里没有平民或记者四处走动，不会有媒体到来的那种自由工作之感很棒，这对行事产生了影响。”

这种行动自由影响了阿夫拉罕·沙洛姆。③“因为黎巴嫩的事态，各级都出现了腐败，”约西·基诺沙说，“所以，以最密切的方式参与了黎巴嫩正在发生的事的阿夫拉罕，可能发出了一些可以让他在黎巴嫩逍遥法外但在以色列的现实中行不通的指示。”

到亚实基伦袭击发生之前，沙洛姆已经执掌辛贝特 4 年而未受任何责罚。没有理由怀疑再死一两个巴勒斯坦人会惹什么麻烦。

但是，营救行动开始时冲向公交车的其中一人，在行动结束时正好站在公交车旁边，他是以色列新闻摄影师，名叫亚历克斯·勒维克（Alex Levac）。

---

① Moreh, *The Gatekeeper*, 28 – 29 (Hebrew).

② 2011 年 5 月 21 日对佩里的采访，2016 年 1 月 27 日对吉伦的采访，2013 年 1 月 21 日对阿亚隆的采访，2010 年 11 月 4 日对艾维·狄希特的采访，2012 年 6 月 3 日对尤里·萨吉的采访，2012 年 1 月 15 日对阿莫斯·亚德林的采访，2016 年 11 月 7 日对亚哈伦·泽维-法卡什的采访，2011 年 4 月 7 日对丹尼·亚托姆的采访。

③ Maiberg, *The Patriot*, 108.

在接下来的混乱中，勒维克拍下身边的每个人。他看见两个魁梧的男人带走了一个矮个的黑发青年。起初，他没看到此人被戴上手铐。“我抓拍那张照片时不知道他是谁。起初我以为他是一名获救的乘客，”勒维克告诉调查委员会，“但当其中一个护送人员气势汹汹地朝我冲过来时，我以为他不让拍是因为那人是暗探。”[1] 实际上，那人是马吉迪·阿布·祖马，跟他一起的是两名“鸟之队”特工。

“我们拽住他，”其中一人证实，“拖了几米，闪光灯一闪。另一名护送人员大叫：‘去拿胶卷！’”

勒维克还没弄清楚发生了什么事，但他知道他拍的最后那张照片很重要，所以他趁“鸟之队”特工赶过来找他要胶卷之前，迅速调换了相机中的那卷，把拿出的那卷塞进了自己的袜子里。[2]

以色列国防军宣布，“这辆公交车在海滨公路上被劫持 10 小时后，军队于今日黎明时分突袭公交车，车上的恐怖分子已经死亡”。[3] 勒维克所在的《新闻日报》（*Hadashot*）编辑明白他们获得了独家新闻，希望刊登照片，但遭到军事审查员的阻拦。然而，有人把它泄露给了包括德国的《明星周刊》（*Stern*）在内的外国报纸，照片登出来了。随后，《新闻日报》还是违抗审查员的命令报道了该新闻，[4] 引用的是《纽约时报》的消息，也登了照片。[5]

马吉迪·阿布·祖马被加沙地带的亲戚和邻居认出来是照片上的

---

① Gidi Weitz, "The Bus 300 Affair," *Haaretz*, February 28, 2013.

② 1998 年 10 月对亚历克斯·勒维克的采访。

③ David K. Shipler, "News of Hijacking Denied to Israelis," *New York Times*, April 14, 1984.

④ David K. Shipler, "Israel Said to Name Panel on 4 Hijackers," *New York Times*, April 28, 1984.

⑤《新闻日报》违反审查规定报道了其中一场陪审团会议，为此受到处罚：停刊 4 天，编辑被公诉。地区法院判编辑们有罪，但上诉至最高法院得到平反。Criminal Appeals 93/1127, *State of Israel v. Yossi Klein and Others, Judgment mem-het* (3) 485。

人。没有明显的伤痕，他的眼睛是睁着的，戴着手铐，特工好像没有搀扶他，表明他能自己站立。

在官方宣布所有恐怖分子在突袭中被击毙后，这张登出来的照片引发了公众的骚乱，与此同时黎巴嫩战争造成人们对当局缺乏信心，导致几家自由媒体对政府的全面抨击。

总理沙米尔和沙洛姆反对调查此事，但人们对他们的意见充耳不闻。国防部长摩西·阿伦斯下令成立一个调查委员会，后来司法部又成立了一个。

4 月 28 日，第一次调查宣布两天后，阿夫拉罕·沙洛姆命令他的 10 名同伙——参加这次杀戮的“鸟之队”人员、该机构的法律顾问以及包括约西·基诺沙在内的其他高官——到特拉维夫以北内坦亚附近的一个橘园会合。他选择了一个不会被人看见的偏僻地点，远离布满窃听设备的辛贝特基地。那些设备通常是为该组织服务的。不过现在，沙洛姆担心它们可能会破坏他的计划。

那天晚上，在星光下，沙洛姆和他的人发誓绝不透露真相，[①] 并会不惜一切代价掩盖这件事，因为如果他们不这样做的话，沙洛姆对他们说，“就会严重破坏国家安全，辛贝特的秘密会曝光”。

他们明白，如果说出实情或者被这些调查委员会发现真相，他们可能会因刑讯逼供甚至谋杀而受审。[②] “他们对彼此发誓绝不把这件事泄露出去，”沙洛姆的副手卢文·哈扎克说，“不只克伦克［Krenk，意第绪语中意为‘生病’，暗指杀人］的事，还有掩盖的事。”

在橘园以及后来在他们家的会面中，他们精心设计了一个计划，哈扎克参加过其中几次，回想起来时他将其形容成“一场有预谋的

① Ministry of Justice, *Opinion in the Matter of the Investigation of the Terrorists on Bus 300*, December 20, 1986, 31（作者的资料，从“里伦”处获得）。

② *Kill Them!* a documentary film by Levi Zeini and Gidi Weitz, Channel 10, October 2011.

针对法制和国家政权的运动”。[1]

预谋包括相互依赖的两部分。首先，沙洛姆向阿伦斯和沙米尔建议在调查委员会中安排一个他的代表，这样“辛贝特的立场就有人体现了，以此确保组织的秘密不受损害”。这个看起来无害的提议被采纳了，约西·基诺沙被任命为国防部调查委员会的成员。

基诺沙将充当沙洛姆的“特洛伊木马”。[2] 他是在橘园里秘密起誓的人之一，而他本人也对调查委员会的存在感到不满。“发生了什么事？两名劫持公交车还杀害乘客的恐怖分子死了，”他后来这样抗议道，“为了这个，你要打翻一船人？虚伪！多年来，我们一直在给以色列通下水道，大家或多或少都知道下水道是怎么清理的。”

基诺沙说：“对于杀死恐怖分子，我过去没觉得，现在也不觉得有任何道德问题。”他的问题“在于现场情况如何，有那么多辛贝特之外的人在场”。[3] 他的解决办法是：“行动失败后的最高原则是抹去任何会扯上以色列国的痕迹。不说实话是解决问题的一个组成部分”。[4]

那个白天，调查委员会坐在国防部的一间会议室里听取了目击证人——士兵、辛贝特特工、平民、人质和摄影师亚历克斯·勒维克——的证言。[5] 然后，当晚，基诺沙偷偷溜去跟沙洛姆及其小圈子在他们的法律顾问家中会面，告诉他们白天会议的细节，并帮忙准备第二天的证人。

这引出了沙洛姆的预谋的第二部分：陷害无辜的以色列士兵，为

---

① 2012 年 6 月 21 日对哈扎克的采访。

② 有关基诺沙的“特洛伊木马”一词，取自关于辛贝特审讯手段的调查委员会报告第一部分，第 2、4 段。

③ Maiberg, *Patriot*, 65.

④ 对约西·基诺沙的采访（感谢记者拉米·塔尔安排了 2002 年 9 月的会面）。

⑤ Ministry of Justice, *Opinion in the matter of the investigation of the terrorists on bus 300*, December 20, 1986, 33, 34.

他下令的两起谋杀顶罪。① 沙洛姆与基诺沙、辛贝特的法律顾问和"鸟之队"成员一起定了一个复杂的计划：将谋杀指控从他们身上转移到首先对巴勒斯坦人下手的那些人身上，即伊扎克·莫迪凯准将指挥下的以色列国防军士兵。

这一计划的背信弃义令人叹为观止。它需要作伪证、密谋以及对一个可敬的人和朋友的彻底的令人不解的背叛。基诺沙和莫迪凯在1982年入侵黎巴嫩期间合作过，自此关系一直很密切。基诺沙甚至在1982年6月27日颁给莫迪凯一枚特别的辛贝特勋章，以嘉奖他协助辛贝特杀掉了黎巴嫩南部的法塔赫指挥官阿兹米·兹莱尔。

基诺沙编织了一套错综复杂的谎言。他心知肚明调查委员会提出什么要求。"伙计们，别自欺欺人了，"他在一次秘密会议上说，"这里必须有人被定罪。否则这个委员会就没有完成使命……唯一可能被判有罪的人是伊扎克·莫迪凯先生。"

关键证词是"鸟之队"指挥官埃胡德·亚托姆的。沙洛姆、基诺沙和其他人在前一晚跟亚托姆反复排练。他告诉委员会："我和辛贝特的负责人到达现场。我看见两堆人，互相隔了十来米。每一堆有二三十人……我挤过去的时候，看见一群人，今天他们让我想起了袭击我们［在叙利亚上空被击落的］飞行员的叙利亚农夫的样子。他们好像手脚并用地在做什么。当我看见恐怖分子时，我也扇了他一巴掌。我完全被暴民愤怒的气氛影响了。"他说他在这群暴民中没有看到辛贝特的人，但他的确看见莫迪凯将军用手枪打了其中一个恐怖分子。

亚托姆告诉委员会，恐怖分子被移交给他时情况已经非常糟糕，他把他们带到医院，在那里他们被宣布死亡。调查委员会负责人是退役的梅厄·佐雷亚少将（Meir Zorea），亚托姆的诚实给他留下了深刻

---

① 2015年3月22日对莫迪凯的采访，1999年7月22日对基诺沙的采访。Maiberg, *Patriot*, 95。

的印象。他是唯一认罪的证人，他甚至表达了对掌掴恐怖分子的懊悔之情。这样的“交代”当然是为了掩盖更大的秘密。

“你看见谁打人了?”① 另一名辛贝特官员在作证时描述了他看到的私刑场面，于是被问到这个问题。“非常复杂，不太想得起来了，”他回答，“我唯一能指认出的人是伊扎克·莫迪凯。他抡圆了拳头。”还有另一名辛贝特证人说，“我看见伊扎克打了他们的头，打得真狠”，但他没法指认出其他人。来自该机构的一系列证人也如法炮制。

同谋们还力图让库比作伪证。库比说，基诺沙“来找我，以确保我能作证说我看见莫迪凯打死了他们”，“我告诉他我没看见。他接着问我，恐怖分子被殴打时阿夫拉罕是否在场。我说实际上他一直在场——甚至是第一个打他们的。他说：‘如果是这样，那么在我看来，你根本不在场。’之后他们派我去意大利执行一项长期任务。我明白他们希望我离调查委员会越远越好”。

然而，司法部的调查委员会坚持询问库比。他被秘密带回以色列，在跟阿夫拉罕·沙洛姆碰面时起了冲突，他告诉上司他不会为其编造的事背书。沙洛姆大叫道：“叛徒!”

库比在效力辛贝特的30年里多次面临严重的危险，他说，他一生中从未像那一刻那么害怕。“我怕自己不会活着离开。”他说。他的担心没有成真，不过，他的感觉表明了辛贝特陷得有多深。

最终，库比、沙洛姆、基诺沙和法律顾问达成了妥协。库比作了证——假的——说自己忙于审讯，没看见谁打了恐怖分子。

其他证人的证词——由骗术大师精心编造并经过数小时的练习——全都很完美，经得起相互印证。表面上值得尊敬的13人提供的13份相同的叙述累积的效果，给两个调查委员会留下了深刻的印象。

---

① Gidi Weitz, “The Bus 300 Affair,” *Haaretz*, February 28, 2013.

5 月 20 日，调查委员会公布了调查结果："从调查材料可以清楚地看出，以色列国防军部队和辛贝特人员并未得到任何可能会被理解成两名仍然活着的恐怖分子应该被杀死或伤害的命令。"

调查委员会完全采信了阿夫拉罕·沙洛姆的证词，并指出莫迪凯的证词和他声称他不是杀死恐怖分子的人的话，"与我们听到的一些证词有部分不符，并在某些细节上得到了其他证词的支持"。

委员会没有确定是谁杀死了囚犯，但建议宪兵对莫迪凯展开调查。① 这导致他以过失杀人被起诉。1985 年 7 月，司法部的调查得出了类似的结论。

沙洛姆的阴谋得逞了。一个无辜之人将因为他的罪行而受到审判。

莫迪凯极力否认对他的指控，但几乎没有人相信他。② "任何人处在莫迪凯的境地都会自杀。"埃胡德·巴拉克说。

"整整两年，我和我的家人过着地狱般的生活。"莫迪凯常说。③

不过对他而言，幸运的是，一名年轻而精力充沛的军事律师后来参加了判断莫迪凯是否应该被起诉的程序，他叫梅纳赫姆·芬克尔斯坦，是司法部调查委员会的军方代表。

芬克尔斯坦是一名东正教犹太人，喜欢教条式的吹毛求疵，对什么都怀疑，后来成为著名的地方法院法官，他检查了证据，觉得有问题。④ "一方面，辛贝特人员的证词很清楚，"他说，"难以想象他们当中有人会撒谎。但把责任推到莫迪凯身上的企图在我看来很奇怪。"

莫迪凯承认，两个恐怖分子被带下公交车时，他在质问他们时打了他们一人一下，但仔细阅读所有证据会清楚地发现，阿布·祖马表

---

① 与此同时，包括亚托姆和库比在内的许多辛贝特特工接受了内部惩戒法庭的询问并被证明无罪。2017 年 9 月 20 日对库比的采访，2011 年 5 月 21 日对佩里的采访。

② 2014 年 4 月 2 日对巴拉克的采访。

③ 2015 年 8 月 28 日对莫迪凯的采访。

④ 2012 年 7 月 18 日对芬克尔斯坦的采访。

兄弟俩在移交给辛贝特时状态比特工们声称的要好得多。芬克尔斯坦顶着来自辛贝特和司法部的压力，这两个部门都迫切要求以谋杀罪审判莫迪凯，① 他还获得了一份法医宣誓书，其中指出莫迪凯的殴打不可能致两名恐怖分子死亡，他俩在勒维克的照片中似乎身体状况良好。

芬克尔斯坦的努力无法阻止莫迪凯受到两项过失杀人罪的起诉，莫迪凯不得不接受特别军事法庭的审判。但他一丝不苟的法律工作对审判本身起了重要作用，② 在一场审判和一次简短的证据听证之后，法庭宣判莫迪凯无罪。③

这似乎是亚实基伦事件的结局。一个好人被抹黑，名声毁了，尽管最后还了他清白。辛贝特的秘密没有泄露，也没有人为自己的罪行承担责任。

如果不是三名辛贝特高官良心不安，整件事会被完全遗忘。其中一个是辛贝特副局长卢文·哈扎克，按计划他很快将接替沙洛姆成为辛贝特的局长。起初，三人试图警告沙洛姆别撒谎。佩莱格·拉达伊（Peleg Raday）告诉沙洛姆："尼克松倒台不是因为愚蠢的闯入，而是因为掩盖。"沙洛姆没答话。尽管哈扎克在作伪证阴谋开始时已经参与了，但他后来得出的结论是，唯有包括他自己在内的所有同谋者都辞职才能了结此事。沙洛姆直截了当地一一拒绝了。

1985 年 10 月 29 日，哈扎克设法见到了西蒙·佩雷斯总理，后者于 1984 年 9 月接替了沙米尔，因为他俩所在的政党在以色列议会选

---

① "Lethal Blow and Blow of a Lethal Nature," Opinion of Judge IDF Advocate General's HQ（作者的资料，从"贝尔"处获得）。

② 额外的帮助在开庭前一晚出现，被任命为特别军事法庭庭长的哈伊姆·纳达尔少将在家接到一个匿名电话。对方告诉纳达尔他被带入歧途，莫迪凯没有杀恐怖分子。说话的人是库比，他一直良心不安。2013 年 6 月 11 日对库比的采访。

③ 莫迪凯后来晋升为将军，在从以色列国防军退休后从政，1997 年出任本杰明·内塔尼亚胡第一个任期内的国防部长。

举中打成平手，达成了轮流执政的协议。佩雷斯专心地听了哈扎克的话，他带来了一页笔记，上面记录了关于杀戮或掩盖此事的所有细节。[①]“辛贝特履行职责所依赖的道德基础瓦解了。”哈扎克对佩雷斯说。[②]

佩雷斯答道：“我通常会想一想再做决定。”

哈扎克离开时感到一种欣慰，觉得自己的指控得到了认真对待，很快就会有适当的回应。但他错了。沙洛姆是个更加老练的战术家。他已经先一步见了佩雷斯，给总理描述了一个完全不同的情景：这是三个不法之徒要造反，其目的是赶走他并接管辛贝特。

在佩雷斯的全力支持下，沙洛姆开除了三个吹哨人。[③] 他们颜面尽失地离开了为之奉献一生的机构，被所有同事疏远，被当作叛徒。

但吹哨人反击了。1986 年 3 月 9 日深夜，三人来到了位于东耶路撒冷的几乎空无一人的司法部总部，进了司法部长伊扎克·扎米尔的办公室。

会面持续了三个半小时，三名吹哨人和盘托出了整件事——不仅是杀害巴勒斯坦人和陷害莫迪凯的企图，还包括法外处决、刑讯逼供以及辛贝特已经干了几十年的作伪证。

副检察长多丽特·拜恩尼施（Dorit Beinish）难以相信佩雷斯听过这件事之后没有采取行动：“你见总理时，谈了掩盖罪行的事吗？”

“什么都说了。”哈扎克说。

“我感觉天要塌下来了，”负责特别事务的副检察长耶胡迪特·卡普说，“那里发生的事已经没法再夸大了。这是对法律的公然践踏，是对所有制度的败坏。我不记得以色列国历史上有过类似的恶性事件。”[④]

---

① 1998 年 4 月 1 日对佩莱格·拉戴的采访。

② 2016 年 1 月 14 日对内沃的采访。*Kill Them!* Zeini and Weitz, Channel 10, October 2011。

③ Black and Morris, *Israel's Secret Wars*, 406.

④ 2016 年 1 月 7 日对耶胡迪特·卡普的采访。

两项新的调查随后启动：警方对亚实基伦事件的调查，以及卡普领衔的委员会对辛贝特的所作所为展开的更广泛调查。

对沙洛姆而言，这是一场灾难。他通过作伪证和瞒天过海躲过了两次调查，并让三名吹哨人被开除。但那两个死去的巴勒斯坦劫持者一直阴魂不散地纠缠着他，现在阴谋已经被全部揭穿，他很难再编造一出戏来说服调查人员了。

尽管如此，沙洛姆和他的盟友并没有收手，反而发动了一场"针对三名吹哨人和司法部的范围更大的谎言、谣言和抹黑之战"，卡普说。部级官员被监视，他们的电话也被窃听，以期收集信息进行敲诈并智胜对手。部级官员深更半夜收到匿名威胁，扎米尔得到了24小时人身保护。一天晚上，重症救护车被派到他家，尽管他非常健康；他还收到过一个葬礼花圈。记者还收到辛贝特线人的消息，说其中一个吹哨人跟国家副检察长拜恩尼施有婚外情。

"那段时间蹦出来的惊人之事，是辛贝特拥有不受约束的权力，"拜恩尼施说，"我们在跟它交手时才领教到，这种权力可以针对任何人甚至法律制度，必要时也可以针对政治集团。我们发现自己被抹黑了，身份曝光，还受到威胁。"①

尽管有抹黑与恐吓的企图，但拜恩尼施、卡普和警方调查人员没有退缩，调查一直持续到1986年4月和5月。

最终，沙洛姆只能选择在宣誓后撒谎。② 在警察询问时，他一开始声称国防部长摩西·阿伦斯命令他杀掉亚实基伦的劫持者。当阿伦斯1986年4月16日见到他并坚决否认了这一点时，沙洛姆道了歉，说："我印象里是你下了这样的命令，但现在我跟你讲话时才明白我记错了，事实并不是这样。"

接下来，他指责时任总理沙米尔。沙洛姆声称沙米尔实际上下令

① Shin Bet conference on "Bus 300 Affair," Beinish speech, Kibbutz Tzuba, June 2004.

② Ministry of Justice, *Opinion in the Matter of the Investigation of the Terrorists on Bus 300*, 22.

把巴勒斯坦人打死，然后下令或者至少批准了后续的掩盖行为。沙米尔否认了这样的事。再次露馅后，沙洛姆进一步遮遮掩掩。他声称，沙米尔在 1983 年 11 月的一次会议上告诉他，被捕的恐怖分子应该被杀掉。沙米尔也否认了这一点。最终，沙洛姆被迫坚称，甚至在袭击之前他就已被批准在无法得到总理指示的情况下全权决定如何处置恐怖分子。

到 1986 年 5 月，司法部长伊扎克·扎米尔坚持以谋杀、妨碍司法公正、作伪证以及其他罪名起诉所有卷入此事的人。[1]

沙洛姆被逼到了死角。他只剩下一张牌可打。

5 月底，沙洛姆与约西·基诺沙及他们的法律顾问在特拉维夫海滩大酒店基诺沙的房间会面。他们一起开列了一份死者名单。他们根据自己的文件和记忆，写下了在亚实基伦劫持事件发生前几年摩萨德、“阿曼”和辛贝特杀死的人的姓名、地点和日期。[2]

“我们在那里坐了很久。经阿夫拉罕批准，所有的事都写进了文件。”基诺沙说。

名单上，有 4 名伊朗外交官经摩萨德允许在贝鲁特被长枪党的刽子手“眼镜蛇”罗伯特·哈特姆拷打并处决；有“阿曼”504 部队的目标，他们“被枕头闷死后被伪装成自然死亡”，还被脸朝下埋葬；辛贝特 1984 年 6 月在比迪亚（Bidya）村有过一次行动，当时 15 名特工乘坐三辆梅赛德斯轿车抵达当地什叶派指挥官穆尔西德·那哈斯（Murshid Nahas）的车库，他被拖进其中一辆车，据一名目击证人说，那哈斯被告知“你可以选择怎么死”[3]。后来他布满子弹的尸体在村外被发现。那些从被占领土上消失的人的名字也被写了下来，就像所有在“砝码行动”中被杀的人那样。

---

① Rachum, *General Security Service Affair*, 101.

② 2014 年 12 月 23 日采访魏斯格拉斯。Maiberg, *Patriot*, 223 – 29。

③ *New York Times*, July 10, 1984. Black and Morris, *Israel's Secret Wars*, 397.

名单绝不是完整的——只有3页纸、67个名字——只包括了在黎巴嫩、约旦河西岸和加沙的死亡人数。但这份名单是毁灭性的。

基诺沙称其为“骷髅卷宗”（Skulls Dossier）。[1] 表面上，这是一份法律文书，旨在证明沙洛姆下令杀掉亚实基伦的两名劫持者之举既是常规操作，又是可以接受的，是被批准的法外处决计划的一部分。实际上，这纯粹是讹诈，暗示倘若沙洛姆和他的盟友被起诉，包括总理在内的其他人也别想独善其身。

“我们非常了解他们抛出来的‘骷髅卷宗’的重要性，”一名前内阁部长说，“我们很清楚，我们必须制止这种大面积的歇斯底里，并确保涉案的辛贝特人员不必上法庭。”

这一策略令人震惊却非常奏效。沙洛姆说：“我向沙米尔（外交部长和管理政府的三人组的成员）提出辞职，他对我说：‘你有种试试！’他害怕我一旦辞职，他也不得不辞职。所以他［沙米尔］去见了［总理］西蒙·佩雷斯和国防部长拉宾，他说：‘你们也批准了这样的事。所以，如果你们抛弃我们利库德集团，我们就拖你们下水。’”[2]

最终达成了一份可疑的协议，该协议首先由一位很有影响力的检察官提出，他同时担任总理和辛贝特负责人的顾问。以色列总统哈伊姆·赫尔佐格将全面赦免涉案的辛贝特人员，包括针对他们的所有诉讼程序。因此，11人在被起诉之前就被无罪开释。没有人会被要求对亚实基伦的杀戮事件或其他事件担责。作为交换，唯一的要求是沙洛姆从辛贝特辞职。

即使在无罪脱身之后，沙洛姆仍在坚持他捏造的各种谎言。他写道，他的行事是“得到批准和授权”的，并一口咬定是沙米尔下令杀掉巴勒斯坦劫持者的。经过这件事，政府决定：情报机构负责人和

---

① 2013年1月对“埃尔文”的采访。
② Moreh, *The Gatekeepers: A Documentary*, 2012.

总理之间的所有会议都要有总理的军事秘书及一名速记员在场，后者将记录会议过程。①

赫尔佐格签署特赦令的翌日，《以色列日报》报道了所发生的事：“所以这帮人坐下来，采取了类似于某个遥远的拉丁美洲国家举行军政府会议的行为，即取下了自己脖子上的套索。”② 曾任“阿曼”局长的赫尔佐格总统在给媒体的一份声明中为这一行为辩护，但只有少数人明白了他的言下之意：“调查此事的过程必定会暴露辛贝特多年来的行事方法。这样一来，60 至 80 件陈年旧事就会浮出水面。这对国家有好处吗?”③

① 2011 年 7 月 7 日对丹尼·亚托姆的采访。

② 1992 年拉宾当选总理时，基诺沙提出要当建设与住房部总干事。拉宾说，鉴于他的履历此事很难办。基诺沙不肯罢休，去找辛贝特高官“阿莫斯”，向他提出一笔交易：“他答应我，如果我助他当上建设与住房部的总干事，他就给我在这个部安排一份高管工作。他希望我跟他一起去见拉宾，勒索拉宾说如果不任命基诺沙，我们就曝光拉宾在 20 世纪 70 年代批准的暗杀行动。”“阿莫斯”把基诺沙赶出了家门。基诺沙在与记者丹·马格利特会面时，也提出类似的威胁，显然是想让拉宾有所耳闻。马格利特拂袖而去，此后很长一段时间不愿跟基诺沙说话。然而，拉宾迫于基诺沙的压力，让他得到了他迫切希望得到的职位。不过，在一份请愿书呈交最高法院之后，法院做出措辞严厉的判决：“一个作伪证、妨碍司法进而侵犯个人自由的违法者，怎能领导政府部门?”最终，拉宾给了基诺沙一个最高法院无法干预的高级职位：担任他与亚西尔·阿拉法特的联络人，在拉宾不知情的情况下，基诺沙利用职务之便与腐败的巴勒斯坦当局领导人大肆经商，在 2004 年去世之前已成大富豪。2013 年 7 月对“阿莫斯”的采访，2017 年 1 月 17 日对丹·马格利特的采访。1999 年 5 月对约西·基诺沙的采访。Ronen Bergman, “The Man Who Swallowed Gaza,” *Haaretz*, March 4, 1997. Margalit, *I Have Seen Them All*, 180 (Hebrew). *Yoel Eisenberg v. Minister for Construction and Housing*, High Court of Justice 6163/92。

③ 哈伊姆·赫尔佐格 1986 年 6 月 27 日接受《新消息报》的采访。

十八
蹿出个火星子

突尼斯的度假小镇哈曼-乔特（Hammam Chott）有几个巴解组织总部，离它们不远处有个营地，28 名阿布·吉哈德的精锐游击队员经过近一年的训练，准备发动一场引人注目的袭击。他们计划乘坐母船从阿尔及利亚开往特拉维夫外海，然后乘坐橡皮艇到特拉维夫南部郊区巴特亚姆的海滩。他们会在天蒙蒙亮时上岸，劫持一两辆公交车，强迫司机开到特拉维夫的基里亚-萨罗纳政府大院的以色列国防军总参谋部总部。他们会开枪干掉大门口的哨兵，冲进大楼，冲进参谋长和国防部长的办公室，一路上见一个杀一个。然后，他们会占领其中一幢建筑或封锁大院内一条路的出入口，见人就抓作人质，并发出威胁：倘若不按他们的要求释放关押在以色列监狱中的巴解组织恐怖分子，就杀掉人质。

袭击定在 1985 年 4 月 20 日，也就是大屠杀纪念日两天后，阵亡将士纪念日 4 天前，这是以色列日历上最重要的日子之一，届时，以色列全国各地将拉响警报，向阵亡士兵和恐怖活动的受害者致哀，全国人民将起立静默两分钟。阿布·吉哈德想弄点新东西让以色列人哀悼，他在出发前的最后一次训话中告诉他的战士：“我们要把特拉维夫的白天变成黑夜。”

“在真主的帮助下，这个安息日会成为特拉维夫历史上黑暗的一天，礼拜日也一样。在这一天，特拉维夫将迎来末日，见证血流成河、崩溃和毁灭。”

阿布·吉哈德摊开特拉维夫南部的以色列海岸线地图，上面有三个箭头标出了三艘橡皮艇的登陆地点："我们将在真主的帮助下袭击他们的总部，接着封锁街道。譬如，在一条街上，我们要一次性地把500人关起来，把他们当成谈判的筹码。"①

这位巴勒斯坦的卓越军事指挥为战士们制定了明确的目标："在安拉的帮助下，他还会将沙龙送到那里。我们知道他长什么样。"

其中一个战士笑道："他有啤酒肚。"

"他有啤酒肚，"阿布·吉哈德说，"任何瞄得准的人都能打中他。在真主的帮助下，愿炸弹落在他头上。他［真主］能做到，小伙子们。没有真主办不到的事。"

阿布·吉哈德肯定知道这是一个徒劳的许愿。沙龙在两年前被撤了国防部长之职，那天他碰巧出现在他被灰头土脸赶出去的国防部的机会微乎其微。当然，沙龙在巴勒斯坦人眼中是邪恶的化身，阿布·吉哈德肯定认为这是鼓励其部下的最佳方式。

自摩萨德对阿布·吉哈德下第一个暗杀令以来，已经过去20年了。1982年夏天巴解组织撤离贝鲁特之后，他在突尼斯首都突尼斯市定居下来。他租住在离海滩不远的一处别墅里，离迦太基古城遗址约25英里。以色列情报机构一直在监听他，听着他前往叙利亚、约旦以及中东其他国家，听到他发布命令、组织和鼓励他的部队并策划对以行动。

身为巴解组织的军事指挥官，阿布·吉哈德是地位仅次于亚西尔·阿拉法特的二号人物，他策划和执行的针对以色列人的恐怖活动数量远超任何巴勒斯坦活动分子。他一直充满民族主义革命热情，现在一股强烈的愿望驱使他要向以色列证明巴解组织虽然受挫，但并没有倒下，它仍然可以反击并造成严重的破坏。为此，他决定再次开始

① 阿布·吉哈德给他的战士们开简报会的电影拍摄于1985年，2012年1月1日法塔赫在该组织成立周年纪念日上放映。

策划在西方国家特别是欧洲发动袭击，自20世纪70年代前半期以来，他和阿拉法特就没在欧洲采取过行动了。他强调海上行动，即在船舶上、通过船舶或在港口附近执行的行动。

为了实现这一目标，他部署了第17部队这支阿拉法特的保镖中训练有素的特种部队，与他自己的特别行动队“西部编队”和法塔赫的海军部门并肩作战。

以色列早在1983年就制定了在安曼刺杀阿布·吉哈德的计划，但被推迟了几次，通常都是出于执行层面的原因。不过，摩萨德倒是策划了几次定点清除阿布·吉哈德下属的行动。随着法塔赫在欧洲的行动重启，摩萨德也恢复了在次大陆对巴解组织的打击。

自利勒哈默尔那场灾难以来，“凯撒利亚”一直忙于重建其定点清除单位“刺刀”。“我过去称这为‘磨刀’。”[①] 迈克·哈拉里说，他在1980年退休前对该单位进行了多次调整。焕然一新的“刺刀”里，昔日的大屠杀幸存者和反英地下组织的前杀手都不再是主角。现在的明星是以色列国防军作战部队的毕业生，他们有丰富的战斗经验，就算不是迫不及待，也是有勇气和准备随时扣动扳机的。[②]

领导新“刺刀”的是“卡洛斯”，他是“凯撒利亚”的特工，通过在阿里埃勒·沙龙的伞兵旅中执行任务进入了摩萨德。同事们说“卡洛斯”杀人时冷静且有条不紊，心脏从不会漏跳一拍。

1983年8月，阿布·吉哈德派他的海军部门副手马蒙·默拉什（Mamoun Meraish）到希腊采购船只和武器，用于对海法进行恐怖袭击。在默拉什去雅典完成交易的路上，一辆摩托车在等红灯时开到了

---

① 2014年3月23日对哈拉里的采访。

② 新“刺刀”于1979年7月25日在法国里维埃拉河畔戛纳的一幢公寓楼里执行了它的第一次任务。当巴解组织的亲叙利亚先锋队“闪电”（Al-Saiqa）的领导人贾博尔·莫森（Zuheir Mohsen）到达时，“贝利”朝他连开4枪，然后整队人马开车离开。莫森后来死在了医院里。他去世后，“闪电”停止了恐怖活动。摩萨德认为此次袭击大获全胜。2015年9月2日对伊扎基的采访，2017年7月6日对普莱斯勒的采访，2015年2月对“莎莉”的采访。

他的车旁。[1] 坐在摩托车后座上的“卡洛斯”拔出一把消音手枪，向默拉什连开数枪，直到确定其死亡。他的三个孩子，一个4岁，一个9岁，一个13岁，目睹了这一切，开始惊恐地大叫起来。

1984年8月16日，乔治·哈巴什的“人阵”成员扎基·希洛（Zaki Hillo）从贝鲁特乘飞机抵达马德里。摩萨德相信他也是为执行阿布·吉哈德的任务而来，后者为其在欧洲的一次行动招募过他。[2] 一天后，当希洛走在马德里市中心的大街上时，一辆摩托车从他身边经过，后座上的人向他开了机枪。希洛死里逃生，但双腿废了。

法塔赫的海军指挥官芒泽·阿布·加扎拉（Munzer Abu Ghazala）多次成为“刺刀”定点清除行动的目标，[3] 直到1986年10月21日他把车停在雅典郊外，这给了“伊莱”足够的时间完成任务。“伊莱”是个偏爱使用爆炸装置的杀手，身材魁梧的他滑到车下，装了个“伊莱之耳”——一种他自己设计的致命炸弹。阿布·加扎拉上了车，“伊莱”此时已到了安全距离之外，他按下按钮连人带车都给炸了。

这些定点清除行动，再加上摩萨德向当地警察通风报信，导致巴解组织在欧洲的其他行动受挫，之后，阿布·吉哈德得出结论：以色列人在他的欧洲网络中有间谍。[4] 然后，他决定在严格保密的条件

---

① 2015年2月对“莎莉”的采访，2013年2月11日对塞缪尔·艾丁格的采访。“Palestinian Shot Dead by Gunmen in Athens,” *New York Times*, August 21, 1983。

② 20世纪80年代中期是巴勒斯坦国际恐怖主义行动的鼎盛期。仅1985年一年，就有包括儿童在内的105人在这些行动中丧生，403人受伤。Merari and Elad, *International Dimension of Palestinian Terrorism*, 29－41（Hebrew）。

③ 总理沙米尔和佩雷斯批准了一系列定点清除行动。然而，“目标选择是自下而上的，来自实地，来自操作层面，再通过摩萨德的头交给总理，”1982年至1989年担任摩萨德局长的纳胡姆·阿德莫尼说，“我不记得有哪一次是政治领导层指示我对谁采取行动的。”2011年5月29日对阿德莫尼的采访。

④ 摩萨德还全力以赴地寻找穆罕默德·扎伊丹（即阿布·阿巴斯），他是巴勒斯坦解放前线的一名领导人。以色列人一直在注意他的一举一动，但他采取了极严的预防措施，因而始终没有机会对他下手。然而，多亏了这种密切监视，1985年10月7日，“阿曼”的8200部队截获了扎伊丹与他的小队之间的一个 （转下页）

下，在他位于突尼斯的总部和阿尔及利亚的一个训练基地来一次海军行动。这次行动变成了夺取总参谋部大楼并尽可能挟持更多人质的计划。

1985年春，阿布·吉哈德的部队登上了一艘租来的498吨柴油动力的巴拿马籍货船“阿塔维罗斯号”。阿布·吉哈德为自己的战士策划了一次漫长旅程，从阿尔及利亚的奥兰港向西进入大西洋，绕过好望角，沿着非洲东海岸，穿过曼德海峡进入红海。他们希望从那里混在商队中穿过苏伊士运河，神不知鬼不觉地进入以色列水域。

但阿布·吉哈德不知道的是，“阿曼”504部队在阿布·吉哈德的“西部编队”中有一个特工网。差不多一年的时间里，以色列人一直知道他们准备在阵亡将士纪念日前后发动一场袭击；[1] 4月24日，一支由4艘导弹艇和海军第13突击队的突击队员组成的作战部队航行1 800英里，趁着租来执行任务的第二艘船“月光号”停靠在阿尔及利亚且船上空无一人之时，炸毁了它。[2] “阿塔维罗斯号”于4月20日抵达地中海时，两艘以色列导弹巡洋舰和海军第13突击队正在塞得港外30英里的地方等着呢。

船上的巴解组织特工拒绝了以色列人的劝降，并向其中一艘以色

(接上页)电话，这支小队在埃及外海劫持了意大利游轮“阿基莱·劳伦号”。恐怖分子杀害了一名坐轮椅的犹太裔美国老人莱昂·科林霍夫，然后把他的尸体扔下船。后来，他们同意把船留在埃及，交换条件是安全前往突尼斯。以色列追踪到了他们乘坐的飞机并通知了美国，美国派战斗机拦截飞机并迫使其降落在西西里的北约基地。但意大利人不顾美国的反对释放了飞机上的扎伊丹。扎伊丹否认与劫持船只一事有关，但时任“阿曼”局长的埃胡德·巴拉克第一次出现在以色列电视上，披露了8200部队截获电话的事和恐怖分子的谎言。在那个以色列只有一个电视频道的时代，巴拉克精心打造的充满个人魅力的表现产生了巨大的影响，有人甚至说这次电视首秀为他步入政坛奠定了基础。2015年8月26日对巴拉克的采访，2014年10月对“电影院”的采访。

① 2013年1月21日对艾丁格的采访，2015年1月对“伊桑”的采访。

② 2016年3月14日对阿亚隆的采访。“Operation Hawk’s Way: How the Navy Operated in Algeria,” *Israel Defense*, August 8. 2015。

列舰船开火。[1] 以色列人予以回击，击沉了巴勒斯坦船只，造成船上 20 人死亡。

另外八人被抓到了位于特拉维夫北面的 504 部队地下审讯处——著名的“1391 营地”。该基地在地图上是找不到的，以色列法律禁止公布它的地理位置。

囚犯们被扒光了衣服，戴上头罩，然后绑在墙上。刺耳的音乐响彻他们的囚室，使他们无法入睡，而且他们偶尔还会遭到殴打。[2]

4 天后，囚犯们供认了阿布·吉哈德计划的细节。他们描述了他们计划如何占领总参谋部大楼，并将把国防部长和参谋长劫为人质。“阿曼”高级官员奥德·拉兹说，若不是“阿曼”提供的精确情报，这将是“一场我们尚不清楚其规模的灾难”。[3]

依赖于情报只为防止已经在进行的袭击，这不再是一个可接受的选项。

在 504 部队审讯人员逼供后，国防部长伊扎克·拉宾立即下令以色列国防军策划两场打击阿布·吉哈德在突尼斯的基地的行动。两个行动方案都很声势浩大，拉宾作为阿布·吉哈德被挫败的袭击的主要目标之一，想从中选一个。一个是大规模的地面进攻，参加者包括海军第 13 突击队、以色列总参侦察营和“翠鸟”（空军精锐）突击队。

---

① 2013 年 1 月 20 日对奥德·拉兹的采访。Michael Yaakov Itzhaki, “The Terrorists Planned to Arrive at the Kirya Base in Tel Aviv,” *Maariv*, April 12, 2013。

② 一个由前最高法院法官摩西·兰多（Moshe Landau）领衔的国家调查委员会在辛贝特的谎言与酷刑文化曝光之后成立。在其报告的机密附件中，委员会裁定，在审讯恐怖活动嫌疑人时允许使用“适度的物理施压手段”。这句话在辛贝特和“阿曼”504 部队的法律顾问编写内部条例时得到了非常宽泛的解读，从而在一定程度上使采用“特殊手段”成为可能，这是酷刑的委婉说法。辛贝特和 504 部队的审讯人员后来又走得更远，他们用几倍于此的手段折磨嫌疑人，完全忽视新规定。嫌疑人再次受到身体伤害，身受严重创伤。有些人被折磨致死。Unit 504, “Order on the Use of Auxiliary Interrogation Methods,” updated file, July 1994（作者的资料，从“贝尔”处获得）。

③ 2013 年 1 月 20 日对拉兹的采访。

总共将有约100名战士接受伊扎克·莫迪凯准将的指挥，而此人的小命差点毁于辛贝特的陷害。这些人将全部乘坐从海军军舰上放下来的小艇在突尼斯海岸登陆，然后突袭巴解组织大院，杀死阿布·吉哈德和他的手下。[1]

另一个是由以色列战机进行轰炸。莫迪凯和空军都开始训练了，等待内阁批准。

这两个方案都存在战术和战略上的问题。突尼斯离以色列很远，有1 280英里，比以色列国防军以前所有行动到过的地方都远。对一个在远离以色列的地方发动的复杂的联合地面进攻行动而言，这意味着如果出师不利，撤军的可能性将非常有限。要穿过一个大城市也意味着以色列战斗人员伤亡的风险也会非常高。

另一方面，派出轰炸机也很危险。以色列对突尼斯及其邻国利比亚的空中防御情报掌握得非常少。

由于巴解组织总部两年前搬到了北非，以色列曾要求美国提供有关两国雷达设施和军事及海军部署的必要情报，但遭到拒绝。美国人有理由担心以色列在其邻近地区之外发动袭击的后果。[2]

既然无法合法地获得情报，以色列索性去偷了。[3] 乔纳森·波拉德是位美籍犹太人，一直心心念念成为间谍并影响历史进程，他曾试图加入中央情报局，但因“严重的情绪不稳定”被拒。然而，中央情报局没有与美国其他情报机构分享这份评估报告，波拉德被招进了美国海军，并成了人们眼中出色的分析师和出类拔萃的员工。

波拉德后来声称，他眼见“自己同事的反以态度”和“美国情报部门对以色列的支持不足”[4]，所以努力争取让美国以色列公共事

---

① 2015年3月22日对莫迪凯的采访，2012年3月对“纳诺”的采访。

② 2015年10月对“大卫”的采访。

③ Director of Central Intelligence, Foreign Denial and Deception Analysis Committee, October 1987, *The Jonathan Jay Pollard Espionage Case: A Damage Assessment,* 4（作者的资料，从“爱国者”处获得）。

④ Director of Central Intelligence, *Jonathan Jay Pollard Espionage Case,* 5.

务委员会和摩萨德招募他当间谍。他被这两个组织拒之门外，不过后来他设法加入了国防部的谍报机构“拉卡姆”（LAKAM）。LAKAM 是“科学事务联络局”的希伯来语名称首字母缩写，这个秘密机构只有极少数人知道，领导它的是对自己没当上摩萨德局长仍耿耿于怀的拉菲·艾坦。“波拉德提供的情报太诱人了，我难以抗拒。”艾坦说。[①] 他说他的上司、总理和国防部长都知道情况，但面对波拉德提供的海量信息却视而不见。[②]

从被招募进去的那一刻起，波拉德就开始从自己的工作地点往外偷大量文件，[③] 并把它们带到华盛顿的一座安全屋影印，然后还回去。这些代号为“环保材料”的文件随后被送到以色列，存放在“阿曼”的研究部门和空军情报部门的大保险柜里。

1985 年 6 月，波拉德在“拉卡姆”的接头人约西·雅古尔向他索要有关突尼斯市郊巴解组织总部以及利比亚和突尼斯空防的所有可用情报。[④] 波拉德去海军情报档案处借阅了所有需要的情报，没过几天就把它们交给了以色列。雅古尔向波拉德转达了“以色列政府最高层”的谢意，感谢他对即将到来的突袭提供的出色情报支持。

尽管他们现在掌握了必要的情报，但轮流担任总理的西蒙·佩雷斯和伊扎克·沙米尔跟国防部长拉宾一样，仍然对批准这次行动犹豫不决。莫迪凯试图说服拉宾支持海陆方案，因为“空袭产生的效果跟用枪指着一个人的头是不一样的”。[⑤] 但拉宾担心会出意外。“而我不能向他保证这种事不会发生。”莫迪凯说。

相比之下，空中轰炸对空军造成的危险相对较小，特别是在波拉

---

① 2013 年 1 月 24 日对艾坦的采访。

② 佩雷斯和沙米尔担任总理时的军事秘书是阿兹列尔·内沃准将，他坚决否认自己作为收取所有呈递给总理的情报资料的人知道波拉德一事，也否认知道以色列在美国有间谍。2016 年 1 月 5 日对内沃的采访。

③ 2015 年 10 月 27 日对什洛莫·布罗姆的采访。

④ 2015 年 10 月 20 日对艾略特·劳尔的采访。Director of Central Intelligence, *Jonathan Jay Pollard Espionage Case*, 40。

⑤ 2013 年 1 月 24 日对莫迪凯的采访。

德提供了高质量情报的情况下，但以色列与美国人有着同样的战略考量。突尼斯与以色列不接壤，目前也没有冲突。入侵一个表面上中立的国家，无论是空袭还是地面进攻，都可能产生严重的国际影响。

还有一个外部因素造成了拖延。定点清除，特别是那些涉及像阿布·吉哈德这样的高级别目标的，并不仅仅是军事或情报行动。它们也是政治工具，就这点而言，其动因往往是政治上的考量，可以成为安抚或调动舆论的有效手段。[①] 例如，1981 年，民调预测在即将到来的选举中左翼工党将获得可观的多数票，直到右翼利库德集团的贝京总理下令轰炸巴格达附近、萨达姆·侯赛因正努力发展核武器的一个核反应堆，这足以使民意转向利库德集团。

然而，此时国内政治稳定。没有需要以华而不实的军国主义来鼓动公众的选举活动，也没有公众要求立即实施报复。既然行动的战术和外交风险过高，机会又太不确定，那么无限期的拖延似乎是显而易见的选择。

但仅仅几个月后，一切将会改变。

在此期间，巴解组织和以色列在塞浦路斯以及该岛与黎巴嫩之间的海域都特别活跃。阿布·吉哈德把塞浦路斯当成其战斗人员返回黎巴嫩的主要路线，并将之作为整个地中海地区的后勤基地。这座小岛成了恐怖活动、走私、间谍活动当然还有定点清除行动的老巢。

一些法塔赫分子在与阿拉法特及其领导层的斗争中得到了叙利亚的支持，于是宣布兵变，摩萨德便利用这一点开始执行一项精明的刺

---

① 3 年后，阿布·吉哈德差点死于一模一样的选择策略，当时利库德集团领导的政府向以色列国防军施压，要他们在约旦首都安曼杀掉他。“这完全是透明的，”时任以色列总参侦察营司令官的奥马尔·巴尔-列夫说，“利库德希望［刺杀阿布·吉哈德］在 7 月大选前执行，这样他们就会赢得选举。我当时面临着一场非常艰难的个人和政治上的矛盾。”巴尔-列夫的父亲哈伊姆是前总参谋长，现在是工党著名政治家。他的儿子成功地干掉吉哈德可能会对其职业生涯产生巨大影响。事实上，这些早期计划因为操作原因而非政治原因一再推迟。2012 年 11 月 15 日对奥马尔·巴尔-列夫的采访。

杀行动，其间，一名特工乔装成了一个想报复阿拉法特并主动为叙利亚情报机构服务的巴勒斯坦人。摩萨德特工向驻塞浦路斯拉纳卡的叙利亚情报站提供了巴勒斯坦战斗人员返回黎巴嫩的情报。当时的"阿曼"官员约尼·科伦说："叙利亚人那时控制着该国的海港和机场，坐等巴勒斯坦人自投罗网，这些人此后再也没人见过。这次行动相当成功。叙利亚人非常高兴，开始按人头付钱给我们。我们成功地干掉了大约150名巴解组织的人。"①

一些从塞浦路斯开往黎巴嫩的船只被以色列人自己拦了下来。1985年9月9日，有情报称，一群高级别巴勒斯坦人将在次日从利马索尔去黎巴嫩，乘坐的船只为"机遇号"。② 这艘船上有个人是以色列很久以来一直想铲除的：第17部队的副指挥官费萨尔·阿布·沙拉赫。此人与多起恐怖袭击有关，若实现的话，最严重的一次是本来会在1979年11月发生的。第17部队计划用一个从希腊比雷埃夫斯港出发，运送数吨葡萄干到海法的集装箱来装运大量炸药，集装箱卸货时会爆炸。③ 阿布·沙拉赫派他的一位高级助手萨米尔·阿斯马尔

---

① 2013年3月22日对约尼·科伦的采访。

② 该情报是由特工阿明·哈吉（即"鲁梅尼格"）传回摩萨德的，他应摩萨德的要求前往塞浦路斯并建立了一个由司机、海关人员和妓女组成的关系网，为摩萨德提供了大量有关巴解组织的情报。2013年11月5日对阿明·哈吉的采访。

③ "连接点"的特工招募主管耶胡达·吉尔来到比雷埃夫斯，找到了摩萨德称其为"戈登·伊尔林斯"的海关人员，并骗她向他提供了通过她的机构运输葡萄干集装箱的巴勒斯坦人的信息。阿布·吉哈德怀疑戈登·伊尔林斯与摩萨德勾结，派两个手下杀了她。负责戈登·伊尔林斯的耶胡达·吉尔，被认为是个"能让电线杆说话"的人。不过后来的事表明，吉尔是摩萨德招募与监督其人员的机制中的重大败笔之一。1974年，他招募了叙利亚的一位将军"红色猎鹰"，并且让他当了许多年的间谍。1996年，事实表明吉尔一直在编造表面上是由此人提供的情报，因为他担心不得不承认招来的这个人是个"哑弹"，他想继续显得有用。这种假情报有两次几乎导致以色列和叙利亚之间爆发战争。吉尔并不是"连接点"的唯一大败笔。本·齐吉尔是个澳大利亚犹太人，也是个坚定的犹太复国主义者。他移民到以色列，于2003年被摩萨德招募。这一阶段正好是梅厄·达甘任局长的疯狂时期，当时有大量预算可用于组织扩张。这意味着选拔新兵的细致程度有所降低。齐吉尔在外国出生并长大，被认为是理想人选。然而，在完成"连接点"的课程之后，尝试渗透进与伊朗和阿拉伯国家有生意来往的公 （转下页）

负责这次行动，但摩萨德的“连接点”听到了风声，并找到了集装箱和那伙巴勒斯坦人。一支“刺刀”小队赶到比雷埃夫斯，杀掉了阿斯马尔。一个月后，12 月 15 日，“刺刀”在另一成员易卜拉欣·阿卜杜勒·阿齐兹抵达塞浦路斯后，将其与接待他的巴解组织外交使团成员萨米尔·图坎一起干掉了。阿布·沙拉赫本应跟他们一起的，但由于那天行程有变而捡回了一条命，他继续行动了 5 年，直到以色列人在“机遇号”上找到他。

海军第 13 突击队队员在黎巴嫩海岸登上这艘船，抓住了阿布·沙拉赫和另外 3 名第 17 部队的高级军官。他们随后把人带到了 504 部队的 1391 审讯处。“他们强迫我手抱头站着，扯我头发，拽着我的头撞墙，”阿布·沙拉赫后来说，“他们要我在地上爬，脱得差不多一丝不挂，让我舔地板。我光着身子，他们拿冷水泼我，打我的下体，用橡皮绝缘线鞭打那里。”根据一份呈交给法庭的就医文件，他被打得阴囊爆裂。①

阿拉法特想为阿布·沙拉赫及其部下被抓的人报仇，所以决定以牙还牙。两周后，即 1985 年 9 月 25 日，第 17 部队的一支小队突袭了停靠在拉纳卡码头的一艘以色列游艇，劫持了三名平民，要求释放

（接上页）司以招募线人时，结果表明齐吉尔无法完成摩萨德对他的期待。他带着一种他无法承受的深深挫败感被召回以色列，他试图单枪匹马采取行动，在没有通知上级的情况下，会见并试图招募一名真主党成员，以证明自己是有能力的。然而，齐吉尔的目标比他狡猾老练，骗得他无意中透露了摩萨德特工使用的通信系统信息，并烧毁了其中两个。摩萨德-辛贝特联合调查组破获了此案，齐吉尔被秘密逮捕并监禁。他被起诉，但在开庭前自杀了。Bergman, Operation Red Falcon, https://magazine.atavist.com/operation-red-falcon. 2015 年 3 月 30 日对耶胡达·吉尔的采访，2012 年 3 月 21 日对德沃拉·陈的采访，2015 年 3 月 3 日对哈伊姆·托莫的采访，2013 年 3 月对“十月节”的采访，2016 年 12 月对“洛尔科尔”的采访。Ronen Bergman, Julia Amalia Heyer, Jason Koutsoukis, Ulrike Putz, and Holger Stark, “The Real Story Behind Israel's ‘Prisoner X,’” *Der Spiegel*, March 26, 2013。

① Supreme Court, 861/87, *Abu Sharah v. Lod Military Court*, vol. 42 (1), 810。2011 年 1 月 27 日对辩护律师阿莫隆·兹齐罗尼的采访。

他们的巴勒斯坦战友。[1] 但随后，还没等到他们的要求得到回应，他们就无缘无故地杀掉了三名人质并向塞浦路斯当局投降。

“那些混蛋冷血地杀掉了三名以色列人，朝他们的后脑开枪，”一名前内阁部长说，“当然，以色列舆论是绝不会容忍我们袖手旁观的。”

以色列内阁召开了紧急会议。在国防部长拉宾的敦促下，“木腿行动”获得批准，此次行动目标是暗杀阿布·吉哈德和第 17 部队指挥官阿布·塔耶布（Abu Tayeb），并轰炸在突尼斯市的“西部编队”和第 17 部队所在大楼。

诚如拉宾所言，其目的是要表明“巴解组织分子在世界上任何地方都无法豁免，以色列国防军总能抓到并惩罚他们。以色列将完全根据自己的考虑来决定战斗方式和袭击地点”。

只有埃泽尔·魏茨曼一个人反对，他是一名没有内阁职务的部长，以前是以色列空军司令，后来成为以色列总统。当时，他正在与巴解组织进行未经授权的秘密谈判。“[约旦] 国王侯赛因和 [埃及] 总统穆巴拉克现在都在美国，”他在内阁会议上说，“正在努力推进和平进程。时机不对。”

佩雷斯语带讽刺地反驳：“再过一个星期或两个星期，时机就对了？”

袭击的准备工作立即启动，10 月 1 日，10 架 F－15 战斗机载着 GBU－15 制导导弹飞向突尼斯。[2] 空中还有两架波音 707 加油机，可为战斗机加两次油。另一架波音飞机用作空中指挥、控制与通讯站。两架鹰眼侦察机的任务是干扰突尼斯、利比亚和阿尔及利亚的雷达

---

① 1995 年 8 月对埃伦·罗恩的采访，1995 年 8 月对塔里亚·阿夫纳的采访，1995 年 8 月对大卫·阿夫纳的采访。Ronen Bergman, “Pilot's Fate,” *Haaretz*, September 8, 1995。

② Erele Weissberg and Lior Yacovi, “‘Alpha,’ the Pilots Reported. ‘Terror Fortress Destroyed,’” *Yisrael Hayom*, September 18, 2015.

装置。

F－15战斗机投下炸弹，然后掉头返回以色列。所有的目标都击中了，包括主要目标："西部编队"机构和第17部队的办公楼。[①] 60多名巴解组织人员和突尼斯当地的工人丧生，70人受伤。

"我们掉头返航时如释重负，"一名飞行员说，"我在驾驶舱大吼了一声以缓解压力。飞回家比平时意义重大得多。我看以色列海岸的眼光都不一样了，充满了前所未有的喜悦。"[②]

突袭的初步报告出炉后，总理佩雷斯在以色列南部的一所高中发表演讲说："恐怖分子总部也别想逃过。我们有权攻击他们。不会让冷血的凶手逍遥法外。他们的一举一动背后都有一只手在指导和组织。"

当天下午晚些时候，亚西尔·阿拉法特视察了被毁的建筑，利用这个机会吹嘘自己总会奇迹般得救。[③] "要是没有这个奇迹，我就死了，"他夸张地宣称，"我当时在去哈曼-乔特总部办公室的路上，大约有15分钟的车程。我要司机开下公路，去另一个总部，就是在那里我听说了突袭。我拿起电话给开罗和安曼打电话。我说我没有遇袭，正在继续指挥战斗。"

实际上，以色列掌握的情报表明，突袭时他不应该在现场。"阿曼"的约尼·科伦说："我们知道阿拉法特住哪里，但我们认为他不是目标，所以没向政府提议。"[④]

尽管如此，以色列人中间弥漫的喜悦之情夹杂着一些酸涩的失望。导弹袭击发生时，巴解组织的指挥官都不在办公室。"黑九月"的指挥官、在慕尼黑屠杀以色列奥运代表团的行动发起人、在以色列暗杀名单上位居前列的阿布·伊亚德，甚至还陪同阿拉法特视察了现

---

① "Tunisia's Leader Bitter at the U. S. ," *New York Times,* October 3, 1985.

② "Remembering Wooden Leg, the longest-range attack," Israeli Air Force, http://www.iaf.org.il/4373-37989-he/IAF.aspx, September 27, 2011.

③ "'Alpha,' the Pilots Reported," *Yisrael Hayom,* September 18, 2015.

④ 2013年12月22日对科伦的采访。

场，似乎是对以色列人莫大的嘲讽。

只有一位高级官员被杀，他叫努尔·阿里，看起来非常温和。[①]事实上，他一直在跟以色列官员接触，进行交换俘虏的秘密谈判，并且是与国防部长魏茨曼保持秘密联系的巴解组织官员之一。而阿布·吉哈德正在家里开会，离那里不远，也听到了炸弹爆炸的声音。

未能消灭巴解组织更多领导人，使得摩萨德发起了自己的定点清除行动。[②]它开始策划在突尼斯市对阿布·吉哈德来一场“消极处理”——这是当时摩萨德常用的对定点清除的委婉说法。在一年多的时间里，“凯撒利亚”研究了各种计划和想法，包括用遥控导弹瞄准他家，通过双重间谍卖一辆装有诡雷装置的豪车给他，以及在突尼斯市中心安排一名狙击手在他上班的路上打死他。

所有这些想法都被否定了，要么是因为袭击时殃及无辜平民的风险太高，要么是因为特工们面临的风险太大。突尼斯被认为是“目标国家”，这要求“凯撒利亚”在那里行动时要采取最严格的安全预防措施，也意味着在定点清除行动后撤离相关特工不是件容易事。

“凯撒利亚”指挥部最终得出结论，它需要以色列国防军的火力和运输支持。摩萨德请求以色列总参侦察营和海军突击队予以协助，正如1973年在贝鲁特执行“青春之泉行动”时那样。摩萨德向“阿曼”局长阿莫隆·利普金-沙哈克少将求助，他负责以色列总参侦察

---

① 努尔·阿里与侯赛因国王的前妻蒂娜王妃是亲戚，她那时是法塔赫高级指挥官萨拉赫·塔马里的妻子，塔马里被关在黎巴嫩南部的以色列拘留所。蒂娜与阿里忙于在巴解组织和以色列之间达成一次大型换囚协议，此后他们一直在双方秘密沟通渠道中发挥核心作用。2017 年 7 月 8 日采访贾迪·佐哈尔。Bergman, *By Any Means Necessary*, 83－84（Hebrew）。

② 摩萨德内部有一些人支持铲除一个从作战角度看不那么出名但重要得多的目标——“西部编队”的副官穆斯塔法·里夫塔维（即阿布·菲拉斯）。后者被认为是恐怖袭击背后的策划者，用负责对付他的活动的辛贝特特工伊斯雷尔·哈森的话说，这个人“用犹太人的血泡澡”。但最终，摩萨德的领导们以及后来的总理，更愿意干掉一个更有象征意义的人物，一个家喻户晓而不是像阿布·菲拉斯这样的默默无闻的人。2010 年 11 月 17 日对伊斯雷尔·哈森的采访，2015 年 1 月 31 日对西蒙·沙皮拉的采访，2016 年 9 月对“莎莉”的采访，2013 年 1 月 20 日对拉兹的采访。

营。他本人曾经指挥过“青春之泉行动”的一支部队，此后成为一名高级军官，素有克制谨慎之名。他坚决反对以色列总参侦察营参与此次行动，他认为摩萨德可以也应该自己执行任务，“没必要让那么多士兵涉险”。[①] 在2013年他去世前的几个月接受采访时，利普金-沙哈克说：“我明白我们能做到，但我认为摩萨德派一支小队出手就行，它不会像突击队那样留下痕迹，被人发现幕后黑手是以色列。”

暗杀阿布·吉哈德的计划以及军队是否参与的问题悬而未决，搞得以色列国防军和摩萨德之间关系极为紧张。最终决定只能由政治家做出，但这一次，总理沙米尔和国防部长拉宾都不插手。

接着整个范式发生了变化。

自1967年起，近250万巴勒斯坦人（那段时期没有进行人口普查）生活在以色列统治下的约旦河西岸和加沙地带。他们的沮丧和怨恨年复一年地稳步增长。以色列已向巴勒斯坦工人敞开大门，约40%的劳动力每天越过边界进入以色列工作，但只能干低贱的活，而且薪水被层层盘剥，工作条件也很艰苦。巴勒斯坦建筑工人和洗碗工愤愤地看着以色列人富裕起来，几乎达到与西欧相当的经济繁荣程度。

在被占领土内部，失业率攀升，受过高等教育的人几乎找不到工作。城市人满为患，到了令人难以忍受的地步，以色列当局在改善市政服务方面毫无作为，也没有提供建筑和农业用地以满足日益增长的巴勒斯坦人口的需求。

不过，以色列倒是没收了巴勒斯坦的土地，并在那里安置了越来越多的本国公民，这公然违反了国际法。定居者当中有许多受意识形态左右，笃信“大以色列”属于犹太人。另一些人只是寻求更好的生活水平，占极高的住房补贴的便宜。

① 2012年4月3日对利普金-沙哈克的采访。

在忍受了这些恶化、恶劣的条件和明显的不公多年之后，约旦河西岸和加沙地带已经到了爆炸的边缘。但以色列情报机构对此要么看不见，要么不想看见。长期以来专注于对巴解组织及其领导人的精准打击，已经蒙蔽了以色列情报界和政治家的双眼，让他们看不见巴勒斯坦人民日益高涨的愤怒情绪。以色列的战术成就，以及它在世界上几乎任何地方定位和消灭巴解组织领导人和武装分子的能力，使他们觉得以色列可以永远将其统治强加于被占领土上的数百万巴勒斯坦人而不会产生任何后果。

以色列情报机构还忽视了另一个戏剧性的发展势头①：在“被占领的巴勒斯坦”内部，一个富有活力和魅力的年轻领导层发展起来，并独立运作，与阿拉法特、阿布·吉哈德和巴解组织指挥部各干各的。约旦河西岸和加沙地带的大多数人支持巴解组织的骇人听闻的恐怖行动，但许多人也发现那些暴力的夸张表演跟他们的日常问题越来越不相干。阿拉法特仍被视为国父，但他的行动，特别是那些在遥远的突尼斯市采取的行动，似乎不太可能实现他承诺的马上就会到来的独立。

接着，火星子来了。

1987 年 10 月 4 日，巴勒斯坦伊斯兰圣战组织（PIJ）的 5 名危险的恐怖分子从以色列国防军的加沙监狱逃脱。两天后，辛贝特在其部署在加沙的当地特工的协助下，找到了恐怖分子在塞加耶（Sejayieh）社区的藏身之地。于是派其“鸟之队”的一支小队乔装成阿拉伯人监视着这间公寓。附近，以色列国境警察特勤队（YAMAM）的特种部队在大卫·楚尔的指挥下准备采取行动。“辛贝特的人看见他们上了两辆标致 404 轿车，一辆白色，一辆淡蓝色，荷枪实弹地驶离。我们尾随他们，他们一发现我们就开火了。在足球场附近，我们交火了。”4 名恐怖分子在以色列国境警察特勤队的第一波火力中被击毙。

① Schiff and Yaari, *Intifada: The Palestinian Uprising*, 44－70 (Hebrew).

第5个人逃出汽车后被枪杀。“鸟之队”的特工维克多·阿尔祖安也在交火中丧生。

为五名巴勒斯坦人举行的葬礼演变成了一场轰动的示威游行。抗议者在街上大喊这五人是被谋杀的。这次骚乱的暴力程度超过了以色列国防军到目前为止在被占领土上目睹过的任何一次。

后来成为以色列警察局副局长兼特拉维夫地区行政长官的楚尔说，“从行动的角度来看”，锁定五名恐怖分子的位置并清除他们“对以色列国境警察特勤队来说是一次大获全胜”。[①] 但楚尔也承认，这一战术上的成就以及多年来的类似成就蒙蔽了以色列情报机构的双眼，使他们看不见全局，以致“错过了即将发生的重大变化”。就连充满暴力的葬礼也被认为只是本地人愤怒情绪的局部爆发。

接着，12月8日，以色列国防军的一辆油罐车的司机失控，撞上了一排载着从以色列下班返回加沙地带的巴勒斯坦人的车。4人死亡，7人受伤，谣言很快传开了，说这次事故实际上是以色列故意为之，为两天前一个被刺伤差点没命的以色列人报仇。为死去的工人举行的葬礼再一次演变成大规模的抗议活动。

1987年12月，示威的浪潮在约旦河西岸和加沙地带蔓延开来，标志着巴勒斯坦人反抗以色列统治的起义（Intifada）的开端。[②] 辛贝特、以色列国防军和政府都惊呆了，“几个星期都没弄明白抗议的重要性，以至于国防部长拉宾在抗议开始时都没想到应该缩短去国外访问的行程赶紧返回以色列”，总理的军事秘书内沃将军说。

以色列国防军多年来一直深信它能用最少的武装力量管住巴勒斯坦人。但当闹事的暴徒朝既没有疏散人群的设备又没有防护装备的特遣队士兵扔石头时，他们开火反击了。[③] 千余名巴勒斯坦人被杀，伤

---

① 2011年5月30日对大卫·楚尔的采访。

② 2016年1月14日对内沃的采访。

③ “Fatalities in the First Intifada,” B’Tselem website (Hebrew), http://www.btselem.org/hebrew/statistics/first_intifada_tables.

者更多，以色列的国际地位一落千丈。每天晚上，全世界的人都在电视上看到以色列军队是如何气势汹汹地镇压要求政治独立和结束占领的大批巴勒斯坦民众的。于是，情况完全颠倒了过来：以色列现在是歌利亚，而巴勒斯坦阿拉伯人现在在国际社会眼中变成了手里只有弹弓和石头的大卫。① 时任摩萨德局长纳胡姆·阿德莫尼说：“巴勒斯坦人起义给我们造成的政治危害和形象损害，远超巴解组织存在以来所做的一切。”②

由于对起义缺少充分的应对措施，并且未能真正理解起义的原因，以色列再次诉诸它驾轻就熟的武器，即许多人认为能够改变历史进程的定点清除。阿布·吉哈德已经一而再地在以色列要他性命的行动中幸存下来，这一次又成了主要目标。部分原因在于他的自吹自擂。在 1988 年 1 月接受蒙特卡洛广播电台采访时，他宣称已下令发动起义。巴解组织在其一些出版物上重申了这一点。阿拉伯世界为之鼓掌叫好。以色列的政治领导层将他的声明当成大实话。情报界的领导人承认了其真实性，或者说至少没有反驳。

但阿布·吉哈德在撒谎。他和阿拉法特都没有下令发动起义。他们跟以色列情报机构一样惊讶。实际上，这是一场民众起义，挑起这事的是一群十八九岁、二十出头的年轻人，他们背着身在突尼斯市的领导人自行其是。但这事的实情，巴解组织领导人、阿拉伯媒体或以色列情报机构并不感兴趣。

此外，过于急切地接受“真相”，无论它错得多离谱，对以色列人来说都是有吸引力的。倘若起义是由于多年来在被占领土实行军事统治以及巴勒斯坦人对以色列侵占其土地的不满情绪日益累积造成的，那么就必须解决问题的根源。如果全都是巴解组织的阴谋，那么只要杀掉幕后黑手问题就会迎刃而解。③

① Shalev, *The Intifada: Causes and Effects*, 19 – 36.

② 2011 年 5 月 29 日对阿德莫尼的采访。

③ 1997 年 1 月对沙米尔的采访，2013 年 2 月 21 日对摩西·尼西姆的采访。

巴勒斯坦起义爆发后，国防部长拉宾命令以色列国防军向摩萨德提供策划暗杀阿布·吉哈德所需的一切协助。[①]“阿曼”局长利普金-沙哈克“仍然不确信是否有必要采取这种大规模的复杂行动”，但他明白政治局势已然改变，于是撤回了自己的反对意见，至少在策划和训练阶段是如此。

与此同时，阿布·吉哈德和阿拉法特试图趁机利用起义引发的国际社会的同情浪潮。在突袭阿布·吉哈德位于突尼斯市的家的秘密准备工作进行之际，他和阿拉法特开始了自己的秘密行动，一场机灵的公关活动。他们称之为“返航”，其构想是将一艘载有从以色列控制地区驱逐出境的135名巴勒斯坦人的轮船开进海法，邀请尽可能多的记者和摄影组来报道此次航行及其引人注目的结局。巴解组织领导人希望“返航”之旅看起来像“出埃及号”那样，这艘著名的船在1947年将犹太移民非法运回英属巴勒斯坦托管地。法塔赫试图将该计划保密到最后一刻，结果失败了，摩萨德得到了实时通知。巴勒斯坦人曾在比雷埃夫斯租了一艘船，但船主取消了租约，因为以色列方面警告他们如果由着这计划继续进行，他们的轮船就再也不会获准在以色列靠岸。巴解组织于是花了60万美元在塞浦路斯买了一艘日本制造的渡轮，名叫“索尔弗里内号”（Sol Phryne）。

以色列内阁召开紧急会议讨论此事，他们批准了以色列国防军和摩萨德的联合秘密行动，意在拦截“索尔弗里内号”，“甚至要在它从利马索尔港启航之前做到”。以色列希望挫败该计划并杀掉参与者，“这会在巴勒斯坦领导层产生一种绝望感，减少对被占领土的媒体报道，并打击继续起义的积极性”，一位参加会议的部长说。[②]

1988年2月15日早上，被阿布·吉哈德派到塞浦路斯组织“返航”之旅的3名巴解组织激进分子，在离他们住的酒店不远的地方上

① 2016年9月对“莎莉”的采访。
② 2013年1月对“埃尔文”的采访。

了车。“刺刀”的队长“流浪者”和伊莱坐在车里盯着他们，他们已经紧张地监视了数小时，其间差点被当地警察发现。[①] 等3名巴勒斯坦人上车，刚发动引擎，伊莱就按下了按钮，引爆了炸弹。3名巴勒斯坦人当场被炸死。

18小时后，海军突击队潜到“索尔弗里内号”底部，在船体上安装了一个小型附着水雷。它把船的一侧炸开了一个洞，船开始下沉。“返航”之船——巴勒斯坦人的“出埃及号”——还没启航就结束了。“瞧，历史总让人捉摸不透。”海军突击队指挥官约夫·加兰特在凌晨3点从黑海爬上一艘等待他的以色列导弹艇时说。[②] 他这话是指他的母亲弗鲁玛在多年前乘坐那艘正宗的“出埃及号”的航行。

3月14日，总理沙米尔领导的以色列安全内阁再次开会，讨论暗杀阿布·吉哈德的事。[③] 多年来，包括列维·艾希科尔、果尔达·梅厄和伊扎克·拉宾在内的多位总理都事先批准过铲除他的行动，但这种批准在另一位总理执政时是无效的。而且即使是同一人，安全部队在过了这么长时间后仍需重新寻求批准，因为政治形势可能已经改变或者总理变了心意。定点清除行动一落实，也就是达到作战准备状态的那一刻，必须立即得到批准，哪怕它之前已被批准了。

从表面上看，“沙米尔本可以自己下令除掉阿布·吉哈德”，内沃说。[④] 然而，沙米尔心知肚明阿布·吉哈德不是普通目标，杀掉他

---

① 2011年2月对“佩加索斯”的采访。

② 2011年8月19日对加兰特的采访。

③ 内阁会议是在“西部编队”的3名恐怖分子3月7日从埃及潜入以色列境内之后召开的。他们碰巧遇到一辆开往迪莫纳的内格夫核研究中心的公交车，车上都是平民，有许多为人母的上班族。他们向公交车开火，打死两名妇女并劫持了公交车。“阿布·吉哈德派我们来的!”其中一个劫持者在公交车里大喊道。接着他们又处死了一名乘客。没过多久，警方的特警队狙击手干掉了他们。“在我看来，”利普金-沙哈克说，“袭击‘妈妈’公交车决定了阿布·吉哈德的命运。”2011年5月30日对楚尔的采访，2012年4月3日对利普金-沙哈克的采访。

④ 2016年1月14日对内沃的采访。

的反响将不同寻常。他决定不独自承担责任，而是将此事提交安全内阁审批。利库德集团和工党在内阁各有5名部长。工党主席、时任外交部长西蒙·佩雷斯坚决反对暗杀，说："我得到的情报是阿布·吉哈德是温和派，我认为杀他是不明智的。"① 其他4名工党成员——包括早前已经同意刺杀阿布·吉哈德的拉宾——担心国际社会会谴责以色列，也担心行动将置以色列士兵和摩萨德特工于危险境地，他们站在佩雷斯这边反对此次行动。沙米尔和4名利库德集团代表投了赞成票。平局意味着行动被否决。

财政部长摩西·尼西姆是利库德集团的人，他决定努力游说。在会议室外，他要拉宾加入他这边。"看看巴勒斯坦起义给我们带来什么，"他说，"公众的情绪非常沮丧。以色列国防军过去曾以极大的智慧和创造性思维执行过许多任务，但这种事已经很久没再有了。我们得让世界、让国际社会——更重要的是让以色列公民——重新意识到，以色列国防军还是多年来那个成就非凡的以色列国防军。为了提振民族士气，我们必须执行这次任务。"② 政治，民族士气的低迷，要求来一场血祭。杀掉阿布·吉哈德，至少在摩西·尼西姆看来是一场象征意义甚于实际意义的行动。

拉宾被说服了。他与尼西姆一起回到内阁会议室，宣布他要改变他的投票。投票结果是6：4，"入门课行动"获得了通过。

尼西姆是一位以色列大拉比的儿子，他永远不会后悔说服了拉宾。他说："全世界，没有哪支军队像以色列国防军那样在价值观与行为规范上一丝不苟地确保不会殃及无辜者。但《塔木德》有言：'若有人要杀你，就先下手为强。'"③

以色列情报人员认为，阿布·吉哈德在突尼斯的家是杀掉他的最

① 2012年9月17日对佩雷斯的采访。
② 2013年2月21日对尼西姆的采访。
③ 2013年2月21日对尼西姆的采访。

佳地点。他家坐落在一个精心打理的私人住宅区内最美的一角，那里街道宽敞干净，离海滩只有几千码，这使得暗杀小组相对容易进入。要避开或引开突尼斯的警察巡逻，但话说回来阿布·吉哈德只有两个人保护。“这是个相对偏僻的地方，而且安保措施不严，”以色列总参侦察营的副指挥官纳胡姆·列夫说，“此外，阿布·吉哈德在这个国家时每天晚上都会回到那里。这是个预先埋伏的好地方。阿布·吉哈德根本不相信有人会在那里找到他。摩萨德曾在贝鲁特、叙利亚和欧洲采取过行动，但从未在突尼斯下手。所以，阿布·吉哈德觉得相对安全。”①

以色列情报机构认为，在阿布·吉哈德的家中杀掉他也会是个很好的信号，可以以此向巴勒斯坦人表明，没有哪个人在任何地方都是安全的，哪怕是在自家卧室。

在突尼斯刺杀阿布·吉哈德的计划是“凯撒利亚”在前一年定的。三名“凯撒利亚”特工乔装成阿拉伯商人，勘察了海滩上的路线并绘制了详细的小区附近地图。摩萨德和“阿曼”的504部队、8200部队跟踪了阿布·吉哈德的活动，绘出了他的行程，记录了他购买多个航班机票以便让人难以知道他何时何地出行的习惯。他的住宅和办公室电话都被监听了。奥德·拉兹当时是“阿曼”研究部门负责处理恐怖活动的一名军官，他说：“在跟踪阿布·吉哈德的过程中，我开始了解并尊重我们在对付的这个人。他的确是恐怖分子，但也是个居家好男人、一位真正为国家谋利益的领导人。”②

---

① 2000年8月对纳胡姆·列夫的采访。

② 监听阿布·吉哈德的小区电话的以色列人，听到了他和正在学工商管理的长子吉哈德之间的激烈争吵。吉哈德想参加武装斗争，但他的父亲不听，叫他留在学校继续学业。他告诉儿子：“等我们的国家建立时，需要的不是像我这样的人，而是像你这样的人。”2012年，我陪一个德国高级公务员代表团到约旦河西岸参观，他们在那里见到了巴勒斯坦民族权力机构的官员。其中一人是巴勒斯坦金融管理局局长，介绍的人说他是“我们最重要的青年经济学家”。他给我留下了深刻的印象。他英语流利，口齿清晰，通情达理，与他的一些同事不同，他没有将曾经发生或正发生在巴勒斯坦人民身上的一切坏事都归咎于以色列。他说话时，我意识到这就是那位年轻的工商管理学生。他做了他父亲希望他做的 （转下页）

尽管如此，以色列的政界和情报界领导层仍然想除掉他。在他们心中，巴勒斯坦国的利益就是对其本国利益的直接威胁。在他们看来，阿布·吉哈德就是——这一点毫无争议——几百名犹太人丧生的幕后黑手。

国防部长拉宾是一位谨小慎微的军人，很关心逃跑路线的许多细节以及部队的安危。同样重要的是，拉宾想知道“一旦我们带着整支军队进入突尼斯市，闯入他家，却发现我们的‘病人’根本不在那里，结果会怎样?”。摩萨德的人解释了他们的计划，以确保阿布·吉哈德到家后才发出突袭行动开始的信号。拉宾很满意，而且由于被占领土一片混乱，加之阿布·吉哈德无论好事坏事都把功劳揽在身上，“入门课行动”最终得到授权。①

以色列国防军副参谋长埃胡德·巴拉克是此次行动的总指挥，在行动计划开始前不久，他在特拉维夫的总参谋部召开了一次策划会议。“阿曼”官员向他展示了他们所做的阿布·吉哈德所在小区的等比例模型。巴拉克突然指了指阿布·吉哈德家街对面的房子。

“谁住在那里?”巴拉克问。

“阿布·霍尔（Abu al-Hol），”一名“阿曼”军官回答，“巴解组织的内部安全负责人。”

“那么谁住在这里?”巴拉克指着附近但并非阿布·吉哈德家隔壁的一座房子问。

“马哈茂德·阿巴斯，即阿布·马赞。”一名摩萨德特工回答，这是另一名巴解组织高官的真名和化名。

“很近啊，”巴拉克打趣道，“我们何不也拜访一下呢？这么一整

（接上页）事，继续学业，实际上成为正在萌芽状态的巴勒斯坦国的经济建设者之一。吉哈德·瓦齐尔博士在父亲遇刺之后，在名字中间加了“哈利勒”。我在他讲完话后找到他，告诉他我正在写的书，也告诉他以色列军事情报档案中保存着他与父亲的谈话录音。他说那次谈话他仍然历历在目，接着开始啜泣。2014 年 10 月 13 日对拉兹的采访。

① 2015 年 2 月对“莎莉”的采访。

队人马都要去突尼斯，那就一石二鸟嘛。”

一名摩萨德高级军官插话道：“埃胡德，算了吧。这只会使本来就很复杂的行动节外生枝。”接着进行了简短的讨论——实际上是争论。巴拉克坚持要利用这个机会干掉两个目标。他坚称，这样的打击会重挫巴解组织的士气，并可能对被占领土内的骚乱浪潮产生令人满意的影响。摩萨德和“阿曼”的代表坚决反对，他们争辩道：“我们不能保证两个目标会同时在家，你是指挥官，但我们建议只对阿布·吉哈德下手。若能让他罪有应得，就足够了。”

最终，巴拉克让步了。因此，马哈茂德·阿巴斯逃过一劫，他将接替阿拉法特成为巴勒斯坦民族权力机构的领导人，巴拉克等人终将逐渐视他为和平努力的坚定伙伴。

“回首过往，难以评价这样的事，”巴拉克说，“从行动的角度来看，当时情况是非常诱人的。另一方面，很明显，对他们的领导人发起这种级别的打击实际上也使他们有理由对我们的领导人下手。”

4 月 14 日，6 名“凯撒利亚”特工乘坐四个不同的航班从欧洲抵达突尼斯市。其中三人——两男一女持伪造的黎巴嫩护照，说一口流利的法语——用现金租了两辆大众运输车和一辆标致 305 轿车，三辆车都是白色的，分别属于不同的公司。这些汽车将被用来将以色列总参侦察营的人从海滩运到阿布·吉哈德的家，然后再返回。另外三名特工在暗处：他们躲在树丛里，从那里可以监视阿布·吉哈德的家并确保他在家。司机将跟暗杀队一起从海上撤离，而躲在暗处的特工则等行动一结束就乘民航航班离开突尼斯。

与此同时，五艘以色列导弹艇正开往突尼斯，上面载有突袭队、移动医院以及强大的通讯设备。一艘配备直升机的更大的船被伪装成普通货船，上面有以色列总参侦察营的一个后备队，一旦行动出现问题随时可以驰援。

4 月 15 日，这支船队在离突尼斯海岸 25 英里的地方停下来，此时它们已远离本国领海。[1] 水下，有以色列的海浪级潜艇提供安静、隐形的护航。高空中，一架空军波音707飞机充当通讯中继站，同时还监视突尼斯无线电波频率以防不测。必要时，它还有能力干扰突尼斯雷达和空中管制。以色列的F-15战斗机也在海岸附近巡逻，准备在必要时加入。

当橡皮艇从导弹艇两侧船舷下水时，太阳正在西沉。每艘艇载有2名海军突击队员和6名以色列总参侦察营士兵。他们悄悄地驶向岸边，黄昏后夜幕升起，这是个没有月色的夜晚。在离海滩三分之一英里处，7名海军第13突击队队员跳下救生艇，游向海滩。第一个踏上突尼斯国土的是海军第13突击队的指挥官约夫·加兰特。海滩上空无一人。突击队员设置了一个宽阔的半圆形边界以确保没人闯进来，同时用无线电联系上船只以及等在汽车里待命的摩萨德特工。突击队员叫摩萨德特工靠近水位线，然后告诉小艇上的26个人现在可以安全上岸了。以色列总参侦察营的士兵赶紧冲向等候的“凯撒利亚”的汽车，在车里换上带来的防水行李袋里的干衣服。他们要冒充平民，溜进阿布·吉哈德所在的社区，然后闯入他家杀了他。尽管如此，他们全都带着战俘卡，万一被俘可以证明他们是士兵。

海军突击队员分散开来确保海滩是安全的，等以色列总参侦察营小队回来。一直在监视房子的三名“凯撒利亚”特工透过高倍望远镜看着午夜刚过，阿布·吉哈德的汽车停好了。两名保镖跟他一起进屋，其中一人也是司机。司机只停留了片刻便回车里打盹。另一人在客厅坐了一会儿，然后到地下室去睡了。在另一间卧室，阿布·吉哈德的小儿子尼达尔在婴儿床上睡着了。他的妻子尹提莎和16岁的女儿哈南在卧室等他。尹提莎回忆了他们的对话：

---

[1] 整个行动是由“凯撒利亚”情报官员“史蒂芬”策划并负责的。2016年12月21日对亚阿隆的采访，2013年3月8日对巴拉克的采访，2013年11月28日对伊夫塔赫·莱彻的采访，2000年8月对列夫的采访，2015年2月对“莎莉”的采访，2015年1月21日对艾丁格的采访，2014年9月4日对加兰特的采访，2013年1月21日对阿亚隆的采访。

我很累。我问他累不累，他说不累。我要他进屋睡觉，他说他有很多工作要做。他坐在我们卧室的桌子边，给起义的领导人写了封信。哈南和我们一起在房间里。他问她这天做了些什么。她说她去骑马了，然后她想起自己想告诉他她昨晚做了个梦。她梦到自己跟几个朋友在耶路撒冷。他们在清真寺祷告，接着以色列士兵突然撵她们，并追赶她们。她跑啊跑啊，一直跑到城墙外，才看见了自己的父亲。她问他要去哪里，阿布·吉哈德说他正准备去耶路撒冷。她问他怎样才能进入耶路撒冷，因为里面全是以色列士兵。他说他会骑着一匹白马去。

她对他讲完自己的梦以后，阿布·吉哈德摘下眼镜说："哦，哈南，是的，是的，我正在去耶路撒冷的路上。"

别墅里的电话响了。阿布·吉哈德接了。监听电话的以色列特工听到负责其行程安排的助手告诉他，他在凌晨3点后从突尼斯飞往巴格达的航班上有座位。这对以色列人是个问题。他们原计划凌晨1点半左右进入阿布·吉哈德的房子，是为了确保每个人都睡着了。但如果等到那时，他们的目标很可能已经在去机场的路上了。

他们等不了那么久。行动必须立即开始。特种作战部负责人伊夫塔赫·莱彻此时也在海上临时指挥所，他用无线电呼叫了以色列总参侦察营的指挥官摩西·亚阿隆。[①] 他们用暗号和英语交谈，以防被窃听。

莱彻："博加特，我是理查德。你可以离开车站了。你可以离开车站了。动作要快。我再说一遍：动作要快。"

接着，莱彻意识到，因为阿布·吉哈德准备赶飞机，所以他和他的人很可能都醒着。"博加特，"他说，"我是理查德。因为老板要走了，我想告诉你有人不在办公室睡觉。"

---

① 这次谈话的录音于2013年5月27日第一次在第二频道的《事实》（*Uvda*）节目中播放。

亚阿隆：“好，理查德，我明白了。”

莱彻呼叫一名从树丛里监视房子的“凯撒利亚”特工：“威利，办公室附近有新情况吗，包括那辆红色轿车？”

威利：“没有。”

莱彻：“博加特在路上。进办公室前，他会打电话给你。如果情况有变，让他知道，因为他需要得到同意。你的同意。”

两辆运输车载着26名以色列总参侦察营士兵驶进了小区，他们手持装有消音器与激光瞄准器的乌兹冲锋枪和鲁格点22手枪。两名“凯撒利亚”特工，一男一女，开着标致车在他们前面四分之一英里处探路，确保主力部队不会遇到意外。

三辆车在离房子大约500码的地方停下来。突击队员开始匍匐前进。但最终还是得进行身份确认。监视的人看到阿布·吉哈德的车开来了，看着他和他的保镖走进屋子。但根据拉宾签署的协议，这还不够。能说流利的阿拉伯语的3名8200部队士兵曾被派去摩萨德执行行动，他们已经花数百小时研究了阿布·吉哈德的声音和说话的癖好。他们戴着耳机坐在特拉维夫的指挥地堡里，而技术人员则通过位于意大利的一个交换机给吉哈德的小区打电话，他与被占领土通常就是这么联络的。

技术人员在后台弄出了人群的嘈杂声。① “呀，阿布·吉哈德，”一个声音专家对着听筒大叫道，“他们逮捕了阿布·拉马！现在这些狗娘养的要把他们全家关进监狱！”他还加了一句阿拉伯骂人的话：“*Inshallah yishrbu waridat al-nisa!*”（“愿他们喝经血！”）阿布·吉哈德试图让说话人冷静下来，以便听清更多细节。与此同时，特拉维夫的技术人员继续与之交谈，直到三位专家都举手示意他们已经确认了声音。

---

① 前一天，辛贝特逮捕了阿布·吉哈德的表亲法伊兹·阿布·拉马，他是一位律师。他之前被捕过，但在恐怖袭击发生后总会被叫去问话。这一次，只是为了数小时后打电话找借口。

“入门课行动，可以动手了，”特拉维夫的指挥地堡用无线电向海上的前方指挥所发出信号。这条消息立即传达到地面部队。纳胡姆·列夫和一名乔装成女人的士兵先出发。列夫拿了个大盒子，看起来是糖果，但里面其实是一把装了消音器的手枪。他走向房子旁边一辆汽车里的保镖，给他看了一本酒店的小册子，问他怎么去那里。保镖仔细研究小册子。列夫扣动扳机，朝他的头开了一枪。

列夫向小队的其他人示意。一小队人抬着一台液压千斤顶走上前，强行破门。在训练课上，门是悄无声息地打开的。然而现在，门嘎吱响了。士兵们紧张起来。但人已睡去的房子里没有任何动静。其中一名队员向其他车上的人示意海岸上没人，剩余的战斗人员围着房子各就各位。一小队人包围了后院。

以色列总参侦察营的士兵冲进门，直奔前厅。几个人冲到地下室，睡在那里的第二个保镖刚刚醒来。他们还没等他举起步枪就打死了他。接着，他们看见另一个正在睡觉的人——这家的突尼斯园丁，那晚他决定留在这里过夜。① 他们也打死了他。② “他真的什么都没

---

① 是否有必要或允许杀死园丁这个问题仍然悬而未决，甚至在行动结束后，以色列总参侦察营内部仍在争论。以色列总参侦察营的特工经指挥官批准杀死了可能会报告他们在敌方领土出现的平民——这是另一种杀人许可。早前，在1978年末，以色列总参侦察营的一队人在一个叫沙伊·阿维塔尔的军官指挥下，深入一个极其敌对的阿拉伯国家执行任务。他们遇到一个在照看牲口的牧羊人。这队人停止行进，把牧羊人绑了起来，使其无法反抗。但随后，阿维塔尔与后方指挥所的上司发生了争执。参谋长艾坦命令阿维塔尔杀掉牧羊人，而阿维塔尔坚持要放过他。“我怎么能杀了他？”阿维塔尔恳求道，他出生在一个农业社区，上过农业大学。“他是个农民，和我们一样。”但艾坦不肯松口。最终，一个士兵起身朝牧羊人的脑袋开了一枪，把他的尸体扔进附近的一口井里，然后告诉惊呆的阿维塔尔：“就这样。没什么可争的了。我们可以继续执行任务了。”多隆·阿维塔尔是以色列总参侦察营的一名士兵和军官，拥有哲学博士学位，他将沙伊·阿维塔尔的请求变成了原则。1994年，在他指挥以色列总参侦察营时，正好制订绑架一个名叫穆斯塔法·迪拉尼的真主党人的计划，他下令：“如果我们在这次行动中伤及黎巴嫩平民的生命，我们就丧失了执行它的道德正当性。”2016年12月对“列宁”的采访，2010年12月29日对阿维塔尔的采访，2010年10月12日对哈雷维的采访。Bergman, *By Any Means Necessary*, 381 (Hebrew)。

② 2000年8月对列夫的采访。

做，”列夫说，“但在这样的行动中，别无选择。你得确保消除一切可能的反抗。”

楼上，阿布·吉哈德的妻子尹提莎被楼下的动静惊醒了。阿布·吉哈德正坐在桌边。他把桌子往后一推，迅速站了起来，从壁橱里拿出了手枪。

“发生了什么事?”尹提莎问他，“发生了什么事?”

一个一身黑衣、头戴面罩的以色列总参侦察营士兵跳到楼梯最上面，指挥官列夫紧随其后。阿布·吉哈德把他的妻子推进远处的卧室。

第一个以色列人打中了他。阿布·吉哈德倒地。列夫又连开几枪。① 阿布·吉哈德死了。

尹提莎爬到她丈夫身边，抱着他。一名突击队员用手枪顶着她的背，用力把她推到墙上。她以为自己死定了。没想到，她被推开了，没有中枪。

第三个突击队员进来，再次向阿布·吉哈德开枪。他站在一边，第四个以色列人再次对他开枪。

婴儿尼达尔醒了，尖叫起来。尹提莎以为他也被打死了。楼下一个声音大喊：“快点！快点！”

最后，亚阿隆中校站在尸体旁开了枪，他是第五个这么做的人。

“够了！”尹提莎喊道。够了！

阿布·吉哈德中了52枪。在果尔达·梅厄签署了杀他的第一张红纸23年后，他死了。

多年后的2013年，担任国防部长的亚阿隆回想起这次暗杀行动时说：“听着，这肯定不是个令人愉快的场面。那个女人站在那里，

---

① 2000年8月对列夫的采访，2013年11月28日对莱彻的采访，2015年2月对“莎莉”的采访，2016年12月21日对亚阿隆的采访。根据一些证词，列夫在整个行动期间并没有朝阿布·吉哈德开枪，而是守在屋外进行安全防范。2013年5月27日第二频道《事实》节目。

想要冲上去，只是因为其中一个男人拿枪指着她，她才没动，我们正在朝她丈夫开枪，一遍又一遍。说这件事没有困扰我或令我不适是不可能的。另一方面，我很清楚这件事情不得不做，哪怕是当着他的妻子和女儿的面。”

然而，亚阿隆并不后悔。他把这次行动称作“完美的暗杀”，①而且还以一种他特有的愤世嫉俗的态度补充道：“我不明白为什么他们说我们以色列会输掉这场思想之战，如果我朝阿布·吉哈德的两眼之间打一枪，正中他的脑子，难道这不算我赢了？”

所有的以色列人都毫发无损地逃出了突尼斯。② 当地警察正忙着应付“凯撒利亚”特工报的许多假警，他们说一个车队从阿布·吉哈德的小区朝突尼斯市中心驰去——正好与杀手们撤退的方向相反。警察设置路障，搜查了几十辆汽车。3 小时后，他们发现租来的大众和标致汽车被抛弃在沙滩上。

第二天下午，有记者问沙米尔以色列是否与这次定点清除有关。“我听说了，”他干巴巴地说，“是从收音机里听到的。”③

几天后，阿布·吉哈德下葬，举行的是军事葬礼。他被追奉为烈士。亚西尔·阿拉法特和寡妇尹提莎以及他的大儿子吉哈德一起走在灵柩后面。

当时，以色列人认为杀掉阿布·吉哈德是一个巨大的成功。“拉

---

① 2016 年 12 月 21 日对亚阿隆的采访。

② 在行动部队出入突尼斯的海浪级潜艇里，全体船员和副指挥官并不是特别友好。返程路上，有人在布告栏上留下了以下匿名信息：“最高机密/致：亚西尔·阿拉法特/先生，/我们杀了你的副手！现在你来杀我们的副手啊！/致意，以色列海军海浪级潜艇全体船员。”

③ 官方缄口不言数十年。2012 年，我正在撰写本书，在我威胁将军事审查人员告上最高法院时，审查人员允许我在《新消息报》中报道有关此次暗杀的部分细节（http://www.theguardian.com/world/2012/nov/01/israel-acknowledges-killing-palestinian-deputy）。报道发表之后，以色列总参侦察营指挥官写信给该队的全体老兵，要求“继续掩盖该队绝密行动之秘密，并且全队应远离媒体活动”。*WallaNews*, December 2, 2012, https://news.walla.co.il/item/2592534。

宾后来感谢我说服他，”摩西·尼西姆说，“他对我说：‘你想不到自己有多正确，人们为我欢呼，跟我握手，向我竖起大拇指。这给国人带来多大的喜悦啊！士气在高涨，这对我们的威慑力来说太及时了！’”①

确实，阿布·吉哈德的死是对巴解组织的重大打击。阿布·吉哈德是一位久经沙场的精明的指挥官，没有他，法塔赫能够对以色列发起的成功袭击要少得多。

但他被杀的直接和公开的理由是为了平息巴勒斯坦起义——以此标准来看，暗杀并未达到目的。实际上，定点清除的效果适得其反——除掉阿布·吉哈德极大地削弱了巴解组织的领导力，却帮了被占领土的“人民抵抗委员会”的忙，而它才是起义的真正领导者。对于一波波的抗议者浪潮以及不断高涨的国际谴责，以色列仍然毫无反应。

事后来看，许多参加了这次行动的人现在后悔了。一些人相信阿布·吉哈德的强有力的存在对阿拉法特有抑制和警醒的作用，他的意见在1994年巴勒斯坦民族权力机构建立之后本应非常有益。倘若备受爱戴且富有魅力的阿布·吉哈德还活着，哈马斯可能无法巩固其地位并控制大部分巴勒斯坦公众。

阿莫隆·利普金-沙哈克在那次暗杀行动时是“阿曼”局长，后来成为总参谋长，他说在一个理想的世界中，“倘若我们知道在干掉阿布·吉哈德后不久巴解组织会走外交路径，那么或许我们在突袭他家时先跟他讨论他对与以色列和解的态度，然后才决定杀不杀他。回首往事，他的缺位一定程度上是显而易见的。他本可以对和平进程做出巨大贡献”。②

---

① 2013年2月21日对尼西姆的采访。
② 2012年4月3日对利普金-沙哈克的采访。

十九
巴勒斯坦起义

1988年6月23日，美国ABC新闻台的一个报道组来到萨尔费特的巴勒斯坦村庄，萨尔费特坐落在约旦河西岸撒马利亚山的山坡上。

那个时候，被占领土仍处在起义引发的动荡阵痛中。暴力抗议、恐怖袭击、石头和燃烧瓶，每天司空见惯。双方都有许多人死亡。

这一情况引来了国际媒体。

在萨尔费特的一个小村庄里住着达克杜克一家。他们的一个儿子尼扎尔尽管只有18岁，却在辛贝特的暗杀名单上位置突出。情报显示，他是向以色列公交车投掷汽油弹的一帮少年的头头。为了回应这种挑衅，以色列国防军采取了当时惯用的株连方式，于6月16日夷平了达克杜克家的房子。第二天，以色列电视台播出了对尼扎尔和他母亲的采访，他们就站在房子的废墟旁。尼扎尔面带微笑地否认了对他的所有指控，但当采访者暗示他被当成本地英雄时他并没有表示强烈反对。显然，他不讨厌媒体的关注。

ABC新闻台的一个独立报道组一个星期后抵达，他们询问这家人是否可以采访尼扎尔，几分钟后，他出现了。记者解释说，以色列电视台对尼扎尔的采访令他印象深刻，他想做一期关于其本人的专访。工作人员建议采访就在俯瞰村庄的山顶上进行，尼扎尔同意了，但希望他们等几分钟，以便他去换件衬衣。

“没必要，”采访者说，语气尽可能地友好，“我的车里有一堆干净的衬衣。你穿几号?”

任何年轻人被人这样当回事都会很高兴，尼扎尔也一样，他跳进报道组的两辆面包车中的一辆，两辆车上都有新闻媒体的标牌和ABC的标志。这队人朝山上开去，准备采访。

尼扎尔几个小时后还没回家，他的家人开始担心。第二天早上，他们打电话给特拉维夫的ABC办公室。新闻台的人听说尼扎尔失踪了很惊讶。实际上，他们听说该公司有人到过萨尔费特很惊讶。一番简短的调查表明，事实上，并不是ABC的人带走了尼扎尔。ABC怀疑是以色列情报机构干的。

ABC的新闻主管鲁尼·阿尔列奇联系了总理伊扎克·沙米尔。他们之间的友谊让他能直接找上总理，但阿尔列奇怒气冲冲。他说，辛贝特的行动“严重危及合法记者的安全”。他要求“立即展开调查，查明是谁批准了这次行动”，而且要“确认无论出于何种原因假扮成记者都不是以色列政府的政策”。①

沙米尔并不知道萨尔费特事件，但他意识到这件事很快会成为一件大丑闻，当晚，他召集军方和情报部门负责人开了个会。

巴勒斯坦起义的特征是巴勒斯坦人反对以色列占领的两种活动：大规模的群众性抗议和针对以色列士兵及定居者的恐怖行为。

早在1986年，时任以色列国防军中央司令部负责人埃胡德·巴拉克少将就和总参谋部作战部负责人梅厄·达甘少将一起建立了一个高度机密的部队，名为“杜夫德万”（Duvdevan，希伯来语意为樱桃），以打击约旦河西岸的恐怖分子。② 这个部队现在启用了。

---

① 2015年12月17日对尤里·巴尔-列夫的采访，2010年12月对阿维塔尔的采访，2016年1月5日对内沃的采访，2016年3月19日对阿夫拉罕·帕兹纳的采访。“Israel Mounts Inquiry into a Charge by ABC,” *New York Times*, July 7, 1988。

② 2015年8月26日对巴拉克的采访，2013年7月20日对达甘的采访。

这个部队的战士接受过假想敌部队[①]的训练，善于在巴勒斯坦领土深处以伪造的阿拉伯人身份进行秘密活动，并袭击暗杀名单上的人。“杜夫德万”的核心由以色列国防军精锐部队的毕业生特别是海军突击队员组成。[②]

“杜夫德万”经过长期的严酷训练，展现出了卓越的作战能力，包括熟悉阿拉伯领土、服饰和伪装技巧的特别训练。当他们身处拥挤、敌对的巴勒斯坦环境，甚至在陌生人会立即引起人们注意的小村庄里，都有着融入其中的独特能力。

正是“杜夫德万”的人假扮成 ABC 工作人员在萨尔费特绑架了尼扎尔·达克杜克。[③]

在那次行动之前，被选中执行任务的人——其中一人在加拿大出生和长大，另一人来自美国——在耶路撒冷的以色列国家电视台演播室接受了几天强化训练。他们掌握了如何像电视台工作人员那样工作，如何进行采访，如何使用摄像机，音响师如何控制吊杆式麦克风。以色列电视台还借了设备给他们。辛贝特负责伪造 ABC 的标牌、标识以及媒体证件。

假冒的电视台工作人员接上达克杜克离开萨尔费特之后，表面上是向山顶的采访地点开去，他们的面包车还被看起来像是以色列国防军常规路障检查人员的人拦住，但实际上这是另一支“杜夫德万”小队。接着，这些人给这个被通缉的年轻人戴上手铐、蒙上眼罩，交给辛贝特审问。

沙米尔对他们没有请求批准萨尔费特行动而大发雷霆，他立即禁止此后使用伪造的媒体身份活动——并且“绝对绝对不可以假冒美

---

① Mistaravim，即以色列国防军著名的假想敌部队，是全球四大假想敌部队之一。其创建甚至在以色列建国之前，是为了对付“哈马斯”，使自己的部队适应在复杂的阿拉伯人社区作战。其训练基地位于沙漠深处，会给兄弟部队培训阿拉伯传统、语言和思维方式，以及如何伪装成阿拉伯平民等。——译者

② 2011 年 7 月 7 日对加兰特的采访。

③ 2015 年 12 月 17 日对尤里·巴尔-列夫的采访，2016 年 1 月 5 日对内沃的采访。

国媒体”。指挥官尤里·巴尔-列夫少校正是1986年建立“杜夫德万”的人之一，他努力安抚沙米尔，并解释了为什么假冒ABC新闻的这个计谋很重要。

“总理先生，”巴尔-列夫说，“我们了解他正好在寻找讲话的机会。我们知道这是在不引起骚乱的情况下把他带出村子的最简单的办法。”

巴尔-列夫说他带来了“报道组”拍摄的录像带，以证明行动是多么高效，“你眼看着沙米尔皱成一团的铁青脸，逐渐变得温和起来，甚至看得出他开始欣赏这种做法了”。

沙米尔笑了。“当年在地下活动时，我们有时候也不得不伪装身份。”他说。但他很快就从怀旧中抽离出来，重复自己的命令：“做过的就算了。但从现在起，别再假冒媒体了。”

“总理，我们正在以这类假冒身份执行另一项行动，”巴尔-列夫说，“我请求您不要断然禁止利用这种战术。”

想了片刻后，沙米尔说：“哦，好吧，但我禁止伪造美国记者身份作掩护。”

达克杜克受到审问，被判长期监禁，不过最终他活着出狱了。然而，在其他许多案件中——以色列国防军在事发30多年后的今天仍然拒绝公布准确数字——“杜夫德万”的行动目标最终都死了。“‘杜夫德万’的本职是低调地干掉恐怖分子。”[①] 巴拉克的密友、“阿曼”军官约尼·科伦说。

“行动命令很直接，”巴尔-列夫说，“只要看见被通缉者手持武器，即对我军构成危险，皆可就地格杀。”

与该队前队员的谈话表明在其执行的大量行动中，显然嫌疑人会携带武器，因此，他们实际上是在完成有目标的杀人任务。通常情况

---

① 2013年12月22日对科伦的采访。

下，甚至有义务进行“死亡检查”，即在嫌疑人倒下后须对其补上几枪。[1] 所有这一切都没有给嫌疑人投降的机会。

以色列国防军否认“杜夫德万”部队执行了“死亡检查”程序，但证据出现了：该部队的一名士兵埃里亚胡·阿兹沙中士被误当成一名被通缉的巴勒斯坦人而遭友军枪杀。以色列国防军犯罪调查部的一项调查表明，他身中多枪，以确保他必死无疑。[2]

“杜夫德万”和其他类似部队在巴勒斯坦人起义期间执行了数百次任务。街上的小贩、牧羊人、出租车司机和女行人，即当时在阿拉伯城市或村庄中可能遇到的任何一种人，都可能是“杜夫德万”士兵，他们会突然拔出隐藏的武器。[3] “试图活下来的恐怖分子不会发动袭击。我们的活动使恐怖组织成员处于绝对的不确定境地，”巴尔-列夫说，“他们不知道我们的人从哪里冒出来，不知道能信任谁，也不知道哪里是安全的。”[4]

有时候，“杜夫德万”士兵甚至会假扮以色列犹太人。1990 年 2 月，辛贝特获悉一直与法塔赫有来往的武装小队，打算在位于西岸城市拉马拉市中心的马纳拉广场袭击以色列国防军预备役军人。“杜夫德万”士兵乔装成预备役军人：穿着邋遢的军装，啤酒肚顶开了衬衫，坐在广场上的一家餐馆吃鹰嘴豆泥时步枪放在够不着的地方。经过两个星期的等待，预期的袭击发生了。“预备役军人”一跃而起。他们扯下橡胶的啤酒肚，拔出藏在衣服里的微型乌兹机枪。他们打死了一些袭击者，在附近蹲点的狙击手负责干掉其他人。

---

① 2016 年 5 月对“圣诞老人”的采访。

② Final Report of Military Police Investigation (CID) 92/0450/06 of MP Central Unit, July, 9 1992（作者的资料，从“贝尔”处获得）。

③ 许多狗遇到哪怕一星半点的挑衅也会大叫，这是“杜夫德万”战士面临的一个严重问题，因为他们在三更半夜接近阿拉伯村庄时要千方百计地做到悄无声息。他们试过许多办法，包括使用一种能产生特定频率声音的设备，只有狗能听得到且会让它们安静下来。最后，他们发现在拉马干野生动物园收集到的狮子粪便效果最好。狗闻到百兽之王散发出的气味时会安静下来并偷偷溜走。

④ 2015 年 12 月 17 日对尤里·巴尔-列夫的采访。

"杜夫德万"和警察及辛贝特建立的类似部队实现了他们的目标：对巴勒斯坦恐怖组织予以重创，有时甚至是致命打击，从而在很大程度上降低他们的活跃程度。

但这样的成功，尽管可能很重要，也只是凸显了平息群众起义的行动中更大的战略失败。针对大规模的民众抗议，以色列的反应就像一个笨拙的巨人，以为可以优雅地将一群敏捷的矮人一击而退。士兵们围捕了数千名抗议者，并将他们送往设在该国南部的特别拘留营。巴勒斯坦地区的大部分人口长时间处于宵禁状态，活动分子的家园要么被摧毁，要么被木板封死，其本人则被驱逐出境。许多学校在这一年中的大部分时间是关停的。

暴力事件的电视画面导致以色列的国际地位进一步下降，压力却增加了，现在压力来自乔治·H. W. 布什总统和国务卿詹姆斯·贝克，他们要求以色列坐下来与巴勒斯坦人谈判。

不过，尽管国际社会的批评声越来越大、国内的不满情绪与日俱增，而且需要派遣越来越多的部队去平息抗议活动，伊扎克·沙米尔总理和他的利库德集团领导的政府拒绝与巴解组织就被占领土问题举行会谈。沙米尔和他的右翼部长们继续将该组织视为起义背后的势力，继续认为可以通过定点清除被占领土上的暴民头目和阿拉法特在突尼斯的手下来平息起义。暗杀阿布·吉哈德未能平息民众起义这一事实，并没有动摇他们的看法。

总理命令摩萨德继续集中精力收集巴解组织的情报，弄清楚如何干掉这些人。摩萨德的主管沙布泰·沙维特跟沙米尔的政治理念非常相似，欣然受命。实际上，他希望更进一步：随着起义的蔓延，他请求允许他清算旧账铲除"黑九月"的前成员。[①]

---

① 摩萨德未能杀掉参与制造慕尼黑惨案的其余恐怖分子。其中只有两人，即优素福·纳贾尔和阿里·萨勒姆在哈拉里时代被铲除。尤其令人痛苦的是，未能抓到慕尼黑事件的指挥官穆罕默德·乌达（即阿布·达乌德）。1985 年，摩萨德获得了有关贾马尔·加西（Jamal al-Gashey）下落的情报，他是在慕尼黑动手杀死以色列人的 3 名巴勒斯坦人之一。他离开德国人将其释放后他一直定居的（转下页）

然而，巴解组织也大大加强了内部安全。以色列空军在 1985 年对突尼斯的空袭和随后对阿布·吉哈德的暗杀行动，促使法塔赫成立了多个调查小组，以找出向以色列人提供情报的人。这些调查无果而终，但尽管如此，巴解组织机构中还是采取了严格的防范机制——对试图加入该组织的人选进行背景调查、严格地划分组织内部结构、由突尼斯情报机构进行测谎——这使得摩萨德很难在他们当中安插间谍。

摩萨德无法在突尼斯招募特工。当地政府对以色列在其领土上的所作所为大为光火，他们公开向巴解组织提供援助，帮其加强安全防范。

所以，正如摩萨德在其许多招募行动中所做的那样，它转而在所谓的基地国家里的巴勒斯坦人之中寻找可能的间谍，在这些国家里特工和专案官可以相对自由地活动，而且以色列在那里也有外交代表。

最方便开展这些行动的国家是法国，大多数巴解组织官员离开突尼斯以后都从法国通关。他们当中有许多人住在巴黎的蒙帕纳斯艾美酒店，这是一家老牌的高档酒店，深受中东商务旅行者的欢迎。令摩萨德人惊讶的是，他们一开始调查这家酒店就发现以色列航空在该酒店享有公司折扣，飞行员和机组人员短暂逗留时也住在那里。每天早上，摩萨德的侦察员都会看到巴解组织的高级成员与以色列航空的飞行员在同一个自助餐厅吃羊角面包，喝拿铁，许多飞行员还是以色列空军预备役军官，这一切纯属巧合。

在经常入住该酒店的巴解组织人员中有一位叫阿德南·亚辛

(接上页)利比亚，用假身份在西班牙避难。他罹患癌症，正在接受化疗。摩萨德内部产生了争论：是动用资源铲除他，还是任他死于癌症。最后，沙维特决定如果能找到加西，就干掉他。一名“凯撒利亚”特工趁着他在自家附近的餐厅喝咖啡时，将致命剂量的毒药放进了他的杯子。他没被毒死，显然是因为剂量不对，或者因为他那时正在接受大剂量的化疗。实际上，在咽下毒药后不久，加西康复了，重拾从前的快乐生活。2000 年，他因为亚瑟·科恩执导的关于慕尼黑惨案的《九月的一天》(*One Day in September*) 获得奥斯卡最佳纪录片奖而接受了采访。2014 年 3 月 10 日对哈拉里的采访，2015 年 1 月对“莎莉”的采访。

（Adnan Yassin），他是个中层的活动分子，负责突尼斯总部的后勤和安保。亚辛还帮上司们安排个人休闲活动、协调度假、安排医疗检查、采购奢侈品：从马赛用集装箱装运的跑车、昂贵的香水、古巴雪茄和酒。放逐在外，远离被占领土人民的苦难，这使得巴解组织的一些官员腐败至极。

亚辛也为自己安排休闲活动。80 年代末，该组织的一些高官将手伸向国库，牺牲巴勒斯坦革命换取生活享乐。在摩萨德，这些人被嘲讽为 midawar（阿拉伯语意为“懒汉”）或“香榭丽舍革命分子”。

除了为巴解组织忙活，亚辛还经常去巴黎，因为他患癌症的妻子在那里接受化疗。这对夫妇总是住在蒙帕纳斯艾美酒店。亚辛有一个真实可信的地址，有基本的日常工作，还有大量的巴解组织情报。1989 年底，摩萨德“连接点”的负责人阿维·达甘批准了招募阿德南·亚辛的“金羊毛行动”。

1990 年 3 月的一个早晨，阿德南·亚辛和他的一些巴解组织同事在酒店坐下来共进早餐。在附近的一张桌子边，一位衣着考究、中东外貌的男子正在读一份印在浅绿色纸上的报纸，房间钥匙就放在桌上。这些物品——钥匙、报纸——不是偶然出现在那里的。相反，他们是“连接点”的招募人试图与潜在的间谍建立初步联系的道具。这是个很微妙的阶段，需要自律和耐心。一名参与“金羊毛行动”的“连接点”专案官解释说：“此时最重要的是尽量让对方主动来联系。或者，至少别看起来好像你太用力了，行为举止别积极得令人生疑。比如，你可能会怀疑一个在你之后来到公交车站的人，但对你到的时候已经在那里的人要怀疑得少些。如果我进了电梯，有人在我后面匆匆进来，然后跟我在同一楼层出来，那样很可疑。如果他已经在那里，就没那么可疑了。我们讨论的是无数微妙的细节，其目的是让情况自然地发展。你很少会遇到一个腐败到你可以直接递上一箱现金就了事的人。对其他所有人，你需要真正的技巧和极大的耐心。”①

房间钥匙放在桌上是为了营造一种熟悉的感觉，表明坐在那里的人也住艾美酒店。绿色的报纸是所有出国旅行的阿拉伯读者都耳熟能详的:《中东日报》，由沙特王室成员在伦敦出版，被认为立场相对温和。

摩萨德那天早上在巴黎很幸运。巴解组织在那儿吃早餐的人中有一人向摩萨德的人问起了报纸上的事，尽管不是亚辛本人。摩萨德的招募人员友善地把报纸递给他。接着，巴勒斯坦人和摩萨德人员攀谈了起来，后者竭力表现出对亚辛没有特别的关注。这群人当中的一个邀请摩萨德人员坐到他们那里，但他礼貌地拒绝并离开了，以免显得太急切而引起怀疑。

第二天，这群巴勒斯坦人又遇到了这名摩萨德特工，他自我介绍说是埃及商人，名叫希尔米，双方热络地聊了起来。两天后，亚辛独自来到餐厅，四下寻找同伴。他只会说阿拉伯语，所以很高兴再次见到在读绿色报纸的希尔米。他问他能否在这里坐下，希尔米高兴地说可以。

他们搭上了，很完美的一种方式。亚辛确信这段关系是他主动的，他没有理由生疑。希尔米说他在法国和阿拉伯世界之间做进出口生意，暗示自己从中赚了很多钱。贪婪的亚辛邀请他稍后在附近一家餐厅共进午餐，希尔米答应了。后来，他们见了两次面。

从希尔米的谈话以及摩萨德掌握的情报中，“连接点”逐渐了解了亚辛的性格。他并不是特别讨人喜欢。他在“连接点”的卷宗中，被描述为粗俗、没受过教育、好斗、粗鄙，只关心自己的社会地位和口袋。希尔米报告说，亚辛试图拉他入伙做小规模的非法外汇交易，以及将违禁品走私到突尼斯。后来，摩萨德的人亲眼看见他侮辱自己

---

① 2013 年 2 月对“十月节”的采访，2013 年 2 月对“阿尔弗雷德”的采访。摩萨德局长沙维特只说了一句：“这是一次非常出色的行动，不是吗?”

的妻子，包括有一次在大庭广众之下扇她耳光。

简言之，他是个理想的摩萨德新兵。

希尔米和亚辛的友谊不断发展。直到某天，希尔米告诉亚辛自己有个朋友，是个与伊朗驻巴黎大使馆有关系的商人。他说，因为与这个人的交情，自己赚了很多钱。但他从未提出要引见给亚辛。他只是把这种关系当作诱饵，耐心地等待亚辛上钩。等亚辛终于问希尔米下次他见那个人时他能否作陪，希尔米欲擒故纵，像钓鱼的人那样故意放线，并不准备拉钩。亚辛缠着他，希尔米拒绝了。终于经过一个月的反复哀求，希尔米答应把他引介给自己的伊朗朋友。

有伊朗关系的商人，当然，不过是一名“连接点”特工。他把自己的角色演得很完美，向亚辛描绘了他筹划的一些未来商业计划，还说亚辛可以参股其中的一些计划。与此同时，他说伊朗非常担心巴勒斯坦人的困境。了解巴解组织运转正常并且“正在做正确的事”对伊朗人很重要，他说这些意味着要继续在以色列边境之外对以色列进行恐怖活动，推进约旦河西岸和加沙地带的起义。“伊斯兰共和国，”他说，“会尽其所能摧毁犹太复国主义机构，并将属于巴勒斯坦人的东西归还给他们。”

亚辛提供的从巴解组织总部得来的任何情报都会受欢迎，并且会得到丰厚的回报。

“连接点”赌的是：如果亚辛相信自己是在向伊朗而不是敌国出卖秘密，那么他会更容易背叛巴解组织。

它赌赢了。事实表明，亚辛对摩萨德来说是一笔了不起的投资。作为数万美元酬劳的交换，他在巴黎定期听取情况汇报期间提供了大量高质量的情报。主要是巴解组织突尼斯总部哈曼-乔特的情报，他详细介绍了那里的日常活动和筹划的计划。亚辛概述了所有的要点，包括组织结构的变化，谁在哪个办公室任职，谁与谁会面，阿布·吉哈德的权力是如何被分解并重新分配的，如何转运武器，如何煽动起义，如何准备恐怖袭击，如何进行人员招募。他在详细的行动报告之间穿插了高质量的流言蜚语。他是第一个说起巴勒斯坦民族诗人莱蒙达·塔维尔（Rymonda Tawil）的女儿苏哈与阿拉法特主席之间有亲密关系的人，阿拉法特让苏哈担任自己的办公室助手。两人不久后就结婚了。

阿德南·亚辛还使以色列情报机构注意到阿拉法特和他的特工贾布里勒·拉吉布（Jibril Rajoub）的一个计划，即刺杀伊扎克·沙米尔和阿里埃勒·沙龙，以报复对阿布·吉哈德的暗杀。① 指定的刺客是个穷困潦倒、债台高筑的以色列犹太人，名叫拉斐尔·阿夫拉罕，他于 1992 年 10 月抵达以色列，随身携带大量现金和刺杀计划。阿德南·亚辛了解这个计划，因为他看到了阿夫拉罕的行程安排。

阿夫拉罕下飞机时，“鸟之队”的特工正在等他。拉吉布大为震惊：“我真不明白辛贝特怎么那么快就抓到了他。他还没动手呢，刚下飞机，就被抓了。”②

亚辛是个取之不尽的情报源，是个价值不可估量的资产。通过他，摩萨德能够立即跟踪许多顶级刺杀目标，主要是因为他再次成为安排所有航班和酒店预订的人。这样的事在 1992 年 1 月末发生了一次，当时，经法国红十字会牵线，法国当局允许“人阵”领导人乔治·哈巴什到该国治病，尽管他其实是该国以及其他几个国家的头号通缉犯。以色列人根据亚辛的情报，仔细研究了清除他的可能性，但法国人正在采取防范措施保护他。于是，摩萨德没下杀手，而是将他到访的丑闻泄露给了媒体，令密特朗政府大为尴尬。③

亚辛也密切留意了摩萨德认为参与过 1972 年慕尼黑惨案的人。尽管除掉这些人的红头文件差不多 20 年前果尔达·梅厄就签字了，

---

① 2013 年 2 月对“十月节”的采访。

② 2002 年 8 月 23 日对贾布里勒·拉吉布的采访。

③ 这一事件导致外交部和内政部的高级官员以及法国红十字会会长辞职，后者也是密特朗总统的关键顾问。*Los Angeles Times*, February 4, 1992. 2000 年 5 月对让-路易-布鲁吉埃法官的采访。外交部和以色列驻巴黎大使馆之间的零散信件往来（作者的资料，从“保罗”处获得）。

但其中一些人仍逍遥在外。“在我们看来，红头文件是无限期的。”摩萨德局长沙维特的一名助手说。[1]

在那份名单上有个名字很靠前，他叫阿特夫·比塞索（Atef Bseiso），在恐怖袭击发生时是“黑九月”的成员，1992年已是巴解组织的高级官员。目前尚不清楚他在慕尼黑袭击中到底扮演了何种角色，巴解组织声称他根本没有参与。但摩萨德坚持认为他参与了，不管怎样，没什么区别，沙维特决心为慕尼黑惨案报仇，任何与“黑九月”有关的人在他心里都是合法的目标。不过，为这种事分心有点怪。此时，整个中东正被起义浪潮所吞噬。被占领土陷入极度混乱中。以色列对情报的需求，远比除掉20年前可能参与也可能没参与暴行的人要迫切得多。尽管如此，沙米尔再次为除掉比塞索的红头文件背书。[2] 一名“凯撒利亚”特工说，原因“不过是因为我们有路子”。那个路子就是亚辛。

1992年6月初，比塞索为了与德国和法国情报机构以及中央情报局罗伯特·鲍尔的一系列会晤而离开突尼斯。鲍尔说：“1979年，摩萨德刺杀了阿里·萨勒姆，他是中央情报局的线人，我们肯定他们这么做是为了切断与我们的联系。接替他的人，先是哈尼·哈桑，然后是阿特夫·比塞索。我那天到巴黎是去赴与他的定期会面。”[3]

根据一些消息来源，这些会面是摩萨德想要杀掉比塞索的另一个主要原因。[4] 摩萨德明白他是巴解组织和西方（包括德国、法国和美国）的情报机构的主要联系渠道之一，以色列高级情报官员认为，这些往来是西方向阿拉法特和巴解组织赋予完全的国际外交合法性的又一步，而这会孤立以色列。这个巴勒斯坦联系人是“黑九月”前成员的事实，只会进一步激起以色列人的怒火。他们对西方国家的抗

---

① 2016年3月对“珀利”的采访。
② 2015年11月对“飞行员”的采访。
③ 2001年8月对罗伯特·鲍尔的采访（西摩·赫什在场）。
④ 2016年3月对“珀利”的采访，2015年11月对“飞行员”的采访。

议被置若罔闻，所以，以色列决定采取更直接的手段来表达自己的不满。

亚辛再次负责行程安排，因此知道比塞索在最后一分钟决定从波恩开车而不是乘飞机到巴黎，而且他把入住地从星辰艾美酒店改成了蒙帕纳斯艾美酒店。讽刺的是，比塞索改变行程是因为他担心自己的安危。

一支“刺刀”小队正在酒店大堂等着比塞索。他们尾随他来到他房间外，等他打开行李、沐浴并为晚上的安排换衣服。他外出与朋友在附近的河马饭店吃晚饭，然后返回酒店时，他们一直紧跟着他。当他在酒店入口处下车并走进大堂时，两名“刺刀”队员朝他开了5枪。他们用的手枪带有消音器，杀人后他们立即将空弹夹装进包里，不给调查人员留下线索。

一个声称是阿布·尼达尔组织的发言人的男子宣称对此次谋杀行动负责，但这个声明立即被该组织的真正发言人否认。阿拉法特很快就指责是以色列干的。不久，时任“阿曼”局长的尤里·萨吉少将宣布，他不知道是谁下的手——但他补充说，比塞索参与了慕尼黑屠杀，参加了1978年对以色列航空飞机的未遂袭击，还企图谋杀约旦驻伦敦大使。

定点清除比塞索的反响飞速而至。中央情报局非常气愤摩萨德再次干涉其与巴解组织的来往。法国就更愤怒了。对他们而言，这次暗杀——就在一家高档的巴黎酒店门口——是对其国家主权的严重侵犯。法国特工开始限制摩萨德特工在巴黎的行动，监视他们，干扰他们的会面，查明并毁掉他们的信息渠道。对这次谋杀的司法调查在法国仍在进行中。①

事实上，在关键时期刺杀比塞索，充其量是分散注意力。以色列已经在国际上遭到谴责，它需要能得到的所有盟友。

---

① 2000年5月对让-路易-布鲁吉埃法官的采访。

另一方面，毫无疑问，干掉巴解组织中负责阿拉法特与西方情报机构联系的一位高官确实产生了影响。定点清除以及根据亚辛提供的情报开展的其他行动，极大地削弱了这一时期的巴解组织。① 1990 年代中期，摩萨德和"阿曼"的特别行动部门侵入了法塔赫金融部门的萨迈德·伊克提萨迪（Al-Sammed al-Iktisadi）计算机网络，将资金从一个账户转移到另一个账户，使其成员认为同事在偷窃组织经费，埋下不信任和混乱的种子。总部一片混乱，忙于寻找叛徒和间谍。其结果是该组织对以色列的袭击大大减少。

不过，最大的打击要数阿拉法特本人犯下的战略错误，而这一次摩萨德并没有在里面做手脚。1990 年 8 月，萨达姆·侯赛因派了 9 万名伊拉克士兵和 700 辆坦克越过边境进入了盛产石油的小国科威特。这次入侵几乎遭到了西方和大多数中东国家的普遍谴责，最终被美国领导的一支大规模的多国部队击退。阿拉法特和利比亚的卡扎菲是仅有的两个支持萨达姆的阿拉伯领导人，他们拒绝加入阿拉伯联盟的一份要求萨达姆从科威特撤军的决议。② 阿拉法特把美国领导的包括许多阿拉伯国家在内的联盟比作"新十字军东征"，并宣称萨达姆是"阿拉伯国家、穆斯林以及世界各地自由人的捍卫者"。

这令周边的海湾国家大为恼火，现在已堕入贪得无厌的腐败深渊的巴解组织，依赖的正是这些国家的资金。到 1992 年中期，该组织破产了。多年来身为以色列的仇敌的巴解组织最终被逼到了墙角。

与此同时，起义的火焰仍在高涨，这场斗争让以色列公众越来越厌倦。以色列国防军在被占领土部署了数万名士兵：在整个起义期间，总共有数十万名士兵负责巴勒斯坦人的治安，他们大多是 18 至 22 岁的应征入伍者。他们不是为了保卫国境而战，这是以色列军队公认的核心使命，而是被派去执行镇压示威、在路障处搜查来往人

---

① Bergman, *Authority Granted*, 178 – 79 (Hebrew).

② Agence France-Presse, February 26, 1991.

等、抓捕向他们扔石头的孩子等任务，这些都是镇压巴勒斯坦人反抗占领之起义的徒劳无功的苦差事。

当这些年轻士兵短暂休假回家时，身上带着一种对这份工作的无望感，忧心忡忡的父母和兄弟姐妹之间在家里客厅和在工作场合的政治辩论，围绕的都是“我们为什么在那里?”这个问题。

4 年多来，起义从晚间新闻上孤立的骚乱演变成一场似乎永无止境的危机，影响了千千万万以色列家庭。巴勒斯坦人在以色列本土的“绿线”边界内进行的一系列持刀行凶事件所带来的焦虑和愤怒，加剧了人们对被占领土局势的日益不安。其中影响最大的是 1992 年 5 月，一个名叫海伦娜·拉普的姑娘在特拉维夫郊区巴特亚姆遇害。这一事件引发了暴风骤雨般的反政府抗议，并让人产生了一种沙米尔无力保障公民人身安全的感觉。与此同时，沙米尔就被占领土上持续建设这一问题陷入了与美国政府的愤怒对抗，乔治·H. W. 布什总统拒绝批准一项资金援助，而以色列急需这笔钱来吸收从解体的苏联涌入的 100 万犹太移民。

起义和严重的金融危机最终压倒了沙米尔政府。1992 年 6 月 23 日，被选民当成安全支柱，但同时也会真正致力于与巴勒斯坦人达成和解的伊扎克·拉宾，① 以压倒性优势当选总理——这次中间偏左派的胜利比以色列所见过的任何一次都更具决定性。

在起义期间担任国防部长的拉宾本人也深受与巴勒斯坦人冲突的影响，并得出结论：必须达成妥协。

亚西尔·阿拉法特因以色列的情报行动而举步维艰，再加上伊拉克惨败的打击，所以再次采用了屡试不爽的求生技能。② 巴勒斯坦历史学家耶齐德·萨伊赫将其描述为 *hurub ila al-amam*——向前奔逃。

---

① 2005 年 10 月对达丽雅·拉宾的采访，2009 年 2 月 11 日对阿莫斯·埃伦的采访，2009 年 6 月 21 日对哈珀的采访，2010 年 8 月 25 日对西蒙·谢夫斯的采访。

② 2001 年 10 月对耶齐德·萨伊赫的采访。

支持非法入侵使他为众人所不齿，就连他那些富有的阿拉伯赞助人也不再理他。另一方面，即使他没有发起起义也无法控制起义，也仍然被**当成**巴勒斯坦领导人，一个可能有能力进行和平谈判的人。利用后一场危机掩盖——逃避——前一场危机，是阿拉法特的天赋。

阿拉法特批准他的人与一群以色列学者搭建了秘密渠道，先是在伦敦，后来在奥斯陆。[①] 起初，以色列教授们各干各的，但后来他们请来了外交部副部长约西·贝林，他直接向外交部长西蒙·佩雷斯汇报。

当佩雷斯将与巴勒斯坦人接触的事告知拉宾时，[②] 总理要他立即放弃，但没过多久总理改变了心意，决定给这个做法一次机会。

然而，谈判是秘密进行的，[③] 甚至连以色列军事和情报组织领导人都不知道。拉宾指示窃听巴勒斯坦通讯的8200部队直接向他并且只向他汇报他们听到的任何有关谈判的消息。从官方讲，这是为了行动安全——任何泄露给巴勒斯坦各派的信息都可能使和谈偏离正轨。非官方地讲，拉宾并不完全肯定那些多年来试图干掉阿拉法特及其党羽的人，那些为打击巴勒斯坦恐怖主义的战争付出巨大努力的机构的领导人，是否能进行必要的心态调整，将从前的敌人视为和平时期的伙伴。

拉宾知道，与巴解组织的任何外交进程只有在包括领土割让的情况下才能达成一致。然而，出于意识形态和宗教原因，以色列民众中有一大批人极力反对任何此类妥协。任何泄露秘密谈判正在进行的行为——譬如，从认为这是战略错误的国防或情报界内部信息源流露出来——都会暴露领土割让的可能性，这将会立即扼杀谈判。

---

① 2012年9月17日对佩雷斯的采访，2002年10月14日对约西·贝林的采访，2002年8月对罗恩·蓬达克的采访，2015年5月18日对埃尔弗的采访。

② Pundak, *Secret Channel*, 100－105, 122, 146－49, 172 (Hebrew).

③ 2016年1月对“诺亚”的采访，2016年3月对“珀利”的采访。

然而，这种将军事和情报部门排除在谈判进程之外的做法造成了一种奇怪的局面。当以色列政府的最高层试图进行和平谈判时，该国的情报机构却在继续进行秘密战争，不知道一切都变了。①

摩萨德已经在阿德南·亚辛和“金羊毛行动”上投入了巨资，并且仍在获利。1993 年春，在亚辛首次被定为资产 4 年多之后，他告诉其专案官他与阿米娜的一次谈话，后者是巴解组织二号人物马哈茂德·阿巴斯（即阿布·马赞）的妻子，还负责该组织的外交活动。她告诉他，自己的丈夫体重严重超标，且背疼得厉害。她知道亚辛几乎什么都能搞到，她觉得欧洲的矫形椅可能有助于缓解阿巴斯的病痛。

“当然可以。”亚辛告诉她，问她办公室是否还需要其他东西。她要了一盏特别亮的灯，因为阿布·马赞的视力在退化。亚辛答应尽可能帮忙。

摩萨德利用这次机会给了亚辛一张豪华的办公皮椅和一盏装饰台灯，里面都装上了麦克风和发射器。

亚辛把新家具送到了阿巴斯的办公室，甚至不辞劳苦地亲自搬走了旧椅子，还骂骂咧咧地说竟然有人把“这么差劲的家具给如此重要的人用”。他把新椅子放好，又把灯放在桌上，接上电源，打开。

台灯是两件家具中比较重要的那个，因为安装在椅子上的窃听器未来需要换电池，而台灯作为发射器可以用许多年，因为台灯是有电源的。这把椅子带有两个独立的节能装置：一个是弹簧开关，只有人坐在上面时麦克风才会打开，另一个是声音激活系统，这意味着如果有人坐在椅子上却不跟人讲话，电池就不会用光。

从椅子放进阿巴斯办公室的第一天起，传输的信号就被送到了特拉维夫。摩萨德局长沙维特意识到这是一项了不起的成就②：阿布·

① 2009 年 6 月 21 日对哈珀的采访，2016 年 3 月对“珀利”的采访。

② 常常出现的一幕是阿巴斯对阿拉法特强烈的仇恨。有时会骂他“混蛋”，有时又骂他“婊子”。

马赞是巴解组织活动的中心，无数人经过他的办公室，与他分享该组织最重要的秘密。

然而，很快，另一件事浮出水面，而且出乎意料得多。摩萨德局长从“会唱歌的椅子”得知，诚如大家所知，以色列政府正背着他跟巴解组织进行高层谈判。①

拉宾命令“阿曼”的情报部队8200部队直接向他汇报他们听到的谈判内容，但他并没有对摩萨德下达同样的命令。

愤怒的沙维特去找拉宾对质，抱怨摩萨德被排除在外。拉宾安抚沙维特说，这是佩雷斯的“一个微不足道的倡议”，对此他本人并不认为有任何意义。

接着，信号传输一如其突然开始，就这么戛然而止了。隐藏式麦克风装好三个半星期后，摩萨德总部的巨型天线停止接收信号。起初，以色列人以为可能是技术故障，但检查后发现摩萨德和阿巴斯办公室之间的所有线路都状况良好，不管怎样，两个麦克风同时发生故障的可能性很小，这几乎肯定意味着它们都被发现了，“金羊毛行动”已经失败，他们值钱的资产阿德南·亚辛生命危在旦夕。“我们搞不懂，”摩萨德反恐分部的一位消息人士说，“在我们成功将设备安装到位后，那么短的时间里就被发现了，还跟做这件事的间谍一起，这怎么可能，怎么会呢。”②

是贾布里勒·拉朱卜发现了窃听装置，是在当地情报机构的协助下发现的。拉朱卜说：“我们在奥斯陆的人感觉自己被以色列人看穿了，他们千真万确地知道我们接下来要说什么、采取什么样的立场。这令我们怀疑遭到窃听，因此我们去排查了阿布·马赞的办公室。”③

然而，大多数参与“金羊毛行动”的摩萨德特工的解释却非常

---

① 2015年12月对“十月节”的采访，2016年3月对“珀利”的采访，2016年10月对“姜戈”的采访。

② 2013年2月对“十月节”的采访。

③ 2002年8月23日对拉朱卜的采访。

不同：背叛他们的是自己人。根据这一无法证实但又得到一些重要的间接证据支持的说法，在奥斯陆参加谈判的一名以色列代表看到了关于在行动期间收集并分发给总理和情报界领导人的情报报告。他了解到，情报来源是阿布·马赞办公室的某种窃听装置，或者是其一条通讯线路上的窃听器。接着，他告诉了巴勒斯坦人，也知道他们会立即找到并拆除这些装置。一旦发生这种事，以色列情报机构将无从获悉谈判中发生的事，这意味着任何强硬派都无法把细节泄露给媒体从而破坏谈判。换言之，一名以色列外交官背叛了以色列情报机构，以防以色列情报机构破坏以色列外交。一个有价值的资产可能会被杀掉这一事实无关紧要。

亚辛被捕后遭到毒打，直到他供出一切：他是怎么被招募的，他所提供的情报，他的贪婪如何使他背叛了自己的人民。阿拉法特对一位如此受信任的助手被捕感到震惊，他到法塔赫审讯处的监狱里见了亚辛，想亲耳听他说说。亚辛会被处决已成定局。他是无可否认的叛徒，暗杀比塞索一事他脱不了干系。①

不久之后，在奥斯陆，一名巴勒斯坦代表对亚辛被捕和比塞索被杀勃然大怒。他问一名以色列人他知道什么。“我对此事一无所知。”以色列人说。他确实与任何情报机密无关，但他从佩雷斯和贝林那里听到的些许信息使他明白发生了什么。“不过，让我们都为这最后一次暗杀喝一杯吧。”他最后又加了个阿拉伯语的词，Inshallah（但凭安拉的旨意）。

代表们围坐在桌边——4 名巴勒斯坦人、3 名以色列人、2 名挪威人——全都举杯。气氛很乐观。谈判到目前为止已经持续了 6 个月，产生了两国之间具有历史意义的相互承认的信函——拉宾写给阿拉法特的，阿拉法特写给拉宾的。这些信函将演变成一系列协议，即

① “Top PLO Security Official Accused of Being Mossad Spy: Arafat Orders Inquiry,” *Independent,* November 4, 1993.

著名的《奥斯陆协定》。[1] 在第一阶段，协定产生了巴勒斯坦自治政府（PA），它将统治大部分巴勒斯坦人居住的领土。巴勒斯坦人答应停止起义并宣布放弃恐怖主义。

中东的血腥冲突好像终于要和平结束了。亚西尔·阿拉法特与大部分巴解组织及法塔赫领导人都离开了突尼斯，并在被占地区的巴勒斯坦自治政府领土上定居。

就连阿德南·亚辛似乎也得益于刚刚建立的合作。《奥斯陆协定》产生了安全协调委员会，由双方派遣的军事和情报机构代表组成。摩萨德和辛贝特的高级官员第一次会见了几个月前成为间谍或暗杀目标的人。会面地点在巴勒斯坦领土、特拉维夫或耶路撒冷的酒店。双方通过轻松的互相调侃过去——谁成功地骗了谁、巴勒斯坦人是否进行了以色列人不知道的行动、以色列人何时何地破坏了巴勒斯坦的计划——克服了最初的怀疑。

以色列人利用这种友善的气氛要求从宽处理亚辛。[2] “我们提出这个，是作为一项善意的请求，以交换以色列作为交易的一部分答应释放的数千名巴勒斯坦囚犯。”一名参加委员会会议的摩萨德人员说。

压力和气氛之下，这事成了。

最终，亚辛没被处决，只判了 15 年监禁。鉴于所有的一切，这已经是轻判了。1993 年夏天，亚辛似乎会活着看到中东的持久和平。**但凭安拉的旨意。**

---

① 2002 年 8 月对蓬达克的采访。Beilin, *Touching Peace*, 61 – 64 (Hebrew). Pundak, *Secret Channel*, 129 – 90。

② 2013 年 2 月对“十月节”的采访。

二十
尼布甲尼撒

1979 年 4 月 6 日晚，在水运码头区的飞机库外，一对前灯划破黑暗，在人行道上投下了两道黄白色的追光，随着汽车越来越近，追光越来越宽。这是一辆菲亚特 127 轿车，引擎劈里啪啦咣里咣当地响着，然后在离大门 200 码的地方熄了火。

在这座位于法国地中海沿岸土伦市以西拉塞纳的机库外，两名法国保安警惕地注视着这辆车。该机库属于地中海船舶工业制造集团（CNIM），是专门为船舶和核反应堆制造大型复杂零部件的。[①] 总有两名保安值班——一天三班，每班 8 小时，所有的班次都很无聊。

门一开，保安朝护栏走了几步。两个女人下了车。漂亮女孩，保安心想。但这两个女人蹒跚着走向大门时，一副困惑的样子，似乎很生气。

“有什么可以为您效劳？”一名保安从护栏另一边问道。她说，她们是英国游客，晚上出来去里维埃拉，但她们的破车一直抛锚。她笑了。带着调情的意味。她说，或许晚些时候，保安可以去一个酒吧找她们。

保安找来些工具，打开大门，朝汽车走去，脸上还带着微笑。

在他们身后，5 名“刺刀”特工快速而悄无声息地越过护栏，这是他们在以色列南部海滨的某军事基地练过无数次的一个动作。[②] 他们悄悄地闯入机库。在里面，他们将 5 个威力巨大的炸弹安装在了两个巨大的汽缸上。他们在引爆装置上设了时间，然后溜了出去，越过护栏，消失在黑夜之中。

他们这一进一出用了不到5分钟的时间。

在机库前面的街道上，保安成功地发动了汽车。太容易了，令人不敢相信。接着，两个女人——都是以色列特工——答应跟他们稍后见面，然后扬长而去。

与此同时，在不远处，一男一女手牵着手悠闲地散着步。他们似乎沉醉在浪漫爱情之中。那个头发往后梳的男人，有点儿像汉弗莱·鲍嘉。他从女人的肩膀上望过去，看见汽车发动开走了。这对情侣转过身，走过几条街，上了一辆车，也开走了。这两人是“凯撒利亚”的老板迈克·哈拉里和摩萨德女特工塔马拉。

30分钟后，机库爆炸。火焰撕裂夜空，将海滨染成一片橘红色。消防队员在大楼被完全烧毁前扑灭了大火，但里面的一切损失严重，包括一些耗时两年多精心打造的机器。这些机器跟其他零部件完全组装起来，就是一个70兆瓦的核反应堆，威力之大，足以被称为奥西里斯级反应堆。

奥西里斯是古埃及的来世之神、冥界之神、死神。法国人正要把它卖给伊拉克的独裁者萨达姆·侯赛因，他将自己视为摧毁了以色列王国的巴比伦国王尼布甲尼撒的现代化身。

爆炸发生后几小时，法国生态组织（Group des Écologistes Français）的一名发言人打电话给一家报纸声称对此负责。但没有人信他，当然法国情报机构也不信。大家都认为是以色列人干的，因为他们有最迫切的动机。

由于以色列的国防和情报机构的许多宝贵资产都被困在了黎巴嫩的血腥泥淖中，对这个小国的生存威胁继续困扰着摩萨德。其中最主

---

① 2016年1月24日采访拉斐尔·奥菲克。

② 2016年11月对“四月”的采访，2014年3月29日对哈拉里的采访，1999年2月12日对本尼·泽维的采访。某种程度上类似的说法参见：Victor Ostrovsky, *By Way of Deception: The Making of a Mossad Officer*, 19–20。

要的是伊拉克，这个国家由一个精神失常的屠夫统治，他长期以来妄想成为下一个萨拉丁①。以色列国防军的噩梦场景之一就是庞大的伊拉克军队与约旦人联手，在东线构成威胁。

从20世纪60年代被压迫的库尔德少数民族反抗巴格达政权以来，以色列军队就一直秘密介入伊拉克的纷争。以色列向库尔德人提供武器，以色列国防军士兵和摩萨德人员训练其参加突击战的战士。据当时掌管摩萨德的梅厄·阿米特说，他们的想法是“打造一个我们能在多条战线同时打击我们敌人的中东”。简言之，伊拉克是以色列公开的敌人，库尔德人是巴格达的敌人——敌人的敌人就是朋友。② 与此同时，这样的联盟——比如伊朗王沙阿和埃塞俄比亚的希利王，这两国都与同以色列敌对的阿拉伯邻国接壤——允许摩萨德在其领土上建立监听站和其他情报设施，而这在不友好的国家是不可能的。

从1969年起，以色列顾问（其中包括炸弹专家纳坦·罗特伯格）就开始听说库尔德人所说的“巴格达屠夫”③ 这个人。萨达姆·侯赛因·提克里提是前一年掌权的复兴社会党政变的参与者，他被任命为伊拉克革命委员会副主席——是新政权的二把手，负责武装部队和情报机构。他下令向平民投炸弹，切断食品供应让持不同政见的人挨饿，建了一系列行刑室，他经常在行刑室亲自动手。

库尔德人请求以色列人协助他们干掉萨达姆——罗特伯格甚至为此准备了一本装有诡雷装置的《古兰经》，这是1956年暗杀埃及情

① 1138年—1193年，埃及和叙利亚的君主。——译者

② 作为“外围理论”的一部分，摩萨德给一些敌对国家的解放运动和地下民兵组织提供援助，包括南苏丹的基督教分离主义分子“安亚尼亚”（Anyanya）。2015年5月18日对埃尔弗的采访，2005年7月12日对阿米特的采访。Alpher, *Periphery*, 57-71 (Hebrew). Ben Uziel, *On a Mossad Mission to South Sudan*, 9-36 (Hebrew). Ronen Bergman, “Israel and Africa,” 234-46。

③ 2012年3月5日对罗特伯格的采访。

报局长时用过的战术。不过，果尔达·梅厄总理拒绝在红头文件上签字。[1] 她担心库尔德人不会为以色列参与此事保密，担心其政府会陷入与俄罗斯人和美国人的国际丑闻，当时这两个国家都在竭力拉拢萨达姆。早些时候，梅厄还驳回了刺杀埃及统治者纳赛尔的想法，怕杀掉他会给对方以借口干掉她和她的部长们。

萨达姆就这样活了下来，不仅野心勃勃，还残酷无情，他接掌了复兴社会党，进而接管了伊拉克。1971 年，萨达姆 34 岁，此时已铲除了政府中所有的重要对手，手握大权，只缺正式名分，而总统艾哈迈德·哈桑·贝克尔不过是个傀儡。（他最终在 1979 年将贝克尔赶下台。）他把自己当成具有历史影响力的人物，一个将使伊拉克成为地区大国和阿拉伯世界的主导力量并与伊朗旗鼓相当的泛阿拉伯领袖。

萨达姆认为犹太人是“各个民族的垃圾和残渣的混合体”[2]，他想重新规划中东的版图，彻底消灭以色列。伊拉克人从不掩饰这一点。复兴社会党的报纸《共和国报》（*Al-Jumhuriya*）在 1974 年 3 月写道：“一个人为的犹太复国主义实体的存在象征着对阿拉伯人生存的历史性权利的否定，是对其荣誉的侮辱。这个好战的实体不过是个可怕的毒瘤，危险地扩散到边界之外。我们必须以一切可能的方式……打击犹太复国主义。阿拉伯的耶路撒冷等待阿拉伯的萨拉丁，他将把它从犹太复国主义玷污我们的圣地的污秽中拯救出来。”

其言外之意清晰明了：萨达姆·侯赛因将是当代萨拉丁，将异教徒赶出巴勒斯坦。

但萨达姆明白，没有令人生畏的武器，伊拉克绝不可能成为可信的强国。征服中东的唯一途径是有摧毁它的能力。萨达姆想要核

---

① 但由于装有诡雷的《古兰经》已准备就绪，“他们［库尔德人］将其寄给了曾经折磨过他们的某个省长，使此人及其全体工作人员一起被炸死了”，罗特伯格回忆道。

② 他甚至大费周折地出版了他所崇拜的朱巴叔叔（Uncle Tulpah）著作的豪华版，其中包括其论点“真主不该创造三样东西：波斯人、犹太人和苍蝇”。Karsh Efraim and Rautsi Inari, *Saddam Hussein*, 19（Hebrew）。

武器。

1973 年，这位独裁者将伊拉克的核计划——表面上是和平的民用计划——纳入其直接控制之下，开始投入“数十亿美元的预算，实际上是无限制的”[①]（萨达姆著名的传记作家阿马兹亚·巴拉姆语）来开发最终能生产核武器的反应堆。理想情况下，文明国家应该对一个因轰炸自己的人民而出名且一心想构成核威胁的独裁者退避三舍。但地缘政治错综复杂：包括美国在内的几个西方大国，尤其是法国，希望在中东发挥其影响力。一目了然的只有简单粗暴：萨达姆到处撒钱。

法国和以色列之间的历史漫长而复杂，在 20 世纪 70 年代两国关系跌入低谷。自 60 年代戴高乐转而攻击这个犹太国家起，其关系就充满了敌意和不信任。对法国来说，伊拉克对以色列构成致命威胁的可能性充其量只是个可以操纵的问题。

德斯坦总统和他的总理希拉克在 70 年代前半期策划了一系列跟伊拉克的交易。影响最大的是出售了两个核反应堆：一个是非常小的 100 千瓦反应堆，核定为艾西斯级（Isis-class），另一个是大一些的 40 兆瓦的奥西里斯级反应堆，它可以扩大至 70 兆瓦。伊拉克人把反应堆的名字和国名合二为一，称之为“奥西拉克”（Osirak）。

尽管伊拉克表示打算将该反应堆用于研究，但法国人知道，这种级别的反应堆最终几乎肯定会被用于处理核武器的燃料。反应堆的堆芯有 12 公斤 93%的浓缩铀——足够制造一枚原子弹——所以，如果法国人信守诺言更换燃料棒，伊拉克人就能轻松地将其中一些转化成用于核武器的材料。

1975 年 9 月 8 日，就在萨达姆访问巴黎以签署更多协议之前，他在接受采访时承认：“寻求具有军事潜力的技术是对以色列核武器的回应。法伊协议是阿拉伯国家获取核武的第一步，哪怕我们宣称建造

① 2015 年 10 月 28 日对阿马兹亚·巴拉姆的采访。

核反应堆的目的不是制造原子弹。"① 但制造原子弹需要耗时多年和特定的专业知识。法国人似乎认为，任何合法的威胁只要一出现，他们都应付得来。

伊拉克人付钱非常慷慨。② 大约70亿法郎（时值20亿美元）直接转入法国。法国人在进口伊拉克石油时还获得了优惠的条件和价格。

许多法国公司都参与了这个庞大的项目，它们还成立了联合管理层，负责在巴黎和巴格达的事务。在离工地不远的地方，为2 000名法国工程师和技术人员修建了豪华的生活区。

以色列不能坐视不理。摩萨德、"阿曼"和外交部成立了一个代号为"新纪元"（New Era）的联合小组，用其负责人、时任摩萨德副局长纳胡姆·阿德莫尼的话说，它"专门集中精力关注伊拉克获取核武器的意图"③。

"连接点"的专案官假扮成欧洲商人或北约的欧洲军官，接近在法国工作的伊拉克人，认为这些人有可能成为线人。④ 一名科学家的儿子患了癌症，在伊拉克接受的治疗质量很差，他拿秘密换到了更好的治疗。他相信以色列的首席招募官耶胡达·吉尔是一家关注核安全的欧洲公司的副首席执行官。

但这种成功只是一次性的。萨达姆播放了伊拉克内阁大臣处决其他官员的录像，以恐吓所有参与该项目的人闭嘴。"录像很吓人，"伊拉克核计划的一名主管希迪尔·哈姆扎（Khidir Hamza）说，"他传递的信息是若他因任何原因对你不满，你就死定了。"⑤

---

① Nakdimon, *Tammuz in Flames*, 50 (Hebrew).

② Nakdimon, *Tammuz in Flames*, 75－76 (Hebrew).

③ 2011年5月29日对阿德莫尼的采访，2016年9月12日对加齐特的采访。

④ 2011年5月15日对耶胡达·吉尔的采访。Koren Yehuda, "My Shadow and I," *Yedioth Ahronoth*, July 6, 2001。

⑤ 霍达·科特（Hoda Kotb）采访希迪尔·哈姆扎博士，NBC *Dateline* research material transcript, "Iraq 1981,"［作者的资料，感谢沙查·巴尔-昂（Shachar Bar-On）］。

不过，以色列人还有其他情报源：法国科学家、技术人员、秘书和中层管理人员。有些人得到了丰厚的报酬。其他人，如犹太人，则是出于意识形态原因这么做。通过其中一个情报源，摩萨德获得了“项目书”，一份详细描述与伊拉克签订的所有协议的文件。[1] 它长达几百页，是法国科学家用英文写的。“阿曼”招募的本-古里安大学核物理学家、中校拉斐尔·奥菲克博士说：“从那份项目书中，我们掌握了许多情报，包括项目现场的布局，即图怀塔核研究中心的反应堆和邻近实验室的位置。”[2]

“阿曼”的情报机构 8200 部队，组建了一支绝密的特遣队，代号为“启示录”，他们窃听电话和电传线路，“彩虹”特工在伊拉克驻巴黎办事处安装了窃听器。

有了大量的确凿情报，以色列呼吁国际社会叫停该项目。但恼羞成怒的外国领导人、以色列批评人士乃至贝京的一些国内反对者都指责以色列危言耸听。他们坚持认为伊拉克的项目不可能损害以色列。法国人继续坚称该项目是完全合法的研究项目，他们正在采用充分的安全机制确保伊拉克不会有能力发展原子弹。

外交部长摩西·达扬从巴黎访问归来，对法国人对其请求如此冷漠感到震惊，他接着试图说服美国人，要求华盛顿向法国人施压，但也无济于事。

以色列得出结论：外交途径已经失败。1978 年 11 月，安全内阁授权总理采取“必要行动”制止伊拉克的核项目。[3] 摩萨德获准采取行动。“奥西里斯，”内阁总结说，“必须扼杀。”

不久，法国里维埃拉河畔的机库就发生了爆炸。特工们那天晚上炸毁的零部件受损严重，以色列人认为他们至少让萨达姆的核武野心

① 2010 年 8 月对“埃尔默”的采访。2013 年 1 月对“十月节”的采访。
② 2016 年 1 月 24 日对奥菲克的采访。
③ 1978 年 11 月 4 日“内阁安全委员会决议”，由“保罗”向作者出示。

倒退了两年，这相当于法国人制造新部件所需的时间。①

但这位伊拉克独裁者不允许这样拖延。他下令工程按计划进行。伊拉克国防部长要求法国维修部件并按时交付。法国人反驳说，修复的罩壳不会那么坚固，用起来有风险，而且过不了几年几乎肯定就得更换。但没人敢招惹萨达姆·侯赛因。

伊拉克在几年内仍然可能拥有核武器。沮丧的摩萨德官员决定，他们需要采取更激进的战术。

他们将开始刺杀科学家。

最明显的清除目标是伊拉克项目的负责人希迪尔·哈姆扎和贾法尔·迪亚·贾法尔。据奥菲克博士说，贾法尔是“项目的大脑，最重要的科学家”②。此人毕业于伯明翰大学，拥有曼彻斯特大学物理学博士学位，在伦敦的帝国理工学院核工程中心担任研究员。③

但这两人鲜少离开伊拉克，在那里成功地杀掉他们中的任何一个都极其困难。然而，就像纳赛尔聘请德国人为他制造导弹一样，伊拉克也聘用埃及人来协助开发其核项目。他们当中最重要的是叶希亚·马什哈德（Yehia al-Mashad），这位亚历山大里亚大学的核物理神童成为伊拉克的图怀塔核研究中心的高级科学家。马什哈德频繁往来于埃及、伊拉克和法国之间。④ 摩萨德于1980年2月开始追踪他的动向，只要他一出现在巴黎或巴黎附近丰特奈-欧罗斯的法国辐射防护与核安全研究所，他们都会尾随其后。

6月初，法国人准备了一批铀供伊拉克人用于其艾西斯小型反应堆。马什哈德去法国检查铀质量。他是和两名从不离身的助手一起来的，这使得接近他很困难。摩萨德计划用某种看似无害的常见物品毒

① 2014年2月12日对哈拉里的采访，2016年9月对“布莱克”的采访。
② 2016年1月17日对奥菲克的采访。
③ 贾法尔的详细传记，参见Windrom, *Critical Mass*, 35－40。
④ 2016年12月对“四月”的采访。

死马什哈德，就跟1978年他们用含毒的牙膏杀死瓦迪·哈达德一样。

但在最后一刻，马什哈德决定缩短他在法国的行程。他想去埃及看望家人。这意味着摩萨德特工没有足够的时间来实施他们最初的计划。但马什哈德也决定在巴黎独自度过他的最后一晚。“他让他的两名伊拉克助手走了，因为他住的酒店很贵，”哈姆扎说，“他是个好人。他告诉他们，‘好吧，你们可能想住在更方便购物的街区，住在一个你们更能接受的较便宜的酒店。那么，你们去吧’。”

没有助手的保护，马什哈德突然变成了一个容易拿下的目标。

他于6月13日晚6点左右回到酒店。他沐浴更衣，在大堂里喝了杯酒，吃了块三明治，然后回到9楼的房间。“刺刀”的指挥官“卡洛斯”和另一名特工躲在走廊的一个凹处，看着门。计划变得太快，他们不知道该怎么办。“卡洛斯”有支手枪，但按规定无论在何种情况下都不得在酒店内使用枪支，因为子弹会射穿墙壁，伤及无辜。“卡洛斯”得随机应变。

大约9点半，电梯门开了。一个年轻女人走了出来，是个妓女。她从两名“刺刀”人员旁边经过，但没理他们。她敲了9041的门。马什哈德让她进来。

“卡洛斯”和他的搭档等了4个小时，直到妓女终于在凌晨1点半离开。这时，“卡洛斯”在电梯附近找到一个烟灰缸，约1码高，底座很沉，腿很细，最上面有个用来处理堆积的烟头的柱塞装置。他仔细地检查了一下，用手掂了掂分量，感受它的重量。他认为这东西足够结实，可以一用。

“拿出你的刀。”“卡洛斯”命令另一特工，他自己手上是一把莱特曼折叠刀。两个人走了过去，同伴敲门。

“谁啊？”马什哈德问。听起来很疲倦，很放松。

“酒店保安，”“卡洛斯”告诉他，“有关你刚才的客人。”

马什哈德拖着脚步穿过房间，打开了门。“卡洛斯”将烟灰缸狠狠砸在他头上。马什哈德踉跄着后退，倒在地上。“卡洛斯”向他扑去，又打了一下，接着再给了他一下。血在地毯上晕开。刀没用上。

两名特工洗去了胳膊上的血迹，冲洗了烟灰缸。“卡洛斯”脱下血迹斑斑的衬衣，揉成一团，塞进口袋。他们离开时，确保门把手上挂了“请勿打扰”的牌子。他们把烟灰缸放回原处，乘电梯下到大堂，悠闲地走出了酒店。

酒店保安15小时后发现了马什哈德的尸体。[①] 警察起初以为他是在玩性爱游戏时被人失手砸死的，但他们找到了那个妓女，很快清除了她的嫌疑。马什哈德没有被抢劫，也没有其他访客。不过妓女记得在走廊里看到过两个男人。

法国人很快就搞清楚是摩萨德杀了马什哈德。伊拉克人很快也知道了。哈姆扎说：“我认为我们全都成了目标，在那之后，我只有在伊拉克情报官员陪同下才外出。”[②]

萨达姆·侯赛因明白，定点清除会破坏为其核项目工作的科学家的士气。于是，他大手笔地给所有高级科学家发了豪华轿车和现金奖励，付给马什哈德的遗孀30万美金的抚恤金，在当时的埃及可是一笔巨款，他还向她保证马什哈德的孩子将终身享受每月补助。

然而，这并没有阻止谋杀。马什哈德被杀三周后，一个名叫萨尔曼·拉希德的有英国教育背景的伊拉克工程师被派到日内瓦，接受为期两个月的通过电磁同位素分离浓缩铀的培训。

他有一个形影不离的保镖。但在返回伊拉克前一周，他病入膏肓。日内瓦的医生怀疑是病毒。6天后，即9月14日，拉希德痛苦地死去。尸检显示没有病毒：摩萨德毒死了他，但没人能确定是怎样做到的，用了什么毒药。[③]

---

① 2015年6月对“布莱克”的采访。与之有部分相似的描述见：Ostrovsky, *By Way of Deception*, 22－25。

② 霍达·科特采访希迪尔·哈姆扎博士，NBC《日界线》（*Dateline*）节目研究资料。

③ 2015年6月对“布莱克”的采访，2016年2月对“阿米尔”的采访。Claire, *Raid on the Sun*, 76－77。

两周后，另一名伊拉克高级工程师阿卜杜·拉赫曼·拉苏尔参加了法国原子能委员会举办的一个会议，他是负责核项目各处建筑施工的土木工程师。在会议开幕时的鸡尾酒会和官方招待会之后，他立即病倒，看情况像是食物中毒。① 5天后，他死在巴黎的一家医院。

8月初，参加伊拉克项目的许多法国人收到一封信，信中直白地警告说，若他们不立即抽身就会有危险。② 萨达姆·侯赛因大为恼火，几天后，他发表了一篇针对以色列的愤怒至极的演讲，他没有提及对科学家的袭击，而是威胁"要用炸弹将特拉维夫夷为平地"。

萨达姆的科学家开始恐慌。"没人愿意出差，"哈姆扎说，"因此，就用奖金鼓励大家出差。"他们还接受了个人安全和防身术的训练。③ "一个情报人员教我们怎么吃东西，告诉我们不要受邀天黑后出门，身边不能离人。我们被训练随身携带自己的牙膏、牙刷、剃须用品，要么放在小袋子里，要么放在口袋里。"

有几个法国承包商吓得辞职了，伊拉克核项目的进度慢下来一

---

① 由于显而易见的原因——使用毒药以及在法国领土上实施爆炸与暗杀这一事实——以色列对其行动守口如瓶。1990年发生了一起严重的泄密事件。一个名叫维克多·奥斯特洛夫斯基（Victor Ostrovsky）的被摩萨德扫地出门的人，宣布将在加拿大出版一本回忆录，名为《踏上欺骗之旅：一名摩萨德军官的成长记》（*By Way of Deception: The Making of a Mossad Officer*），这严重违反了摩萨德的规定，危及以色列的安全。该机构试图说服奥斯特洛夫斯基收回他的书，被拒绝了。特工们冲进他出版商的办公室，偷走了长条样，结果发现书中有大量该机构的信息，其中一些很准确，包括许多针对伊拉克核计划和伊拉克科学家而采取的行动的篇幅。长条样在摩萨德引起了不小的恐慌。"我被叫到局长办公室，他给我看了提到我的部分。"阿米·亚尔说，他培训过奥斯特洛夫斯基一段时间，书中有所提及。"这让人很不舒服。"年轻军官约西·科恩说，他是摩萨德冉冉升起的新星，当年受训时见过奥斯特洛夫斯基。科恩向摩萨德局长沙维特提交了一份除掉奥斯特洛夫斯基的详细计划。沙维特很欣赏，然后去找了总理沙米尔，但沙米尔出于"我们不杀犹太人"的原则否决了该计划。摩萨德只好去求加拿大和美国法院禁止出版这本书，依据是奥斯特洛夫斯基加入该组织时曾宣誓保密。法院驳回了请求，整件事反而使这本书更加可信，促进了销售。2012年12月3日对阿米·亚尔的采访，2017年4月对"优势"的采访，2014年5月对"托博伦"的采访，2017年1月对"词汇"的采访。

② Nakdimon, *Tammuz in Flames*, 309 (Hebrew).

③ 东德斯塔西和与萨达姆的秘密情报局有来往的克格勃，汲取了瓦迪·哈达德被干掉的教训。2010年6月对"伊雷"的采访。

点。但萨达姆是举一个专制国家之力来制造炸弹，在此过程中他可以腾出一两个技术人员放进去。所有的科学家，无论是死去的还是受到惊吓的，很快被替换。法国送来了12公斤浓缩铀，并在不久后接下第二个订单。

以色列充其量也只是在萨达姆完成反应堆建设并开始启动之前争取到一些时间：或许18个月，或许2年。但伊拉克仍然期望——以色列仍在担心——萨达姆在这个10年结束前拥有可全面运作的核武器以及可以运载它们的手段。

摩萨德局长伊扎克·霍菲知道，情报、定点清除和破坏行动能做的只有这么多。"我放弃了，"他在1980年10月告诉贝京，"我们阻止不了它。唯一的办法就是空袭。"①

换言之，只有一个办法了，那就是公开宣战。

以色列高层存在分歧。该国的一些重要情报官员警告说，轰炸伊拉克核反应堆将产生极为可怕的国际影响，反应堆需要数年才能生产出足够的燃料制造炸弹，摧毁它将迫使萨达姆采取其他更隐蔽的方式，收集情报将会困难得多。当时的局势如此紧张，② 贝京一度停止邀请自己的原子能委员会主席乌兹·埃拉姆参加讨论，因为他反对空袭。乌兹·伊凡教授是埃拉姆的一名工作人员，他担心摧毁反应堆只会促使伊拉克核项目转移到秘密设施而以色列将无法对此进行监视，因而将预期的袭击计划泄露给了反对派领导人西蒙·佩雷斯。③ 随后，他又亲笔给贝京写了一份备忘录，④ 警告说如果以色列将这次袭

---

① 2002年1月11日在贝京中心采访霍菲。

② 2009年12月2日对埃拉姆的采访。

③ 2009年12月2日对乌兹·伊凡的采访。

④ 在事情泄露给佩雷斯以及他给贝京写备忘录一事发生后，国防机构内部非常警觉。空袭推迟，代号更改。参谋长艾坦下令大规模窃听参谋部以及为展开行动已经接受过安全检查的其他高级军官。但真正的吹哨人伊凡教授并没有被识破，他1996年接受我采访时第一次承认自己曾扮演的角色。1996年5月对伊凡的采访。Ronen Bergman, "The First Iraqi Bomb," *Haaretz*, May 31, 1996。

击进行到底，它在国际上会被孤立，“就像荒野中的荆棘那样”，他用了先知耶利米的话，它说的是如果上帝抛弃以色列，以色列将会多么孤苦无依。

但总理贝京、刚被提拔为国防部长的阿里埃勒·沙龙以及以色列国防军参谋长拉菲·艾坦，拒绝接受所有反对该行动的论点。他们同意阿德莫尼和其他情报高官的意见，即在反应堆变“热”之前应尽快将其炸毁，以免核泄漏时发生可怕的人道主义灾难。在“新纪元”论坛上，物理学家兼军官奥菲克博士一再强调，为了确保完全摧毁反应堆，必须实现一个目标：“用足够的炸药摧毁浸泡铀棒的池子。”

6月7日下午4点，8架F-16飞机从以色列占领的西奈半岛埃茨翁基地起飞，去袭击奥西拉克反应堆。为它们护航的是6架F-15，另外还部署了60架飞机作为支援——其中有一些在空中盘旋，其他的在地面随时待命。其中包括改装成用于空中加油和空中指挥控制的波音飞机，提供情报的鹰眼飞机，以及万一飞机坠毁需要进行营救时使用的直升飞机。F-15战机能对付任何可能挑战以色列飞机的伊拉克米格飞机，它们还携带先进的电子作战系统，以干扰地面防空导弹群的雷达。

这条路线有600英里，横穿沙特阿拉伯北部和约旦南部。飞行员飞得很低，[①] 离地面不到300英尺，为的是避开约旦、沙特和伊拉克的雷达。

太阳快落山时，大约下午5点半，飞机抵达目标。[②] 8架F-16战机爬升到1 000英尺的高度，做了个翻滚动作，以35度角释放了炸弹。它们一个接一个地朝反应堆的混凝土圆顶投下了两枚1吨重的炸

---

① 飞机碰巧从侯赛因国王的头顶飞过，当时他正在亚喀巴湾的皇家游艇上。他肯定看到了飞机并且明白了它们飞往哪里，但发给沙特人和伊拉克人的警告要么卡在半路上，要么根本没发出去。Nakdimon, *Tammuz in Flames*, 15-16 (Hebrew)。

② 2011年5月31日对阿维姆·塞拉的采访。Nakdimon, *Tammuz in Flames*, 188-203 (Hebrew)。

弹。一半的炸弹会在接触时爆炸，另一半则会在深入建筑物结构之后才爆炸。8 名飞行员中有 7 名击中目标，16 枚炸弹中有 12 枚穿透了圆顶。10 名伊拉克士兵和 1 名法国技术人员被炸死。

伊拉克人完全措手不及。没有一枚导弹射向来偷袭的飞机，只有零星的毫无攻击力的防空火力在它们返航的路上对准了它们。所有的飞机都安全地回到基地。至今，它们的机头上还印着反应堆的图像，以及代表在战斗中被击落的飞机的圆圈。

到午夜时，机载摄像机拍摄的视频片段已经被分析，它们记录下了对反应堆造成的巨大破坏。凌晨 3 点，8200 部队的“启示录”小组截获了一名工程师打出的电话，其中描述了在黑暗中检查爆炸现场的情况。工程师摸索水池的位置，这是建筑核心的关键部分，但借助手电筒的光，他只找到“被水淹没、炸成大块碎片的水泥”——圆顶向内塌陷。在分发给政府高官和情报机构负责人的“即时情报调查”中，“阿曼”确认反应堆的池子已被毁得无法修复，“反应堆已完全被摧毁”①。

在袭击发生前，情报界曾建议以色列不要宣布对此事负责。他们相信，没有令人尴尬的公开羞辱，萨达姆就不会感到对以色列发起反击的压力。他会有回旋的余地。

然而，贝京最终还是做出了相反的决定。轰炸完美地完成了，伊拉克的反应堆只剩下一堆堆冒烟的废墟，萨达姆的核野心或许永远停摆了。贝京想承认这些事实，甚至夸耀一番。他敏锐地感受到了以色列公众的情绪。在议会的一次演讲中，他将萨达姆比作希特勒，将有核的伊拉克的危险比作纳粹的“最终方案”。“面对这种可怕的危险，我们能做些什么呢?”他问。

“这个国家和它的人民差点被消灭。另一场大屠杀原本会降临到

① 2016 年 1 月 24 日对奥菲克的采访。

犹太人头上。”[1]

萨达姆私下对他的复兴社会党领导层发表了讲话。[2] “这很痛苦，”他叹了口气承认，指的是爆炸，“因为这是我们辛辛苦苦才收获的一个珍贵果实，是革命的成果之一，为了它，我们在政治、科学、经济上付出了很长一段时间的巨大努力。”

但他很快换成了惯常的好斗口吻，诅咒“犹太复国主义实体”和梅纳赫姆·贝京。

萨达姆接着说：“贝京和其他人必须明白，他们所谓的先发制人的打击，旨在阻止阿拉伯国家的进步和崛起，阻止阿拉伯国家利用科学技术，这种打击不会阻止阿拉伯国家继续向自己的目标前进，这种先发制人的做法也不会为犹太人提供他所希望的安全。”

三个星期后，贝京迎来了又一次欢庆，这次是庆祝大选获胜。

摩萨德和以色列国防军也因为这次行动大获成功而欢欣鼓舞，为在他们看来摧毁了伊拉克核项目的事而得意洋洋。他们将伊拉克排在了情报优先等级名单的最后面。[3]

然而，萨达姆对轰炸巴格达反应堆的反应与以色列情报机构预料的恰恰相反。

“萨达姆在压力下……变得更加咄咄逼人，更加坚决，”哈姆扎博士说，“因此，40 亿美元的项目变成了 100 亿美元，400 名科学家变成了 7 000 名。”

萨达姆下令对任何能在最短时间内使其获得原子弹的科学途径以及将之送到目标那里的办法予以大力投入。很快，他发现西方公司准

---

① 1981 年 6 月 9 日，梅纳赫姆·贝京召开的国际新闻发布会。以色列行动激起人们对其执行力的钦佩，也引发了国际政治的严厉谴责。似乎只有《华尔街日报》支持此次突袭，并发表了一篇社论，至今这篇社论仍骄傲地挂在该报的会议室。

② Recordings of Baath Party Supreme Council, Pentagon Archives, CRRC SH. SHTP. A. 001. 039，感谢阿马兹亚·巴拉姆教授。

③ 2012 年 7 月 31 日对吉拉德的采访。

备以高价向其提供设备和原材料，表面上是民用，但也可以用于军事目的，去开发大规模杀伤性的核武器或生化武器。

以色列只发现了这些活动中的很小一部分痕迹。其中一个叫“秃鹰计划”（Condor project），是伊拉克、埃及和阿根廷联合开发各种类型导弹的项目。① 参与该项目的德国公司和阿根廷科学界的摩萨德特工，以及在美国情报机构内部为以色列效力的乔纳森·波拉德获得了有关该项目的大量情报，并将其传回了以色列。摩萨德开始在相关欧洲公司的办公室纵火，并系统地恐吓科学家，其方式类似于20世纪60年代对埃及的德国火箭科学家所做的。他们接到匿名电话，对他们说：“如果你不立即收手，我们就干掉你和你的家人。”②

摩萨德也制定了消灭一些科学家的计划，但事实表明，施压、纵火、非法闯入以及摩萨德的致命名头，使得没必要用上定点清除。科学家们走了，阿根廷和埃及减少了资金投入。

萨达姆苦恼不已，转而求助于一个叫杰拉德·布尔的曾受雇于美国国家航空航天管理局、美国军队和以色列的加拿大火箭科学家，③请他开发导弹和一种超级大炮，后者的灵感源于儒勒·凡尔纳的科幻小说《从地球到月球》，这种大炮能将巨大的有效载荷送到超远距离外——可远达德黑兰（离巴格达430英里）和特拉维夫（离巴格达570英里）。布尔请他的客户放心，其超级大炮不仅具有极远的射程，还能更准确有效地发射生化制剂，因为弹头的加热速度会小于伊拉克的飞毛腿导弹。

1989年，布尔和伊拉克人在巴格达以北125英里的贾巴尔-哈姆

---

① 2016年6月对“高更”的采访，他是摩萨德在阿根廷“秃鹰计划”科学部安插的特工。Director of Central Intelligence, *Jonathan Jay Pollard Espionage Case*, October 30, 1987, 39。

② 2016年9月对“莎莉”的采访。Burrows and Windrem, *Critical Mass*, 442, 461, 466-80。

③ 摩萨德中有关布尔的文件，包括大量他与伊拉克的联系人和通讯信息，特别是侯赛因·卡迈勒将军，他是萨达姆的表弟，伊拉克武器采购部门主管（作者的资料，从“博加特”处获得）。

雷恩（Jabal Hamrayn）建起大炮，并进行了三场试射。[①]

不幸的是，布尔从未把自己收到的匿名威胁电话和信件当回事，这些电话和信件警告他，如果他不立即断绝与萨达姆的往来，“我们将不得不对你和你的公司及与你有关的人下狠手”。[②]

1990 年 3 月 22 日，一个“刺刀”小队在他家门口等他，他家离他在布鲁塞尔的办公室车程很短。两个男人躲在楼梯间的门后。从他们所在的有利位置，可以看到布尔走向他的公寓，从口袋里摸出钥匙。等他一经过，并且背对着他们，他们就拔出带消音器的马卡洛夫手枪从门后跳了出来。[③] 其中一人朝布尔的脑袋开了两枪，朝他的背开了三枪，另一人一直留在身后，确保现场的安全。布尔还没倒地就死了。杀手迅速拿出相机，对着科学家被打裂的脑袋拍了几张照片。一张是特写，另一张是布尔趴在血泊中。

照片当天就寄到了布尔的公司“太空研究集团”（Space Research Corporation）的员工手中。随附的便条上写道：“如果你们明天去上班，下场也一样。”[④] 第二天没人来上班，公司很快就关张

---

① “阿曼”将自己与摩萨德收集到的有关布尔的所有资料交给了国防部武器与技术基础设施发展管理局（常用名“Maf'at”为其希伯来语首字母缩写）以及以色列国防军的炮兵部队。这些单位检查了布尔的计算，还运行了几个计算机模型。结果令人惊讶：超级大炮具有科学上的可行性，布尔并不是在异想天开。2012 年 7 月 31 日对吉拉德的采访。

② “刺刀”的情报官员摩西·“米什卡”·本-大卫说：“有几次我们得出的结论是地方当局无意管这种事，有些交运货物着火或爆炸，我们当中的一些人也不在了。”2013 年 1 月对“罗密欧”的采访。Cockburn, *Dangerous Liaison*, 306。

③ 2000 年 5 月对“罗密欧”的采访，他是协调暗杀布尔的“凯撒利亚”负责人之一。

④ 在他们与“秃鹰计划”和超级大炮项目作斗争的同一时期，以色列安全部门的负责人还不得不对是否该干掉一名以色列犹太人进行了争论：1986 年，以色列迪莫纳核反应堆的一名低级技工莫迪凯·瓦努努觉得自己是摩洛哥人而非欧洲人所以受到歧视，他支持极端左翼思想，偷偷携带相机进入以色列最机密的设施，并给氢弹等东西拍了照片。他把照片和其他重要情报卖给了英国的《星期日泰晤士报》，该报计划公布这些材料。摩萨德从其最老资格的消息来源、传媒大亨罗伯特·麦克斯维尔那里获悉了此事。“你们得除掉瓦努努，事关生死。”一个名叫丹·马格利特的著名以色列记者在采访总理西蒙·佩雷斯前的非正式 （转下页）

了。[1] 摩萨德确保布尔所有的“稻草人公司”也收到了这一信息。

项目陷入绝境。4 月 2 日，萨达姆从其情报机构得知杰拉德·布尔被杀后，向全国发表讲话，发誓“要让半个以色列被大火吞噬”[2]。

实际上，布尔的死只是延缓了萨达姆获得远程运载装置的努力，并未阻碍其核项目。事实表明，以色列和其他西方国家的情报机构对萨达姆的军事研发工作的主要部分一无所知。

“这个庞大且极其复杂的网络就在我们眼皮子下运作，”“阿曼”研究部门的西蒙·沙皮拉准将说，“毫无疑问，这是以色列情报史上最大的失败之一。”[3]

沙皮拉说，以色列是“运气多于理性”[4]。萨达姆·侯赛因错在不该在 1990 年 8 月入侵科威特，以为美国和世界其他国家会对此袖手旁观。他错了。他自取其辱，招来了一个包括一些阿拉伯国家在内

(接上页)谈话中告诉他。佩雷斯坚决反对：“我们不杀犹太人。”佩雷斯告诉我，摩萨德曾要求允许他们铲除这个人，但他断然拒绝了：“我不想杀他。我命令带他回以色列受审。”马格利特是位著名的时事评论员，至今仍然笃信佩雷斯错了：“他们本该在国外杀了瓦努努，或者干脆随他去。‘我们不杀犹太人’是一种种族主义表达。以色列要么打击对该国安全构成严重威胁的人，要么不动手，不应考虑种族或宗教信仰。”瓦努努最终在一位摩萨德女特工的引诱下飞离伦敦——该组织不愿在伦敦动手——跟她一起飞往罗马，在那里他被抓获、被药物控制，然后被偷偷带上一艘以色列商船。他受到审判并被判 18 年徒刑。2015 年 2 月对“莎莉”的采访，2011 年 5 月对“拉斐尔”的采访，2004 年 7 月对耶西勒·霍列夫的采访，1999 年 2 月 12 日对本尼·泽维的采访，2005 年 1 月 30 日对佩雷斯的采访，2016 年 11 月 17 日对马格利特的采访。

① Ronen Bergman, “Killing the Killers,” *Newsweek*, December 13, 2019. “The Man Who Made the Supergun,” *Frontline* (PBS), February 12, 1992. Burrows and Windrem, *Critical Mass*, 164 – 77.

② “Iraq Chief, Boasting of Poison Gas, Warns of Disaster if Israelis Strike,” *New York Times*, April 2, 1990.

③ 2015 年 1 月 31 日对沙皮拉的采访。

④ 1990 年 1 月 16 日，就在美国及其盟国发起“沙漠风暴行动”的当晚，萨达姆下令向以色列密集发射导弹——这就是以色列情报机构并不知道正在开发而且后来还以为“销声匿迹”的那批导弹。国防部长们提议进攻伊拉克，但在美国的压力下，该提议被否决，因为布什总统担心如果以色列介入会影响到其国际联盟的完整性。多年来，萨达姆似乎是阿拉伯世界唯一胆敢攻击以色列并证明以色列对他的威胁不过是空谈的领导人。以色列的耻辱感深深影响了后来有关是否应该制定暗杀萨达姆的计划的讨论。

的广泛的国际同盟，将他赶出了科威特，还迫使他接受严格的国际调查。

联合国调查员随后发现了摩萨德完全没发现的情况：在1991年1月解放科威特的“沙漠风暴行动”启动时，萨达姆不出几年就会拥有全面的核武器、生化武器的能力，而且能制造可以把这些武器投到以色列的导弹和弹头。①

即使在战争结束之后，当布什总统决定不入侵伊拉克并保住萨达姆的位子时，以色列国防军参谋长巴拉克依然相信萨达姆仍然对以色列构成明显且近在眼前的威胁。② 萨达姆肯定会再次尝试发展大规模杀伤性武器，而且不可能跟他进行任何形式的谈判。

1992年1月20日，巴拉克下令“组建一支研究打击目标［萨达姆］的可能性的队伍”③。两个月后，即3月12日，这支由艾米拉姆·莱文领导的队伍向参谋长汇报了计划的进展情况。巴拉克告诉该队：“这一目标是我们遇到过的最重要的定点行动之一。”他下令在当年7月前做好执行计划的准备。④

巴拉克向总理沙米尔和1992年接任总理的拉宾汇报，他努力说

① 1996年9月对罗尔夫·埃克斯的采访，2000年8月对汉斯·布利克斯的采访。

② 巴拉克依靠的是“阿曼”的一组心理学家和精神病学家对萨达姆·侯赛因所做的心理侧写，他们在这份侧写中说：“萨达姆认为世界是个残酷、冰冷、不断面临死亡危险之地。在这个体系中，既没有道德法则存在的空间，也没有因社会规范而无法破坏的行为准则……。萨达姆不害怕战争，哪怕是跟强大军事力量对战。相反，他可能会认为与强大军事力量作战能证明伊拉克的重要性和实力……。萨达姆获得核武器的愿望……与他为自己打造一种无懈可击的力量感的心理需要有关……。他绝不会忘记或宽恕伤害他的人……萨达姆会毫不犹豫地对以色列使用非常规武器……别的代价和道德负疚都拦不住他。”（AMAN, Research Department, *Psychological Portrait of Saddam Hussein*, Special Intelligence Survey 74/90, November 1990.）2013年7月1日对巴拉克的采访。

③ CoS Barak Bureau to Amiram Levin, Deputy CoS, head of AMAN, head of Mossad, “Sheikh Atad” (Thorn Bush)［行动代号］, January 20, 1992（作者的资料，从“尤利西斯”处获得）。

④ CoS Bureau to Deputy CoS, head of AMAN, director of Mossad, Commander of Air Force, and Amiran Levin, *Thorn Bush,* March 17, 1992（作者的资料，从“尤利西斯”处获得）。

服他们对一个主权国家的领导人首次使用暗杀。

“回想起来，”巴拉克时隔多年后说，“试想一下，我们怎么能跟这个可怕的人一起维护这个世界整整 10 年。历史本来会不一样的。”①

两位总理都同意他计划的这次袭击。许多想法提了出来②：在伊拉克（最好是巴格达）某处上空击落一架以色列飞机乃至一颗卫星，等待萨达姆前来检查残骸，然后把他和他的随从一起炸死；在欧洲成立一个“稻草人公司”，向萨达姆出售一个崭新的现代电视演播室，用来向全国播放他的演讲，在里面为其配备向以色列播放的设备，并在他的脸面向屏幕时引爆它；将萨达姆的一位革命战友的纪念碑换成装了诡雷的碑，等他在纪念仪式上低头向纪念碑致敬时就引爆。此外，还有许多其他铲除这位伊拉克独裁者的计策。

最终，他们决定在戒备森严的巴格达之外唯一一个地方袭击萨达姆，在那里所有人都能确定是他本人，而不是他的替身之一：在位于提克里特的他的家族墓地，参加跟他关系极近的人的葬礼。那个人会是他的舅舅哈里拉·图尔法（Khairallah Tulfah），是抚养他长大的人，如今已病入膏肓。

以色列人密切跟进图尔法在约旦接受治疗的情况，等待他的死讯传出。③ 但他迟迟不肯断气，所以他们决定采取备用方案。摩萨德放弃图尔法，转而准备干掉伊拉克驻联合国大使巴赞·提克里提。

以色列总参侦察营的突击队员乘直升机前往提克里特，在一定距离之外降落，然后乘坐与伊拉克军队使用的一模一样的吉普车去墓地，实际上这些车装有可以将车顶翻过来弹出制导导弹的特殊系统。

---

① 2012 年 1 月 13 日对巴拉克的采访。
② 2012 年 10 月 15 日对纳达夫·泽维的采访。
③ 2012 年 9 月对“佐尔菲”的采访。

萨达姆来参加葬礼时，他们会发射导弹炸死他。①

许多与此有关的人相信，如果这个计划成功了，参谋长埃胡德·巴拉克将步入政坛，很有可能成为总理的候选人。这对于一个还是个年轻的中尉时起就被认为了不起的人来说，再自然不过了。

在以色列的内盖夫沙漠中巨大的采塞利姆（Tze'elim）训练营，以色列总参侦察营建了一个侯赛因家族墓地的模型来进行演练。1992年11月5日，当他们准备就绪时，以色列国防军的高级官员前去观看彩排。带着导弹的打击小组就位，该部队的情报和行政人员扮演萨达姆和他的随行人员。

但是，由于严重的计划缺陷和漫长的训练安排带来的人员疲惫，携带导弹的人误以为这是设计语境下的演习，士兵扮演的萨达姆向看不见的人群挥手，而在小范围试测语境下的实测中这个活的士兵将用人体模型来代替。现场组织如此混乱，演练和真刀真枪演习竟然用了同一句暗语“派辆出租车去”。

部队指挥官以为是演练，下令“派辆出租车去”。但是，吉普车的指挥官以为实测已经开始。他一声令下：“发射第一枚导弹。”他的一个部下按下了按钮，开始将导弹引向目标。快接近时，他发现不对劲，根据一些目击者所言，他大叫：“怎么回事？我不明白为什么人偶会动。”

但一切太迟了。导弹正好落在随从人员当中。几秒钟后，第二枚导弹在几码远的地方落地，不过几乎没造成任何破坏，因为目标区域内的所有人都已经倒在地上，死的死，伤的伤。指挥官意识到出了大事。“停火！”他大喊道，“停火！我重复：停火！”

---

① 10月8日，总理拉宾再次询问：“以色列应该杀掉另一个国家的现任领导人吗?”艾米拉姆·莱文答道：“想象一下，1939年有人杀掉了希特勒。”最终拉宾被说服了，并对参谋长、“阿曼”局长和摩萨德局长说他“批准这个目标”。Azriel Nevo to CoS, head of AMAN, and head of Mossad, Computer Workshop（行动的众多代号之一），October 13, 1992（作者的资料，从“尤利西斯”处获得）。

5名士兵遇难，目标区域的其他人全部受伤。

令人尴尬的是，有些人只受了点伤，而扮演萨达姆的那个人就是其中之一。① 这次意外引发了一场猛烈的政治风暴，导致巴拉克和其他一些将军就谁该负责吵得不可开交。②

采塞利姆事故叫停了暗杀萨达姆·侯赛因的计划。后来，事实证明，与巴拉克的预期相反，萨达姆实际上并没有在“沙漠风暴行动”之后重拾获得核武器的企图。

无论如何，以色列现在面临着新的敌人，而且是更危险的敌人。

---

① 2012年10月15日对纳达夫·泽维和扮演萨达姆的士兵埃亚尔·卡特万的采访。

② 2013年5月10日对巴拉克的采访，2012年6月3日对萨吉的采访，2012年4月3日对利普金-沙哈克的采访，2010年12月29日对阿维塔尔的采访，2012年10月15日对纳达夫·泽维的采访。此次事件之后，以色列高层之间斗争的详细记载，参见：Omri Assenheim, *Zeelim*, 221－304 (Hebrew)。

二十一
绿色风暴来了

1978 年 3 月 13 日，一架豪华公务机从德黑兰秘密起飞，机上载有两名忧心忡忡的乘客：以色列驻伊朗大使尤里·卢布拉尼和摩萨德驻伊朗站负责人鲁文·梅尔哈夫。他们此行是去见国王穆罕默德·礼萨·赛勒斯·巴列维，[①]他在离波斯湾的伊朗海岸 10 英里的基什岛度假居所。

这位国王是伊朗的无所不能的统治者，是个冷酷无情、狂妄自大的暴君，他想将他的国家迅速变成一个“比法国还发达的”地方。他将伊朗的巨额石油收益用于建立强大的军队，建设最新的基础设施和现代经济。他将一个加速的西化进程强加给自己的臣民，无论是德黑兰大巴扎的商人，还是穆斯林中的宗教人士，很多人都觉得这令人反感且有害。但他们的反对并没有吓倒国王，他命令军队和手下残酷无情的秘密警察“萨瓦克”（SAVAK）用铁腕镇压一切反对者。

沙阿的外交政策建立在与美国密切的政治、军事和民间联系之上。[②]他也与以色列结成了亲密的情报同盟。[③]这使得伊朗用现金和石油从犹太国换得了大量的军事武器装备。他还允许以色列人在伊朗领土上对阿拉伯国家开展一系列重要行动。

但卢布拉尼和梅尔哈夫有充分的理由心烦意乱。尽管伊朗与美国和以色列的联系一如既往地牢固，但沙阿对其国家的统治开始动摇。反对他的示威活动一天比一天激烈，来自各方——商人、共产党人、右翼分子和伊斯兰分子——的抗议运动越来越声势浩大。迄今对沙阿侵犯人权的行为视而不见的白宫，现在迎来了自由派总统吉米·卡特，他开始对使用武力镇压抗议者越来越不安，这导致沙阿不愿部署军队镇压他们。

然而，伊朗王室和领导层并未收敛他们奢侈的生活方式。卢布拉尼和梅尔哈夫刚刚在基什岛着陆就亲眼见证了这一点。这座岛是沙阿最喜欢的行宫，在一年中的许多时间他的总部就设立于此。“这是上流社会人物的游乐园，”梅尔哈夫说，“令人震惊的腐败的证据随处可见。这里享乐主义的气氛和奢侈令我们错愕不已。”

两名以色列人来到基什岛会见沙阿和他亲近的顾问，以评估该政权应对日益攀升的反对浪潮的实力。给他们的担忧火上浇油的是，什叶派的极端分子是反对派中最重要的组成部分，他们与他们在黎巴嫩的兄弟们有来往，而且已经开始在亚西尔·阿拉法特为他们设立的营地进行训练。梅尔哈夫说：“当时被认为是反对我们的主要恐怖势力——阿拉法特在黎巴嫩的巴解组织——与什叶派极端分子之间的这种结合，似乎于我们有重大的潜在危险。”④

宗教反对派最著名的领袖是鲁霍拉·霍梅尼，他继承了“赛义德”头衔，这是先知穆罕默德的后裔才能用的，他还获得了什叶派最高宗教领袖“大阿亚图拉”的称号。年轻时，在家乡霍梅恩，这位未来的革命家就是位著名的传道者，对复杂的宗教信仰有着敏锐的洞察力，但缺少富于个人魅力的口才。不过，1962 年，60 岁的霍梅尼发生了惊人的变化：在隐居一段时间之后，他从卧室出来，深信自己得到了上帝的特别使者大天使加百列的眷顾，⑤ 说真主指定他成就一番伟业。

为了完成自己的使命，霍梅尼脱胎换骨。他放弃了此前复杂难懂的风格，开始以简单明了的方式讲话，使用的词语绝不超过 2 000

---

① 那次会见的部分记录最先发表在 Bergman, *Secret War with Iran*, 15 - 18。
② 同上。
③ 同上。
④ 2014 年 4 月 22 日对梅尔哈夫的采访。
⑤ Menashri, *Iran Between Islam and the West*, 134 (Hebrew).

个，并且一而再地重复某些词组，直到它们产生一种神奇咒语般的效果。“伊斯兰教才是解决之道”是他最爱讲的话之一。他开始将世界描绘成善与恶的交锋。恶必须被连根拔起并毁灭，这是善必须履行的职责，它既是法官又是行刑人。他在穷人中的追随者发现这很有说服力。

后来，霍梅尼重塑了伊斯兰教什叶派，以使其符合他为自己设计的领导角色。[①] 他摆脱了穆斯林帝国一直以来盛行的政教基本分离的传统，宣布不再需要宗教圣贤推荐的国王。政府应该掌握在圣贤们自己手中。穆斯林世界所有没有明显宗教信仰的君主政体和其他政权——埃及和叙利亚的总统、沙特阿拉伯的国王、伊朗的沙阿——都是非法的，都要被取代。“伊斯兰教是唯一的解决之道。”他下令。

霍梅尼在殉道问题上的态度也意在为他上台铺路。他对他的支持者解释说，国家掌握的最高约束力就是处决其公民的权力。通过将死亡变成想要的奖励就可以取消这一约束力，从而使国家变得无能为力。“请杀死我们吧，”霍梅尼宣称并这样写道，“因为我们——也要杀了你！”[②] 他后来指示殉道者悲痛欲绝的遗属及其邻居举行欢庆活动，以纪念他们的儿子为伊朗圣战捐躯。

霍梅尼的下一步是打破什叶派神学最重要的传统习俗。他允许——甚至鼓励——信徒称他为“伊玛目”，在什叶派传统中，这个词在很大程度上含义与犹太教-基督教的弥赛亚概念大致相似，弥赛亚的到来预示着世界末日。

1963 年，霍梅尼在制定新教义之后没多久，就从伊朗最神圣的城市库姆（Qom）发起了一场反对沙阿的公开运动。沙阿不能冒险杀掉阿亚图拉，所以他被流放了。霍梅尼先后在土耳其、伊拉克避难，

① Taheri, *The Spirit of Allah*, 27–28, 131 (Hebrew). Menashri, *Iran Between Islam and the West*, 131 (Hebrew).

② Taheri, *The Spirit of Allah*, 132–33 (Hebrew). 1997 年 12 月 26 日对尤里·卢布拉尼的采访，2015 年 10 月 2 日对萨夫里尔的采访。

最后在法国寻求庇护。

他在那里讲授的课程吸引了越来越多的学生。① 20世纪70年代，他在遥远的地方变成了沙阿最强大的对手。在卢布拉尼和梅尔哈夫抵达基什岛时，霍梅尼大约60万盒的布道磁带，已经充斥了伊朗各地。在清真寺和集市，在农村地区和德黑兰周边的山区，在大巴扎，甚至不声不响地在政府部门，数百万人在聆听这位狂热而面无表情的宗教领袖煽动人心的布道。

他们听见他说“卑鄙的沙阿，那个犹太间谍，美国毒蛇，必须用石头砸碎他的头”，“沙阿说他要给人民自由。听我说，你这个自大的癞蛤蟆！你是谁，能赋予自由？是真主赐予自由。是法律赋予自由，是伊斯兰教赋予自由，是宪法赋予自由。你说你给了我们自由是什么意思？是什么让你有能力赋予一切？你以为你是谁？”②

当然，霍梅尼的磁带分发受到了沙阿的秘密警察“萨瓦克”的密切监视。③ 该组织的领导人请求沙阿允许他们突袭阿亚图拉的分销中心。但该请求被拒绝了，因为卡特总统向其施压要求不得侵犯公民权利，还因为沙阿正在接受癌症治疗，身体虚弱且脑子混乱。卢布拉尼和梅尔哈夫对沙阿生病并不知情，此事的保密工作做得很好。

只有卢布拉尼获得了觐见的机会。④ 沙阿热情地欢迎他，但大使很快意识到谈话不会有结果。卢布拉尼心情阴沉地离开了那个金碧辉煌的豪华接见室。“沙阿与现实脱节，活在自己的世界里，几乎得了妄想症，”他告诉梅尔哈夫，“他身边都是马屁精，没告诉他国家局势的实情。”梅尔哈夫与伊朗情报机构领导人会谈后也得出了同样的结论。

---

① Bergman, *Secret War with Iran*, 13－14.

② Bergman, *Point of No Return*, 50 (Hebrew).

③ Bergman, *Point of No Return*, 51－52 (Hebrew).

④ 2011年10月5日对梅尔哈夫的采访。

这次拜访后不久，两人向以色列安全机构发出警告：沙阿的统治正在崩溃。反对其政权的世俗社会人士和宗教界人士罕见地联合了起来，以及公然的腐败和国王对外部世界的一无所知，导致巴列维王朝行将覆灭。

但这样的警告被当成了耳旁风。在外交部和摩萨德——还有中央情报局——官员们相信梅尔哈夫和卢布拉尼错了，沙阿的统治很牢固，伊朗永远都是以色列和美国的盟友。①

这是个严重的错误。霍梅尼在他新近于巴黎成立的总部指挥了伊朗各地城市的大规模抗议活动，很快就从数千人变成了数十万人。

1 月 16 日，饱受疾病折磨、身心俱疲的沙阿认定如果没有美国人的支持，他最好还是卷铺盖走人。于是，他带上一个装了几块伊朗泥土的盒子，与妻子和几位助手一起飞往埃及。

第二天，国王任命来管理国家的世俗总理沙普尔·巴赫蒂亚尔向摩萨德驻伊朗站站长埃利泽·萨夫里尔提出了一个直截了当的请求：可否请摩萨德杀掉现在住在巴黎郊区的霍梅尼?② 该机构负责人伊扎克·霍菲在特拉维夫扫罗王大道的总部召开了高级职员的紧急会议。

对以色列的好处显而易见："萨瓦克"会对以色列人感恩戴德。另外，暗杀可能将改变历史进程，阻止对以色列和犹太人的态度非常明确的霍梅尼夺取伊朗政权。与会人员讨论了以下几点：这个计划在操作上是否可行？阿亚图拉是否真的构成了如此严重的威胁？如果是，以色列是否准备承担铲除一位高级神职人员而且是在法国领土上这么做的风险？

"凯撒利亚"局长迈克·哈拉里的一名代表说，从操作的角度来看，事情并不复杂，但显然和所有这类行动一样，特别是在如此有限的时间里执行的操作，可能会出岔子。

---

① Bergman, *Secret War with Iran*, 17.

② 2015 年 10 月 2 日对萨夫里尔的采访。

一位曾在伊朗工作的分部负责人说："让霍梅尼回伊朗吧。他不会待太久。军队和'萨瓦克'会收拾他和他那些在城市街头抗议的人。他代表的是伊朗的过去而不是未来。"

霍菲局长明确表态，说他倾向于"基于原则婉拒这一请求"，因为他"反对暗杀政治领袖"。

负责伊朗事务的高级研究分析师约西·艾尔弗在会上说："对于霍梅尼的立场或者他实现其立场的机会，我们还没有掌握充足的情报，因此我无法准确地评估这一风险是否合理。"[1] 霍菲接受了艾尔弗的意见，并下令让萨夫里尔给巴赫蒂亚尔一个否定的答复。

这个插曲再次表明了以色列国——尽管经常愿意使用定点清除这一工具——在暗杀政治领导人时仍然非常优柔寡断，哪怕这些人还没有被正式指定为领导人。[2]

回首过往，艾尔弗会说"在那次会议之后只过了一两个月，我就意识到他[霍梅尼]到底是什么人"，并对这一决定感到"很抱歉"。在艾尔弗看来，倘若摩萨德干掉霍梅尼，历史可能会走上更好的道路。

2 月 1 日，霍梅尼降落在德黑兰的梅赫拉巴德国际机场，迎接他的是伊朗历史上从未有过的胜利喜悦。仅仅依靠自己的录音的力量，霍梅尼就推翻了沙阿的君主统治。伊斯兰共和国的梦想成为现实。[3] 几乎没有动用武力，霍梅尼和他的支持者就控制了伊朗这个大国，它不仅自然资源丰富、幅员辽阔，还拥有世界第六大军事力量和亚洲最大的武器库。

"伊斯兰已经垂死挣扎或者说死了 1400 年了，"霍梅尼在作为最

---

① 2015 年 5 月 18 日对艾尔弗的采访。

② 巴赫蒂亚尔本人也逃亡到巴黎，10 年后被伊朗情报机构刺杀。Bergman, *By Any Means Necessary*, 316 – 17 (Hebrew)。

③ 2007 年 1 月 5 日对伊扎克·赛格夫的采访。Bergman, *Point of No Return*, 74 (Hebrew). Taheri, *The Spirit of Allah*, 273 – 94 (Hebrew)。

高领导人发表的第一次演讲中说，“我们用我们的青年的血使它复活……很快我们将解放耶路撒冷，并在那里祷告。” 至于沙阿在逃亡前任命的总理沙普尔·巴赫蒂亚尔的政府，霍梅尼用一句简短而尖锐的话就打发了：“我会敲碎他们的牙齿。”

霍梅尼称美国是“大撒旦”、以色列是“小撒旦”，这两国却认为霍梅尼的崛起不过是昙花一现。毕竟，在左翼叛党 1953 年废黜沙阿之后，美国和英国的情报机构曾助其复辟过。但霍梅尼的崛起是多年煽动的结果，① 受到了民众的广泛支持，还得到了久经沙场、经验丰富的军官们的保护，他们发现并粉碎了所有的反革命企图。

11 月，霍梅尼的一群愤怒的学生支持者闯入并占领了美国驻德黑兰大使馆，还将那里的外交官和其他工作人员扣为人质。他们还拿到了大量藏起来的美国情报材料。随之而来的危机以及营救行动（“鹰爪行动”）的惨败令美国颜面尽失，还导致卡特连任失败。“在面对这种新威胁时我们感到很无助。”② 罗伯特·盖茨说，他是时任中央情报局战略研究办公室高级官员（后来担任中央情报局局长和国防部长）。

华盛顿和耶路撒冷都明白过来，曾经是他们在中东最亲密的盟友的那个国家现在已然变成了他们最大的敌人。③

形势也很快明朗起来，霍梅尼的愿景不仅限于他在伊朗宣布的伊

---

① 以色列还试图利用两伊战争来维持与伊朗的军事关系，为其提供大量武器（即“海贝行动”，详见：Bergman, *Secret War with Iran*, 40－50）。再后来，以色列和美国深陷“伊朗门”事件的泥淖，在这次事件中他们瞒着国会让伊朗用被真主党扣押的西方人质来交换武器，结果以失败告终，令两国蒙羞。Bergman, *Secret War with Iran*, 110－22。总理西蒙·佩雷斯的反恐顾问艾米拉姆·尼尔是以方的行动负责人。他就此事向布什副总统做了简报，他的讲述可能对布什 1987 年的总统竞选蒙上了阴影。尼尔 1988 年在墨西哥神秘去世（作者的资料中匈牙利八角大楼档案，从“樱桃”处获得）。

② 2012 年 11 月 7 日对罗伯特·盖茨的采访。

③ 解救德黑兰大使馆人质的努力失败，对美国建制派产生了深刻影响，这也是国防部长罗伯特·盖茨 2011 年 5 月反对抓捕或铲除本·拉登的行动的原因之一。时任国防部长的盖茨在白宫战情室看见其中一架美国直升机在阿伯塔巴德坠毁时说：“我对自己说，你看，灾难又来了。”2012 年 11 月 7 日对盖茨的采访。

斯兰共和国。这位阿亚图拉不是紧紧抓住权力不放，而是决心使他的伊斯兰革命传遍中东。

他打算从黎巴嫩开始。

霍梅尼在多年流亡期间最亲密的盟友之一，[1] 一个名叫阿里·阿克巴·莫塔沙米布的什叶派神职人员，被委派去传播革命。他第一次遇见霍梅尼是在伊拉克的什叶派圣城纳杰夫学习期间，当时阿亚图拉被沙阿驱逐后在那里寻求庇护。无论在纳杰夫还是法国，他都一直陪伴在霍梅尼左右，陪其度过了多年的流亡岁月。1973 年，霍梅尼派他和其他一些忠诚的助手一起前往中东与该地区的穆斯林解放运动建立联系。正是莫塔沙米布与巴解组织结成了盟友关系，使得后者接受霍梅尼的人进入第 17 部队的训练基地。

在训练基地，巴解组织专家向年轻人传授了搞破坏、情报行动和恐怖战术等本领。对于阿拉法特，让霍梅尼的手下在他的基地接受训练，是为巴勒斯坦事业获取支持并使他本人成为国际人物的一种方式。但对霍梅尼和莫塔沙米布而言，这是一项目标明确的长远战略的一部分，而这个长期战略是最终将他们在伊朗煽动的伊斯兰革命扩散到黎巴嫩这个中东腹地的小国，[2] 因为这里有大量贫困的什叶派人口，煽动他们的时机已经成熟。霍梅尼想明确划定“一个使我们靠近耶路撒冷的前沿战略位置”——黎巴嫩与以色列的边界。到 1979 年，数百名什叶派教徒正被训练成游击队。

当霍梅尼返回伊朗夺取政权时，莫塔沙米布在伊斯兰革命卫队的组建过程中发挥了核心作用，正是这支部队保障了霍梅尼在该国的统治。

在伊朗革命之前，伊斯兰国家的理想是一种抽象的愿望，离现实

① Bergman, *Point of No Return*, 147, 162 (Hebrew).
② Kramer, *Fadlallah: The Moral Logic of Hizballah*, 29 (Hebrew).

很遥远。但现在，在伊朗那些极端的穆斯林大学和黎巴嫩的训练营中生活过的人成为了这个国家的统治者。

在沙阿倒台近三年之后，[①] 随着革命在德黑兰牢固地确立下来，霍梅尼任命莫塔沙米布担任伊朗驻叙利亚大使。那个职位有两大职责。表面上，他是自己国家外交部的使者，和其他所有大使一样。私底下，他是革命卫队的高级成员，直接听命于霍梅尼，指挥大量人员和调用每月数百万美元的预算。这个秘密身份此时是两个角色中更重要的那个。

不过，当时黎巴嫩的大部分地区都被叙利亚军队控制。为了使其革命力量有效地开展行动，霍梅尼需要与叙利亚总统哈菲兹·阿萨德达成协议。这就是莫塔沙米布的任务：采取外交手段促成军事同盟。

尽管他们有以色列这个共同敌人，但阿萨德最初对莫塔沙米布的示好持谨慎态度。伊朗大使浑身散发着肆无忌惮的革命热情。阿萨德是个世俗的阿拉伯人，他担心莫塔沙米布所煽动的伊斯兰主义愤怒最终会不受控制，调转矛头反对他的统治。可能产生的后果似乎超过了任何眼前的利益。

但在 1982 年 6 月以色列入侵黎巴嫩以后，阿萨德重新盘算了一番。

这场战争不仅对以色列是一场灾难，对阿萨德也是。在与以色列的对抗中，叙利亚军队遭到了重创。遭受最具毁灭性的打击的是叙利亚空军，这支部队曾经是阿萨德的自豪之源，他过去指挥过空军，还持续培养过它。总计 82 架叙利亚战机在 46 小时内被摧毁，而以色列只损失了 1 架。

阿萨德从以色列的入侵中得出结论：叙利亚在传统战场上没有机会对抗以色列，它只能设法进行间接破坏。[②] 以色列将其部队留在黎

---

① Shapira, *Hizbullah: Between Iran and Lebanon*, 134－37.

② Bergman, *Secret War with Iran*, 58－59. Shapira, *Hizbullah*, 135－39.

巴嫩境内正中他下怀。以色列的意图是确保其北部社区的安定，但这么做只是在为自己创造另一条前线，使其极易受到游击队袭击。

“老阿萨德”——即巴沙尔的父亲哈菲兹，巴沙尔以后会接替他——“我非常遗憾，他是个聪明人，”当时在黎巴嫩指挥过以色列部队的梅厄·达甘说，“他建立了一个机构，它可以不费一分一毫就将以色列的血榨干。”①

那个机构就是莫塔沙米布迫不及待想要建立的有伊朗支持的什叶派民兵。1982 年 7 月，伊朗和叙利亚签署协议成为军事同盟，② 允许莫塔沙米布指挥下的革命卫队在黎巴嫩活动。明里，他们给什叶派民众提供民用支持，建立像学校和清真寺这样的社会和宗教机构。他们为穷人和其他有需要的人（如吸毒者或酗酒者）提供福利援助，并提供相对高水平的卫生体系。伊朗正在向黎巴嫩的什叶派民众提供的一切，是逊尼派和基督教联合起来占主导的黎巴嫩政府从未给过的。

他们暗中开始训练和武装一支游击队，以填补巴解组织撤离后留下的真空，并在不到 20 年的时间里成为中东占主导地位的政治和军事力量之一。莫塔沙米布觉察到了新生运动（nascent movement）的历史重要性，给它取了一个庄严的名字。

他称之为“真主党”——神的政党。

艾哈迈德·贾法尔·卡西尔是个 16 岁的少年，出生在一个名叫代尔-卡努恩-纳赫尔（Deir Qanoun al-Nahr）的黎巴嫩小村庄的贫穷的什叶派家庭。他的父母说，还是个孩子时他就“很机敏，有观察力，这种特质使他成长为一位自觉、独立的青年”。早在 4 岁时，他就会从父亲旁边跑开，去一片农田里摘些蔬菜，再趁父亲还没处理完

① 2011 年 5 月 19 日对达甘的采访。
② Shapira, *Hizbullah*, 144 – 60 (Hebrew).

家务事前跑回来。因为艾哈迈德经常去清真寺祷告和阅读《古兰经》，当地的清真寺很快就成了他的家外之家。

他是被真主党狂热席卷的什叶派之一，① 1982年秋季，他被招进一个名为“伊斯兰圣战组织”的秘密军事部门。艾哈迈德执行过几次针对以色列敌人的秘密军事行动，他还利用自己的足智多谋将武器从贝鲁特运到“任何需要它们对抗［以色列］敌军的地方”。

11月11日清晨，还不到7点，他驾驶一辆装满炸药的白色标致汽车驶向南部城市提尔的以色列国防军用作地区军事和政府总部的7层大楼。当目的地越来越近，卡西尔猛踩油门，朝大楼底部冲去。

接着，他引爆了自己。

爆炸摧毁了大楼，炸死了76名以色列士兵、边境警察和辛贝特特工，以及27名黎巴嫩人：工人、需要军队办理各种许可证的平民和囚犯。这是伊朗境外的第一次伊斯兰自杀式恐怖袭击，造成的以色列人死亡人数超过此前或之后任何一场此类袭击。

多年来，真主党一直对其参与此类活动的事以及那些涉事人员的身份守口如瓶。直到后来，民兵队才在卡西尔的村庄为他建了一座纪念碑，发表了最高领袖霍梅尼写给他家人的感谢信，并宣布他去世的日子为每年的殉道者日。

这种秘而不宣为以色列国防机构提供了便利，② 使其很快试图掩盖自己在未能阻止这次自杀式袭击方面的巨大疏忽。彼时，北方前线的辛贝特领导人是约西·基诺沙，他的部队负责收集像卡西尔这样的

---

① 引自一位真主党历史学家对卡西尔父母的采访，该采访2008年在黎巴嫩卫星电视台（Al-Manar）的一部关于卡西尔的生活的影片中播出，http://insidehezbollah.com/Ahmad%20Jaafar%20Qassir.pdf。

② 直到2012年我出版了关于此事的一本书（*By Any Means Necessary*，160－62）之后，辛贝特才成立了一个秘密调查委员会。该委员会的报告确认这确实有可能是卡西尔的一次自杀式恐怖主义行动。尽管如此，辛贝特仍强行将报告归为绝密类，拒绝了我的移交请求。2016年11月24日对塔尔的采访，2017年9月11日对班得瑞的采访。

人肉炸弹的情报并阻止此类袭击的发生。基诺沙和一些下属以及以色列国防军的高级军官误导了对这次灾难的调查，使其偏离了真相，以致得出结论说爆炸是由“厨房煤气罐的技术故障造成的”，而不是新的激进的什叶派民兵组织的大胆行动。

不过，尽管基诺沙可能在这件事上极力自保，但从更大范围来讲，以色列情报机构确实没有意识到在黎巴嫩硝烟未尽的废墟上正冉冉升起一支新的武装力量。[①] 真主党发动的第一轮恐怖袭击——针对军用车辆的炮击和路边炸弹——被“阿曼”和辛贝特斥为“对以色列国防军部队而言不过是一种战术上的滋扰”。

“阿曼”高级军官、后来成为国防部长拉宾的军事秘书的耶库蒂尔·（“库提”·）摩尔说：“过了一段时间之后，我们才开始明白这一切，我们错过了这个过程。我们没有跟什叶派搭上关系，而是与基督教徒保持联系，我们让大多数黎巴嫩人成了我们的敌人。”[②] 更糟糕的是，当时没有人认识到伊朗人和黎巴嫩什叶派之间的关联，即与阿萨德结盟的霍梅尼的革命分子正在打破权力平衡。504 部队的大卫·巴凯说：“很长一段时间以来，我们根本没意识到这种影响深远的活动出自莫塔沙米布在大马士革的办公室。”[③]

同样，以色列那令人闻风丧胆的情报机器也没有察觉其周围正在形成一支影子部队，它由新兵和像伊迈德·穆格尼耶（Imad Mughniyeh）这样经验丰富的游击队员组成。穆格尼耶 1962 年出生在一个虔诚的什叶派家庭，在贝鲁特南部贫穷拥挤的社区长大。“他的父亲是贝鲁特一家糖果厂的工人，”以色列间谍阿明·哈吉（即“鲁梅尼格”）也是什叶派，回忆说，“我们小时候就认识了。他非常淘气。后来我听说他辍学了，加入了第 17 部队的一个训练营，我们之

---

① 2013 年 1 月 20 日对拉兹的采访。

② 2009 年 1 月 12 日对耶库蒂尔·摩尔的采访。

③ 2013 年 7 月 18 日对大卫·巴凯的采访。这场新运动带给中央情报局的惊讶也不少，或者说他们也一无所知。Weiner, *Legacy of Ashes*, 390。

间的联系也断了。”[①]

1978 年中期，穆格尼耶加入了第 17 部队这支亚西尔·阿拉法特的近卫队和法塔赫的精锐部队。阿里·萨勒姆将穆格尼耶招入其麾下，直到其 1979 年被摩萨德暗杀。穆格尼耶想加入比贝鲁特南部地方帮派更大的组织，想执行任务。[②] 萨勒姆及其继承者都认为他聪明能干，颇具个人魅力且肆无忌惮。尽管他们是巴勒斯坦逊尼派，而穆格尼耶是黎巴嫩什叶派，但双方的利益有交集。当时，霍梅尼的追随者——贫穷的被流放的伊朗人以及他们的黎巴嫩盟友——都对巴解组织的款待与支持心存感激。

穆格尼耶是在第 17 部队的赞助下行动的，但他也获得了恶棍团伙老大的名号，该团伙在贝鲁特街头上执行伊斯兰教法和谦逊的行为规范，当时贝鲁特被视为中东腹地的自由主义欧洲习俗的堡垒。大约在这一时期，以色列情报机构开始收到报告，说“一个行为极端、无法无天的精神病人”[③] 在贝鲁特开枪射穿妓女和毒贩的膝盖。

3 年后，当巴解组织撤出贝鲁特时，穆格尼耶与他的兄弟福阿德和吉哈德决定留在黎巴嫩，加入他们认为正在崛起的另一股势力——真主党，他们的这个判断是正确的。穆格尼耶立即成为该组织最重要的特工之一。在半年时间里，他领导着保卫谢赫穆罕默德·侯赛因·法德拉赫的小分队，此人是黎巴嫩什叶派的最高权威，也是“真主党的精神指南针”[④]。他还代表法德拉赫出席了在莫塔沙米布的大马士革办公室召开的会议，会上，伊朗高级官员和叙利亚情报人员策划了黎巴嫩战略。南部被以色列占领，剩下的有一部分被多国部队——美国、法国和意大利——占领，这三国的士兵部署在那里，试图结束

① 2014 年 8 月 14 日对哈吉的采访。

② 感谢西蒙·沙皮拉博士提供伊迈德·穆格尼耶少年时期的材料。

③ 2015 年 1 月对“艾尔迪”的采访。

④ 这个表达由马丁·克莱默发明，出自他讲述法德拉赫的著作《真主党的道德逻辑》（*The Moral Logic of Hizballah*）。

蹂躏这个国家的可怕内战。

叙利亚人和伊朗人都希望驱逐占领者，[①] 但这两者都无法承受——或者说赢不了——直接军事对抗。在这些会议上，他们同意进行秘密的破坏和恐怖活动。

穆格尼耶被派去负责安排这件事。他和莫塔沙米布一起创立了伊斯兰圣战组织，该组织招募了炸毁以色列国防军提尔总部的少年卡西尔。这是一次极具破坏性的首战加冕礼，而且还只是开始。在 1983 年 2 月发表在某宗教论文集上的一篇论文中，法德拉赫暗示了即将发生的事。“我们相信未来会有惊喜，”他写道，“圣战是充满痛苦和残酷的；它会借由努力、耐心和牺牲以及心甘情愿自我牺牲的精神从内部涌现出来。”[②]

法德拉赫文中的“自我牺牲”指的是霍梅尼给他的年轻士兵宗教上的赞许，其中一些士兵只不过是孩子，被洗脑后通过入侵的伊拉克人布下的雷区而踏上死亡之路。[③] 法德拉赫则更进一步，他批准为了效忠圣战的故意自杀。真主党开始在黎巴嫩实施自杀行动，不久之后，穆格尼耶和真主党完善了这一做法，将之变成一门艺术。

1983 年 4 月 18 日，穆格尼耶的一名手下驾驶一辆面包车经过美国驻贝鲁特大使馆的前门，引爆了塞满面包车的数吨炸药。[④] 建筑物的正面全部被毁，63 人遇难，包括中央情报局驻黎巴嫩情报站的几乎所有成员以及该机构高级中东问题专家罗伯特·埃姆斯。

接着，10 月 23 日，自杀式炸弹袭击者驾驶装载大量炸药的卡车

---

① Jaber, *Hezbollah*, 82.

② Fadlallah, *Taamolat Islamia*, 11 – 12.

③ 最早的先例很可能是《圣经》人物参孙，为了报复非利士人，他牺牲自己推倒了支撑加沙房屋的柱子。而且，相传，11 至 12 世纪里海沿岸的一支狂热的穆斯林教派 Hashashiyoun［即“嚼大麻者”（hashish users），“刺客”一词就源于此］会给年轻人用药，说服他们执行有去无回的谋杀行动。日本人在二战中也有“神风特攻队”，秘鲁恐怖组织“光辉之路”也采用自杀战术。

④ Kenneth Katzman, *Terrorism: Middle Eastern Groups and State Sponsors,* Congressional Research Service, Library of Congress, August 9, 1995.

进入驻贝鲁特多国部队的两个设施后引爆。[①] 在美国海军军营，241名维和人员被杀，在法国伞兵基地，58人丧命。[②] 穆格尼耶坐在附近一幢高层建筑楼顶，通过望远镜观看了整个过程。混凝土碎片和残肢落在离熊熊燃烧的海军基地约1英里远的辛贝特驻贝鲁特总部。[③]

1983年11月4日，以色列边境警察纳卡德·萨布赫在提尔的一个军事基地执勤，他看见一辆可疑的皮卡朝基地方向加速开来。他朝皮卡开枪，射出130发子弹，但未能阻止它。求死的司机冲进基地，引爆了带来的500公斤炸弹。这幢为辛贝特行动做掩护的大楼垮塌，周围的建筑和帐篷也遭到重创。60人身亡，另有29人受伤。

如果说以色列能够将大约整整一年前的第一次提尔袭击当成一次技术灾难，那么在提尔发生第二次爆炸时就不可能这么做了。由于穆格尼耶策划并指挥的这些自杀式袭击，莫塔沙米布几乎完全实现了他想要的一切：多国部队被解散，以色列分阶段从大部分黎巴嫩领土撤军，直到其部队集中在该国南部的一个影子“安全地带”。

在提尔发生第二次袭击后，以色列情报界也开始意识到自己正在面对一种新的敌人，一种对其造成极大挑战的敌人。[④] 摩萨德、辛贝

---

① Hala Jaber, *Hezbollah*, 77, 83.

② 罗伯特·鲍尔说中央情报局有证据表明亚西尔·阿拉法特与1983年的3次贝鲁特袭击计划有关。鲍尔说这一情报从未公开，因为该机构希望与巴解组织保持工作关系。此外，当时克格勃驻贝鲁特站站长尤里·佩尔菲利耶夫说阿拉法特的行动是与穆格尼耶相配合的。2001年8月对罗伯特·鲍尔的采访，2001年10月（在伊莎贝拉·吉诺的帮助下）对尤里·佩尔菲利耶夫的采访。Bergman, *Poin of No Return*, 164－65 (Hebrew)。

③ 2013年1月28日对多夫·比伦的采访。

④ 1983年中期，大使命令穆格尼耶开始使用一种高效的新型武器：他和他的真主党人开始劫持飞机、绑架个人，以实现政治的和象征性的目标。美国未能确保大部分被绑架者获释。两名美国高官——在联合国工作的威廉·希金斯上校和中央情报局驻贝鲁特站站长威廉·巴克利——也被绑架了。后来得知他们两人遭受酷刑并被谋杀。挫败感与无力感在美国内部蔓延开来。摩萨德的两名消息人士告诉我，1983年年底，中央情报局非正式地告诉他们，“我们在华盛顿的朋友会欢迎”对伊朗和真主党领导人采取严厉措施。“显然，他们是在敦促我们执行暗杀。”一名消息人士告诉我。当时，中央情报局被总统的第12333号行（转下页）

特和以色列国防军各分支的高层开始思考再次实施定点清除的可能性，这次是针对一个新对手。

在摩萨德看来，伊迈德·穆格尼耶显然首当其冲。但他们几乎没什么情报——只有一张褪色的照片——不知道在哪里可以找到他。不过，摩萨德意识到对于伊朗和真主党的协调是在莫塔沙米布的伊朗驻大马士革使馆而不是在贝鲁特进行的。

1983 年末，摩萨德局长纳胡姆·阿德莫尼向总理伊扎克·沙米尔呈交了一份红色文件，请他签字。随附的文件包括一连串自杀式炸弹袭击和其他恐怖袭击的资料，包括针对美国大使馆和美国海军驻贝鲁特军营的。

红色文件上的名字是伊朗驻叙利亚大使阿里·阿克巴·莫塔沙米布。一位正式的外交官。这不是信口提出的建议，沙米尔是在犹豫不决和一番辩论后签字的。通常情况下，以色列避免对主权国家的官员实施定点清除，不管他们多么敌视犹太民族。但必须采取行动制止真主党。某个人——某个重要的人——必须死。

沙米尔在红色文件上签了字。

第一个问题是接近莫塔沙米布。他要么在德黑兰，要么在大马士革，这两个地方都是目标国家首都，“刺刀”在那里不起作用，“凯撒利亚”不到万不得已不应在那里进行定点清除。两个首都都被认为是特别困难的战场，到处都是疑心重重的警察和国家特勤人员。此外，大使身边总有一名持枪保镖和一名司机陪同。试图接近莫塔沙米布或进入他频繁光顾的地方的每个提议——射杀、设置炸弹、毒杀——都因担心特工被抓而否决了。

还剩一个选项：邮寄一个装有诡雷装置的包裹。不过这个主意一

(接上页)政命令束缚了手脚，据这些消息人士说，政府中有些人要以色列代表他们采取行动。Bergman, *By Any Means Necessary*, 163 – 80 (Hebrew)。2013 年 7 月 18 日对巴凯的采访，2012 年 5 月对“萨尔瓦多”的采访。

提出来，就立即遭到反对。以色列情报机构在使用这种包裹方面积累了丰富的经验，并在1956年两次成功实施：分别清除了加沙的埃及军事情报局局长，以及他的同事、埃及驻约旦安曼使馆的武官。但是在针对埃及的德国科学家、大马士革的一名纳粹战犯、遍布世界的巴解组织官员的其他所有案例中，包裹要么被及时发现，在错误的人手中爆炸，要么只造成受伤而不是死亡。

“我告诉他们，这很愚蠢，甚至有点幼稚，”一名“凯撒利亚”老兵说，“他们选择了一种不能确保完全消除目标的手法。”[①] 但反对的声音被隔绝了。邮寄炸药是不会将特工置于不必要的危险境地的唯一选择。

1984年2月14日，一个大包裹被送到了伊朗驻大马士革大使馆，表面上看是伊朗人所有的一家伦敦知名出版社寄来的。大使馆接待员看见上面明确标注“大使阁下亲收”的字样，于是将其交到了莫塔沙米布的二楼办公室。大使的秘书打开包裹，看见一个纸箱，里面有一本关于伊朗和伊拉克什叶派圣地的精美英文书。她瞥了一眼封皮，然后送进了大使的房间。

莫塔沙米布打开书，爆炸发生了。[②] 他被炸掉了一只耳朵、一只手和另一只手上的大部分手指。弹片还毁了他的一只眼睛。“要是我像这样翻开书，”后来他一边对一名伊朗电视台记者这样说，一边摊开双手靠近脸和脖子，“我的头会被炸掉。但我把书放在桌子上，像这样打开”——他演示自己的脸和身体离假想的书远远的——“然后炸弹在墙上开了个洞，我的手在那里，在墙里面。要是书像这样翻开”——靠近他的脸——“我的脸会被炸掉，从脖子上扯掉。我身上其他地方的伤都是爆炸的碎片造成的。”

另一个邮件炸弹出了问题。反对这一做法的“凯撒利亚”老兵

---

① 2015年6月对“莎莉”的采访。

② Wright, *Sacred Rage*, 89.

说："消极处理的目的是杀死目标，没有半死不活这种事。若他还活着，就意味着我们失败了。"以色列没有声称对此负责，但伊朗人毫不怀疑是摩萨德在幕后策划的。

更糟的是，莫塔沙米布现在成为革命事业的象征，是霍梅尼圣战中伤残的幸存者。他的朋友阿亚图拉写信给他："我对世界帝国主义给你造成的不幸感到遗憾，我希望你很快康复，继续在伊斯兰前线代表世界上受苦受难的人们不懈地战斗和革命。"[1]

此外，使大使致残对真主党的行动绝没有产生任何影响，杀掉他可能也不会有更好的效果。取他性命的行动来得太晚了：莫塔沙米布早在10年前就开始组织的贫困的什叶派乌合之众到此时已经发展成一个庞大的组织。真主党不是一个人的游击队，而是一场运动。[2] 莫塔沙米布在黎巴嫩发起的声势浩大的事业已经建立起来并开始运作，它招募了数千名年轻的什叶派以及该国大部分重要的什叶派神职人员。

以色列现在有了一个劲敌，既是伊朗的代理人，又是合情合理的草根社会运动。

真主党的神职人员大多在黎巴嫩南部的什叶派村庄活动和生活，知道如何将狂热的救世主式宗教热情与一种崭新的黎巴嫩爱国精神结合起来，这种爱国精神的核心是巩固什叶派以及对犹太复国主义占领者的仇恨。

在这次运动成立期间，这些地方的宗教领袖中最著名的是黎巴嫩南部城镇吉布希特的伊玛目谢赫拉吉卜·哈尔布。他是一位才华横溢、目光炯炯的神职人员，曾在伊拉克圣城纳杰夫接受训练，霍梅尼从伊朗流亡后在那里度过很长一段时间，回国后负责真主党在伊拉克南部的宣传和宣教。

---

① Shahryar Sadr, "How Hezbollah Founder Fell Foul of Iranian Regime," Institute for War and Peace Reporting, July 8, 2010.

② Nada al-Watan, "Interview with Hassan Nasrallah," Beirut, August 31, 1993.

哈尔布是教士不是战士，但是有关他的故事传到了梅厄·达甘那里，他认为“哈尔布正在成为南部的重要宗教权威，而且在不断鼓吹袭击以色列和以色列人”。

达甘请求授权铲除哈尔布。尽管哈尔布本人从未参与过针对以色列的恐怖行动，但他不断煽动这种行动，在以色列深陷与真主党的斗争泥淖中并深感自己无能为力的那段岁月里，以色列对每个采取行动的想法都是欢迎的。达甘派了两名黎巴嫩特工，他曾在自己创建的代理游击队运动“解放黎巴嫩阵线”过去的行动中用过这两人。① 2月16日是星期五，这天晚上，也就是意图杀掉莫塔沙米布的伊朗大使馆爆炸案发生两天后，哈尔布正在回位于吉布希特的家的路上。两名黎巴嫩特工在路上的转弯处等着他，当哈尔布在转弯处减速时，他们对他的车扫射，直到确定已将这位年轻的领袖打死。

哈尔布立即被宣布为殉道者。在库姆的宗教学院举行了祷告仪式，伊朗最高宗教领袖之一的大阿亚图拉侯赛因·阿里·蒙塔泽里向他在黎巴嫩什叶派的同事发去慰问电报，赞扬了哈尔布的功绩。② 在他的百日忌辰那天，为表纪念，还发行了一张纪念邮票。他的肖像出现在所有殉道者照片的最前面，随着时间的流逝，殉道者人数在逐渐增加。他倡导绝对拒绝与以色列人进行任何接触，称“立场是武器，握手是承认”，从那时起这句话一直是真主党的主要训言。

与此同时，达甘也锁定了穆罕默德·萨阿德作为袭击目标，此人是哈尔布的密友之一，也是南部另一位著名的什叶派人物。萨阿德经常参加反以色列的游击队活动，并在与清真寺分开的祷告场所“侯

---

① 几个月后，真主党在提卜宁村（Tibneen）逮捕了两名什叶派教徒，指控他们枪杀了哈尔布。经过严刑拷问，他们招认说他们多年来一直为以色列情报机构工作，是他们执行了暗杀行动。不久之后，他们被行刑队处死。达甘说真主党抓错了人：“抓捕一个人并强迫他认罪不成问题。真正做过的人根本没被抓到。”2008年，一名住在丹麦的黎巴嫩罪犯丹尼·阿卜达拉承认是他枪杀了哈尔布。从此以后他上了真主党的暗杀名单，黎巴嫩政府要求引渡他。

② *Tehran Times*, February 20, 1984.

赛因尼亚”（hussainia）存放了大量的武器和炸药，此地是他在马拉卡村时负责管理的。1985 年 3 月 4 日，达甘的特工炸毁了萨阿德的武器库。他和他的一个手下以及另外 13 人在爆炸中丧生。

要莫塔沙米布的性命以及结果哈尔布和萨阿德的行动，很大程度上反映了以色列在面对真主党时所遇到的种种行动困难。摩萨德通常会煞费苦心地将定点清除的目标定为“蓝白色的”（以色列国旗的颜色），意为由以色列特工执行，但在刺杀哈尔布和萨阿德时他们动用了当地特工，为了铲除莫塔沙米布，摩萨德不得不采用邮寄炸弹这种长期以来被认为效率低下且容易伤及无辜的手段。他们三人都不是真主党的高级指挥官。关于头号目标伊迈德·穆格尼耶的情报几乎还是没有。

三天后，铲除该组织的“精神指南针”的行动也没有成功。1985 年 3 月 8 日，一枚汽车炸弹在法德拉赫位于贝鲁特的家附近爆炸。

法德拉赫没有受伤，但 80 人被炸身亡，200 人受伤，大多是到法德拉赫宣教的清真寺做礼拜的人。① 他的一些保镖也被炸死了，包括伊迈德·穆格尼耶的弟弟吉哈德。

尽管如此，以色列继续试图通过定点清除来解决其黎巴嫩问题。② 1986 年，以色列情报机构发现“人阵”指挥官艾哈迈德·贾布里勒正在与真主党合作并为其提供支持。鉴于这一情报，加之以色列长期以来一直想除掉贾布里勒，沙米尔在此人的红色文件上签了字。收集情报花了很长时间。最终确定，贾布里勒经常去其组织的总

① 在鲍勃·伍德沃德的《帷幕》（*Veil*）一书中，他认为沙特阿拉伯人帮助威廉·凯西执行了这次行动，为的是报复穆格尼耶组织的对美国大使馆和海军营房的自杀式炸弹袭击。另一方面，蒂姆·韦纳则说美国没有卷入此事，他认为以色列应对此事负责。这个说法得到了另外几个消息源的支持。摩萨德的一名高官说，梅厄·达甘创建的“解放黎巴嫩阵线”恐怖运动应对此负责。2016 年 6 月 12 日对蒂姆·韦纳的采访，2012 年 12 月对“码头”的采访，2012 年 10 月 11 日对凯·伯德的采访。Bergman, *Secret War with Iran*, 73. Woodward, *Veil*, 407－9 (Hebrew)。

② 2013 年 7 月 18 日对巴凯的采访。

部，后者就在黎巴嫩与以色列边境以北的地中海沿岸纳梅的其中一个洞穴里。1988 年 12 月 8 日晚，以色列国防军发动了一次大规模陆地行动，目的是杀死贾布里勒并摧毁这些互相连通的洞穴。

“蓝褐行动”（Kachol Ve'hum）是一场令人难堪的惨败。关于目标地区的情报很不完整，这很危险。士兵们遇到了意料之外的天然屏障，一个他们不知道的岗哨发现了他们，令他们错失了出其不意的先机。

暗杀部队的一名指挥官和一名中校被杀。4 名士兵走失，后来不得不以一次复杂的空军行动营救他们。此外，一只训练有素的、身上绑满炸药的狗被枪声吓跑了，而它本该钻进其中一个山洞，然后背上的炸弹会被远程引爆。真主党后来找到了这条狗，结果以色列国防军的秘密部队“毒刺”（Oket）军犬队被曝光。最尴尬的是，艾哈迈德·贾布里勒那天晚上根本不在那里。①

到 20 世纪 80 年代晚期，真主党掌握了更好的情报，这对发动游击战至关重要。以色列这边缺少足够情报的原因之一，在于真主党给了黎巴嫩受压迫、饱受战乱之苦的什叶派一个团体和事业。每一次针对它的攻击都会拉近其追随者与这个组织的距离，强化他们眼中好人和坏人的区别。这反过来又使以色列特别难招到随时可用的特工。②愿意为钱卖命的什叶派越来越少，他们离以色列越来越远。没人想背叛真主党。

伊迈德·穆格尼耶利用这一过人智慧产生了毁灭性的效果。在伊朗革命卫队和情报部的支持下，穆格尼耶锤炼真主党的战场战术，使之臻于完善。自杀式炸弹、路边爆炸、精心策划的伏击，给庞大笨拙的以色列国防军部队造成了严重破坏。掌握的什叶派游击队情报几乎

---

① 2002 年 5 月 20 日，以色列特工在艾哈迈德的儿子和继承人吉哈德·贾布里勒开的汽车驾驶座下方放了 2 公斤 TNT，当时这辆车停在贝鲁特的马尔-埃里亚斯难民区。他当场被炸死。

② 2013 年 7 月 18 日对巴凯的采访，2011 年 4 月对伊扎克·提德哈的采访，2009 年 2 月 23 日对摩尔的采访，2008 年 12 月 15 日对丹尼·罗斯柴尔德的采访。

为零，这让以色列士兵付出了血的代价。1984 年和 1991 年间，发生了 3425 次针对以色列国防军和南黎巴嫩军的行动，[①] 后者是以色列人一手创建的亲以色列的黎巴嫩民兵组织。这些袭击大多由什叶派组织发动。其间，98 名以色列士兵和 134 名黎巴嫩盟军被打死，447 名以色列人和 341 名黎巴嫩人受伤。后来发现，两名以色列军情处人员也被杀害了。

这种弱势地位令他们的处境受挫，1991 年以色列情报人员开始寻找机会实施他们所称的“决胜局”，即一种象征性攻击，寄希望于此来撼动真主党的根基并使以色列重拾优势。

---

① 数据来源于 *Israel Government Statistical Yearbooks* 1984 – 1991. Ronen Bergman, “Like Blind Ducks,” *Haaretz*, May 14, 1999。

二十二

无人机时代

吉布希特村的伊玛目们开始召集人们在早上 10 点前往侯赛因尼亚。侯赛因尼亚是什叶派开会的地方，它得名于伊玛目侯赛因，他是阿里的儿子、先知穆罕默德的堂兄、伊斯兰教什叶派的缔造者。什叶派认为阿里是穆罕默德的真正继承人，而他的继承权被逊尼派残酷地篡夺了。什叶派成为受压迫和歧视的一个教派。在侯赛因尼亚，他们会秘密举行宗教仪式，以免被逊尼派发现。

但那天在吉布希特，没有必要再偷偷摸摸了。伊朗成为世界上第一个由什叶派宗教领袖统治的国家。在黎巴嫩，由伊朗建立的极端的什叶派真主党，是主要的政治和军事力量。吉布希特的侯赛因尼亚紧邻主街上宏伟的清真寺，它已经被修缮一新并得以扩建，墙壁上铺着闪闪发光的白色大理石。

7 年来，每个 2 月 16 日，清真寺宣礼塔上的扩音器都会发出召唤，这一天是谢赫拉吉卜·哈尔布这位黎巴嫩南部的首位真主党精神领袖的逝世周年纪念日。1984 年，以色列人暗杀了他，无意中创造了一位殉道者，真主党的领导人和指挥官每年都会在参加政治集会之前去他的纪念碑举行朝圣仪式。

到了 10 点 30 分，主街上挤满了男男女女，所有人都将手头的事放在一边，锁上家门、商店或办公室，去往侯赛因尼亚。他们跟在两辆越野车后面走得很慢，一辆是灰色的，另一辆是黑色的，显然是真主党的安全卫队。

在吉布希特的街道上方约 9 500 英尺的高空，一架小型、无噪音的飞行器头部的摄像机跟随行进队伍平移。没有飞行员，而是由一名操作员在以色列北部边境的拖车上操纵。摄像机的高清实时图像被传送到“阿曼”的小型作战室的屏幕上，该作战室可以俯瞰位于特拉维夫国防部外的玫瑰园。这是 1992 年的一项高新技术的奇迹：一架无人机，它能让以色列人看到监视目标而不会危及任何以色列人员的性命。

无人机的摄像机持续拍摄了整支行进队伍。在队伍的最后面，4 辆车清晰可见——2 辆路虎，2 辆梅赛德斯。在特拉维夫，情报官员看着这 4 辆车从人群中悄悄开走，经过侯赛因尼亚，在建筑后面的停车场停下来。

“我们找到他了。”① 一位画面分析师说。200 英里之外，情报人员可以清清楚楚地看见目标。“突然之间，”那天早上的一份内部报告说，“空气中弥漫着狩猎的气味。”

自从令以色列人措手不及的赎罪日战争开始以来，以色列空军司令本杰明·“本尼”·佩莱德少将一直饱受失败的困扰。1973 年，战争一开始，空军获得了一半以上的国防预算，然而在埃及和叙利亚的最初袭击中，空军完全崩溃了。佩莱德认为，失败的主要原因之一是重要情报到他这里太迟了。要是他知道埃及部队正在派出自己的部队——如果他能实时看见作战准备——他就能更好地做出反应。

那次袭击之后，佩莱德决定开发一个由秘密通信与实时情报收集系统组成的网络。这个网络旨在抛开“绿色”（因为陆军制服是橄榄色，而“蓝色”所代表的以色列空军有些居高临下地看待陆军）单独为空军服务。为达到这一目的，使用飞行器是显而易见的计划，但它因赎罪日战争的另一个创伤变得复杂起来：以色列空军损失了超过

① AMAN Research Division, *Night Time: The Elimination of Hezbollah's Secretary General, Abbas Mussawi, in February'92*, by Brig. Gen. Amos Gilboa, January 20, 1999, 25（作者的资料，从“罗宾”处获得）。

四分之一的战斗机，[1] 剩下的许多战机大都受损不适合作战。此外，许多在此之前一直享有战无不胜的荣耀的以色列空军飞行员要么被击落，要么被俘或被杀。

但如果飞机不需要飞行员呢？或者不需要价值数百万美元的弹药系统呢？佩莱德想知道，要是以色列空军能够远程驾驶仅配备摄像机和通信链路的更小型、更便宜的飞行器，结果会怎样呢？

10 年前佩莱德掌管武器部门时，第一次将无人机引入空军，[2] 尽管那个时候这似乎只是个绝妙的点子。他担心阿拉伯军队获得苏联制造的地对空防空导弹，因此，他"想用一种非常便宜且会在雷达屏幕上留下酷肖战斗机的轮廓的假目标来填补空中空白"。这些无人机是以色列人对美国发明的改良，由火箭发射，在返回地面时它们会弹出降落伞，固定在机身上的带长杆的直升机接着会将降落伞撑开。后来，无人机还配备了摄像机。

不过在 1973 年的战争之后，佩莱德得出结论是这还不够。发射和回收系统既昂贵，又笨重，还很危险。处理拍摄的材料也很耗时。从拍摄照片、冲洗胶卷到最后将照片传输给情报分析师，这中间要花数小时。[3]

因此，在 1973 年战败后，一种新型无人机被开发出来。[4] 这种无人机可以独立地起降，由充作指挥所的拖车操控，还配有实时传输视频片段的摄像机。到 1982 年，无人机成为向空军高层提供实时情报的关键要素，而他们只需坐在位于特拉维夫市中心地下深处的指挥

---

① 2013 年 4 月 7 日对塞拉的采访，2011 年 4 月 28 日对艾坦·本·埃里亚胡的采访，2007 年 1 月 5 日对伊扎克·亚科夫的采访。

② Israeli Air Force, *The History of Squadron 200*, 7 – 14（作者的资料，从"希尔顿"处获得）。

③ 2013 年 4 月 18 日对艾弗里的采访，2011 年 4 月 24 日对艾坦·本·埃里亚胡的采访。Israeli Air Force, *The History of Squadron 200*, 20 – 22 (Hebrew)。

④ 2013 年 4 月 21 日对阿隆·安格尔的采访。Israeli Air Force, *The History of Squadron 200*, 24 – 26。

部“加那利”即可。它们还在摧毁黎巴嫩的叙利亚防空导弹炮兵连方面发挥了关键作用。

以叙利亚防御系统为目标的无人机是“侦察兵”系列（在以色列称为 Zahavan，意为“金莺”）的第一代模型，由以色列航空航天工业公司研制。以色列空军希望说服美国合作开发无人机，想向美国人展示这种微型无人驾驶飞机是多么有效。当美国国防部长卡斯帕·温伯格访问中东时——先到贝鲁特，然后到特拉维夫——他会见了以色列国防军和国防部的高级官员。随后，人们给他看了一段他抵达贝鲁特以及他的车队在黎巴嫩首都行驶的视频，是由一架以色列无人机拍摄的。温伯格不是很欣赏这种监控视频,① 但他的随行人员中有人对这种技术印象深刻。

温伯格出访以色列，为以色列航空航天工业公司与五角大楼之间涉及 175 架升级版侦察兵无人机的一笔巨额交易铺平了道路，这个系列在美国被称为“先锋”（Pioneer），它们在美国海军、海军陆战队和陆军一直服役到 2007 年。

多年来，无人机技术一直在改良，以使其能携带更多燃油和最新版摄像机。1990 年，以色列为无人机编队配备了激光，这样它们就能发射光束并为战机指明一个静态目标。

无人机的升级是以色列国防军更大的技术追求的一部分，20 世纪 80 年代晚期，以色列国防军投入了大量资源来获得和开发精确弹药——“智能炸弹”，使其能更准确更有效地打击目标，不太可能造成附带损害。当技术爱好者埃胡德·巴拉克在 1991 年成为参谋长时，这一发展过程加速了，因为他希望打造“一支小型的聪明部队”，而实际上塑造了未来数十年的以色列战争机器。在他的指导下，以色列空军的阿帕奇武装直升机配备了激光制导的“地狱火”导弹。

① 2015 年 10 月 26 日对塞拉的采访。Israeli Air Force, *The History of Squadron* 200, 27－29。

与此同时，以色列空军作战部门的负责人与以色列空军第一个无人机编队200中队的指挥官亚利耶·韦斯布罗特召开会议，在会上提出了一个革命性的想法：将所有这些技术进步整合成一个单一的五步过程，以创造一种新的特别致命的定点清除方法。

第一步，无人机将跟踪移动目标，可以是人，也可以是车辆。第二步，无人机将目标影像直接传输给作战指挥部，为其与决策者提供实时联系，直到下令开火。第三步，无人机将用阿帕奇直升机的激光探测器探测到的激光束确定目标——这一阶段被称为“传递接力棒”，即情报收集周期转到操作周期。第四步，阿帕奇的自带激光会标记目标，然后“地狱火”导弹可以锁定目标。第五步，阿帕奇飞行员将发射导弹摧毁目标。

将两个系统——智能和操作——串起来并进行同步是一项重大突破。① 无人机已经证明了自己在收集情报方面有不可估量的价值。但现在它们已从辅助角色演变成直接战斗工具。

1990年年底，200中队开始与第113中队“大黄蜂”中队的阿帕奇飞行员一起接受训练。以色列空军内部有人持怀疑态度，特别是在受过特定作战战术训练并长期实践的飞行员当中。在有些人看来，飞行机器人可以在战争中发挥作用这个想法似乎很荒谬。

但在1991年12月，他们尝试了多次“演习”，把以色列公路上的车辆当成目标。发射了三四架无人机，随机选择一辆车让它们用携带的摄像机进行跟踪，将所有内容传回拖车上的控制中心。接着，这辆车会被激光束“点亮”，追踪几英里之后，两架阿帕奇战机会加入进来，随着阿帕奇的传感器锁定无人机的激光束，整个团队要练习“传递接力棒”。② 在阿帕奇表示目标被锁定的那一刻，演习结束。

但在平安无事的公路上模拟导弹向汽车开火是一回事，在敌对的

---

① 2013年5月对“奥尼克斯”的采访。
② 2013年4月21日对安格尔的采访。

领土上杀死一个活的目标则完全是另一回事。

1986 年 10 月，在黎巴嫩南部进行的一次例行轰炸中，一枚由 F－4 幻影战机投下的炸弹过早爆炸，并掀掉了飞机的一侧机翼。两名飞行员弹射出来，降落在敌方领土上。飞行员被一架以色列空军的眼镜蛇直升机救出，但在真主党民兵的炮火下，他是被吊在起落架上救走的。领航员罗恩·阿拉德却没找到。①

以色列人对于定要救回犹太俘虏的宗教训诫非常重视，于是，竭尽所能把战斗失踪人员和战俘带回家成了以色列人的一种执念。② 将一名飞行员丢在敌对领土上的真主党手中是一个巨大的打击。

因此，毫不奇怪，对阿拉德的搜救投入巨大，是以色列历史上最大规模的营救行动。③ 一名参与“体温行动”（Hom Haguf）——寻找阿拉德的行动代号——的摩萨德官员说，这是“现代历史上为了一个人而展开的最大规模的搜救行动。没有哪块石头我们没翻过，没有哪个消息来源我们没争取过，没有哪次贿赂我们没付钱，没有哪条情报我们没仔细分析过”。

所有的一切都是一场空。一年又一年，阿拉德被从一个民兵队转移到另一个民兵队。1989 年，即阿拉德失踪三年后，以色列绑架了两名相对低阶的真主党官员，试图找出这名飞行员。④ 其中一人名叫阿卜杜勒-卡里姆·奥贝德，他在拉吉卜·哈尔布被杀后被任命为其接班人，担任真主党在黎巴嫩南部的教长。他们的审问一无所获，真主党对启动交换战俘谈判的提议反应冷漠。

---

① Bergman, *By Any Means Necessary*, 197－206（Hebrew）。

② 对这一话题的详细论述参见：Ronen Bergman, “Gilad Shalit and the Rising Price of an Israeli Life,” *New York Times Magazine*, November 9, 2011。

③ 2005 年 4 月对“马克”的采访，2009 年 5 月对里欧·洛坦的采访。

④ 2000 年 10 月 15 日对伊斯雷尔·佩洛夫的采访，2008 年 2 月对拉米·伊格拉的采访，2011 年 10 月对“亚马佐纳斯”的采访。Bergman, *By Any Means Necessary*, 279－90（Hebrew）。

搜救阿拉德的行动步履艰难，部分原因在于失误、疏忽以及单纯的不走运。不过，在大多数情况下，持续不断的搜救凸显出以色列无力渗透真主党或支持该组织的伊朗情报机构。

更广泛地说，民兵现在正在开展越来越复杂老练的游击行动，由其军事首脑伊迈德·穆格尼耶精心策划，造成了人员伤亡并重挫了以色列国防军的士气。最终，在 1991 年夏天，“阿曼”高层制定了一份将天平转向有利于以色列一方的计划：以色列将绑架真主党秘书长侯赛因·阿巴斯·穆萨维或者他两名副手中的一个，将其扣为人质，直到罗恩·阿拉德被放回。一个附带的目标是，用一位参加这次行动的以色列官员的话来说，策划“一场引起反响并澄清谁才是局势真正主导者的带有象征意义的行动”。[①]

穆萨维是伊朗人在 20 世纪 70 年代开始组织起来的穷苦什叶派教徒之一。他还在巴解组织第 17 部队营地接受过游击战训练，后来他变得更加虔诚，投入数年时间潜心研习什叶派神学，先是在黎巴嫩，后来又到伊拉克纳杰夫的穆斯林学院求学，这些学院由霍梅尼的门徒运营，遵从其宗教戒律。他头脑敏锐，记忆力超群，对霍梅尼的忠诚堪比对宗教的狂热，这一切很快使他成为伊拉克和黎巴嫩著名的宗教权威，以致其成为真主党的核心创始人之一。根据以色列人收集到的情报，穆萨维参与了让伊迈德·穆格尼耶开始针对美国和以色列的自杀式恐怖活动的决策。他认为真主党的主要目的之一（虽然不是最主要的），应该是通过游击战将以色列国防军赶出黎巴嫩。“未来属于抵抗［以色列占领］，”他一再在演讲时宣称，“而［以色列人的］傲慢会被打败。这只是时间问题。”[②] 1991 年 5 月，他成为真主党的秘书长，这是真主党迄今在黎巴嫩权力最大的政治和军事职位。

---

① 2009 年 1 月 12 日对摩尔的采访。

② Zolfiqar Daher, “From Lebanon to Afghanistan, Sayyed Abbas: The Leader, the Fighter, the Martyr,” Al-Manar, February 18, 2015, http://archive.almanar.com.lb/english/article.php?id=196205. Shapira, *Hezbollah: Between Iran and Lebanon,* 110 - 11.

从一开始就很明确的是，在贝鲁特进行的任何绑架行动就算不是不可能，也是极其困难的。所以，转而将精力放在获取穆萨维今后造访黎巴嫩南部的情报上，这里离以色列边境更近，也更容易抓住他。

“阿曼”研究部门反恐科的行动负责人摩西·扎卡中校想到个办法，就是将精力集中在吉布希特村，7 年前的 1984 年 2 月 16 日，以色列特工在这里铲除了拉吉卜·哈尔布。这个村庄位于黎巴嫩南部，在这里行动要比在真主党总部所在地贝鲁特容易得多。

1991 年 2 月 12 日，“阿曼”收到了它等待的情报：按照传统，真主党将在哈尔布逝世的纪念日举行一次大型政治集会。① 包括秘书长穆萨维和伊朗革命卫队驻黎巴嫩的指挥官在内的真主党高层都会出席。

最初的计划仅仅是收集情报，研究这次集会并谋划来年的绑架。这至关重要，因为彼时以色列情报机构没什么关于真主党的情报。的确，在一次策划会上，大家逐渐发现房间里的人没有谁知道什叶派纪念仪式的基本情况——譬如，什么时候慰问寡妇，什么时候男人们在侯赛因尼亚集合。②（一名写过关于真主党的博士论文的中校被叫来解释。）特别行动执行处负责人丹尼·阿尔迪提准将强调：在情报这么单薄的情况下，他不可能建议立即执行绑架任务。③ 尽管如此，他仍然全力支持为来年在吉布希特举行的集会做准备。

“阿曼”局长尤里·萨吉少将更加雄心勃勃：“特别行动执行处不想干这个，”他 2 月 13 日在“阿曼”指挥部会议上说，“我接受建情报模型的提议，但我们不能放下作战思维。我们将建一个带有‘行动尾巴’的情报模型。让一些直升机随时准备进攻。”④

---

① AMAN Research Division, *Night Time*, 5.

② 2015 年 1 月 31 日对沙皮拉的采访。AMAN Research Division, *Night Time* , 15。

③ 阿尔迪提声称那天他没有受邀参加进一步的讨论，包括与国防部长摩西·阿伦斯进行的讨论，因为明摆着他会激烈反对这次行动。2011 年 6 月 13 日对阿尔迪提的采访。

④ AMAN, *Night Time*, 9.

在这一点上，一个关键的误解悄然出现了。[①] 指挥级别比萨吉低的首席情报长官多伦·塔米尔准将认为，“行动尾巴”不过是情报模型的一部分。他说：“直升机会起飞并练习将目标置于火力范围，但在任何情况下都不会开火。这只是一场模拟测试。”那些本应评估行动风险及影响的人也这么认为——因此，他们没有准备这类评估。

但是萨吉与他的副手们以及参谋长巴拉克想的却是完全不同的事。对他们来说，“行动尾巴”——装备激光制导导弹“地狱火”的直升机升空——将为杀死穆萨维留下选择余地。

这不是最初计划的内容，但现在机会来了，诱惑简直太大了：在使用全新的定点清除方案即用无人机和“地狱火”导弹的同时消灭顽敌。这正是巴拉克想要的，在他 50 岁生日时媒体刚刚奉承过他——希望看到一支小型、智能且杀伤力大的以色列国防军投入战斗。

然而，不知不觉中，两个平行的计划就这样产生了，甚至没人意识到这一点。[②]

2 月 14 日星期五，“阿曼”的反恐科发布简报，明确指出“夜间行动”只是为后续的绑架收集情报。简报包括以下细节：“穆萨维的车队通常包括三到五辆车。其中，两到三辆在车队头尾做安保。穆萨维乘坐的是一辆梅赛德斯 280 或 500。他在车队中的位置不固定，有时在护卫车辆后的第一辆车，有时在第二辆或第三辆。其他车辆是

---

① 2009 年 1 月 12 日对摩尔的采访，2016 年 1 月 26 日对约西·迪蒙斯坦的采访。

② 参谋部反恐顾问梅厄·达甘提出了自己的计划：把哈尔布的墓碑换成一个一模一样的装有诡雷的，穆萨维一出现就引爆，1984 年哈尔布遇刺身亡就是达甘一手策划的。然而，“阿曼”视达甘为竞争对手，以这会对妇女儿童造成危险为由，要参谋长巴拉克淘汰此方案。“我告诉参谋长这是胡说八道，”达甘说，“根据什叶派的吊唁习俗，只有男性高官才会站在前排。妇女要在侯赛因尼亚等待……可是他们［‘阿曼’］竟说服了埃胡德［·巴拉克］。”2013 年 6 月 19 日对达甘的采访。

路虎。”①

同一天，空军情报部门发布了自己的命令，表明了有个截然不同的计划：“情报部门和‘阿曼’的部队将在执行区采取收集模式。稍后，根据收集到的情报，行动将进入攻击阶段。”

这是一个蕴含危险的矛盾，一个单位开始准备进攻，另一个单位还未做好适当的准备。② 然而，由于这次行动在官方仍是一次演习，并没被提上国防部长和参谋长参加的每周“行动与架次”论坛的议程。国防部长摩西·阿伦斯甚至完全不知道有“夜间行动”这回事。

那天是星期五，晚上，在以色列官员发出相互矛盾的命令不过几小时后，一支伊斯兰圣战组织游击队溜进了以色列国防军的一个野外营地。参加训练的新兵在帐篷里睡着了，游击队员用刀、斧头和干草叉杀死了三人。以色列唯一一个电视频道的主播哈伊姆·雅文在安息日结束时报道了这场袭击，称其为“干草叉之夜”。

国民情绪跌至新低。

星期天，即行动当天，③ 小小的“阿曼”作战室在早上7点就开门了。每个人都挤了进来：特别行动执行处负责人阿尔迪提，以及情报收集部门——8200部队、“阿曼”反恐科、无人机部队和空军情报部——的代表。而无人机操作员此时正在黎巴嫩边境附近的一辆拖车里。

密报穆萨维将参加集会的504部队特工汇报说，目标已经离开贝鲁特。传到作战室的其他情报显示，“活动分子的一个车队今早离开了贝鲁特，一名‘重要人物’已抵达南部”。这些情报没有一个能确

① AMAN, *Night Time*, 11.

② AMAN, *Night Time*, 15。2009年8月25日对摩西·阿伦斯的采访。

③ 2011年6月13日对阿尔迪提的采访，2013年3月8日对巴拉克的采访，2015年11月20日对萨吉的采访，2015年1月12日对奥弗·艾拉德的采访，2013年5月21日对安格尔的采访。

认穆萨维已在吉布希特，不过显然有可能。

早上大约10点，吉布希特的扩音器开始招呼市民去会场参加纪念集会，即侯赛因尼亚。10点30分，作战室的屏幕上显示了无人机传来的影像，浩浩荡荡的游行队伍在前往纪念地点。毗邻侯赛因尼亚的是座清真寺，高高的尖塔在屏幕上清晰可见。游行队伍跟在几辆车后面走得很慢，那几辆车显然是真主党的安全卫队。无人机扫视队伍。最后面是两辆路虎和两辆梅赛德斯。“我们找到他了！”① 扎卡大叫道。

大约中午时分，参谋长巴拉克回到办公室，闷闷不乐，怒火中烧。那天早上他被传唤到耶路撒冷就“干草叉之夜”事件向安全内阁作证。

“那三个恐怖分子让我们丢了脸。”他气得脱口而出。巴拉克收到了关于“夜间行动”的新简报，然后去了“阿曼”的作战室。他全神贯注地看着无人机的影像。

这是个特别的时刻。第一次，身在总部的指挥官能实时地亲眼看见敌对的恐怖组织的领导人，并有可能对这个人采取行动。

萨吉站在巴拉克旁边，两人一脸严肃，神情紧张。从他们的神态来看，显然“夜间行动”的最初目标——仅收集情报——已被完全抛在一边了。作战室的其他人得到的印象是，两名高级指挥官迫不及待地想杀人。他们只是在等待确认穆萨维就在吉布希特，这是他们可以提交给国防部长获得授权所必需的情报。

巴拉克叫助手向国防部长的军事秘书汇报最新进展。② 巴拉克说：“让摩西·阿伦斯准备好，他可能会收到批准一项行动的请求。”这是第一次有人费心向国防部长汇报“夜间行动”的事。

萨吉把扎卡叫到一旁。“你怎么想的？我们应该进攻吗？”他问，

---

① AMAN, *Night Time*, 16.
② AMAN, *Night Time*, 17.

“我们有个绝佳机会在那里干掉他。”

“是的，”扎卡回答，“但要知道，我们与真主党之间的战斗也会升级。”①

侯赛因尼亚的仪式1点钟刚过就结束了。一大群人涌了出来，朝不远处埋葬谢赫哈尔布的墓地走去。1点10分，研究部门负责人库提·摩尔召开了一次高级人员紧急会议，以确定该部门的立场。

他们一致反对干掉穆萨维。② 至少，他们觉得，在采取行动前应该全面讨论这个问题。一名中校辩称，穆萨维是位宗教人物，是一个碰巧拥有军队的政治组织的领导人。以色列以前避免攻击这样的人。此外，真主党不是他的独角戏，穆萨维不是其领导层中最极端的人。取代他的人可能比他更激进。

会议期间，一张便条传到了摩尔手里。他读了，然后对与会者说：“黎巴嫩广播的报道说阿巴斯·穆萨维今天会在吉布希特的集会上演讲。”会议室里响起一阵耳语声。现在可以肯定穆萨维就在吉布希特，很可能就在那个车队里。但是还有一些要怀疑之处，摩尔强调。现在的问题是：穆萨维坐的是哪辆车？车里有没有黎巴嫩或伊朗政府的高官？

没有人提出过他的妻儿是否与他同行的问题。

摩尔的一位军官打电话给辛贝特的要人安保部门。“比方说，让你们保护总理，”他问，“车队里有四辆车。你们会让他坐哪辆？”辛贝特进行了简短的讨论，他们给出的答复是：他极有可能会坐第三辆。③

不过这只是个假设，就算穆萨维坐的是第三辆车，也完全不清楚谁会跟他在一起。摩尔不建议向未知目标发射导弹。“不可能攻击这种目标。”他说完结束了会议。

---

① AMAN, *Night Time*, 15.

② 2009年1月12日对摩尔的采访。

③ AMAN, *Night Time*, 22.

随后，萨吉立即进入作战室。两人的关系本就因为别的事很紧张了，摩尔也没有斟酌用词。“情报链尚未闭合，”他告诉萨吉，“存在太多未知数。这里的大多数意见是没有实施行动的空间。我不能建议攻击。”

萨吉起身，微笑着说：“走着瞧吧。”他突然离开，跟参谋长巴拉克一起径直到国防部向阿伦斯汇报去了。

萨吉告诉阿伦斯，他毫不怀疑穆萨维在车队里。他身边可能还有其他人，或许是黎巴嫩的内阁部长。倘若以色列杀掉黎巴嫩的一位部长，后果会非常严重，“但根据情况分析和直觉，这都不是最合理的结论”。他说，杀掉穆萨维的风险非常小。

阿伦斯在两个念头之间举棋不定。一方面，他有机会铲除敌方的领导人，在他看来，此人是个臭名昭著的恐怖分子。另一方面，他又被要求立即做出决定，没有充分考虑的时间，因为穆萨维随时会离开村子，而且白天也不剩几个小时了。如果出了错，如果情报不可靠，如果忽略了一些无关的细节或不大可能发生的情况，后果将是灾难性的。他看着巴拉克。

“我们在讨论的是一个恐怖组织的领导人，他是敌人的标志性人物。下一个这样的机会可能要等很久，”巴拉克说，“就算有，也可能有很多情况阻止我们出于政治考量了结这个人。我们现在的情况是机不可失时不再来。”

阿伦斯停顿了片刻。他说：“杀掉一个不一定非要杀的人，会是场灾难。”

“部长，”萨吉说，“我作为指挥官的直觉告诉我，我们必须下手。”

巴拉克对怎样令人心动有着敏锐的感觉，他决定尝试邀请专业航空工程师出身的阿伦斯到作战室亲眼看一看无人机传回的图像。部长答应了，说一会儿就来。与此同时，他叫自己的军事秘书耶雷米·奥尔默特准将打电话给总理伊扎克·沙米尔。下午 2 点 35 分，阿伦斯被告知，沙米尔雷打不动地吃过夫人准备的午餐后在家打盹。

没有总理的批准他就无法做决定。但时间不多了。

45 分钟过去了。3 点 20 分，一群面孔无法辨认的人离开了谢赫哈尔布遗孀的家，上了由四辆车组成的车队。车队开出不远，就在吉布希特的一名真主党活动分子的家门口停下了。这与另一条情报完全吻合：什叶派组织的高官会议星期天将在那个人家里举行。这意味着没有黎巴嫩部长出席，因为他们不可能参加这样的会议，他们也不可能会留在车里等会议结束。一名来自真主党外的高层人物在车队里并被击中的可能性大大降低，而穆萨维在场的可能性大大提高了。

萨吉告诉巴拉克，尽管永远不可能有绝对把握，但他建议进攻。摩尔的表态更加含糊不清："情报链尚未闭合，尽管所有情况都表明那个人是穆萨维。因此，现在得由指挥官决定攻击与否。"

巴拉克决定了。他下令空军派出直升机，又打了个电话说服阿伦斯情况有变。阿伦斯批准了此次进攻。

接下来，3 点 30 分刚过，巴拉克打电话到总理办公室。但是，没跟沙米尔说上话。他还在睡觉，所有联系他的努力都失败了。他的夫人也在睡午觉，没人接电话。

每个人都在等他回到办公室，他每天大约 4 点钟回来。问题是，每过 1 分钟就意味着行动可能无法进行，因为天色渐暗，夜幕即将降临。3 点 50 分，车队开始离开村子。无人机操作员的声音从扬声器传来："开始行动。"

作战室的紧张气氛骤升。巴拉克将这一事态发展视为一个历史性机遇，他要一名工作人员把座位让给他，接手与无人机指挥部和控制拖车的无线电联络，指示他们将机载摄像机对准何处，同时分析车队离开吉布希特到贝鲁特可能走的路线。巴拉克与空军司令之间的电话线畅通，后者正在作战室下方几十英尺的"加那利"。"起飞，全部起飞。"命令从"加那利"发到了阿帕奇。

大约 3 点 55 分，沙米尔来到自己的办公室。他听到一段不到 1

分钟的定点清除行动简报，而他之前对此毫不知情。尽管如此，他还是毫不犹豫地批准了。“让他们杀了他。”他说。阿伦斯的军事秘书通知巴拉克，巴拉克通知空军司令：“它们全归你了。”①

车队在3点57分再次开始移动。无人机看着它缓缓向北穿过吉布希特，通过宰赫拉尼河上的一座桥。接着汽车加速，一辆路虎打头阵，两辆梅赛德斯紧随其后，大约相隔100码，而第二辆路虎断后。

4点05分，操作员报告：“再过20秒，公路向西拐。”以便阿帕奇飞行员瞄准位置。

“接近区域；激活［激光］指示器。”主力攻击直升机的飞行员说。

“指示器已启动。”无人机指挥拖车里的一名操作员说。

“我看不见，”一名飞行员对着无线电说，但没过多久他就报告，“看到指示了。”这表明他现在可以看见无人机对准目标的激光束了。

“目标身份确认。”② “加那利”的值班指挥官发来确认信息。4点09分，他命令阿帕奇飞行员，“Rashai，Rashai。我重复：Rashai”——这是希伯来语的“你已获得授权”之意，类似于美国军事用语中的“允许攻击”。

阿帕奇飞行员发射了一枚“地狱火”导弹。

导弹击中了车队的第三辆车。梅赛德斯爆炸，变成了一个火球。然而，没有一台无人机扫视前方道路以确保没有民用车辆从其他方向朝目标开来。实际上，确有这么一辆，在梅赛德斯被导弹击中时离它非常近。这辆车也被大火吞没了。

第二枚导弹射向了车队的第二辆梅赛德斯，又一次直接命中目标。

---

① AMAN, *Night Time*, 23.

② Israeli Air Force, *History of Squadron* 200, 43－45.

停在路边的两辆路虎中一辆车门打开了，人们下车开始逃跑。“我们在那里，注视着每个动作，并将之传送给空军的空中控制部队。”一名无人机操作员回忆道。

第二辆路虎接过了两辆梅赛德斯里的伤员，加速朝纳巴泰的方向开去。“干掉他。”“加那利”命令无人机操作员跟上这辆车。4点32分，他们用激光将其标记为第二对阿帕奇的目标，阿帕奇随即上去摧毁了它。汽车浓烟滚滚。接着，阿帕奇用机枪扫射了这片区域。

作战室里鸦雀无声。巴拉克向外走，拍了拍同事的肩膀，表示祝贺，还用英语说了句“干得漂亮”。

但穆萨维死了吗？“阿曼”官员在他们各自的办公室等待着最终确认定点清除已成功。6点左右，确认信息到了。穆萨维确实在第三辆车上。他的妻子和儿子也在。

在行动开始时向“阿曼”作战室密报的504部队特工后来声称，自己提到过穆萨维的妻子西哈姆和他6岁的儿子侯赛因跟他乘同一辆车。参与此次行动的其他人都否认知道此事，不过梅厄·达甘相信特工的话。“‘阿曼’不知道至少穆萨维的妻子在车里的说法是事后捏造的。[①] 他们肯定知道，否则他们就是一群傻瓜。穆萨维的妻子在吉布希特有直系亲属，她不可能错过去看望他们的机会。”

袭击发生2小时后，巴拉克在自己的办公室召开了一次会议，试图预判真主党可能的反应和报复。他们还讨论了安全警报和公共关系步骤。没过多久，以色列电视台在其新闻节目中播报了此次袭击的新闻，他们称之为“一次大胆的行动”。国防部长阿伦斯特意来到演播室，出现在新闻节目里。“这是给所有恐怖组织的一个信息，”他说，

① 2013年6月19日对达甘的采访。

“无论谁欠我们账，我们都会讨回来。”①

这就是说，也会有另一笔账来了结这一笔。

① 1992年5月3日，“阿曼”的巴拉克·本-楚尔和摩萨德驻美国代表团团长尤里·陈向中央情报局的人介绍了“夜间行动”，他们将之形容成“第一次一体化空中暗杀”。他们随身带去了无人机拍摄的视频片段。由于技术人员误放了电影《普里兹家族的荣誉》（*Prizzi's Honor*）片头，简报会在一阵笑声中开始，但随即气氛严肃起来。美国人印象深刻。时任中情局局长罗伯特·盖茨告诉我，这段视频会对他顶着美国空军的坚决反对坚持主张开发“捕食者无人攻击机”有所帮助。后来接任中情局局长的吉姆·伍尔西也就以色列对美国无人机发展的贡献表达了类似的看法。2012年11月7日对盖茨的采访，2001年12月对吉姆·伍尔西的采访，2010年4月对巴拉克·本-楚尔的采访。

二十三
穆格尼耶的复仇

阿巴斯·穆萨维烧焦的尸体从梅赛德斯车的余烬中被拖出来。鉴于它的状况，它不适合按真主党的常规仪式举行开棺式葬礼。于是，尸体残骸被清理干净，裹上裹尸布，放在一个特制的华丽棺材里。棺材是用木头精心雕制而成，再涂上蓝灰色油漆，用的是镀银的金属配件。

真主党领导人并未按照惯例在24小时内匆忙举行葬礼。[1]首先是出于安全的考虑，人们对真主党秘书长车队遭到空袭感到极度震惊，以至于伊迈德·穆格尼耶担心葬礼也会变成一个杀戮之地。不得不推迟葬礼的另一个原因是等伊朗高层人士前来参加。真主党是在伊朗帮助下建立的，其领导人的日常行动亦受伊朗伊斯兰革命卫队的影响，并追随德黑兰的阿亚图拉政权的宗教权威。伊朗方面是将黎巴嫩真主党视为其在中东的主要盟友的。

霍梅尼1989年6月去世后，继任者是伊斯兰革命最高领袖大阿亚图拉赛义德阿里·哈梅内伊，他宣称"赛义德阿巴斯的殉难是抵抗运动的一个转折点"，并迅速派代表团前往协助稳定和安抚真主党，显示在困难时期对其的公开支持。此外，还协助真主党立即选出了新的秘书长。

在以色列，人们在袭击前并没有严肃认真地讨论过穆萨维的死亡会发生什么。[2]在他们看来，真主党的各个成员之间并没有显著差异，也没有人愿意费心去研究谁最可能接替穆萨维，以及这位接班人对以色列来说是好事还是坏事。当时在"阿曼"任职的一位官员说："从我们的角度看，天下真主党人一般黑。”暗杀结束后，“阿曼”猜测最有可能的是，伊朗人会任命穆萨维广受欢迎的著名副手——苏卜希·图菲利（Subhi al-Tufayli）。

他们错了。

穆萨维下葬后，伊朗代表团立即参加了真主党十二最高宗教领袖舒拉委员会的会议，会上，他们传达了伊朗总统哈希米·拉夫桑贾尼的意思，举荐一名继任者。不久，委员会宣布决定任命32岁的虔诚神职人员——赛义德哈桑·纳斯鲁拉为秘书长。③

如果说以色列人曾幻想暗杀穆萨维会将真主党的行动放缓，那么纳斯鲁拉的上位很快便令他们的这一幻想破灭。和穆萨维相比，纳斯鲁拉是一名野心勃勃的激进分子。事实证明，黑色也分很多种，纳斯鲁拉比其他真主党人更黑。

纳斯鲁拉1960年出生在贝鲁特东北部什叶派的布尔吉-哈穆德社区，是家里9个孩子中的老大。虽然家中的宗教氛围并不十分浓厚，但在孩提时代，当贝鲁特那一带的其他男孩都在街道和海滩上玩耍时，哈桑就显示出了对信仰的热爱，并花费大量时间在清真寺中学习。

随着内战在1975年爆发，纳斯鲁拉全家搬去了黎巴嫩南部。到了当地，纳斯鲁拉在提尔城附近的一座清真寺中引起了几位严厉的什叶派神职人员的注意，这几位同霍梅尼有一些联系。之后，他们把纳斯鲁拉送到了伊拉克的纳杰夫进一步研究宗教。纳斯鲁拉在纳杰夫认识了阿巴斯·穆萨维，还成了他的明星弟子。由于萨达姆·侯赛因驱逐黎巴嫩什叶派学生，师徒二人在1978年返回了黎巴嫩，穆萨维成立了一个研习中心，纳斯鲁拉成为中心的首席教员之一，吸引了大批

---

① AMAN, *Night Time,* 24.

② 2008年11月对“罗尼”的采访。

③ “New Hezbollah Leader a Disciple of Iran’s Revolution,” Associated Press, February 12, 1992.

崇拜者。1982 年，随着真主党成立，纳斯鲁拉和他的弟子们集体加入其中，开始在游击战中表现非常活跃。接下来的几年里，纳斯鲁拉在两种身份中切换，时而指挥真主党部队，时而在伊朗继续他高层次的宗教研究。

他在一次电视访谈中说，以色列是“一个毒瘤，是个污染源，是驻扎在阿拉伯和伊斯兰世界心脏地带的帝国主义前沿要塞。它是一个战斗社会，是由好战的男女组成的穷兵黩武的社会。在这个实体中没有公民社会”。[1] 他的意思很明确：所有以色列人，不论年龄和性别，都是圣战的合法目标。

渐渐地，纳斯鲁拉和他的前导师间产生了尖锐的意识形态分歧。穆萨维主张与叙利亚进一步合作，叙利亚是黎巴嫩最重要的政治和军事力量，并且对真主党对以色列采取的行动拍手叫好，甚至承诺允许伊朗人通过叙利亚领土向真主党民兵运送大批武器。但纳斯鲁拉反对与阿萨德家族政权的一切合作，因为这个家族是阿拉维派，是被纳斯鲁拉视为异端的伊斯兰教分支。

二人对待以色列的态度也有所不同。穆萨维认为以色列问题应当排在第二位，而且大多数资源应当用来控制黎巴嫩的政府机构。纳斯鲁拉却主张针对以色列的游击战应当放在优先考虑的位置。

纳斯鲁拉在这场争论中败下阵来，穆萨维成为秘书长，而他却受到排挤，被流放到伊朗担任真主党驻伊特使。直到纳斯鲁拉宣布放弃反对与叙利亚建交，并接受穆萨维在处理以色列问题上的权威，才得以返回黎巴嫩。

这一切在 1992 年 2 月全都变了。

具有讽刺意味的是，在穆萨维被杀前，真主党及其伊朗支持者更关心巩固其作为黎巴嫩社会和政治力量的位置，而不是攻击以色列。

---

① 真主党的灯塔电视台 1997 年 12 月 27 日对哈桑·纳斯鲁拉的采访。

虽然1980年代发生了针对以色列人的游击队袭击，且主要是在纳斯鲁拉领导的真主党极端派别的鼓动下发生的，但这些袭击并不是排名极其靠前的优先事项，也绝没有表明该组织可能造成的全面破坏程度。

然而，在目标被定点清除后，优先次序发生了变化。伊朗革命卫队开始倾向于纳斯鲁拉的立场，他们渐渐认为对付南部的敌人必须被放在他们任务的首位。他们现在觉得，如若不先解决以色列的占领问题，就无法成功地将霍梅尼革命移植到黎巴嫩来。

奉纳斯鲁拉之令实施新政的，是真主党的军事领导人伊迈德·穆格尼耶——一个13年前在贝鲁特专拣妓女和毒贩下手，对着他们膝盖开枪的“极端主义分子，无法无天的疯子”。这位游击战理论家创立了伊斯兰圣战组织，还派自杀式袭击者去炸美国、法国以及以色列军队的营房和外交官的住所。他像一个幽灵，只能找到关于他的模糊照片，以致以色列人在80年代早期杀不了他，甚至连找都找不到他。梅厄·达甘说：“是他而不是纳斯鲁拉负责建立了真主党的武装力量，但他对纳斯鲁拉在电视上的出色表现给予了应有的尊重。因为穆格尼耶及其身边的一群特工的存在，这个组织成为以色列国的战略威胁。”①

穆格尼耶多年来一直是战术上的麻烦。为了保卫自己的北部边境，以色列于1985年划定了一个安全区，就是以色列国防军控制的黎巴嫩南部的一片狭长领土。划定安全区的目的是尽可能使敌对势力远离以色列的平民定居点，以便所有的遭遇战都仅限于黎巴嫩境内。此外，为了减少本国士兵的伤亡，以色列还建立了一支代理民兵部队——“南黎巴嫩军”，它基本由这个地区村庄的基督徒和什叶派组成，他们都是黎巴嫩和真主党中巴勒斯坦人不共戴天的死敌。南黎巴嫩军的出现使以色列可以把真主党定为边境的偶然威胁，而不是一支

① 2013年7月20日对达甘的采访。

发动不对称战争的游击队。虽不时有士兵阵亡，但大部分是南黎巴嫩军士兵。从以色列国防军的角度看，维持现状比同真主党全面开战要好得多。[1]

然而，现在纳斯鲁拉把穆格尼耶放出来了，针对刺杀穆萨维事件的报复行动也迅速展开。遇刺领导人的葬礼一结束，真主党战士就朝加利利西部发射了一连串火箭弹。一连五天，他们炮击以色列北部的社区，造成当地人生活陷入停滞，大多数居民只能躲在防空洞里。这次炮击的火力超过了真主党有史以来对以色列平民社区动用的火力总和。

只有一个人在炮击中丧生——戈尔诺·哈吉利公社（Gornot HaGalil）的6岁女孩阿维娅·阿里扎达，但纳斯鲁拉和穆格尼耶传递给以色列的信号是明确的：从现在开始，任何针对真主党的行动都将招致直接攻击，对象不限于以色列国防军，还包括以色列北部的平民。

作为回应，以色列炮击了什叶派村庄，并对黎巴嫩南部增兵。以色列人希望这一回合的冲突就此结束，希望真主党至少暂时满足于自己对穆萨维遇刺事件做出的武力回应。

然而，穆格尼耶正在谋划一件远比几天前的火箭弹袭击更大的事：他想攻击以色列派驻国外的上千名外交官及其他官职的工作人员，还有由以色列负责提供安全保障的全世界的犹太社区。他认为，战场是全球性的。穆格尼耶想改写游戏规则：针对真主党任何要人和财产的任何攻击，都将会招致他和纳斯鲁拉所说的“地区性”（指以色列和黎巴嫩）报复，而地区外的，即全球范围内的以色列和犹太目标也不会幸免。

他首先在土耳其发起攻击。[2] 1992年3月3日，伊斯坦布尔的一

---

① Eiran, *The Essence of Longing*, 97.

② 2015年6月对“飞行员”的采访。Bergman, *Point of No Return*, 249－50 (Hebrew)，以及2007年1月与瑞秋·萨丹的电子邮件往来和电话对话。

座犹太会堂附近发生一起爆炸，但奇迹般地没有造成人员死亡。4 天后，以色列大使馆的首席安全官埃胡德·萨丹被炸身亡，他的车下被一个自称真主党土耳其分部的人安了一枚大型汽车炸弹。接下来，穆格尼耶转向了阿根廷：3 月 17 日，一名恐怖分子在布宜诺斯艾利斯的以色列大使馆外引爆了一枚汽车炸弹，造成 29 人死亡，包括 4 名以色列人、5 名阿根廷犹太人以及附近一所学校的 20 名儿童。① 爆炸还造成 242 人受伤。伊斯兰圣战组织在交给贝鲁特某西方通讯社的一份声明中宣布对此事负责，称此次行动是为了纪念和穆萨维一起被烧死在车内的他的儿子侯赛因，并说“这是我们在这场永无止境的战争中不懈地对可耻的以色列发动的打击之一，以色列不灭，战斗不止”。

穆格尼耶何以能如此迅速地在土耳其和阿根廷发动袭击，这令以色列感到震惊。后来，他们才渐渐明白，穆格尼耶多年前就已经计划好了这几起行动——当然还有其他许多行动，只待时机成熟。摩萨德和中情局反恐中心（CTC）的一项深入调查显示，制造布宜诺斯艾利斯爆炸案的暗杀小组是真主党的“特别研究机构——910 部队”部署的 45 个休眠小组之一，这些小组散布在包括欧洲和美国在内的全球各地。“910 部队”是这个秘密的民间精锐力量的代号，由 200 到 400 名最优秀、最顽强的战士组成，其中大部分人是在伊朗革命卫队中的圣城旅受的训练。

中情局反恐中心的斯坦利·贝灵顿说：“这些休眠小组的作用是

---

① 美国情报机构向以色列提供了明确的证据——“不是确凿证据，而是闪烁其辞的证据”，“阿曼”的人说——其内容是，此次袭击的幕后黑手是伊迈德·穆格尼耶及其副手塔拉尔·哈米亚。美国人窃听了穆格尼耶与哈米亚的通话，听到穆格尼耶嘲笑辛贝特没能保护好大使馆。2013 年 4 月对“列宁”的采访，2007 年 12 月 18 日对阿尔贝托·尼斯曼的采访。Bergman, *Point of No Return*, 210 – 22 (Hebrew)。

一旦以色列试图攻击黎巴嫩真主党，它就在中东以外地区立即做出反应。”[①] 比方说，布宜诺斯艾利斯的炸弹袭击者，他们是来自巴拉圭的埃斯特城的一个休眠小组，该城靠近巴西和阿根廷边境，附近有伊瓜苏大瀑布，是大量黎巴嫩什叶派移民的居住地。远在穆萨维被袭之前，这个休眠小组就已经收集了大量以色列可能目标的信息，以备不时之需。暗杀发生后，穆格尼耶命令一个小组离开黎巴嫩去往埃斯特城，后者向他们提供了情报、车辆、爆炸物以及一名自杀式袭击者。

然而，以色列人在袭击结束后不久决定不进行报复。部分摩萨德特工主张在南美洲予以激烈的回应。一队摩萨德人抵达埃斯特城，他们报告说：“这是一座堪比地狱的城市，我们的意思是有显而易见的危险摆在眼前。下一波袭击正在酝酿。”[②]

不过，摩萨德的领导们对此反应冷淡，原因主要在于，其他任何回应都可能引起摩萨德内部的重大人事变动。如果以色列开始将真主党视为一个全球性威胁，那么这件事就会纳入摩萨德的管辖范围，就会需要在机构设置上进行大幅调整，包括增加在南美洲的部署，因为迄今在那里的力量还非常薄弱。摩萨德最高指挥部转而倾向于把布宜诺斯艾利斯的袭击看成一个孤立的、一次性事件，即真主党的偶然成功，并且继续把什叶派组织看成以色列国防军和辛贝特必须在黎巴嫩南部处理的地区性现象。无论如何，穆格尼耶的信息还是被清晰地理解了，而这么多年来以色列对于任何除掉真主党领导人的企图都投了弃权票。

穆格尼耶认为在布宜诺斯艾利斯的行动已经实现了他的目的，于是停止了在中东以外发动更多袭击的计划。但是，尽管穆格尼耶不再激活任何休眠小组，却继续在安全区进行挑衅。月复一月，年复一

① 2011 年 10 月 31 日对斯坦利·贝灵顿的采访，2001 年 9 月对雨果·安佐吉的采访，2007 年 12 月 18 日对阿尔贝托·尼斯曼的采访，以及 2016 年 2 月 24 日对丹尼尔·卡蒙的采访。

② 2015 年 6 月对“飞行员”的采访。

年，真主党的行动不断升级，胆子也越来越大。[1] 由于伊朗的慷慨帮助，真主党用上了越来越先进的电子系统，监控以色列国防军的无线电通信，改进了道路爆炸装置，以防被以色列的远程遥控引爆装置干扰，此外还在南黎巴嫩军安插间谍，派人肉炸弹袭击以色列国防军营地，并发动旨在破坏黎巴嫩南部的以色列防御工事的突然袭击。

纳斯鲁拉非常了解以色列公众的情绪以及他们对伤亡的敏感性。他的民兵将自己的行动过程拍摄成视频，并在真主党的灯塔电视台播放。这些视频片段随后被以色列拿到，并在以色列电视频道中一再播放。它们的确达到了预期的效果——更多是战略意义上的而非战术意义上的：随着时间推移，观看真主党人取胜的视频开始侵蚀这个国家的共识，即在黎巴嫩维持以色列国防军的存在。以色列对此的回应是反复轰炸真主党活跃的据点和定居点，死者不仅有民兵，还有平民。

在某个时刻，穆格尼耶显然觉得以色列越过了红线。[2] 以色列没有哪个人能指出到底是哪次行动惹恼了他，但在布宜诺斯艾利斯炸弹袭击事件过去两年后，穆格尼耶又在中东以外地区发动了一次袭击。1994 年 3 月 11 日，一名人肉炸弹驾驶一辆满载数吨爆炸物的卡车，从曼谷郊区开往以色列大使馆。一旦袭击成功，就会造成数百人伤亡。幸运的是，这名人肉炸弹对殉道产生了犹豫，他把卡车停在离大使馆不远的道路中间，然后逃跑了。

这一次，以色列觉得有必要做出回应。[3] 问题是应当采用什么样的方式报复。在总理办公室的磋商会上，“阿曼”官员提出，光打击真主党是不够的，还要打击真主党的赞助人，也就是把伊朗人纳入目标。他们认为，伊斯兰革命卫队圣城旅的指挥官阿里·礼萨·阿斯加里将军就是个合适的暗杀目标。这一提议同样将行动的责任交给了摩

---

① Tamir, *Undeclared War*, 133 – 36 (Hebrew). Bergman, *Point of No Return*, 335 – 39 (Hebrew).

② 2015 年对“飞行员”的采访。

③ 2016 年 2 月对“优点”的采访。

萨德。

但拉宾总理并不想把伊朗人牵扯进来，更何况以色列情报部门没有人知道阿斯加里在哪里，也没人知道如何接近他并干掉他。①

但拉宾批准对另一个目标开展行动。那年春天，两名504部队特工得知，在靠近黎巴嫩—叙利亚边境的艾因达达拉（Ein Dardara）一带，有个真主党的营地，那里正在对军官进行培训。侦察机的航拍照片和8200部队的无线电通信监听证实了这一消息。于是，在经过几周的精心策划后，以色列空军的防御直升机在6月2日发动袭击。学员们惊恐不已，四散奔逃，绝望地寻找掩体躲避直升机机枪的射击。50人在袭击中受伤，另有50人丧生。② 其中一部分受训者是真主党高官的子女，还2人是有德黑兰官方背景的伊朗革命卫队成员的儿子。一位以色列官员说："这次就跟轰炸英国的伊顿公学差不多。"③

真主党的电台称这是一起"野蛮的"袭击，并发誓将会"在所有层面上展开报复"。46天之后，穆格尼耶再次在布宜诺斯艾利斯发动袭击。④ 1994年7月18日，一名自杀式恐怖分子在阿根廷的犹太社区中心（AMIA）前引爆了一辆满载爆炸物的货车。这座七层楼的建筑垮塌，造成85人死亡，几百人受伤。单是从废墟中清理出所有

① 他在伊朗一直保持高调，并且同针对以色列和美国的大量袭击事件有牵连。2007年2月，他消失在伊斯坦布尔的一间酒店房间内，没留下一点线索。根据一些线报，他叛逃到了以色列或者美国。然而，伊朗人和他的家人说他被劫持了，而且很可能已被杀死。2011年5月19日对达甘的采访，2012年3月6日对萨吉的采访，2017年9月对"希罗斯"的采访，以及2017年9月与罗伯特·贝尔的邮件往来。

② 2016年7月对"列宁"的采访。

③ 2010年4月对本-祖尔的采访。

④ 关于这两起爆炸案，阿根廷的刑事侦查拖拖拉拉忙了4年，事实上也根本不会有结案的那一天。被指派调查此案的特别检察官阿尔贝托·尼斯曼收集了大量信息，而这些信息会导致国际刑警组织对大量伊朗和真主党高官发出逮捕令。尼斯曼还提交了对"每一个参与掩盖犯罪事实的阿根廷人"的起诉书，并向该国情报界和法律界的领袖以及政治阶层宣战。在他准备曝光自己收集、用于向议会委员会证明其严重指控的文件和记录之前不久，阿尔贝托·尼斯曼神秘地被枪杀在自己的公寓里。2007年12月18日对尼斯曼的采访。Ronen Bergman, "Holding Iran Accountable," *Majalla,* November 24, 2016。

的尸体就花了好几周时间。

第二起炸弹袭击终于使以色列情报部门充分意识到了真主党是一个真真切切的国际威胁。① 两年前发生的那起看似地区性事件的袭击，现在也被证实是一个由什叶派社区支持、伊朗大使馆庇护的全球恐怖网络的杰作。

以色列人了解到，这些令人印象深刻的作为（用“阿曼”一位特工的话说，“强过我们见识过的所有巴勒斯坦组织”）最初是伊迈德·穆格尼耶想出来的。

对以色列人而言，报复将会分两步走。第一步，摩萨德会杀掉穆格尼耶的另一位兄弟福阿德。随后，特工会在福阿德的葬礼上等待穆格尼耶出现，如不能当场要了他的命，至少也可以对其展开跟踪，以便最终实施暗杀。福阿德必须死，因为以色列人除此之外没别的办法找到穆格尼耶。穆格尼耶在他们的档案中，只有一张模糊的照片。

然而，“凯撒利亚”无法在贝鲁特独立完成这项工作，所以不得不雇佣当地特工。最终，他们找上了一位名叫艾哈迈德·哈拉克的巴勒斯坦青年，他在 1982 年的黎巴嫩战争中被以色列俘虏，后被摩萨德的“连接点”部门招募。哈拉克有些莽撞，除了钱之外，一概不认。他以走私货物和收保护费为生，这使他能够进入摩萨德感兴趣的危险区域。1994 年，他已经成为“连接点”在贝鲁特的关键间谍之一。哈拉克经常在塞浦路斯会见负责他的专案官，根据后者的命令，他找了个借口，碰巧造访了福阿德·穆格尼耶在萨菲尔什叶派社区的五金店。几个月后，哈拉克和福阿德成了朋友。

1994 年 12 月 21 日，下午 5 点前的几分钟，哈拉克和他的妻子哈南把车停在了福阿德的店外。哈拉克走进去确认福阿德在场，同他简单地聊了聊他为店主收债的事，然后离开了。他的妻子也迅速下了车，二人一起步行离开。当他们走到离小店大约 100 码的地方时，哈

① 2015 年 3 月 22 日对米兹拉希的采访，以及 2016 年 9 月对“飞行员”的采访。

拉克转身看了看那家店和停在店外的车，然后把手伸进口袋。汽车后备厢中的50公斤烈性炸药爆炸了，福阿德的店毁了，炸死了福阿德和3名路人，还导致15人重伤。①

事后，真主党在一份声明中表示："在贝鲁特的萨菲尔社区商业街针对平民犯下的这一罪行，我们对凶手的身份心知肚明。今天，在一再发出威胁之后，我们的犹太复国主义敌人及其搞破坏的特工，对那些正在做生意的人犯下了可鄙的罪行。"

葬礼在第二天举行。摩萨德在沿途和墓地的各地安排了四处观察点。然而，穆格尼耶识破了这一伎俩：他没有到场，担心摩萨德会在那里守株待兔。

与此同时，真主党很快开始追踪哈拉克。他设法逃到了海滩，与一艘等在那里要带他去以色列的潜艇会合。（哈南计划飞离黎巴嫩，但在机场被捕，在刑讯逼供后被判15年劳役。）摩萨德把哈拉克送到东南亚某国，还给他安排了一个新身份，不过他一直都没能适应。"我不懂那里的人，他们又小又奇怪。"他在和一名与他保持联系的"连接点"特工会面时抱怨道。6个月后，摩萨德提出将他安置在加利利的一个阿拉伯小镇，但他坚持要回黎巴嫩。1996年3月，一名为真主党工作的以色列双重间谍设法引诱他答应共进午餐。② 哈拉克被药倒之后，被卡车送回了贝鲁特，在那里遭到穆格尼耶及其同伙的折磨。然后，他被移交黎巴嫩当局，受到起诉后被判死刑并被执行枪决。

自从仓促地暗杀了阿巴斯·穆萨维之后，三年过去了，许多人在

① 2013年1月对"啤酒节"（Oktoberfest）的采访，2016年9月对"飞行员"的采访，2003年7月15日对弗朗西斯的采访，以及2014年9月对"埃尔迪"的采访。

② 这个人就是拉姆齐·纳哈拉，是一名毒贩，多年前被504部队激活，成了毒贩网一分子。他帮以色列获得了大量情报，以此换取自由和继续从事其买卖的机会。2012年11月13日对拉维德的采访。

冤冤相报中惨死，然而真主党在新领导人纳斯鲁拉的带领下变得更强大了。纳斯鲁拉无论是力量还是效率，都胜过穆萨维数倍。

尤里·萨吉少将说："我没能准确预见真主党的反应，也没能准确评估伊迈德·穆格尼耶这个人。"① 国防部长阿伦斯也承认："决议过程太草率了。"

当时任参谋长的埃胡德·巴拉克也承认了这些事实，但否认犯错。② 他说："问题在于事情在当时是怎么看的。我们已经确认穆萨维是个威胁，我们认为干掉他是正确的决定。这一想法在当时是对的。但在当时很难预见到继任者会是纳斯鲁拉，此人在当时的影响力和重要性似乎没那么大，很难预见到他会是那样一个强势的领导人。很难想象穆格尼耶会成为他的二把手，在行动方面显示出过人才能。"

他在 1995 年时仍然活着，而且还只是以色列的对手之一。

---

① 2007 年 6 月 24 日对萨吉的采访，以及 2009 年 5 月 25 日对阿伦斯的采访。
② 2011 年 6 月 7 日对巴拉克的采访。

二十四
“按一下开关就行”

1993年4月16日，两辆巴士停在了约旦河谷的梅赫拉（Mehola）定居点附近的路边报亭，其中一辆满载以色列士兵。过了一会儿，一辆轿车驶离道路，紧挨着两辆巴士停下。

然后，它爆炸了。

幸运的是，相比恐怖分子打算造成的破坏，实际伤亡人数较少。附近村庄的一名在快餐店工作的巴勒斯坦人在爆炸中丧生，另有8人受了点轻伤。不过，辛贝特的调查员注意到轿车内还有司机烧焦的残骸，以及用作爆炸材料的煤气罐。显然，这是一名自杀式袭击者。

自杀式袭击到这个时候已经很常见了，但在此之前，自杀式袭击都发生在以色列以外的其他地区。梅赫拉袭击事件是以色列境内一波此类袭击的开端。接下来的一年内，自杀式袭击者在这个国家的各个地方引爆自己。在11个月时间里，他们总共导致100多名以色列人死亡，令千余人受伤。

辛贝特的高层试图反思自己哪里出了纰漏，为什么情况会变得如此恐怖。[①]他们开始追溯袭击案的源头，发现大多数袭击来自三名男子。但其中两人——艾哈迈德·亚辛以及萨勒赫·谢哈德被关押在以色列的监狱里，而第三个人，叶海亚·阿亚什（Yahya Ayyash）在波兰，或者说他们认为他在波兰。

以色列人并不清楚这三人是如何设法取得联系的，更不清楚他们是如何准备爆炸装置，以及如何成功招募、派遣这么多自杀性炸弹袭击者的。

亚辛出生在巴勒斯坦的小村庄朱拉（Al-Jura），在1948年的中东战争中成为难民，最后和家人一起被赶到了埃及控制的加沙地带。和许多年轻的巴勒斯坦人一样，他加入了穆斯林兄弟会，在那里结识了比他大两岁的另一位难民哈利勒·瓦齐尔。哈利勒·瓦齐尔是一位富有个人魅力的领袖，后来被称为阿布·吉哈德。瓦齐尔担心自己的兄弟会成员身份会在日后与埃及政府发生冲突，从而成为自己前进道路上的障碍，于是离开了兄弟会去走自己的路。但亚辛为人安静而内向，他感觉他找到了自己人生的真正使命，于是渐渐成了伊斯兰研究的奇才。

自阿拉伯国家在1967年的六日战争中战败后，瓦齐尔发动了针对以色列的大规模游击战，认为只有武力才能最终摧毁以色列。亚辛却提出了与瓦齐尔不同的观点。他认为阿拉伯世界的失败是它们自身道德败坏的结果，而且世俗和腐朽的政权已经远离了真主。因此，救赎要从对伊斯兰教的热爱中寻找。他反复强调 Al-Islam hua al-Khal（即“伊斯兰教就是解决之道”），以这句阿拉伯语来呼应霍梅尼用来鼓舞其追随者的那句波斯语口号。

20世纪60年代末和70年代初，亚辛为了打造一场以伊斯兰教价值观为基础、以他自己为领袖的运动，建立了许多清真寺和伊斯兰教育机构，还有一个社会福利和社会援助机构网络。[②] 亚辛身体瘦削，声音尖利，因为儿童时期的一次意外而终身以轮椅代步，他看起来像是位敏感的社会改革家，在加沙从事着神圣的工作。当然，辛贝特认为，他对以色列不构成威胁。

事实上，许多辛贝特特工喜欢亚辛。与巴解组织不同，他没有试图隐瞒自己的所作所为，甚至和以色列官方保持长期对话，只要后者提出会面的要求。“他是个非常健谈的人，对犹太复国主义的历史和

---

① 2010年11月17日对哈森的采访。

② Aviad, *Lexicon of the Hamas Movement*, 150－54（Hebrew）.

以色列政治都很了解，而且头脑敏锐，非常可爱，”一位当时被派驻加沙地区的代号“贵族”的辛贝特高级官员回忆道，“他和我们审问过的那些巴解组织恐怖分子截然不同。”①

当阿拉法特在国内各地招揽支持者并谋求全世界的承认时，对待亚辛这个人，最好的办法似乎是别去管他。“在某种意义上，是辛贝特让圣战分子成了气候。”20世纪80年代末的“阿曼”负责人阿莫隆·利普金-沙哈克说。②

“我们机构是助长伊斯兰主义者的因素之一，”③ 20世纪90年代的辛贝特负责人阿米·阿亚隆说，“我们想的是，为了创造某种能与巴解组织的巴勒斯坦民族运动相抗衡的东西，我们得鼓励伊斯兰教发展，因为其中没有民族主义元素——至少我们当时这样认为。”希望落在穆斯林神职人员身上，他们因为在学前班、诊所、青年中心以及清真寺举办的社会活动而越来越受欢迎。这样一来，就会分走法塔赫的支持者，从而削弱阿拉法特的势力。

当时，加沙的穆斯林兄弟会主要被视为一场没有政治野心的社会运动。在20世纪60年代和70年代，这一判断大致准确。但随后，阿亚图拉霍梅尼推翻了伊朗国王。一位虔诚而神圣的宗教学者领导了一场革命，建立了一支军队，并且组织起了能正常运转的政府。他向世界各地的穆斯林（不仅仅是像他这样的什叶派）证明，伊斯兰教不仅是一种只在清真寺布道和街头行善的宗教，更是一种具有政治和军事力量的工具，还证明了伊斯兰教可以成为一种支配性的意识形态，伊斯兰教可以成为所有问题的解决方案。

在巴勒斯坦领土上，传道者的论调也开始变化。2005年成为辛贝特负责人的尤瓦尔·迪斯金，其职业生涯中的大部分时间都是作为一名情报人员深入到巴勒斯坦民众中活动，“伊斯兰教特有的护教学

---

① 2013年6月对“阿里斯托”的采访。

② 2011年5月26日对利普金-沙哈克的采访。

③ 2012年3月29日对阿亚隆的采访。

(apologetics) 开始消失,"[1] 他说,"在为人们的心灵准备'拯救'的漫长过程中,被动和等待让位于行动主义以及对斗争、圣战的宣扬。他们从谦卑的逆来顺受者,变成了精力充沛的活动家。这一变化发生在加沙,甚至是整个中东和非洲。他们在个人层面上处于更高的层次,比巴解组织成员更专注于意识形态,他们必须具备的甄别能力也远远超过我们见过的所有人。我们和我们之外的西方世界都没有实时看到这种过程。"

亚辛就是最早适应转变的人之一,辛贝特在 1984 年 4 月偶然发现了这一点。一天,一名年轻的巴勒斯坦活动家因涉嫌参与法塔赫发动的一起恐怖主义行动而被扣留在加沙。他被带到一间备用的审讯室,由辛贝特的审讯官米察·库比问话(这个库比曾在辛贝特杀死实施亚实基伦巴士绑架案的两名恐怖分子之前对他们进行过审讯,而且此后拒绝在这件事上撒谎)。

嫌疑人交代了一些零碎信息,但库比感觉到他隐瞒了一些事情,一个非常重要的不能讲的秘密。库比身体前倾,假装在跟巴勒斯坦人耳语。然后,他抡起自己粗壮的手臂,把臀边的手掌飞快地抬起,给了嫌疑人一耳光,后者从椅子上飞出去撞到了墙上。[2] "我不想听你说那些废话!"库比用阿拉伯语咆哮道,"现在,给我点货真价实的东西,否则你今天别想活着离开这里。"

嫌疑人需要的就是这种刺激。不久,审讯便有了结果。亚辛是奉约旦穆斯林兄弟会的极端派别之命行动的,其领导人是个巴勒斯坦人,名叫阿卜杜拉·阿扎姆(Abdallah Azam)。[3] 当时,阿扎姆在巴基斯坦西北部的城市白沙瓦也很活跃,他在那里见过来自沙特阿拉伯某富有的建筑承包商家族的一名成员,说服后者接纳同一激进的圣战

① 2011 年 10 月 23 日对迪斯金的采访。

② 2013 年 9 月 8 日对库比的采访。

③ Lawrence Wright, *The Looming Tower: Al-Qaeda and the Road to 9/11*, 120 – 30 (Hebrew).

思想。这位富有的沙特人开始用家族的钱来资助阿扎姆的组织，支持伊斯兰狂热分子的关系网，其中一些人甚至毕业于美国中情局为对抗苏联的占领而在阿富汗建的训练营。这个人的名字叫奥萨马·本·拉登。

阿扎姆在约旦的手下一直在把他们从约旦和沙特富人那里筹集到的钱交给亚辛。亚辛用这些钱建立了武装组织，准备发动对以色列的圣战。多亏了从巴勒斯坦人口中审出的消息，以色列当局逮捕了亚辛，并开始围捕他的得力助手们。其中最重要的要数萨拉赫·谢哈德，他是一名专业的社会工作者，受过良好的教育，为人精明。由于亚辛的关系，他成为一名虔诚的穆斯林，并最终成为自己导师的左膀右臂，负责该组织的秘密行动。

辛贝特的工作人员对自己被亚辛及其手下欺骗感到愤怒，是以对关押在监狱中的这些人的同党下了狠手。首当其冲的便是谢哈德，他遭到毒打，不让睡觉，不给饭吃。谢哈德患有幽闭恐惧症，辛贝特便利用这一点。他们把谢哈德关进一间牢房，锁起来——蒙上双眼，捆住手脚——然后播放录有老鼠和蟑螂的声音的磁带。他求辛贝特放他出去，而出了牢房的门，等待他的是库比。

库比告诉谢哈德他可以用消息换食物。此时的谢哈德筋疲力尽，饥肠辘辘，他同意了，但条件是库比不得透露他是第一个开口的人。

第二个突破口是亚辛本人，虽然没有对他使用任何物理手段。代号“贵族”的辛贝特审讯官负责提问。“贵族”说：

> 经过几周以来对他居所的监控，我们了解到亚辛的一位女性崇拜者经常来拜访他，那是位受人尊敬的已婚女性，出于对他的仰慕，也为了给亚辛的艰难生活带去愉悦，她会跟他上床。在某次审问中，我弯腰在他耳边小声说：“我知道你的一切，知道你和你最亲近的人都谈了些什么，知道谁去看你，什么时候去。我知道你什么时候勃起，什么时候没反应。”

我并没有提及那个女人，但他完全知道我在说什么，于是马上开始反思自己的处境。他知道自己别无选择，如果不开口告诉我们正确的细节，那么我们就会散布关于那位妇女的事，会让他陷入非常尴尬的境地。①

事实证明，利用囚犯对公开受辱的恐惧是一项屡试不爽的策略。另一名有来头的囚犯被要求脱掉衣服，赤身裸体地面对审讯官们站着，一站就是几个小时。审讯官们看到这名囚犯长了一条小得可怜的阴茎，而囚犯则担心他们四处传播，于是也开口交代了。

通过这些审讯可以清楚地看出，亚辛已经为暴力圣战筹备了很长时间。从 1981 年开始，他便命令自己的手下闯入以色列国防军基地，窃取武器和弹药，而且业已囤积了大量军火。审完之后总计找到了 44 条枪，这是该组织的第一个武器库。

调查显示，亚辛已经秘密建立了一支小型军队，由萨拉赫·谢哈德指挥。② 这支军队由两个独立的单位构成——一个是对付固执的巴勒斯坦人的，一个是对以色列人发动圣战的。亚辛及其手下通过他们的福利组织中的一些体育和文化委员会开展的培训计划来为这两个单位挑选人员，而这个福利组织会将体格合适、有组织能力、意识形态上向往圣战运动的人送到他们面前。

库比在对所有囚犯进行审讯之后，写了一份摘要，指出谢哈德的手下“非常机灵，教育水平比一般人高，在宗教方面非常狂热，总在他们自己地盘上活动，基本上不可能渗透进去”获取情报。③ 他的报告被送到辛贝特的高层进行讨论。“贵族”说：“然而，阿夫拉罕·沙洛姆（辛贝特的负责人）认为根本没必要对付他们，他们不

---

① 2013 年 10 月 23 日对“贵族”的采访。

② Roni Shaked and Aviva Shabi, *Hamas: Palestinian Islamic Fundamentalist Movement*, 88 – 97 (Hebrew).

③ 2013 年 5 月 29 日对库比的采访。

会造成任何损害。他称亚辛及其手下为 Tzileigerim（意第绪语中的俚语，意为‘窝囊废’或‘瘸子’）。给我的印象是，对沙洛姆来说，要紧的是怎么取悦他上头的政治阶层，即利库德集团和痛恨巴解组织的沙米尔；还有就是如何面带微笑地告诉高层，自己正在暗中筹划一条能重创阿拉法特的妙计。站在历史角度来看，他可能是对的——或许确实有条妙计，复杂精妙到他自己和整个辛贝特都完全错过了。”①

亚辛因为牵涉一系列武器盗窃案而被判处 13 年监禁，不过，一年后，他就被列入以色列与艾哈迈德·贾布里勒领导的“人阵”的换囚计划，就这么被释放了。② 亚辛立即重返之前中断的为组织构建基础设施的事业。亚辛有着惊人的记忆力，能记得自己为各个特工、行动以及邮箱设计的 1 500 个代号。他可以背出每个成员的简历，并且对技术革新和中东时事表现出惊人的认识。

在随后的几年里，亚辛还发展和传播了他所倡导的自杀式袭击理念。考虑到他门徒的利益，他指出，战场上的自我牺牲与被绝对禁止的自杀是有区别的，前者是一条宗教诫命，能确保殉道者甚至其家人将来升入天堂。亚辛规定，一旦自杀获得了正统伊斯兰教教长的祝福，那么这位即将赴死的人就不是为个人动机而死，他会被视为殉道者，是为了真主而在圣战中倒下的人。③

与此同时，辛贝特正处在艰难的过渡时期。整个机构都在试图应对由亚实基伦巴士事件及其余波造成的一系列冲击。在很短时间内，该机构的大部分领导人都被年轻人取代，他们需要一段时间才能熟悉机构的专业领域。几位专案官和调查人员表示，在此期间他们曾提醒

---

① 2013 年 6 月对“贵族”的采访。

② Bergman, *By Any Means Necessary,* 101（Hebrew）. Interview with Micha Kubi, May 29, 2013. Ronen Bergman, “Oops, How Did We Miss the Birth of Hamas?” *Yedioth Ahronoth,* October 18, 2013.

③ Nachman Tal, “Suicide Attacks: Israel and Islamic Terrorism,” *Strategic Assessment,* vol. 5, no. 1, June 2002, Jaffee Center for Strategic Studies, Tel Aviv.

自己的上级伊斯兰极端分子的危险性，然而辛贝特无能为力，无法应对。1987年底第一次巴勒斯坦大起义爆发时，亚辛已经是加沙和约旦河西岸最重要的宗教政治人物了，他站在冲突的最前沿，领导着几百名成员和上万名支持者。当年冬天，亚辛宣布圣战开始。他将自己的组织命名为“伊斯兰抵抗运动”，其阿拉伯语缩写为“哈马斯”，也有“宗教狂热”之意。①

在接下来的几个月，关于这一组织的一星半点的情报开始进入辛贝特，辛贝特从1988年8月开始计划采取大规模的行动来对付它。辛贝特围捕了180人，对他们进行了密集的审讯，但他们都早有准备，始终不肯透露最重要的情报，即在围捕行动中被抓获的哈马斯最高级成员萨拉赫·谢哈德已经建立了一支秘密军事部队，而且现下正亲自指挥它。② 起初，他和亚辛这两个爱挖苦人的聪明人称其为101部队，跟阿里埃勒·沙龙的那支传奇部队同名。后来，他们以20世纪30年代袭击英国人和犹太人目标的巴勒斯坦领导人伊兹·德-阿尔·卡桑之名来命名它，称其为卡桑旅。③

谢哈德继续在监狱里指挥这支军队，偷偷传递加密情报。④ 1989年，他和亚辛派该部队的两名成员——马哈茂德·马巴胡赫和穆罕默德·纳斯尔——绑架并杀害了两名以色列士兵。他们躺在一辆挂着以色列牌照的汽车里，在经常有士兵搭便车的十字路口等待。这在以色列很常见，许多司机都乐意捎上从基地回家休短假或者从家回基地的士兵。

20年后，马巴胡赫向半岛电视台讲述了他们是如何抓住其中一个名叫伊兰·萨登的士兵的：

① Shaked and Shabi, *Hamas*, 92-107 (Hebrew).
② 2010年11月4日对迪希特的采访，以及2013年5月29日对库比的采访。
③ Gelber, *Growing a Fleur-de-Lis*, 104-37.
④ Ronen Bergman, "The Dubai Job," *GQ*, January 4, 2011.

> 我们扮成犹太教徒，戴着小帽子，就像拉比那样。另一辆车开到路口，人下车。我们的车上装了很多箱子［这些箱子很占地方，所以只能让一人搭便车］。我开车，那些箱子就放在我身后，我身后的车门坏了。我告诉他（萨登）绕到另一边上车。
>
> 他照我说的做了，坐进了后面的位子。我和阿布·沙希卜（他的搭档纳斯尔）预先说好了行动暗号，时机一到我会打手势，因为我可以看见前方和后方道路上的情况。从路口出发大约3公里后，我向阿布·沙希卜发出暗号，他用贝雷塔手枪射击。我听见他（萨登）喘着粗气……他脸上中了两枪，胸口中了一枪，喘不过气来，然后一切就结束了。之后，我们把他放倒在座位上，带到预先安排好的地方。[①]

马巴胡赫还补充说，他本想亲自结果萨登，而且非常遗憾是他的搭档享受了这一殊荣。在这两起劫持事件中，马巴胡赫和纳斯尔拍摄了他们踩在士兵尸体上的照片，以庆祝他们的胜利。

马巴胡赫和纳斯尔在辛贝特抓捕他们之前逃到了埃及。[②] 马巴胡赫还成了哈马斯的海外行动关键人物。为这两个凶手提供后勤支援的卡桑旅其他成员在被捕之后受了酷刑，包括模拟处决和注射硫喷妥钠[③]。被捕的所有卡桑旅成员都招供了，其中一人被套上以色列国防军制服，带上车在加沙地带绕了一圈，指认他们藏匿萨登的步枪、身份牌以及所用凶器的地点。

亚辛因为参与这几起谋杀而被判终身监禁。

1992年12月13日上午，两名蒙面男子闯入约旦河西岸的比勒镇

---

① "'To Israel I Am Stained with Blood,'" Al Jazeera, February 7, 2010, http://www.aljazeera.com/focus/2010/02/2010271441269105.html.

② 2013年6月对"贵族"的采访。

③ sodium pentothal，一种麻醉剂。——译者

（Al Bireh）红十字会办公室，递给接待员一封信，警告接待员在他们离开半小时后才能打开信封，随后跑掉了。

这封信上写着："今天，1992 年 12 月 13 日，哈马斯成立五周年的日子，我们劫持了一名占领军军官。他被关押在一个安全的地方……我们通知并要求占领区当局和以色列领导层释放艾哈迈德·亚辛，以交换被劫持的这名军官。"

这封信的署名为"哈马斯军事部门的特种部队卡桑旅"。信后附有一张照片，拍的是边防警察、一等军士长尼西姆·托莱达诺的身份牌。[1]

以色列总理兼国防部长伊扎克·拉宾决定不但不按绑匪的要求办，而且还要开展一场大规模的突袭和逮捕行动。与此同时，辛贝特的想法是争取点时间。辛贝特派高级官员巴拉克·本-祖尔到监狱探视亚辛，要求亚辛同意接受媒体采访，并要他命令他的手下不要伤害被绑架的警官。

亚辛坐在轮椅上，腿上盖着毯子，带着"近乎亲切的笑容"接见了本-祖尔。他接受了多次采访，每次都会重申辛贝特要求他做的声明。

后来辛贝特才意识到亚辛为何如此合作。他已经预见到可能出现这种状况，并事先告诉他的手下，无论他在采访中说了什么都不要放在心上，不要听从他在采访中下的命令，因为这些话极有可能是在违背他本人的意志的情况下说出的。

监禁并没有削弱亚辛的影响力，也没能瓦解他的意志。"永远不会有什么和平，"他在一次采访结束摄影机关掉后对本-祖尔说，"不论你们想怎样，我们都会奉陪，但我们永远不可能放弃武装斗争。只要我亚辛一息尚存，就会确保和以色列之间不存在和平谈判。我并不

---

① MOD, Office of the Chief Coordinator for Judea and Samaria, *Hamas announcement on the kidnapping to The Soldier,* October 11, 1994（作者的资料，从"贝尔"处获得）。

担心时间：十年以后，百年以后——你们将会从地球消失。”①

哈马斯按照事先的命令，完全无视亚辛关于不要伤害托莱达诺的公开指示。那晚，4 名身穿忍者服、拿着刀的绑匪来到关押托莱达诺的山洞。“我们要求以色列释放亚辛来换取你的自由，”他们告诉托莱达诺，“但你的政府拒绝了，这证明你的政府根本不关心你们士兵的命。非常抱歉，我们只能把你杀了。”②

托莱达诺哭了起来，求他们放了自己。

“你还有什么遗愿?”一名哈马斯问。

“如果你们决定杀了我，那就让我先穿上制服吧。”

哈马斯的人想掐死他，后来却发现他还没死，于是捅死了他。

在拉宾看来，对托莱达诺的谋杀就是压死骆驼的最后一根稻草。一周前，5 名以色列人死于恐怖袭击，这些袭击大多是哈马斯策划的。拉宾政府现在意识到了哈马斯带来的危险，觉得是时候对哈马斯进行决定性打击了。辛贝特当中有人提议毒死狱中的亚辛，这事相对而言比较容易。拉宾不假思索地拒绝了，因为他担心亚辛在以色列狱中暴毙的消息一旦传出，将不可避免地发生骚乱。

以色列国防军参谋长埃胡德·巴拉克给出了另一个提议：大规模驱逐哈马斯的活动分子，将他们赶到黎巴嫩。“我们试过很多对付哈马斯的法子，”以色列国防军中央指挥部负责人丹尼·亚托姆少将说，“但出于某些原因，我们觉得把恐怖分子大规模驱逐到黎巴嫩这一举动会严重打击恐怖分子，让现在这批人和未来想这么干的人都心生后怕。”③

从道德上、法律上以及实效上讲，这都是一个有问题的决定。以色列国防军和辛贝特希望在走漏风声之前秘密驱逐，如若不然，时间

---

① 2011 年 3 月 26 日对本-祖尔的采访。
② Shaked and Shabi, *Hamas*, 11－21.
③ 2011 年 4 月 7 日对亚托姆的采访。

上就会很有压力。从12月16日开始，他们围捕了400名疑似与哈马斯有关的人，而他们当中没有一人与最近的恐怖活动有直接联系。这些人被蒙上眼睛，戴起手铐，塞进巴士，然后带到了黎巴嫩边境。

但有关此次行动的消息还是泄露了。① 以色列的一些非政府组织以及一些被驱逐者的家属向最高法院请愿，要求中止行动，这使得巴士延误了几小时。司法部长办公室也拒绝站在政府这边，他们认为驱逐实际上是一项战争罪，而参谋长巴拉克本人不得不亲自去法院试图说服法官们。

他成功了，但与此同时，一桩国际丑闻也曝光了。后来发现，被驱逐者当中有四分之一是被错误地塞进巴士的，他们并不是辛贝特要驱逐的人。另一方面，黎巴嫩封锁了边境，巴士车队在一片无人地带进退维谷——南边是以色列控制的安全区，北边则是黎巴嫩武装部队和真主党的控制区。

护送这支车队的以色列国防军宪兵队给每位被驱逐者50美元现金、一件外套、两条毯子，然后除掉了他们的眼罩和手铐后，强迫他们下了车。然后，士兵们调转车头，返回以色列。被驱逐者最后在哈斯拜亚的德鲁兹镇附近的马吉-祖霍（Marj al-Zuhour）搭起帐篷。一开始，黎巴嫩政府阻挠红十字会为他们提供援助，想让被驱逐者的处境更悲惨，借此让以色列政府的处境更加难堪。

这次驱逐，事实上是对哈马斯的一次严重打击。② 在这个节骨眼上，哈马斯的两位最高领导人亚辛和谢哈德，都身陷以色列监狱。而哈马斯的其他领导人正在黎巴嫩的偏远山区，瑟瑟寒风中，他们栖身在临时帐篷里，没有电，没有通讯工具，到处阴寒潮湿，一片悲惨。

但驱逐事件发生一周后，当一群黎巴嫩人来看望这些住在帐篷里的人时，情况发生了戏剧性的变化。领头的自称真主党人瓦菲克·萨

---

① Supreme Court File 5973/92, *Association for Civil Rights in Israel v. Minister of Defense.*

② AMAN Research Division, *Brief on Saudi Money Funneled to HAMAS*, May 6, 2002 (author's archive, received from "Chili").（作者的资料，从“红辣椒”处获得）。

法，他说他代表秘书长哈桑·纳斯鲁拉来迎接他们，并询问他们是否需要帮助。

此次拜访是纳斯鲁拉、伊斯兰革命卫队、穆格尼耶和萨法（他的职位类似于真主党的外交部长）在经过一系列会谈后做出的决定。穆格尼耶将哈马斯组织遭到驱逐、处境悲惨视为一次天赐良机，在他看来，真主党可以并且应该利用这次机会，与未必是伊朗人或者什叶派的合作伙伴一起把自己的影响力拓展到黎巴嫩以外。[1] 谈到最后，他还试图说服其他人接受他的观点。

激进的什叶派武装一般来说不和巴勒斯坦的逊尼派穆斯林结盟。[2] 这对哈马斯里面的逊尼派穆斯林来说是一种令人惊讶的姿态，所以哈马斯一开始也摇摆不定。这种关系纽带在他们看来并不自然，但他们所处的困境决定了他们和什叶派有着共同仇恨的敌人。他们在很短时间内做出了肯定的答复，于是乎驴队和骡队开始送来更多防寒御热的帐篷、防寒的衣物、取暖炉和燃料，还有大量食物、浆洗衣物的材料，帮他们度过寒冬。

黎巴嫩媒体接踵而至，其中部分媒体是受真主党的控制或者影响的，其他的则单纯只想报道这个好新闻，向全世界讲述被驱逐者的遭遇。随后到来的是军事单位和恐怖活动的教官。在此之前，哈马斯在作战行动和情报方面的训练几乎还是一片空白。从这个意义上看，此次驱逐对他们来说也变成了天赐良机。

穆格尼耶的那些归他妹夫穆斯塔法·巴德尔丁指挥的士兵，以及伊朗伊斯兰革命卫队圣城旅的教员，一起在帐篷营地附近建了一个警戒区，其距离远到可以避开正在持续关注营地的那些媒体的窥探。警戒区内开设了很多课程，有通讯、加密、野战安全、轻武器、火箭发射器、侦察和反侦察、巷战、徒手搏斗等，不一而足。

---

① 2013 年 7 月对“莱昂”的采访。Aviad, *Lexicon of the Hamas Movement,* 199－201。

② *Globe and Mail* (Canada), December 28, 1993.

穆格尼耶的教员们对来自约旦河西岸北部的一位 28 岁电气工程师印象尤为深刻。他毕业于巴尔宰特（Bir Zeit）大学，名叫叶海亚·阿亚什，后来被称为“工程师”。伊朗和真主党的专家教他如何以容易获取的国内物品为原料秘密制造炸药，如何把钉子和螺丝作为弹片制造小型但杀伤力巨大的爆炸装置，以及如何制造汽车炸弹。穆格尼耶本人也去过营地，与阿亚什及其战友一起讨论了如何寻找和招募可以实施自杀性爆炸的人选，如何接近他们，如何说服他们从事自杀式袭击——这是个敏感且困难的过程。

当亚辛的手下在与世隔绝的大山中接受训练时，他的组织也在约旦河西岸和加沙地带重组。多年来，哈马斯已经在美国公民穆萨·阿布·马尔祖克的全权负责下在波斯湾、约旦及美国建立了一个庞大的活动分子和筹款网络。来自沙特的富有酋长、波斯湾酋长国中与酋长同阶层的人以及西方有钱的穆斯林，都为亚辛的组织提供资金。在以色列的大规模驱逐行动之后，马尔祖克迅速派他的助手穆罕默德·萨拉赫从美国出发，带了几十万美元现金去以色列占领区。①

以色列受到的国际压力也与日俱增。媒体不断报道难民营的新闻，联合国安理会的严厉谴责和威胁制裁之语，还有新近宣誓就职的美国总统比尔·克林顿及其国务卿沃伦·克里斯托弗所代表的美国政府日益激烈的抨击。直到 1992 年 2 月，拉宾意识到整件事就是个巨大的错误，他同意克里斯托弗的提议，立即将部分被驱逐者送回国内，并在年底前送回剩下的被驱逐者，以换取美国在安理会上对以色列行动行使否决权。

---

① 虽然美国联邦调查局从辛贝特那里收到了大量消息，并从自己的渠道获得了不少情报，但联邦调查局比较克制，没在世贸双塔倒塌前采取任何行动。The FBI, Holy Land Foundation for Relief and Development, International Emergency Economic Powers Act, Dale Watson, Assistant Director, Counterterrorism Division to Richard Newcomb, Director, Office of Foreign Assets Control, Department of the Treasury, November 5, 2001. Bergman, *Follow the Money: The Modus Operandi and Mindset of HAMAS Fundraising in the USA and the PA Using American and Saudi Donations,* Cambridge University, Centre of International Studies, October 2004。

被驱逐者像胜利者一样返回约旦河西岸和加沙地带。阿亚什受命担任约旦河西岸卡桑旅的指挥官，不久之后，他便组织了 1993 年 4 月发生在梅赫拉的自杀式爆炸，造成一名恐怖分子和一名平民死亡。但阿亚什接下来的一次袭击安排在了一个关键时刻，他要让巴勒斯坦人自此将自杀式爆炸袭击视为正当之举。

这一时刻在 1994 年 2 月 25 日到来。出生在布鲁克林的巴鲁克·戈尔茨坦医生，作为拉比梅厄·卡赫纳和犹太防卫联盟（Jewish Defense League）的追随者，移民到了希伯伦附近的基列亚巴（Kiryat Arba）定居点，这一天，他向在该市易卜拉希米清真寺进行礼拜的穆斯林开枪。该清真寺位于希伯伦的始祖墓穴（Cave of the Patriarchs），穆斯林和犹太人都把这里视为先祖亚伯拉罕的墓地。

戈尔茨坦身着以色列国防军制服，手持以色列国防军发的加利尔步枪，在一分半钟的时间里打空了 4 个弹匣。一名穆斯林抄起灭火器扔向他，把他击倒在地。礼拜者们一拥而上将他打死。在丧失攻击能力之前，他已经杀了 29 名礼拜者，致使 100 多人受伤。

在整个穆斯林世界，许多人不仅把他的行径看成是对无辜平民犯下的卑鄙罪行，还将之视为犹太人对伊斯兰教的宣战。

这正是叶海亚·阿亚什等待已久的契机。他撇开哀悼仪式所需的 40 天，选择在 4 月 6 日这天，让他招募的一名人肉炸弹在约旦河西岸北边的以色列阿富拉镇的两辆巴士附近引爆自己，带走了 8 位平民的生命。一周后，另一人肉炸弹在哈代拉的公交车站炸死了 5 名以色列人。10 月 19 日，阿亚什在特拉维夫市中心发动一起袭击，一名巴勒斯坦人在一辆 5 路公交车行至迪岑哥夫大街时引爆了身上的自杀腰带，炸死 22 人。一时间，炸弹袭击没完没了。

“在此之前，我们所知道的巴勒斯坦恐怖分子对生命都还有所眷恋，”辛贝特的阿维·迪希特说，“即便是手握两枚手雷劫机的莱拉·哈立德，在面对拿枪的以色列安保人员时，也没胆量把自己炸死。1993 年的变化是戏剧性的，令我们感到震惊。”

“恐怖分子的力量在呈指数级增长。自杀性炸弹袭击者并不需要操作技能，只要按一下开关就行。当名单上还有400多人等着去当人肉炸弹时，人人都能看到问题的严重性。”①

哈马斯的对手注意到了阿亚什的成功以及他在巴勒斯坦街头的活动受到的支持。1994年11月11日，一名巴勒斯坦伊斯兰圣战组织成员在加沙地带的奈扎利姆（Netzarim）交叉路口的一个以色列国防军岗哨前自爆，炸死了3名预备役军官。1995年1月22日，在特拉维夫东北方25英里外贝特里德（Beit Lid）的一个公交车站，一名伊斯兰圣战组织恐怖分子身穿以色列国防军制服，走到等车的一群士兵中间按下按钮，引爆了自己身上的22磅炸药。数十名士兵被强大的冲击波击倒。当其他人跑向那些尖叫呼救的伤员时，第二名人肉炸弹又在人群中央引爆了自己。第三名恐怖分子本打算几分钟后自爆，但临阵脱逃了。

这次袭击造成21名士兵和1名平民死亡，66人受伤，部分人伤势严重。总理兼国防部长拉宾在爆炸发生后不久来到现场，路口仍然残肢四散，血流遍地。他到那里时，愤怒的市民正在自发地示威游行。然而，示威者没有高呼打倒恐怖分子的口号，而是喊着打倒拉宾。“滚到加沙去！”他们喊道，在希伯来语中这如同诅咒，不啻于“下地狱去吧！”

按照拉宾总理办公室负责人埃坦·哈贝尔的描述，在返回特拉维夫后，拉宾“怒火中烧”，② 召集国防部门的所有负责人开会。“必须制止这种疯狂之举，”他说，“把红色文件拿来我签字。”

① 2010年11月4日对迪希特的采访。

② 2009年6月21日对埃坦·哈贝尔的采访。

二十五
“把阿亚什的首级带回来”

伊扎克·拉宾没料到自己的第二个以色列总理任期的结果会是这样。

他当选是因为他承诺实现安全（他被人视为强硬的军事领导人，在反恐战争中决不妥协）和外交主动权，后者将会使以色列摆脱孤立状态，带来经济上的繁荣，结束巴勒斯坦大起义。

拉宾确实得出结论，认为有必要结束对巴勒斯坦土地的占领。他同意由西蒙·佩雷斯及其同僚发起的奥斯陆进程（Oslo process），尽管他不太情愿，而且高度怀疑巴勒斯坦人的意图。1993 年 9 月 13 日，克林顿总统在白宫草坪上的签字仪式上哄拉宾与亚西尔·阿拉法特握手时，他的不情不愿从表情和肢体语言上一览无遗。

拉宾认为，这一进程应当循序渐进，第一步是以色列仅撤出加沙和杰里科，而不是立即签署全面协议。如此一来，将使以色列把部分被占领土移交给巴勒斯坦权力机构，同时不断核查以确保阿拉法特履行协议中他所要做的。这也意味着，诸如巴勒斯坦难民的返乡权、耶路撒冷的地位、约旦河西岸以及加沙地带定居点的未来、巴勒斯坦权力机构是否会成为一个主权国家等还在争论之中的大问题，将留待日后决定。拉宾希望这会使他能够避开这些会引起分裂的争论，而这些争议一旦要解决就几乎必然在以色列引起分裂。

但拉宾还是惹来了争议。[①]有相当部分的以色列公众认为，《奥斯陆协定》增加了恐怖袭击的可能性，并认为因为和平进程的推进以及土地移交给阿拉法特控制，恐怖主义会有所抬头。以色列右翼所要做的就是一字一句地重复亚辛的话——他说，永远不会有任何妥协，他永远不会接受一个犹太国家的存在。起先，只是少数极端定居者的小规模示威，后来演变成为遍及整个以色列的抗议活动，在每次恐怖袭击之后，抗议活动的力度就会增加，而且越来越集中于对拉宾本人的恶意中伤。这些抗议活动是由利库德集团的领导人阿里埃勒·沙龙和本杰明·内塔尼亚胡煽动的。

与此同时，巴勒斯坦人也越来越沮丧地看到自己的土地被剥夺——拉宾确实限制了新定居点的建设，但并没有完全停止这类建设，甚至没有撤出被占领土的任何一个现有定居点——而且他们也不觉得这一进程最终将引导他们建立自己的国家。与此同时，由于阿拉法特希望避免与伊斯兰世界内部的反对派发生对抗，他也尽量避免打击哈马斯和伊斯兰圣战组织的游击队和自杀式恐怖袭击。

“双方都没有领会对方要求的含义，”20 世纪 90 年代后期的辛贝特负责人阿米·阿亚隆说，“所以最终的结果是，双方都感觉受到了欺骗，都觉得自己才是有理的一方。我们没有获得安全，而他们也没有得到一个国家。”②

为解决以色列北部边境争端而付出的努力没有获得更大的成功。③ 美国国务卿克里斯托弗在以色列和叙利亚之间进行斡旋，力图达成一项和平协议，根据这一协议以色列撤出戈兰高地或许还将撤出黎巴嫩；而叙利亚将努力制止真主党针对以色列的行动。但调停没有取得重大突破。真主党在叙利亚的怂恿下，试图对以色列施压，继续在黎巴嫩造成以色列国防军的伤亡。

以色列人对黎巴嫩安全区的现状正在逐渐失去耐心。以色列国防军的战地指挥官大发雷霆，要求让他们自由采取行动。其中，最著名

---

① Goldstein, *Rabin: A Biography*, 415 – 24 (Hebrew).

② 2002 年 9 月 4 日对阿亚隆的采访。

③ “灰色文件”（准备用于与叙利亚之间的秘密会谈）文档以及作者的资料，从“贝尔”处获得。Ronen Bergman, “The Secret of the Grey File,” *Yedioth Ahronoth,* January 26, 2007。

的指挥官是埃雷斯·格尔斯坦准将，他身材魁梧，有着足够的魅力和自信，很多人认为他未来会当上参谋长。格尔斯坦看到了黎巴嫩南部和越南之间的诸多相似点，主要是从美国人的错误中汲取的教训。他说："我们坐在堡垒里闲得给卵蛋挠痒痒，而不是走出去像他们［真主党］那样思考，在他们意想不到的地方给他们一击，杀掉他们的将领。"①

南黎巴嫩军也很不满，感觉自己像炮灰，被捆住手脚无法反击。这支民兵的副指挥官阿克勒·哈什姆（Aql al-Hashem）多年以来一直恳求以色列批准其至少以真主党官员为打击目标。②

没人理睬这些请求。1995 年 1 月 1 日，阿莫隆·利普金-沙哈克接替埃胡德·巴拉克成为参谋长。为了摆脱前任的阴影，利普金-沙哈克决定改变对黎巴嫩的政策。从眼下开始，会有场仗要打，真主党人将被视为一个全方位的敌人。他需要资源：能收集情报的人，以及擅长搞破坏和暗杀的特别行动队。

利普金-沙哈克和北方司令部司令、以色列国防军突击作战方面的专家之一艾米拉姆·莱文少将迅速组建了一支突击队，名为埃戈兹（Egoz，希伯来语意为"坚果"），对真主党发动反游击战。③ 作为该突击队的首批指挥官之一，摩西·塔米尔解释说："我在埃戈兹突击队制定的大部分战术……都来自英军编写的在中南半岛喜马拉雅山脉作战的书籍，还有美国人在越南的经验，特别是较低层次上的经验，都非常有教益。"④ 像英军、美军以及法国驻阿尔及利亚的军官一样，塔米尔、格尔斯坦及他们的同僚都认为，如果能从后方获得足够的资源、时间和支援，他们便可以击败真主党。

埃戈兹突击队开始在黎巴嫩境内真主党感到安全的地方进行伏击

---

① 1996 年 4 月对埃雷斯·格尔斯坦的采访，以及 2013 年 5 月 13 日对埃胡德·伊兰的采访。

② 1999 年 12 月对阿克勒·哈什姆的采访。

③ Tamir, *Undeclared War*, 116.

④ 拉维·谢克特对摩西·塔米尔的采访，*Yisrael Hayom*, May 14, 2010。

和突袭，令真主党的民兵措手不及，并杀死了他们很多人。其中一名被杀的士兵叫做哈迪·纳斯鲁拉，他是真主党领导人的儿子。

莱文参加了“青春之泉行动”，他认为对真主党指挥官们进行有针对性的打击非常重要。① 刚成为北方司令部情报科驻黎巴嫩事务部负责人的罗南·科恩不得不实施新策略。这两人决定集中精力除掉中层民兵军官，包括黎巴嫩南部地区指挥官，而不是高级官员。莱文认为，真主党把针对该组织领导人之一或其在贝鲁特的活动中心的行动，同在黎巴嫩南部地区进行的那种战术战分了开来。前者会激起极端反应，甚至可能会在中东以外地区；而对后者的反应范围是有限的，会局限在黎巴嫩和以色列北部。

在此之前，摩萨德负责执行在以色列境外所有的定点清除计划，而以色列国防军至多只提供支持。但摩萨德认为真主党只不过是边境线上的麻烦，应当由以色列国防军来处理。即便该组织改变了其目标的优先排序，也几乎不太可能在黎巴嫩掀起大风浪。“简而言之，”科恩说，“我很清楚，如果我们想打击真主党的重量级目标，那么我们以色列国防军就必须自己动手。”②

在科恩看来，对穆萨维的袭击虽然在战略上有缺陷，却是一个好的战术模式：用无人机识别目标，再用激光标记，然后发射导弹。这是低成本、高收效的办法。

北方司令部情报科挑选了一个目标，这个人名叫里达·亚辛，更为人熟知的是他的另一个名字——阿布-阿里·里达（Abu-Ali Rida）。他是真主党在纳巴泰地区的指挥官，住在扎瓦尔-查克耶村（Zawtar al-Charkiyeh）。作为黎巴嫩南部的一名中层指挥官，里达完美符合打击目标的特征，而且很平易近人，这是其他类似资历的指挥官所不具备的。

---

① 2017 年 7 月 16 日对莱文的采访。
② 2015 年 7 月 5 日对罗南·科恩的采访。

经过两周的监视，科恩设法收集到了关于里达的足够情报，给他取了个代号叫做“金蜂巢”，以便计划一次行动。里达每周会去一次贝鲁特参加真主党的高级工作人员会议，很晚才返回，然后会在第二天早上8点半左右开车去自己的办公室。最初的计划是安排一名特工监控，确认里达上了车，而且车上没有其他人。一旦确认，就会有一架无人机跟踪他直到他离开村庄，然后激光会标记他的汽车，以便阿帕奇直升机发射导弹。

由北方司令部作战室安排的“金蜂巢行动”差一点被取消。1995年3月30日，守在里达家附近的特工非常惊讶地发现里达的停车位是空的。特工不能在那个位置待太久，这会引起别人怀疑，因此他不得不离开。但无人机仍然在上空，从一段距离外传回画面，直到从监视器上看到里达的汽车返回。有人下了车，回到屋子里，不过莱文、科恩以及指挥室里他们的部下都没看见里达的脸，也没法识别1小时后离开房子、发动汽车离开村庄，越过利塔尼河朝南边的纳巴泰驶去的人是谁。难题摆在桌面上了：现在是谁在开车？是里达还是他的一个孩子？应当下令发射导弹吗？

莱文决定赌一把。他下令阿帕奇飞行员开火。

大约3小时之后，真主党的无线电通讯网传出有关此次暗杀的惊人消息。[1] 当时，车上的人就是里达，且仅有里达一人。在窃听到的无线电通话中，以色列的监听员们听到穆格尼耶的手下开始慌乱，他们的信心备受打击。他们的人在远处被暗杀，被一个悄无声息、来去无踪的飞行机器人标记。这才是第二次用无人机实施暗杀。

纳斯鲁拉发誓要报仇，真主党又一次向以色列北部发射了一连串火箭弹。一个在海滩上慢跑的17岁少年没有听到警报，直接被击中身亡。不过，正像莱文和科恩预料的那样，真主党把这一事件看成地区性事件，并未试图在中东以外对暗杀里达的事实施报复。

---

① 2016年9月1日对罗南·科恩的采访。

“金蜂巢行动”是对中层军官实行额外打击的典范。但“金蜂巢行动”这种操作方法并不是他们所用的唯一方法。[①] 在其他情况下，埃戈兹或其他单位在夜间过去，在目标的汽车中或沿其通常的行车路线上放置炸弹，然后由飞机或地面上的监控点远程引爆。

与此同时，莱文和科恩正在重组定点清除的指挥和控制网络，包括由谁来决定暗杀目标，谁来下达准许行动的最终指令。这是个非常关键的问题。在此之前，所有要“消极处理”的红色文件都必须报告给由摩萨德主管领导的情报机构负责人委员会“瓦拉什”（VARASH）。然后它们必须获得政府的最高级文职人员的批准，由总理本人签字，而总理在做出决定之前也经常会邀请其他部长商讨。

一旦失败，会有很高的外交风险，因而每份红色文件都需要经过深思熟虑且要花费大量时间，而最终的结果往往是不被批准。

不过，莱文和科恩通过巧妙的文字游戏规避了上述程序。在黎巴嫩，定点清除不再等同于暗杀——而是一种“拦截”。拦截显然并不需要这种严密的审查，当然，尽管参谋长的授权仍然是必要的。

当时，对该体系的这种变通做法并没有被视为什么麻烦。[②] 总理兼国防部长拉宾信任参谋长利普金-沙哈克，并对在国防部长办公室举行的每周一次的行动和突击会议上得到情况通报感到满意。

无论如何，“这次行动都开创了一个先例，”一位前北方司令部官员说，“把暗杀行动换个其他叫法，以便让它属于不同的决策流

---

① 以色列国防军需要发展出实施暗杀的新装置和能力。比方说炸弹就相当成问题。点火装置的电池有时必须能从安装到引爆长时间有电，引爆还需要大范围的无线通讯，而装置又必须小巧隐蔽。以色列国防军武器发展部门炸掉了许多旧奔驰，这是在黎巴嫩最流行的一种车。他们把商店橱窗里的模特放进车内，系上安全带，想搞清楚安装何等剂量的何种爆炸物才最有效。在一次重要的实验中，他们用上了被麻醉的猪，因为猪的皮肤组织和人类非常相似。杀死它们的炸弹绰号“哼哼”。2016 年 2 月对“里奥”的采访，以及 2011 年 11 月对“派”的采访。

② 2010 年 8 月 25 日对西弗斯的采访。

程，从而使得较低层面就能够批准它。”① 换句话说，杀死一个目标不再需要总理的批准。

不过，毫无疑问，新程序是有效率的。经过了安全区多年来的挫败，以色列国防军建立了一套完整的定点清除体系，迅速收集情报并将其转化为行动。在两年半的时间里，以色列国防军小队实施了 27 次定点清除行动，目标大多为真主党成员，其中 21 次取得了成功。

当莱文和科恩在安全区改换暗杀批准流程时，以色列的情报机构正在研究如何执行拉宾在 1995 年初签署的两份红色文件。

在贝特里德恐怖袭击（即两名人肉炸弹在公交车站杀死等车的 21 名士兵和 1 名平民的事件）发生的当晚，以色列情报部门已经知晓谁应对此负责，由此确认了下一个暗杀目标：法蒂·夏卡奇（Fathi Shaqaqi），巴勒斯坦伊斯兰圣战领导人。他的组织是从 20 世纪 70 年代在埃及的扎加齐克大学学医的巴勒斯坦学生的核心圈子发展而来，他们在政治上非常活跃，而扎加齐克大学是伊斯兰狂热分子的温床。夏卡奇曾在加沙地带当过几天儿科医生，在短暂的职业生涯后，他建立了一个小型秘密组织，在某些方面是亚辛的哈马斯的竞争对手。夏卡奇在理念上与哈马斯不同，他认为圣战必须优先于社会改革，而哈马斯认为这两者应当齐头并进。围绕夏卡奇聚集起来的组织只有一个功能：反以恐怖行动。

夏卡奇曾有三年时间不断进出以色列监狱，最终在 1988 年被从加沙驱逐到黎巴嫩。伊朗革命卫队将其收入翼下，并安排他以大马士革为基地，为他提供资金和武器。他的组织一度是在伊朗人的庇护下运作的，巴勒斯坦伊斯兰圣战组织很快发动了一系列恐怖袭击。其中最严重的一起发生在 1990 年 2 月，在埃及开罗以东 30 英里处，这次经过精心策划的袭击，是枪击一辆满载以色列游客的巴士。9 名以色

① 2016 年 2 月对“里奥”的采访。

列游客及2名埃及人死亡，19人受伤。在哈马斯成功实施了自杀式恐怖袭击之后，伊朗人为夏卡奇一路亮绿灯，让他也发动类似的袭击。巴勒斯坦伊斯兰圣战组织的贝特里德炸弹袭击就是这波行动的高潮。[①]

在自杀式爆炸袭击过去4天后，夏卡奇在他位于大马士革的办公室接受了《时代周刊》记者劳拉·马洛的采访。[②] 夏卡奇并未承认自己直接参与了这次袭击，但他详细阐述了这次袭击是如何策划的，并在采访过程中一直保持微笑，明显对22名以色列人死亡的成绩感到满意。

彼时，拉宾签署夏卡奇的死刑令已经过去三天了。[③] 但这次的命令极不寻常。事实上，这是拉宾担任总理以来签署的第一份红色文件。在这个时间节点，与巴解组织的协议以及阿拉法特建立巴勒斯坦民族权力机构，让许多以色列人得出结论，以为与巴勒斯坦人之间的战争结束了，认为世界各地的爆炸、恐怖袭击、绑架和暗杀都结束了。摩萨德将自杀式恐怖分子视为内部问题，属于辛贝特的管辖范围，甚至有人提议要把摩萨德的反恐部门削减一半。

再有，法蒂·夏卡奇是一位巴勒斯坦领导人，在被占领土上有为数众多的拥趸。清除他的决定尽管伴随着激起巴勒斯坦人做出过激反应的风险，但也恰好表明了拉宾的想法，即他痛苦地认识到与巴勒斯坦人的战争还远未结束。

确实，贝特里德的恐怖袭击导致拉宾总理对以色列安全方面的看法发生了变化。随后，拉宾开始以不同的方式定义恐怖：从“蜜蜂蜇”到“战略威胁”。在此之前，“战略威胁”一词一直用于威胁到大部分以色列人口及其领土或可能导致国家毁灭的全面敌对军事运动，比如阿拉伯军队在1973年10月的突然袭击，抑或萨达姆·侯赛

---

① Kurtz, *Islamic Terrorism and Israel*, 139 – 48.

② Lara Marlowe, “Interview with a Fanatic,” *Time*, February 6, 1995.

③ 2016年5月对“飞行员”的采访。

因拥有核武器的可能性。时任辛贝特副局长卡尔米·吉龙说：“拉宾之所以重新定义恐怖行动——当然，我完全赞同这一点——是因为他考虑到这样一个事实，即在以色列街头发生的恐怖袭击，其影响已经成功地使一个主权政府改变自己的决定或者延迟这些决定的实施。”①

尽管在处理方法和感知威胁方面已经发生了变化，但处决夏卡奇的红色文件仍然需要谨慎地操作，需要长达几个月的监视。② 摩萨德的密探可以窃听夏卡奇的住处和办公室的电话，但在大马士革杀掉他并不明智。在叙利亚境内开展行动有肉眼可见的危险，并且还有政治上的风险：时任“阿曼”负责人尤里·萨吉告诉拉宾，这样的行动将损害当时在美国撮合下以色列和叙利亚之间已经启动的和平谈判。

然而，在叙利亚以外杀掉夏卡奇也不是件容易的事。夏卡奇知道自己处于危险境地，他只去阿拉伯国家或者伊朗，这些都是以色列杀手难以渗透的地方。摩萨德的“凯撒利亚”差不多花了 6 个月的时间，试图确定一个有可能部署袭击的时间和地点。然后，时间来到 4 月 9 日，摩萨德面临的压力陡然增加：巴勒斯坦伊斯兰圣战组织的一名自杀性恐怖分子驾驶的汽车在加沙地带的一辆以色列公交车旁引爆，炸死了 7 名士兵和来自新泽西州西奥兰治市的一名 20 岁学生艾莉莎·米歇尔·弗拉托。③ 还有 30 多人受伤。不久之后，另一起汽车炸弹事件造成 12 人受伤。“想个办法，”拉宾对沙布泰·沙维特局长说，“我们必须逮住那个人。”

一个月后，摩萨德提出一项计划，尽管它立刻遭到反对。和 1973 年的“青春之泉行动”以及 1988 年在突尼斯的阿布·吉哈德暗杀行动一样，这一计划要求以色列国防军对摩萨德提供协助，摩萨德

---

① 2016 年 1 月 27 日对吉龙的采访。Carmi Gillon, *Shin-Beth Between the Schisms*, 201 (Hebrew)。

② 2012 年 3 月 6 日对萨吉的采访。

③ 1998 年一名联邦法官判决伊朗政府支付 2 亿 4 750 万美元给弗拉托的家人，2014 年 6 月，法国巴黎银行被勒令向弗拉托家人支付巨额赔偿，因为它受理了被禁止的伊朗资金交易。

无法仅凭自己的力量操作。

参谋长利普金-沙哈克与沙维特之间的关系已经摇摇欲坠，他原则上不反对暗杀夏卡奇，但他认为摩萨德应该可以自己动手，没必要在远离以色列边境的行动中把以色列国防军人员牵扯进去。两个人当着拉宾的面爆发了激烈的争吵，直到拉宾让他们安静，并决定支持沙维特的观点。[①]

监视显示，夏卡奇和卡扎菲之间保持着定期联系，[②] 卡扎菲给圣战分子办了一张利比亚护照，姓名是易卜拉欣·沙维，而且夏卡奇还经常去拜访这位利比亚独裁者，要么单独，要么是与其他头号恐怖分子一起。当时，利比亚由于涉足恐怖主义而受到严厉的国际制裁，大多数航空公司都不飞往那里。所以夏卡奇会从贝鲁特或大马士革飞往马耳他，然后到突尼斯。他会在突尼斯租一辆豪华轿车，通常是宝马或捷豹，然后自己驱车480英里前往的黎波里。

理想的计划似乎是在荒无人烟的公路上放置炸弹。6月，一支由以色列海军第13突击队组成的小分队登陆突尼斯海滩，朝公路方向徒步前进。他们携带四个板条箱，每箱装着450磅炸药，箱子的重量使它们沉入了柔软的沙地里。炸药被放在特制的钨托盘上，这种托盘坚固而灵活，4名强壮的士兵可以抬起来穿过沙丘到达突尼斯至的黎波里的公路。该计划需要突击队员在交通不繁忙的时候在路边挖个坑，把巨大的炸弹埋进去。与此同时，一旦夏卡奇在突尼斯租到车，“凯撒利亚”特工就会监视他，并在车上安装一枚发射器，用行话讲就是“测定器”，它会发出特别强的信号。这个设备能在汽车经过时激活炸弹的引爆装置，把汽车和车上的司机炸成碎片。

“几乎没人走这条路，”“凯撒利亚”的一名计划制订人员在最后的简报中说，“所以当目标独自一人时，有极大可能直接把他送往另

---

① 2012年4月3日对利普金-沙哈克的采访。
② 2011年8月对“钻石”的采访。

一个世界。许久之后人们才会注意到发生了什么，而在此之后，搜救部门和犯罪现场调查人员赶往现场也将会耗费很长时间。”①

1995 年 6 月 4 日，消息传来：夏卡奇预订了一周后前往马耳他的航班。暗杀行动开始了。② 两艘以色列海军的导弹艇从海法启航，船上载有装备和海军突击队员，在第 13 突击队指挥官约夫・加兰特的带领下。导弹艇航行了 1 200 英里，花费两天半时间，然后在突尼斯和利比亚之间的边界与地中海的交汇点下锚，停泊在离海岸一定安全距离的地方。现任海军司令阿米・阿亚隆遥控指挥这次行动。

此时离加兰特上次率领海军突击队小分队来突尼斯作战已经 7 年了，上次是以色列总参侦察营的一个单位在突尼斯海滩登陆，去对阿布・吉哈德实施定点清除。现在，以色列国防军装备了更先进的技术。阿亚隆能在指挥所的一个大屏幕上看到所有相关单位的准确实时标记。

突击队员乘坐的是极其结实的橡皮艇，在利比亚海滨小镇塞卜拉泰以西 6 英里外登陆。

“穿越这些沙丘非常困难，”其中一位突击队员说，“我们每个人都抓着一根杆子的末端，努力不让自己陷入沙子里或者流汗而死。我现在仍然记得黄澄澄、非常干净的沙子。我想换个环境的话，我会很乐意在海边的沙丘上伸展身体，享受日光浴。但那天不是时候。已经开始亮灯了，我们必须迅速地埋下炸弹。我们一直在行进，直到我们所有人突然听到耳机里传来前锋小队的声音‘立刻停止前进!’。很快我们就意识到了原因。”③

原来，虽然以色列人关于夏卡奇动向的情报是准确的，但他们没有预料到当时正在举行一场摩洛哥至埃及的汽车拉力赛。一些车手和突击队员同时到达这条公路，并且决定在那里稍作休整。他们打开饮

① 2016 年 5 月对“飞行员”的采访。
② 2011 年 8 月 19 日对加兰特的采访，以及 2011 年 6 月 22 日对阿亚隆的采访。
③ 2015 年 9 月对“弗雷德”的采访。

料，用英语、德语以及法语高声交谈，大笑着咒骂该死的沙子跑进他们的发动机里去了。加兰特征询阿亚隆的意见。随时间推移，被拉力赛车手发现的危险也越来越大。（“他们中的某人可能会跑到旁边小解甚至拉屎，正好淋我们一头。”加兰特在无线电中说。）再有，目前还不清楚车手们会在这里停留多久，过会儿是否会有更多的赛车沿这条路开来。这意味着，即便可以安装炸弹，即便当晚夏卡奇的汽车成功地触发炸弹，“无辜的非阿拉伯人”也可能会受伤。阿亚隆命令突击队员撤退。[①] 误杀一名甚至多名平民的风险过高，行动中止了。

又是颗粒无收的 4 个月过去了。最后在 10 月中旬，摩萨德终于取得了突破，找到了可以自己动手实施袭击的机会，这次他们无需和以色列国防军一起进行任何复杂的联合作战了。

在夏卡奇位于大马士革的办公室，电话铃声响起——这部电话一直在被窃听。电话另一头是卡扎菲的一位助手，他来邀请夏卡奇参加在利比亚举行的阿拉伯游击队组织领导人的会议。夏卡奇回复说自己不会参加。但摩萨德随后听说，萨义德·穆萨·穆拉哈（阿布·穆萨）将会到场，他是一个巴勒斯坦极端派系的指挥官，该派系背叛了阿拉法特并退出了巴解组织。目前他的大本营设在大马士革，并在叙利亚的保护下运作。阿布·穆萨也是夏卡奇的对手。

“如果阿布·穆萨去，那么我们的当事人就不会置身事外，”“凯撒利亚”的情报官米什卡·本-戴维在摩萨德总部召开的讨论夏卡奇问题的一次会上说，“让我们的人做好准备。”[②]

夏卡奇最终会做出什么决定还不明朗。但摩萨德推测，如果夏卡奇去利比亚，那他在马耳他中转期间以及在去利比亚的途中，会比较容易下手。

几个月前，“杰瑞”被任命为定点清除单位的指挥官。“杰瑞”

① 2016 年 3 月 14 日对阿亚隆的采访。
② 2013 年 1 月 23 日对摩西·米什卡·本-戴维的采访。

并不特别受其摩萨德同事的待见，他是个少言寡语的人，曾在海军的特种潜水部队服役。他早已是清除杰拉德·布尔和阿提夫·巴萨苏的行动小组成员，他还相信这个新职位将提升他在摩萨德的地位，帮助他获得他真正想要的：成为“凯撒利亚”的负责人。“我想坐上迈克·哈拉里的位子。”他曾对一位朋友说过。那么，杀死夏卡奇是一件既符合国家利益，又满足个人野心的事。

10 月 22 日，“杰瑞”和他的小组来到马耳他，并在机场等待，核对入境旅客。在几架航班降落后，“杰瑞”用无线电通知了自己的组员以及特拉维夫的摩萨德。“有个人在角落里坐着，”他说，“我过去看看。”局面顿时紧张起来。几分钟后，他的声音再次在无线电频道中响起：“我想我们有个目标了。此人戴了一顶假发，但极有可能是我们要找的人。”

夏卡奇并没有离开机场，而是登上了下一班飞往突尼斯的航班。不过，摩萨德清楚，他通常会在去利比亚的途中或者回程的途中，在马耳他度假小镇斯利马的外交官酒店待一两天。所以，如果他们再等几天，夏卡奇会很容易拿下。

夏卡奇参加会议后，于 10 月 26 日上午再次降落在马耳他。他在机场被“刺刀”的盯梢人员认了出来。上午 10 时许，两名特工被派到外交官酒店的大堂埋伏好。夏卡奇坐出租车到达，入住一晚。他自己带着行李上楼到他的房间，没有要服务员帮忙。一名以色列人跟在他身后，看着他走进 616 房。[①]

安宁惬意、游人如织的马耳他被视为“基地国家”，在那里行动并不是特别危险，因此也由得“杰瑞”自己来决定采用哪种打击手段。“杰瑞”将他的小组召集到酒店外的街角，向他们简单介绍了情况。

上午 11 点 30 分，夏卡奇出了酒店，左转，在街头闲逛，享受怡

---

① 2000 年 5 月对“乐高”的采访。

人的天气。他走进一家马莎百货，一名特工跟在他身后，看着他买了一件T恤，然后又在另一家店买了三件。“杰瑞”站在街道对面。当看见夏卡奇走出商店时，“杰瑞”对着袖子里的无线电麦克风轻轻说了三个字：“甜面包”。也就是行动暗号。

夏卡奇并未发现任何不寻常的地方，继续在街上闲逛。他没有注意到在1点15分，一辆雅马哈摩托车开始靠近他，直到与他缓缓并行。然后，当人行道上只剩下夏卡奇一人的时候，摩托车后座的乘客掏出一把装了消音器的手枪，朝着夏卡奇的头部一侧开了两枪，在他倒地之后又朝他后脖子开了一枪。手枪上装了个小袋子，用来回收弹壳，这让马耳他警察部门的犯罪现场调查人员无计可施。

摩托车飞驰而去，两辆租来的汽车把小组的其他人员接走。他们在附近的海滩上会合，来接他们的快艇上有3名穿着便服的突击队员，看起来像3个普通游客一样不起眼，接上之后，突击队员迅速将他们送往停靠在远海的以色列海军导弹艇。第二天，马耳他警方在海滩上找到了那辆摩托车。①

在贝特里德袭击事件后，以色列应对恐怖威胁的方式发生了变化，随之，拉宾也下令收集哈马斯领导人的情报，首先把注意力集中在叶海亚·阿亚什身上，也就是那位在流放中接受训练，并于1993年春天在以色列境内实施自杀式炸弹袭击的“工程师”。阿亚什应为1994年到1995年间的9起自杀式爆炸袭击负责，这些袭击共计造成56人死亡，387人受伤。以色列的舆论中充满了公交车里满地鲜血和焦尸的画面。拉宾知道自己必须做点什么，所以他签署了暗杀阿亚什的红色文件。

这也非同寻常。阿亚什在约旦河西岸和加沙地带内部调度自杀式恐怖分子，而这两个地方受巴勒斯坦权力机构控制。这是巴勒斯坦权

① 2016年5月对“飞行员”的采访。Bergman, *Secret War with Iran*, 213－16。

力机构的管辖范围，应当逮捕阿亚什及其手下的是他们。以色列和巴勒斯坦权力机构当时正在谈判《奥斯陆协定》的下一阶段，而在巴勒斯坦领土内实施暗杀可能会被视为违反和平协议，由此可能导致政治危机。

拉宾一再要求巴解组织主席切实果断地制止自杀式爆炸。在拉宾与阿拉法特通电话时同拉宾在一起的一位情报官员回忆，拉宾非常严厉地斥责了阿拉法特。当他放下电话后，“脸上一片通红”，[①] 抱怨阿拉法特及其党羽根本没有采取任何措施来控制哈马斯和巴勒斯坦伊斯兰圣战组织。

而阿拉法特那边，甚至否认这些袭击是巴勒斯坦人所为。作为著名的阴谋论者，阿拉法特有他自己的一种完全没有根据的解释。“有个名叫 OAS 的以色列秘密组织，”他说，“在辛贝特内部运作，并和哈马斯以及伊斯兰圣战组织合作。其目的是破坏和平进程，它才是一系列恐怖袭击的幕后黑手。”[②]

到了 1995 年初，以色列人意识到寄望于巴勒斯坦权力机构自己来阻止恐怖袭击是非常不现实的。“连同我们与巴勒斯坦之间所有的接触、对话、要求、需求也都是不切实际的，我们最后决定我们将完全依靠自己并尽一切努力打击恐怖主义。”吉龙说。

巧的是，在两名人肉炸弹袭击贝特里德的那一天，也就是 1 月 22 日，辛贝特首领亚科夫·佩里召见了伊斯雷尔·哈森，叫他担任涵盖整个约旦河西岸的机构的中央司令部的负责人。

哈森是辛贝特最有经验的特工之一，他说只有在辛贝特彻底转变处理叶海亚·阿亚什的方式时，他才会同意上任。

“如果你认为，”哈森对佩里说，“对于负责拉法特（阿亚什出生的小村庄）的专案官来说，这只是个地区性的问题，那你就犯了一

① 2016 年 1 月 27 日对吉龙的采访。
② 1995 年 4 月对亚西尔·阿拉法特的采访。

个大错。这个人正在破坏政治进程。抓住他的唯一方法是让整个辛贝特及辛贝特的每位员工早上起床都问自己一句：‘为了逮住叶海亚·阿亚什，我今天能做些什么？’”

佩里问哈森想要什么。

“我想要辛贝特的所有其他人员在处理这个人的事上，拿出最大的责任心。”哈森说。

佩里本人很善于管理特工人员，知道如何让人感觉良好，所以他面带微笑回答：“我特此任命你为叶海亚·阿亚什事务的负责人。”

“那么我想要一个承诺，你不能干涉我，我在这个问题上的任何决定都是最终决定。”哈森说。

佩里自信能说服拉宾签署对阿亚什的红色文件，而且他也足够老练，能避开组织中的雷区，所以他只答了一句：“伊斯雷尔，整个组织都站在你背后。行动吧，把阿亚什的头颅给我们带回来。”①

哈森走马上任，重新检视了他们掌握的关于阿亚什的所有情报。非常少。一年多来，没有一个可靠的辛贝特的消息人士与阿亚什或者他关系最近的属下取得任何联系，没有清晰的线索指向他的藏身处，只有一份报告声称哈马斯设法帮他逃往波兰，因为他们害怕辛贝特对他下手。

哈森怀疑这份报告的真实性。“他的指纹在这些自杀式炸弹袭击案中随处可见，他怎么可能会在波兰呢？”他在2月初的一次会议中问道。然后，他宣布他正在改变他看待这个问题的整个方式。

在此之前，辛贝特的主要敌人是巴解组织中的各个成员组织。它们一般会以小单位活动，是从特定的地点来的，一般是在他们住的地方。正因如此，辛贝特的行动就围绕地理区域建立，即村庄、城镇、行政区和大的区域，情报人员和行动特工在这些区域收集关于正在发生的一切的材料。这些小单位几乎都是独立行动，彼此之间的协调非

① 2010年11月17日对哈森的采访。

常有限，而且基本只做到指挥层面。为同一主题忙活的行动人员从未以任何有组织的方式会面，以交换信息并讨论要实施的各项行动。

但哈马斯在一个完全不同的框架内运作。活动分子并不在他们自己的居住地而是在其他地方执行哈马斯交给的任务。每次任务，都在不同地点，都在覆盖全国的指挥之下。所以，辛贝特特工对自己所负责的地理区域内正在发生的事的专业认知，并没有产生任何了不得的结果。

哈森对阿亚什采用了一种新思路，此人也被取了个代号叫“水晶”。① 他把所有负责“水晶”的情报人员集中到自己的办公室，由他指挥。“水晶行动”原本是辛贝特中几位特工独立处理的一个小范围的局部事务，每个特工都听命于一个不同的指挥官，而每个指挥官在处理这件事上都有自己的优先顺序。现在，“水晶行动”变成了一个全国性事务，统一由哈森拍板。这可以说是一次小规模的机构改革：哈森现在可以越过几位当地指挥官直接下令，而这招致了相当多的不满。

哈森命令辛贝特各小组尽量招募一些可能提供帮助的巴勒斯坦人。他还命令特工重审关押在以色列监狱中的数十名哈马斯活动分子。在这些动作之后，又有35名哈马斯活动分子被逮捕和审讯。晚上，这些人被关在牢房时分组有所不同，他们的对话也会被录音。不仅如此，辛贝特还招募巴勒斯坦囚犯充当其线人，这些人被称为木偶，就安置在哈马斯活动分子的牢房里，负责挑起话题。

他们很快就发现阿亚什非常聪明。早在大家都知道执法机构和情报机构可以通过私人电话秘密收集大量信息之前，阿亚什就煞费苦心地避免经常使用同一部手机或座机，并且不断改变自己的落脚之处。最重要的是，他似乎从不相信任何人。②

---

① 2010年1月4日对阿米特·弗利特的采访。
② 2016年1月26日对伊扎克·伊兰的采访。

不过，在确定“水晶”位置上花费的气力最终得到了回报。[①] 原来他并不在波兰，而且从未去过波兰。他藏身约旦河西岸的北边，在盖勒吉利耶（Qalqilya）一带活动，这一地区部分归以色列控制，部分归巴勒斯坦控制，也就是说，他就藏在辛贝特的眼皮底下。“不可能将他没被抓获的责任都怪在巴勒斯坦权力机构的头上，”接替佩里担任辛贝特负责人的卡尔米·吉龙说，“这是我们的失败，我们必须承认这一点。”

时间来到 4 月，也就是红色文件签字 4 个月后。辛贝特收到一条线报，称阿亚什将会出席在希布伦举行的哈马斯会议。哈森认为此时的行动风险太大，对哈马斯的情报渗透必须提高。然而拉宾总理就干掉阿亚什再次施压，哈森也承受不起。“鸟之队”的人装扮成阿拉伯人，来到这个非常敌对而且人流熙熙攘攘的地方，在一个靠近会场的位置等待阿亚什。“他从头到尾都没有出现，这是他的运气，也是我们的运气，”哈森说，“我对我们是否能把我们所有人都活着带回来表示怀疑。这绝对是个极其危险的任务，但正由于这个可怕的人所代表的危险，我们决定无论如何都要继续下去。”[②]

阿亚什也没有出现在其他任何方便实施暗杀计划的地方。到了 5 月，有情报显示，阿亚什发现并利用加沙地带的以色列安全系统的漏洞，溜到了加沙地带。[③]“这也是我们的败绩。”吉龙说。[④]

几个月来，辛贝特特工试着在加沙地带找到阿亚什的行踪。他们知道他就在这里活动，但以色列当局无权在此逮捕他。他们在他的行为和习惯中寻找模式，寻找他在安全方面的疏漏——一切可以利用的弱点。

到了 8 月末，辛贝特终于获悉阿亚什偶尔会在他的发小和追随者

---

① 2016 年 1 月 27 日对吉龙的采访。
② 2010 年 11 月 17 日对哈森的采访。
③ 2014 年 11 月 5 日对伊兰的采访。
④ 2016 年 1 月 27 日对吉龙的采访。

奥萨马·哈马德（Osama Hamad）家里打电话。哈马德住在加沙地带北部的贝特拉海亚镇。阿亚什用哈马德的电话，是与伊朗及黎巴嫩方面以及他的哈马斯部下交谈。此外，每次他去拜访哈马德的时候，都会给住在约旦河西岸的父亲打一通时间很长的电话。

这是个非常有价值的信息。

不过哈森觉得，对阿亚什的打击应当是一个更大更全面的行动的一部分，在这样的大行动中，辛贝特将对哈马斯实施更深入的情报渗透，并控制进出加沙地带的走私线路。“但兄弟们性子太急了，”哈森含蓄地批评了南部地区负责人阿维·迪希特（5 年后他会在竞逐局长一职时战胜哈森）道，“他们最看重的是把功劳拿到手。他们说：‘先让我们干掉他，然后再看看会发生什么。’可惜了。”①

一份暗杀阿亚什的计划书摆在了迪希特面前。阿亚什总是在哈马德家客厅旁边的房间打电话。当没人在的时候，“鸟之队”的人摸进了哈马德的家，藏起了一个爆炸装置和一个可以传输图像的摄像头。当阿亚什坐在那里，并且特工能窃听到他在打座机时，炸弹就会被引爆。

“但这对一个想要以外科手术的方式挫败恐怖活动又忠于道德原则的国家来说，是个进退两难的问题，”迪希特说，“确保阿亚什被炸上天，这很容易。不过我们知道他所在的房子里面有小孩，我们没有办法保证他们不会在爆炸中受伤。为此，整个行动都必须调整。”②

辛贝特需要一枚小一点的炸弹，一枚以克为单位的炸弹，其威力足以使阿亚什毙命，又不能太强而殃及其他人。也许，辛贝特需要的是一枚能让阿亚什自己放在头上的炸弹。

当辛贝特设法找到哈马德与其以色列合作者之间的联系时，解决方案出现了。哈马德的叔叔是一位富有的建筑商，名叫卡迈勒·哈马德，曾与以色列官方有过接触。辛贝特找到卡迈勒，得到了他的协

---

① 2010 年 11 月 17 日对哈森的采访。
② 2010 年 11 月 4 日对迪希特的采访。

助，并请他找一个令人信服的借口送他侄子一部新手机，一部带有折叠式话筒的摩托罗拉阿尔法手机。

他们假设，阿亚什总有一天会用到它。

“我们在手机里藏了一个小型发射器，这样我们就可以对电话进行监听。”他们这么告诉卡迈勒。当然，卡迈勒本人也得到了一系列好处，行动后，他可以和他的家人一起去美国定居。

辛贝特的特工没有说实话。他们放到电话里的不是发射器，而是一个含50克炸药带远程触发装置的炸弹。10月28日，也就是干掉夏卡奇两天后，阿亚什去拜访哈马德，后者在递给他一部新手机后离开了房间，让指挥官独自打电话。辛贝特的技术能力在当时还非常薄弱，需要一架特种空军飞机才能捕获电话信号。飞机将电话转接到辛贝特的南部地区总部，那里有位熟悉阿亚什声音的经验丰富的监控人员在监听。当确认声音来自“工程师”时，他给出了引爆炸弹的信号。

监听人员开始摘掉自己的耳机，以避开马上就会传来的震耳欲聋的爆炸声。但谈话仍然在继续，似乎什么都没有发生。他再次给出引爆信号，但阿亚什仍然在讲电话。“你按了一次，又按了两次，”迪希特说，“但咖啡就是在自动售货机里不出来。”①

微型炸弹没派上用场，不过至少没被发现。卡迈勒稍后告诉自己的侄子，那部手机的账单有点问题，需要拿回去几天。辛贝特的实验室解决完故障之后，把手机还给了哈马德，每个人都等待着阿亚什再去他家。

11月2日星期四，负责总理安全的辛贝特VIP安保小组的一名资深队员，给负责辛贝特的南部地区情报收集工作的同事伊扎克·伊

① 2010年11月4日对迪希特的采访。

兰打了个加密电话。[1]“后天晚上，”来电者告诉伊兰，“在特拉维夫的国王广场有场盛大集会，支持政府与和平进程的。拉宾将在集会上讲话。在除掉法蒂·夏卡奇之后，你有没有听到什么风声，伊斯兰圣战组织会不会企图杀死总理，好为他们的领导人报仇?”

伊兰答复说，并没有具体的消息，但夏卡奇被暗杀后，该地区有些骚动。虽然以色列并没有声明为此事负责，但巴勒斯坦伊斯兰圣战组织毫不怀疑幕后黑手是谁。伊兰主要担心集会上可能出现汽车炸弹，所以极力主张清空广场周围整个区域的汽车。在他们结束谈话后，VIP 安保小组决定增加额外的预防措施。

集会是由左翼团体组织的，是为了回击右翼团体发起的愤怒抗议活动，[2] 后者已经演变成恶意煽动反对拉宾的活动。现场，抗议人群会点燃拉宾的肖像，上面的拉宾身穿纳粹党卫军制服；还会抬着刻有拉宾名字的棺材。其中几次，示威者曾企图突破安全警戒线并攻击拉宾本人，而且差点成功了。辛贝特的负责人吉龙警告说，犹太恐怖分子可能会试图伤害政府领导人，他甚至建议拉宾穿防弹衣乘防弹车出行。拉宾并没有把吉龙的话当回事，对他的建议也感到难以接受，只在很少场合才照做。

集会取得了巨大成功。虽然拉宾怀疑左派的支持者会不会站出来，但至少有 10 万人挤进了广场为他欢呼。他们看到通常十分含蓄的拉宾在集会中表现出了罕见的情绪。“我要感谢在场的每一位，感谢你们站出来反对暴力支持和平，”他开始他的演讲，“这届政府……决定给和平一个机会。我戎马一生，始终在战斗，那是因为没有和平的机会。我相信现在和平机会就在眼前，这是个千载难逢的好机会，我们必须把握好它。”

“和平是有敌人的，它的敌人就是那些试图伤害我们以破坏和平

---

① 2014 年 11 月 5 日对伊兰的采访。

② Gillon, Shin-Beth Between the Schisms, 267 – 76.

的人。我想说——没有任何如果和但是：我们已经找到了和平伙伴，即便伙伴在巴勒斯坦人里，即便是我们曾经的敌人、已经停止恐怖活动的巴解组织。没有和平伙伴，就没有和平。”

随后，拉宾和平台上的人们握手致意，在保镖的护送下，朝等在边上的防弹车走去。辛贝特的安保人员看到一位黑皮肤的年轻人站在总理行进的路上。但由于他有犹太人的外貌，他们并没有试着叫他让开。这个年轻人——伊加尔·阿米尔（Yigal Amir），是个法学院学生，同希布伦的犹太定居者中的极端分子走得很近，以令人惊讶的轻松从拉宾的保镖身边溜过，朝拉宾开了三枪，杀死了他。

辛贝特调查部门的莱尔·阿克曼在辛贝特审讯室第一个审问了伊加尔·阿米尔：“他来这里的一路上几个小时带着一脸假笑。他向我解释说‘拉宾背叛了祖国，必须有人阻止他’。他说，‘你会发现，我这三枪将阻止和平进程，制止将领土拱手交给巴勒斯坦人’。”①

这次谋杀像一道晴天霹雳，震惊了以色列。就像约翰·肯尼迪遇刺后一样，每个美国人都清楚地记得这条新闻播出时自己人在哪里。成千上万的以色列人走上街头，手持蜡烛，泪流不止。人们如此震惊，因为几乎没有人想到一个犹太人会杀死犹太民族的领袖，连那些负责保护总理的人也没想到。辛贝特遭遇了两次可怕的失败：首先他们不知道阿米尔经营的恐怖组织，其次他们就这么让阿米尔拿着枪靠近了拉宾。一种沮丧的情绪在该机构蔓延开来。

但阿亚什还活着，接替拉宾出任总理兼国防部长的西蒙·佩雷斯签署了对哈马斯“工程师”的红色文件。辛贝特的负责人卡尔米·吉龙决定不在拉宾遇刺后立即辞职，而是留任到阿亚什被干掉。这样一来，他的任期就不会被认为是令人尴尬的彻底失败。

炸弹仍然藏在手机里。1996 年 1 月 5 日星期五，早上，阿亚什去了奥萨马·哈马德的家，而前一晚他躲在杰巴利耶难民营的一个地

---

① 2015 年 10 月 15 日对莱尔·阿克曼的采访。

窖。9点，他的父亲阿卜杜·拉提夫·阿亚什拨通了哈马德的手机，也就是哈马德从自己叔叔那里得到的那部。“我把电话递给阿亚什，听见他问候父亲近况如何，”哈马德说，“我离开了房间，让他一个人待着。”

阿亚什告诉父亲自己多么爱他，多么想他。这足够语音识别专家给出行动信号了。这一次，信号通过飞机到达了手机上，它爆炸了。

“电话突然就断了，”阿卜杜·拉提夫·阿亚什说，“我以为是没信号，试着又拨了一次，但还是没有拨通。那天下午，别人告诉我他被杀了。”①

第二天，阿亚什被葬在加沙，数千人参加了他的葬礼。当晚，哈马斯特工开始在约旦河西岸招募自杀性炸弹袭击者。一名哈马斯发言人说：“地狱之门已经敞开。”

---

① “The Phone Rang, Yihyeh Ayyash Answered, and the Instrument Blew Up,” Haaretz, January 7, 1996.

二十六
“像蛇一样狡猾，像小孩一样天真”

当辛贝特追上叶海亚·阿亚什时，他应该为上百人的伤亡负责，并为对以色列造成的不可估量的伤害以及令和平进程受挫负责。

那个时候，哈马斯高层还有另外几位高级指挥官，他们是负责约旦河西岸和加沙地带的区域部队的，他们也要为以色列遭受的血腥袭击负责。然而，阿亚什和其他高级指挥官相比有个很大的不同。大多数指挥官在被占领土内活动，主要是在路上对士兵进行武装伏击。阿亚什则对发生在以色列境内的、针对平民的自杀式炸弹袭击负有主要责任。

阿亚什的革命性工作甚至在他死后仍然继续。在生命的最后几个月里，他训练了一批哈马斯活动分子，教他们如何为自杀性袭击者制造小型的致命爆炸物，以及如何招募袭击者并为其行动做准备工作。穆罕默德·迪亚布·马斯里就是其中之一，在被列入辛贝特的通缉名单后，他在哈马斯被称为穆罕默德·迪夫，在阿拉伯语中意为“客人穆罕默德”，因为他每晚都睡在不同的地方。他 1965 年出生在加沙地带的汗尤尼斯难民营，他们家是在 1948 年战争期间从亚实基伦附近的一个村庄逃到这里的。1987 年哈马斯建立，没过多久迪夫便加入了。1989 年 5 月，他因为是哈马斯军事部门的成员而首次被捕，被判 16 个月监禁，获释后他立即恢复活动，加入了阿亚什在加沙郊外的沙丘上进行秘密授课的几个工作坊。1993 年 11 月，他受命负责加沙地带的哈马斯恐怖行动。

阿亚什下葬的那天，迪夫成为哈马斯军事部门卡桑旅的首领。当天晚上，他就开始招募人肉炸弹。第二个月，便展开了报复。

迪夫和他的手下实施了四次恐怖袭击。1996 年 2 月 25 日，一名自杀性袭击者在耶路撒冷的一辆公交车上将自己引爆，造成了 26 人死亡。同一天，另一名自杀性恐怖分子在亚实基伦郊外的一个士兵搭便车的站点杀死了 1 名士兵，炸伤 36 人。一周后，即 3 月 3 日早上，耶路撒冷公交车上又发生一起自杀式袭击，造成 19 人死亡，8 人受伤。第二天，3 月 4 日，一名人肉炸弹在特拉维夫市中心繁忙的迪岑哥夫购物中心 ATM 机等候线附近引爆了身上的装置，造成 13 人死亡、100 多人受伤。

接替拉宾出任总理兼国防部长的西蒙·佩雷斯，明白这些恐怖袭击对以色列公众舆论的影响，对和平进程的影响，以及对他本人在即将于 5 月举行的大选的前景的影响。他签署了对穆罕默德·迪夫的暗杀令，命令辛贝特不惜一切代价干掉他，但迪夫还是设法逃脱了。作为和平谈判的一部分，本应帮助辛贝特打击恐怖主义的巴勒斯坦权力机构却什么也没做。和阿拉法特关系密切的巴勒斯坦安全机构负责人之一贾布里勒·拉吉布（Jibril Rajoub）称："我无权这样做。我是想（打击哈马斯恐怖行动），但我没有人手、没有装备，也没权。"① 与巴勒斯坦人联络的辛贝特特工尤瓦尔·迪斯金不同意这说法，说："贾布里勒是个骗子，他权力很大，但他收到了阿拉法特的命令，别在这件事上多花力气。"②

在这四起袭击之前，佩雷斯曾试图说服阿拉法特去逮捕迪夫以及其他 34 名恐怖活动嫌疑人。1 月 24 日，他前往加沙同阿拉法特进行了紧急会晤。与他同行的是"阿曼"局长亚阿隆，他告诉阿拉法特："你必须立即逮捕这些人，否则局面会陷入混乱。"

"立即逮捕穆罕默德·迪夫！"佩雷斯要求。

---

① 2010 年 5 月 3 日对拉吉布的采访。
② 2011 年 10 月 15 日对迪斯金的采访。

阿拉法特疑惑地睁大眼睛盯着他们。“哪个穆罕默德?”他用阿拉伯语问。①

然而，最终阿拉法特意识到，自杀式炸弹袭击者让他在自己人民眼中显得无法控制巴勒斯坦权力机构；而在国际社会眼里，他似乎在为凶残的恐怖分子提供帮助，即便只是他疏忽了。他意识到，如果以色列人继续被炸死在公交车和购物中心，那么和平进程就会终结。在第四起袭击发生后，他的安全部队对哈马斯展开了激烈的行动，围捕了120名主要成员，并用最血腥的酷刑拷问他们。但那时已经太晚了。

“阿拉法特是个很有城府的人，”佩雷斯说，“我们并不熟悉他的心理。一方面，他像蛇一样狡猾。另一方面，他又像小孩一样天真。他想同时扮演两种角色，既是和平人士，又是军人。一方面，他记忆力惊人——他记得所有人的名字、所有人的生日、所有的历史事件。另一方面，他又并不总对事实和真相感兴趣。

“我们坐在一起，我从他手里接过食物——那是一只长着湿疹的手，所以把东西吃下去需要勇气。我给他带来了关于他领土上几个头号哈马斯恐怖分子的信息，他很清楚信息是准确的，但他面不改色地当着我的面撒谎。当他最终被说服的时候，为时已晚。恐怖袭击毁了我，结束了我的政治生涯，剥夺了我的权力。”②

1996年2月和3月的恐怖袭击浪潮，是研究自杀式袭击如何影响历史进程的一个好案例。2月初，佩雷斯在民调中领先他的反对派——昵称“比比”的保守的鹰派人士本杰明·内塔尼亚胡——20个百分点。到了3月中旬，内塔尼亚胡已经明显地缩小了差距，佩雷斯只领先5个百分点。5月29日，内塔尼亚胡以1%的优势赢得选举。这都是恐怖袭击造成的，而佩雷斯对此毫无办法。叶海亚·阿亚

① 2011年8月16日对亚阿隆的采访。
② 2012年9月17日对佩雷斯的采访。

什的门徒确保了右翼的胜利并且——用辛贝特副局长伊斯雷尔·哈森的话说——“使和平进程偏离了轨道”。[1]

然而奇怪的是，大选之后，几乎一年时间里没再发生恐怖袭击。有人说这是因为阿拉法特对哈马斯实施了打击，并逮捕了哈马斯军事部门的许多成员。还有些人则笃信哈马斯不再有发动自杀式袭击的任何理由，因为内塔尼亚胡已经几乎完全停止了和平进程，这毕竟是自杀式袭击的短期目标。

内塔尼亚胡也没有废除《奥斯陆协定》，但他的政府在和平进程上遇到了重重困难。在他的第一个任期里，和平进程几乎完全停滞了。另一方面，内塔尼亚胡从不急于动武或者采取侵略行动。他的惯常做法就是什么也不做：战争也好，和平也罢，反正他从不采取主动。

而阿拉法特方面则对以色列迟迟不撤出巴勒斯坦领土感到愤怒，作为报复，他释放了部分在押的哈马斯活动分子。1997 年 3 月 21 日，哈马斯再次在特拉维夫市中心发动袭击，一名自杀式炸弹袭击者在离大卫·本-古里安故居不远的人行道咖啡馆自爆。3 名妇女死亡，48 人受伤，有些人伤势严重。在这次袭击后，内塔尼亚胡再次表现出克制，尽管他的幕僚们都建议在巴勒斯坦地区采取军事行动，但他没有下令使用任何武力。

特拉维夫爆炸案凸显了以色列两大反恐情报机构在阿拉法特问题上不断加深的分歧。阿亚隆领导下的辛贝特认为巴勒斯坦领导人是被动和软弱的，默许袭击继续，没有努力约束哈马斯，因为他想避免与极端伊斯兰运动直接对抗。

而富有人格魅力又固执己见的摩西·亚阿隆少将领导的“阿曼”却觉得，阿拉法特就是问题的核心。虽然辛贝特和“阿曼”都看到了阿拉法特与哈马斯领导人之间秘密谈话的同一笔录，但只有亚阿隆

① 2010 年 11 月 17 日对哈森的采访。

认为，这份情报材料暗示阿拉法特为打破谈判僵局而给恐怖袭击开了绿灯。亚阿隆在三位总理——拉宾、佩雷斯及内塔尼亚胡——任内担任过军事情报负责人，他提出了自己的判断："阿拉法特并不准备让他的人民和我们的人民和平共处，而是打算开战。"亚阿隆说，回想起来，拉宾关于以色列应当"追求和平，就像恐怖从未存在；打击恐怖，就像和平从未存在"的声明，是个"愚蠢的说法"，因为他们试图与之和平相处的那个人正是在制造恐怖的那个人。

亚阿隆是阿拉巴沙漠基布兹的成员，也是在以色列左派劳工运动中涌现的杰出人物。然而他说，作为"阿曼"的局长以及后来的总参谋长，他从情报材料中读出的内容让他改变了自己的想法，滑向了右翼。他在军方和政坛的迅速崛起，强化了他的鹰派观点，最终对以色列未来几十年的政策产生了巨大的影响。右派热烈欢迎他，因为他是情报界少数拥护右派观点的人。他后来成为内塔尼亚胡最亲密的伙伴之一，后者任命他进入内阁，担任战略事务部部长，然后是国防部长，尽管内塔尼亚胡在2016年强迫亚阿隆辞职，因为坚守法律和纪律的亚阿隆坚称射杀某手无寸铁的受伤恐怖分子的一名士兵应该被起诉。①

亚阿隆也被认为是以色列最诚实的政治家之一，毫无疑问，他对阿拉法特的厌恶完全有根有据。他坚信阿拉法特仍在积极支持恐怖行动。"辛贝特习惯于收集能作为呈堂证供并据此定罪的证据，"他说，"但阿拉法特显然老练得多。他没有直接对哈马斯高层说，'去发动袭击吧'，而是和他们谈论圣战，并释放了被他拘捕的所有哈马斯高层。这就足够了。直到今天也没有发现希特勒签署的灭绝犹太人的命令，但这能意味着希特勒没这么做吗？"②

"阿曼"的高级分析师约西·库柏瓦瑟尔准将赞同自己上司的

① Ronen Bergman, "For Israel, Frightening New Truths," New York Times, January 7, 2017.

② 2011年8月16日对亚阿隆的采访。

话，他说：“当阿拉法特想做的时候，他关停了哈马斯的19处机构，逮捕了部分哈马斯活跃分子。在他觉得是时候重启恐怖袭击时，他便将他们释放。哈马斯需要证明自己是认真的。‘放了易卜拉欣·马卡德梅（Ibrahim al-Makadmeh），’他们对阿拉法特说，‘只有这样我们才能确定你让我们放手去做。’为什么是马卡德梅呢？因为他统率着一个打算暗杀阿拉法特本人的小队。阿拉法特答应了，不久之后他们就发动了本-古里安故居附近的袭击。”① 库柏瓦瑟尔认为，阿拉法特非常老奸巨猾，他释放居住在以色列控制区的哈马斯囚犯，这样以色列人就只能怪自己，不管怎样，释放和法塔赫完全无关的人就能尽可能地撇清自己与恐怖袭击之间的关系。

耶路撒冷的耶胡达市场几乎总是挤满了购买廉价农产品和服装的人。市场坐落在城市的主干道雅法路和阿格里帕斯街之间，自19世纪末便开始为民众服务。小商贩兜售着他们卖的肉、鱼、鲜花和炸鹰嘴豆饼，空气中混杂了各种颜色和气味，一派真正繁忙的市场景象。这里也是受游客欢迎的一处景点。

1997年7月30日星期三，中午，没人注意到两个穿黑西装、白衬衫、打领带的男子穿过熙熙攘攘的人群。他们提着沉重的公事包，故意大步走向市场的中心，彼此之间相隔150英尺——按照穆罕默德·迪夫吩咐的那样。他们把公事包紧贴自己的身体，好像在抱着它。

每个包里都装着约33磅重的炸药、钉子和螺丝。

这两人引爆了炸弹，巨大的气流和四散的弹片杀死了16人，炸伤了178人。

哈马斯在发给红十字会的一份声明中承认对此次袭击负责。但迪夫也意识到，此前几次的爆炸袭击后，辛贝特已经辨认了肇事者留下

① 2004年5月21日对约西·库柏瓦瑟尔的采访。

的残骸，并用这些信息确定了他们在袭击前跟谁有过接触。所以这一次，人肉炸弹不遗余力地掩盖自己的身份。比方说，他们将自己衣服上的标签剪了，这样辛贝特的调查员就无法追查到可能认出他们的那位商家。[①] 他们紧抱炸弹，以便尽可能地毁掉自己的身体和脸孔。哈马斯武装分子告诉自己的家人不要按巴勒斯坦人的习俗为他们搭吊唁的帐篷，这样辛贝特就无法知道他们的身份，也无法画出他们的联系人的关系网。

尽管如此，在大量调查工作之后，辛贝特还是能向总理汇报他们已经确定死掉的恐怖分子到底是谁，并指出穆罕默德·迪夫是策划此次袭击和招募人肉炸弹的幕后人物。

爆炸发生 10 天后，内塔尼亚胡总理召集了安全内阁会议。会上，他开门见山地讲自己已经表现出克制了。摩萨德和辛贝特的官员向部长们解释说，哈马斯的许多头目已经在约旦、叙利亚、海湾国家、美国、欧洲避难，随后，内塔尼亚胡宣布他支持对这些人采取行动。内阁授权总理和国防部长制定具体的目标。

第二天，内塔尼亚胡召见了摩萨德的主管丹尼·亚托姆，要求他列一个打击名单。[②] 陪同亚托姆去见他的还有“凯撒利亚”的负责人HH，以及“凯撒利亚”的首席情报官摩西（·米什卡）·本-戴维。

本-戴维在摩萨德某种意义上是个怪人。他个子很小但人很结实，留着不太常见的长胡子，1987 年以 35 岁的高龄加入摩萨德。他的母亲是一位翻译和编辑，平时只用俄语和他讲话，所以他在学会希伯来语之前是说俄语的。18 岁时，他对俄国的了解使他成为 8200 部队的完美人选。在那里，他窃听当时协助埃及和叙利亚军队的俄罗斯顾问。在从以色列国防军退役后，他代表以色列青年运动在美国活动了一段时间，然后回到以色列经营一家青年中心。他在耶路撒冷的山里

① 1997 年 8 月对“迪斯科”的采访。
② 2011 年 7 月 7 日对亚托姆的采访。

养马、写书，还拿了文学博士学位和空手道黑带，并且结婚成家，有了三个小孩。

在获得这一切之后，本-戴维才决定申请去摩萨德工作。“这确实让我感兴趣，”他说，“我在替自己工作多年后理解了犹太复国主义者，理解了致力于国家安全对国家的重要性。我看到黎巴嫩肆虐的战火，看到和平仍然遥不可及，但从耶路撒冷到特拉维夫，没有人真正关心这事。”

他说，确切地讲，也并不是完全没人关心，只不过假装这个世界并没有那么危险对人们来说更容易。本-戴维说：“一旦对这个世界有清晰的认知，看到以色列仍在其中面临着生死存亡，那么特拉维夫咖啡馆的人们就会感到紧张，事实上，确实有不少人和机构正在挖空心思、不惜一切代价谋划如何伤害和摧毁我们。不去想那些坏人，袖手旁观，这的确会使人更轻松……。我认为摩萨德中的绝大多数人和我一样。对冒险、阴谋的热爱，对美好职业生涯的向往，在飞往德黑兰的 337 航班最后一次呼叫前，这一切都很美妙。然后一切都结束了。如果不坚信你的事业是正义的，没有强烈的爱国动机，那你就不可能活到下一次任务。”①

亚托姆和他的部下带着几个哈马斯潜在目标的资料来到了内塔尼亚胡的办公室，这些目标人物藏身欧洲或者中东，负责筹款或者置办军火。其中就有马哈茂德·马巴胡赫，他在 1988 年绑架并杀害了两名以色列士兵，之后逃往埃及。内塔尼亚胡把名单丢在一边。“给我找些大鱼，不要这些小虾米，”他说，“我要的是大头目，不是那些散兵游勇。”②

内塔尼亚胡的命令给本-戴维及其同事出了个难题。哈马斯的高级领导人在约旦，以色列三年前同约旦签订了和平协议；根据拉宾总

---

① 2013 年 1 月 23 日对本-戴维的采访。
② 2007 年 7 月 3 日对本杰明·内塔尼亚胡的采访。

理的命令，并出于基本的外交礼节，在没获得约旦许可的情况下，以色列情报人员不能在约旦行动。不过很明显，臣民主要是巴勒斯坦人的侯赛因国王是不会给予这种许可的。

摩萨德到底有没有把这些后勤困难向内塔尼亚胡解释清楚，这是有争议的。本-戴维说："内塔尼亚胡告诉我们，他希望处决目标的时候不要留下任何蛛丝马迹，'凯撒利亚'的头头（HH）对内塔尼亚胡讲：'我知道如何用步枪、手枪或者炸弹实施这样的行动。但我没有悄无声息地执行暗杀行动的经验。要行动起来打击目标，就必须实际接触到目标，而每个人都在看——那这就不是秘密行动了。如果任何环节出错，你也没办法丢下枪就跑。'内塔尼亚胡说：'无声无息地执行任务对你来说很重要……因为我不想拿我们与约旦的关系来冒险。'他还说：'我想除掉哈马斯的头目。我不允许更多类似的自杀性爆炸发生。'"①

而另一方面，出席了所有会议的总理军事秘书西蒙·沙皮拉准将坚持认为，"凯撒利亚"的代表从始至终都没有表示在约旦执行任务将是个问题。"他们给我们的印象是，干这个如探囊取物一般，在约旦执行任务和在特拉维夫市中心执行任务没什么两样，"沙皮拉说，"每个方面都很简单。没有风险，也不会出错。"②

摩萨德重新拿来一份潜在目标名单，列了 4 名居住在约旦境内的哈马斯头目。内塔尼亚胡的眼睛一亮。③ 他熟悉名单上的一个人：穆萨·阿布·马尔祖克，哈马斯政治部负责人。马尔祖克一直在美国自由活动，直到以色列要求引渡他。引渡请求获得了批准，但拉宾总理决定放弃引渡，因为辛贝特提醒他，对马尔祖克的审讯很可能会暴露情报来源。由于引渡取消，美国人就把马尔祖克驱逐到了

---

① 2002 年 5 月 6 日对本-戴维的采访。
② 2013 年 10 月 27 日对沙皮拉的采访。
③ 2013 年 1 月 15 日对本-戴维的采访。Request for the Extradition of Abu Marzook, Israeli Ministry of Justice, U. S. District Court for the Southern District of New York—924 F. Supp. 565 (S. D. N. Y. 1996)（作者的资料，从"摩卡"处获得）。

约旦。

马尔祖克也是美国公民，不过内塔尼亚胡并未对此感到困扰[①]，觉得当然可以杀掉他，但这让摩萨德警觉起来。为了避免可能造成的对美关系的破坏，摩萨德将马尔祖克的名字放到了名单的最后。也就是说，马尔祖克的名字排在他自己的副手哈立德·马沙尔、哈马斯发言人穆罕默德·纳扎尔（Muhammad Nazal）、哈马斯政治部高级成员易卜拉欣·戈什（Ibrahim Ghosheh）的后面。

他们每个人的信息，摩萨德都掌握得很少，填补这些空白的资源和时间也相当有限。定点暗杀只有在情报充分的情况下才能执行，所以合理的做法是，把情报较为充分的目标排在暗杀名单的前面。从这个角度上看，名单上最后一个人的小命应当是相对安全的。

8 天后，6 名“刺刀”队员在部门负责人“杰瑞”的命令下前往约旦执行侦察任务。他们开始收集有关马沙尔的情报。马沙尔 41 岁，在安曼商业区的一家高档购物中心以“巴勒斯坦援助中心”为幌子，经营着哈马斯的政治部。不出几天，以色列人就知道了他的住所、如何通勤以及日常生活的基本情况。他们并没有花太多精力去跟踪戈什或纳扎尔，也根本没对马尔祖克展开行动。待侦察小队从约旦返回后，摩萨德向内塔尼亚胡汇报说他们掌握了马沙尔的足够情报，可以推进干掉他的计划了，但其他三位的情报还远远不够，无法采取行动。[②]

当“刺刀”在约旦收集情报时，摩萨德总部的特工在思考如何完成内塔尼亚胡要求的“悄无声息的行动”。暗杀不能引起骚动，不

---

① 2000 年 5 月对“乐高”的采访。

② 当我告诉内塔尼亚胡我从摩萨德特工那里听到的消息时，内塔尼亚胡说没人操纵他，是他自己选择马沙尔作为暗杀目标的。“我感觉马沙尔是个麻烦，而且非常危险。尽管我们那时清楚他执着地想杀死我们，回过头看，当你审视着这个目标，审视他曾经的所作所为以及他如何成为哈马斯的发动机，那么所有人都会清楚我的想法是对的，他从地球上消失很可能是哈马斯的巨大损失。”2007 年 7 月 3 日对内塔尼亚胡的采访。

能让人注意到刺客，而且在理想状态下，最好能让马沙尔看上去是自然死亡。选择有很多，比如交通事故，但经过考虑后都被排除了，最后只剩下一个：下毒。摩萨德的技术部门就使用哪种有毒物质进行了磋商，与他们合作的是位于特拉维夫南边耐斯兹敖那市的一个高度机密的政府机构——以色列生物研究所。最终，他们决定用左旋芬太尼，一种强效阿片类芬太尼的类似物，比吗啡猛100倍。（试图开发左旋芬太尼用于手术麻醉的医药公司发现，它不能被精确地控制，会导致患者死亡。）

计划是给马沙尔秘密注射致死剂量的左旋芬太尼。这种缓释药物需要数小时才能起效，马沙尔会觉得越来越困，直到睡去。然后药物会减缓他的呼吸，最终使呼吸停止。于是他的死亡看上去会像中风或者心脏病发作，而左旋芬太尼几乎不会留下任何痕迹。除非有人专门检测，否则尸检不会发现任何异常。“凯撒利亚”有些人称它为“神药”。[①]

下一个问题是，如何在不被发现的情况下将这种物质注入他的体内。生物研究所建议使用超声波装置，类似于给儿童打疫苗的设备，可以不用针头就注射物质。这种装置仍然需要接近马沙尔，他可能会感到一阵潮湿的轻微气浪。“凯撒利亚”认定，执行暗杀的最佳地点是露天，在拥挤的街道，行人偶尔会相互推搡。两名特工会从后方靠近他，其中一人会打开一罐被使劲摇晃过的苏打水，与此同时，另一人用绑在手掌上的超声波仪器喷射毒素（想象一下蜘蛛侠喷网）。当马沙尔转过身来看看是什么弄湿他的时候，只会看到两位游客拿着一罐汽水。由于这种物质相当危险，摩萨德的一位医生会带着解毒剂来到安曼，以防特工不小心接触喷洒出来的毒剂。

9月初，3名自杀式炸弹袭击者——其中一人扮成异装癖以避免检查——在耶路撒冷的本·耶胡达步行街引爆了自己，此时，刺客们

① 2016年5月对“飞行员”的采访。

还在练习手法，伊本-加比罗尔街上的很多行人因此被喷了一身可口可乐。[1] 人肉炸弹炸死了5人，包括一名从洛杉矶到耶路撒冷探亲的14岁少年，炸伤181人。内塔尼亚胡在沙阿里·扎德克（Shaare Zedek）医疗中心探望伤者时说，他已经受够了。“我想清清楚楚说明一点，”他说，“从这一刻开始，我们的路线不一样了。”

第一步是除掉一名哈马斯领导人。总理命令摩萨德主管亚托姆立即对马沙尔下手，实施“塞勒斯行动”。亚托姆再次试图说服内塔尼亚胡先对藏在欧洲的哈马斯特工下手，[2] 但没有成功。

然而，随之而来的所有重大问题与其说是来自内塔尼亚胡下的命令，不如说是来自摩萨德的同意执行命令。特工们有权告诉自己的长官，甚至总理本人，他们认为任务“并不成熟”或者其风险不合理，过去他们曾不止一次地行使过这项权利。当然，向总理施压，告诉他一切，也不是件轻松愉快的事。

但从摩萨德同意立即对马沙尔实施打击的那一刻起，其工作人员不得不放弃一系列例行的准备步骤。[3] 比如说，在侦察阶段，他们假扮欧洲游客，这是他们在其他行动中用过的办法，这些身份经过测试，经得起严格的审查。但由于他们很快会返回约旦，他们持的是加拿大护照，他们对这些证件并不熟。再有，行动人员从未在实施行动的区域进行过完整的彩排。摩萨德内部调查小组的一位参与此次行动的人说：“不是说计划的方案最终不会取得辉煌的成功。它当然可以。但这种性质的行动必须成功或者至少不能失败。之所以要采取无数预防措施，就是因为不允许突发事件或坏运气把事情搞砸。”[4]

此外，国防部长伊扎克·莫迪凯根本不知道行动正在执行，而他

① Doron Meiri, “The Terrorist Entered the Street Dressed as a Drag Queen,” Yedioth Ahronoth, September 7, 1997.

② 2011年7月7日对亚托姆的采访。

③ 这是因为“凯撒利亚”的档案部门没有为整个小组准备好额外的护照。在过去的其他情况下，这一状况很可能会导致整个行动被推迟，直到找到解决方案为止。

④ 2016年5月对“飞行员”的采访。

本应复查并批准行动，因为总理虽有正式权限自行命令摩萨德行动，但其通常会与一两位部长一起做出最终决定。早些时候，他确实批准过收集情报，但没有人知会他最后的行动何时开始，也没人告诉他行动的地点。莫迪凯参加过战斗，对细节要求很严，他很可能会像在其他情况下那样改进“凯撒利亚”的行动筹备工作。但他根本对此事一无所知。①

摩萨德的负责人丹尼·亚托姆表示，他相信任务可以“顺利、平静地完成，否则我就会告诉内塔尼亚胡别这么干。现在回过头看，可能是分支行动人员没能向我提供正确的风险评估”。②

内塔尼亚胡并不觉得问题在于他的判断或安排：“总理的职责是什么？制定政策。摩萨德有情报单位和行动单位，在我看来，自暗杀夏卡奇以来，这两个单位一直死气沉沉。我说：‘给我找个目标。’他们给了我一堆，哈立德·马沙尔就是其中之一。我觉得他是个合适的目标。我的岗位并不是摩萨德的内部调查员。我的职责是问‘你们能不能完成任务？你们准备好了没有？’一旦他们给出肯定的回答，我就只能靠他们了。”③

“刺刀”的首批两名成员在9月19日前往约旦。一天后，“杰瑞”和5名特工（其中一人是女性）住进了安曼的洲际酒店。“凯撒利亚”的情报官本-戴维和一位女麻醉师“铂金博士”也分别入住了。摩萨德偶尔会为特殊任务雇用“铂金博士”。比如1986年，她在罗马给核技术专家、告密者莫迪凯·瓦努努注射了镇静剂，以便将其带回以色列受审。而这一次，“铂金博士”携带着左旋芬太尼的解毒剂。④

---

① 2015年8月28日对莫迪凯的采访。

② 2011年7月7日对亚托姆的采访。

③ 2007年7月3日对内塔尼亚胡的采访。

④ 请求采访“铂金博士”，得到的答复是：“你好，罗南，能和你谈话是我的荣幸，但我不明白自己如何与这些事扯上了关系，或者说我不知道如何帮助你。铂金。”想安排电话采访也没成功。罗南·伯格曼2013年12月25日致“铂金博士”的电子邮件，以及2013年12月26日她的回复。

摩萨德小组决定在通往萨米亚购物中心三楼的哈马斯办公室入口伏击马沙尔。马沙尔需要在路边停车之后，步行穿过露天商业广场中的一条大概 30 码长的拱形走廊，然后才能抵达办公室。“杰瑞”让两名特工在其中一座拱门后面等候，当马沙尔下车时开始往入口方向走去。他们届时会到马沙尔背后，同时往他身上泼洒毒剂和可乐。

一连 5 个早上都不具备攻击条件。有一次马沙尔没有出现，而另一次则因为预定的攻击地点聚集了太多人。

每天早上，本-戴维和“铂金博士”都在酒店待命，直到接到当天袭击中止的通知。“然后我们就做游客做的那些事：观光，”本-戴维说，“安曼是个非常有趣的城市。”①

9 月 24 日，两名负责望风的“刺刀”队员引起了萨米亚购物中心一名工作人员的怀疑。“杰瑞”意识到继续在这个区域闲逛将会非常危险。小队第二天必须离开约旦，不论任务是否完成。他们得赶紧走了。

然而他们并未收集到关于马沙尔的足量情报，比如说，他们不知道有时候司机会在早上送马沙尔的孩子去学校，马沙尔有时会陪孩子一起。9 月 25 日早上恰恰就是这种情况，这也是可以执行行动的最后一天。更糟糕的是，孩子们坐在汽车后座上，位置很矮，跟踪小组根本没看到他们。

上午 10 点 35 分，汽车到达购物中心。“杰瑞”走下跟踪的车辆，向两名正拿着可乐和毒剂待命的特工发出行动信号。没有人带着通讯设备，这是一项预防措施，以防某个环节出错，不会从特工们身上查出任何犯罪设备。但这也意味着没法告诉他们计划中止。行动一旦开始，就停不下来了。

马沙尔下了车，开始朝他的办公室走去，与此同时，两名“刺刀”队员跟在他身后。司机本应把车开走，带马沙尔的孩子们去学

① 2013 年 1 月 23 日对本-戴维的采访。

校。但马沙尔的小女儿似乎不想离开她的爸爸。她跳下车，朝爸爸跑去，一边还用阿拉伯语喊着："喂，爸爸，喂，爸爸！"司机则在小女孩后面追她。"杰瑞"看到了这一幕，但行动人员没有。"杰瑞"发信号让他们不要过来，而这时候他们正好走到拱廊的一座拱门背后，没有看到"杰瑞"的信号。

他们走近马沙尔，其中一人举起绑在手心上的装着毒剂的金属罐，准备喷洒在他的后脖子上。另一人开始抠开可乐罐。就在这时，追赶小女孩的司机看到了这场面，认为马沙尔身后那个高举着手的男人是想拿刀刺杀他。他高喊："哈立德！哈立德！"马沙尔听到司机和女儿的呼喊，转过身来。毒剂喷在了他耳朵而不是后脖子上。

毒剂仍然有效，但他们没法掩饰了。马沙尔发现自己面前是一个拿奇怪的罐子向他喷东西的男人，他立即明白自己有生命危险。他开始跑，逃离两名"刺刀"队员。司机抱起小女孩跑回汽车。实施袭击的特工也跑回撤离用车，并在路上把毒剂罐和可乐罐丢进了垃圾桶。

丹尼·亚托姆说，特工们的处理方式不太恰当。"这次行动的基本前提是悄无声息，目标不会知道已经有人朝自己下手。行动人员公然违背了我的指令。我把要求讲得非常清楚，没有任何歧义，既有书面的，也有口头的。我看了两次他们的练习，每一次我都讲，如果马沙尔旁边有人，就不能行动。但他们还是行动了。这就是失败的原因：在过度激励下执行任务，即便当时的环境清楚地表明不应当下手。"①

理想情况下，"凯撒利亚"的第二队应当部署在附近，如果需要

---

① 我告诉亚托姆，特工声称他们没看到小女孩和司机，而"杰瑞"也不可能提醒他们，但他对这种说法不屑一顾："完全是胡说八道。他们单纯就是太想完成任务了，毕竟这些天来他们一直没有机会。这就是他们为什么会完全违背我命令擅自采取行动。"

的话，他们就出手转移人们的注意力。[1] 但是没有。更糟的是，一个名叫穆罕默德·阿布·赛义夫的男子刚好路过事发地点，他是受过训练的游击队员，也是哈马斯的武装人员和情报员。阿布·赛义夫并没有马上意识到发生了什么，但他看见自己的上司往一个方向跑，两个陌生人往另一个方向跑，这是明摆着的线索。他朝两个以色列人追去，直到他们跳进自己的汽车，不过他记录下他们的车牌。

以色列驾驶员看见阿布·赛义夫记下了号码，告诉了两名特工。这辆车陷入了车流中，水泄不通，于是右转驶入一条小街，又右转了两次。当他们觉得已经离现场足够远时，便叫司机停车。由于车辆已被发现，他们认为最好是将它丢弃，尽管事后看来，约旦警方很明显花了好几个小时组织搜查。但以色列人没有意识到阿布·赛义夫的不肯罢休，他强征了一辆车，一直跟着他们。阿布·赛义夫到的时候，两名特工刚好往不同的地方撤离，其中一人已经过了马路。

阿布·赛义夫是徒手搏斗的专家，受训于阿富汗的圣战者营地。他拦住离他最近的那名以色列人，大喊这人是以色列特工，准备杀害哈马斯领导人。另一名特工折返回来，给了阿布·赛义夫脑袋一拳。阿布·赛义夫头晕目眩，流血不止，但以色列人并没有就此跑掉，而是留下来把他勒晕了过去。

那天，好运站在了哈马斯一边。事发时，一个名叫萨阿德·哈提卜的前巴勒斯坦解放军游击队员、现约旦安全部队特工刚好坐在一辆出租车上经过。他看到一群人正在围观两个外国人勒一个本地人的脖子，就让司机停车，然后上去把他们分开。“其中一人已经捡起大石头，想砸赛义夫的头。”哈提卜说。

---

① 与此证词正好相反，我在安曼会见的哈马斯和约旦的情报人员说，阿布·赛义夫就是马沙尔的保镖而不是偶然经过。如果这是真的，那么“刺刀”小组的失败就变得更严重了，因为特工们居然不知道他的存在，更别提他受过的训练，所以也无法预见将会发生的事情。

“我朝他扑过去，把他扔到地上，坐在他胸口，试着制住他。”①然后他告诉这两个以色列人，他要带他们去警察局。由于害怕被他们可能引来的暴徒处以私刑，两名特工同意不抵抗，跟他去。与此同时，看热闹的人也把阿布·赛义夫送上了出租车。哈提卜让他坐在出租车前排，有人也借他一部手机，让他可以给马沙尔打电话。②

摩萨德特工相信他们的掩护身份可以经得起警察盘问。在警察局，他们出示了加拿大护照，并告诉警察自己是游客，来约旦观光。突然间在大街上，“这个疯子”（他们指着阿布·赛义夫）朝他们扑来，还开始打他们。

但随后他们被搜身，警察在其中一名特工的胳膊上发现了创可贴，揭开之后却没有任何伤口——它们是用来固定超声波装置的。两人被捕了，并用监狱电话联系了“海外亲属”。

他们被捕两小时后，加拿大驻安曼的领事来到警察局。他走进囚室，问他们是在哪里长大的，还问了一些关于加拿大的其他问题。10分钟后，他走出囚室告诉约旦人，“我不知道他们是谁。但他们不是加拿大人”。

仍待在自己办公室的马沙尔给他的两位哈马斯同事——穆萨·阿布·马尔祖克和穆罕默德·纳扎尔打了电话。他们决定发表一份声明，称摩萨德试图谋杀马沙尔，而约旦皇室是这次阴谋的同谋。当他们说着话的时候，马沙尔开始感觉非常虚弱、昏昏欲睡。毒药已经渗进了他的血液。他的同事和保镖们迅速将他送往医院。

再有几个小时他就会死亡。

当然，被捕的“刺刀”人员把电话打给了他们的摩萨德队友。

---

① 2013年12月对萨阿德·哈提卜的采访。

② 哈提卜对事件的看法与两名特工对事件的看法存在巨大分歧，但对如何结束该事件双方没有争议。

其中一位女特工立即进入洲际酒店向本-戴维汇报。此时，本-戴维正穿着泳衣坐在酒店巨大庭院中的豪华泳池旁，读着塞林格的《麦田里的守望者》。“从她脸上的表情就能看出事情不对劲，”他说，“我们交谈了几句，我意识到发生了严重的事故。”根据原来的计划，那队人将从安曼飞往不同的目的地，但事情发生后，约旦人必定会严密监视机场。

本-戴维打电话给特拉维夫的摩萨德总部，得到的命令是让他召集小组的所有成员，离开各自的藏身处，带他们到以色列大使馆。①

巧的是，当特工被捕的消息传到摩萨德总部的时候，总理刚好就在那里祝福该组织的工作人员犹太新年快乐。内塔尼亚胡即将在此发表讲话，几百人聚在一起等待仪式开始。这个时候，亚托姆把坏消息报告给了总理。

两个人决定装作什么都没发生一样，让活动继续。几乎所有摩萨德的人都不知道这场危机，内塔尼亚胡打算像往常一样发表程式化的演说。他的演说很简短，对工作人员为国家安全做出的贡献表示了热烈的感谢，然后便急匆匆地和亚托姆一道走进了局长办公室。

他命令亚托姆立即飞往安曼，向侯赛因国王解释发生了什么。他将“采取一切必要措施”以确保两名特工获释。“如果有必要保住马沙尔的命，”内塔尼亚胡告诉亚托姆，“那就让他们去做。”

亚托姆受到了国王的接见。侯赛因大吃一惊，怒气冲冲地走出房间。亚托姆回忆说：“惹国王生气的是巴蒂希（约旦情报局局长萨米赫·巴蒂希将军），因为他被我激怒了。如果不是他，我们本来可以和国王一道，用动静较小、代价也低得多的方式解决问题。”

“在磋商过程中，巴蒂希向我抱怨没有事先通知他，说我们应该一起来计划行动云云。这纯属无稽之谈。我们多次要求约旦人遏制哈马斯，但他们什么也没做。拉宾多次严词指责他们，但无济于事。所

① 2013 年 1 月 23 日对本-戴维的采访。

以我们才没和他们商量有关马沙尔的行动计划。”①

此时，马沙尔的情况正在迅速恶化，医院的医生们一筹莫展。侯赛因国王的私人办公室主任阿里·舒克里到医院询问马沙尔的状况，遭到马沙尔的同僚的痛斥，指控他参与了暗杀阴谋。舒克里奉国王之命竭尽全力保住马沙尔的性命，将马沙尔送到了阿利亚女王军事医院的皇家之翼套房。马沙尔的战友起初拒绝转院，他们担心侯赛因打算结果了马沙尔，但后来还是同意了，条件是必须让他们待在马沙尔身边，四周安排哈马斯的安保人员，并向他们解释对马沙尔使用的所有治疗手段。

王室的御医萨米·拉巴巴奉命赶来。他是约旦医疗队的一名上校，也是该国最杰出的医生之一。他对马沙尔的身份不太清楚，对哈马斯也几乎一无所知。“不过医院上下嘈杂得很，”他说，“而且阿里·舒克里本人也在那里。我明白这是一名非常重要的患者，将他治好对国王来说很重要。”

马沙尔此时已经非常恍惚，他告诉拉巴巴在自己办公室外发生了什么事。在说话过程中，他的头一次次耷拉下来，医务人员只好不停地唤醒他。然后，拉巴巴注意到马沙尔在睡着的时候停止了呼吸。“很明显，我们必须让他保持清醒，否则他就会睡着并窒息。”他说。

医生让马沙尔站起来走走，但这个法子只管用了一小会儿。② 他们给马沙尔注射了纳洛酮，一种用来中和某些阿片类药物的药剂，不过药效也随着每次新剂量的药劲儿过去而减弱。拉巴巴给马沙尔接上了呼吸机，如果医务人员没法让他不睡着，那么至少机器可以帮他呼吸。

没有人想马沙尔死。侯赛因国王有理由担心，哈马斯领导人的死亡会在他的国内引发骚乱，甚至可能导致内战。内塔尼亚胡和亚托姆

① 2011 年 7 月 7 日对亚托姆的采访。
② 2013 年 12 月对萨米·拉巴巴的采访。

知道，如果事情发展到那一步，侯赛因就会被迫审讯两名囚犯并处决他们。不仅如此，他们知道约旦情报部门正确地怀疑“刺刀”的其他成员仍然藏在以色列大使馆。一支由侯赛因国王的儿子——未来的国王阿卜杜拉王子指挥的约旦突击队正严阵以待。侯赛因国王想挑明他在非常严肃地对待这一事件。①

所有人都知道，如此难堪的一系列事件无疑将毁掉约旦和以色列之间现有的全部纽带。

“这段时间以来，”本-戴维说，“我都随身带着解毒剂，但没有用上，因为我们的人没有中毒……然后我接到‘凯撒利亚’指挥官的电话。一开始，由于他的说辞太匪夷所思，我以为我听错了。我请他又说了一遍。”

HH 叫本-戴维去酒店大堂，他会在那里与约旦情报部门的一名上尉碰头，而后一起前往医院。本-戴维明白，这意味着一场仓促的交易已经达成：用马沙尔的命换两名摩萨德特工的命。换言之，本-戴维要去大堂救一个他和他的团队几小时前才企图暗杀的人的生命。

“我们处境艰难，”本-戴维说，“但在这种处境下，你不能给自己的感情太多空间。你不可以说，‘天啊，我们搞砸了，让他们下地狱吧’。不可以。你得做你必须做的——你尽可能地做好，就是这样。在这类状况下，没有感情存在的空间。”

本-戴维去了大堂，有个上尉在等他。②“我仍然记得他充满敌意的眼神。不过他也只是在服从自己得到的命令并执行它。”亚托姆已经叫“铂金博士”和本-戴维陪这名官员一起前往医院，给马沙尔注射解毒剂，救他的命。但约旦人拒绝了。

“铂金博士”被带到拉巴巴的办公室。③“她说她是这次行动的一

---

① 2016 年 5 月对“飞行员”的采访，以及 2013 年 7 月 7 日对亚托姆的采访。

② 2013 年 1 月 15 日对本-戴维的采访。

③ 2013 年 12 月对萨米·拉巴巴的采访，以及 2013 年 12 月和拉巴巴之间的往来电邮。

分子，但只有在特工接触了毒剂的情况下她才会出手，”拉巴巴回忆道，“她对这次任务的目的一无所知。她把两支针剂放在我的桌子上。我让他们去实验室中验证针剂的成分。我们不能听信他们的说法。也许他们只是想把活干完。”

拉巴巴对“铂金博士”以礼相待，表现出了与自己的医学水平和军衔相符的风范。① 但他心里却很恼怒。“在我看来，药物不应该用来杀人，”他说，“而以色列人一次一次地这样干。”

之后，马沙尔恢复得很快。亚托姆带着两名本该成为刺客的特工及本-戴维一起返回了以色列。两人汇报说自己遭到了毒打，但没有吐露任何信息。

然而侯赛因并不肯善罢甘休。他告诉以色列人，交易只包括 2 名囚犯，以色列人必须花更大的代价才能把剩下的队员接回去——躲在大使馆里的那 6 名“刺刀”成员。与此同时，他暂停了和以色列的所有来往。

内塔尼亚胡去与摩萨德的元老埃弗莱姆·哈勒维相商，此人曾是摩萨德的副局长，此时则是以色列驻欧盟的大使。出生在伦敦的哈勒维，大部分职业生涯都是在摩萨德的外交关系部门度过的，他是个有争议的人，但毫无疑问，他是个有手腕、有洞察力的外交官，知道如何同统治者、国王打交道。他在 1994 年敲定以色列和约旦的和平协议过程中起到了关键作用，同时他还很了解侯赛因。国王也很尊重他。

在同侯赛因会面之后，哈勒维告知内塔尼亚胡和亚托姆，如果想

---

① 马沙尔的命是如何被救回来的？约旦一再声称他们是靠自己将他治好的，没寻求任何帮助，也没有注射解药。“当我们收到女博士带来物质的化学成分分析结果时，”拉巴巴说，“发现它和我们已经给马沙尔用的药一致。在马沙尔完全康复后，我们也收到了该毒剂的配方。”以色列人争辩说，这是无稽之谈，因为他们的秘密毒药不可能被约旦医生认出来，唯一的可能性是摩萨德把解毒剂和毒剂的配方交给了约旦人，马沙尔的命才保住了。2013 年 1 月 15 日对本-戴维的采访，2011 年 4 月 7 日对亚托姆的采访，2013 年 11 月对“杰弗里”的采访，以及 2013 年 12 月对拉巴巴的采访。

要约旦释放6名特工，他们就得支付约旦人一大笔赎金，“足以让国王能够支付在释放刺杀小组后导致的加强安保的开销”。他的提议是释放哈马斯的创始人艾哈迈德·亚辛，此人因为对以色列实施恐怖袭击而被判处终身监禁。

根据哈勒维的说法，该提议遭到了“所有人的反对，上至内塔尼亚胡，下至摩萨德的每一名特工”。[①] 以色列人经受了各种绑架、谋杀和恐怖袭击，这一切都是为了威胁他们释放亚辛，而且斗争还在继续。难道他们现在仅仅因为侯赛因国王的要求就要放弃吗？

内塔尼亚胡又咨询了辛贝特局长阿米·阿亚隆，[②] 阿亚隆征求了他的哈马斯问题顶级专家米察·库比的意见。库比愤怒地回答：“不要理会侯赛因的威胁。不管怎么说，最后除了让特工们离开，他也别无选择。亚辛应该在监狱里待到他死掉烂掉的那一天，一旦将其释放，这个人就会回到加沙去建立一个比我们迄今所见识过的一切都更可怕的哈马斯。”

阿亚隆把这番话转达给了内塔尼亚胡。[③] 但哈勒维很有说服力，随着他不断乘着直升机往返于耶路撒冷、特拉维夫和安曼之间，他逐渐使总理相信这是唯一的选择。内塔尼亚胡明白自己陷入了一场巨大的危机，最重要的是，他必须确定自己的优先事项：他想让“凯撒利亚”的人回家。从内塔尼亚胡得知特工被俘的那一刻开始，他那冷静而自信地处理马沙尔危机的方式是他担任以色列领导人以来最美好的时光之一。

最终，交易达成：亚辛和许多其他巴勒斯坦囚犯，包括一些参与

---

① 哈勒维拒绝接受本书的采访。不过在2011年7月13日，在阿莫斯·吉拉德将军和作者本人在场的与德国国防部长的会面当中，哈勒维随意地谈起了马沙尔事件，（公正地）夸奖了在事件解决过程中他本人做出的贡献，他还几次提到时任“阿曼”研究部门负责人的杰拉德就是反对释放亚辛的主要人物之一。他还优雅地补充说：“这事实上是你职业生涯中所犯的一个小错误。”也可参见：Halevy, *Man in the Shadows*, 132－42 (Hebrew)。

② 2013年9月8日对库比的采访。

③ Halevy, *Man in the Shadows*, 138－40 (Hebrew).

谋杀以色列人的囚犯，都被释放了。作为交换，6 名摩萨德特工得以重返以色列。

这笔交易再次证明了以色列为将其士兵从敌后带回家做出的巨大承诺和牺牲。

行动付出了巨大的代价。在约旦的拙劣行动暴露了摩萨德的一些操作手法，撕开了整个“刺刀”的掩护，以至于该小组现在不得不再次重建。以色列花了数年时间才修复与约旦哈希姆王国之间微妙而重要的关系。侯赛因和内塔尼亚胡在 1998 年末访问美国期间，达成了正式和解。① 马沙尔事件还使以色列与加拿大及其他护照被袭击小组冒用的国家之间的外交关系陷入尴尬的局面。以色列就像个犯了错的小孩一样，不得不再次道歉并承诺不会再犯。

事件发生后成立的内部和外部调查小组对于谁知道该行动、谁授权了该行动，发现了一些相互矛盾的说法。② 内塔尼亚胡和摩萨德坚称他们已经通知了所有相关人员，但是国防部长伊扎克·莫迪凯、“阿曼”局长摩西·亚阿隆以及辛贝特局长阿亚隆，都声称自己预先并不知道这次行动，只知道关于暗杀马沙尔的一些基本情况，而这些是好几个月之前在情报部门负责人的会议上获悉的，当时马沙尔也只是许多潜在的暗杀目标之一。③

阿亚隆严厉批评了整个行动，甚至其动机，他说：“哈立德·马沙尔并不是恐怖分子行动圈的一员。因此，从一开始，他就不是一个合法的目标。马沙尔较少参与哈马斯的军事活动，其程度还不如民主国家的国防部长。”④

一份由后来当上了摩萨德局长的塔米尔·帕尔多撰写的内部调查

---

① 2012 年 4 月 17 日对尤拉姆·本·泽夫的采访。

② 2017 年 4 月 28 日对约瑟夫·切哈诺沃的采访，2016 年 5 月对“飞行员”的采访。切哈诺沃的结论是内塔尼亚胡的行动一般而言是合理且恰当的。

③ 2015 年 8 月 28 日对莫迪凯的采访，以及 2011 年 8 月 16 日对亚阿隆的采访。

④ 2002 年 9 月 4 日对阿亚隆的采访。

报告，成了摩萨德历史上最严厉的报告之一。[1] 它措辞严厉地指责了所有参与计划制定和执行的人。“凯撒利亚”和“刺刀”的指挥官本-戴维、另外一些行动人员都被提及，并应负相应的罪责。在委员会调查过的地方，没有哪个部门是完全无瑕的。不过，调查小组只是含蓄地提到了亚托姆在这一系列失败中扮演的角色。

“凯撒利亚”的领导人 HH 辞职了。曾经满怀雄心抱负的“杰瑞”也被免去了“刺刀”负责人之职。带着羞愧和苦涩，他离开了组织。

最重要的是，亚辛现在成了自由人。暗杀马沙尔从头到尾只有一个目的，那就是削弱哈马斯，现在倒好，哈马斯的创始人和精神领袖被释放了。他离开以色列去往海湾国家，据说是就医。但实际上，他此去是为了筹款，还扬言，与以色列的“大对抗”即将来临。

没有理由不相信他的话。

① 2016 年 5 月对“飞行员”的采访。

二十七
低　潮

海军第 13 突击队在黎巴嫩海边小镇安萨里耶附近的海滩登陆，没有人发现。没有月亮，在夜幕的掩护下，16 名突击队员从一艘小而结实的扎哈伦冲锋艇下来，开始了向内陆的行军。那是 1997 年 9 月 4 日晚，突击队的目标是干掉一个人。

自莱文和科恩为以色列国防军制定对黎巴嫩真主党中层领导人的定点清除计划以来，这是第 27 次任务了。其中 20 次取得了成功。不过，北方司令部的两名指挥官认为，这次任务没什么太大必要，[1]他们觉得目标哈尔多·海达尔（Haldoun Haidar）是个小人物，无足轻重，杀掉他没有什么重大战略意义。但是，以色列人已经收集了有关这个人的足够情报，而且情报系统过去已经多次证明了自己，以至于在一些人看来，也没理由不杀他。然而，仍然有相当数量的北方司令部军官不赞成让总参谋部来负责这次任务。但批评者被排除在了决策圈以外。

此次任务需要突击队员在内陆行军约 2.5 英里，沿着海达尔每天早上所走的路线在路边埋下数颗炸弹。然后，他们应该撤退到船上，开回以色列。无人机操作员让飞机在空中盘旋，一旦发现海达尔经过，便会通过无人机传输的无线电信号引爆炸弹。炸弹中的金属碎片是黎巴嫩恐怖分子造炸弹时常用的那种，这会使袭击看上去像是黎巴嫩的内部冲突。

起初，一切都照计划进行。天气条件有利，突击队登陆后，迅速穿过黎巴嫩的海滨公路，抵达了路东毗邻大片树丛和果园的一堵墙边。两名突击队员跃过围墙，破坏了门的铰链，给其他队员开门。一路上的大部分时间都在上坡，再加上该区域复杂的灌溉沟渠和茂密的植被，突击队员推进得很困难。

当部队到达他们在加密地图上标记为G7的地点时，他们撞开了一扇门，门的另一边是路。[2] 他们本应穿过这条路，再前进四分之一英里，到达海达尔经常走的那条路。突击队员翻过大门，先遣队开始穿过马路向前走，搜寻该区域是否有敌人。在发出一切正常的信号后，第二小队的核心队员开始过马路。

当他走到路中央时，发生了巨大的爆炸，紧接着又是一次。

在这些爆炸以及救援行动进行期间的交火中，12名突击队员被打死。

以色列国防军在对这一事件进行调查后认为，这是真主党的一次偶然伏击，没法预见，也没法阻止；游击队打出的子弹引爆了以色列人用来杀死海达尔的炸弹。

这可能是所有相关方最简便的一种解释，但后来发现与真相相去甚远。[3] 事实上，很明显真主党人是能够筹划和协调伏击的，因为在突击队出发几周前甚至几小时内，以色列情报部门处于完全崩溃的状态。在该区域上空执行侦察任务的无人机回传的视频没有加密，真主党人能拦截到。不仅如此，南黎巴嫩军中被以为是以色列情报机构密探的几个人，实际上是双重间谍，他们向真主党汇报了以色列国防军的长官对谁和什么感兴趣。

有了以色列国防军正在侦察该地区的视频，再加上来自以色列国

---

① 拉米·米凯拉是第13突击队“极地之歌行动”的情报官，他声称自己不记得北方司令部中有任何人反对攻击此目标的行动。无论如何，所有人都认可行动指挥部从北方司令部移交到总参谋部。2016年2月18日对罗南·科恩的采访，以及2016年3月15日对拉米·米凯拉的采访。

② 2016年3月15日对米凯拉的采访，2014年9月4日对加兰特的采访，2013年5月对谢恩·布罗什的采访，以及2013年1月对奥伦·茂尔的采访。

③ Bergman, *By Any Means Necessary*, 428 (Hebrew).

防军长官的情报显示他们的目标是海达尔，真主党人很容易就想到该在什么位置设伏。事实上，据当时在海军第 13 突击队服役的消息人士所说，在袭击前数小时无人机传回的画面上可以看到 3 个人在 G7 地点可疑地闲逛。如果实时分析这份从未被公布的视频，任务很可能会被推迟或者取消。①

这一事件在以色列被称为“突击队的灾难”，它在以色列公众中产生了深刻影响，主要是因为死去的突击队员是以色列国防军最好的两支部队之一。纳斯鲁拉在真主党网站上发布了现场拍到的令人毛骨悚然的尸骸照片，其中一张是一名士兵的头颅，这加深了此次事件的影响。

安萨里耶惨败发生前一天，3 名人肉炸弹在耶路撒冷的本·耶胡达步行街自爆，而以色列情报部门事先完全不知道，而这两起事件就发生在摩萨德试图在约旦暗杀哈立德·马沙尔的那场灾难性的行动前几周。

于是乎，1997 年 9 月从许多方面看都是以色列情报史上最低潮的时期之一。三大情报机构都遭遇了一系列失败。辛贝特没能保护好总理，也没能阻止自杀式爆炸的浪潮。摩萨德没能清除圣战恐怖组织在海外的指挥中心。“阿曼”渗透和破坏真主党的努力也远谈不上有成效。而后，摩萨德和“阿曼”还双双错过了伊朗、叙利亚和利比亚等国大规模杀伤性武器计划，这一点后来会被披露出来。

与此同时，安萨里耶惨败还加剧了公众对以色列在黎巴嫩的军事存在的争议，一些人认为这与美国深陷越南战争的泥沼不相上下。要求撤军的抗议活动由“四母亲”领导，这是一场以《圣经》中四位

① 与此次行动有关的情报人员，从米凯拉到海军情报长官布罗什，一直上至时任参谋长亚阿隆，都声称并非信息泄露导致此次灾难，而是爆炸物的问题，从未有人朝部队开枪，所有人都是被炸死的。2013 年 5 月对布罗什的采访，2016 年 3 月 15 日对米凯拉的采访，2014 年 9 月 4 日对加兰特的采访，2015 年 8 月 28 日对莫迪凯的采访，以及 2012 年 4 月 3 日对利普金-沙哈克的采访。

女族长来命名的运动，由四位妇女发起，她们的孩子都在驻黎巴嫩的以色列国防军中服役。以色列国防军和政治领导人对她们嗤之以鼻，一位高级官员还把她们叫做“四块洗碗布”。[①] 但抗议者与她们产生了共鸣。

因为安萨里耶的灾难，在黎巴嫩的定点清除停止了。以色列国防军一再提出暗杀真主党官员的想法，但在参谋长或国防部长就行动与出击次数召开的每周讨论例会上都遭到了否决。真主党的威胁并未减少，但清除其官员的行动背上了沉重的政治包袱。

摩萨德刚刚才差点摧毁了与约旦间的外交关系，仅仅 5 个月后，又搞砸了另一项行动。这次是在瑞士，目标是阿卜杜拉·泽因，真主党后勤与金融网的高级人物。摩萨德的计划是窃听他的电话，监视他，最后除掉他。他们在泽因公寓的地下室装窃听器时，弄出了太大的动静，吵醒了一位老太太，她报警了，一名特工被捕。摩萨德局长丹尼·亚托姆在数次行动搞砸后引咎辞职。[②]

亚托姆的位置由埃弗莱姆·哈勒维接替，他因为处理马沙尔事件的方式而赢得了内塔尼亚胡的好感。

哈勒维担心再有失败，所以实际上让“凯撒利亚”停摆了，拒绝批准几乎所有的高风险行动，放任这个单位退化。

时任辛贝特副局长、将在 2000 年成为辛贝特局长的阿维·迪希特说：“老实说，我们的国防部门并没有向以色列人提供他们应得的保护。”[③]

无论在何时，这都是令人担忧的，但在 20 世纪 90 年代末尤其如此，因为以色列的敌人正变得越来越危险。从伊朗到利比亚，从黎巴

---

① “The Four Mothers Are Four Dishrags,” Nana 10 website, February 16, 2000, http://news.nana10.co.il/Article/?ArticleID=6764.

② 瑞士警方在地下室发现的三名特工试图假装他们是游客，他们偷偷溜进来是想在此来一次 3P。他们被逮捕时事实上也确实没穿裤子。警察也相信了他们的说法，直到他们中一人声称自己携带的一包工具和线缆是“外交行李”。

③ 辛贝特局长阿维·迪希特在赫兹利亚会议上的发言，2003 年 12 月 16 日。

嫩的真主党到加沙和安曼的哈马斯，对手们已经形成了一个比摩萨德、“阿曼”或辛贝特之前打过交道的所有对手都更花样迭出和更有决心的战线。

辛贝特是情报机构中最先重新站稳脚跟的。辛贝特局长阿米·阿亚隆和他为找出问题所在而建立的调查小组得出结论，辛贝特在其两个主要活动领域内变得低效且羸弱。

一个是情报收集方面。几十年来，辛贝特一直依赖通过人来获取情报，但这种方式几乎穷途末路了。在以色列根据《奥斯陆协定》从巴勒斯坦领土撤出时，失去了几百名巴勒斯坦特工，到目前还没找到人来取代他们。辛贝特没能找出替代办法，也无法在哈马斯内部发展特工——哈马斯是一种意识形态上的宗教运动，其成员不大可能被贿赂诱惑。辛贝特的一个调查小组简洁扼要地指出：“我们的组织同它的工作环境不相适应。”①

另一个不足之处是，辛贝特在获得情报后对它的处理方式。阿亚隆参观了该组织的档案室，难以置信地盯着塞满数十万个纸板活页夹的巨大档案柜。“我们的做法就像中世纪的机构，”他在辛贝特的高级指挥官论坛上说，“这种档案管理模式不可能建立起实时情报图景。即便所有的信息都能在档案中找到，也不会对我们有什么帮助。”

阿亚隆宣称：“辛贝特不是情报机构，而是预防机构。”换句话说，该机构的目的不仅仅是为收集情报而收集情报，更是为了实时挫败敌人的意图。为达到这样的目标，辛贝特必须在最短的时间内收集和分析情报。

阿亚隆主张靠先进技术来解决这个问题。基于技术的方式将取代人力，产生多维的实时情报图景。在 1996 年，这是革命性的想法，它在辛贝特内部造成了信任危机，引起了对阿亚隆的严厉批评，甚至

① 2017 年 6 月 1 日对迪斯金的采访。

导致许多人退出该组织。但阿亚隆坚持己见。他创建了许多新的小组和部门，发展了用于信息收集的尖端技术：能够渗透多种信息系统，拦截电子邮件、电话，以及后来出现的社交媒体通信。他们还开发出利用信息的新模式：那是一种最高水准的技术，能分析庞大数据、提取情报中最重要的字节。

阿亚隆和他的技术小组调整了辛贝特的重心，因而更注重人与人之间的交流——更强调网络，而不是每个单独的个体。① 辛贝特率先掌握了手机追踪的巨大潜力，一开始是通过手机通话内容本身，之后是通过地理定位、短信、视频传输以及上网。

在阿亚隆领导下，整个机构的运营架构发生了改变。它不再依赖按地理区域部署的专案官，这些专案官调配手下人和发挥作用多多少少是独立的，但现在人都围着“组”来活动，这组人都坐在电脑前面收集信息，拼凑起来，并命令行动人员收集缺掉的那块拼图。

辛贝特的人员构成也在迅速变化。许多上了年纪的专案官离开了，以色列国防军技术部门的年轻男女迅速被招募进来填补空位。不久之后，该机构23%的人都是在创新技术开发方面接受过广泛培训的特工。“我们建立了一整个由Q组成的部门，其中，好几十个很棒的

---

① 辛贝特技术革命的发起人之一是耶路撒冷出生的贾迪·戈尔茨坦。他当时正在深化自己对从犹太教到东方宗教中的各种哲学概念的认识。在20世纪90年代中期，特别是在辛贝特的男性气质氛围中，令戈尔茨坦着迷的事物似乎至少是古怪的。戈尔茨坦在语言上创新行动概念要归因于《圣经》中的摩西以及禅宗哲学原则。他强调“无我”原则，即我们每个人的自我并不孤立存在，也不由各人自身决定。禅宗的说法是我处在与周遭一切环境的持续对话中，我影响环境，也受环境影响。因此，对任何个人、动物或对象而言，就没有什么是独立存在的。所有事物都是定义该事物的更大矩阵之中的一部分。“假如10个人生活在一幢建筑中，”他在一次为将来要发展的新系统举办的讨论会中说，“而我们，辛贝特，想要知道他们是否在密谋以及在密谋什么，而我们调查该建筑的精力是x，我们就必须把精力投入到他们之间正在发生的事上，投入到他们之间一起创造出的协同性，投入到他们中每个人影响别人也受别人影响的那个‘场域’。”在那次会上，戈尔茨坦援引了罗伯特·波西格的《禅与摩托车维修艺术》一书中的说法，拔高了这本书，甚至神化了无我概念。一名与会者笑着提议戈尔茨坦的新情报原则应被命名为“禅与暗杀艺术”。2012年11月对贾迪·戈尔茨坦的采访。

初创项目在同时进行。”迪斯金说。他所说的 Q 是 007 电影里技术奇才的代号。[1]

焕然一新的辛贝特必须处理的第一个难题是莫希-丁·谢里夫。谢里夫是叶海亚·阿亚什的学生，在阿亚什被暗杀之后成为哈马斯军事派别的首席爆破专家，被称为“工程师第二”。阿亚什和他当时的副手哈桑·萨勒姆曾教过谢里夫用一种威力非常大的爆炸材料三过氧化三丙酮制造简易炸弹的方法，这是他们自己从伊斯兰革命卫队学来的。在哈马斯用来报复阿亚什之死的四起自杀式袭击当中，人肉炸弹用的就是谢里夫造的炸弹。

和过去的阿亚什一样，谢里夫也把自己的手艺传给了其他人，他在耶路撒冷教会了一群人如何设置遥控炸弹，如何制造延时引信，如何用现成的材料制造炸弹。他还教他们如何在录像带里藏炸弹。在一场阴谋中，他们制造了 11 个这样的录像带炸弹，打算在公交车站、彩票站以及电话亭引爆。1998 年 2 月 11 日，其中一个在内坦亚爆炸，炸伤 10 名平民。辛贝特在这伙人安装剩下的几个炸弹前就锁定了炸弹制造者并逮捕了他们，从而避免了一场大祸。[2]

辛贝特编制了厚厚一本关于谢里夫的材料，通过追踪他及其手下的手机通话内容和位置来监视他的行动与习惯。最重要的是，辛贝特发现他们密谋在逾越节晚上，当耶路撒冷的人行道挤满在假日最后一刻购物的人群时，引爆一辆塞满炸药的菲亚特 Uno。辛贝特的行动小组“鸟之队”设法在谢里夫把菲亚特交给人肉炸弹之前，就把一个雷管装到了菲亚特上。1998 年 3 月 29 日，当谢里夫把这辆车开进拉马拉一个远离无辜平民的车库后，汽车爆炸了。

即便谢里夫死亡，其许多同伙被捕，辛贝特还是感觉拼图少了一

---

① 2017 年 6 月 1 日对迪斯金的采访。

② 关于谢里夫的细节由“双胞胎”提供，2016 年 3 月。

块。该机构断定有个“八爪鱼”在幕后，“这个人在操纵所有的触手，但每只触手又是单独的，独立于其它触手”。

辛贝特的新数据挖掘系统监控着被定为目标的几千名巴勒斯坦人，它开始把范围缩小到一名男子身上。以色列人挑上的这个阿德尔·阿瓦达拉，接任了哈马斯在约旦河西岸的军事派别负责人，如同穆罕默德·迪夫在加沙地带的地位。

阿瓦达拉在通缉名单上已经有段时间了，但多亏了哈马斯的一个被称为“协助和服务机构”的网络在阿瓦达拉和他经营的各单位之间起到了缓冲作用，他一直没被抓住，即便他的手下被捕后在审讯中吐露了大量信息。

这一提供支持的系统使阿瓦达拉逃过了辛贝特的逮捕，同时也让他可以发动多次恐怖袭击，系统由阿德尔的弟弟、从巴勒斯坦权力机构的监狱逃脱的伊马德管理。[①] 两兄弟开始策划接下来的一系列恐怖袭击，其中最野心勃勃的计划是在以色列 5 个最大城市的市中心上演五起汽车炸弹袭击。根据他们的计划，第一颗将在特拉维夫引爆，预计会造成重大人员伤亡。之后，他们会对以色列政府下最后通牒：释放所有巴勒斯坦囚犯，否则将会引爆另一枚汽车炸弹，然后再引爆一枚，依此类推。同时，他们还在黑市上获得了大量的镇静剂，计划用来绑架以色列士兵和政要，作为讨价还价的筹码。他们意图绑架或暗杀的人中包括时任耶路撒冷市长的埃胡德·奥尔默特，前以色列国防军负责人、现国会议员和内政部长拉菲·艾坦，以及辛贝特的两位前局长亚科夫·佩里和卡尔米·吉龙。

---

① 根据辛贝特的记录，兄弟二人与大量恐怖袭击有关，造成众多以色列人伤亡，其中包括 1997 年 3 月 21 日特拉维夫阿佩珀咖啡馆发生的袭击，造成 3 人死亡 47 人受伤；1997 年耶路撒冷发生的两起自杀式袭击，一起发生在 7 月 30 日，造成 15 人死亡 170 人受伤，另一起发生在 9 月 4 日，5 人死亡 169 人受伤。他们还要为希伯伦地区和耶路撒冷的袭击负责，该袭击导致 7 名以色列人身亡。此外还有 1996 年 9 月 9 日对士兵沙龙·埃德里的绑架和谋杀。Shin Bet, “Elimination of the Awadallah Brothers and Deciphering the Archive of the Military Arm of Hamas in Judea and Samaria,” March 2014（作者的资料，从“双胞胎”处获得）。

阿瓦达拉是一流的作战领导者，但他不知道辛贝特已经变了，包括对电话的严格监控（谁打给谁，通话双方当时的确切位置），所以，即便他自己几乎从不使用手机，但至少他的网络中的一些成员会用，这使得勾勒和记录其行动轨迹成为可能。

而且他一直都没搞清楚自己的主要对手是谁，用阿米·阿亚隆的话说，他的对手是“辛贝特有史以来最好的运营主管”。① 那就是尤瓦尔·迪斯金，他被阿亚隆任命为耶路撒冷和约旦河西岸的指挥官，这些地方也正是阿瓦达拉兄弟居住和活动最频繁的地区。②

迪斯金 1956 年出生，在谢凯德（Shaked）侦察部队服过役，并曾任连长。1978 年，他加入辛贝特，在巴勒斯坦和黎巴嫩担任专案官。他的阿拉伯语非常流利，工作上也非常出色，军衔升得很快。迪斯金极其强硬，对下属和上级都很挑剔。很明显，如果他能成功地粉碎哈马斯在约旦河西岸的恐怖网络，那么他就会是辛贝特局长的有力人选。

“阿德尔非常多疑，”迪斯金说，“他只相信人力搜集情报（HUMINT）的网络，其中每个成员都经过他的忠诚度测试。由于这些人的存在，他多年来平安无事。直到最后一刻我们都认为要接近他是一件困难的事。”③

阿德尔和伊马德的谨慎缘于他们目睹了莫希-丁·谢里夫的命运，以及他们的许多战友被捕。④ 他们怀疑有哈马斯活动分子，甚至是非常资深的活动分子，一直在与以色列或巴勒斯坦权力机构合作，泄露机密，最终让谢里夫落入陷阱。

---

① 2013 年 1 月 21 日对阿亚隆的采访。

② 迪斯金将一种新的基本概念体系引入辛贝特：多数恐怖袭击，尤其是自杀式袭击，是由恐怖组织的大量行动来推进的，从一次袭击到下一次袭击，其间行动大多相同。迪斯金声称这些行动会在身后的数字世界和物理世界留下线索。如果这些行动能被定义和识别，就有可能把将要发生的袭击扼杀在摇篮之中。迪斯金发展的这套体系在之后几十年里挽救了无数以色列人的生命。

③ 2017 年 6 月 1 日对迪斯金的采访。

④ 2011 年 10 月对“亚马逊州”的采访。

由于通敌者一直没有暴露，两兄弟就假定这个人仍然活跃在他们中间。出于这种怀疑，在找地方吃饭睡觉时，他们决定接触哈马斯以外的人，不过这些人也必须忠于巴勒斯坦民族事业。

他们看中了来自“人阵”的一批活动分子，他们曾因为加入恐怖组织和非法持有枪支而在以色列监狱中服刑多年。这些活动分子让这兄弟俩住进了一座带大院子、院子四面有围墙的两层农舍，农舍位于希伯伦以西的希尔伯特-泰伊贝村，属于其中一位活动分子的亲戚。这座房子很快成为情报资料库，其中就有哈马斯军事派别的档案，阿德尔从一个藏身处到另一个藏身处都随身携带，因为生怕它落入辛贝特的手中。兄弟俩还随身携带着下一场大袭击的计划，其中包括往特拉维夫的供水系统中投毒。

辛贝特设法在这批活动分子中找出了兄弟俩的对外联系人之一，对他狠狠施压，让他做辛贝特的代理人，还威胁他如若不从，就将因为与哈马斯的合作而受到起诉，被判入狱很多年。在挥舞大棒的同时，辛贝特也拿出了萝卜：只要他同意合作，他和他的家人就会获得巨额报酬，一道去国外轻松地生活。这个人同意了。

第一项任务是给这座房子布线以便进行视频和音频监控。抓捕阿瓦达拉两兄弟可以再等一等。迪斯金认为，更重要的是准确掌握兄弟二人正在筹划些什么。辛贝特等待他们的线人传来兄弟二人离开房子的密报。

当“人阵”的一个朋友下一回给兄弟二人带来补给时，阿瓦达拉兄弟告诉他，他们急着去某个地方。他们一起离开了，乘坐一辆车，辛贝特的那位合作者单独开另一辆。

“鸟之队”在外面等着，看着。当车子消失在视野后，他们开始行动。他们用配好的钥匙进入屋子，在每个房间都装上了摄像头和麦克风。

兄弟二人在当晚很晚才回来。之后的整整四天，这位哈马斯军事派别头目的每句话每个字都被录了下来。阿德尔和伊马德谈到了他们为计划想到的各项战术改进，谈到了哈马斯制造真主党所用的那种火箭弹的可能性。

由此产生的文件不仅向以色列人提供了具体计划的细节，还让他们了解了兄弟二人更广阔的世界观。比方说在一次对话中，曾在巴勒斯坦权力机构狱警手上遭到残酷折磨的伊马德，在言语中带着对亚西尔·阿拉法特手下的仇恨。他说："下次再遇见他们，我会直接开枪。"

他的哥哥懒洋洋地躺在沙发上，突然跳起来吼道："想都别想！我们不朝穆斯林开枪。你听见我说的话了吗？即使他们对你做了可怕的事，你也不能去杀穆斯林。"

辛贝特向以色列国防军通报了这令人印象深刻的情报。他们深知，作为例行的安全防范措施，兄弟俩会在某个不可预测的时间点转移到另一藏身处，除掉他们还需要动用一支部队。不过，以色列军队并不急于再暗杀一个哈马斯官员，因为阿亚什之死产生的激烈反应让他们感到焦虑。[①] 于是，阿亚隆和辛贝特反其道而行之，找到了以色列警方的反恐部队——以色列国境警察特勤队。以色列国境警察特勤队与以色列国防军的特种部队之间的互不买账由来已久，所以后者就把阿亚隆寻求以色列国境警察特勤队的帮助之举，顺理成章地理解为对他们的故意贬低。

不久后，迪斯金和阿亚隆之间产生了分歧。迪斯金认为以色列国境警察特勤队的突击队应当直接破门而入，把兄弟二人当场格杀。阿亚隆原则上也愿意暗杀他们，但他认为应当先尽力将他们活捉，这样一来就可以对他们进行审讯，他觉得这样一定可以收获不少有价值的情报。他们最终达成妥协：如果能找到某种方案，既确保活捉二人，又不会使以色列国境警察特勤队涉险，他们就这么办。否则，就杀掉这两人。

---

① 2011 年 6 月 14 日对莫法兹的采访，以及 2011 年 6 月 22 日对阿亚隆的采访。

阿亚隆把这一计划交给了内塔尼亚胡总理。此时，总理远没有摩萨德将暗杀哈立德·马沙尔的计划交给他时那么果断了。他现在已经完全明白了，每一次行动，哪怕是看上去简单和安全的，也可能会在执行过程中崩溃，给行动人员或整个国家带来灾难性的后果。袭击莫希-丁·谢里夫那次行动，并没有留下能指向以色列人的任何蛛丝马迹，但这一次，兄弟二人极有可能在以色列国境警察特勤队的突袭中死亡，以色列没办法否认与此无关。而哈马斯将会为此发动大规模报复性袭击。

西蒙·佩雷斯由于阿亚什遇刺后哈马斯的恐怖袭击浪潮而失去了权力。内塔尼亚胡并不想用自己的职位冒险。他拒绝在红色文件上签字。

“如果不肯对那些正在针对我们的军事武装首领下手，”阿亚隆在内塔尼亚胡面前据理力争，“那要我们有什么用呢？如果你不签字授权，我就辞去辛贝特局长之职。”①

这是个很有力的威胁，其影响超出了所述的立场本身。由于释放亚辛的缘故，总理已被很多人视为软弱无能。公众普遍认为他在反恐战役上做得不好。如果阿亚隆辞职，内塔尼亚胡肯定他辞职的原因将会被泄露出去。情况就会变成总理拒绝除掉以色列国和世界各地犹太人的一大威胁。那么，人们就会认为他比想象中还要弱。

几小时之后，他签字同意了。

计划是在进攻开始前便让阿瓦达拉兄弟失去反抗力。在辛贝特记录的一段对话中，伊马德·阿瓦达拉提到了他对蜜糖果仁千层酥的热爱。于是在1998年9月11日，辛贝特专家往蜜糖果仁千层酥里注入了镇静剂，随后把它送到了希尔伯特-泰伊贝的那幢农舍。他们打算等兄弟二人打瞌睡的时候再进入室内，把他们装进车里，带去审讯室。

---

① 2013年1月21日对阿亚隆的采访。

但这个办法没起作用。伊马德太喜欢蜜糖果仁千层酥了，自己一个人狼吞虎咽吃了个精光。很快，他就睡了过去，还开始打鼾。但辛贝特不知道阿德尔讨厌蜜糖果仁千层酥，根本不愿意碰它。当监控视频显示阿德尔并没有吃下药物，一时半会也不想去睡觉时，以色列国境警察特勤队按命令行动了。围住农舍的几个小分队从多个方向攻入，参加行动的还有一只攻击犬。他们翻过围墙闯了进去。

阿德尔抄起他的步枪，子弹打死了攻击犬，但他立刻被击中倒地。伊马德被枪声吵醒，试图去够自己的武器，但被一轮机枪扫射打死。在以色列国境警察特勤队发出安全的信号后，"鸟之队"的人进入农舍，不久便找到藏在其中一个房间的档案。①

阿亚隆打电话给内塔尼亚胡，告诉他行动取得成功，阿瓦达拉兄弟双双丧命。为了抢先阻止巴勒斯坦人的激烈反应，内塔尼亚胡叫阿亚隆驱车前往位于拉马拉的巴勒斯坦权力机构的政府大院穆卡塔。当他抵达时，阿拉法特正在等他。阿亚隆告诉阿拉法特以色列除掉了这兄弟俩。"在他有机会否认自己认识这兄弟俩之前，我说'请不要问我阿瓦达拉是谁'，我们知道你认识他们，明白他们做过什么，"阿亚隆说，"以以色列国的名义，我要求你们尽全力保证哈马斯不会因为此事而失控。"

阿拉法特要求把暗杀的消息延后 4 天再放出，以便他做些准备。阿亚隆告诉阿拉法特，他对于推迟这一消息曝光无能为力，而且他相信在媒体得知整个故事之前，巴勒斯坦人只有 4 个多小时的时间。

阿亚隆说："请下令让贾布里勒·拉吉布和穆罕默德·达赫兰马上行动起来。他们知道必须做些什么。如果该做的没有做，而后又出现恐怖袭击，以色列将会用最严厉的方式予以回应，包括彻底停止和平进程。"② 他说的这两人是巴勒斯坦安全部门的负责人，正坐在阿

① Shin Bet, "Elimination of the Awadallah Brothers," 2.

② 2013 年 1 月 21 日对阿亚隆的采访。

拉法特旁边。

阿拉法特告诉他的两位副手采取果断行动。当天晚上，哈马斯的主要活动分子被围捕并拘留，该组织也被通知任何针对以色列的活动都会引起巴勒斯坦权力机构的严厉反应。拉吉布和达赫兰尽全力向以色列保证，这一次阿拉法特发出的威胁是认真的。

同时，辛贝特的官员和分析师立即着手研究哈马斯军事档案，往电脑中输入名字和资料，① 这是“一项费时费力的工作的一部分，其目的在于迅速地审查档案文件，以便在哈马斯军事部门成员重新集结或藏匿之前采取行动”。来自以色列国防军、以色列国境警察特勤队以及辛贝特的多个单位开始围捕嫌疑人——数十名“高级指挥官、爆炸物专家、撮合武器和制造炸弹的材料交易的中间人、教官和后勤人员，包括奸细和（哈马斯的社会-民间组织）达瓦的成员”。

阿瓦达拉兄弟如此严加保管的档案，现在可以用来推动哈马斯军事派别的瓦解。

伊亚德·巴塔特是从哈马斯档案中找出的一个名字，他是负责在约旦河西岸制造袭击的高级军事特工。记录显示，他曾多次参与伏击以色列国防军士兵。

几个月后，以色列人终于查到了他在贝特阿瓦村的安全屋。一个旨在除掉他的、代号为“龙与地下城”的行动随后制定了出来。

1999 年 10 月 19 日，已经卸任“阿曼”局长、现在是以色列国防军中央司令部负责人的摩西·亚阿隆来到了此次行动的前方指挥所——那是个又大又旧的帐篷，就设在离贝特阿瓦村不远的贝特-尤布林村。虽然他的特工有 3 天时间来制订计划，但他立刻意识到，他们所需的情报有所不足。没有 8200 部队（“阿曼”的情报部队）的人在场，也没有来自 9900 部队的无人机操作员。即便这些人在，指

① Shin Bet, “Elimination of the Awadallah Brothers,” 3.

挥所也没有可以显示信息的监视器。辛贝特的一名相关情报人员在另一区域，和他的联系取决于时好时坏的手机信号。

“我来自另一个地方，另一种文化，”亚阿隆指的是他指挥过的以色列总参侦察营，“那里的办事方式有所不同。不相干的人知道和行动有关的一些事，而马上要投入行动的指挥官反倒不知道，这简直不可想象。”①

亚阿隆和迪斯金判断继续行动会有不可接受的风险。他们取消了行动，暂时搁置了为杀掉巴塔特付出的所有努力。“在贝特阿瓦，我们意识到自己完全是傻子，”迪斯金说，“我们问自己，必须做好哪些事才能确保下一次不会变成傻子。”

从理论上讲，解决方案很简单：让所有必要的人集中在指挥所，他们就可以相互交流，一起看监视器显示的数据汇总。② 把辛贝特、以色列国境警察特勤队、以色列国防军特种部队（以色列总参侦察营、海军第13突击队、“杜夫德万”）以及“阿曼”的8200、504、9900部队，最后还有空军部队，都放到一间屋子里——用迪斯金的话说“是在荧光灯下而不是某个可怜的帐篷里”——所有可用和必要的数据都汇入这里。

然而，由于责任、指挥和控制等一系列问题，实施这一解决方案非常困难。多年来，各军事和情报部门已经习惯平行运作，再加上特工来自不同单位，操着不同的职业术语。有时，他们中的一部分人更关心自己的一亩三分地，而不是国家安全。

辛贝特的迪斯金和军队的亚阿隆不得不打破许多根深蒂固的官僚程序，克服各种人际关系上的困难，好让每个人都走进辛贝特位于耶路撒冷的总部二楼——现在这里可以被名副其实地称为联合作战室（JWR）。尤其难啃的一块骨头是“阿曼”的明星情报单位8200部

① 2011年8月16日对亚阿隆的采访。
② 2017年6月1日对迪斯金的采访。

队，他们拒绝加入其中，反倒要辛贝特加入他们。

1999年12月11日，一切准备就绪。辛贝特收到的消息表明，巴塔特将在接下来的几天内前往他在贝特阿瓦村的安全屋。这所房子及其周围已被严密监视。出于安全方面的考虑，巴塔特没有带手机，但他的司机有一部，辛贝特对其进行了追踪。他们发现手机在12月13日来到安全屋，停顿片刻之后离开，显然是把某人送到那里。空中的一架无人机摄像头也看到汽车停了下来，某人下车进了屋子。来自一名特工的情报表明，巴塔特在屋顶上安排了一个隐蔽的瞭望点，一发现危险就向他示警。这份情报被输入联合作战室的电脑，于是无人机的热传感器被激活，发现屋顶上确实有个人藏在掩体下。

考虑了所有信息之后，“杜夫德万”的士兵伪装成阿拉伯人，守住了安全屋周围的多个位置。其中4人躲在了外墙边的小楼梯下，这里离入口够近，但从屋顶上的瞭望点是看不见的。

“晚上11点，村里的人都睡着了。一开始，有肾上腺素，你不觉得害怕。后来，当你就位了，恐惧就来了，”突击队员阿隆·卡斯蒂尔回忆道，“我们收到部队指挥官的开火许可……。我们杀死了屋顶上的巴塔特手下。有一些交火……。开火后，我们执行‘原地待命’［停火］，以获得一些情报。然后屋子里传来一阵嘈杂声，伊亚德·巴塔特拿着一把手枪走出来。整个行动小组确认了他的身份，就开火了。”①

---

① 从“杜夫德万”特种部队的立场来看，袭击巴塔特产生了一个不和谐的结局。巴塔特和纳德·马萨玛的尸体被带到部队总部，在那里，参与行动的士兵开始摆姿势同尸体合影。“很快便产生了很大的照相需求，”“杜夫德万”部队的士兵阿隆·卡斯蒂尔说，“部队有很多摄像头，并且大家想照相想疯了。每个人都想照。大概持续了两个小时。我什么都没说，我没有想这道不道德，这是死尸，又不是活人，而你的长官在摆姿势同尸体合影，但你没有制止你的长官……你看着这些照片，过后，你会把它们放在房子里最偏僻的角落，确保你多年都不会看到它们。他们让我感到不适。我不知道是尸体还是我自己的举止更加让我不适。我通常一年会有一次远远地看着装那些照片的袋子，但从未打开过。它们被放在抽屉的最里面。”以色列国防军的一名发言人称部队已经进行过深度调查，并对参与这种匪夷所思之事的士兵们提起诉讼。2016年5月29日对阿隆·卡斯蒂尔的采访。Gideon Levi, “A Nightmare Reunion Photo,” Haaretz, December 25, 2004。

随后，以色列国防军发表了一份简短声明，称其一支小队“撞见”了巴塔特以及另一名被通缉的哈马斯成员，于是杀掉了他们。声明旨在掩盖这起事件背后的大规模情报活动。

但对于以色列人自己来说，很显然，辛贝特的改革以及联合作战室被证明是有效的。接下来的 9 个月，联合作战室模式被应用于 15 次不同的逮捕和定点清除行动。这种模式的基础是各机构之间的完全透明，以及在行动展开过程中，从一个机构到另一个机构的“传递指挥棒”的制度。

联合作战室模式的第一原则是要求所有“传感器”——所有和行动有关的情报收集机构——参与，其形式是既要实际代表在场，也要他们对信息进行实时反馈。辛贝特花了大力气来整合所有相关的电脑系统——包括不同情报机构和作战机构使用的无数硬件和软件——这样一来，他们就能互通消息并与作战室中的 IT 设备进行对接。其目标是以一种方式显示所有数据，以创建一个简单易懂的图景。“这种智力优势，对所有可能情报来源的集中，是我们达到目标的能力的基石。”亚阿隆说。[①]

为了执行第二项原则，即传递指挥棒，作战室实际上分为两部分。一部分由辛贝特控制，被称为情报作战室，行动的目标就是在这里被确认身份的。也就是说，情报作战室的职责是指明目标的具体位置，确保他就是目标本人。这个部分被称为“框定”（framing）。[②]

一旦身份确认了，指挥棒就被传递到作战室的第二部分，即作战部分。这在很大程度上是以色列国防军的责任，它监督袭击的实施。（起初，大多数定点清除任务都是地面部队实施的，后来执行权交给了空军，但一般原则没有变。）如果指挥棒已经交到作战室，但地面上发生了某些事情阻碍了对目标的打击，比如监控画面突然丢失，那

① 2011 年 8 月 16 日对亚阿隆的采访。
② 2010 年 11 月 4 日对迪希特的采访。

么责任便回到情报作战室，框定程序再次启动。如此往复，直到完成。

在迪斯金被任命为辛贝特副局长、亚阿隆被任命为以色列国防军总参谋部副参谋长两个月后，即 2000 年 9 月，两人建议在全国复制他们为中央司令部开发的这套模式，建立永久性的作战室，执行重大行动和定点清除。建议被采纳了，作战室定址于特拉维夫北部的辛贝特总部在建的一座大楼内。

时机纯属偶然。迪斯金说："如果我们没有实施技术革命，没有建立特别作战室，那么我们能否以及如何应对第二次巴勒斯坦大起义对我们的巨大挑战，就该打个大大的问号。"①

① 2017 年 6 月 28 日对迪斯金的采访。

二十八
全面战争

本杰明·内塔尼亚胡并没有等到选举结果出来。1999 年 5 月 17 日，在电视台投票后民调显示工党及其领导人埃胡德·巴拉克明显赢得大选后不久，内塔尼亚胡宣布退出政坛。

内塔尼亚胡之所以当选，是因为哈马斯的自杀式炸弹袭击事件，但他担任总理的这些年发生了一系列政治丑闻、联合政府危机、像马沙尔事件这种安全问题，以及与巴勒斯坦人的外交僵局。选民认为巴拉克同内塔尼亚胡恰恰相反，他是以色列国防军最优秀的士兵，是承诺过从黎巴嫩撤军并带来和平的伊扎克·拉宾的门生和接班人。在胜选演讲中，巴拉克站在特拉维夫中央广场（4 年前总理在此遇刺身亡后，这里改称拉宾广场）的数十万名支持者面前说，现在是“新一天的黎明”。“和平是共同的利益，对两国人民都有巨大的好处，”巴拉克数月后对议会说，“与叙利亚和巴勒斯坦人达成真正的和平，是实现犹太复国主义愿景的顶峰。”①

凭借充沛的精力、果敢和使命感，巴拉克开始实施自己的政策。作为特别行动的老手，他自信满满，确信自己可以通过严格关注细节、周密计划以预测所有可能的突发事件、必要时采取大胆行动来筹划外交上的计谋，就像制订敌后的定点清除计划那样。但事实证明，虽然这些方法在小范围内效果良好，却不能一直适用于复杂的国际进程。而且巴拉克几乎不听他助手们的意见。

在美国的支持下，以色列展开了与叙利亚的谈判。2000 年 3 月

26日，克林顿总统作为巴拉克的特使，在日内瓦会见了哈菲兹·阿萨德总统。克林顿对阿萨德说，巴拉克为达成和平，愿意整体撤出戈兰高地，只对边界做一些非常小的调整，不过克林顿的话听起来并没有预料中的那样热情洋溢、令人心动。参加会议的阿萨德此时身患包括早期痴呆在内的多种疾病，而且精力不济，他比过往任何时候都更执着地想把每一寸土地讨回来。两国元首在结束例行公事，进入实质谈判仅仅几分钟，会谈就破裂了。

巴拉克不得不信守诺言，撤出黎巴嫩，但他没能同黎巴嫩或叙利亚说定任何事。[②] 不过，为了防止真主党人趁撤退时杀害大量以色列国防军士兵，撤军必须连夜进行，并且不走漏一点风声。

在撤离前不久，"阿曼"想找出真主党军事首领、以色列头号通缉犯伊迈德·穆格尼耶的位置，此时他正沿着黎巴嫩南部的对峙线视察，以确认巴拉克是否会信守撤军承诺，并为第二天的事安排好他的民兵组织。

他们打算除掉穆格尼耶。[③] 但5月22日，巴拉克来到北部边界与那里的军方高层进行了紧急磋商，命令他们只是"继续对M目标进行情报监控"，而不是攻击他，其实就是终止了整个计划。巴拉克的头等大事是确保撤军中不出现任何伤亡，他害怕暗杀穆格尼耶会激怒

---

① Statement by the prime minister, protocol of Knesset session no. 59, December 13, 1999.

② Gilboa, *Morning Twilight*, 25－28 (Hebrew). Ronen Bergman, "AMAN Chief to PM Barak," *Yedioth Ahronoth*, February 12, 2016.

③ 一位名叫莫尔，能熟练使用阿拉伯语的8200部队通讯监听员，是识别穆格尼耶声音的专家。出于对莫尔的能力、经验以及奉献精神的尊重，那些年间以她的名字用作穆格尼耶的代称，即"莫里斯"（Maurice）。不过多年来，伊迈德·穆格尼耶似乎消失了，8200部队根本无法在真主党的通讯网中找到他的踪迹。2000年5月21日，驻扎在以色列北部格里兹姆基地的莫尔在监听真主党领导人巡视黎巴嫩境内以色列安全区的边境时，从对话中识别出穆格尼耶的声音。真主党的领导人似乎正在为他们期待的以色列撤退做准备。"就是他！我确定。就是他。这是'莫里斯'在说话。"莫尔高兴地大喊。根据监控和对话的位置来源，"阿曼"和空军开始策划杀死穆格尼耶。5月22日总理军事秘书摩西·卡普林斯基将军手书的会议纪要，由"本"在2014年4月向作者出示。

真主党人去炮轰以色列社区，或对以色列的海外目标发动重大袭击，这一切都会要求以色列做出反应，而悄无声息地突然撤退就会泡汤。

巴拉克是对的，至少从短期看他是对的。在北部边界会议的第二天，他下令以色列国防军立即撤出黎巴嫩。整个撤退过程中没有任何人员伤亡。

但纳斯鲁拉把撤军当成了他这一方的完胜来庆祝，宣称以色列人怯懦又胆小，在穆格尼耶的军队面前逃跑了。[①] “以色列比蜘蛛网还要脆弱，”他自鸣得意地说，“失败主义精神在以色列社会很普遍……犹太人有很多金融家，但他们不是一个能做出牺牲的民族。”

回过头来看，以色列在此时结束对黎巴嫩的占领，这对巴拉克来说可能是最糟糕的时机。他看到自己无法同叙利亚人达成协议，所以决定加快处理巴勒斯坦的局势。但是许多巴勒斯坦人认为以色列从黎巴嫩撤退，正好证明了游击战术和恐怖主义可以击败中东最强的军事和情报力量，于是开始盘算把这些方法用在自己的战场上。

克林顿邀请巴拉克和阿拉法特 2000 年 7 月去戴维营，以便结束马拉松式的谈判，最好是能促成和平协议。巴拉克说：“我知道这样的协议必须包括让巴勒斯坦建国和在耶路撒冷问题上的妥协，对此我已有所准备。我认为我能够说服以色列公众相信这份协议对我们有好处，而且没有其他选择。”[②]

阿拉法特本人是不想去的，在克林顿承诺即便对话失败也不会怪罪他的情况下，才答应前往。

会谈期间，以色列情报显示巴勒斯坦人中的不稳定因素达到新高。[③] 据报道，巴勒斯坦权力机构正在准备武装对抗以色列，以迫使其做出更大的让步。

贾布里勒·拉吉布引用修昔底德的话说：“我们并没有准备，也

---

① 纳斯鲁拉的演讲，丙特贾贝尔镇，2000 年 5 月 26 日。

② 2014 年 4 月 2 日对巴拉克的采访。

③ 2016 年 12 月 21 日对亚阿隆的采访。

不打算开始与以色列武装对抗，但‘希望本质上是一种昂贵之物’。”[①] 巴拉克告诉与会者：“我们在同一艘巨轮上，它马上就要撞上冰山了，我们只有在戴维营有所进展，才能设法让巨轮避开冰山。”[②]

会谈的气氛是欢快的。巴拉克已经准备好做出令美国与会者“乐得合不拢嘴”的让步，其中包括一项重大妥协，即把东耶路撒冷的某些部分让给巴勒斯坦人，并让阿克萨清真寺所在的圣殿山交国际社会共管。没有哪位以色列领导人曾做出如此巨大的让步，也没有哪位领导人在此前都被视为禁忌的问题上做出如此妥协。[③]

然而，巴拉克事先没有为会议做好充分准备，他没有尝试让更广泛的阿拉伯世界向阿拉法特施压，使其在巴勒斯坦原则问题上也做出妥协，比方说难民返乡权。[④] 他的行为举止在别人看来也有些专横，而且还通过特使与阿拉法特谈判，虽然他的小屋离阿拉法特的只有几百码远。

阿拉法特拒绝签字，或许是因为他觉得如果自己再坚持一下，就能从以色列那里获得更好的条件，又或许是因为他没看到哪个阿拉伯领导人支持他与这样的大敌达成妥协。克林顿被气炸了。他结束了此次高级会谈，并违背了之前的承诺，即不将失败归咎于阿拉法特。“如果克林顿采用卡特的战术，对双方都一并敲打，直到他们同意达成妥协，那么历史可能就会改写。”以色列顶尖中东学者、外交官伊

---

① 2010 年 5 月 3 日对拉吉布的采访。

② 2016 年 11 月 17 日对马格利特的采访。

③ Landau, *Arik*, 263 (Hebrew).

④ 美国代表团的多位成员责怪埃胡德·巴拉克的高傲而满不在乎的举动，尤其是罗伯特·莫利，他在《戴维营：错误的悲剧》(*Camp David: The Tragedy of Errors*) 一书这样说了。巴拉克通过约西·基诺沙参与了大部分谈判，后来人们才知道，基诺沙是阿拉法特的秘密渠道和业务伙伴。Uzrad Lew, *Inside Arafat's Pocket*, 163 (Hebrew)。2015 年 8 月 26 日对巴拉克的采访，以及 2016 年 12 月 20 日对梅尔哈夫的采访。

塔马尔·拉比诺维奇说。[1]

接下来的两个月，人们试图弥合双方的分歧。[2] 不过到现在为止，双方之间的紧张和猜疑已经到了无法挽回的地步。“我们有种生活在火药堆里的感觉。”与巴拉克关系很近的一位助手说。[3]

只要有火药，就一定会有纵火狂将它点燃。这一次，纵火狂是阿里埃勒·沙龙。

犹太人所称的圣殿山和穆斯林所称的神圣禁地（Noble Sanctuary），可能是当今世界最敏感的区域。它位于耶路撒冷的老城，被奉为上帝创世之所，同时也是上帝要亚伯拉罕献祭其子以撒的地方。这里还是第一和第二座犹太圣殿的所在地，耶稣曾在这里行走、布道，是穆斯林相信先知穆罕默德同天使加百利一道夜行登霄的地方。圆顶清真寺和阿克萨清真寺至今仍矗立在这里。

多年来，此地爆发了许多冲突。1982 年，一帮犹太恐怖分子密谋炸掉圆顶清真寺，用他们的话来说，“以清除可憎的东西”，希望此举能引发一场世界大战，由此加速弥赛亚的到来。[4] 虽然他们的任务失败了，但他们的策略并非毫无依据：圣殿山上的任何大事都可能像雪球一样迅速引发雪崩。

阿里埃勒·沙龙对其中的利害关系一清二楚。作为巴拉克政府的反对派的领导人，他决定以尽可能公然的方式对抗巴拉克准备放弃圣殿山主权的行径。9 月 28 日，他在几百名警察的簇拥下，带领一群利库德集团的政治家来到圣地示威，高喊：“到圣殿山参观和祷告是每个以色列犹太人的权利。圣殿山属于我们。”

---

① 2013 年 7 月对伊塔马尔·拉比诺维奇的采访。
② Landau, *Arik*, 262－65 (Hebrew).
③ 2013 年 8 月对“亨德里克斯”的采访。
④ 2003 年 11 月对亚历山大·潘提克的采访，以及 2016 年 1 月 27 日对吉龙的采访。Gillon, *Shin-Beth Between the Schisms*, 100－36 (Hebrew)。宪兵对“犹太地下组织”密谋炸毁圆顶清真寺的调查文件，作者的资料，由“贝尔”提供。

当时在场的巴勒斯坦人冲他大吼，叫他“贝鲁特的屠夫……杀害儿童和妇女的凶手”，很快，他们就和保护沙龙的警察发生了冲突。[①]

到第二天早上的祈祷时刻，巴勒斯坦电台的广播和清真寺中的布道已经在尖锐地谴责以色列人，说他们此举是企图破坏伊斯兰世界的圣地。[②] 阿克萨清真寺聚集了超过2万人，以年轻男性为主，他们愤怒地等待祈祷的开始。其中很多人都抄起石块或其他杂物朝警察丢过去，而这些物件落下来砸到了哭墙边的犹太信徒。骚乱中，7名巴勒斯坦人丧生，100多人受伤。第二天，暴力蔓延到被占巴勒斯坦领土以及以色列境内的阿拉伯居民区。12名以色列籍阿拉伯男子和男孩遇害（还有1名巴勒斯坦人和1名以色列犹太人死亡）。在很短时间内，地区性的冲突就演变为一场战争。

在以色列情报部门内部，关于亚西尔·阿拉法特心里在想些什么的争论又一次爆发了。[③] “阿曼”和以色列国防军的首领，特别是摩西·亚阿隆，认为巴勒斯坦大起义是阿拉法特精心策划的战略的一部分，他在自己的办公室“掌控着火候”，一开始是他的人组织的“自发”示威，接着是人群里有人朝以色列士兵开枪，然后是有计划地枪击士兵和平民，最后是在以色列境内制造自杀式爆炸。阿拉法特“想通过让以色列流血的方式在外交上有所收获”。这是时任参谋长

---

① Landau, *Arik*, 269 (Hebrew). Anat Roeh and Ali Waked, “Sharon Visits the Temple Mount: Riots and Injuries,” *Ynet*, September 28, 2000, http://www.ynet.co.il/articles/0,7340,L-140848,00.html.

② 2002年8月23日对艾哈迈德·提比的采访，2002年6月对提拉维的采访。Bergman, *Authority Granted*, 106－10 (Hebrew)。

③ 2013年4月10日对亚哈伦·泽维-法卡什的采访，2011年6月14日对莫法兹的采访，2011年8月16日对亚阿隆的采访，2011年7月5日对丹·哈鲁茨的采访，2010年11月4日对迪希特的采访，2011年10月18日对迪斯金的采访，2011年6月5日对本-伊斯拉尔的采访，2011年6月5日对吉奥拉·艾兰的采访，2011年6月22日对阿亚隆的采访，2012年6月25日对吉拉德的采访，以及2011年1月对库柏瓦瑟尔的采访。

沙乌勒·莫法兹中将的说法。①

另一方面，辛贝特认为阿拉法特从没有过类似的战略，战争是学生自发挑起的，他们对一些问题（其中一些是巴勒斯坦的内部问题）感到沮丧。这些学生随后受到了当地领导人的怂恿。示威活动激起以色列国防军的强烈反应，对暴力事件的爆发有点“准备过度”。这样的反应导致巴勒斯坦人大量伤亡，并使局势进一步恶化。辛贝特声称，阿拉法特正在这些事件引发的大潮中身不由己。②

约西·阿瓦哈米是个来自佩塔提克瓦市的个体商人，38 岁，已婚，有 3 个孩子。业余时间，他志愿担任交通辅警。瓦迪姆·努日茨比他小 3 岁，是个土生土长的俄罗斯伊尔库茨克人，职业是卡车司机。他们俩都不是职业军人，但像许多犹太以色列人一样，他们都是预备役军人，随时待命以增援以色列国防军。

随着第二次巴勒斯坦大起义渐渐被认为是以色列和巴勒斯坦之间最新的战争，军队需要增援。阿瓦哈米和努日茨在 2000 年 10 月 1 日接受征召，去保护定居者的校车不被巴勒斯坦人攻击。10 月 11 日，他们得到一天假期。第二天，他们乘坐努日茨的车返回基地，但路上转错了弯，最后到达了约旦河西岸城市拉马拉。拉马拉几周前发生了好几次骚乱，不少巴勒斯坦人死于以色列国防军枪下。局势越来越紧张。当车开进市区时，路人看到黄色的以色列车牌便开始朝它扔石头。两人试着逃跑，但被车流堵住了去路。

巴勒斯坦警察端着枪把两人拖出了汽车，收缴了他们的武器并带到警察局盘问。然后，警察把他们交给了聚集在外面的愤怒暴徒。

两名预备役军人遭到了毒打，眼睛被抠出来，身上被刺了多刀。努日茨的头部遭到猛击，然后一根棍子捅进了他的喉咙，顶出了他的

① 2011 年 6 月 14 日对莫法兹的采访。
② 2017 年 6 月 1 日对迪斯金的采访。

内脏，他的尸体还被纵火焚烧。当时阿瓦哈米的妻子还不知道发生了什么，她打阿瓦哈米的手机，其中一名行凶者接了电话，告诉她："我在几分钟之前杀了你丈夫。"[①] 有人拍下了一名巴勒斯坦人在警察局二楼窗边的照片，此人狂喜地向楼下欢呼的人群展示自己血淋淋的双手。这群暴徒随后把尸体从二楼抛下，又拖着招摇过市。

这一事件给以色列公众留下了难以磨灭的印象，他们据此义正词严地指责巴勒斯坦权力机构，说其雇员非但没有保护在其领土上的以色列人，反而毫无理由地逮捕他们，并允许暴徒在警察局里面谋杀他们。

辛贝特把这起私刑事件定性为一次"标志性的攻击"，行凶者必将永远被以色列追捕，"就像那些要为慕尼黑奥运会上屠杀以色列人负责的人一样"。[②] 此后的追捕持续了数月甚至数年。

更重要的是，在许多以色列领导人看来，此次事件被视为一次彻头彻尾的背叛，证明巴勒斯坦权力机构的目标，或者说阿拉法特的目标其实并不是和平，而是对抗。照此来看，巴勒斯坦权力机构和阿拉法特本人也应当被视为问题的一部分。

在拉马拉暴民动用私刑事件发生后，以色列国防军大大加强了对武力的使用。他们更频繁地动用枪支来对付暴乱的抗议者。以色列国防军还报复了巴勒斯坦警察，在晚上警察局空无一人时将它炸掉了。到 2000 年底，将有 276 名巴勒斯坦人丧生。[③]

对埃胡德·巴拉克来说，这些流血事件就是一场政治灾难。在戴维营的失败已经让他步履蹒跚，巴勒斯坦大起义则带给他不受控制的局面，让他招架不住。他一再就所发生的事公开指责阿拉法特，但这

---

① Amos Harel and Avi Issacharoff, The Seventh War, 37 – 39 (Hebrew). Mark Seager, "'I'll Have Nightmares for the Rest of My Life,'" *Daily Telegraph*, October 15, 2000, http://www.jr.co.il/articles/politics/lynch.txt.

② 2010 年 11 月 4 日对迪希特的采访。

③ 数字来自非政府人权组织 B'Tselem，http://www.btselem.org/hebrew/statistics/fatalities/before-cast-lead/by-date-of-event.

只会让他在以色列公众眼里更像个失败者，因为他当初居然相信了巴勒斯坦领导人。他坚持与阿拉法特继续和平进程，这让他的支持率跌到前所未有的地步。他的密友们形容他在任期的最后几个月里狂躁、无法集中注意力，没有任何明确的方向感。他的执政联盟开始瓦解，到了 12 月，他被迫呼吁在 2001 年 2 月举行选举。

在选举中击败巴拉克的人，便是在圣殿山做出挑衅行为引发巴勒斯坦大起义的阿里埃勒·沙龙。

自从沙龙策划了对黎巴嫩的灾难性入侵以来，他当了近 20 年的政治边缘人。① 虽然他在 1983 年被迫辞去了国防部长一职，但他那不合时宜的军事冒险——重构整个中东的鲁莽计划——持续了 18 年，牺牲了 1 216 名以色列人，伤及 5 000 多人，这还不算数千黎巴嫩人的伤亡。

大批以色列人上街抗议，叫他杀人犯、战争罪犯。② 美国对他进行了非官方的抵制——当他在美国的时候，只允许低级别美国官员和他会面，即便如此，也只允许在工作时间之外去其下榻的酒店会面。就像歌里唱的那样，这个从不在禁区前止步的人多年来一直受到公众的嘲笑和厌恶，虽然他一直在议会就职，还担任着内阁部长。

不过，沙龙把政治看成摩天轮。“你有时候上升，有时候下降，”他经常这样讲，“一句话，挺住。”2001 年初，当以色列人迫切需要一位能制止暴力的强硬领导人时，他以 25 个百分点的优势击败了巴拉克。

对比立即显现了出来。③ 在巴拉克离开之后仍留任总理办公室的

---

① Gad Barzilai, *Wars, Internal Conflicts, and Political Order: A Jewish Democracy in the Middle East*, SUNY series in Israeli Studies, 1996, 148. Michael Karpin, *Imperfect Compromise: A New Consensus Among Israelis and Palestinians*, 94.

② Landau, *Arik*, 171 – 75, 207 – 11 (Hebrew).

③ 2011 年 6 月 28 日对沙洛姆·图格曼的采访，2007 年 1 月 28 日对阿萨夫·沙里夫的采访，2011 年 6 月 22 日对丹尼·阿亚隆的采访，以及 2012 年 6 月 11 日对魏斯格拉斯的采访。

助手们说，气氛马上变得冷静和稳定了。沙龙和巴拉克完全相反：他热情，留心工作人员的情绪和怪癖，谨慎地向每个人表示尊重。他生性多疑，但只要他觉得某人可以信任，就会给予其极大的自主权。

每当某个地方的以色列人或犹太人在恐怖袭击中丧生时，他都感同身受。① “我会带着关于自杀式袭击的新闻走进来，”军事秘书约夫·加兰特说，“然后看着他是那么的伤心。他以一种极其私人的方式感受着人们的痛苦。任何一个在公共汽车或购物中心被害的以色列孩子、妇女或者男子，都好像是他的亲人、家人一样。”

沙龙为结束暴力指明了一条看起来很清晰的路。“他将信心传递给我们所有人，即我们即将赢得这场反恐战争的胜利，”加兰特说，“正如拿破仑所说，罗马军团没有渡过卢比孔河，但尤利乌斯·恺撒渡过了。沙龙是位领袖，他领导了反恐战争。”

沙龙就任总理之后立即宣布，只要恐怖袭击还在继续，就不会进行政治谈判。他说，以色列只有获得了平静才会返回谈判桌。与此同时，他敦促以色列国防军和辛贝特加强行动。“换个思路想一想，”他对指挥官们说，“带着新颖的点子来找我。”沙龙反复用自己的经历提醒他们，即他自己 20 世纪 50 年代在 101 部队的动荡时期，以及 70 年代梅厄·达甘是如何在他的指挥下成功地追捕恐怖分子的。

自 80 年代初担任国防部长以来，沙龙一直质疑以色列国防军的能力，怀疑这支军队“多年来已经失去了毅力”。② 他也不信任部队的军官，或许是因为他还记得自己当年身穿制服时是如何对政客撒谎、如何欺骗自己上司，以便让他们允许自己实施行动。加兰特说，现在自己成了总理，他觉得以色列国防军军官害怕失败，所以他认为

---

① 2011 年 6 月 1 日对加兰特的采访。沙龙首先会尝试或至少意图让人们认为他似乎在尝试与阿拉法特对话，而在 2001 年 4 月，他派自己的儿子奥姆利参加在拉马拉举行的与巴勒斯坦领导人之间的秘密会议。然而会议很快结束。“很显然，两人（沙龙与阿拉法特）之间的接触只可能告吹。”一名与会者说。2017 年 8 月对“海枣”的采访。

② 2011 年 6 月 1 日对加兰特的采访，以及 2012 年 6 月 11 日对魏斯格拉斯的采访。

“高级指挥官对他说了假话，这样他们就不必承担责任了”。

另一方面，沙龙觉得同辛贝特相处要舒服许多，他对辛贝特的首领阿维·迪希特很有信心。在反恐战争这一他议程上的第一个也是最重要的一个问题上，沙龙越来越依赖该机构，也赋予其更多使命和权力。

在第二次巴勒斯坦大起义之初，相当数量参与过去10年的恐怖袭击的人被关押在巴勒斯坦权力机构管理的监狱中。在1996年的自杀式袭击推翻了西蒙·佩雷斯政府并扰乱了和平进程后，阿拉法特意识到他需要把哈马斯和伊斯兰圣战组织的最高领导人关起来，至少在他和以色列人谈判期间如此。但从2001年10月开始的6个多月里，阿拉法特下令将他们释放。

以色列国防军再次认为阿拉法特试图煽动更多针对以色列的袭击，而辛贝特认为他不过是疯狂地想要避免失去巴勒斯坦人的支持，怕他们转而支持哈马斯。到此时，已有数百名巴勒斯坦人在大起义中丧生，以色列国防军和定居者的死亡数量却非常少。然而，哈马斯的自杀式袭击开始让双方的死亡人数持平。“自杀式袭击次数越多，成功的越多，哈马斯的支持率也就越高。”辛贝特的副局长尤瓦尔·迪斯金说。①

失去阿瓦达拉兄弟和档案对哈马斯来说是一次沉重打击，但哈马斯已经在亚辛的领导下开始重建。在此过程中，它开始越来越多地针对以色列平民使用自杀式袭击。

2001年5月18日，一名身穿蓝色长外套的哈马斯特工来到内坦亚附近的哈沙隆购物中心外的安检点。他引起了安保人员的怀疑，被拒绝进入商场，随后他引爆了自己身上的炸弹，杀死了身边5个人。6月1日，另一名人肉炸弹在特拉维夫海滩上的一家迪斯科舞厅外炸

① 2017年6月1日对迪斯金的采访。

死了 21 个在那里排队的年轻人，其中绝大多数是来自俄罗斯的新犹太移民。舞厅的老板什洛莫·科恩曾在海军突击队服役，“但这是我一生中见过的最糟糕的场面”，他说这番话时眼里满是绝望。①

到 11 月初，几乎每周都有自杀式炸弹袭击者在以色列街头自爆，有时甚至每隔几天就来一次。12 月 1 日，3 名人肉炸弹接连自爆，在耶路撒冷的本·耶胡达步行街炸死了 11 人，和 1997 年发生的导致对哈立德·马沙尔的未遂暗杀行动的那次自杀式袭击就在同一地点。12 月 2 日，一名来自纳布卢斯的男子在海法的一辆公交车上将自己引爆，炸死 15 人，炸伤 40 人。北区警察局长抵达现场时说：“我们正面临全面进攻。”②

攻势并没有停止。单单在 2002 年的 3 月，就有 138 名男女和小孩被人肉炸弹炸死，683 人受伤。③ 最穷凶极恶的袭击发生在逾越节，当时内坦亚公园酒店的一楼正在为该市的 250 名穷人举办逾越节宴会，一名人肉炸弹打扮成犹太妇女信徒进入大堂，然后引爆了炸弹。爆炸造成 30 人死亡（其中最年轻的 20 岁，最年长的 90 岁），143 人受伤。出生于匈牙利的乔治·雅各布维茨是纳粹死亡集中营的幸存者，他和同为大屠杀幸存者的妻子安娜也在现场。他们俩连同安娜与前夫所生的儿子安德烈·弗雷德及弗雷德的妻子伊迪特一起庆祝逾越节之夜。四个人都遇害了。

用辛贝特局长迪希特的话说，2002 年是“建国以来，我们遭到恐怖袭击最严重的一年”。④

参谋长莫法兹说：“这是一次民族创伤。它带给我们的是生命的流逝、国家安全被破坏和经济上的损失。观光旅游业不复存在，人们

---

① 2012 年 3 月 28 日对什洛莫·科恩的采访。

② Shuli Zuaretz and Sharon Rofeh, “Haifa: 14 of 15 Dead in Attack Are Identified,” *Ynet*, December 2, 2001, http://www.ynet.co.il/articles/0,7340,L-1373989,00.html.

③ State of Israel, “Special Committee for Examining the Targeted Killing of Salah Shehadeh,” February 2011, 21（作者的资料，从“艾丽斯”处获得）。

④ 2010 年 11 月 4 日对迪希特的采访。

害怕去商场，害怕坐在餐馆里，也不愿坐公交车。”①

以色列国防部武器和技术基础设施发展管理局负责人伊扎克·本-伊斯雷尔少将说，以色列情报界曾经遇到过人肉炸弹，“但我们没有意识到数量如此之多，即便已经知道这就是我们所面临的主要威胁，但无论是在战斗理论上还是在武器装备上，我们都没有解决办法。当一名人肉炸弹已经走到街上，准备找地方把自己炸上天，这时候你能拿他怎么办呢?”②

总体而言，恐怖主义，尤其是自杀式袭击，在辛贝特和以色列国防军内部造成了一种奇怪而令人沮丧的局面。“毫无疑问，我们有一种无能为力的感觉，”时任以色列国防军规划部门主管的吉奥拉·艾兰少将说，“很强的挫败感。我们承受了巨大的压力，无论是上层［国防军司令部和政治梯队］还是下层［参与实战的官兵］，都必须做点什么。而你的邻居、亲戚乃至街上遇见的人，都会把你拦下来，问你们这些指挥官干什么去了。500 亿谢克尔的预算，你们用这些钱做了些什么？你们整天都在干吗?”③

在缺乏更宏观的战略来应对自杀式恐怖袭击的情况下，辛贝特只好继续做它一直在做的事：暗杀煽动和组织恐怖袭击的人。

在第二次大起义的第一年，袭击是以分散的方式进行的，没有明确的方向。第一起袭击发生在大起义开始后不久，当时，辛贝特发现一个叫侯赛因·阿巴亚特的法塔赫特工策划了对约旦河西岸以及耶路撒冷的吉罗街区的多起枪击案。④

由于拉马拉的私刑事件，巴勒斯坦权力机构控制下的所有地区都

---

① 2011 年 6 月 14 日对莫法兹的采访。
② 2011 年 6 月 5 日对本-伊斯雷尔的采访。
③ 2011 年 6 月 5 日对艾兰的采访。
④ “他正在谋杀我们。”约旦河西岸北部地区的“阿曼”最高长官尤里·霍尔珀林说。2014 年 5 月 27 日对尤里·霍尔珀林的采访。

被划为敌对地区，这意味着在该区域内的行动都要格外小心，必须在以色列国防军部队的大力支持下进行。但是，带这样一支大部队进入敌对区逮捕或干掉阿巴亚特，将会让他有时间逃往藏身处。以色列人总结出，接近他的唯一方法就是利用乔装打扮的突击队和空中打击进行联合行动。

能用激光在敌后纵深指认目标的空军突击队“翠鸟”，被指派执行此次行动。之所以选择它，是因为当时只有这支部队演练过如何与空军密切合作。

2000 年 11 月 9 日，辛贝特的一名巴勒斯坦线人看见阿巴亚特坐进了他的黑色梅赛德斯，带着他的一些手下离开伯利恒附近的贝特萨赫村。和线人在一起的辛贝特特工通知联合作战室，然后作战室再与空军和陆军保持联系。“翠鸟”的观察员用激光标出了那辆车，向远远跟在后面的两个各有两架阿帕奇直升机组成的飞行编队示意。汽车停在一座房子前，一群人聚在这里。“我们等了几分钟，直到车辆再次发动，远离人群，”阿帕奇飞行中队的副指挥官说，“然后我们发射了两枚导弹。我发射了一枚，第二枚是领导另一个编队的中队指挥官发射的。两枚导弹都击中了目标。在那之前，我们只在黎巴嫩执行过这样的任务。（在以色列控制区内做这样的事）感觉很奇怪。”①

除掉阿巴亚特是被占领土上的第一次空中暗杀行动。它的不同寻常还在于，辛贝特一般更倾向于低调地杀人，即没有以色列军队公开参与的杀戮，因为这是 1994 年的和平协议所禁止的。但现在，无论以色列军队是否参与，下的命令都是在其领土上清除特定目标。

杰宁地区伊斯兰圣战组织指挥官伊亚德·哈拉丹也是要清除的目标之一。2001 年 4 月 5 日，哈拉丹在杰宁城区惯用的付费电话响了（现在很多恐怖分子意识到以色列人在窃听他们的手机通话，所以开始使用公共电话而非手机）。他拿起听筒，但不是他所期待的电话，

---

① Anat Waschler, “The Drone Pilots’ War,” *Air Force Journal*, December 1, 2000.

而是一声巨响，爆炸令他当场身亡。[1] 爆炸装置是“鸟之队”在事发前一晚安装的。该区域一直由两架无人机监视，当哈拉丹的声音被窃听人员认出时，联合作战室便发出了激活炸弹的信号。6 月 27 日，一次类似的行动在纳布卢斯杀死了法塔赫阿克萨烈士旅的成员奥萨马·贾瓦布拉。

辛贝特还试图清除巴勒斯坦的“人阵”秘书长阿布·阿里·穆斯塔法，想用低辨识度的方法，包括下毒、在他手机上安装诱杀装置、炸掉他的汽车，让爆炸看起来像是他自己在运输爆炸物过程中操作有误而自食其果。[2] 不过在这些计划失败之后，辛贝特放弃了遮遮掩掩地行事。8 月 27 日，一架阿帕奇直升机让火箭弹穿过窗户飞进了穆斯塔法在拉马拉的办公室。以色列声称袭击穆斯塔法“并非因为他是政治领导人，尽管他确实是”——按照以色列人的说法，他直接参与了恐怖主义活动。

以色列对穆斯塔法的暗杀并没有平息自杀式袭击。而且在巴勒斯坦人看来，以色列人已经越过了红线。“人阵”的一名领导人说：“我倒想提醒以色列人回头想想 20 世纪 70 年代初那段日子。我们必须以一种震慑以色列人的方式来做出回应，让他们不敢再进一步攻击巴勒斯坦领导人。”两个月后的 10 月 17 日，在一次报复行动中，“人阵”成员在耶路撒冷的凯悦酒店暗杀了沙龙的内阁部长、以色列国防军前将军、持极端民族主义观点的雷哈瓦姆·泽维。

泽维是一位受人尊敬的杰出以色列人，在军队里就和沙龙是好友。事实上，以色列实施的其他定点清除行动或侵略性军事行动，害死了 454 名巴勒斯坦人，致几千人受伤，还延长了导致更多以色列人死亡的血腥和不对称冲突，但除这些外，没能取得任何成果。

---

① 2012 年 6 月对“马坦”的采访。

② Ali Wakad, “The Funeral of Abu Ali Mustafa Is Held in Ramallah,” Ynet, August 28, 2001, http://www.ynet.co.il/articles/1,7340,L-1058108,00.html.

沙龙对国防机构的无能愈发失望。一天早上，沙龙的办公室主任兼得力助手多夫·魏斯格拉斯请辛贝特情报部门的负责人巴拉克·本-祖尔到一个不寻常的地方见面——特拉维夫一家银行的国际交易中心的门口。①

魏斯格拉斯已经安排了进入中心的运营指挥室的通行证。

他把本-祖尔带到这个大空间的中央，周围是闪烁的屏幕，屏幕上是出入以色列的资金流，是这个国家经济的氧气。

“你听到什么了吗，本-祖尔?”沉默许久之后，魏斯格拉斯问。

本-祖尔一头雾水。“没有，”他说，“我什么都没有听到。”

“问题就在这里。这里什么也听不到。没有变化。外国投资者不会来这儿，因为他们害怕会有不好的事发生，他们不会带钱来，因为明天会发生什么谁也不知道。如果你——辛贝特、以色列国防军、空军不做点什么，那么流血和悲伤之上只有哀悼和极度的悲伤，而这个国家将面对经济崩溃。”②

辛贝特领会了个中深意。如果单个的暗杀行动不起作用——事实上也确实没起作用——那么，辛贝特就需要一个更广泛的战略来削弱哈马斯和其他利用自杀式袭击的恐怖组织的能力。虽然情报官员通常喜欢逮捕自己的对手，但辛贝特的一位官员告诉安全内阁，当对领土缺乏控制时，没有逮捕这个选项。所以，“你别无选择——你既是检察官又是辩护律师，既是法官又是行刑者。”③ 没有人梦想着获得全面胜利，甚至没有人确定全面胜利是什么样子，相反，人们寻求一种合理的安全局势，以确保以色列公民过上相对和平的生活。

辛贝特局长阿维·迪希特在2001年末的一系列会议上，向沙龙

---

① 本-祖尔在2010年4月向我复述了这次会面，但要求不要提及该银行的名字。

② Ben-Yisrael, “Facing Suicide Terrorists: The Israeli Case Study.” in Golan and Shay, *A Ticking Bomb*, 19－21。其中有一份关于自杀性炸弹袭击者起义对以色列和巴勒斯坦当局的经济产生的毁灭性影响分析。

③ 2010年11月17日对哈森的采访。

和政府介绍了该机构的新战略。[1] 起初，各位部长很犹豫。不过，在海法一辆公共汽车发生恐怖袭击造成15名乘客死亡后的一次会议上，沙龙小声对迪希特说："去吧，把他们都杀了。"[2]

① 辛贝特还提出了另外两种手段，内阁在晚些时候才予以批准。一是限制入侵巴勒斯坦权力机构的领土，以方便实施抓捕（"防御盾牌行动"），二是在以色列和属巴勒斯坦区域之间建立独立壁垒（西岸壁垒）。2010年11月4日对迪希特的采访。

② 在对大卫·兰道的采访中，时任国防部长本杰明·本-埃利泽回忆起沙龙在对以色列国防军和辛贝特下命令时有过类似说法——"杀掉那群狗"。本-埃利泽说这已经是沙龙"最温和的要求"了。Landau, *Arik*, 291 (Hebrew)。

二十九
“人肉炸弹比炸弹背心还多”

直到2001年底，辛贝特都将目标局限在所谓的“滴答作响的定时炸弹”上，这些“炸弹”指的要么是攻击的策划者，要么是即将实施攻击的人，要么是直接参与此类行为的人，比方说自杀式袭击者的指挥者或招募者，或者炸弹制造者。

这种方法存在很多问题。首先，要从看似源源不断的志愿者中识别出目标。我们的“人肉炸弹比炸弹背心还多”，哈马斯一位发言人夸口道。这些巴勒斯坦志愿者不符合任何人物侧写：他们有老有少；有的上过学，有的目不识丁；有的人孑然一身，有的人有个大家庭。一开始哈马斯领导人只考虑成年男子，但后来，他们也鼓励女人和小孩自我牺牲。

此外，即便能成功地识别出袭击者，也并不必然意味着阻止了一次袭击。监控人员、主管、口译员、情报分析人员及技术员可能都会一直追踪到“爆炸几乎快要发生时”（这是该机构的专业术语）。但这个时候没法阻止他们了，因为以色列不能在敌对的巴勒斯坦控制区内公开行动。等人肉炸弹到达以色列的时候，一般来说已经太晚了。[①]

在此期间，有几位主管和监控人员好几次精神崩溃。一位主管侦察到2001年5月1日对内坦亚购物中心的袭击，并启动了整个系统试图阻止它。但这名人肉炸弹还是进入了以色列境内，此后一直无法精确定位此人，直到他引爆自己并炸死了5个平民。“这名主管坐在那里啜泣，她周围的电视在播放搬走尸体的画面，”辛贝特局长迪希特说道，“但此时，下一个警报出现了，她不得不擦干泪水，继续工作。”

由于找出个别人肉炸弹是达不到目的的，迪希特决定转移注意力。从2001年底开始，以色列会以袭击背后“处于运转状态的基础设施”为目标。[②] 毕竟，引爆自己、安放炸弹或者扣动扳机的人，通常只是一根长链条的最后一环。有招募员、通讯员、武器采购员，还有维护安全屋和偷运大笔钱款的人——这一整个组织受以地区为单位的指挥官的监管，指挥官之上是大的军事指挥官，他们又听命于各组织的政治领导人。

他们都将成为目标。[③] 哈马斯的军事派别卡桑旅和巴勒斯坦伊斯兰圣战组织的所有现役成员都可能被判死刑。“他们很快就将意识到，从地区行动官员到出租车司机，再到拍摄人肉炸弹告别会视频的摄影师，没有人能摆脱惩罚。”当时辛贝特的高级特工、后来成为该机构副局长的伊扎克·伊兰说。

以人肉炸弹为目标基本是徒劳的，因为根据对他们的定义，他们是消耗品，很容易被取代。但训练、组织并且调度他们的人则不然。而且一般说来，他们也远不如其招募对象那样渴望殉道。以色列情报部门推测，积极参与组织自杀式炸弹袭击的人不到300人，所有恐怖组织的活跃分子加起来不会超过500人。

他们也并不是每一个都必须干掉。“恐怖主义是一只有底的桶，”迪希特向议会外交和国防委员会解释说，“要使它无法正常运作，你并不需要抓到最后一名恐怖分子。只要在数量上达到临界点就足够了，事实上，这就会让它停止运作。”[④]

武器和技术基础设施发展管理局（DWTI）开发了一套数学模

---

① 2011年6月5日对本-伊斯雷尔的采访。

② 2010年11月4日对迪希特的采访。

③ 2014年11月5日对伊兰的采访。

④ 2010年11月4日对迪希特的采访。

型，以此来确定哈马斯在人力方面的“冗余”或储备数量。结果显示，除掉20%到25%的人就会使该组织崩溃。“汽车就是个简单的例子。”武器和技术基础设施发展管理局负责人本-伊斯雷尔说：

> 汽车上有些关键零件，你从一开始制造它的时候就留有一定程度的冗余。你有一个备胎，而不是100个备胎。在你开车的时候，砰——轮胎被扎破了，于是你换了一个。你继续开，砰——又被扎破了。你还能继续开吗？不大可能了。为什么他们不给你更多轮子呢？因为它会占空间，还会增加重量。冗余也是有一个最佳水平的。
>
> 假设我们想让一辆车停下来。我们就面向它站立，并向它开枪。你随机地开一枪。这辆车还会不会继续前进呢？这取决于击中了什么地方。可能击中挡泥板，也可能击中收音机。汽车不会停下来。你一次又一次地开枪。它会停下来吗？很显然，在某个阶段会停下来，即便它的大部分地方没被击中。为什么呢？因为你可能击中了一个关键部位。这就是我们的模式。①

当然，被干掉的人很快会被排在他后面的人取代，但长此以往，随着越来越年轻的人补充进队伍，他们的平均年龄下降了，经验水平也下降了。就像伊扎克·伊兰所说：“有朝一日，当我们碰巧活捉了杰宁地区的伊斯兰圣战组织指挥官，并带进审讯室，如果得知他年方19岁，我会很高兴。我意识到我们正在走向胜利，我们已经斩断了他之前的整个链条。”②

随着一个明晰的战略形成，他们现在必须弄清楚如何找到并杀死那些目标。辛贝特向沙龙总理提出，考虑到要实施数量如此庞大的暗

---

① 2011年6月5日对本-伊斯雷尔的采访。Ben-Yisrael, “Facing Suicide Terrorists,” 25－26。

② 2014年11月5日对伊兰的采访。

杀行动，他们可能需要以色列的所有相关资源。

被占领土上的巴勒斯坦人早就习惯了看到嗡嗡作响的无人机飞过上空。“它们总在上面盘旋。”时任副参谋长的摩西·亚阿隆说。[1] 无人驾驶的飞行器通过高清摄像头收集情报。“就像天上有太阳就会有月亮一样，”亚阿隆说，“无人机发出噪音说明它会传回图像。”

但无论是阿拉伯人还是以色列人，大多数平民都不清楚自以色列首次使用无人机以来，几十年间，无人机技术进步到了何种地步。[2] 它们现在更大，在空中停留的时间也更长（多达 48 小时），并且携带更先进的光学设备，有更大的有效载荷——最多能带 1 吨重的精确制导导弹。

2001 年 8 月，在模拟与叙利亚作战的一次演习中，以色列国防军意识到自己仅靠无人机就能有效应对在当时被视为最紧迫的军事挑战——叙利亚军所拥有的数千辆坦克。亚阿隆说，“我们的炸弹比中东的靶子还要多”。

正如美国在“沙漠风暴行动”和“巴尔干半岛行动”中所做的那样，以色列也可以远距离发动战争。[3] 但以色列的某些能力甚至比美国的还要先进。他们不仅拥有诸如制导导弹和火箭这样的精确武器，他们还有可以非常接近目标并且命中率极高的飞机，因为无人机可以在飞行途中根据移动目标的反馈进行调整。

以色列国防军与空军都倾向于在全面战争爆发之前对其能力保密。沙龙要求用无人机对付人类目标，而这会将其暴露在巴勒斯坦人

---

① 2016 年 12 月 21 日对亚阿隆的采访。

② 其中最重要的进步是能够携带导弹的无人机，一是赫尔墨斯 450 型，坊间也称为“Zik”（希伯来语意为“火花”），它由总部位于海法的埃尔比特系统有限公司制造，二是以色列航空工业公司的苍鹭和苍鹭 TP 无人机。

③ 2012 年 1 月 23 日对韦斯利·克拉克的采访。（感谢埃伊坦·斯蒂贝帮忙安排此次会面。）

面前，当军方对此表示反对时，总理一拳砸在了办公桌上。[1] 约夫·加兰特将军说："他决定把这一武器系统用来对付眼下的敌人，而不是束之高阁，等待一场还没开始的最适合它的战争。"

空军成立了一个特别小组，在弹药和瞄准技术方面对无人机进行改装。[2] 在战场上识别一辆叙利亚坦克不同于追踪一个骑着毛驴想躲避以色列刺客的人，摧毁一辆装甲车所需要的导弹也不同于在不摧毁一个街区的情况下杀死一两个人所用的导弹。空军选定了一种弹头，它可以喷射出几百个 3 毫米大的钨块，这些钨块可以撕开薄金属和水泥砖，但由于密度原因，它们的效用将被控制在直径 60 英尺的范围内。

有了来自军方的合适武器，辛贝特现在还需要军方的情报。沙龙命令规模是辛贝特好几倍的"阿曼"，以及与辛贝特的关系往好了说也只能算勉勉强强的摩萨德，在辛贝特需要的情况下听从其差遣。[3]

"阿曼"的情报部门 8200 部队经历了极大的改变。[4] 此前，它主要对付以色列的外敌，以叙利亚为主。现在，它许多强大的触手——监控设施、密码破译、电脑黑客部门——都专注于打击自杀式恐怖活动的战争。"特班"（Turban）是 8200 部队的监听基地之一，在和平进程开始时几乎要被关闭，但后来经过改造被整体置于辛贝特之下。"特班"是 8200 部队最大的基地，实际上是定点清除的生产线。

"阿曼"和空军派出了它们的侦察机编队——最后还加上了被以色列送入轨道的间谍卫星——为辛贝特工作。[5] 该编队的组建最初是为了向作战部队提供实时的战场信息，现在它的职责是在作战过程中

---

① 2014 年 9 月 4 日对加兰特的采访。

② Precisely Wrong: Gaza Civilians Killed by Israeli Drone-Launched Missiles, *Human Rights Watch*, June 2009.

③ 2014 年 9 月 4 日对加兰特的采访，2010 年 11 月 4 日对迪希特的采访，以及 2016 年 11 月 7 日对法卡什的采访。

④ 2014 年 4 月对"菲德尔"的采访。

⑤ 伊扎克·伊兰在赫兹利亚跨学科研究中心的演讲，2013 年 5 月。

观察目标。伊扎克·伊兰说："很多以色列公民得以活命都要归功于视觉情报工作（VISINT）提供的信息，照此类推，很多恐怖分子的死亡也要归功于此。"

摩西·亚阿隆说，这一切的结果就是"情报融合"，它"远远超出了单纯的材料整合"。[①] 让所有部门的所有人员都坐在联合作战室的桌旁，能催化出更多的情报。"突然之间，"迪希特说，"8200部队的代表，一个不用意第绪语干活的人——换句话说，其工作是监听敌人的电话，需要掌握的是阿拉伯语——听到一个辛贝特专案官用阿拉伯语和一位巴勒斯坦线人交谈，就插嘴问了个自己的问题。然后，现场的望风人员报告说坏人已经走进阿布·哈桑的杂货店，那么问题来了，这个阿布·哈桑是谁，他在电脑上是否应当被标记成坏人，等等。这就是为什么联合作战室在行动过程中就这样开始成为大量情报的来源。"[②]

实时监控变得尤为重要，因为目标们已经得到教训，采取了预防措施逃避杀手。他们打一枪换个地方，车也常换，有时还乔装打扮。"目标保质期"是一种技术术语，指的是有可能识别某一目标并将其锁定的时间。这段时间正变得非常短——从来不会超过几小时，通常只有几分钟。只有非常快速的信息传递，才能成功刺杀如此迅速移动的目标。

在联合作战室外，反恐定点清除系统还包含数以千计的参与者：专案官、系统分析师，执行地面观察任务的伪装步兵、观察无人机操作员、暗杀无人机操作员、口译员、爆炸物专家以及狙击手。

然而，这个异常庞大复杂的体系有着一套明确和严格的等级制度，辛贝特在最高层面负责运作。辛贝特的一份内部文件写道："国家安全局（辛贝特的官方名称）负责维护国家安全，以及安全局章程所规定的其他职责……达成此目标的途径之一是通过先发制人的方

① 2016年12月21日对亚阿隆的采访。
② 2010年11月4日对迪希特的采访。

式，阻断和预防恐怖袭击。”①

一般而言，一次定点清除行动始于外勤人员收集情报并精确定位目标。通常，目标会是恐怖组织中的重要人物，按照迪希特的说法，是个“值得在定点清除的名单上留个位子的人”，或者是值得投入资源将其杀掉的人。人们会编制一份有关该目标的情报档案，并交给副局长，由副局长判断此人是否的确是一个合格的该清除的人选。如果副局长和其后的局长都同意，那么就会拿红色文件去给总理签字。

在总理签字后，负责处理该地理区域和恐怖组织的情报部门就会奉命特别留意能为攻击提供便利的信息。信息不同于情报，比如，情报的内容是目标正在计划什么，或者他的同谋都有谁。信息只限于那些可能有助于判断攻击是否具有“可操作性”的情报，而且信息收集工作是 24 小时不停的。

一旦有机会执行死刑，就会再次联系总理，请其授权在某个时间节点动手。当第二次批准完成后，以色列国防军总参谋部的作战指挥部就会决定“执行机构和执行手段，挑选弹药类型”。在参谋长同意计划后，联合作战室需要至少从两个独立信息来源对目标进行正面识别——这就是框定阶段。②

接力棒随后被转交到执行机构，通常是空军。

从流程图上看，许多新的定点清除系统根本就不是什么新鲜事：情报梯队收集信息，总理授权，战地部队实施打击，就像他们在 20 世纪 70 年代和 80 年代在欧洲及黎巴嫩所做的一样。但这里也确有重要的区别。正如一位经验丰富的情报官员套用马歇尔·麦克卢汉的话所说的，“可扩展性就是关键”，③ 这意味着先进技术的应用本身创造了一个全新的现实。从整个情报界征募人手，再加上世界上最好的通

① Shin Bet, Preventive Strike Procedure, paragraph 1, January 3, 2008（作者的资料，从“艾丽斯”处获得）。

② State of Israel, Special Committee for Examining the Targeted Killing of Salah Shehadeh, 26.

③ 2013 年 3 月对“莱拉”的采访，以及 2011 年 10 月对“亚马逊州”的采访。

信和计算机系统以及最先进的军事技术产品的协助，极大地提高了该系统可以同时进行的暗杀行动数量。而在此之前，“摩萨德计划并实施一次袭击就算不用几年，也至少得花上数月时间”，一位辛贝特官员说。但现在，“利用联合作战室，我们可以一天就来四五次”。[①]

2000 年，联合作战室完成的行动造成了 24 人死亡，2001 年是 84 人，2002 年是 101 人，2003 年是 135 人。[②] 和摩萨德在海外零星的暗杀行动不同，以色列不可能或者至少不能自圆其说地否认自己是摩萨德这些暗杀行动的幕后操控者。

“阿曼”研究部门负责人约西·库柏瓦瑟尔准将说：“我们不能说这些行动是芬兰政府干的。”[③] 此外，物证也是有的：巴勒斯坦人回收了不少由于技术故障而没有爆炸的导弹，并在上面发现了希伯来语单词 mikholit（意为“小刷子”）字样，这是有杀伤性的反坦克导弹 Mikhol（意为“刷子”）的变体。

以色列内外对于定点清除的批评，也使得有必要为每一次杀戮进行辩护，他们披露死者罪行的细节，以证明以色列有充分理由做出反应。渐渐地，承认对暗杀行动负责最终成为官方政策，而之前一度被认为承认的话将会有极大的破坏性。

“继续试图拒绝承担责任是很荒唐的，”多夫·魏斯格拉斯解释说，“袭击发生几分钟后，巴勒斯坦人就能从车里取出导弹碎片，上面印着以色列公司的名字。不仅如此，我们也希望达到震慑效果。每当加沙上空传来嗡嗡声，你都可以看到成千上万人往四面八方逃跑。他们不会有片刻安宁。加沙居民现在处于这样一种状态，任何包含电磁波的东西，从手机到吐司机，在他们看来都可能会引来以色列的导

---

① 2017 年 6 月对“亚马逊州”的采访。

② 数据来自非政府人权组织 B'Tselem，http://www.btselem.org/hebrew/statistics/fatalities/before-cast-lead/by-date-of-event.

③ 2014 年 12 月 24 日对库柏瓦瑟尔的采访。

弹。这是绝对的恐慌。”①

以色列国防军开始在每次袭击后都发表声明。② 与此同时，在大起义爆发之前一直极不情愿与媒体打交道的辛贝特，也向媒体分发了——有关死者所作所为的概括材料——红色文件的摘要。以色列如今正在彻底重新安排自己的舆论政策——开战，其实，是一场宣传战。

解释，甚至强调长期以来被视为国家机密的材料，会需要新的语言和委婉说法。比方说，“大起义”的弦外之意是民众起义，这个词被置换成了“人肉炸弹的战争”。在一次暗杀行动中被殃及的无辜平民的死亡被称为“意外损害”（*nezek agavi*），经过一段时间之后，又变成了缩写词 NAZA。

总理办公室的一位高级官员说：“‘暗杀’、‘清除’、‘杀死’以及——千万别这么想——‘谋杀’，这些说法都很刺耳，对我们来说不适用，所以我们找了一圈，想找些一步到位的没有感情色彩的干巴巴的词，来表示我们正试图通过我们所做的事来阻止的邪恶。”起初，他们用的是“PAAMON”，意思是“铃”，也是“预防性行动”（Prevention action）的首字母缩写，但它不够抓人。此后，又有好多建议，还是没被采纳，包括情报界长期使用的代称，比如“消极处理”。最后，他们选择的词是希伯来语 *sikul memukad*，意思是“有针对性的预防行动”。③ 这个短语在希伯来语中含有高科技的意思，发

---

① 2012 年 6 月 11 日对魏斯格拉斯的采访。

② 2016 年 8 月对“小精灵”的采访。

③ 在第一次暗杀大潮过去后（在 911 之前），沙龙开始收到来自美国的抱怨。他决定派迪希特前往华盛顿见见美国情报部门的负责人，并向他们解释暗杀政策何以挽救生命。迪希特让他的助手把 PPT 译成英文。和多数以色列人一样，助手们确信自己在高中的英语及格成绩足以胜任。他们反复使用短语“重点预防”（focused preventions），后来迪希特意识到这种说法“听起来更像某种避孕套，而不是杀死恐怖分子”。迪希特在五角大楼与他的同行见面，满腔热情地开始向他们讲述“重点预防”，小心翼翼地避开更明晰的表述。但他锐利的目光不久之后便发现“他们对自己讲的东西完全一头雾水”。按照迪希特的说法，最后中情局局长乔治·坦内特举手说：“啊，我现在明白你的意思了，迪希特，你的意思是定点清除。”“然后我才意识到，”他说，“修饰美化的语言已经足够，现在可以说‘杀人’，就是这样。”2010 年 11 月 4 日对迪希特的采访。

音也好听，传达了国防机构想向外界发出的所有信息。

虽然这些委婉的说法可能有助于公共关系，但以色列关于法外处决的新的公开战略是否合法——是“暗杀”还是“有针对性的预防行动”——目前尚不清楚。

毫无意外，一些被暗杀的巴勒斯坦人以及“意外损害”的受害者的家人，并不相信以色列的说法。他们寻求人权组织和经验丰富的以色列自由左派律师的帮助，向以色列最高法院请愿，要法院下令调查和起诉肇事者，或者至少禁止使用暗杀，并下令只有常规的执法立法才能适用于以巴冲突。

对该政策表示反对的也不仅限于它的目标。比方说“阿曼”负责人亚哈伦·泽维-法卡什少将，他原则上并不反对暗杀，但认为这是一种危险的短视行为。他说：“每个决定、每项考虑、对每个问题的每次提及，内阁只通过定点清除政策来查，突然间，获得巨大权力的辛贝特成了第一个被咨询所有问题的。我认为这一情况是有问题的。”①

更令人惊讶的是，辛贝特前负责人阿米·阿亚隆同意上述观点，而正是阿亚隆对情报和行动体系的全面检查革新才使新的暗杀计划得以启动。他辩称，辛贝特在杀人时并没有首先考虑相关政治和国际事件，他们也不理解暗杀什么时候能平息冲突，什么时候会火上浇油。

比方说，2001 年 7 月 31 日，以色列国防军的无人机向贾马尔·曼苏尔的办公室发射了几枚导弹。此人是哈马斯政治分支的成员，是纳布卢斯的纳贾赫大学的学生领袖以及巴勒斯坦某研究机构的负责人。

他被杀死了，同时被杀的还有他的一位助手以及 6 个巴勒斯坦平民，其中包括 2 名儿童。以色列国防军发言人的声明说，虽然他是一

① 2011 年 3 月 14 日对法卡什的采访。

个政治和媒体人物，但他和恐怖主义及有组织的自杀式袭击有牵连。阿米·阿亚隆给辛贝特的指挥部打电话，质问那里的一名高级官员他们是不是疯了。“为什么？这个人两星期前才站出来声明自己支持暂停恐怖袭击，应该给和平进程一个机会！”

这名官员回答说他们不知道有这份声明。“你们的‘不知道’是什么意思？”阿亚隆气炸了，“所有巴勒斯坦报纸都报道了！全世界都知道！”①

另一起阿亚隆不认可的暗杀，针对的是拉伊德·卡尔米——法塔赫武装民兵组织“坦兹姆”（Tanzim）的领导人之一。“坦兹姆”已经开始实施恐怖袭击，暗杀卡尔米的红色文件上的罪状越来越长，因为他谋杀了被占领土上的以色列商人、定居者以及士兵。卡尔米在几次暗杀中都侥幸逃脱，他在开展活动时采取了特别的预防措施。

辛贝特最终还是找到了一个弱点。② 卡尔米习惯于定期在下午去与情妇幽会，她是卡尔米一位下属的妻子，他每次都是走纳布卢斯公墓围墙外的同一条步道，而且紧贴着墙走，因为害怕以色列的无人机会在头顶盘旋。一天夜里，“鸟之队”特工敲下外墙的一块砖头，换上了一块填满烈性炸药的新砖。第二天，当卡尔米去和情人幽会的时候，炸弹被遥控引爆，他当场身亡。

阿亚隆并不怀疑卡尔米与恐怖主义有关，但他说，行动选错了时机，因为此时美国正在密集地建议停火，阿拉法特已宣布支持停火；而这也使这次行动事实上变成了非法行动。“战争规则之所以存在，是为了使结束战争成为可能，以确保战争不会不断升级。当好战行为明显只会使冲突的结束变得遥遥无期时，这种行为就应当被禁止。”阿亚隆指出，卡尔米被杀后，法塔赫更加深入地参与恐怖主义，甚至开始实施自杀式袭击。

---

① 2016 年 3 月 14 日对阿亚隆的采访。

② 2016 年 1 月 26 日对伊兰的采访。Harel and Issacharoff, Seventh War, 181 - 88 (Hebrew)。

辛贝特局长迪希特告诉阿亚隆，说阿亚隆对情报并不熟悉，卡尔米正在策划袭击，他或者阿拉法特都没有停止恐怖行动的诚意。鉴于辛贝特里面没人能理解自己的意思，于是阿亚隆打电话给沙龙政府的国防部长本杰明·“福阿德”·本-埃利泽，大声斥责道：“［美国国务卿科林·］鲍威尔即将到访，阿拉法特也在寻找重启和平进程的机会。他已经向他的所有部队发出命令，禁止恐怖袭击。”阿亚隆援引最新情报称，阿拉法特的命令在法塔赫内部引起了争论，卡尔米本人也参与了。“所以，如果辛贝特想杀掉他会怎样呢？为什么要在这个时间节点上杀掉阿拉法特的手下呢？难道仅仅因为这个时候有个行动机会？”

按照阿亚隆的描述，本-埃利泽对他说：“你想要我怎样？这要怪那个疯狂的迪希特。”① 阿亚隆回答说：“你是国防部长，迪希特不是。是你下的命令，不是他。”

“我称之为平庸之恶。”阿亚隆后来说，这种说法来自汉娜·阿伦特，它说的是当普通人陷入鼓励他们从众的堕落环境时会发生些什么。② “你习惯了杀戮。人的性命变成了某种平淡无奇的东西，可以轻易地剥夺。你用了一刻钟、20 分钟来思考杀掉谁。用了两三天时间来思考怎样杀。你处理的是战术，而不是它可能的影响。”

虽然以色列人或许不会充分考虑新程序的道德影响，但他们意识到有必要对以后可能面临起诉的官员和下属提供法律保障，不论起诉

① 迪希特和他的手下断然否认阿亚隆的指控，他们声称阿拉法特，当然还有卡尔米，都没有停止战争的意愿。负责暗杀卡尔米的行动的伊扎克·伊兰说：“‘坦兹姆’只是在卡尔米被清除之后才开始实施自杀式恐怖袭击，这种说法是彻头彻尾的谎言。此前他已经派出两名人肉炸弹，只不过没有成功。我们确定了其中一个人肉炸弹，而另一人在路上点烟时引爆了身上的炸弹，他的身体在荒无人烟的地方被炸成了碎片。当我们杀死卡尔米的时候，他正在筹备第三次恐怖袭击。”2010 年 11 月 4 日对迪希特的采访，以及 2016 年 1 月 26 日对伊兰的采访。

② 2016 年 3 月 14 日对阿亚隆的采访。

来自以色列国内还是国外。2000 年 12 月初，以色列国防军参谋长沙乌勒·莫法兹把军事法律顾问团负责人梅纳赫姆·芬克尔斯坦少将叫到了他的办公室。

“我想你知道，有时候以色列会有‘消极处理’的政策，”莫法兹对芬克尔斯坦说，“在当前法律环境下，以色列可以公开杀死某个明显和恐怖主义有关的人吗？这到底合不合法？”

芬克尔斯坦愣住了。“您知道您在问我什么吗？参谋长阁下？”他回答，“以色列国防军的法律顾问会告诉您什么时候可以不经审判就杀人？”

莫法兹当然明白。他又问：暗杀巴勒斯坦恐怖分子嫌疑人合法吗？

芬克尔斯坦告诉他，这是个微妙而复杂的问题，回答它需要对全世界的法律进行比较研究，甚至可能需要发明全新的法律概念。最后他引用西塞罗的话说：“战争一开始，法律就沉默。”①

尽管如此，他还是下令以色列国防军的一组聪明的年轻律师找出一个解决方案。2001 年 1 月 18 日，芬克尔斯坦签署的一份绝密法律意见书被呈送给总理、司法部长、参谋长及其副手，以及辛贝特的主管。② 意见书题为“对直接参与攻击以色列的个人予以打击”，开篇有这样一句话：“在此主张的框架内，我们第一次着手分析以色列发起的拦截（这是另一种委婉说法）行动的合法性问题……。以色列国防军和辛贝特告诉我们，采取这些行动是为了拯救以色列平民和安全部队成员的生命。因此，原则上说，这是基于自卫规则的道德基础的活动，是‘先发制人’。”

---

① 2012 年 7 月 18 日对梅纳赫姆·芬克尔斯坦的采访。下文的年轻官员包括纽约律师罗伊·施泰因多夫，他是最年轻的副司法部长之一，负责防止以色列官员因为牵扯暗杀和定点清除而被国际法庭起诉。

② IDF Advocate General, Striking Against Persons Directly Involved in Attacking Israelis in the Framework of Events in the Warfare in Judea and Samaria and the Gaza District, January 18, 2001（作者的资料，从“艾丽斯”处获得）。

这是安全部队第一次拿出一份法律文书来为其法外处决行动背书。[1] 这份意见书指出，其作者已尽全力来寻求“个体的生命权与安全部门保护国家公民的义务之间的平衡”。

对芬克尔斯坦而言，这是个艰难时刻。作为精通《圣经》的宗教人士，他痛苦地想到了上帝不许大卫为自己建造圣殿，因为大卫为以色列人杀了太多敌人。芬克尔斯坦担忧自己是否也会在某天受到惩罚。“我双手颤抖着提交了这份意见书，”他说，“很明显这并非理论问题，他们会对它加以利用的。”[2]

这份意见书从根本上重新校准了以色列和巴勒斯坦人之间的法律关系。这场冲突不再是执法问题，也不再是警察逮捕嫌犯以便让他们接受审判的问题。相反，大起义是一场“没有战争的武装冲突”，但战争法适用于它。只要在战斗人员和平民之间做出区分，那么那些法律就允许在敌人可能在的任何地方对其进行打击。

在典型战争中，这样的区分相对容易：敌方武装力量的成员，只要还在服役，就是合法的目标。然而在巴以对抗中，做出区分就困难多了。谁是敌人？如何识别？就算识别出来了，那么他何时不再是敌人？

该意见书举出了武装冲突中的一种新的参与者：“非法战斗人员”，他们参与武装行动，但并不是完全意义上的士兵。这种新提法涵盖了所有在恐怖组织中做事的人，即便其做的事微不足道。只要他是该组织的一名成员，那么他就可以被视为战斗人员，哪怕他在自己的床上睡觉亦是如此，这和脱下制服休假的士兵不同。

这种对“战斗人员”的扩大解释，在以色列国防军军事法律顾问团的国际法部（ILD）引发了马拉松式的讨论，产生了一个被称为

---

① IDF Advocate General, Striking Against Persons Directly Involved in Attacking Israelis in the Framework of Events in the Warfare in Judea and Samaria and the Gaza District, January 18, 2001, page 1, paragraph 1。

② 2012 年 7 月 18 日对芬克尔斯坦的采访。

“叙利亚厨师之问”的难题：如果以色列与叙利亚正在常规战争之中，任何叙利亚战斗人员都可以被合法地杀死，即便是后方梯队中的一名部队厨师。因此，照此标准，如果广义地定义巴以冲突中的“非法战斗人员”，就可以假定任何为哈马斯提供帮助的人都可以被视为目标。这可能包括一名在人肉炸弹执行任务前为他洗衣服的妇女，以及蓄意将活动分子从一个地点送往另一个地点的出租车司机。

按照这个观点来解释，简直太极端了。该意见规定，只有在“有准确可靠的信息表明这个人实施袭击或者派遣袭击者去袭击”的情况下，才可以把他当作打击目标。不仅如此，不能把暗杀作为对过去行为的惩罚，也不能作为对其他战斗人员的威慑。只有在“几乎可以肯定目标将在未来继续采取类似行动”时，才可以使用暗杀手段。

该意见还强调，只要条件允许，最好是逮捕而不是杀死某人，尤其是在以色列国防军控制的地区。和常规战中的职业士兵不同，非法战斗人员不享受刑事豁免权或战俘条款，所以他们仍然可以被逮捕，按常规刑事诉讼程序审判。

当必须杀人时，“相称原则”（proportionality）仍然必须适用。[①]该意见规定，任何杀戮都必须尽可能地克制，以便“行动造成的附带的生命和财产损失”不会“过度地超过行动预期的军事利益”。

最后，只有总理或国防部长才能在红色文件上签字。

这份文件受到了以色列官员的欢迎，他们松了一口气。“这是一个印鉴，表明我们正在根据国际法的标准来行事。”辛贝特副局长迪斯金说。[②] 2003年，政府向最高法院提交了这份意见书的非机密版，

---

① IDF Advocate General, “Striking Against Persons,” 8.

② 大法官亚伦·巴拉克撰写了法院对暗杀的详细判决书。在这篇法理学名作中，最高法院规定暗杀在原则上是合法的，只要暗杀符合特定条件，类似于法律顾问意见中要求的那些条件。在这篇判决书中的许多原则被美国情报界的法律顾问所采用，至今还是允许定点清除的观点的基石。2011年10月18日对迪斯金的采访。Supreme Court 769/02, Public Committee Against Torture v. State of Israel and Others, December 14, 2006. Comprehensive analysis of judgment in Scharia, *Judicial Review of National Security*, 58－66。2011年10月23日对迪斯金的采访。

并在2006年获得法院的确认。

不过，尽管芬克尔斯坦可能说服以色列遵守国际法，但国际舆论完全是另一回事。

沙龙总理的办公桌里一直放着本小册子，他偶尔会拿出来给来访的外交人员看。[①] 这本小册子是他从以色列警方那里拿到的，里面有许多彩色照片，上面是自杀式恐怖分子在一辆公交车内引爆自己后没过几分钟的场景。身首异处的尸体和残肢散落在每个角落。大火烧焦了受害者身上的衣物，在他们的皮肤上留下了绿色和蓝色的斑点。“每当那些令人讨厌的外交官又来跟我们谈论清除这个或那个恐怖分子的行动时，”沙龙的幕僚长和心腹多夫·魏斯格拉斯说，“阿里克就会让他们看看这本小册子。他会一页页地翻，一张接一张，看着他们被图片中的暴行惊得瞪大眼睛。即便他们扭过头去或者缩起了脖子，沙龙也不会放过他们，他会在翻完后平静地问：‘现在告诉我：你会乐意让这样的事发生在自己的国家吗？’”

为了给沙龙提供更多资料，让他展示给外交官，魏斯格拉斯的手下工作人员从巴勒斯坦一家新闻机构买来许多照片，上面是被怀疑同以色列人合作而遭到处决的阿拉伯人。其中有些人的确是辛贝特特工，另一些则单纯是恶意报复的牺牲品。照片中记录的一部分处决是由当地帮派头目穆罕默德·塔布阿执行的，他因残忍而得了个外号叫“希特勒”。魏斯格拉斯说：“他经常像杀野狗一样射杀那些阿拉伯人，而且还有一帮暴徒跟在他身边，巴勒斯坦人看上去就像一个乱哄

---

① 2012年6月11日对魏斯格拉斯的采访。2002年5月26日，加拿大外交部长比尔·格雷汉姆在沙龙的办公桌前与他会面，恳求他停止暗杀。“这是非法行动。”部长坚称。在他热烈演讲期间，军事秘书加兰特递来一张便签。沙龙先读了一遍，然后大声地用英语复述了便签上的内容，以便加拿大人能听懂。根据辛贝特的报告，一名哈马斯成员刚刚离开杰宁前往以色列，他背着9公斤重的含有螺丝和钉子的爆炸装置。辛贝特和空军正在请求批准杀死他。“部长先生，”沙龙面带微笑地问，“请你来告诉我，你在我的位置上会怎么做？授权吗？但你说过这违法。不授权吗？那么遇难者的鲜血会归咎于你，会成为你的噩梦吗？”

哄的疯狂犯罪团伙。”

当然，沙龙没有把以色列攻击后的成果拿给他们看。而且，无论如何，他的视觉辅助工具最终不会有什么用：世界上的其他地方仍在批评定点清除计划，批评沙龙在被占领土上大肆扩建犹太人定居点。数十个国家的外交官指出，这两个政策和以色列街头的流血事件存在联系。甚至美国也觉得定点清除政策即便谈不上彻头彻尾的战争罪，至少也是非法的，定居点也是毫无必要的挑衅。

沙龙毫不迟疑地否认了这些说法。他宣称：“我的问题在于我出生得早，比你们都早，对吗？我还记得在占领这些地区前被阿拉伯人杀害的数以千计的犹太人。这两件事之间没有任何联系。”

说是这样说，不过他也意识到，如果还寄希望于安抚世界其他国家，那就必须和美国达成某些共识。沙龙说，“如果说我从那个时期得到了什么教训的话”，他指的是他 20 世纪 80 年代担任国防部长期间，“那就是永远不要和美国对着干”。①

幸运的是，沙龙已经和几乎与他同时就任的乔治·布什总统建立了联系。布什在 1998 年 11 月当选为得克萨斯州州长后不久访问了以色列，这次访问是由得克萨斯州犹太共和党商人组织的，作为布什走向白宫的垫脚石。那个时候，沙龙还是政治上的边缘人，但他和布什州长搭乘一架直升机巡游了以色列。沙龙对州长讲述了这个国家面临的安全威胁，还用自己在军队立功的故事来活跃气氛。这次行程的组织者之一弗雷德·齐德曼说，到最后，布什相信“沙龙是个值得信任的人”。州长深受这次访问的影响，反复强调：“作为一个得州人，很难相信以色列有多小……很难相信在历史进程中，在人口中心和敌人防线之间的区域人口有多少。”②

两年半后，沙龙在取得压倒性的胜利后不久访问了华盛顿。安排

① 2002 年 5 月对阿里埃勒·沙龙的采访。

② Michael Abramowitz, “Bush Recalls 1998 Trip to Israel,” *Washington Post*, January 10, 2008.

此次出访的助手们告诉其美国同行，沙龙有多不信任美国，过去20年里美国对沙龙的个人态度对他伤害有多深。布什总统听了汇报后，下令尽可能地让沙龙感觉自己受欢迎：所有高级政府官员出席会面，在布莱尔大厦享受总统待遇，仪仗队和21响礼炮。“沙龙感到飘飘然，”他的外事顾问沙洛姆·图格曼回忆道，“即便像他这样多疑且愤世嫉俗之人，也不由自主地受到这种礼遇的影响，他意识到他们是真的想和他一起把事情做成。”①

最终，魏斯格拉斯向沙龙提出了一个想法。“阿里克，”他说，“你作为反恐战士而从美国政府那里获得的热情、支持和友谊，都会在你大肆扩建定居点后消失。你越是顺从美国人的要求停止扩建定居点，美国人在你清除那些坏蛋时就越宽容。”

在沙龙的许可下，魏斯格拉斯与美国国家安全顾问康多莉扎·赖斯及其副手斯蒂芬·哈德利达成了一项秘密协议：以色列将大幅减少新定居点的建设，以换取美国对以色列与巴勒斯坦的战争及定点清除政策的支持。

“在此之后，一种完全不均衡的情况出现了，”魏斯格拉斯说，“一方面，我们对巴勒斯坦人采取的最严厉的措施从没受到非难——他们缄默不语，或者会在无辜者受到殃及时例行公事地表示遗憾。另一方面，一旦有关计划建立的定居点上了任何出版物，甚至一些边缘的右翼博客，我都会在凌晨3点接到赖斯的电话，把我痛斥一顿。”②

布什总统从他在以色列及其他地区的代表那里证实沙龙信守了承

---

① 2011年6月28日对图格曼的采访。

② 为了加强两国之间的合作，总统副助理艾略特·艾布拉姆斯下令在白宫和沙龙办公室之间安装直线加密电话。“我们的目的是，”时任以色列驻华盛顿大使的丹尼·阿亚隆说，“确保当总统早晨醒来时所获得的情报，与以色列人看到的每日总统简报一致。”2012年6月11日对魏斯格拉斯的采访，以及2012年10月9日对阿亚隆的采访。

诺，那一刻，两个国家在行动和情报方面的合作便大大加深了。① 虽然欧洲国家仍然有很多批评，美国继续行使其在联合国安理会的否决权，阻止谴责以色列暗杀行动的企图。最后，阿拉伯国家干脆放弃了，不再就这个问题提交请愿书。

9 月 11 日，圣战分子驾驶两架客机撞向了世贸中心，第三架撞向了五角大楼。在劫机者被乘客制服后，第四架飞机坠毁在宾夕法尼亚的一块田里。

“对我们的抱怨一下子就停止了，”以色列国家安全委员会委员长吉奥拉·艾兰上将说，“它就这么干净利落地从［国际事务］议程上被抹掉了。”②

几十年来，以色列试图向世界上其他国家解释其激进措施的做法，突然间显得毫无必要。一时间，似乎所有人都理解了。沙龙立即命令情报组织向美国提供“蓝色大魔头”（Blue Troll）的所有档案以及其他相关情报，“蓝色大魔头”是基地组织苏丹分支的代号。③ 稍

---

① 2001 年 7 月 5 日，沙龙在访问巴黎的过程中试图让希拉克改变对定点清除的看法。他让辛贝特副局长迪斯金描述了发生在 3 天前的一次行动。当时以色列空军直升机发射 4 枚导弹杀死了 3 名哈马斯特工，包括参与大量恐怖袭击的穆罕默德·比沙拉特。他回顾了比沙拉特参与自杀式恐怖袭击的历史，详细阐述了他们要求巴勒斯坦当局逮捕他却没有得到回应的事。希拉克沉默了片刻。然后他清了清嗓子说：“我不得不说，在 4 000 公里外情况是截然不同的。”从那天起，法国在这一问题上对以色列的批评趋于缓和，虽然没有完全停止批评。之后不久，沙龙让迪斯金陪同他访问克里姆林宫，用同一番话游说普京。迪斯金刚讲了三句话，普京便打断了他：“我真的不关心这个。从我的观点看，你可以把他们全杀了。”之后，他转头对沙龙讲：“走吧，我们去吃点喝点。”萨科齐接替希拉克成为法国总统后，对以色列的态度比他的前任要积极得多，而且能对使用定点清除予以容忍。2017 年 6 月 1 日对迪斯金的采访，以及 2012 年 11 月 7 日对萨科齐的采访。

② 2011 年 6 月 5 日对艾兰的采访。美国人对定点清除的态度从一个极端走到另一个极端。当我询问美国国土安全局前局长迈克尔·切尔托夫怎样看待定点清除时，他回答说：“我认为这么干要比不这么干好得多。”2017 年 5 月 27 日对迈克尔·切尔托夫的采访。

③ 以色列对哈马斯、巴勒斯坦伊斯兰圣战组织以及真主党的监控，使他们从许多其他地方中注意到苏丹。在 20 世纪 90 年代，苏丹由在英国受教育且风度翩翩的伊斯兰极端神职人员哈桑·图拉比博士执掌。喀土穆也变成乐于招待诸多（转下页）

后，他命令辛贝特和以色列国防军同国外来的客人们讲授经验，这些客人都是来向拥有世界上最好的反恐计划的国家学习的。

“来者络绎不绝。”负责款待贵宾的迪斯金说。考虑到自己和布什之间的关系，沙龙指示“全都给他们［美国人］看，给他们机会，允许他们去任何地方，包括联合作战室，即便是拦截行动期间也不例外”。美国人最感兴趣的是了解所有情报部门的联合暗杀体系是如何运作的，以及以色列是如何发展出同时执行多项行动的能力的。几周之前还在受到国际社会谴责的一项制度，现在成了争相复制的典范。

“911 袭击让我们的战争有了绝对的国际合法性，”迪斯金说，“我们能彻底放开手脚了。”①

(接上页)恐怖组织的好东道主，以及那些为恐怖组织提供协助的国家（如伊朗）的朋友。1993 年 10 月，伊迈德·穆格尼耶前往喀土穆会见在那里建避难所的两位杰出领导人。一位是艾曼·扎瓦希里，埃及伊斯兰圣战的领袖，他与 1981 年对埃及总统安瓦尔·萨达特的暗杀有关。另一位是本·拉登，他把对建筑的关注投入到伊斯兰圣战中。1995 年 7 月 7 日，一队恐怖分子试图在埃塞俄比亚首都亚的斯亚贝巴和该市机场之间的道路上袭击以色列的盟友埃及总统穆巴拉克的车队。穆巴拉克奇迹般地逃脱了。由于恐怖分子小队在苏丹的活动，以色列才得以发现该小队由艾曼·扎瓦希里和本·拉登派出。以色列情报部门第一个意识到现在所谓的“全球圣战”的威胁，而摩萨德也专门成立了应对的部门。摩萨德针对本·拉登制定了非常复杂的暗杀计划，拉宾也签字批准了对他的暗杀。本·拉登所招募的干事来自与以色列有着情报合作的温和逊尼派穆斯林国家，他们后来甚至还对本·拉登展开监控，并初步收集到一些情报。但在最后一步到来之前，即在要求干事对本·拉登下毒之前，此前提到的穆斯林国家因为与巴勒斯坦之间的和平进程陷入僵局而冻结了与以色列之间的关系，暗杀行动也就不可能推进了。2015 年 1 月对“约瑟夫”的采访，2011 年 8 月对埃胡德·奥尔默特的采访，2006 年 8 月 30 日对丹·梅里多尔的采访，1996 年 8 月 21 日对内森·亚当斯的采访，以及 2011 年 3 月 14 日对法卡什的采访。Bergman, *Secret War with Iran*, 217－23。

① 时任以色列驻华盛顿大使的丹尼·阿亚隆回忆起 911 之后的第一次会议，当时他陪同以色列空军的一些高级军官同美国国防部长唐纳德·拉姆斯菲尔德及其副手保罗·沃尔福威茨会谈。“拉姆斯菲尔德一开口便说，‘我们需要你们的帮助。我们想知道你们如何把情报转换成攻击恐怖分子的火箭弹’。”2017 年 6 月 1 日对迪斯金的采访，2008 年 7 月对保罗·沃尔福威茨的采访（感谢马克·格尔森帮忙安排此次会面），以及 2017 年 8 月 24 日对丹尼·阿亚隆的采访。

三十
“目标已清除，行动却失败了”

当阿维·迪希特还是辛贝特一名年轻的专案官时，他审问过加沙地带一位名叫萨拉赫·谢哈德的社会工作者。谢哈德当时 24 岁，来自加沙北部的贝特哈诺镇（Beit Hanoun）。他是个出色的学生，曾被土耳其和苏联大学的工程专业及医学专业录取。但谢哈德家境贫寒，他不得不去埃及的亚历山大城研究社会工作。毕业后，他在西奈半岛靠近加沙边界的阿里什找了份工作。

就是在那里，在 1977 年，迪希特第一次注意到了他。“他与众不同，”迪希特说，“他仪容整洁，提着个詹姆斯·邦德那样的公文包。总之，给人留下了很好的印象。”[①]迪希特觉得或许可以招募谢哈德来做间谍或合作者。

他们的会面什么结果也没有。

干了 5 年社会服务后，谢哈德入职加沙伊斯兰大学，后来成为训导主任，并在该市的一座清真寺做宣教人。在此过程中，他遇到了亚辛，哈马斯的创始人。两人开始走得非常近。谢哈德着迷于亚辛的感召力，他的学识，以及他在整个巴勒斯坦建立穆斯林神权政治的愿景。亚辛则在谢哈德身上看到了非凡的指挥和管理能力。

亚辛向谢哈德透露了一个大秘密：在福利工作和宗教活动的幌子下，他正计划建立一个对付以色列的军事恐怖组织。谢哈德被任命为这个计划的负责人。1984 年，他在辛贝特与哈马斯（当时它是在以别的名字行事）的第一次交锋中被捕了，被判有罪，两年后获释。

1988 年他又一次被捕，被判犯有大量和恐怖主义有关的罪行，被判处 10 年徒刑。[2]但即使在监狱中，他仍然指挥着哈马斯军事派别。

1998 年 9 月，他的刑期结束，但随后被行政拘留——这是一项有争议的措施，类似美国在关塔那摩未经审判就监禁被拘留者；据辛贝特说，释放他将会“对该地区的安全构成直接和必然的威胁”。在以色列监狱的漫长岁月使他在加沙地带成了英雄。[3]

2000 年，巴勒斯坦权力机构呼吁以色列释放谢哈德以及他的部分同志，以期让巴勒斯坦人觉得以色列是关切其所有公民的，名单中就包括那些很有名气的哈马斯成员。巴勒斯坦权力机构告诉以色列人，萨拉赫·谢哈德是个务实的人，是个具有人道主义背景的行政官员，和颇为激进的亚辛不同。

那时正值戴维营高层会议召开之前，人们怀揣着巨大的希望。埃胡德·巴拉克和亚西尔·阿拉法特彼此保持着密切联系，试图加快和平进程。以色列想表达诚意，以便巴勒斯坦权力机构也能让他们那边的怀疑者放心。哈马斯的活动此时同样处于前所未有的低潮，这多亏了辛贝特。

以色列同意了这一要求。谢哈德签署了一份保证书，保证不再从事恐怖主义活动，这是以色列释放囚犯的惯例。巴勒斯坦权力机构充当了保证人。

回过头来看，同意释放谢哈德的以色列人似乎太天真了，“但我们当时是真的觉得有希望。”一位前辛贝特特工说。[4]

在获释后的 4 个月内，谢哈德没做什么非法勾当，但随后大起义爆发了，他也回到了战场。根据辛贝特为谢哈德编制的档案，“从那

---

① 2010 年 11 月 4 日对迪希特的采访。

② Israel Defense Forces, indictment, Military Prosecutor v. Salah Mustafa Mahmud Shehadeh, 11524/89, September 17, 1989（作者的资料，从“双胞胎”处获得）。

③ Shin Bet, Condensed Summary on Salah Shehadeh, June 25, 2001（作者的资料，从“艾丽斯”处获得）。

④ 2010 年 1 月对“戈迪”的采访。

时起，他的立场变得更加极端，开始从事煽动、指挥、指导等活动，参与策划和执行谋杀性质的恐怖行动，并参与哈马斯组织的军事行动的领导”。[1]

从阿维·迪希特试图发展谢哈德算起，差不多30年后，辛贝特已经为他们代号为“旗手”的这个人建了厚厚一本档案。在谢哈德多年的监禁生涯里，两个人见过许多次（在这段时间里，在各种胁迫下，谢哈德还检举过他的狱友）。迪希特说，谢哈德“是对我们构成主要威胁的人，比亚辛的威胁还大，和亚辛不同，他受过教育，有管理经验，这使他具有非凡的运营能力”。

谢哈德发起并监督了新的作战技术的发展，比如，以平射的方式向装甲车辆发射迫击炮弹，以及利用爆炸装置对付坦克。他想出了部署自杀式炸弹的新方式，使用船只炸弹和油罐卡车炸弹。他还负责引进高弹道卡萨姆火箭，这改变了哈马斯与以色列作战的方式。辛贝特在南部地区的负责人了解他的重要性：“他亲口对手下下达实施袭击的具体命令，制定恐怖政策，并就何时发动进攻给出指令。他是驱动力；他就是袭击本身。”

根据辛贝特的档案，谢哈德直接参与了2001年7月到2002年7月期间的袭击，这些袭击造成474人死亡，2 649人受伤。[2] 他被置于严密监视之下，但由于谢哈德在加沙地带活动，以色列不可能逮捕他。巴勒斯坦权力机构似乎也不愿意兑现其关于谢哈德不会参与攻击以色列人的担保。

所以，谢哈德的名字上了红色文件，“旗手行动”启动了。

在任何定点清除任务中，在扣动扳机之前，确认暗杀对象的身份

---

① Shin Bet, Salah Shehadeh—Military Head of Hamas in the Gaza Strip, November 23, 2003（由“艾丽斯”向作者出示）。

② Special Committee for Examining the Targeted Killing of Salah Shehadeh, “Testimony of A. L,” 45.

这件事必须由两个独立的来源实时完成。阿维·迪希特说，“框定”程序的设计旨在保证杀的是对的人，“而不是他的朋友、兄弟、替身或者某个路人”。辛贝特、“阿曼”以及空军花了大力气来保证今后不会再出现任何错误。“我们不允许利勒哈默尔事件再次发生。”迪希特反复强调。在许多情况下，联合作战室的指挥官放弃了任务，而不是去冒杀错人的风险。

在实践中，“框定”一个目标远比听起来困难得多。在许多案子里，所需的两个消息来源之一是巴勒斯坦特工，他认识目标，必须在行动的最后阶段从隐蔽的位置确定目标身份。辛贝特和“阿曼”的504部队有很多这样的消息来源，但迪希特说“这些人非我族类”，这意味着他们出卖自己的同胞和朋友，道德上不值得信任。他说：“我们不得不对他们抱有极大的怀疑。”①

联合作战室还有一条规定，如果被确认的目标消失在视线里，那么这次框定将被取消，必须重新开始。比方说，如果一个目标在被确认身份之后进了一辆汽车，然后躲进一个加油站屋檐下，没法看见，于是框定过程就得重新开始。这种状况发生了很多次，通常是由于天阴，这通常表示袭击不得不完全取消。

正因为这些严格的身份确认程序，辛贝特保持了出色的精确性记录。“100%的准确框定，”迪希特说，“遗憾的是，并不是每个目标都被摧毁了，而是每次行动中我们都攻击了我们要攻击的目标所在地。”更重要的是，定点清除达到了预期的效果。到了2002年年中，以色列打击自杀式恐怖主义的战争开始显现出成效：死于自杀式袭击的以色列人数量正在下降。3月，85名以色列人死亡；7月，只有7人死亡；8月，也是7人；9月，有6人。

然而，尽管为确保对目标准确框定付出了巨大努力，但在确定目标是独自一人以及周围没有无辜平民方面所花精力却少得多。即便有

① 2010年11月4日对迪希特的采访。

规则、保障措施以及冗余度，以色列现在执行的定点清除行动规模如此之大，必然会犯错。就算错误相对很少，但一旦发生，便会造成无辜者的死亡。

而且有时候，决策者也会专门思考这个问题：如果没法在目标独自一人的时候接近他，那么是否允许杀掉目标周围的人。有了这番考虑，以色列国防军和辛贝特就要求国际法部派代表来联合作战室和他们座谈。国际法部门负责人丹尼尔·雷斯纳说："这是把我们国际法部的人推进了一个非常复杂的处境，很显然，如果律师在场却没有说不行，那么他等于就是在说可以。"①

首席军事法律顾问被委派加入总参谋部的讨论会，成为参与绝密安全问题磋商的一员。辛贝特将其关于定点清除的目标人选的档案提供给律师，以便他们想对其进行研究时作为依据。当攻击行动临近时，雷斯纳和国际法部便经常出现在联合作战室。用芬克尔斯坦的话说，他们的在场是"合法的掩护"，安保人员感觉他们需要这样的掩护，以防他们在以色列或者国外受到起诉。

国际法部门主要考虑的是"相称原则"的实际应用，这在理论上要求以色列造成的损害不能超过其收益。如果杀掉一个危险的恐怖分子要危及无辜者，那么以色列允许多少无辜者的生命处于险境呢？

雷斯纳说："恐怖分子充分利用了我们在伤及无辜的问题上的小心翼翼。他们经常抱着小孩过街，还走在平民中间。有一次我在联合作战室时，一枚导弹已经瞄准了站在屋顶的一个恐怖分子。突然间，我们看到他抄起一个小孩。当然，我马上下令将制导导弹射向开阔地。"

律师们发现很难就附带损害和伤亡问题制定统一的规则。雷斯纳说："每个案子根据是非曲直来判断，但我们还是有一条明确的规则：我们都是为人父母者；我们不赞成杀害儿童。我们决不会签字同

---

① 2011年7月6日对丹尼尔·雷斯纳的采访。

意这样的暗杀行动。”①

无论何时，只要事先有情报显示攻击区域“确定已知有儿童”，那么行动就不会得到授权。不过，有些成年人是与被判死刑的人存在这种或那种联系的，他们就算在场，也并不必叫停这次行动，即便那些成年人和恐怖组织无关。② 同样的情况也适用于妻子、朋友以及交通工具的驾驶者，譬如出租车司机。

“旗手行动”是个特别棘手的案子。根据辛贝特的记录，因为害怕伤及无辜，对“旗手”的攻击授权至少撤回了两次。第一次是在2002 年 3 月 6 日。谢哈德已经被高度确定在加沙南部的一间公寓，但由于该建筑物中有大量平民，而且已知他的妻子莱拉和他在一起，他15 岁的女儿伊曼可能也在公寓里，所以袭击被取消了。

3 天后，谢哈德派的一名人肉炸弹在耶路撒冷的总理官邸附近的时光咖啡馆引爆了自己，造成 11 位平民死亡。

6 月 6 日，出于类似原因，针对谢哈德的一次行动也被取消了。12 天后，哈马斯军事派别的一名人肉炸弹在耶路撒冷的公交车上炸死了 19 名乘客。

以色列安全机构中弥漫的沮丧情绪肉眼可见。按以色列国防军参谋长摩西·亚阿隆的说法：“我对我的美国同行讲起了这些事，这让他们很恼火。我告诉他们第一次中止行动是因为他的妻子和他在一起，他总把她带在身边。从美国人的角度看，这简直不可理喻。他们质问我：‘什么？就因为他的妻子在你们就放弃攻击？’他们关于附带损害的标准同我们自缚双手的那些标准截然不同。”

---

① 雷斯纳带着微笑讲出了他所描述的原则的另一部分。“另一方面，我们也都娶妻了，知道女人是怎样的。有了女人，更容易授权开火。”2011 年 7 月 6 日对雷斯纳的采访。

② State of Israel, Special Committee for Examining the Targeted Killing of Salah Shehadeh, 67.

2002 年 7 月，国防部长本杰明・本-埃利泽批准了杀死谢哈德的另一项计划，这次是炸掉整个公寓。然而，在这次的情况下对平民伤亡的限制有所变化。

本-埃利泽再次写道："如果有妇女或儿童靠近上述公寓，行动就不会得到授权。"但谢哈德的妻子现在是个例外。如果她那个时候恰好在公寓里，行动可以继续。男人，不论是邻居还是路人，有罪还是无辜，都不用管，这也是一个例外。他们的死是被允许的。①

"最终，我们没有选择，"亚阿隆说，"我们不得不这样做。随着时间的推移，你一次又一次地看到越来越多的犹太人喋血街头。我也不能自欺欺人地认为［哈马斯］没了他就会停止恐怖袭击。但鉴于他的经验、技能、关系网，这让他发动恐怖袭击的能力无人能比。"②

谢哈德经常搬家，但 7 月 19 日，他被发现在加沙北部人口稠密的达拉吉社区一座三层建筑里，该社区的人口主要是难民。

来自线人的情报表明，该建筑的底层是空荡荡的贮藏室，这让它成了一个适合放置炸弹的完美建筑。只是在谢哈德再次搬走之前，行动必须尽快完成。

副局长尤瓦尔・迪斯金并不急于推进行动。③ 他要求情报部门的官员收集更多信息。即便目标建筑是空的，但它的周围挤满了锡皮棚屋，好多家庭可能挤在里面。他想测算出地面行动——比如派狙击手——的可行性。根据执行效果来判断（空军部门负责预测袭击结果），棚屋会受到"严重破坏"。

以色列国防军的内部讨论也出现了严重的怀疑。总参谋部作战指挥部负责人建议等待 48 小时，"以便清理锡皮棚屋，确保周围没有人居住"。副总参谋长加布里埃尔・"加比"・阿什克纳齐也对在获得

---

① Minister of Defense, Sorties and Operations Discussion, July 17, 2002（由"艾丽斯"向作者出示）。

② 2016 年 12 月 21 日对亚阿隆的采访。

③ Shin Bet, Deputy Head of Service, Flag Bearer, appendix, Framing/Activation, July 19, 2002（由"艾丽斯"向作者出示）。

更多信息以前执行该行动持保留意见。

但清除神出鬼没的谢哈德的压力太大了。辛贝特南部地区的一名指挥官不同意迪斯金的评估，因为他自己的情报表明，毗邻谢哈德所在建筑的那些锡皮棚屋在晚上无人居住。他向辛贝特的局长迪希特提出申诉，后者批准用空军战斗机的炸弹立即干掉谢哈德。

“阿曼”主管亚哈伦·泽维-法卡什支持这一决定。“如果我们不除掉萨拉赫·谢哈德这样的人，就会有越来越多的以色列人受到伤害，”他在后来详述这个决定的时候说，“在这种情况下，巴勒斯坦平民可能难免受伤。”他又补充了一句：“当你不得不在两个小孩之间选择时，我希望犹太裔以色列小孩不会哭泣。”[①]

飞行员爬进他的 F－16 战斗机，它停在以色列中南部哈佐尔空军基地的停机坪上。机上装有一枚 1 吨重的炸弹。两枚半吨重的炸弹本来可以将对伤害有所控制，并覆盖爆炸区域，但不可能确切知道谢哈德在房子里的哪个位置。如果他睡在临街那扇门的旁边，那就没必要只破坏二楼。一颗更大的炸弹就可以确保杀死他。

行动已经取消了 3 次，第一次是因为 19 号恰逢周五，是穆斯林的休息日，当时街上会熙熙攘攘。第二次是在接下来的两个晚上，20 号和 21 号，因为据信谢哈德的女儿和他在一起。

不过在 7 月 22 日晚上，小组产生了分歧。虽然每个人都同意谢哈德的妻子在公寓里，而且命令也允许他们继续行动，但只有少数小组成员相信情报显示的他女儿并不在家。[②]

定点清除行动的直接负责人尤瓦尔·迪斯金并未完全相信伊曼在家的可能性极低的评估。

迪斯金打电话给迪希特，告诉他自己的疑虑，并建议取消攻击。

---

① 2011 年 3 月 14 日对法卡什的采访。

② Shin Bet, The Flag Bearer—Head of Service's Orders Regarding His Framing, July 21, 2002（由“艾丽斯”向作者出示）。

但根据一份官方调查的说法，“辛贝特的局长权衡了所有的数据和评估，得出结论认为伊曼很可能不在那间房子里，据此他下令执行行动。”①

迪希特打电话给沙龙总理的军事秘书。后者叫醒了沙龙，沙龙授权“立即执行”空袭。

飞行员开始关闭机罩。基地指挥官跑到他飞机面前，顺着梯子爬到座舱外面。“你想知道是谁吗?”他问飞行员和领航员。他是在问他们想不想知道自己将去杀谁。

“从我的飞机上下去，”飞行员说，“我们不想知道。这没有意义。”

从某种意义上讲，是没有意义。实际下手杀人的、执行飞行任务的、扔下炸弹的人，往往知道得最少。在高空中，他们所能看到的只是由 12 个坐标数字确定的小目标，也没必要知道更多东西了。

警报响起，F-16 获准起飞。此时是 7 月 22 日晚上 11 点。从哈佐尔飞到加沙的时间是 2 分钟，但飞行员奉命向西边飞，飞到海上，融入黑暗之中。“谢哈德能闻到飞机的味儿，能听到飞机的动静，然后他会逃跑，”飞行员事后说，“我们在海上等了 50 分钟。然后我的飞行控制员在无线电上告诉我，‘行动’。”

飞机向东边快速飞去，再掉头往西丢下炸弹。“你肯定在电影里见过，”飞行员说，“和电影里的场面一样。我们打中了它，房子倒了，塌了下来。”②

在 F-16 起飞的前几天，空军情报部门对谢哈德藏身的房子进行了多次侦察。分析师研究了航拍的照片，发现了太阳能热水器，晒在

---

① State of Israel, Special Committee for Examining the Targeted Killing of Salah Shehadeh, 69.

② “飞行员”是 2010 年 12 月 19 日在特拉维夫的宾纳中心说这番话的。讲话的文字稿由《国土报》的阿米拉·哈斯 2011 年 1 月 7 日首先发表。

外面的衣服，以及固定在棚屋上的卫星电视信号接收器。有人住在那里。辛贝特的专案官也这么想。他注意到整个区域人口稠密，所以假定棚屋也是如此。

但辛贝特并没有从任何渠道收到“确信情报”，肯定地表明这些棚屋有人居住。换句话说，没有哪个线人走进这一区域，明确地说**那个窝棚**是**这家人**在住。随着行动计划越来越细，行动时间越来越近，消灭这个人所带来的兴奋压倒了常识——因为此人与近500人被谋杀有关，其中包括两次取消对他的暗杀行动后死去的30人。据参与此事的辛贝特人员说，从某个时候开始，“没有确信的情报”变成了“没有平民住在那里”。

“谢哈德的位置创造了一个机会之窗，错过可能不会再有，或者短时间内不会再有，”事后的一份调查总结道，“他就是一颗定时炸弹，必须拆除。”结果很惨。谢哈德当场死亡，他的助手扎赫·纳塞尔及妻子也死了。同时丧命的还有他的女儿伊曼和另外10位平民，包括7名儿童，最小的还不到1岁。150人受伤。

《国土报》的记者吉迪恩·列维的报道和专栏反映了以色列自由派对巴勒斯坦人困境的担忧，他是在灾难发生几小时后抵达现场的。他回忆说：

> 他们说他们以为那里是无人居住的棚屋。那是些两层和三层的建筑——在加沙，这种房子没有哪幢是不住人的。那些想干掉谢哈德的人都知道这一点。
>
> 我并不天真，也不是滥发善心的人。如果我能相信当权者会有所克制，那么我当然会赞成杀死像萨拉赫·谢哈德这样的人，只要他独处，并能确保其他人不会被殃及。但我知道，不能指望他们来自我约束。没有控制，内部控制和公共控制都没有，最后他们为所欲为。暗杀的成本-收益比太可怕了。这次事件就是充分的证明。全家都被消灭了。在医院里，我看见一个奄奄一息的

小男孩，全身都是弹片。太惨了。[1]

阿维·迪希特立马意识到了后果。“目标已清除，”他说，“行动却失败了。”[2]

奇怪的是，这次袭击几乎没怎么受到国际社会的谴责。但在以色列，掀起了一场抗议风暴。通常重复以色列国防军发言人和辛贝特发表的声明的媒体们，这一次的批评很尖锐，还详细引述了匿名者透露的参加行动者之间的相互指责。以色列国内有越来越多的声音质疑以暗杀为武器是否明智。

空军司令丹·哈鲁茨少将当时正在国外，并没有直接参与行动。他对媒体感到恼火，想维护自己的属下。他接受了《国土报》的访问，粗暴地谴责了这些批评者，称其中有些人应该以危害国家安全罪被起诉。哈鲁茨强调，他完全支持他的飞行员，完全能体谅清除谢哈德的行动，虽然他也对“无关人员的丧生”表示惋惜。

他说，行动后不久，他会见了参与轰炸的机组成员，告诉他们：“伙计们，你们晚上可以睡个好觉了。你们完全是奉命行事，没有一丝一毫的增减。谁有意见让他来找我吧。”

哈鲁茨自己以前就是飞行员，他补充说：“如果你是想知道我在投下炸弹的时候有什么感觉，那么我会告诉你：炸弹扔下去后，我感到机翼轻微颤抖，一秒钟之后就没了，仅此而已。这就是我的感觉。”[3]

这次采访，特别是“机翼轻微颤抖”这句，在以色列成了对无辜者生命漠不关心的概括，这只会进一步激怒人们，就连机组成员也对此感到震惊。投下炸弹的飞行员一开始并不关心他攻击的对象——

---

① 2011 年 3 月 30 日对吉迪恩·列维的采访。
② 2010 年 11 月 4 日对迪希特的采访。
③ 维雷德·巴兹莱对丹·哈鲁茨的采访，《国土报》，2002 年 8 月 23 日。

当指挥官告诉他目标是谢哈德的时候，他说“这很好”。他关心的是这次能否一击而中。“但几天后，”他说，“有三个人来到中队。是三个预备役军人。他们说，‘你都干了些什么？你起飞，杀人，害人性命’。”

一场叛乱在预备役飞行员之中发生了，这些人在和平时代每周到部队执行一天任务，战时则全职服役。他们的年龄一般比较大，过着平民生活，更多是站在民主治理的角度而不是以军事优先的立场来看待世界。其中的一些群体——空军士兵和以色列总参侦察营的预备役军人——（分别）在媒体上发表公开信，宣布他们拒绝参与针对巴勒斯坦人的侵略行动，主要指的是定点清除行动。参加抗议的飞行员和士兵知道他们将会因为在公开信上签名而付出高昂的代价。在自杀式恐怖分子制造的流血事件造成的紧张公共氛围中，这些言论在许多以色列人看来不啻叛国，以色列国防军一些高级将领认为这等于在战时拒绝执行命令。

尤其令人震惊的是，前准将伊夫塔赫·斯派克特也签名了，他是飞行员，是击落敌方12架超音速战斗机的世界纪录保持者，许多人认为他是以色列空军历史上最好的战斗飞行员。[①] 尤尔·彼得伯格中校也签名了，他是享有盛誉的直升机飞行员，曾因营救一支在黎巴嫩因受到伏击而被困的地面部队时极其勇敢而被授予勋章。

“大家好，我叫尤尔，”他在一次抗议集会上发表演说道，“我在以色列国防军驾驶过眼镜蛇、阿帕奇和黑鹰直升机，现在我拒绝为以色列占领军效力……我们是和平战士。我们应当结束战争、死亡和悲伤。你们是国家领导人、军队长官，你们将会面对后果。如果不是在以色列法庭，那就在海牙法庭；如果不在海牙法庭，那就在造物主的

① 斯派克特参加了1967年6月8日对美国船只“自由号”的袭击，造成34名美国船员死亡。以色列声称该船并没有悬挂美国国旗，声称自己认为“自由号”是一艘埃及军舰，然而袭击的原因尚未明确。有人认为斯派克特在抗议信上签字是为了对当时发生的事赎罪。

面前。”[1]

在巴勒斯坦人大起义之前，定点清除主要是为摩萨德工作的一支远离这个国家的边境线的小分队的秘密任务。他们可能是为了国家利益而行动，但任何道德清算都只限于少数特工和政府部长来做。然而，一旦这些私密行动发展成一台大规模的杀人机器，那么成千上万人便成了同谋。以色列国防军士兵以及空军、辛贝特的人，还有收集、筛选、分析、传播情报的人——他们都直接参与其中，往往比直接下手杀人的人作用更重要。到了2002年夏天，没有哪个以色列人可以声称自己不知道以每个以色列人的名义做下的事。

抗议活动大多受到了愤怒的批评。杀害300路公交车事件中两名囚犯的前辛贝特特工埃胡德·亚托姆，此时是本杰明·内塔尼亚胡的利库德集团的政客（2003年成为以色列议会议员）。他说，拒绝服役的人是“失败主义者”，“他们必须受到谴责和起诉，必须没收他们的部队徽章，让他们滚出军队”。以色列国防军宣布，它确实驱逐了那些不从抗议信上撤回自己签名的人。

飞行员的信发表3天之后，阿里埃勒·沙龙最亲近的顾问聚集到他在以色列南部的梧桐农场（Sycamore Farm）。其中一人称那封信是“失败主义者的哀号”。沙龙提高嗓门，对这个人厉声说：“你错了。他们不是戴着耳环烫着绿毛鬈发到征兵站报道的混混。名单上有的人为以色列出生入死过。”

沙龙看着他的顾问们。他明白事态已经变得多么严峻。他说：“一把火，已经在雪松林里蔓延开来。”[2]

① “You, Opponents of Peace,” interview with Yoel Peterburg, Anashim, June 27, 2006.
② 2014年12月23日对魏斯格拉斯的采访。

三十一
8200 部队的反抗

有个笑话是这样说的：一个人死后上了天堂，站在端坐于圣座的上帝面前。上帝问每个新来的亡者他应该留在天堂，还是应该被扔进地狱。每个人都答了，上帝也批准了各人的答案，然后下一个人就走上前来。

在笑话中，排在队伍最后的那个人是国家情报人员（NIO）。在更大的军事和情报界，国家情报人员是在每天收到的浩如烟海的情报中拣出值得跟进的情报碎片的人。他们决定什么重要，什么不重要。某种程度上讲，他们决定了谁会站在上帝面前。

这个情报人员上前一步。“你应该去哪里呢？”上帝问。

“哪里也不去，”他带点不耐烦地回答，“你坐在我的位子上了。”

阿米尔（化名）是一位情报员，他是个聪明的年轻人，被分到了以色列国防军最负盛名的组织之一——8200 部队。[①] 像所有情报官一样，他在一个包着钢筋混凝土的基地工作，监测信息。大多数流入的材料都无法被翻译和处理，因为信息太多而时间太少。所以，国家情报人员的工作就是决定应当监听哪个通话频道，应当拦截哪个无线电。像阿米尔这样的人决定他的下属筛选出来的情报哪些将会被翻译和传达。按照 8200 部队对情报内容的叫法，他是“文章”最后的编辑；他撰写标题，并决定谁会读到它。比方说，他必须确定在被截获的对话中，说话的是订购商品的店主，还是以暗号下令准备炸弹的圣战分子。如果他判断错误，无辜者——这边的以色列人，那边的倒霉店主——就会死去。而且他需要在极短时间内做出判断。

正式说法是，阿米尔及其在8200部队“特班”基地的同事负责阻止恐怖袭击。非正式的说法是，他们在决定以色列将杀掉谁。诚然，是沙龙授权了定点清除，而且总理办公室和情报人员之间有着长长的指挥链。但政治家仅仅负责批准情报界的人选建议，它们在很大程度上是由国家情报人员最终构想出来。“我们在挑选暗杀目标方面的作用大得惊人，”一名情报人员说，“据我估计，我能决定某个人是不是一个小团体的协调人，要不要‘盯紧’他、收集足够的情报，而后将其定为清除目标。如果这个人真的涉足恐怖行动，这个过程要花几周时间，不会再多了。”②

通常，要轰炸的建筑物也是8200部队选的。沙龙和以色列国防军参谋长摩西·亚阿隆认为，巴勒斯坦权力机构应为每一起袭击事件负全责，即便真正的肇事者来自反对巴勒斯坦权力机构的组织——哈马斯和巴勒斯坦伊斯兰圣战组织。因此，以色列在每次袭击之后都以惩罚性手段对付巴勒斯坦权力机构，轰炸其设施。这些设施大多是文官政府的办公室，同一设施经常被反复轰炸，即便它已经被摧毁和遗弃。爆炸是向巴勒斯坦人传递信息的一种方式，但同样也是以色列领导人和士兵表达他们的沮丧和愤怒的一种方式。

“报复性轰炸的目标的选择，并不是为了实现某个具体的军事目的，”阿米尔说，“而是一种政治信号，可以简单概括为‘我们要让他们好好看看’。”

起初，以色列还会通知巴勒斯坦领导人空军已经出发去摧毁某座建筑，以便让建筑中的人们有时间撤离。不过，随着时间的推移，这一做法被简化到了某个程度，再往后，到了2002年年底，空军通常会在夜间轰炸，不再事先警告，他们假定这个时候建筑物中不会有人。这基本上纯粹是一场象征性的作战。

---

① 2011年3月对阿米尔的采访。他要求匿名，因为担心自己的身份泄露可能会对他现在的工作学习带来麻烦。

② 2011年4月对“格洛伯斯”的采访。

2003年1月5日，法塔赫阿克萨烈士旅的两名人肉炸弹潜入了特拉维夫，直奔旧的中央车站。下午6点26分，他们在特拉维夫闹市区附近引爆了身上的炸弹。最终的死亡人数是23人，还有100多人受伤。其中许多是婴儿或者儿童。

巴勒斯坦权力机构对此次袭击表示谴责，并允诺尽全力逮捕策划袭击之人。然而，以色列并不认为这种谴责有多少诚意。毕竟，人肉炸弹来自阿拉法特指挥下的法塔赫分支组织。巴勒斯坦权力机构的多数高层成员都是法塔赫的人。

沙龙总理立即召集国防部门领导人来他的办公室磋商，他们决定升级针对巴勒斯坦权力机构的行动。

会议之后，距离袭击结束还不到3小时，参谋长亚阿隆决定轰炸目标7068，这是位于加沙地带汗尤尼斯城的法塔赫分支机构的代号。这一次，没有事先警告，袭击也不会在夜间进行。相反，以色列国防军会刻意耐心地等待人们走进这座建筑。

晚上11点45分，“阿曼”总部的目标部（Targets Department）向8200部队的“特班”基地提交申请，要求收集汗尤尼斯法塔赫大楼的信息。午夜12点31分，“特班”发出了关于所定目标的报告。

根据这份报告，目标7068和恐怖活动无关。负责现场调查的中士直接明了地写道：“不要轰炸他们，他们没干任何坏事。”

“这是一种非常不正式的写法，”阿米尔说，“我当然必须在这份电报发出之前，改用更正式的措辞。但他拟的标题很好地反映了报告的内容，即那里没有发生与恐怖袭击有关的活动，只有当地政治活动家所做的常规事务性工作，支付福利和薪水。它相当于加沙地带的地方工会。”

第二天一大早，认为目标7068不过是另一次象征性打击的阿米尔告诉“阿曼”总部，大楼里没有人，轰炸是安全的。

“阿曼”的目标部一位代表告诉他：“暂停吧，他们正等着办公室开门。”

“什么？他们在等谁？”

“不是在等谁。不是等哪个具体的人；任何人都可以。有人进去时就告诉我们。”

这似乎很奇怪。阿米尔认为这里一定有误会。平民出现在建筑物里，这是撤退的理由，而不是进攻的理由。等人们进去——不论是官员、清洁工，还是秘书，这违背了芬克尔斯坦2001年的法律备忘录。事实上，以平民为目标是一种彻头彻尾的战争罪。

然而，这里并不存在什么误会。目标部发布了一份书面命令，让每个人都明白他们正在等待这座建筑物运转起来的“迹象”：“迹象=有人尝试拨电话或讲电话。不要等到说话者表明自己的身份，也不要等待有价值的对话发生。建筑物里的每一个迹象都要报告，与谁在讲电话或电话的内容是什么无关。”换句话说，目的只是单纯地杀人——任何人。①

这一命令使很多情报人员感到不安，他们只敢在食堂里谈起它。“我们三个情报人员坐在那里吃晚饭，”阿米尔回忆道，“有人半开玩笑但实际上很严肃地说，‘喂，这不正是常说的明显非法的命令吗？’。他说得很漫不经心，没有着重强调什么，但这话让我们开始思考。也许我们真的越过了红线？也许这是不合规矩的？我们怎么知道我们在杀谁？也许是一个从附近学校过来打电话的小孩子。也许是一个赶来分发联合国援助金的职员，或者是一个赶在上班时间之前来打扫办公室的清洁工。”②

这番对话发生在8200部队的成员之间并无任何不当。毕竟，就是这支部队在1973年10月以色列受到突然袭击之前几天尽全力警告

① Unit 8200, Center 7143, Reaction of Unit 8200 to Information Request Regarding the Bombing of Fatah Facility in Khan Yunis, March 4, 2003（作者的资料，从“格洛伯斯”处获得）。

② 2011年3月对阿米尔的采访。

安曼，称埃及和叙利亚一心要发动战争。

特拉维夫大学的中东问题著名专家埃亚尔·齐泽尔教授说，在那次失败之后，“我们有意挑选那些固执己见的人成为国家情报人员，他们的想法不拘一格，而且不惧怕说出自己的想法”。[①] 齐泽尔教授曾以国家情报人员选拔委员会主席的身份在以色列国防军服预备役。

由于他们在非常年轻时就接触到了高度机密的材料，军队试图在漫长的训练期间向情报人员灌输道德和法律责任感。比如，他们有一门课讲的是民权，以及有时因为窃听而发生的侵犯这些权利的行为。学员们被告知，除非为了国家安全而获取信息，他们决不能利用这种巨大的权力。有个教学案例讲的是1995年发生的一件事，当时8200部队的一些人试图定位与奥萨马·本·拉登有关的几部电话，但无意中接上了此时正在中东工作的汤姆·克鲁斯的手机，然后有意录下了汤姆·克鲁斯和他当时的妻子妮可·基德曼之间的对话。[②] 随后，他们将录音发给自己的朋友，还大声地读出其中的内容。

“如果那种窃听行为被视为一种应禁止的不道德行为，”阿米尔说，“那么很显然，轰炸那座建筑物也应当被禁止。我越琢磨，便越意识到执行这种命令是不可以的。”

阿米尔向高级情报人员和8200部队的指挥官提出了这个问题。指挥官说，他们知道“这里面有问题”，行动已被暂停，另行等待通知。“这一回答令我感到满意，此时是凌晨2点，我可以回到我的岗

---

① 2011年4月1日对埃亚尔·齐泽尔的采访。

② 当该部队指挥官听说此事后，他将那名情报员“贾内克”扔进了军事监狱，这在8200部队非常罕见。并且他还宣布，效仿此人的士兵将被开除。而当涉及阿拉伯人的隐私权时，该部队的指挥官远没有那么上心。2014年，一群来自8200部队的官兵在一封措辞尖锐的抗议信上签名，抗议对其中部分签字人受命监听巴勒斯坦人对话、记录私人信息的指控。当时这批信息交到了辛贝特，以便对那些巴勒斯坦人施压，胁迫他们做该机构的线人。信上说，这些有失体面的对话信息及录音也因为军官们想找乐子而在部队里传播。以色列国防军从未对这些抗议者说的话展开调查，并把这些抗议统统清理出该部队的资料室。2015年12月对“莱拉”的采访。“贾内克”和以色列国防军的媒体办公室拒绝对此发表评论。

位正常工作了，感觉上事情已经过去了。”

然而第二天早上，当他坐在情报人员工作站开始指挥轮班时，接到了来自目标部的电话，通知他对汗尤尼斯的法塔赫分部的轰炸马上开始。阿米尔表示反对，但电话另一头的官员发怒了。

“为什么行动在你看来明显非法？他们都是阿拉伯人。他们都是恐怖分子。”

“在我的部队，”阿米尔告诉他，“我们在恐怖分子和未涉足恐怖行动的人（比如经常使用目标建筑的人）之间做了非常清楚的划分。”

但他没能改变任何人的想法，此时行动已经启动。两架挂弹的F－16战斗机在地中海上空盘旋，等待命令。一架无人机正在远处拍摄该建筑。当阿米尔告诉他们大楼里有人时，两枚“地狱火”导弹将向大楼发射。

阿米尔决定拒绝合作。雪松林里的火势蔓延了。

8200部队的指挥部开始接到空军和“阿曼”打来的不耐烦的电话。“他们说，‘听着，你的部队拒绝向我们提供这样那样的信息’，”时任8200部队指挥官的亚尔·科恩准将回忆道，“我说他们一定是搞错了，8200部队从未出过不提供情报的事，这种事情以前从没发生过，未来也不会发生。”①

10点05分，阿米尔接到8200部队指挥部的电话。他被告知：“亚尔［·科恩］说现在不是提问的时候，而是行动的时候。”命令要求在11点30分以前完成轰炸，届时小孩子会被疏散到附近的一个学校操场。

“这明显是一项非法的命令，我不打算听从，”阿米尔说，“指挥官是宣布它合法，但并不意味着它真的合法。”

电话中一阵沉默。“我已经传达了指挥官的命令，”电话那头的

① 2011年8月18日对亚尔·科恩的采访。

人对阿米尔说，“我很高兴此时我没处在你的位置上。”①

几分钟后，阿米尔手下的一名士兵告诉他法塔赫大楼内有正在拨打电话的迹象。一名男子正在处理支付工资的事宜，他试图弄点钱给一些雇员，虽然此时巴勒斯坦权力机构的日子很艰难，战争还在进行。还有一名秘书正在八卦当地的一位舞男。

那是动手的信号。F－16 可以开火。以色列人可以把这两个人杀死。

阿米尔坐在椅子上，担任值班情报员。“我感到一阵平静，”他说，“我觉得现在只有一件事是正确的。对我而言，很明显这次行动不应当再继续下去，它越过了红线，这明显是个非法命令，黑旗在飘扬。我作为一名士兵和一个人，有责任拒绝执行。”

他命令不要传递信息。他命令停止手头所有的事。

10 点 50 分，就在行动时间窗口关闭前 40 分钟时，阿米尔的顶头上司 Y 指挥官来到基地，解除了阿米尔的职务，并亲自担任情报员。② 他命令一名士兵报告大楼里有人。轰炸可以继续。

但还是太迟了：飞机已经返回位于特拉诺夫机场的基地。此时信息发给了他们，他们又一次升空。不过当他们回到目标那里时，时间到了 11 点 25 分，学校铃声响了。

当天傍晚，8200 部队指挥部向“阿曼”的负责人发送了一条紧急消息，表示对该行动持严重保留态度。消息传到国防部长那里，他下令取消对目标 7068 的攻击。

这清楚地证明了阿米尔的道德立场，然而，平息“8200 部队兵变”在军队中引发的风暴为时已晚。8200 部队的指挥部遭到了来自国防机构各方的猛烈攻击——就连总理沙龙也表示对所发生的事持非

---

① 重构事件的依据是打击目标 7068 的相关档案，包括行动命令、任务报告以及参与者通过 8200 部队安全服务器的内部电子邮件往来（作者的资料，从“格洛伯斯”处获得）。

② 2011 年 8 月 18 日对丹尼·哈拉里的采访。

常悲观的看法。科恩准将受命参加以色列国防军总参谋部专门为阿米尔召开的会议。官员们提出，他应当在军事法庭受审，并至少判半年监禁。有位将军更加极端："那个军官应当被判处叛国罪，然后扔给行刑队。"

几个月前，空军士兵在谢哈德被炸身亡后的抗议，以及以色列总参侦察营的人拒绝参加定点清除行动，这些令人们记忆犹新。可能是来自 8200 部队的竞争单位的某个人，把这个故事泄露给了媒体。报道中没有任何细节，但考虑到本已紧张的公共氛围，这足以让左翼和右翼的示威者走上街头。虽然离议会选举只有几天了，但许多头条报道仍和"反抗者"有关。

军事和情报机构担心众多想拒绝执行命令的士兵会步阿米尔的后尘。从指挥官的角度看，镇压巴勒斯坦起义并没有给软弱的自由派反对者留下太多施展空间。

"8200 部队是保密文化的缩影，它总是远离人们的视线，总是孤孤单单，与军队的其他部分隔开，具有高素质和高隐蔽性，"一名当时担任高级职务的官员说，"突然之间，它发现自己在以色列国防军内部的聚光灯下，这可能算得上最糟糕的处境了。人人都说，8200 部队的士兵是些来自特拉维夫最好地区的娇生惯养的孩子，他们加入军队，接受的是世界上最好的训练，然后能在初创的高科技公司把自己的技能转化成大把钞票，而且他们所有人都是左派分子和同性恋。该部队一直在努力反驳这种印象，但突然之间它被贴上了拒绝执行命令的无政府主义者的标签。"①

阿米尔的观点在于任何谋杀平民的命令都明显是非法的，这一点被军方不假思索地驳回了。以色列国防军人力资源局局长埃拉扎尔·斯特恩少将宣称，首先，只有真正扣动扳机的那个人，而不是参与行

① 2011 年 3 月对"罗马"的采访。

动的其他任何人，才能因为自己相信这是非法的杀戮命令而拒绝行动。[1] 哲学家阿萨·卡西尔教授应8200部队的指挥官之邀讨论了这个问题。他认为，阿米尔的行为在道德上是不正确的。“我在任何情况下都无法赞同那位情报人员的做法，”他说，“从那里的普遍状况来看，当他是一个遥远基地的情报人员时，他缺乏道德权威来判定那个命令是显然非法的。他并不知道整件事的全貌。他没有看到整个图景，也不知道参谋长所做决定的更宏观的战略……我赞成提问和质疑，但在当时那种情况下，命令不应当被拒绝。”[2]

阿米尔没被起诉就悄悄被免了职，使法庭没有机会判决杀死目标7068中的平民的命令是否合法。

针对目标7068的行动，违反了由以色列国防军军事法律顾问团国际法部制定的指导原则，即待清除的目标必须是与恐怖主义有直接关系的个体。但这也并非唯一一条被频繁违反的准则，这也是主流道德和法律标准普遍下降的一部分。

还有一条指导原则要求：每当无辜平民和目标一起被杀时，都要启动调查。事实上，这个原则几乎从未得到遵守。对谢哈德被杀的调查是个例外，调查最终得出结论是没有人应为12个平民的死亡负责。而这次调查也是在以色列受到了来自公众和国际社会的强大压力后才开始的。

另一条如今经常被违反的指导原则规定，当存在“合理的逮捕方案”时，也就是说可以在不危及士兵或平民生命的情况下逮捕恐

---

① 2011年8月18日对埃拉扎尔·斯特恩的采访。

② 2011年6月5日对阿萨·卡西尔的采访。事件发生后不久，参谋长亚阿隆说他从未下令杀死汗尤尼斯大楼中的任何人。然而，这些声明与书面命令以及8200部队的内部绝密文件不符。2012年，在为本书所进行的一次采访中，时任副总理的亚阿隆事实上承认了那次杀人是他下的令，不过他辩称命令是合法的。然而，亚阿隆的陈述完全背离了以色列国防军军事法律顾问团国际法部关于暗杀问题的立场，该立场规定只有与恐怖活动“直接相关”的人才是合法目标。

怖分子，就不应把他们杀死。“杜夫德万”部队情报部门的士兵阿隆·卡斯蒂尔说：“我在军队的所有一切，都在大起义爆发之后发生了变化。在此之前，我们竭尽全力活捉通缉犯；在此之后，这种做法结束了。很显然，我们去是为了杀人。”①

该时期的行动命令表明，人们期望在通缉犯的身份被确认的那一瞬间就把他杀死。比如，在“双塔行动”中，行动命令自相矛盾：“1. 任务是逮捕；2. 如果被‘框定’（百分百确认身份）的是巴勒斯坦伊斯兰圣战组织资深成员瓦利德·奥贝德、齐亚德·马莱沙、阿德姆·尤尼斯，那么部队有权执行拦截。”“拦截”一词是“清除”或“杀掉”的委婉说法，经常被用来绕过国际法部的指导原则。行动随之展开：马莱沙被“框定”和“拦截”，死于枪杀。②

还有一项违反国际法部协定的行为也经常发生，之所以如此是因为规定了只有总理才有权批准定点清除行动。而沙龙将暗杀的决定权全部授予辛贝特这件事，也令“阿曼”官员对此感到不满。

为了绕开国际法部的指导原则，“阿曼”建立了一个相同的平行机构，在不需要沙龙批准的情况下，对任何与恐怖组织获取、发展、储存、运输或使用武器有关的人实施所谓的“拦截行动”。③“阿曼”的一位高官说：“有命令禁止我实施暗杀，但没人禁止我们向发射卡萨姆火箭或运输爆炸物的人开枪。”

在某些情况下，一批武器或一支卡萨姆火箭发射队其实是要实时识别的，所以杀死他们确实是讲得通的。但通常情况是，“拦截”只

① 2013 年 12 月 31 日对卡斯蒂尔的采访。

② “双塔行动”最初由尤里·布劳于 2008 年 11 月 28 日发表在《国土报》上，在国防机构中引起极大恐慌。辛贝特立即展开调查，想找到尤里·布劳的信息来源。很快发现是阿纳特·坎姆，中央司令部的一名初级军官。她被起诉并被判入狱。随后，记者布劳受到野蛮迫害。由于怕被逮捕、拘留和起诉，当时正在国外旅行的布劳大大推迟了他回国的时间。以色列警方宣布他为逃犯，并对他发布国际通缉令。当他最终回来时，被迫把他的全部资料交给辛贝特销毁。他被控犯有严重间谍罪，定罪后被判 4 个月的社区服务。

③ 2014 年 5 月对“奥斯卡”的采访。

是预先计划好的暗杀的另一种说法，因为“阿曼”想要某个人死。“阿曼”一位官员说：“我们称之为拦截，但其实就是暗杀。我们执行了一个又一个任务，马不停蹄。”① 其中有些是合法的军事行动，有些是对关键恐怖分子的暗杀，而许多则是在这两者之间的灰色地带。

久而久之，军方和情报界越来越善于发明新方法来钻官方协定的空子。以色列国防军大大地拓展了开火程序的适用范围，比如在恐怖分子猖獗的地区，士兵接到指示在不予任何警告的情况下，向持有任何武器、燃烧弹或爆炸装置的任何人开火，然后确认他们死亡。为了创造条件使武装的恐怖分子嫌疑人能从藏身之处露面，进入能被以色列的火力覆盖的街道和巷子，他们开发了一套代号为“活寡妇”（Grass Widow）的行动程序。

在被占领土的冲突中，他们用了几种“活寡妇”手段的变体，诱惑持枪者走出藏身所，暴露于隐蔽的狙击位的火力之下。其中一种手段，是以色列军队在大街上公开逮捕恐怖分子的一名同伙，诱使持武器的枪手来到外面攻击他们。另一种手段则是让装甲车在街头来回地开，车上大喇叭播放阿拉伯语的刺激性言辞，比如“那么卡桑旅的英雄们在哪里？为什么不出来战斗？让我们看看你们是不是男人”，或者更挑衅地喊“所有圣战分子都是同性恋”，或者“哈马斯是婊子养的。你们的老妈站街，谁想干都免费”。这里列举的还是相对文雅的说法，其他一些话简直不适合写出来。或许会令人吃惊，这些办法效果很好。持枪歹徒出来向惹事的装甲车开枪，结果被藏在附近公寓里的“活寡妇行动”狙击手击毙。②

---

① 比如，根据“阿曼”的统计，从2005年7月初到10月末的4个月时间里，就有超过70名恐怖分子在拦截行动中死亡。

② 2004年，我说服以色列国防军发言人允许我观察其中一次“活寡妇行动”，此次行动代号为“沼泽王”，其目的是驱逐和杀死约旦河西岸纳布卢斯市中心一带的哈马斯和伊斯兰圣战恐怖分子。行动由890伞兵营执行，其指挥官阿米尔·巴拉姆曾多次使用“活寡妇”手段，并把美国海军陆战队的口号“耐心， （转下页）

"活寡妇行动"杀死了来自巴勒斯坦各组织的数十名枪手。从军方的立场来看，这个办法行之有效，以色列国防军在巴勒斯坦城市的街道上获得了相对的行动自由。不过，说起这些行动的合法性，确实是有争议的。

到了2002年夏天，辛贝特及其合作伙伴能在袭击造成致命结果前阻止其中的80%。很显然，定点清除拯救了许多生命。不过数据中仍然存在一种令人不安的趋势：尝试攻击的数量在增长。巴勒斯坦人非但没有被击溃，反倒滋生出越来越多的袭击者。① 这意味着以色列不得不对更多的目标倾注心力。而且这也引发了一种担忧，即随着时间的推移，恐怖组织将会从每次失败中汲取教训，会去适应，并变得更聪明、更坚韧，从而导致一场可能无休止的战争会无休止地升级。

"我们觉得我们差不多有一年或者更长的时间，给他们很大的打击，大到从他们的观点来看觉得这种事总体来说已经变得不值当。"当时的一位辛贝特高官说。②

这种担心导致了一项新计划诞生，代号为"摘银莲花"。虽然以色列已经宣布那些组织的每个成员都是"滴答作响的设施"的一部分，但它几乎没有碰过政治领导人。但这种推理已经变了。"阿曼"的泽维-法卡什少将说："在哈马斯，政治梯队和军事梯队之间没有区别，所谓的'政治'领导人参与了一切。他们制定政策，发布命令，决定什么时候进行攻击，什么时候按兵不动。"事实上，有人认为，宣布哪个为政治派别的唯一目的是为其捏造国际地位，以使其某

(接上页)毅力，偶尔一枪爆头"当成自己部队的座右铭。他在行动前的简报会上说："朝身体正中间位置再稍往上一点的位置开枪，那是最好不过了。如果人倒下了，再补一枪确保将他杀死。别忘了，我们要的是他死！" Ronen Bergman, "Code Name Grass Widow," Yedioth Ahronoth, April 26, 2004。2004年3月对阿米尔·巴拉姆的采访。

① Shin Bet, Survey of Characteristics of Salient Terror Attacks in the Current Confrontation. Analysis of Characteristics of Terror Attacks in Last Decade, 2－5. Ben-Yisrael, "Facing Suicide Terrorists," 16.

② 2012年11月对"伙计"的采访。

些领导人免于暗杀。“我们必须建立起一种明确的威慑力量，”泽维-法卡什说，“没有哪个政治梯队是我们不会碰的。”[1]

哈马斯和巴勒斯坦伊斯兰圣战组织的每位领导人现在都成了目标。要的就是把他们全部干掉。

① 2016 年 11 月 7 日对法卡什的采访。

三十二
“摘银莲花行动”

易卜拉欣·马卡德梅知道以色列人会来杀他。[1]无论如何，他应当想到的，巴勒斯坦权力机构的情报特工已跟他说很多。他们是从辛贝特的一名双重间谍那里听说的，这名间谍说自己奉以色列人之命监视马卡德梅的日常活动。如果不是为了杀掉他，辛贝特为什么会想知道他的行踪呢？

也许他并不相信。马卡德梅已经出版了一些关于宗教、圣战以及犹太人移民到巴勒斯坦的书籍和文章，他是位伊斯兰理论家。作为一名极端的哈马斯战略家，他鼓吹发动一场圣战来摧毁这个犹太国，而且他还充当该组织的政治派别和军事派别间的联络人。然而，他同时还是一名牙医，是加沙伊斯兰大学一名受欢迎的讲师。他是学术界的博学之人，把大部分时间都花在了政治上，并不直接参与恐怖行动。

巴勒斯坦权力机构的特工让他躲一段时间，等以色列人找他找得不耐烦了再出来。马卡德梅不当回事，照常在大学里授课。2003 年 3 月 8 日早上 9 点半左右，马卡德梅的助手及两名保镖去他位于加沙地带的希克拉旺（Sheikh Radwan）社区的家里接他。

一架以色列无人机看到了。

助手打电话到大学的院长办公室，通知他们马卡德梅很快会到，说他希望学生们能在演讲厅等他。“尽管冒着生命危险。”助手补充说——这是一种夸张的说法，他自己大概并不真信。

马卡德梅、助手以及保镖们沿着贾拉（Al-Jalaa）大街走了 1 000

英尺，随后两架阿帕奇直升机发射的4枚“地狱火”导弹摧毁了他们的那辆车。

他们以及在附近街道上玩耍的一个小男孩，成了沙龙及其安全内阁在2003年初批准的“摘银莲花行动”的第一批受害者。基本假定是，圣战恐怖组织的领导人希望其追随者做的事——自杀式袭击——如果贴上标价签，即他们自己的生活，就会进入一个不同的维度。或者按照国防部政治安全参谋长阿莫斯·吉拉德的描述，“他们都知道天堂里的72个处女不可能被证明，而他们，那些领导人，根本不准备亲自验证这一点”。[②]

“摘银莲花行动”比“阿曼”的泽维-法卡什少将所鼓吹的针对政治领导人的大规模暗杀战略微妙得多。事实上，这种行动不会针对哈马斯和巴勒斯坦伊斯兰圣战组织的所有领导人。比方说，哈马斯创始人亚辛就被排除在最初的目标清单外，因为担心如果亚辛被杀，会有更多巴勒斯坦人加入战斗。但要点是一样的：让哈马斯和巴勒斯坦伊斯兰圣战组织知道，称自己为政治官员再也没用了。[③]

定义这些参数花了数月时间进行辩论，就此类杀戮是否合法、是否合乎道德、（最重要的是）是否具有战略实用性达成一致意见的辩论也是如此。阿维·迪希特的前任、辛贝特局长阿米·阿亚隆说：“把恐怖主义和蛇做比较，以为它们被砍了脑袋就没法动了，这么比过于简单化了，很难想象谁会相信。恐怖组织的组建方式就像矩阵。即便它确实有个脑袋，那也是意识形态上的，几乎无法控制行动上的脑袋。”[④] 换句话说，斩首没有太多操作上的意义。但它的确创造了一个类似的先例。他说，如果哈马斯的政治领导人是合法目标，那么“坐在他办公室授权采取行动的以色列国防部长又当如何呢？这是否

① 2012年11月对“伙计”的采访。
② 2015年8月4日对吉拉德的采访。
③ 2016年11月7日对法卡什的采访。
④ 2016年3月14日对阿亚隆的采访。

也使他成为合法清除的目标了呢?”

尽管如此,“摘银莲花行动”还是很轻松地付诸实施了。[1] 在马卡德梅遇袭3个月后,以色列国防军一架无人机攻击了哈马斯的二号人物阿卜杜·阿齐兹·兰提西,但只伤了他。之后在8月12日,哈马斯创始人之一、政治派别领导人、其在阿拉伯及海外的主要发言人之一伊斯梅尔·阿布·沙纳布,在离加沙的联合国大楼不远的地方被阿帕奇发射的5枚导弹杀死。

正如外交部高级官员在“摘银莲花行动”开始前所担心的那样,国际社会确实对攻击军事行动人员和政治行动人员是分开看待的。阿布·沙纳布遇刺事件加剧了国际社会对以色列行动的争议,尽管西方承认以色列正在对自杀性炸弹袭击者展开艰苦的斗争。

联合国秘书长科菲·安南谴责了这次袭击,称以色列无权对哈马斯高级领导人进行“法外处决”。阿布·沙纳布的老上级亚辛在向巴勒斯坦媒体发表的声明中,用更直白的话表达了自己的意图:“所有的红线都过了,以色列将为此付出代价。”

也许连亚辛也不清楚,以色列将为自己最近的行动升级付出什么样的代价。旧的规则血腥而野蛮,但至少它们在某种程度上标志着战术上的底线。杀死阿布·沙纳布让哈马斯深感紧张——阿布·沙纳布参与哈马斯政治活动,而政治活动被该组织领导人视为禁区。亚辛需要想出反击的办法,而且要快。

暗杀发生后不久,亚辛命令哈马斯所有军事和政治派别的领导人9月6日在马尔万·阿布·拉斯博士家聚会,后者是加沙地带的宗教领袖、巴勒斯坦立法委员会成员。这是一件风险极大的事——让其所有高级人员在同一时间到同一地点,导致这里成了一个巨大的目标。如果走漏风声,亚辛只能寄希望于以色列可能会认为杀掉他们所有人

---

① Eldar, *Getting to Know Hamas*, 51 (Hebrew).

都抵不上可能造成的附带伤害。

辛贝特的主管阿维·迪希特已经从人力和技术两个渠道得知了此次会议，认为这会是个划算的买卖。他说："在我的整个职业生涯中，从没有哪个劲敌犯下如此大错，一个意义深远的战略错误。"①

会议本该在 4 点开始。到了下午 3 点 40 分，两架 F－16 战斗机携带 1 吨重的炸弹在天上飞，在地中海上空盘旋，以免引起房间里众人的怀疑。空军分析部门已经计算出，摧毁阿布·拉斯的三层楼需要这么大一枚炸弹。

时间到了 3 点 45 分，参谋长亚阿隆召来了行动分析师，还带来了地图和航拍照片。

"你们估算附带伤害是多少？"亚阿隆问。

阿布·拉斯家旁边是一座 5 层楼高的公寓，里面住了差不多 40 户人家。"阿曼"主管泽维-法卡什说："男人们下午 4 点可能还没回家，但可以确定的是里面肯定有几十个妇女儿童。"

"如果我们扔下 1 吨重的炸弹，他们会怎样？"

"大量伤亡，甚至可能不只如此。"另一位分析师回答。

谢哈德之祸所引发的抗议尚未被遗忘。沙龙的助手多夫·魏斯格拉斯说："我们这里没有人沉迷于杀戮，相反，空军终于意识到七八个平民的死亡所造成的损失，远大于消灭一个恐怖分子的好处。"空军甚至努力开发爆炸半径更小的弹药，用水泥来取代高达 90%的爆炸材料。不过水泥炸弹不会摧毁一座 3 层楼的房子。

亚阿隆参加了沙龙、迪希特以及另外三人举行的电话会议。"总理先生，"他说，"我建议取消攻击。这次行动会赔上几十个平民的性命。我们将打赢这场仗，但会输掉国际和国内两个舞台上的战争。

---

① 亚辛还不是暗杀目标，但这又有什么关系呢？如果能把哈马斯政治和军事力量领导人一锅端，如果能在同一座建筑的瓦砾中找到他们所有人的尸体，这就将证明以色列长期以来所主张的观点，即所谓的政治力量和那些杀死犹太人的力量，这两者并没有实践上的区别。2010 年 11 月 4 日对迪希特的采访，以及 2009 年 2 月对奥菲尔·狄克尔的采访。

以色列人民不会容忍对妇女和儿童的又一次这样的打击。我们的进攻需要内部和外部合法性才能继续，但现在我们可能会给这两方面都带来毁灭性的打击。”①

迪希特认为，以色列将错失一个对其头号敌人造成“或许无法弥补”的伤害的历史性机遇。

但亚阿隆坚持自己的观点。② 他说：“我们无论如何也不能这样干，我们可以把哈马斯领导人一锅端，但我们也会面临着数十万名抗议者走上拉宾广场的风险。他们会高喊我们是一支谋杀妇女和儿童的残暴军队。我们需要避免这一点。我们会有机会的。他们的末日终会到来。”

沙龙取消了攻击。

迪希特待在联合作战室里，既愤怒又沮丧。讽刺的是，他是最早意识到谢哈德之祸是一场大灾难的人之一，也是他最早意识到数十个平民伤亡意味着“目标已清除，行动却失败了”。

但哈马斯的集会具有历史意义。他称之为“梦之队聚首了”。他浏览了所有关于哈马斯秘密会议的情报信息，几分钟后，想出个解决办法。顶楼是一间客厅，铺着地毯，像是聚会的地方，已经拉上了窗帘。有理由认为会议将在那里召开，他问过联合作战室里的一名分析师，得到同样说法。迪希特招来作战分析师，询问是否有办法只摧毁房子的这个部分，确保相邻的结构不会受损。答案是肯定的：如果一枚带着 250 公斤弹头的小型导弹从窗户射进去，就能确保摧毁房中的

① 对该事件的重构依据 2010 年 11 月 4 日对迪希特的采访，2011 年 6 月 12 日对亚阿隆的采访，2011 年 6 月 14 日对莫法兹的采访，2013 年 4 月 10 日对法卡什的采访，以及 2011 年 6 月 5 日对伊兰的采访。

② 我决定同亚阿隆唱反调。我问：“你本来会怎么做，如果旁边没有另一座公寓楼，只有梦之队开会的这所房子，但房子里还有 3 名儿童？”亚阿隆说：“我不会有任何迟疑，我将授权行动。有问题吗？”“如果有 5 名儿童呢？”我问。“我同样会授权。听着，我已经事先知道房主的家庭成员很可能会在房子里。我们不知道如何才能将那所房子清场。在我看来，可能伤及该家庭的成员，与可能伤及邻近建筑中的许多人，两者之间有区别。”

每个人，同时对房间外不大会或者不会造成损害。

迪希特又让所有人回来开电话会议，告诉他们那个聚会可能会在三楼。泽维-法卡什对此表示怀疑。亚阿隆也没有被说服。“在我看来，把亚辛连轮椅带人一起抬去三楼有些奇怪，”他说，“但这是辛贝特的估计。我知道如何在不造成相邻房屋中人员伤亡的情况下破坏顶楼。可以继续。”所有高级官员在安全电话线上再次开了个电话会议。沙龙听着，在迪希特和亚阿隆讲完后批准了行动。

联合作战室派出了 3 架无人机监视该建筑。他们看着与会者抵达并走进房子。这证明辛贝特的信息是准确的——哈马斯整个政治派别和军事派别的领导人都到齐了，包括坐在轮椅上的亚辛、接替谢哈德担任战地指挥官的艾哈迈德·贾巴里、卡桑旅指挥官穆罕默德·迪夫。自从迪夫 1996 年接替叶海亚·阿亚什的位置之后，以色列试图杀他已经 7 年多了。“每次我们都会砍掉他一只胳膊或一条腿，但他仍然活着。”当天在联合作战室的一名资深辛贝特官员说。

4 点 35 分，一架 F－16 的飞行员朝拉着窗帘的窗户发射了一枚导弹。“阿尔法。”飞行员报告，意思是正中目标。建筑顶楼喷出火焰，砖块和家具的碎片飞向四面八方。联合作战室的分析师忙着确定碎片中是否包含了人类肢体。巨大的爆炸令整个地区发颤。

但会议是在一楼开的。“他们马上站起来，掸去烟尘，从房里跑了出去，”迪希特说，“我们看着他们逃命。有那么一瞬间，我甚至觉得我看见亚辛从轮椅上站了起来，惊慌失措地开始逃命。”①

迪希特想派一支无人机中队去炸掉所有从该建筑的停车位呼啸而出的汽车，但他的想法被国防部长莫法兹否决了，因为“极可能伤及平民”。②

---

① 迪希特当然是在开玩笑。实际上亚辛是被抬出来的。“我们听到头顶上的爆炸声，”亚辛的儿子说，“阿布·阿贝德说，‘我们被轰炸了，教长，我们必须赶紧离开。’”所以为了不把宝贵的时间浪费在轮椅上，阿贝德抱起亚辛的腿，他儿子抱起他的肩膀，一起跑向外面的汽车。Eldar, *Getting to Know Hamas*, 39。

② 2011 年 6 月 14 日对莫法兹的采访。

“我环顾作战室，”迪希特说，“看到每个人都在错失良机时丧失了理智。这是个典型的例子，说明你必须为比如像刺杀谢哈德那样的事所造成的问题付出代价。我不敢统计如果放弃炸毁整座房子将会导致多少以色列人死伤。在此之后，我们不得不一个个地对付他们。有时在付出巨大努力后，我们成功了。但很抱歉，他们中的有些人至今还活着。”①

袭击阿布·拉斯家3天后，快到6点时，一个身着军装、背着大背包的男人走进了几百人的队伍，队伍里是以色列国防军士兵，在傍晚的余热中等在茨里芬军事基地外。公交车站和搭便车的亭子都有高高的顶棚，可以在烈日下为人遮阴，人们在那里等待公交车或者一辆便车，总有热心人乐意让匆忙开始自己短暂休假的士兵搭车。

几分钟后，一支以色列国防军巡逻队来到车站。那个男人，一名哈马斯人肉炸弹，显然害怕自己会被发现，于是按下了按钮。

9名士兵死亡，18人受伤。

哈马斯正在猛烈抨击以色列袭击阿布·拉斯的住所和暗杀其政治人物。作为报复，哈马斯重新用上了当初导致以色列的打击升级的低技术含量、高度恐怖的战术——自杀式炸弹。

任务被分配给了位于拉马拉的哈马斯指挥中心，中心经营着一个小组，该小组已经与来自耶路撒冷西北部的巴勒斯坦贝特利奎亚村（Beit Liqya）的几名潜在的人肉炸弹有过接触。在茨里芬基地外袭击的前一天，一名人肉炸弹被派到耶路撒冷的一家餐厅，但此人在最后一刻因恐惧而却步了。另一名被招募来执行任务的人肉炸弹叫伊哈布·阿布·萨利姆，就是第二天在茨里芬搭便车的车站引爆自己的那个年轻人。

沙龙总理收到袭击消息时，正在新德里同印度总理瓦杰帕伊举行

① 2010年11月4日对迪希特的采访。

会谈。他授权外长在他不在国内期间，采取“必要的应对行动”。[1]沙洛姆召集以色列国防军以及情报界负责人在国防部举行紧急会议。

晚上 10 点，也就是茨里芬基地的士兵被害 4 小时后，沙洛姆立即询问与会的辛贝特和“阿曼”的代表，他们能杀掉哈马斯里的谁。不能对自杀式袭击毫无反应。“我们一直在监视马哈茂德·扎哈尔。”一名辛贝特官员说。扎哈尔是名外科医生，也是哈马斯的创始人之一，他被视为该组织中极端派系的领导人。

“也许我们可以干掉他，但要考虑到可能伤及无关人员。”

一小时过去了。部分讨论内容还围绕着如何处理亚西尔·阿拉法特的问题。西尔万·沙洛姆长期以来一直呼吁杀掉阿拉法特，或者至少驱逐他。“他策划恐怖活动，支持袭击，只要他还在，屠杀就停止无望，也不可能和巴勒斯坦人达成协议。”沙洛姆说。美国政府一位高级别官员在听说袭击事件后打电话给他，问他：“你们打算暗杀那个混蛋吗?”

在如何处理阿拉法特的问题上，各方意见分歧。无论如何，很显然这是一个只有总理才能做出的重大决定。

晚上 11 点 20 分，助手们进入房间。他们表情沉重。又发生了一起自杀式炸弹袭击，这次是在耶路撒冷德国侨民区的希勒尔咖啡店。7 人死亡，57 人受伤。伤亡人员中包括沙尔·泽戴克医疗中心急诊部主任大卫·阿佩尔鲍姆医生，以及他第二天要结婚的女儿娜娃。

这下扎哈尔死定了。

沙洛姆打卫星电话给约夫·加兰特，后者是以色列海军第 13 突击队前指挥官，多次参加定点清除行动，现在担任总理的军事秘书。加兰特叫醒了沙龙（印度时间比以色列早两个半小时），沙龙立即批准了朝扎哈尔的家发射导弹，不过只能在第二天早上 8 点 30 分后，等大人上班、孩子上学、街道安静下来时再动手。

---

① 2011 年 3 月 1 日对沙龙的采访，以及 2012 年 11 月对“伙计”的采访。

扎哈尔的家人怎么办呢？6 小时里连续发生了两起骇人听闻的袭击事件，在以色列一片震惊恐惧的气氛下，没有人真的关心这个问题。

清晨，“特班”的传感器侦测到了扎哈尔正从自己家里往外拨电话，用的是他二楼办公室的线路。

联合作战室通知了沙洛姆。不出几秒，“特班”的报告传来：这通电话是扎哈尔在接受 BBC 阿拉伯语频道的采访。沙洛姆担心在热门节目直播期间发起袭击会造成什么影响——“上帝不许人们听到爆炸声”——于是下令推迟行动到采访结束。联合作战室的人一直监听，直到他们听见扎哈尔挂断电话。

由于这是一部只有一个信号插头的固定电话，而且扎哈尔的声音也被“特班”的监听技术员以及 BBC 采访者确认过，对扎哈尔的“死刑执行令”被批准了，尽管没有任何辛贝特特工或摄像头真的看到扎哈尔在他的办公室。两架阿帕奇总共发射了 3 枚导弹，摧毁了整座房子并杀死了扎哈尔 29 岁的儿子哈立德及一名保镖，重伤了扎哈尔的妻子。但扎哈尔仅仅是擦伤：他在房外花园里享受着咖啡和雪茄，手里拿着无绳电话。

“摘银莲花行动”在实践中并不像理论上那么有效。以色列在针对几个重要目标的行动中失手了，而哈马斯用两名人肉炸弹进行报复，对以方造成 16 人死 75 人伤。虽然以色列采取了各种反恐手段，包括对哈马斯特工进行定点清除，导致以色列的伤亡人数有所减少，但“摘银莲花行动”并没有产生预期效果，即减少尝试实施恐怖行动的次数。哈马斯的政治人物或许被吓坏了，但该组织并不缺愿意成为殉道者的人。

国防机构中的争论却愈演愈烈——对亚辛该怎么办？尽管阿亚隆已经提出了他对蛇和斩首的看法，但似乎越来越明确的一点是，必须让哈马斯的领导人无法发挥作用。

辛贝特和以色列总参侦察营共同策划了一个复杂的计划，绑架并监禁亚辛。但这一想法被放弃了，因为这种行动几乎必然会涉及枪战，而枪战又意味着士兵、旁观的平民或者亚辛本人可能中弹。而且尚不清楚，亚辛再次入狱能否阻止自杀式爆炸事件。以色列官员还记得，在对他的长期监禁（因暗杀哈立德·马沙尔未遂后同侯赛因国王达成了羞辱性协议而获释）期间，哈马斯为营救他而实施的谋杀和绑架行动以及一波又一波的自杀式袭击浪潮。

很多人主张，对付亚辛的唯一有效方式就是将他杀死。

但以色列的决策者在亚辛问题上对扣动扳机犹豫不决，尽管每个人都认为亚辛积极参与指挥和策划了哈马斯的恐怖行动。的确，以色列在前一年的“梦之队”会议上差点杀了他，不过那次会上还有军事派别人员。暗杀他，并且单独暗杀他，这是完全不同的事。亚辛是哈马斯运动的创始人，是世界知名的政治领导人，是整个中东地区公认的宗教人士。

在 11 月的一次磋商中，阿维·迪希特提出：“暗杀这个人可能会把中东点燃，并从境外带给我们一波恐怖活动浪潮。”① 国防部政策与政治军事事务部主管阿莫斯·吉拉德少将以鹰派观点闻名，但他也持反对态度。他说：“亚辛是死亡理论家的典范，打造了无数次谋杀。”但他与那些心存担忧的人一样，害怕因为杀死某个被尊为穆斯林精神领袖的人而导致整个伊斯兰世界陷入大火。

亚阿隆反驳说，亚辛并没有被视为精神领袖，杀掉他除了引发愤怒的谴责，不会有任何反应。“我们在他周围兜圈子，杀掉他身边每个人而不攻击他，”他说，“这是不可想象的。”②

国防部长莫法兹甚至选择了一条更残酷的进路：“我们不仅必须攻击他，而且我可以毫不犹豫地用‘高调的方式’来做”——也就

① 2012 年 6 月对迪希特的采访，2012 年 7 月 31 日对吉拉德的采访，以及 2011 年 3 月 14 日对法卡什的采访。

② 2011 年 6 月 12 日对亚阿隆的采访。

是说，以色列毫无疑问实施了暗杀。[1]

虽然沙龙原则上同意亚阿隆和莫法兹的话，但迪希特是他在反恐和定点清除问题上的高级顾问，而且在迪希特和其他人的反对下，就连果断坚决的沙龙也丧失了一些自信。

吉奥拉·艾兰少将补充了一条令人担忧的理由：糟糕的公共关系。杀掉一个“上年纪、可怜、半瞎还坐轮椅的瘸子，对以色列难道不是个问题吗？那我们看起来不就成了野蛮西部了吗？”[2] 沙龙其实并不担心，但他确实要求听取更多的意见。

以色列国防军首席理论家阿萨·卡西尔支持亚阿隆的观点：“国际人权组织鼓吹的政治梯队和军事梯队的划分，也会使希特勒在相当长一段时间内免受攻击。梯队的划分在涉及恐怖组织时，尤其令人怀疑。”[3] 另一方面，军事法律顾问遭到强烈反对。[4] 自从三年前芬克尔斯坦和丹尼尔·雷斯纳确切阐述了定点清除的规则以来，雷斯纳及其下属多次参与行动，为他们提供法律支持。有时，他们因担心伤及无辜，会下令推迟行动。在亚辛的问题上，他们第一次因为目标本人的身份而强烈反对。雷斯纳的意见越来越受到重视，部分原因在于国际刑事法院是那个时期建立的。以色列高级官员开始担心因定点杀人而被起诉，并寻求法律支持。

然而，亚阿隆坚持认为，此事已由以色列最高专业法律机构司法部长的办公室处理。这也是首次把要定点清除的某人放在这里进行讨论。

“阿曼”和辛贝特的官员带来了红色文件，上面是他们积攒的关于亚辛的所有证据：建立哈马斯，反对以色列国存在的恶毒说教，建立恐怖组织，之前已经因为在20世纪80年代下令绑架和谋杀以色列

---

① 2011年6月14日对莫法兹的采访。
② 2011年6月5日对伊兰的采访。
③ 2011年6月5日对卡西尔的采访。
④ 2011年7月6日对雷斯纳的采访。

士兵的指控而被定罪，此外还有购置武器、为军事活动筹款、倡导自杀式恐怖活动等。

芬克尔斯坦和雷斯纳在给红色文件充分尊重的情况下，认为定点清除并不是为了报复或惩罚手段，而是为了预防未来的袭击。

情报材料中最近并无迹象显示亚辛直接参与了恐怖活动。“但那是因为他知道我们一直在盯着他，”一名“阿曼”代表辩称，“因此，他非常小心，不用电话或者其他任何电子手段来谈论任何事。”①

司法部长伊利亚金·鲁宾斯坦赞同军事法律顾问的立场，并表示在有“能在法庭上站得住脚”的明确证据证明亚辛与恐怖活动直接有关之前，自己不会批准暗杀。

此后不久，即 2004 年 1 月 14 日，来自加沙地带的一名 21 岁女子想从埃雷兹过境点进入以色列。她必须像所有巴勒斯坦人一样通过金属探测器。当她走过时，探测器发出高亢的哔哔声。“白金，白金。”她对边境警卫说，并指着她的腿——有白金植入物。

警卫让她再过一次，然后又试了第三次。探测器一直哔哔作响。一名女警被叫来搜查她。于是，她引爆了炸弹，炸死了 4 名检查人员，伤了 10 人。②

这名女子叫做里姆·萨利赫·里亚希。她有两个孩子，一个 3 岁，一个才 18 个月。

一天后，亚辛在他的一位追随者家中召开了新闻发布会。他坐在轮椅上，裹着棕色毯子，戴着一个巨大的心形花环，背景上有哈马斯的字样。他微笑着，说：“这是第一次，我们派了一位女战士而不是男战士。这是与敌人斗争的新发展。”这位教长曾多次发布宗教法

① 2015 年 11 月对“终端”的采访。

② Ali Wakad, “Suicide Bomber: ‘I Always Wanted Parts of My Body to Fly Through the Air,’ ” *Ynet*, January 14, 2004。里亚希是第八名女人肉炸弹，不过她是第一位来自哈马斯的女人肉炸弹。http://www.ynet.co.il/articles/0, 7340, L-2859046, 00.html.

令，反对使用女人肉炸弹，但他说自己改变了主意。“圣战是所有穆斯林的义务，无论男女。这证明抵抗将会持续，直到敌人被逐出我们的家园。”

站在以色列的角度上，这种战术转变很危险。“我们问自己：我们将如何应对女人肉炸弹一波波地涌入这个国家呢？”国防部长莫法兹说。即便是在一场肮脏的战争中也该有体面的标准。“对女性进行检查并防止其携带爆炸物要难得多。”①

除了亚辛的声明外，“阿曼”还把 8200 部队的“特班”基地制作的秘密录音的文字版放在了司法部长鲁宾斯坦面前，② 其中，亚辛告诉自己的行动人员，可以用女性作为自杀性袭击者。法卡什说：“我们有基于情报的确凿证据，可以证明由亚辛领导的哈马斯政治领导集团与恐怖袭击的策划者和执行者之间有直接联系。”。③

鲁宾斯坦被说服了：可以合法地杀死亚辛。安全内阁被召来做决定。西蒙·佩雷斯仍然反对：“我担心他们会开始对以色列领导人下手。”他后来说：“我觉得正是要跟他一起，我们才能达成和平协议。”④

但部长们以一票优势认定他是恐怖分子领导人。时任贸易、工业及通讯部长的埃胡德·奥尔默特是其中之一，他说：“大地会因为此次暗杀颤抖，天也会塌——这样的警告在我看来没什么了不起。”⑤

在一个业已成为惯例的程序中，内阁让沙龙和莫法兹批准以色列国防军与辛贝特关于何时以及如何进行袭击的建议。沙龙的助手告诉美国国家安全顾问康多莉扎·赖斯，从以色列的立场来看，亚辛已经成为可以合法攻击的目标。“接着便爆发了相当激烈的争论，”魏斯

---

① 2011 年 6 月 14 日对莫法兹的采访。
② 2014 年 12 月 4 日对亚尔·科恩的采访。
③ 2011 年 3 月 14 日对法卡什的采访。
④ 2012 年 9 月 17 日对佩雷斯的采访。
⑤ 2011 年 8 月 29 日对奥尔默特的采访。

格拉斯说，“他们担心中东局势会骤然恶化。”①

沙龙在公开露面时也透露了一些线索，暗示他如今把亚辛视为目标。这只会加强哈马斯领导人身边的安保。他待在家里，只有去清真寺和他姐姐家时才会露面，这两处地方离他的家也很近。在这三点之间来往的交通工具是两辆面包车，一辆装有为亚辛轮椅准备的升降机，他的保镖携武器乘坐另一辆。② 他的生活被局限在这一三角形地带，他和他的手下都认为以色列不敢攻击这三点中的任意一个，因为每个点都有大量妇女儿童，而清真寺那边还有很多无辜平民。

但这三点之间也有一些空间。3 月 21 日晚，亚辛坐车去清真寺祈祷，他的保镖坐在第二辆面包车中跟在后面。

莫法兹下令在返程途中将两辆车摧毁。直升机在天上，头顶上有无人机嗡嗡作响，亚辛的儿子阿卜杜·哈米德已经有足够时间察觉到危险。他向清真寺赶去。

“爸爸，别离开这里，”他警告道，“他们［以色列人］不会攻击清真寺。”

亚辛及其保镖决定谨慎克制，继续留在清真寺。

几小时过去了。联合作战室和所有部队保持戒备状态，空军让无人机和攻击直升机轮流升空，一旦燃料用尽就换班。教长睡在清真寺地板上的床垫上，因为睡着不舒服很早便起了。在黎明祈祷之后，他想回家了。“听不到天上直升机的声音，”他的儿子说，“每个人都确信危险已经过去。”

不过，风险仍然存在。为了迷惑追踪者，他们决定把教长绑在轮椅上，然后推着他跑回家。面包车只用来吸引注意力。“说实话，我

---

① 2012 年 10 月 11 日对魏斯格拉斯的采访。

② 杀死亚辛的最终决定是在另一起袭击之后做出的：2004 年 3 月 15 日，两名哈马斯人肉炸弹在通过车厢夹层偷偷入境之后，在阿什杜德港将自己引爆。10 人被炸死，13 人受伤。当天晚上，参谋长莫法兹划掉他日记中的一个条目。“决定：放手一搏对付哈马斯领导层，”他写道，“明天把齿轮手柄（亚辛的代号）提出来请求批准。”2011 年 6 月 14 日对莫法兹的采访。

不认为他们会朝残疾人的轮椅开火。”哈米德说。[1]

追踪者自然还在，无人机仍然在通过热成像摄像机进行监视。众人从前门出来，推着轮椅迅速地跑过停在入口处的两辆面包车。

空军司令哈鲁茨不能授权开火，因为国防部长莫法兹的命令只允许他向那两辆面包车开火。

“部长先生，”哈鲁茨说，“我们并没有框定货车，但我们确实看到一群保镖推着轮椅奔跑，轮椅上有个裹着头巾的人。我们有授权吗?”

莫法兹让他与阿帕奇飞行员通话，问是否能清楚地看到轮椅，是否能打中它。

“我可以非常清楚地看到它，”飞行员说，“我能把他们干掉。”

“我授权。”莫法兹说。

“同意。”哈鲁茨通过无线电通知飞行员。

视频显示，一道闪光出现，随后在不到一秒钟的时间里屏幕一片空白。然后是四散的轮椅碎片，一个轮子飞上天，落在视频监控范围外，人们或者躺在地上，或者艰难爬行。[2]

“请求准许再次攻击。”飞行员说。

“准许。”莫法兹回答。

另一枚导弹击中了地面，杀死了还活着的所有人。

莫法兹打电话给沙龙，后者在位于梧桐农场的家中紧张地等待行动结果。“我们有视频，”莫法兹说，“从画面上看情况不错。我们正中目标，但还是让我们等等从其他渠道来的报告。”[3]

几分钟后，“特班”基地的值班人员报告说，哈马斯的通讯频道现在嘈杂不堪。“亚辛和他的一些保镖一起殉道了。”该组织的成员

---

① Eldar, Getting to Know Hamas, 55.

② 和所有“摘银莲花行动”的视频一样，袭击亚辛的视频也保存在空军内部系统的数码档案之中。该视频由“希尔顿”向作者出示。

③ 2011 年 6 月 14 日对莫法兹的采访。

们互相转告。他的儿子阿卜杜·哈米德身受重伤。沙龙命令叫醒他的工作人员，准备处理此事的余波。①

暗杀的消息在华盛顿引起了极大的关注。"他们处在歇斯底里的边缘。"魏斯格拉斯向沙龙报告说。② 他告诉赖斯不要担心，以色列希望阿拉伯世界的反应是谴责而不是别的。"康迪，"他用平静而有说服力的声音说，"我们预计，即便巴勒斯坦权力机构也不会有什么特别举动。他们已经宣布全国哀悼三天，但所有商店都开门营业。没事的。"

全国哀悼一结束，哈马斯的最高领导机构舒拉委员会任命阿卜杜·阿齐兹·兰提西为亚辛的接班人。他在加沙一座难民营的足球场宣誓就职。该组织的全体领导人坐在主席台上，面对人群，观看身着军装的民兵列队游行，并亲吻了新领袖的手。兰提西在他的首次演讲中宣布："我们将在任何地方与敌人作战，我们将让敌人知道抵抗的意义。"他还发誓要为亚辛之死复仇。

以色列人知道阅兵和典礼的计划，但沙龙命令辛贝特和空军不采取行动，因为担心伤到平民，而且很显然外国电视台会在那里，可能会把以色列的攻击现场直播出去。

尽管如此，此时，沙龙已授权了对这位新领导人的暗杀。下这个决定容易多了。兰提西没有亚辛的宗教权威，也不是国际公认的阿拉伯政治人物。他参与恐怖行动是无可争议的，最重要的是，先例已经有了，现在可以对任何哈马斯领导人进行清算了。

兰提西很谨慎，试图掩人耳目，他从一个藏身处躲到另一个藏身处，还戴上假发，在电话里使用不同的代号。但"特班"基地毫不

① 2011 年 6 月 9 日对阿萨夫·沙里夫的采访。在明确亚辛真的在袭击中被杀死之后，"特班"地堡中一位参与该行动的军官打印出一张小告示，并将它贴在门上："只有上帝会宽恕，我们设计了这一切。"

② 2012 年 6 月 11 日对魏斯格拉斯的采访。

费力地监视着他。[1] 4 月 17 日，在被推上哈马斯领袖位置仅仅几周后，他回家为儿子艾哈迈德的婚礼做最后的安排。兰提西只是短暂停留：他给妻子完成婚礼筹备工作所需的现金，然后离开了。

兰提西乘车沿着贾拉大街行进，一枚“小刷子”导弹突然扎进他的斯巴鲁炸了。[2]

数百人聚在烧焦的汽车残骸周围。一支急救小组徒劳地试图挽救兰提西和与他同行的两名助手的性命。从路透社公布的一张照片可以看到，尖叫和哭泣的人群中，一名男子把沾满死去领导人鲜血的双手紧握着，伸向天空。

“他是个儿科医生，干的是谋杀儿童的勾当。”莫法兹告诉媒体。沙龙的副手们也把带有警告的暗示挑明了。“阿拉法特应当注意，”其中一人说，“任何一个从事恐怖活动的人都应该担心自己的命运。”[3]

杀死兰提西是自 2000 年末大起义爆发以来执行的第 168 次定点清除行动。到此时，“摘银莲花行动”成功地把哈马斯推入了震惊和混乱的状态。舒拉委员会立即任命了兰提西的继任者。但此人是个小人物，他的名字一直被保密，以免他也会被干掉。哈马斯的所有高级官员都采取了极端措施来避免被以色列找到，事实上他们的大部分时间都用在了保命上。

哈马斯网站上的一份声明称：“犹太复国主义敌人已经暗杀了我们的许多战友，现在我们急需每一位纯粹的战士加入，我们的疏忽大意毫无疑问是敌人得手的主要原因之一，因为电子侦察机从未离开加沙的上空。盯着这项任务的眼睛不肯睡去，阿帕奇直升机已经装好导弹等待机会。每一天，甚至每一刻，你都是暗杀的目标。”

---

① 2011 年 8 月对“钻石”的采访。

② 暗杀兰提西的“电子抹除”视频，由“希尔顿”向作者出示。

③ Itamar Eichner, “Not the Last Killing,” *Yedioth Ahronoth*, April 18, 2006.

兰提西被杀两周后，埃及情报局局长、开罗政坛自总统穆巴拉克以下最有权势的人物奥马尔·苏莱曼将军前往以色列，同莫法兹、亚阿隆以及迪希特紧急会晤。“我带着和解的信号而来。”苏莱曼说。他提出了哈马斯的停火建议，其要点是“没有暗杀，就没有恐怖袭击”。

莫法兹感谢苏莱曼的到来。他告诉苏莱曼，很感激埃及一如既往地努力促进该区域的和解。但没什么可谈的。他说，以色列总体上不会停止定点清除，特别是针对哈马斯领导人的。

苏莱曼被激怒了。“我大老远从开罗赶来，给你们带来了阻止袭击的提议。这是你们想要的。为什么你们不肯罢手呢?”

“哈马斯想要休战，以便壮大自己，”莫法兹说，“我们必须击败他们，不给他们喘息的时间。”①

苏莱曼转而向沙龙呼吁，后者热烈地接待了他，但没有丝毫让步。②“我们国防机构的立场是绝不能同意停火，”他说，“我不能和自己的将军对着干。”他只表示以色列会仔细监视哈马斯的动向。

哈马斯活动分子想让以色列的无人机和阿帕奇直升机难以发现他们。他们只在必要时才出门，而且只骑摩托车，并尽量走狭窄的街道。但这不是问题：5 月 30 日，两人在加沙被导弹炸死。两周之后，又有一人在巴拉塔难民营被炸死。同一天，苏莱曼再次以个人身份与沙龙会面，而在上次会面后双方进行过密集的电话交流。“总理先生，现在你知道他们的提议是认真的了吧，而且他们也已经停止攻击了。”③

沙龙极不情愿地答应停止定点清除。哈马斯下令立即彻底停止自杀式袭击。

---

① 对话重构的依据是 2011 年 6 月 14 日我对莫法兹的采访，以及莫法兹当时在他笔记本中写的对话梗概。

② 2011 年 8 月 19 日对加兰特的采访。

③ 2011 年 6 月 14 日对莫法兹的采访。Eldar, Getting to Know Hamas, 62－63。

阿里埃勒·沙龙现在在打击恐怖主义的斗争中占了上风。在这一时期，当安全局势变得安定一些时，他甚至开始考虑用政治手段解决中东历史上的冲突。他同布什总统的亲密关系，以及他与整个美国政府建立的深厚感情——其前提是以暂停定居点的新建来换取实施定点清除的自由——让沙龙觉得美国人真心实意地想帮助以色列，并给了他一些新的实惠。

魏斯格拉斯说："沙龙得出的结论是，无论谁入主白宫——他们都会把定居点看成大问题。"。

在沙龙看来，他在过去职位上全力推动的定居点建设不是宗教、意识形态问题；更准确地讲，是出于安全考虑。"当他了解这是一种负担而不是优势时，他对于疏散定居点的人，弃那里的居民于不顾也就没什么好犹豫的了。"沙龙，发下重誓的鹰派人物，一个职业生涯建立在对阿拉伯人尤其是巴勒斯坦人的强硬政策之上的人，正在"经历戏剧性的转变"，魏斯格拉斯说，"他想从身经百战的将军变成伟大的和平缔造者，以这样的身份退出历史舞台"。①

不过，沙龙仍然认为实现这一愿景有个关键障碍，那就是亚西尔·阿拉法特。总理已经认清了一点，阻止建立一个独立的巴勒斯坦国是不可能的，但这并没有减少他对巴勒斯坦领导人的厌恶。他认为阿拉法特"在自己统治的领土上建立了一个恐怖政权，以有组织和国家赞助的方式训练恐怖分子，煽动、资助他们，并提供装备和武器，派他们在以色列全境进行杀戮"。② 在同俄罗斯国防部长谢尔盖·伊万诺夫的电话交谈中，沙龙形容阿拉法特是个"病态的骗子，一个下令杀害儿童、妇女和婴孩的杀人犯"。③

当以色列国防军占领了亚西尔·阿拉法特位于拉马拉附近的一些总部时，以色列情报部门缴获了有关他的大量档案，这些材料为沙龙

---

① 2014 年 12 月 23 日对魏斯格拉斯的采访。
② 2002 年 4 月 8 日沙龙在国会的演讲。
③ Sharon, Sharon: The Life of a Leader, 363 (Hebrew).

的指控提供了诸多支撑。阿拉法特曾亲笔下令转移巨额款项以支持法塔赫的恐怖活动。巴勒斯坦主席及其圈子也涉及数额空前的腐败。这些文件表明，阿拉法特一再违背自己对以色列和国际社会的承诺，即建立一个拥有现代经济和单一武装力量的真正民主国家。他并未从一个游击组织的领导人转型成一个民主国家的领导人，而且还继续以他经营巴解组织时所采用的操纵、腐蚀、分而治之的办法来管理巴勒斯坦权力机构，所有这些都是为了确保他自己作为巴勒斯坦领导人的地位。①

作为消解阿拉法特合法地位的计划的一部分，沙龙允许一些记者（其中包括我和后来一些非以色列记者）查阅这部分档案，以便将之公之于世。他还指示从摩萨德局长的秘密基金之中提取资金，以帮助有关这些文件的书在海外出版。②

沙龙甚至考虑过要把罗马尼亚情报部门在20世纪70年代末拍摄的一盘录影带的内容散布出去。前DIE（苏联时代的罗马尼亚情报组织）负责人扬·米哈伊·帕切帕将军在谈到阿拉法特时说："我从未见过一个人这样聪明、血腥又令人反感。"③ 帕切帕回忆说，他的手下曾在阿拉法特同齐奥塞斯库总统会晤后下榻的官方接待宾馆安装了隐蔽摄像机，这些摄像机记录下阿拉法特与自己的保镖之间的同性恋关系。沙龙告诉自己的助手，这份文件已经落入以色列情报部门之手，他考虑以匿名方式在网上扩散。

当以色列通过其他方式——让美国政府相信阿拉法特已无可救药——达到其目的时，沙龙便放弃了这个令人不快的想法。④ 以色列

---

① Bergman, Authority Granted, 17－28, 165－77 (Hebrew).

② 沙龙的一名高级代表在梅厄·达甘的一名代表陪同下来找我，提出愿意资助我有关巴勒斯坦权力机构的著作《已获授权》译成英文，并支付其他所有费用。"钱不是问题，"他说，"最重要的是让全世界明白这个卑鄙男人的真面目。"我谢绝了他们的提议。2002年9月与"王子"和"莱昂尼特"的会谈。

③ Pacepa, *Red Horizons*, 44－45 (Hebrew).

④ 2004年5月21日对库柏瓦瑟尔的采访，2011年6月14日对莫法兹的采访，以及2014年4月9日对吉尔伯阿的采访。

有确凿证据证明，用“卡琳号”（Karine）从伊朗向巴勒斯坦权力机构的恐怖组织走私武器的事，阿拉法特脱不了干系。在“诺亚方舟行动”中，以色列海军第13突击队在海上夺取了该船的控制权，对其船员进行了逮捕和审讯，挖出了一个与阿拉法特关系密切的人，在此之后，巴勒斯坦权力机构主席在给布什总统的一封特别信函中，否认自己或手下与此事有关。然而，一位“阿曼”高级官员把包括窃听到的电话录音、文件、审讯记录在内的材料装进公文箱，并把箱子铐在自己手腕上带到了白宫。这些材料显然更有说服力。当布什得知阿拉法特公然欺骗他时，他在2002年6月24日公开宣称这位巴勒斯坦领导人不称职，呼吁巴勒斯坦人民选出一位新领导人。

2002年11月，在针对以色列人的几起耸人听闻的袭击发生后，沙龙下令包围阿拉法特的总部穆卡塔，把阿拉法特和他的手下困在里面。他的指令，原话是让“那些穆卡塔的狗”过得生不如死。有时断电，有时断水。之后，沙龙还下令一队D9装甲推土机每隔几天就来推倒一面墙。①

尽管如此，关于最终该如何处理阿拉法特仍存在分歧。有人认为他应当成为清除目标，以色列应当攻击他。有人认为应当悄悄下手，别把以色列牵连进去。有人倾向于流放他，有人则说应当把他困在穆卡塔直到“腐烂”。

在2002年4月的一次重拳出击后，沙龙和参谋长莫法兹被人偷听到了他俩的私人对话。那是一次公开活动，他俩坐在麦克风附近，没留意电视台的人已经开了麦克风，而且正在远处拍摄他们。

莫法兹：我们必须除掉他。

① 该部队有一名女指挥官名叫塔莉。沙龙十分在意关于阿拉法特的事，他会非常详细地与参谋长亚阿隆谈论推土机推进到何种程度。“他每天都会给我打电话，”亚阿隆回忆说，“并且问我：‘那么今天塔莉的哈洛塞特都干了些什么呢?’（哈洛塞特在这里是个双关语，一方面它指‘破坏’，另一方面在希伯来语的俚语中指‘漂亮女子’。）他真的对此乐而不疲。”2016年12月21日对亚阿隆的采访。

沙龙：什么？

莫法兹：除掉他。

沙龙：我知道。

莫法兹：利用现在这个机会。不会再有机会了。我想现在就和你谈谈。

沙龙：当我们行动……我不知道你用了什么办法（笑）。但你让每个人都睡着了……（变得严肃）。我们必须小心！

目前尚不清楚沙龙这里所指的究竟是哪个"行动"，但以色列国防军和情报界确实为对付阿拉法特的每一种可能战术准备了应急方案。空军司令丹·哈鲁茨强烈支持流放阿拉法特，他挑了两个小岛作为其可能的新家，一个靠近黎巴嫩海岸，另一个靠近苏丹。在他看来，阿拉法特应当被送去那里，只带两名助手，少量食物和水，然后由以色列向全世界宣布他的下落。① 特种步兵部队受命夺取穆卡塔，并进到阿拉法特的房间。以色列考虑在突袭之前往该建筑发射催眠气体，尽可能不伤人性命。

行动最终还是被取消了，因为"我们不能肯定阿拉法特能在这一系列动作后还活着走出来"，医疗队创伤组负责人、中校阿米尔·布鲁门菲尔德医生回忆道，"毕竟，我们对付的是一位身患多种疾病的老人，他和去绑架他的士兵可能会爆发战斗"。②

围绕阿拉法特的讨论最后传到了华盛顿。布什政府的官员担心沙龙会下令暗杀阿拉法特，就像他决心清除亚辛一样。在 2004 年 4 月 14 日白宫举行的一次会议上，布什要求沙龙承诺不伤害阿拉法特。据一名与会者说，沙龙对总统说自己理解他的要求（"我明白你的意思"）。③ 布什见总理闪烁其辞，便继续追问，直到沙龙明确承诺不

---

① 2011 年 7 月 5 日对哈鲁茨的采访。
② 2010 年 5 月 28 日对布鲁门菲尔德的采访。
③ 2015 年 1 月 19 日对伊兰的采访。

杀阿拉法特。

即便在做出这一承诺之前，沙龙就已经与以色列国防军和情报界负责人商定了结论：以色列在任何情况下，都不能被坐实与亚西尔·阿拉法特之死有关。这一点在他对布什总统做出承诺之后变得更加重要了。

然后，突然间，这个曾多次设法死里逃生的人被一种神秘的肠道疾病结果了。在各方倡议下进行的实验室检查得出了不同的结论。[①]根据一些检测结果，在阿拉法特的衣物和遗体上发现了微量钋，这是一种用于暗杀的放射性物质。其他专家则判断他是自然死亡。沙龙允许阿拉法特飞去巴黎附近的法国军事医院治疗，以免他死在被以色列控制的区域。来自这家医院的病历引发了许多疑问，并且不排除他死于艾滋病的可能性。[②]

以色列发言人断然否认以色列与阿拉法特之死有任何牵连。[③]“我们没有杀阿拉法特。”情报界和政界高层郑重重申。

另一方面，阿拉法特的死亡时间毫无疑问非常古怪，就在亚辛遇刺后不久。沙龙的忠实代言人尤里·丹在自己的著作《走近阿里埃勒·沙龙》（*Ariel Sharon: An Intimate Portrait*）中称，在稍晚些与布什的一次会面中，沙龙说他不再认为自己必须遵守先前不杀阿拉法特的承诺，而总统没有做出回应。在那一时期，丹向沙龙抱怨道，为何

---

① “Swiss Study: Polonium Found in Arafat’s Bones,” Al Jazeera, November 7, 2013.

② Harel and Issacharoff, “What Killed Him?” Haaretz, September 6, 2005.

③ 以下是我提问什么导致巴勒斯坦领导人死亡时，部分以色列高级官员给我的回答：（阿拉法特死亡时的）参谋长摩西·亚阿隆（2011年8月16日）面带笑容地说：“你的意思是什么呢？阿拉法特是因为悲伤而死。”副总理西蒙·佩雷斯（2012年9月17日）说：“我并不认为我们应当杀死他，我认为最终还需要他来创造和平。”副参谋长丹·哈鲁茨（2011年7月5日）说：“啊，我现在明白你试图破译我的身体语言，这也是采访的一部分。”“阿曼”局长泽维-法卡什（2013年4月10日）说：“我很纠结——有时我觉得我们需要对他实施打击，有时我觉得我们不能这样干，他与纳斯鲁拉或亚辛还是有区别的。”

不流放阿拉法特或者审判他，“这么说，阿拉法特获得了完全的豁免?”。

沙龙言简意赅地回答：“让我按自己的方式做事。”随后，丹写道：“突然，他结束了我们之间的对话，这在我们的交往中是不寻常的。”丹接着说，阿拉法特的病情在与总统会面之后开始恶化，并用以下说法作结：“阿里埃勒·沙龙将作为消灭阿拉法特而不是杀害阿拉法特的人载入史书。”

到底亚西尔·阿拉法特是怎么死的呢，如果我知道这个问题的答案，我也不可能在这本书中写出来，甚至不能在这里写我知道答案。以色列的军方审查员禁止我讨论这个问题。

人们可以肯定地说，沙龙想除掉阿拉法特这个他所谓的“两条腿的野兽”，这个20年前他没能杀死的人。如果沙龙确实下令清除阿拉法特，那也是在极为隐秘的情况下进行的，知情人的范围比其他任何定点清除行动都要小得多。沙龙亲自规定了行动目标，[①] 但对此予以否认。“最近的事件很可能是一个历史转折点，”他在阿拉法特去世后的一次特别声明中说，“如果在阿拉法特时代结束后，出现一个不同的、严肃负责的领导层，一个言出必行的领导层……那么会有相当大的机会同这个领导层协调各项行动，甚至与之重启外交谈判。”

在不承认与阿拉法特之死有直接关系的情况下，这一时期的所有高层都同意阿拉法特的离去增进了以色列的安全。被任命为其接班人的马哈茂德·阿巴斯（即阿布·马赞），以及与美国政府关系密切的巴勒斯坦新总理萨拉姆·法耶兹，启动了反恐的决定性战役。即便辛贝特中持怀疑态度的人也承认，在阿巴斯和法耶兹上任后，巴勒斯坦人开始认真遏制恐怖主义了，而且承认阿拉法特去世后出现的宁静很

① Aluf Ben, “A Responsible Leadership Will Enable Resumption of Negotiations,” *Haaretz*, November 12, 2004.

大程度上归功于同他们二人在安全方面的密切合作。①

以色列和巴勒斯坦在2000年9月爆发的战争，一场用自杀式爆炸和定点清除冤冤相报的战争，就这样逐渐偃旗息鼓，直到最终结束。

在第二次大起义中，以色列对巴勒斯坦恐怖活动采取了一系列措施，包括以色列国防军在地面突袭中进行的大规模逮捕，以及在约旦河西岸与以色列之间修建隔离墙，使自杀式恐怖分子更难进入以色列。然而，尽管这些措施在某种程度上遏制了恐怖组织，但统计数字也清楚地显示，在这些措施启用后，他们还在继续企图实施残忍的恐怖袭击，只有当定点清除行动干掉了大量恐怖分子，以及“摘银莲花行动”杀死了恐怖组织领导人之后，恐怖袭击才销声匿迹。

得益于以色列情报界简洁高效的定点清除机制，该机构战胜了多年来被认为不可战胜的敌人：自杀式恐怖主义活动。借举国之力，通过情报部门和作战部门之间的顽强坚持与合作，在阿里埃勒·沙龙的果断领导下，以色列证明了一个凶残、貌似绝不妥协的恐怖网络是可以击溃的。

然而，使用定点清除将带来沉重的代价。这一代价主要是由无辜的巴勒斯坦人付的。他们成为暗杀的“意外损害”（coincidental damage）。许多无辜者被杀，数以千计的无辜者受伤并落下终身残疾，包括儿童。还有的人精神上受创或者无家可归。

辛贝特的一名高级官员说：“过去，当暗杀还是秘密的合法性存疑的行动时，我们只能少量地出击。有多少暗杀能在不被曝光的情况下完成呢？从以色列国防军法律顾问让这些行动恰当、合法、公开的那一刻起，我们就为暗杀开了一条流水线。所以，我们的良心现在更

① 2011年10月23日对迪斯金的采访，2012年9月对贾迪·戈尔茨坦的采访，以及2015年12月对“胡佛”的采访。

干净了，而死的人也更多了。”

2018 年，时任哈佛大学法学教授的加布里埃拉·布鲁姆既是以色列国防军法律顾问中的一员，也是使暗杀合法化的那份备忘录的作者之一。她在 2017 年的一次评论中表达了自己强烈的悔意：“我深感担忧，最初授权在特殊情况下采取的例外行为变成了一种常规做法。”①

定点清除行动也在很大程度上进一步使以色列在全世界眼中边缘化和失去合法性。大卫又一次表现得像歌利亚。

参谋长丹·哈鲁茨试图解释为何以色列采用定点清除政策：“这是中东的基本行为准则：他们意识到我们疯了，我们准备一条路走到黑，我们不准备再忍气吞声了。”

然而，虽然亚辛和阿拉法特这两位高层人物的死亡无疑对该地区产生了巨大的影响，但阿米·阿亚隆说的没错，暗杀领导人可能会将历史引入一个新的方向，但它并不必然比从前的路更好——它极可能最终会使得实现和平的时间更为漫长。

事实证明，阿拉法特是唯一能让巴勒斯坦人民团结在巴勒斯坦权力机构控制之下的人。他去世后，阿巴斯总统在这方面失败了，哈马斯接管了加沙，并在那里建立了第二个巴勒斯坦实体。这个新局面对以色列构成了严重威胁，比阿拉法特曾经对以色列造成的威胁要大得多。

哈马斯成功地控制了加沙，这要归因于它从伊朗获得的巨大援助。荒谬的是，如果亚辛还活着的话，很难相信哈马斯可以成功地在加沙地带建立自己的政府。亚辛强烈反对与伊朗的一切合作或来往，而且还把自己这个观点强加于整个组织。

毫无疑问的是，亚辛之死是哈马斯的整个历史上遭受的最严重的

---

① 2017 年 8 月与加布里埃拉·布鲁姆教授的电邮往来。进一步阅读可以参见：Gabriella Blum and Phillip B. Heymann, “Law and the Policy of Targeted Killing,” *Harvard National Security Journal*, vol. 1, no. 145, 2010。

打击，也是其希望与以色列达成停火的唯一最大因素。不过这也导致了中东历史进程中另一个不大可能出现的转折：亚辛之死，使得伊朗这个以色列最危险的敌人在以色列成为地区性霸主的计划中变成了最后一环。

三十三
“激进阵线”

领导权出乎意料地落入了巴沙尔·阿萨德的手中。

在1970年11月夺取叙利亚大权的哈菲兹·阿萨德原本希望长子巴西勒继承自己的位置，但巴西勒在一场车祸中丧生。阿萨德的第二选择，是他已经从军的次子马希尔。但后来证明，马希尔容易头脑发热，脾气暴躁并喜欢诉诸暴力。他的三儿子马吉德身患先天性疾病，后来也正是死于这种疾病。还有一个儿子便是巴沙尔。1994年，他的父亲在巴西勒命丧车祸后立即把他召回大马士革，此时巴沙尔29岁，正在伦敦，是一名眼科研究生。

巴沙尔一直被认为是阿萨德的儿子中最弱的一个，他有点孤僻和不切实际，看起来还有点胆怯。他的父亲可能已经意识到巴沙尔的弱点，但家族的持续统治是他最关心的。他把巴沙尔送去军队，巴沙尔很快在那里升为上校，然后为了使其得到锻炼，他又任命其为驻黎巴嫩的叙利亚部队指挥官。到1990年代末，巴沙尔已经做好了竞选总统的准备。哈菲兹·阿萨德在2000年6月去世。巴沙尔在次月当选总统。

不过在那个时候，阿萨德的继承权是个问题。苏联已在10年前解体，冷战结束了，此时俄罗斯在中东几乎没有影响力。国际舞台被重置，巴沙尔·阿萨德必须找到叙利亚在这个舞台上的位置。

然而，叙利亚的经济状况却比过去任何时候都糟糕。国库空虚，其军队虽然是该地区规模最大的军队之一，却有些过时，急需现代化武器装备。最重要的是，以色列仍然控制着1967年从叙利亚手中夺取的戈兰高地。这是一道很深并且公开的伤口，民族自尊心不允许它愈合。

2000 年中期，阿萨德迎来一次选择：要么让叙利亚与最后一个超级大国美国结盟，要么与新兴的地区大国伊朗结盟。这并不是个困难的选择。在哈菲兹·阿萨德总统去世 10 年前，他便答应加入美国为对付另一个阿拉伯国家（为了把萨达姆·侯赛因赶出科威特）而建立的联盟，这令全世界感到震惊。他希望得到一些回报——经济上的，将叙利亚从参与恐怖主义活动和毒品交易的国家名单上抹掉，并向以色列施压，迫使其完全退出戈兰高地。但这些他都没得到。

在去世前 3 个月，哈菲兹·阿萨德在日内瓦与比尔·克林顿总统会面，这是美国为斡旋叙利亚和以色列达成和平协议所付出的外交努力的高潮。克林顿给阿萨德带来了埃胡德·巴拉克总理的意思，其中包括以色列从未给过的最好条件：几乎完全撤出戈兰高地，只要“叙利亚士兵不把脚伸进加利利海”——也就是说，叙利亚人不能永久驻扎在加利利海岸边。阿萨德听完了克林顿带来的消息之后，在峰会开始后不久便破坏了会谈。

在以色列和美国看来，这证明了哈菲兹·阿萨德的不妥协毫无道理，可能要怪他患上的胃病和痴呆症。在阴谋论的狂热爱好者阿萨德看来，此次峰会进一步证明了美国不过是以色列的卫星国而不是相反；而且他永远不会从与美国的关系中得到整个戈兰高地或其他任何重大利益。

而且以色列似乎被削弱了。

埃胡德·巴拉克在 2000 年 5 月无条件地从黎巴嫩撤出，这在阿萨德看来，不啻为一场屈辱的失败。对他而言，这证明了对游击战的有效利用甚至能迫使该地区最强的军事力量屈服。

哈菲兹·阿萨德勉励自己的儿子巴沙尔收复被占领的戈兰高地。但他同时也建议巴沙尔避免与以色列发生正面军事对抗，叙利亚几乎肯定会在这样的冲突中失利。然而，伊朗已经有代理恐怖组织——其中包括真主党领导人——对犹太人发动不对称战争。巴沙尔·阿萨德认为，更好的选择是让激进分子来打一场可能迫使以色列让步的肮脏战争。圣战分子如此愿意流血牺牲，何必流叙利亚人自己的血呢?

因此，阿萨德同真主党及其德黑兰赞助人建立起联系，以此作为自己安全理论的核心内容。叙利亚和伊朗就共同防御、武器供应、装备发展签署了一系列协议，德黑兰还给了阿萨德15亿美元重建他的军队。①

伊朗许多最权威的宗教人士认为阿萨德及其阿拉维派同胞是异端，是神圣传统的叛徒，是冒犯安拉的异教徒。但话说回来，叙利亚有强大的军力，与以色列接壤，比德黑兰更有国际信誉。

伊朗政府本身也有一些问题。这个国家正处在严重经济危机的阵痛中，波斯社会出现了严重的裂痕，对阿亚图拉们的不满情绪也在日益高涨。和伊拉克一样，伊朗也跻身世界上最孤立最被排斥的国家之列。布什总统在2002年1月的国情咨文中把这些国家描述成“邪恶轴心”。此后，美国政府加强了对伊朗的制裁。

布什并未把叙利亚列入“邪恶轴心”，因为美国人仍然希望叙利亚站在西方一边，其部分原因在于叙利亚同许多西方国家保持着友好关系——特别是法国和德国。② 在21世纪头十年任美国国家安全局和中情局局长的迈克尔·海登说:“我们想和他［阿萨德］合作，打击在伊拉克同我们作战的恐怖分子。”他补充说，这一希望很快就破灭了。

与叙利亚结盟符合伊朗的最大利益。③ 德黑兰可以向大马士革提供其急需的现金、先进的军事技术，比方说用于远程导弹的固体燃料火箭发动机。作为回报，叙利亚可以让伊朗直接接触自己的主要对

---

① Bergman, *Secret War with Iran*, 350－58.

② 2014年8月20日对海登的采访。

③ Ronen Bergman, “The Secret Syrian Chemical Agent and Missile City,” Yedioth Ahronoth, September 6, 2002.

手，更重要的是，它可以成为伊朗通向更广阔的世界的桥梁。伊朗的进出口可以通过叙利亚的海港和机场，减轻伊朗在国际上的孤立状态。

与此同时，伊朗在黎巴嫩经营着一支代理民兵，而叙利亚在黎巴嫩维持着大规模的军事和情报行动。为了维持对真主党的供应并让它发挥作用，伊朗人需要行动自由，而叙利亚不仅可以允许，甚至能提供便利。

但小阿萨德所做的不仅仅是站队。

几十年来，他的父亲一直允许伊朗人将武器空运到大马士革，然后通过陆路运送给真主党。但哈菲兹·阿萨德对伊朗人的帮助只是让他们不受障碍地行动——他小心翼翼地避免与圣战分子本身产生任何紧密联系。然而，巴沙尔·阿萨德看到了一个机遇。真主党对以色列的胜利，以及把以色列比作“蜘蛛网”（外强中干）的真主党秘书长哈桑·纳斯鲁拉的理论，都对巴沙尔产生了影响。

小阿萨德决定全心全意地与神权政治和圣战分子共命运，并把叙利亚的所有资源交给他们支配。从 2002 年初开始，阿萨德把自己的军队军械库对真主党开放，为他们提供了连伊朗都没有的现代苏式武器装备以及远程地对地导弹。他还向其视为榜样的纳斯鲁拉敞开了自己宫殿的大门。

叙利亚想壮大真主党的力量，也有实际的考量。[①] 黎巴嫩是叙利亚以及阿萨德的将军们的经济命脉，他们从国家涉足的交易中获得丰厚的佣金。然而，近来黎巴嫩的一些有权势的人物站出来要求叙利亚人离开。作为回应，真主党参谋长伊迈德·穆格尼耶开始代表伊朗人和叙利亚人的利益，一个接一个地暗杀了这些人物。暗杀活动在穆格尼耶手下杀死拉菲克·哈里里时达到了顶峰。拉菲克·哈里里是中东

---

① Ronen Bergman, “They Are All ‘the Hezbollah Connection,’ ” *New York Times Magazine*, February 10, 2015.

最重要的政治家，曾两次出任黎巴嫩总理，并试图动员全世界的力量把叙利亚人赶出自己的国家。

很明显，伊朗、真主党和叙利亚之间存在共同利益，三方都非常适合在有需要时互帮互助。于是，以色列情报界所谓的“激进阵线”联盟便诞生了。

这是恐怖组织、孤立的神权政体和现代化民族国家结成的联盟，它使得游击队员、自封的革命者和犯罪的暴徒组成的庞大网络，能够以异常强劲的军事效率运作。这些国家和组织的领导人制定了战略，并为分散在整个中东地区的一批来历各异的特工提供物资。①

处于该网络的最高运作级别的是三个人：伊朗革命卫队的卡西姆·苏莱曼尼、真主党的伊迈德·穆格尼耶以及叙利亚的穆罕默德·苏莱曼将军。在伊朗和叙利亚支持下，在大马士革活动的伊斯兰圣战组织领导人拉马丹·沙拉赫也被邀请加入联盟，并受邀参加一些讨论。

他们的副手，包括真主党研发部负责人哈桑·拉奎斯（Hassan al-Laqqis）、巴勒斯坦伊斯兰圣战组织驻黎巴嫩负责人马哈茂德·马乔布。哈马斯在“激进阵线”中并没有正式身份——亚辛是逊尼派，他看不起什叶派伊朗人——但在巴勒斯坦境外的哈马斯领导人哈立德·马沙尔并不这样想，此人指示该组织在大马士革的一位行动指挥官伊兹·丁·谢赫·哈利勒与该阵线的其他成员保持联系。

“激进阵线”通过一张关系网和运输网，开始为打击以色列提供更多、更致命的援助。在贝鲁特，真主党支持并武装巴勒斯坦恐怖分子，按照在自杀式爆炸中死去的以色列人的数量付他们奖金。火箭在叙利亚或伊朗被拆散，以零件形式通过陆路或海路走私到加沙地带，然后由巴勒斯坦伊斯兰圣战组织的战士组装起来。马乔布以同样的方式把革命卫队的舰载导弹运送给在黎巴嫩的巴勒斯坦伊斯兰圣战组织

① 2014 年 9 月对“终端”的采访，以及 2016 年 11 月对“伊夫塔克”的采访。

游击队。马沙尔和谢赫·哈利勒从伊朗获得了大量的资金援助（可能亚辛并不知情），以及数量可观的技术奥秘，这些技术被传授给加沙的人帮助他们生产自制火箭。

与此同时，真主党的拉奎斯开始在黎巴嫩南部修建大量的掩体和导弹发射井，以应对以色列的入侵或以便发动进攻。这些工事被伪装得很好，以至于以色列情报部门对此一无所知。① 以色列也不完全清楚正在组装的致命武器的数量。据评估，真主党在 2003 年时拥有游击队有史以来最大的军火库。

当然，在边境和被占领土上出现敌人对以色列来说并不新鲜。但现在以色列被一股彼此协调且基本上是一支单一的部队包围，它由黎巴嫩真主党、被占领土上的巴勒斯坦伊斯兰圣战组织、北部的叙利亚人构成，他们都受伊朗的资金和武器支持。

以色列的机构中负责获取情报并应对这种外部威胁的是摩萨德。但它的努力还远远不够，主要是因为它还没适应不断变化的时代。② 摩萨德无法渗透进圣战组织，在人人都能使用移动电话和加密软件的世界里缺乏相应的技术能力，还有对马沙尔的拙劣暗杀所导致的一系列严重的操作失败，都表明摩萨德已经变得能力不足和无效。相较于摩萨德试图渗透的任何其他阿拉伯国家，伊朗是更老练、前所未见的对手，而巴沙尔·阿萨德也在叙利亚制定了严格的现场安保措施。

摩萨德四下出击，试图阻挠“激进阵线”成员正在实施的危险项目。③ 比方说，摩萨德了解到俄罗斯军工专家阿纳托利·昆泽维奇（Anatoly Kuntsevich）将军正在帮助叙利亚生产极其致命的化学武器——神经毒剂 VX。官方向莫斯科发出的抗议被无视了。于是，2002 年 4 月，昆泽维奇在从阿勒颇飞往莫斯科的航班上神秘死亡。

---

① 2013 年 5 月 26 日对达甘的采访，以及 2016 年 1 月对“优点”的采访。

② 2015 年 8 月对“卢克尔”的采访。

③ Bergman, *Secret War with Iran*, 352.

不过，这是一次孤立的成功。摩萨德并没有对付“激进阵线”的一贯而稳定的战略，以色列人仍处在非常危险的境地，对敌人的许多计划和行动毫不知情。相比辛贝特和“阿曼”在被占领土上的成功，摩萨德被认为是情报界的薄弱环节。

沙龙总理被摩萨德惹怒了。摩萨德在早些时候的操作失误后，变得提不起精神，这很不合他心意，而且还百般推诿不愿冒险。摩萨德局长埃弗莱姆·哈勒维的做法也和沙龙完全相反，后者总想主动出击。照多夫·魏斯格拉斯的说法，当“以色列发现自己正处在其历史上最艰难的战斗之一——第二次大起义时，我们永远无法理解为什么这个作为以色列一个重要机构的摩萨德却没有一点存在感。在哈勒维治下，外交方面获得了极大发展。作战方面却变成了阑尾，是个可有可无的多余部分”。[1]

这一时期恰逢大起义的高峰期，清算名单上最紧急、最靠前的目标正是那些鼓动巴勒斯坦恐怖主义的人。[2]

伊朗人控制下的真主党建立了自己的 1800 部队，为恐怖组织“坦兹姆”（在阿拉法特的法塔赫主持下成立）发动更多的自杀式袭击提供资金和训练。黎巴嫩境内的巴勒斯坦伊斯兰圣战组织同样为其成员在约旦河西岸和加沙地带的自杀式恐怖活动提供资金、训练及指导。

由于摩萨德方面没有任何有力的反制方案，“阿曼”试图填补这个空白。“阿曼”主管亚哈伦·泽维-法卡什说：“摩萨德不是行动的合作伙伴，另一方面，我们‘阿曼’盯上了约旦河西岸的 50 名巴勒斯坦人，他们在黎巴嫩真主党 1800 部队的资助和支持下，一直在为制造自杀式袭击而忙活。这种情况已经变得不可容忍了。”因此，他

---

① 2014 年 12 月 23 日对魏斯格拉斯的采访。

② Bergman, *Authority Granted*, 269－96 (Hebrew).

们的想法是“对一系列真主党目标进行打击，以便让其领导人明白干这些事是要付出代价的”。[1]

“阿曼”的反恐负责人罗南·科恩上校拟了一份目标名单（称为“十二火枪手”），其中包括真主党1800部队的特工，也有些伊斯兰圣战组织和哈马斯的人。[2]

其中之一就是凯斯·奥贝德，他曾是辛贝特的特工，但叛逃去了真主党的1800部队。奥贝德设法引诱一位以色列国防军高级预备役军官前往迪拜，[3] 此人债务缠身，而奥贝德答应帮他摆脱财务困境。这名军官中了圈套，被下药后放进了一个板条箱，通过外交包裹的方式从驻迪拜的伊朗大使馆寄往贝鲁特。在审讯过程中，他向真主党以及叙利亚人泄露了重要的军事机密。此后，认识很多以色列阿拉伯人、能说一口流利的希伯来语的奥贝德开始招募人肉炸弹。

奥贝德是以色列公民。以色列情报部门中有一条不成文的规定，不杀以色列同胞。但在自杀性恐怖主义的严重威胁下，这条规定被搁置了。尽管如此，科恩的“火枪手”名单也并未包括真主党高级官员穆格尼耶及其两位副手，或者秘书长纳斯鲁拉等。“我们担心这样做可能会引发一场全面战争。”参与此次行动的一名男子说。[4]

泽维-法卡什、科恩在与沙龙会面讨论这次行动时，称辛贝特虽然在清除约旦河西岸和加沙地带最高级别的恐怖分子方面做了出色的工作，却没有人对付从以色列境外提供帮助的各组织的领导人。[5] 沙龙几乎不需要劝说。“很遗憾，你们的朋友没有这样的积极性。”他阴沉地说，指的是摩萨德。

---

① 2013年4月10日对法卡什的采访。

② 2015年11月17日对罗南·科恩的采访。

③ Bergman, *By Any Means Necessary*, 462 - 63 (Hebrew).

④ 2016年9月对“里奥”的采访。

⑤ 2015年11月17日对罗南·科恩的采访。

第一个目标是拉姆齐·纳哈拉（Ramzi Nahara），[①] 是个毒贩，也是以色列情报人员，在以色列从黎巴嫩撤军时变节了，他还是奥贝德绑架以色列官员的同伙之一。2002 年 11 月 6 日，他和侄子伊利·以撒一道前往他们在黎巴嫩南部的家乡艾恩埃贝尔村。当他们的车子经过村口时，一个伪装成岩石的大型爆炸装置爆炸了。两人都死了。

按顺序，下一位是阿里·侯赛因·萨拉赫，他是在黎巴嫩内政部注册的伊朗驻贝鲁特大使馆的司机，但其实他是 1800 部队的特工。2003 年 8 月 2 日，他驾驶自己挂外交牌照的宝马豪华轿车，去位于贝鲁特达西亚区的 1800 部队总部上班。早上 8 点 32 分，藏在他车子后座的一个大型炸弹爆炸，将汽车撕成两截，并被抛向远处，距离爆炸在路上形成的大坑约 50 英尺。“阿曼”在该事件的报告中说：“爆炸将萨拉赫的身体撕成两半，两块汽车残骸中各有一半。”[②]

萨拉赫死后，真主党不再掩饰他真正的身份。真主党的灯塔电视台报道称：“真主党沉痛悼念一位最伟大的圣战战士。”

2004 年 7 月 12 日，在 1800 部队中接替已故的萨拉赫职位的加勒布·阿瓦利（Ghaleb Awali）离开了自己位于贝鲁特的哈雷特-胡莱克（Haret Hreik）什叶派社区的家。他钻进了自己的梅赛德斯，转动了点火开关上的钥匙。几秒钟后，汽车爆炸了。他受伤严重，立即被送往医院，但在抵达医院时被宣布死亡。

一个新的组织，第一次也是最后一次出现在黎巴嫩，声称为这次暗杀负责。这个自称“黎凡特战士”的逊尼派组织宣称：“我们处决了变节者的典型人物之一，什叶派的加勒布·阿瓦利。”

真主党毫不怀疑这是以色列的假消息噱头，认为这起暗杀的幕后黑手是以色列。在为阿瓦利举行的盛大葬礼上，哈桑·纳斯鲁拉在悼

---

① 他帮助伊迈德·穆格尼耶绑架了艾哈迈德·哈拉克。哈拉克是一名摩萨德间谍，他杀死了穆格尼耶的兄弟（参见第 23 章）。纳哈拉处于伊朗和真主党在以色列间谍活动的中心，他把钱款和指令分配给人肉炸弹的组织者。

② 2016 年 10 月对“波旁”的采访。

词中指出，死者属于一支专门支持巴勒斯坦人斗争的特殊部队。“他是我们去巴勒斯坦的路上的一名殉道者，是在与犹太复国主义实体的斗争中为耶路撒冷和阿克萨清真寺牺牲的烈士。”纳斯鲁拉站在阿瓦利覆着黄色真主党旗帜的棺材前宣告。他指控“阿曼”领导人泽维-法卡什应为此次暗杀负责。

沙龙欣赏泽维-法卡什的努力，但他也意识到对付“激进阵线”需要更多努力，并且对摩萨德内部进行大刀阔斧的改革势在必行。

沙龙想换掉哈勒维，被推荐了好几个人选，其中有摩萨德元老，也有以色列国防军的将军。但沙龙心中真正的人选只有一位：他的好友、从军时期的部下梅厄·达甘。达甘为人强硬且有进取心，正是沙龙需要的能反击“激进阵线”的那类人。

达甘于1995年离开了以色列国防军，后来成为总理办公室的反恐事务负责人。[①] 在这个职位上，他建立了一个名为“长矛”（Spear）的秘密机构，其目的是破坏敌人的经济资源。“我认为经济战非常重要，它必须成为我们打击主要敌人的战役的基本组成部分。”达甘说。

“长矛”的调查使得以色列取缔了所有代表哈马斯持有资金的组织，其中一部分来自国外富有的穆斯林。（“长矛”还敦促美国联邦调查局以及欧洲同行在各自的国家采取相同的行动。但这些建议在911事件之前无人理睬。）在一次会议上，达甘的风格与哈勒维治下的摩萨德的风格形成了鲜明的对比。摩萨德提供的信息表明，伊朗向哈马斯提供的部分资金是通过总部位于苏黎世的一家欧洲银行支付的。

“没问题，”达甘说，“我们烧了它。”[②]

“烧什么？”

---

① 达甘在1997年被任命为反恐办事处副主任，同时他也参与政治活动，包括反对从戈兰高地撤出的行动。同时他还组织了沙龙2001年的选举日活动。

② 2016年5月对“莫扎特”的采访。

"当然是那家银行，"达甘回答，"我们有它的地址，不是吗？"

与会者向他解释说，不是现金，而是通过国际结算系统（SWIFT）电子转账的，在别处都能转。

"那又如何？"达甘说，"我们还是得烧了它。银行经理知道这不是合法的钱。它就干不了任何坏事了。"

达甘最终还是接受顾问的建议，没有下令烧掉银行。然而，用总理对他某些助手说的话来讲，这大体上就是沙龙想要的解决方案："牙齿缝里长着匕首的摩萨德首领"。①

不过，这也并不意味着他急于与敌人展开大规模对抗。相反，达甘继续主张以色列应当竭尽全力避免与该地区所有国家发生全面军事冲突，这样的冲突是不可能全面获胜的。

"这是以色列国防机构的职责，"达甘经常在摩萨德这样训诫他的新部下，"它应当尽其所能地推迟下一次战争，以秘密手段集中打击敌人。"

达甘在 2002 年 9 月接掌摩萨德。不久之后，沙龙让他负责暗中阻挠伊朗的核计划。从 20 世纪 90 年代末开始，伊朗在其尽快获得核武器能力的计划中倾注了大量资源，从所有可能的渠道购买设备和技术。② 沙龙和达甘都认为一个有核武器的伊朗是以色列的生存威胁。

达甘被告知他能获得任何想要的东西，不论资金、人员和无限的资源，只要他能阻止阿亚图拉们制造核弹。他接受了这些资源，开始工作。

---

① 2002 年，在刚刚任命梅厄·达甘担任摩萨德局长之后，我便询问总理阿里埃勒·沙龙是否认为这个有着暴躁、爱与人争吵并且好斗声誉的官员，与常规指挥体系恰恰相反，却能让该机构重获昔日荣耀。沙龙带着似笑非笑的狡猾表情回答我："我对此毫不怀疑。你知道梅厄的最大特长是什么吗？"我摇摇头，沙龙用招牌式的黑色幽默回答自己的问题："梅厄最大的特长就是能让恐怖分子身首异处。"2004 年 4 月对沙龙的采访。

② 2014 年 8 月对"埃尔迪"的采访，以及 2011 年 7 月 7 日对加兰特的采访。

“沙龙任命他是对的，”魏斯格拉斯说，“梅厄刚到任便开始创造奇迹。”

达甘搬进了摩萨德主楼中的新办公室，在那里挂了一张自己祖父的照片，照片中的祖父跪在地上，恐惧地盯着围在他周围的德国军人，几分钟后他就被杀了。“看看这张照片，”达甘会在派摩萨德特工执行任务前对他们说，“我在这里，我们摩萨德的男男女女都在这里，就是为了确保这样的事情不会再发生。”

达甘决定将摩萨德打散，然后以一种适合他的方式重新组装起来。首先，他明确了摩萨德的任务就是情报收集。信息不是出于它本身考虑来收集、编目、归档，变成一个无用的资料馆的，而是要变成达甘能直接用来对付敌人的情报。他希望信息能很快引向先发制人和预防性行动，成就破坏、伏击、定点清除和暗杀。在新局长治下，摩萨德将成为为勇士服务的机构。

“我告诉阿里克［·沙龙］，在我看来该组织必须要有深层变化，”达甘说，“我提醒他：‘但你得决定，是否已经准备好付出相应的代价，记者会对你、我、摩萨德穷追不舍。这并不容易。你准备好付出代价了吗？’① 他说他准备好了。阿里克知道如何给别人以支持。”

达甘经常私下与沙龙见面，以便获得秘密行动的许可。一名前摩萨德的高级官员这样描述当时的氛围：“那是段歇斯底里的日子。达甘一大早就到了，不到天黑他是不会停止朝所有人大喊大叫的，比如谁谁谁没弄出材料来，谁谁谁弄的东西一文不值。”②

在达甘看来，“整顿”负责招募和运作特工的“连接点”部门尤为重要。在他眼中，这里才是“摩萨德真正的心脏”。“无论你怎样组合，每次行动靠的都是人力获得的情报。”

---

① 达甘提到他预计会遭到两名记者的批评，一位是《国土报》的阿米尔·奥伦，另一位是罗南·伯格曼。达甘的预言灵验了。2013 年 5 月 29 日对达甘的采访。

② 2012 年 5 月对“萨尔瓦多”的采访。

“连接点”的核心人员是“招募官”，是招募和管理特工的专案官。他们都是老练的专家，善于操控人。

然而，按照达甘的看法，招募官也操纵着摩萨德本身。达甘根据自己所处的位置将他所看到的“连接点”部门描述为“一个完整的谎言体系，它欺骗自己，对谎言信以为真”，以使自己和整个摩萨德相信它的成功。“多少年来，他们为所欲为。他们招募了一个在核设施附近的办公室里端茶送水的人，就说他们在伊朗核计划里有内线。他们该被人抓住衣领，照屁股上来一脚。”

达甘改变了“连接点”的程序，要求所有特工接受测谎，以证明他们是可靠的。“连接点”的招募官强烈抗议让他们的特工接受测谎。“这会显得缺乏信任；他们将感到受辱，不再想要和我们共事。”

这位局长严厉地驳回了反对意见。“你是白痴吗?”他问其中一名招募官，“这个人背叛了自己的国家，背叛了他所珍视的一切。你认为他不愿意为了钱参加测谎吗?”

达甘说，抵制测谎实际上是“连接点”职员怕“暴露他们的虚张声势”，因为他们招募了些不可靠的特工。他设法与摩萨德在全球各地的数百名专案官频繁地进行基本交流：“从未见过摩萨德局长的特工管理人突然每3个月就见他一次，而且局长不仅对他工作的理论层面感兴趣，还对工作的实施层面感兴趣，会问他成功在哪里，又为什么会失败。这一手基本让此人的上级们今后没法再蒙骗我了。”①

一旦达甘把摩萨德推入了有效的战时状态时，他也收窄了摩萨德的任务范围。他宣布该机构将来只有两个宽泛的目标。② 一个目标是任何企图获取核武器的敌对国家，尤其是有核计划的伊朗。设备和原材料的进口将被破坏、拖延和停止，已经运行的设施将被彻底摧毁，

---

① 2013年6月19日对达甘的采访。

② 原本清单上还有一个目标：与全球圣战组织的战争。自2002年11月基地组织试图在蒙巴萨用肩扛式导弹击落一架以色列飞机开始，这一直是优先目标。而达甘判断后认为，摩萨德在全球战场上对打击基地组织的任何贡献和美国的巨大努力相比都不值一提，此后他们便搁置了这一目标。

核科学家将会被骚扰和拉拢，如果必要，甚至则会被杀死。

第二个目标是“激进阵线”。目前还没有与伊朗或叙利亚全面开战的计划，但摩萨德可以切断给真主党、哈马斯以及巴勒斯坦伊斯兰圣战组织输送武器的供应线。它还可以追捕个别恐怖分子，干掉“激进阵线”的高级官员，即便他们是叙利亚将军。

在沙龙的命令下，“阿曼”局长泽维-法卡什同意让他的军事情报机构与摩萨德充分合作，创建一个可以共享所有情报的联合“情报库”——这极大地扩展了摩萨德的可用资源。[①]

为协调这一巨大的跨组织合作，并领导摩萨德的数百项行动，达甘任命该机构的行动单位——“彩虹”的指挥官塔米尔·帕尔多来负责。帕尔多曾是以色列总参侦察营的军官，约纳坦·内塔尼亚胡在恩德培人质行动中中弹时，他就站在其身旁。帕尔多是个勇敢的行动人员，具有战略眼光和不可抑制的干劲。达甘任命他为自己的副手。

2003 年 5 月，在达甘和摩萨德高级指挥官的论坛上，帕尔多展示了一份绝密计划，这是 4 个月密集努力的成果，是为了阻止伊朗的核计划。帕尔多开门见山：“一开始的假定是一个技术先进、资源丰富的国家试图获得核弹，比如伊朗，总有一天会成功。换句话说，立即停止该项目只能通过伊朗的政治阶层思想转变或者人员变动来实现。”

房间里传来几声叹息和咕哝，不过帕尔多仍在继续他的发言。“在此状况下，以色列有三个选择：一是征服伊朗，二是让伊朗政权更迭，三是说服目前的政治阶层，他们继续核计划将比终止核计划所付出的代价大得多。”

由于前两个选择并不现实，所以只剩下第三个选择了，即采用公开或隐蔽的行动，对阿亚图拉们狠狠施压，让他们决定干脆放弃。[②]

---

① 2016 年 1 月 31 日对法卡什的采访。

② 2014 年 9 月对“埃尔迪”的采访，以及 2016 年 11 月对“伊夫塔克”的采访。

达甘总结说："与此同时，在他们得出结论认为这对他们来说并不值当之前，我们必须采用各种手段，一次次地推迟他们获取核弹的时间，这样一来，当关系破裂的时候，他们还未及拥有这种武器。"

至于如何做到这一点，达甘有个大胆的想法：向以色列的朋友寻求帮助，甚至是那些表面上看来是敌人的。他知道，尽管中东大多数国家公开反对以色列，但私下它们更包容和务实。"我们与许多阿拉伯国家之间有利益交集，而且还不是蝇头小利。"他说。这些国家包括约旦、埃及、沙特阿拉伯、阿联酋、摩洛哥等，它们的利益和激进的什叶派革命者或其大马士革盟友无关，更别说这些人全副武装的代理民兵了。这些阿拉伯国家几乎都害怕伊朗拥有核武器，也许比以色列更怕。

从行动的角度看，这些国家的情报业务有许多胜过摩萨德的地方：他们的特工是阿拉伯人，能说流利的阿拉伯语，他们与敌视以色列的国家保持着外交关系（有些甚至关系相当好，至少从表面上看是这样），他们能够在这些敌对国家相对畅行无阻。其中很多国家，由于阿拉伯世界内部的权力斗争，他们在叙利亚、伊朗、黎巴嫩已布下间谍多年。

达甘下令摩萨德加强与外国情报机构的秘密联系。① 在接下来几年，以色列情报机构取得了许多卓越战果：识别、监测、打击黎巴嫩和叙利亚恐怖分子的能力；伊朗大使馆向世界各地派遣恐怖小组的情报；阿亚图拉的核计划信息，以上都是合作的结果。虽然这些阿拉伯国家在联合国谴责以色列，但它们也在和这个犹太国在最秘密的任务上开展合作。

---

① 达甘提名摩萨德的环球部（特维尔部）负责与外国情报机构间秘密联系的大卫·梅丹来大力增进这方面的联系。达甘和梅丹都会秘密会见许多中东国家的政府和情报机构首脑，说服他们做一些想象不到的事情，即和以色列摩萨德合作对付其他阿拉伯和伊斯兰国家。梅丹流利的阿拉伯语及其对阿拉伯世界和文化的个人理解，对破冰有非常大的帮助。2015 年 7 月 16 日对梅丹的采访，2013 年 6 月 19 日对达甘的采访，以及 2014 年 2 月对图尔基·本·费萨尔·索德的采访。

达甘的改革在内部引起强烈反对，后来，许多摩萨德高官辞职而去。[①] 摩萨德是个封闭的守口如瓶的组织，狂热地致力于保密——任何可能需要向外国机构，特别是阿拉伯机构泄露方法和消息来源的合作都被视为渎职。但在达甘看来，这完全没有意义，只是智力和行动能力下降的借口。

“我认为他们错了，其他方面（中东地区情报机构）与我们看待问题的方式相同，反对与他们合作是愚蠢的，”他说，“摩萨德有义务动员一切可能的资源和盟友，以实现其目标。我叫他们别再废话——整合我们的资产，不管是哪个机构的，以便和其他情报机构交易。我决定，只要不危及我们自身或我们消息来源的东西都可以交易，否则没人会拿我们当回事。”[②]

“我来摩萨德的时候有 300 人辞职，这是一次大规模的人才外流，”他说，“顺带说一句，我很高兴他们中一些人走了。”

由于行动的需求越来越多，达甘还废除了摩萨德的一批时间久远的安全协议，其中有些已经存在了几十年。在他接手之前，如果一项任务所需的护照、信用卡及安全的通讯手段不够，那么为保安全，该行动可能会夭折。这些安全协议导致大量的行动被取消。

达甘治下就不这样了。“他会召见护照组的负责人。该负责人曾警告称证件不够安全，经不起检查，”一位多次在摩萨德局长办公室参与讨论的人说，“他会告诉该负责人，如果第二天早上他的办公桌上没有准备好另外五本护照，那就放上你的辞职信。”[③]

达甘只要事实，对任何顾虑都置之不理。“都是些废话。只要功夫深，铁杵磨成针。这都是些‘故事’，是不采取行动的借口。”

---

① Ronen Bergman, “A Wave of Resignations at the Mossad Command,” Yedioth Ahronoth, October 7, 2005.

② 2013 年 5 月 29 日对达甘的采访。

③ 2015 年 1 月对“埃尔迪”的采访。

达甘相信定点清除是重要且必要的武器，但前提是始终如一地使用，并把它当成包括其他暗中行动、外交及金融措施在内的更大意义上的武器库的一部分。任何一次杀戮都可以被敌人合理化为一种独有的、一次性的不幸，甚至断断续续的暗杀也可以被理解为环境的产物，这对毫无防备和马虎的人来说是致命的结果。为了让定点清除具有战略效果，它必须是一种持续的威胁。

“零星清除没有任何价值，”达甘说，“消灭高级行动人员，以及作为一项永久和持续的政策打击其领导层，是一件非常好的事。当然，我说的‘领导层’是广义的。我会永远选择杀掉头号人物吗？没必要。我找最上层的行动人员梯队，找那个真正主事、对下面的人最具影响力的人。”[①]

“阿曼”和摩萨德从“激进阵线”中挑出“消极处理”的人选，列了份名单。问题是，他们都在所谓的目标国家，摩萨德通常不执行这样的任务。但达甘决定连这一规定也改掉。

“当我到摩萨德的时候，它并不具备真正在目标国家开展行动的能力。”达甘说。为了改变现状，他首先在摩萨德建立了文件系统（护照、身份背景故事等），以便特工在被怀疑时经得起长时间的审讯。

达甘还改变了长期以来只由以色列人行刑的政策，即只使用该机构自己的人实施暗杀。达甘更喜欢使用代理人，这源于他在加沙和黎巴嫩服役期间参与的无数次清除行动的经验。“我准备在任何一位这样的间谍的棺材上哭泣，或为死去并将灵魂归还造物主的代理人落泪。相信我，我会真的落泪的。但我也更愿意看到是他们而不是我的［以色列犹太］特工死去。”

达甘还推动了摩萨德的技术升级。他个人对这个领域了解并不多，但他意识到这是必不可少的，摩萨德已经远远落后于其他国家的

① 2013 年 6 月 19 日对达甘的采访。

情报机构，甚至是以色列的其他机构。他任命了解现场特工需求的高级作战人员“N”来领导技术部门。

达甘的变革不久之后便展现出效果来。达甘认为机构开始有所动作的时机到了，他提出，即刻开始，所有境外定点清除都须由他来下命令，由他的副手塔米尔·帕尔多来安排。

“阿曼”反对此计划，而摩萨德与“阿曼”的亚哈伦·泽维-法卡什及罗南·科恩爆发了激烈的争吵。[①] 最终，沙龙决定：叙利亚方面由达甘负责，“阿曼”仍负责黎巴嫩境内的袭击。

在这一秘密的官僚事务调整的同时，以色列发现敌人的官僚组织结构也发生了令人不安的变化。2004 年 3 月的亚辛遇刺，有效地去除了亚辛不与伊朗来往的全部限制。“从亚辛退出游戏的那一刻起，哈马斯的重心就从以色列控制的领土转移到了其在叙利亚和黎巴嫩的领导层手中，哈立德·马沙尔成为该组织的实权人物。”辛贝特的伊扎克·伊兰说。[②]

马沙尔指示以伊兹·丁·谢赫·哈利勒为首的部下去告诉伊朗人，哈马斯现在准备接受他们的所有援助。伊朗人很高兴：随着哈马斯正式入伙，“抵抗”阵线如今完整了。在哈利勒的监督下，伊朗人开始把导弹的各个部件送入加沙地带，以增强该组织武库的射程和杀伤力。革命卫队的教官也来到了加沙。

2004 年 9 月 26 日，哈利勒上了他停在大马士革南部的自家房子旁边的汽车。刚刚坐下来，手机便响了。“阿布·拉米，我是图巴斯的拉姆齐。”图巴斯是约旦河西岸的一个村镇。“是的，”哈利勒说，“我能帮你什么？”电话断了。[③] 一秒钟后，汽车爆炸，哈利勒被炸身亡。

下一个名字是马哈茂德·马乔布，巴勒斯坦伊斯兰圣战组织在黎

---

① 2016 年 2 月 18 日对罗南·科恩的采访。
② 2014 年 10 月 22 日对伊兰的采访。
③ 2017 年 3 月对“伊夫塔克”的采访。

巴嫩的头号人物。2006年5月26日上午10点30分，他离开了巴勒斯坦伊斯兰圣战组织位于黎巴嫩南部港口城市西顿的办公室，陪同他一起离开的是他的兄弟兼保镖尼达尔。当尼达尔拉开驾驶位车门的时候，藏在车内的炸弹被附近的监视人员遥控引爆，这两人被炸死了。

"当然，我不会为这些事负责。"达甘在谈到这一系列暗杀事件时说，以色列的官方政策是不对境外的定点清除行动负责。① "但从概念上讲，"他补充说，"如果以色列正在对付像哈马斯、巴勒斯坦伊斯兰圣战组织及自杀式恐怖袭击这样的挑战，而摩萨德没有在其中略尽绵力是不可想象的。"

针对1800部队、伊斯兰圣战组织及哈马斯人员的袭击，给这些组织造成了巨大损失，但并未改变总体格局。"激进阵线"仍是个心腹大患，并仍在协调其针对以色列的行动。

以色列公众一向很容易受到以色列国防军士兵被绑架事件的影响。纳斯鲁拉非常了解这种特殊的敏感性，他下令手下尽可能多地下手绑人，并且建议"激进阵线"的伙伴也这样做。有些行动失败了，而那些成功的严重打击了以色列的士气。

2000年10月，在穆格尼耶的授命下，真主党一支特别部队绑架了在以黎边境巡逻的3名以色列士兵。为了确保真主党还人，以色列同意与真主党达成一项羞辱性的换囚交易。②

在交易中获释的伊斯兰圣战组织囚犯刚回到加沙，便立即恢复了恐怖活动，掀起一轮令人毛骨悚然的自杀式爆炸运动。这些获释的囚犯在被辛贝特和以色列国防军杀死或者再次逮捕以前，成功地指挥了

① 2013年6月19日对达甘的采访。

② 此次交易还包括埃尔哈南·坦南鲍姆上校（预备役），他曾在迪拜被诱入毒品交易，而后被劫持到贝鲁特。2004年8月对埃尔哈南·坦南鲍姆的采访，2009年1月13日对洛坦的采访，以及2002年11月对亚哈伦·哈利瓦的采访。*By Any Means Necessary*, 440－56, 475－88 (Hebrew)。

8起自杀式袭击，造成39名平民死亡。[1]

2006年6月25日，7名哈马斯战士爬出地道。他们花了好几个月时间偷偷挖掘，从加沙地带的一口井下开始挖，穿过边境围栏的下方，出口在附近的一个以色列村庄。在一次大胆的行动中，他们蹑手蹑脚地来到以色列国防军的营地后面，杀死了那里的两名士兵，伤了其他士兵，并拖着士兵吉拉德·沙利特同他们一起返回了加沙。他们把沙利特的防弹衣挂在以色列和加沙地带之间的围栏上，以示挑衅。[2]

辛贝特和以色列国防军完全无法找到沙利特被囚禁的位置。虽然辛贝特和“阿曼”在加沙地带的情报收集和行动通常都非常有效，但哈马斯从伊朗情报机构获得的指导证明了自己也并非徒有虚名。[3]在沙利特被俘的整整5年里，以色列根本不知道他被关押在什么地方。

在此次袭击发生时，哈马斯已经发展成熟，成了个管理机构：6个月前，哈马斯政治派别凭借伊朗的支持，在巴勒斯坦权力机构的选举中获胜。当选总理伊斯梅尔·哈尼亚多次从以色列对他的暗杀中幸存下来，其中包括2003年轰炸哈马斯领导层秘密开会（“梦之队”）那次。哈尼亚前往德黑兰，得到了2.5亿美元的援助。“伊朗是巴勒斯坦人的战略纵深，”他在此次出访中宣称，“我们永远不会承认犹太复国主义政权。我们将继续圣战，直到解放耶路撒冷。”他把3 500万美元的现金装在几个大箱子里带回了加沙。

以色列对加沙进行了猛烈轰炸，作为对杀害国防军士兵、绑架沙利特的回应，200多名巴勒斯坦人死亡。以色列还袭击了约旦河西岸，绑架了多名哈马斯政府部长。然而，哈马斯视若无睹：它要求以

---

① 2011年10月对“亚马逊州”的采访。

② Bergman, *By Any Means Necessary*, 563－71 (Hebrew).

③ 2011年11月22日对巴拉克的采访，以及2016年12月对“芬达”的采访。

色列释放 1 000 名巴勒斯坦囚犯，以交换一名以色列士兵。[1]

7 月 12 日，即沙利特被俘两周后，“激进阵线”的行动开始升温。真主党游击队绑架了在以色列北部边境巡逻的两名士兵。对以色列人来说，这招用滥了，新任总理埃胡德·奥尔默特（接替中风的沙龙）告诉助手，他会一劳永逸地“干死”真主党。阿里埃勒·沙龙在使用武力的问题上从不犹豫，但他怀疑以色列国防军是否有能力赢得与真主党游击队的较量。奥尔默特听信了参谋长丹·哈鲁茨的保证，后者确信空中打击可以击败真主党，不需要让地面部队冒险。他相信空军的战斗轰炸机可以使该组织丧失攻击以色列的能力，让他们“最后只剩驴子来驮着喀秋莎火箭到处跑”。

这是个致命的错误，让以色列付出了高昂的代价，也终结了哈鲁茨的军人生涯。[2] 虽然对真主党地盘的空中轰炸确实造成了重创，但其掩体、发射器及隐蔽的通讯系统仍然完好。以色列对这些设施知之甚少，真主党把它们称为“自然保护区”，是在哈桑·拉奎斯的监督下，根据伊迈德·穆格尼耶的命令，利用从伊朗和叙利亚获得的先进设备建起来的。真主党的火箭弹一如既往地落在以色列北部。最终，以色列国防军于 7 月 29 日发动了一次犹犹豫豫又没有效果的地面袭击。[3] 这次袭击摧毁了真主党的一些阵地，但以色列国防军也损失惨重，在两周后不得已讪讪撤退。

---

① 内塔尼亚胡把自己包装成反恐专家开始了国际职业生涯。他不断宣扬人们永远不能屈服于用人质换囚犯的要求。然而他却是那个下令释放 1 027 名巴勒斯坦囚犯来交换沙利特的人，这其中还包括不计其数直接参与谋杀以色列人的哈马斯成员。这是此类交易中付出的最高昂的代价。Ronen Bergman, “The Human Swap,” *New York Times Magazine*, November 13, 2011。交易中释放的部分恐怖分子在接下来的几年中被以色列定点清除。马赞·福卡哈就是其中之一。他参与了自杀式爆炸，并在 2003 年被判 9 次无期徒刑外加 50 年监禁。2017 年 4 月 24 日，以色列刺客在加沙地带他家附近朝他头部开了数枪。

② 2013 年 5 月 29 日对达甘的采访，2011 年 11 月 22 日对巴拉克的采访，以及 2011 年 11 月对“伊夫塔克”的采访。

③ 2006 年 8 月 9 日对埃胡德·亚当的采访，2006 年 8 月 4 日对莫迪凯·基多的采访。Bergman, *Secret War with Iran*, 364 – 78。

整个战争（在以色列称为第二次黎巴嫩战争）是一次耻辱性的失败，几乎没有达到任何目的。中东地区最强的军事力量在6年内被同一支游击队击败了两次。“这情况有点类似春节攻势后的北越军队，”达甘说，“虽然进攻失败，他们也遭受了沉重打击，但他们赢得了战争。”①

在签署停火协议之后，纳斯鲁拉成为阿拉伯世界最受欢迎的领导人，也是多年来唯一一位在军事对抗中与以色列正面交锋并获胜的领导人。

以色列试图用真主党领导人的性命来弥补自己在战场上的失败，首当其冲的便是纳斯鲁拉。“如果我们成功地杀死纳斯鲁拉，局面就会发生变化，”哈鲁茨说，“我们试了，但没有成功。”收到过三次有关纳斯鲁拉的行踪的具体情报。有一次，他们炸毁了一座建筑物，然而他刚离开不久。还有一次，炸弹确实击中了他所在的位置，但没能穿透他藏身的地下工事上方厚厚的钢筋混凝土层。“他们在那里建的工事简直令人难以置信，”哈鲁茨说，“你击中一个位置，然后突然间你看到烟从街道尽头的某个洞中冒出来，而你意识到下面有一条你从不知道的地道。”

为干掉真主党高级官员付出的其他努力也以同样的方式结束。7月20日，以色列试图通过精确定位拉奎斯的手机来锁定他。一架F－16战斗机向手机所在的贝鲁特一间公寓发射了一枚导弹，然而结果发现拉奎斯将手机留在那里出去了。他的儿子被炸死。哈鲁茨承认，“我们在处理这些事（暗杀）时，并没有做好应有的准备。”②

2007年6月，在杀害4名以色列国防军士兵并引发另一场战争一年后，哈马斯的部队屠杀了法塔赫驻加沙的大量官员，并强占了加沙

① 2013年5月29日对达甘的采访。
② 2011年7月5日对哈鲁茨的采访。

地带，有效地建立了一个独立的哈马斯国家。因为哈马斯部队对阿布·马赞的法塔赫成员感到愤怒，在选举中获胜的是哈马斯，但法塔赫的人仍然把持着巴勒斯坦权力机构。

局面对以色列来说不能更糟了。从北到南，它都被“激进阵线”控制的、拥有军事实力并财大气粗的国家和组织包围，而在士兵被俘以及 2006 年战败后，以色列自己也伤痕累累犹犹豫豫。

在接管加沙一个月后，“激进阵线”的高级指挥官在大马士革召开了一次秘密高层会议，商讨未来对付敌人的联合行动。

气氛热烈。该阵线成功地在以色列国内重启了自杀式爆炸袭击；布置在黎巴嫩和加沙地带的数万枚火箭和导弹覆盖了以色列全境；真主党在去年夏天挫败了以色列摧毁它的企图；哈马斯在巴勒斯坦权力机构的选举中获胜，并在加沙建立了自己的国家；伊朗和叙利亚各自都在制造核武器的进程中取得了重大进展。他们都认为，目前的状况是“抵抗”轴心所能希望的最好局面。①

以色列官员远远地观看了这次会议，并有所计划。达甘知道，这场战争将不得不在暗处进行，充满风险，但没有限制。

---

① 2013 年 3 月 19 日对达甘的采访，2014 年 1 月对“埃尔迪”的采访，2017 年 3 月对“伊夫塔克”的采访，以及 2016 年 12 月对“优点”的采访。

三十四
杀死莫里斯

在维也纳一家酒店的酒吧里，易卜拉欣·奥斯曼挨着一个漂亮的陌生女人坐了下来。他已人到中年，秃顶，眼角下垂。但他旁边的女子似乎对他很感兴趣，至少在和他说话。她说法语——奥斯曼也说法语，她喜欢巴黎和狗。奥斯曼请她喝了一杯，给她讲自己在大马士革家里养的贵宾犬。

奥斯曼是叙利亚原子能委员会的负责人。女的则是摩萨德的特工。以色列人并不清楚奥斯曼掌握着什么样的秘密，但他们知道他2007年1月会在维也纳，而在那里动手相对容易。他们并不认为这会是特别重要的一次行动，它将和其他几个被认为更重要的行动同时进行。

然而，当这位女特工沉浸于奥斯曼在酒吧里讲的贵宾犬的故事时，一队“彩虹”特工搜查了他的房间。初步检查并没有发现任何有价值的东西，他们开始尝试打开奥斯曼留在房间里的一个上锁的沉重箱子，但没成功。要不留痕迹地打开箱子需要特别的手段，而此时一名监控人员注意到奥斯曼表现出了疲倦的迹象，可能马上就会回房间。

“我来，告诉我时间。”指挥官低声说，然后离开了自己的监视位置，走进房间接手。[①]奥斯曼签字埋单。“你有大概4分钟。”一名监视人员用无线电通知他。这位叙利亚人向自己的新朋友道谢，约好如果第二天早上能碰见，再接着聊。奥斯曼举步朝电梯走去。“2分钟，”监视人员用无线电报告，“离开那里。”

房间里，“彩虹”小队刚刚打开箱子，开始尽快复制里面的图片，没去关心图片的内容。奥斯曼在电梯里。“还有1分钟就要碰上了。”无线电中传来紧张的声音。此时，所有图片都被拍了下来，箱子被重新整理好，锁上。“电梯到了，快出来!”

奥斯曼正在走廊上，还有30秒就到了，他几乎已经可以看见自己的房间。小队中的一人准备玩个把戏转移他的注意力，便假装喝醉，把一杯威士忌倒在了他身上。但有了这几秒，小队的其他成员走出房间，沿着走廊往相反方向迅速走去。“我们出来了。一切都好。解散。”无线电中传来指挥官平静而自信的声音。

摩萨德小组当天在那里拍的材料并没有立即被破译。当有人看到这些材料时，距离在维也纳闯入奥斯曼的房间已经过去了大约两周。

那是他们第一次看到核反应堆的照片。

叙利亚正准备造核弹。事实上，它在制造核弹方面取得了巨大的进步，但它设法把整个项目包得严严实实。这个局面不是通过干掉一两个关键人物就能解决的。需要另一种极端的行动。

奇怪的是，巴沙尔·阿萨德很把以色列情报界当回事，这也是他为什么如此费尽心思地隐瞒。他相信，叙利亚通过电磁手段传递的每一条消息，不论是座机、手机、传真、短信还是电子邮件，都被以色列情报机构拦截了。“他真心认为，穆斯塔法每次与穆罕默德通话的时候，莫舍尔都在窃听，”8200部队的一位官员说，“而这并不一定是个严重的错误。”②

为了让风险降到最小，阿萨德指示他在“激进阵线”里的联络人穆罕默德·苏莱曼将军建立一支影子部队，一支独立于叙利亚国防体系的其他部分单独存在的部队。即使是最高级别的官员，包括军事参谋长和国防部长，对此都一无所知。苏莱曼下令所有重要的消息只

① 2012年4月对“查尔斯”的采访，以及2016年12月对“伊夫塔克”的采访。
② 2013年3月对“莱拉”的采访。

能写在纸上，以蜡封口，通过一名摩托车通讯员来传递。这种退出电子年代的做法奏效了。多年来，苏莱曼的组织完全在以色列情报机构的视线以外。①

苏莱曼最大的秘密隐藏在干旱的代尔祖尔地区，在叙利亚东北部幼发拉底河河岸几英里外的一个深谷中。从 2001 年开始，他一直在监督用来容纳叙利亚用伊朗的钱从朝鲜买的一座核反应堆的设施的修建。② 该反应堆将使叙利亚人能生产制造核弹所需的钚。阿萨德认为，核弹将让他在战略上和以色列处于同等地位。

苏莱曼不遗余力地隐藏这个地点——而奥斯曼正是苏莱曼信任的少数人之一。他知道反应堆的事，并且把与此有关的文件放进了自己的行李中。现在，以色列也知道了。

当摩萨德在 2007 年 1 月掌握这些材料时，摩萨德局长达甘正要成为埃胡德·奥尔默特的首席国防与战略顾问。2006 年 7 月，当奥尔默特决心与真主党开战时，达甘激烈地反对参谋长丹·哈鲁茨通过空袭击败什叶派民兵组织的计划，而且他告诉内阁：“我了解黎巴嫩，我也了解真主党，如果步兵的战靴不踏上他们的大片土地，那么攻击很大程度上是不会起效的。”随着时间的推移，达甘的担忧被证实了，奥尔默特也更加看重他的意见。③

达甘是个可以洞察他人灵魂的人，而且在公共关系上颇有天赋。他与奥尔默特分享了行动中最有趣的花絮，而后者也被达甘本人以及他的间谍乃至特别行动的世界所吸引。在对以色列国防军和大范围的全面军事行动丧失信心后，他对他的间谍头目赋予了越来越多的权力，以便其对“激进阵线”发动暗战。“我信任梅厄，”奥尔默特说，

---

① 2013 年 3 月 17 日对沙哈尔·阿格曼的采访。

② 至于伊朗人是否知道部分资金用于资助朝鲜和韩国的核计划，以色列情报部门收到的几份报告内容完全相反。Bergman, *Secret War with Iran*, 257－58。

③ 2006 年 8 月 10 日对沙里夫的采访。

"他需要我的支持，需要我批准他的部门想出来的疯狂念头。"①

发现核反应堆是达甘的又一项功绩——尤其是因为包括美国情报机构在内的任何一家情报机构都没能找到它——但很大程度上在于这是个令人严重关切的问题。② 这个国家的头号敌人在核武器项目上正处于高级阶段，而他们对此一无所知，消息迅速传遍了以色列情报界。"梅厄带着这些材料［从奥斯曼房间拍的照片］来找我，"埃胡德·奥尔默特回忆道，"感觉像地震一样。我意识到从现在开始，一切都将不同了。"③

此后不久，奥尔默特派达甘去向美国国家安全顾问斯蒂芬·哈德利、美国中央情报局局长迈克尔·海登通报情况。

当达甘乘电梯抵达位于兰利的中央情报局总部七楼时，此时的他已经是中情局熟悉且欢迎的客人了。④ 达甘与海登相处融洽，说："他直击重点，他骨子里就是一名情报官，而且他听了我的建议。"反过来，海登也认为达甘"直截了当、直言不讳、坦率、谦逊、真诚，而且学识渊博"。

两人在两国情报机构之间建立了有史以来最大的信任，开创了一个深度合作的时代。⑤ 海登将两个机构之间的关系描述为互补关系："我们庞大、资源丰富、技术先进，而且遍布全球"，以色列"规模小、专注、有着文化和语言上的机敏，而且与目标有关"，他指的是圣战恐怖主义和中东国家发展大规模杀伤性武器的企图。

达甘每次造访美国中央情报局，都会带来为联合行动准备的敏感

---

① 2011 年 8 月 29 日对奥尔默特的采访。

② Hayden, *Playing to the Edge*, 255.

③ 奥尔默特建立了一支由亚科夫·阿米德洛尔领导、"阿曼"研究部专家参与的特别小组，仔细检查摩萨德交付的材料。该小组得出相同结论：叙利亚正在建造以核武器为目标的核反应堆。2012 年 4 月对"查尔斯"的采访，以及 2011 年 8 月 29 日对奥尔默特的采访。

④ 2013 年 6 月 19 日对达甘的采访，以及 2014 年 8 月 20 日对海登的采访。

⑤ 2014 年 2 月 1 日对海登的采访。

信息和建议，其中一些非常有想象力。不过在4月的那次会议上，即便是见多识广的海登也未曾预料到这一爆炸性消息。[1]“达甘坐下来，打开公文包，拿出了位于代尔祖尔的反应堆照片的彩版。”

达甘与海登用了很长一段时间来讨论材料，询问他的专家是否与以色列人的分析结论一致。达甘也很清楚，尽管摩萨德够得着叙利亚，但他的机构对核交易的另一方发生了什么几乎一无所知。所以，他请求海登收下自己带来的情报，“把它纳入中情局对朝鲜的更广泛的信息体系中”。

第二天早上，海登前往白宫与乔治·布什总统见面。当他和其他到访者坐下等待总统抵达时，海登俯身对副总统迪克·切尼耳语道：“你是对的，副总统先生”——因为迪克·切尼长期以来一直认为叙利亚人想获得核武器。[2]

布什以两条明确但做起来相互矛盾的命令结束了此次会面：“第一，去确认。第二，不要泄露出去。”海登回到兰利，想知道如何在不提及这个词的情况下确认以色列的信息。“要知道，你想让更多的人参与进来，但泄露秘密的风险就会增加。”

在试着平衡这两条指令的同时，中情局和美国的其他一些机构开始了“长达数月的密集努力，以确认和证实以色列向我们提供的反应堆信息，并从我们自己的信息渠道用我们自己的方法收集更多细节”。五角大楼-中情局-国家安全局的一个联合小组在6月得出结论，其担心的事同以色列人的一样。该小组在报告中写道：“我们的情报专家确信，该设施事实上和朝鲜在宁边核设施自行建造的核反应堆属于同一类型……我们有充分的理由认为，这个反应堆并非用于和平目的。”[3]

---

① 2014年2月1日对海登的采访。

② Hayden, *Playing to the Edge*, 256.

③ Secretary of State Rice, “Syria’s Clandestine Nuclear Program,” April 25, 2008（引自维基解密档案，和2011年3月4日朱利安·阿桑奇给作者的档案一致）。

美国已经就以色列的安全做出承诺，奥尔默特希望美国能信守承诺——他想让美国军队摧毁反应堆。① 时机也是个问题。以色列迪莫纳核设施的专家说，根据他们从图片上看到的情况，叙利亚的核电厂已经非常接近完工。他们估计电厂会在半年内启用，如果等到那时再去轰炸，会造成放射性污染和环境灾难。

在操作上，这对于美国空军来讲是一项相对简单的任务。一个B－2隐形轰炸机中队可以在不引起任何特殊问题的情况下摧毁该设施。但中情局中东问题专家认为，美国在该地区的轰炸任务将充满危险。

“我的分析师非常保守。”海登对达甘说，并称之为“我和他之间最坦诚的对话之一”。海登说，阿萨德家族让他想起《教父》中的柯里昂家族。② 当桑尼被除掉时，唐让迈克尔来接替他。当巴西勒在交通事故中丧生后，“哈菲兹不得不退而求其次，扶植巴沙尔”，而后者在中情局被叫做“连续判断失误之人”。

海登说：“阿萨德不能容忍（2005年）从黎巴嫩撤军后的又一次尴尬，出于软弱，他将不得不展现自己的实力，用战争进行报复。”③

达甘的观点恰恰相反。他说：“你得站在阿萨德的立场上看待此事。一方面，他一直想实现与以色列的战略平等，因此，他希望获得核武器。另一方面，巴沙尔·阿萨德一直不愿意直接和以色列对抗。不仅如此，如果他在轰炸之后选择开战，就会暴露核装置的存在——也就是说他违反了他签署的《不扩散核武器条约》（NPT）建了一套核设施，就连他的盟友俄罗斯都不知情，而且俄罗斯一旦知道肯定不会高兴。如果我们暗中攻击，并且完全保密，不公之于众，不使他难堪，阿萨德是不会做什么的。”④

---

① 2014年4月对“奥斯卡”的采访。

② 2016年7月20日对海登的采访。

③ 这次撤退是由美国和法国为首的国际社会强迫阿萨德做出的，因为他与暗杀拉菲克·哈里里一事有牵连。

④ 2013年5月29日对达甘的采访，以及2016年10月对“艾德”的采访。

最终决定是在与总统会面时定下来的，由于高度保密，会面不在白宫西翼，而是在总统寓所的黄色椭圆形房间，因此这次会面甚至不会出现在总统公开约见的登记册上。①

只有副总统切尼赞成美国发动袭击，声称美国应该这样做，从而向叙利亚、朝鲜，乃至伊朗发出强硬信号。

国务卿赖斯承认叙利亚的反应堆对以色列是“生存威胁”，但她不认为美国应当介入。② 海登明确表示，该反应堆已经进入建设的高级阶段，但叙利亚离制造核弹还很遥远。

已经在穆斯林国家陷入两场战争的布什总结道：“迈克尔［·海登］刚刚告诉我，这不是迫在眉睫的危险，因此，我们不会这样做。”③

以色列只能靠自己了。④

叙利亚手中有核武器毫无疑问对以色列的生存构成威胁。但“阿曼”的分析师同意海登的观点，他们提醒奥尔默特，在叙利亚没有直接挑衅的情况下对其进行攻击，可能会招致阿萨德过激的军事反应。另一方面，达甘建议在反应堆启动前，立即对其所在位置进行轰

① Hayden, *Playing to the Edge*, 261 - 63.

② 赖斯的观点得到海登和美国情报界其余人士的支持。海登提醒布什其机构著名的口号，“没有核心问题就没有战争”，他说自己没有他们建造钚提取工厂的证据，而如果没有该工厂也就不可能制造出核弹。2014 年 8 月 20 日对海登的采访。

③ 海登回忆说：“我对叙利亚反应堆事件保持着相当的冷静，因为在我看来很明显，如果我们不进攻，那么以色列就会进攻。”2014 年 8 月 20 日对海登的采访。Hayden, *Playing to the Edge*, 263 - 64。

④ 2011 年，在为本书进行的一次采访中，奥尔默特想解释叙利亚反应堆困境的严重性，以及他的行动决定，此时他指向办公室墙上的一张照片——这是他离开总理办公室时带出来的照片。这张照片同能在许多以色列高官办公室看到的照片完全一样。它是一张在以色列空军 301 飞机上拍摄的照片，2003 年 9 月 4 日该航班从波兰拉多姆起飞。照片上可以看到 3 架以色列空军 F - 15 战斗机飞过许是世界上最著名的大门和铁路，即纳粹死亡集中营奥斯维辛的大门和铁路。这些照片由空军指挥官埃利泽·沙基迪发给许多以色列高官，他在照片上写道：“以色列空军飞过奥斯维辛，以犹太人民、以色列和以色列国防军的名义：为了铭记，为了不再遗忘，为了能仅靠自己。”

炸。他说："以色列国不能容忍它的交战国拥有核武器。"

达甘下了一个很大的赌注。如果他错了，与叙利亚开战可能仍然会以以色列的胜利告终，但将以上千条生命为代价。虽然有巨大风险，但凭着他的个人魅力、自信以及过去的成功，达甘的意见胜出了。

9月6日星期四，凌晨3点，数十架战斗机从位于以色列北部、海法东南15英里处的拉马特大卫空军基地起飞。它们向西飞向地中海，然后朝南飞。这是例行的基地疏散演习的一部分，监视以色列空军的阿拉伯情报机构对此很熟悉。没什么特别的。但这一次，演习的策划者故意麻痹了那些在大马士革盯着雷达屏幕观看演习的人。

在海上某处，由7架F-15I战斗机组成的一支编队脱离了其他飞机，向相反方向，即北面飞去。编队成员知道他们必须摧毁的目标的确切所在，也知道这些目标的确切属性。他们的指挥官已经在起飞前透露了此次任务的重要性。他们飞得极低，沿着地中海海岸，飞越土耳其，再进入叙利亚领空。在30英里的射程内，他们向核设施的三个地点发射了22枚导弹。

叙利亚人大吃一惊。他们的防空系统在导弹发射前什么都没有探测到，根本没时间撤离。他们发射了几枚防空导弹，但这时战斗机早就飞走了。

此后不久，在叙利亚上空盘旋的美国和以色列卫星记录了该地点被彻底摧毁的情况。奥尔默特通过土耳其总理埃尔多安给阿萨德发了一条秘密消息，称如果阿萨德采取克制，以色列将不会公开宣布此次袭击。这将避免叙利亚在严重违反其签署的《不扩散核武器条约》之事曝光后陷入尴尬局面。[①] 全世界也不必知道，叙利亚辛苦多年获

---

① 2011年6月9日，国际原子能机构宣布叙利亚没有上报建设核反应堆，严重违反了《不扩散核武器条约》。IAEA Board of Governors, Implementation of the NPT Safeguards Agreement in the Syrian Arab Republic, June 9, 2011。2012年4月对"查尔斯"的采访。

得的宝贵军事研究和技术成果被这个犹太国家炸毁了——这种情况差不多就是其必须保住自己颜面的代价。让整件事悄无声息地过去对涉事各方都好。

代号为“立竿见影”的这次行动，其最大赢家是达甘。暴露叙利亚核计划的情报是达甘的机构提供的，按照中情局局长海登的说法，“结果他是对的，我的分析师们错了”。①

在“立竿见影行动”成功后，奥尔默特进一步放松了政府对摩萨德的财政控制，为其提供了有史以来最大额的预算拨款。一名摩萨德高官说：“没有一次行动因为经费原因被推迟或取消。这个组织的发展令人难以置信。我们要什么就能有什么。”②

奥尔默特满意地微笑说：“阿里克［·沙龙］和拉宾在批准任务方面比我犹豫。”接着他补充说：“我在总理任期内批准了［摩萨德］300 次行动，只有 1 次失败，而且我们还对那次行动保密了。”③

自达甘接手摩萨德以来，他的首要任务之一就是除掉真主党的参谋长伊迈德·穆格尼耶。这不仅是达甘的目标：以色列情报和国防部门近 30 年来一直想方设法置他于死地。在过去几十年里，在行动上和政治上给以色列造成最大损失的敌人是真主党，达甘认为有个人是真主党这番成就的主要推手。④“穆格尼耶，”他说，“集参谋长和国防部长之职于一身。［秘书长］纳斯鲁拉可能是政治领袖，但他既不是军事指挥官，也不是与叙利亚人和伊朗人真正打交道的人。纳斯鲁拉充其量也就说个是。”

穆格尼耶其实是国际逃犯，在 42 个国家的通缉名单上排名靠前。数十个国家都对他发出了逮捕令，联邦调查局悬赏 2 500 万美元给提

① 2014 年 8 月 20 日对海登的采访。
② 2014 年 8 月对“埃尔迪”的采访。
③ 2011 年 8 月 29 日对奥尔默特的采访。
④ 2013 年 5 月 26 日对达甘的采访。

供消息让他落网的人。20 世纪 80 年代在黎巴嫩，穆格尼耶通过汽车爆炸杀死了数以百计的美国人，还绑架了几名美国高官，把他们折磨至死。“美国人还记得，”达甘说道，“他们似乎是自由主义者”——在以色列，“自由主义者”也表示宽容和仁慈——“但他们离这还远着呢。”

问题在于，没人能找到他。穆格尼耶是个幽灵。他感觉到西方情报机构投入了巨大的资源来找他，因此他也费了大力气来逃避抓捕——即便在黎巴嫩境内他也使用伪造的证件，而且只跟一小部分关系近的家庭成员和可信赖的助手联系，并采用了一系列极端措施来确保自己的通信安全。

但在 2004 年 7 月，真主党高级指挥官加勒布·阿瓦利在他的梅赛德斯车爆炸中身亡，该组织制作了一部纪念他的影片，在内部集会中播放。摩萨德拿到了这部影片的拷贝，于 12 月放给 8200 部队和摩萨德的一批专家看。他们在一次通宵会议中对其进行了仔细的检查，希望从中发现那个影子团体的新细节。

深夜时分，每个人都坐在摩萨德总部的一个房间里，眼睛死死盯着屏幕，8200 部队的一名军官大喊道：“是他。是‘莫里斯’。”①

“莫里斯”是穆格尼耶的代号。

屏幕上的照片显示，真主党的哈桑·纳斯鲁拉身着褐色教袍，头戴黑色头巾，正盯着一个巨大的台式电脑监视器，上面显示了一张地图。他对面站着一个人，脸基本上被挡住了，但在他移动过程中会露出来几分之一秒：大胡子，戴眼镜，身穿迷彩服，戴迷彩帽，他在把地图上的不同位置指给纳斯鲁拉看。这个人就是伊迈德·穆格尼耶。

他们总算得到点线索了。在随后的几天里，各种各样的点子层出不穷，包括尝试跟踪摄像师，招募他为间谍，或者建一个皮包公司，以供应他们的目标正在使用的那种台式电脑等物品，可以在电脑中放

① 2013 年 3 月对“莱拉”的采访。

置诡雷，当穆格尼耶在附近时引爆。

达甘把这些点子全毙掉了。摩萨德尚未准备好。“别着急，”他对工作人员说，“他的死期会来的。”

多亏了亚哈伦·泽维-法卡什在“阿曼”的坚持不懈和创造力，终于迎来了突破。这位8200部队的前指挥官刺激出了越来越多的方法，强化了对敌人的信息情报的渗透。泽维-法卡什的“阿曼”和达甘的摩萨德共同构想出了一个名为人力-信息情报（HUGINT）的新操作系统，它是人力情报（HUMINT）和信息情报（SIGINT）的结合，换句话说，是利用摩萨德间谍来提高8200部队拦截敌人信息的能力，反之也成立。

约西·科恩是人力-信息情报的开发者之一（本书写作时他是摩萨德局长），他被同事称为“模特”，因为他十分在意自己的打扮和仪表。2002年，科恩被任命为摩萨德间谍招募部门，即“连接点”特战队的负责人。科恩被认为是该机构历史上最出色的招募官，是少数成功打入过真主党和伊斯兰革命卫队，从其中招募摩萨德间谍的人之一。以各种欧洲商人的身份为掩护，他可以利用自己对人性的广博认识和洞察力招募大量间谍，从而完善摩萨德的人力-信息情报方法。为了表彰他的成就，科恩被授予以色列安全奖，这是国防相关领域的最高荣誉。

2004年，达甘提名科恩为摩萨德的伊朗事务主管。多亏了科恩的间谍和人力-信息情报，8200部队成功地破解了伊朗政府的部分通信系统，使以色列得以深入“激进阵线”指挥官之间密集的通信网络。这就产生出更多有关穆格尼耶的信息：更多的线索，更多窃听而来的电脑通讯和手机通话，更多的间谍听到或看到了相关信息。①

以色列人终于知道，“激进阵线”的高层更愿意在大马士革召开

---

① 2013年3月对“莱拉”的采访。

会议，那里有叙利亚特务机关的保护，他们感到安全。自从真主党在2006年的战争中获胜后，穆格尼耶认为以色列将更加卖力地找机会干掉他和纳斯鲁拉。所以，他在秘书长身边安排了一队精锐的保镖，并劝说其不要在公共场所露面，也不要上电视，同时尽可能多地待在位于贝鲁特达希亚区下面的真主党指挥部掩体里。

而他本人则从贝鲁特移居大马士革，这是出于两个安全方面的原因：一方面他认为由强硬而专业的叙利亚情报部门控制的城市更安全；另一方面他的大部分工作都在叙利亚首都进行。①

虽然苏莱曼的“影子部队”的保护非常有力，“穆格尼耶在大马士革也并没有突然放松警惕”，达甘说。他只让身边的小圈子知道他搬到了大马士革，而他的住所、他的行动方式、他假护照上的名字，知道的人就更少了。

尽管如此，以色列还是设法让一名间谍打入了苏莱曼身边的小圈子。达甘回忆道：“正是在大马士革，我们对他的了解比他在贝鲁特时反而多了。”

不过，大马士革是目标国家的首都，它和德黑兰一样，也是摩萨德开展行动最危险的地方。② 显然，摩萨德特工进出这个国家的数量众多，这是他们计划和筹备一次行动所必需的，却会让他们面临过多的审查，不论他们的掩护身份如何。由于信息极其敏感，达甘决定这一回他不能用阿拉伯线人。

是以达甘再次决定无视摩萨德长期以来的一项铁则——转而求助于另一个国家协助其暗杀。③ 他为自己安排了一次与海登的会面。

然而，根据12333号行政命令，中情局被禁止实施暗杀或为暗杀提供帮助。虽然这两个国家都认为中情局是可以杀人的，但他们对法

---

① 2011年5月对“伊夫塔克”的采访，2013年3月对“莱拉”的采访，以及2007年3月对理查德·肯普的采访。

② 2013年5月29日对达甘的采访。

③ 2013年7月对“内塔”的采访。

律的理解有些不同。在一个没与美国交战也没有卷入武装冲突的国家，美国一般来说不参与处决某人。①

最终，中情局的法律顾问想出了一个解决办法：由于穆格尼耶派他的手下从叙利亚去伊拉克，鼓动什叶派民兵对美国人实施恐怖袭击，基于自卫原则，在叙利亚境内袭击穆格尼耶便合法了。②

然后，布什总统批准了达甘的协助请求，③ 但条件是必须保密，必须仅杀死穆格尼耶一人，而且美国人不会是真正下手的一方。④ 奥尔默特总理亲自向总统做出了以上保证。（即便此事已经过去多年，海登仍然拒绝透露美国是否也有份。）

美国在大马士革仍有一个处在办公状态的大使馆，美国商人可以相对自由地进出叙利亚。这使得中情局在国家安全局的协助下，可以把自己的人员送入叙利亚，并使用本地间谍来执行任务。

按该行动一位指挥官的说法：“这是一次宏大的、多兵力的行动，两个国家都投入了极大的资源，而且据我所知，这是有史以来为

---

① 在被要求解释美国针对基地组织的定点清除时，海登指出“暗杀”的定义是“针对政治敌人”的被禁止的致命行为，然而“美国对基地组织的定点清除针对的是敌对武装派别成员。这是战争。这一行为受武装冲突法律的规范”，他还补充说，“以色列可能是世界上唯一与美国想法一致的国家——以色列认为我们在那里的做法是合法的”。2014 年 8 月 20 日对海登的采访。

② 2013 年 7 月对“内塔”的采访。

③ 根据《新闻周刊》的报道，布什大概花了 30 秒的时间回复海登关于攻击穆格尼耶的问题，他说：“可以，不过为什么你们还没把这事搞成呢？我祝福你。上帝与你同在。”Jeff Stein, “How the CIA Took Down Hezbollah’s Top Terrorist, Imad Mugniyah,” *Newsweek*, January 31, 2015。

④ 布什总统下令对穆格尼耶暗杀行动的各个方面完全保密。只是在 2015 年 1 月，《华盛顿邮报》的亚当·古德曼和《新闻周刊》的杰夫·斯坦才在同一天公布了关于摩萨德和中情局在此次行动中合作的报告。这两份报告中似乎至少有部分内容有着相同来源，这部分内容描述有些美国高级官员参与了暗杀。根据这些消息来源（它们和本书的描述不一致），中情局而非摩萨德才是主要的行动方，迈克尔·海登是此次行动的最高指挥官。2016 年 7 月，在切尔托夫团体位于华盛顿的一处由海登主事的办公场所内，我在对海登的一次采访中，当面向他阅读了本书中描写以色列和美国合作攻击穆格尼耶的相关段落。当我读完时，海登笑着说：“有趣的故事，我没什么好说的。”

杀掉一个人投入最多资源的一次。”[1]

在美国人的帮助下，穆格尼耶最终被找到了。他们发现，他经常在各种情报设施会见他“激进阵线”的战友：比如，叙利亚警察和士兵重重守卫的办公楼，有便衣警卫卧底的安全屋。他们还发现，穆格尼耶会定期去见苏莱曼找来供他休息放松的3位本地漂亮女子。

穆格尼耶去找这些女子的时候从不带保镖，这让监视他的人有了可乘之机，也使他的对手可以在一个不受他控制的地点对他采取行动。这是“一个重大的外勤安全错误”，此次行动的一位指挥官说。“到头来，多年以后，即便是最小心谨慎的人也充满信心地认为他不会出事。”[2]

不过，在这些地点中选任何一个实施行动都会使以色列人难以履行他们对美国人的承诺，即不伤害穆格尼耶以外的任何人，更别提真正执行行动的人员所承担的巨大风险了。

摩萨德的策划者想出了很多主意，但都被排除了。只有一个是可能的：在穆格尼耶从一个地点到另一个地点的途中袭击他。即便如此，仍然存在一些严重的困难。目前尚不清楚他们如何能在他乘车或走路时跟踪他并除掉他，因为他的保镖几乎从不离身，而出行时间和线路是摩萨德无法提前预测的。还有一点不清楚的是特工们如何在机场和港口发出警报并关闭之前离开。

因为达甘否决了一个又一个计划，商议工作拖了几个月。然后，在2007年11月，摩萨德的一位技术专家“胡桃夹子”来到了达甘办公室，提出一份用遥控引爆炸弹来除掉穆格尼耶的行动建议。[3] 据说这个炸弹只会炸死穆格尼耶，不会有任何附带损害，同时会给特工留下足够时间离开现场。达甘说他准备批准这项计划，虽然他认为计划

---

① 2011年5月对“伊夫塔克”的采访。

② 同上。

③ “如果我们成功，答应我，让我说出‘同意’的命令。”“胡桃夹子”说，然后回到图板前。2013年5月29日对达甘的采访。

成功的可能性微乎其微。

“胡桃夹子”的计划有个基本假定，即特工不可能跟着穆格尼耶在大马士革走来走去，所以必须找到一种方法把爆炸装置放在某个通常离他很近的地方。手机始终是个选项，就像 1995 年杀死“工程师”叶海亚·阿亚什那样，不过这个选项被排除了，因为穆格尼耶会定期换掉手机。他一直使用的一件物品是他的座驾，当时是一辆豪华的银色三菱帕杰罗越野车。

摩萨德知道穆格尼耶和他的保镖经常检查车内和底盘，看有没有被动过手脚。但有个地方他们从没有检查过：车尾的备胎罩。在美国的帮助下，一个复杂爆炸装置的部件被偷运到叙利亚，还有一个与穆格尼耶的座驾一模一样的备胎罩。

经过几个月的准备和严密监视后，2008 年 1 月初，摩萨德特工设法在穆格尼耶晚上造访他的一位情人时接近他停好的越野车。他们拆下备胎，换上装有炸弹的新备胎罩。他们还安装了一些微型摄像机和一台发射器，以便大马士革的摩萨德特工可以看到车外发生了什么。

摩萨德的爆炸物专家承诺，如果炸弹在穆格尼耶准备进入汽车时引爆，就可以把他炸死。① 但为了万无一失，他们建议当车辆停在其他汽车边上的时候引爆炸弹，这样一来冲击波就会反弹回来，造成更大的伤害。

在长达六周的时间里，攻击小组跟踪穆格尼耶，向摩萨德单开的一个特别作战室报告，这个作战室只允许少数人进入。哪怕情况基本上符合要求，行动也一次又一次地在最后一刻被取消了，总共取消了 32 次，不是因为穆格尼耶有人陪同，就是因为附近有其他人，要么

---

① 为了遵守对布什的承诺，奥尔默特叫来该行动的技术方面负责人“胡桃夹子”以及猎杀莫里斯的最高指挥官“I”，反复嘱咐他们，摩萨德已经向他保证行动可以确保杀死且仅杀死穆格尼耶一个人。换言之，行动可以保证附近没有其他人，而且爆炸可以精确地锁定他一个人。美国人坚持观看攻击试验，好让他们对摩萨德在这方面的能力放心。

就是他上车太快了——只有他在车外时炸弹才有用。①

2月12日上午，摩萨德特工看到穆格尼耶与另一男子一起走近汽车。“嘿，快看，那是苏莱曼尼。”一名特工喊道。苏莱曼尼是伊斯兰革命卫队的实权人物，他靠在帕杰罗上，和穆格尼耶站得非常近。可以清楚地看到他们在谈话（没有音频），二人彼此非常友好。有机会同时杀掉这两个人，整个作战室都激动不已。但首先他们必须获得批准。达甘正在自己位于罗什平纳的家中哀悼他两天前去世的母亲。但摩萨德指挥这次行动的官员“I”给达甘打了电话，达甘又打给了奥尔默特总理。而奥尔默特不许他们继续。给美国总统的明确承诺是毫不含糊的：杀死穆格尼耶，且只杀穆格尼耶一人。

当晚8点30分左右，穆格尼耶抵达大马士革的卡尔索萨高档社区的安全屋，离叙利亚最重要的一个情报部门的总部只有几百码远。他会见了苏莱曼将军的几个助手以及两名真主党官员，并在大概10点45分会谈还没结束时离开。这次他是独自一人走出大楼，去停车场找他的帕杰罗。他的车停在另一辆车旁边，当他走在两辆车中间正准备开门时，动手的命令下达了。②

炸弹爆炸了。伊迈德·穆格尼耶，一个游荡了30年的幽灵，终于死了。③

---

① 2015年2月对“卢克尔”的采访，以及2017年1月对“词典”的采访。

② 达甘遵守了他对“胡桃夹子”的承诺，让他下达杀死穆格尼耶的命令，但“胡桃夹子”把这份荣誉让给了在该行动中发挥关键作用的一位电子工程师。2015年1月对“卢克尔”的采访。

③ 2008年6月，总理奥尔默特访问白宫。副总统切尼在白宫外等待他的豪华车队抵达门廊，并对他表示欢迎。当奥尔默特走上前时，切尼没有握住其已经伸出的手，反倒向以色列总理立正敬礼。只有他们俩及他们的亲密助手理解这一举动的意义。在椭圆形办公室，布什总统真诚地感谢奥尔默特除掉了穆格尼耶。然后向奥尔默特展示了萨达姆·侯赛因的手枪。它被保存在一个特制的盒子里，上面题有“致我们的总统”，来自俘虏侯赛因的三角洲特种部队。2011年8月对“希姆森”的采访。

叙利亚人震惊了。一位游击队战士、战术大师，过去30年来以色列、美国及其他四十国动用情报和军事资源对付他，他都安然无恙，却在他们的情报机构总部楼下被暗杀了——总部大楼的一些窗户都被震碎了。

“想想这对叙利亚人来说意味着什么，”达甘说，“就在大马士革最戒备森严的地方的中心。想想看，当阿萨德和真主党明白即使在大马士革也不安全时，这对阿萨德意味着什么，对真主党意味着什么。”①

他又补充道：“你给对手留下一种全面情报渗透的感觉，一种你对该组织和东道国了如指掌的感觉。”

阿萨德总统意识到了这一灾难的严重性，想尽可能地与整个事件撇清关系。他向纳斯鲁拉发去吊唁函，但建议不要提及发生在叙利亚的袭击事件。他甚至建议趁着夜色，把被炸毁的帕杰罗连同车内的尸体一并送往贝鲁特，好让穆格尼耶看上去是死在那里的。

纳斯鲁拉拒绝了。他对叙利亚人没有照顾好他的同志感到恼怒。② 一些真主党成员，包括穆格尼耶的妻子，甚至误会叙利亚人与暗杀有关而出言指责。阿萨德被迫一再否认并道歉。纳斯鲁拉下令不邀请任何叙利亚代表参加在贝鲁特举行的葬礼。

穆格尼耶的葬礼在倾盆大雨中举行。③ 什叶派吊唁者的队伍碰见了刚参加完敬爱领袖拉菲克·哈里里纪念仪式的逊尼派队伍，而哈里里恰好是三年前穆格尼耶下令杀死的。这就是在黎巴嫩的生活。

数千人挤进了真主党偶尔用来举行大型集会的贝鲁特南部一座巨大机库。还有上万人被留在了机库外面。穆格尼耶的灵柩被抬上主席台，吊唁者伸出手去触摸它，以便在死者的最后一段路上得到他的荣

---

① 2013年5月29日对达甘的采访。
② 2011年8月对“希姆森”的采访，以及2014年3月对“钻石”的采访。
③ 承蒙参加此次葬礼的《明镜周刊》驻贝鲁特通讯员乌里克·普茨提供描述和照片。

耀和神圣的赐福。一支身穿卡其色制服的真主党民兵仪仗队立于主席台上灵柩的两侧，旁边还有身着黑色长袍、表情严肃的真主党领导人。吊唁者手上和机库的墙上是数不清的海报，上面是穆格尼耶的最后一张照片，在他死后，直到现在才被允许公开。海报标题是："伟大的殉道英雄"。人群悲恸地呼喊着复仇。

遵照已故战友的意愿，纳斯鲁拉留在了掩体里，并没有出席葬礼。巨大的屏幕向机库内外的群众展示了他的悼词。他庄严地赞颂了他的伟大战士，称"他把自己的一生奉献给了殉道事业，自己却等待多年才成为殉道者"。

他提到了前任秘书长阿巴斯·穆萨维遇刺的事，称这只会让抵抗越来越强，给以色列带去越来越多的羞辱。他说："以色列人不知道阿巴斯的鲜血为真主党带来了什么，没有意识到它给了我们情感和精神上的独特性。我有责任让世界记住，［随着穆格尼耶成为殉道者］我们必须在历史上做个标记，这将是以色列灭亡的开端。"

人群回应道："我们听从你的调遣，噢，纳斯鲁拉。"

纳斯鲁拉以威胁结束了演讲。"你们越界了，犹太复国主义者。如果你们想要公开较量"——在以黎边境之外打一场仗——"那么来吧，挑个地方。"①

纳斯鲁拉和伊朗人至少任命了4个人来接替穆格尼耶的工作。但公开的较量始终没有发生。情报渗透可以让炸弹装到穆格尼耶的帕杰

① 革命卫队和穆格尼耶的继任者炮制了一些大胆计划，打算劫持曾在情报界工作过的以色列人，破坏以色列的外交任务以及遍布全球的犹太复国主义机构，攻击为全世界以色列旅行者提供落脚点的恰巴德哈西德派成员，此外还打算在他们能下手的情况下袭击以色列游客。由于以色列情报部门的精确示警，这些计划都破产了。有一次，泰国警方在收到摩萨德传来的最新消息后，追捕一群来自伊朗和黎巴嫩的恐怖分子。其中一人携带一枚复杂的定时炸弹，他计划装到以色列外交官的汽车上，结果把炸弹扔向了追捕他的警察。但炸弹撞到一棵树上，在爆炸前反弹回恐怖分子的脚下，炸碎了他的两条腿。警察让他的半截身体靠着大树坐着，以便新闻摄影师为后人留下这个恐怖瞬间。

罗上，也同样可以让以色列阻止真主党策划的所有袭击。惟有一次成功了，一名人肉炸弹在保加利亚一辆满载以色列游客的大巴旁引爆了自己，造成6死30伤。

在干掉穆格尼耶这件事上，关于他的传说被证明确有其事。“他的行动能力比那4个接替他的人加起来还要强。”达甘说。[①] 该组织无法对暗杀事件做出反应，这让穆格尼耶的离世尤其引人注目。“阿曼”一名军官说：“如果穆格尼耶能为自己的死复仇，那么情况可能会完全不同。幸运的是，他不能。”[②]

在过去不到6个月的时间里，苏莱曼将军损失了一座已设法保密5年的核设施，也失去了一个几十年来把死神玩弄于股掌的知己和盟友。羞愤之下，他下令准备好对以色列发射飞毛腿导弹，其中一些装有化学弹头。他要求阿萨德做出强有力的反击。

阿萨德拒绝了。他理解将军的愤怒，但他也明白对以色列的公开打击——更别提化学攻击——并不符合叙利亚的最佳利益。奥尔默特在与众议院少数党领袖约翰·博纳的一次会面中提到，这一行为“需要克制”。[③] “巴沙尔并不蠢，”奥尔默特对与他关系密切的顾问说，“我们都很恨的这个人，阿萨德，其反应显示出了他的克制和务实。”

和阿萨德一样，奥尔默特被迫安抚他的下属，其中很多人认为阿萨德也应当消灭。毕竟，他与恐怖分子和伊朗人结盟。“阿曼”一位高级军官说：“所有关于这位开明的西方眼科医生的故事都被证明是一厢情愿。我们面前的是一位极端分子领导人。而且他和他的父亲不同，他反复无常，爱铤而走险。”

---

① 2013年6月19日对达甘的采访。

② 2014年9月对“终端”的采访。

③ “Boehner’s Meeting with Prime Minister Olmert,” March 23, 2008, Tel Aviv 000738（作者的资料，从朱利安·阿桑奇处获得）。

但奥尔默特否定了这个念头。他说："正是有了这个人，和平协议才有可能达成。"①

苏莱曼的情况则不同。"苏莱曼是真正的混蛋，还有着非凡的组织和调度能力。"奥尔默特说。② 从很多方面来看，苏莱曼是叙利亚的二号人物，其办公室就在总统府阿萨德办公室外的走廊对面；而且正如美国国家安全局一份绝密备忘录所说："他插手了三大领域：与政权和政党相关的叙利亚内部事务；敏感的军事事务；以及与黎巴嫩有关的事务，通过对该事务的控制，他显然与真主党以及黎巴嫩政治舞台上的其他势力都有联系。"③

不过，以色列人清楚这一次美国不可能介入。④ 杀了造成数百名美国人死亡的穆格尼耶是一码事，对一位叙利亚将军、一位主权国家的高级官员下手则完全是另一码事。于是，以色列人自己开始策划处置苏莱曼的办法。

穆格尼耶遇刺后，大马士革的安全部署已经升级，任何在那里开展行动的点子都没有可能了。苏莱曼被重兵保护，进出由装甲车队护送，因此使用爆炸装置的可能性也没了。梅厄·达甘得出结论，摩萨德需要帮助，而如果万事俱备，以色列国防军会渴望承担

---

① 2012 年 11 月对"希姆森"的采访。

② 2011 年 8 月 29 日对奥尔默特的采访。

③ "Manhunting Timeline 2008," Intellipedia, NSA (Snowden archive), www.documentcloud.org/documents/2165140-manhunting redacted.html#document/p1.

④ 2008 年 4 月，中情局判断阿萨德不会因为轰炸反应堆而开战，所以没有保密必要，该事件的材料可以被用于其他目的。以色列坚决反对公布照片，但海登的想法不同："我们需要让它（叙利亚反应堆事件）更公开，因为我们马上会与历史上有最严重的核扩散行为的朝鲜签约。我们必须通知国会。"该事件是重大的情报胜利，而且在多年大量消极宣传下，中情局非常乐于展示这次成功。中情局在朝鲜核计划的首页放了一张苏莱曼将军的照片。摩萨德和"阿曼"大发雷霆，担心这张照片会泄露出去，提醒苏莱曼现在已经是被锁定的人物。但它们所担心的事情并未发生。"Background Briefing with Senior U.S. Officials on Syria's Covert Nuclear Reactor and North Korea's Involvement," April 24, 2008。2013 年 7 月 20 日对达甘的采访，以及 2016 年 7 月 20 日对海登的采访。Hayden, *Playing to the Edge*, 267－68。

这项任务。[1] 摩萨德在暗杀穆格尼耶后所获的荣誉，激起了军方领导人利用军方力量刺杀关键人物的愿望，所以“扣动扳机的人将会是士兵，而不是摩萨德特工”。

2008 年 8 月 1 日星期五，下午大约 4 点，苏莱曼比平时更早地结束了他在总统府一天的工作，在安全卫队的陪同下向北而去。他要去自己建在地中海岸边的避暑别墅，那里靠近港口城市塔尔图斯。那是一座宽敞的别墅，有抛光的巨石砌成的平台，可以俯瞰大海。当晚，将军邀请当地一些权贵与他和他夫人蕾哈布以及他的亲密顾问共进晚餐。他们带来了一群仆人，当然，还有保镖。

派对上，人们围坐在一张大圆桌旁，可以看到太阳沉入海面的壮丽景色。苏莱曼的夫人坐在他的左手边，他的办公室主任坐在他的右手边。两个男人在抽古巴雪茄。

突然，坐在椅子上的将军身体前后摇晃起来，然后猛地向前扑去，脸朝下砸在盘子上。他的头骨被劈开，骨头碎片和脑浆的混合物溅了蕾哈布一身。[2] 他身中六枪，先是胸口、喉咙、前额中心，然后背部中了三枪。只有苏莱曼中弹。他在脸砸到盘子上之前就死了。

以色列海军第 13 突击队的两名狙击手从海滩上两个不同位置射击后，不到 30 秒的时间就登上橡皮艇朝一艘海军舰艇开去。他们在海滩上留下了一些廉价叙利亚香烟的烟头，这是障眼法的一部分，好让这次暗杀看上去像叙利亚的内部事务。

当别墅里的人在疯狂搜寻枪手时，苏莱曼的保镖队头目打电话给

---

① 摩萨德当中有人坚决反对刺杀苏莱曼。一名高级别的摩萨德消息人士说：“这是对一个主权国家正规军军官实施处决。苏莱曼用自己的方式为他的国家尽心尽力。他不是个恐怖分子。的确，他涉足了那些阴暗勾当，但我们也有官员涉足了那些换个立场来看很成问题的行动。”2017 年 3 月对“伊夫塔克”的采访，及 2013 年 4 月对“多米尼克”的采访。

② 这段对暗杀的描述基于以色列海军第 13 突击队拍摄的视频，2012 年 11 月对“希姆森”的采访，以及 2011 年 5 月对“多米尼克”的采访。

总统府，通知阿萨德其最亲近的顾问已经遇害。6发子弹从两个方向射来，但没有人看到刺客。阿萨德听着，沉默了几分钟。“事情已经发生了，”他平静地说，“这是最高军事机密。立刻把他埋了，不要告诉任何人。就这样。”葬礼在第二天秘密举行。

美国国家安全局的总结是：“这是已知的以色列第一起以合法政府官员为目标的定点清除。”①

如今梅厄·达甘领导下的摩萨德相比他6年前接手时已经彻底改头换面。它不再是一个因为自己的失败和草率行动而不安的战战兢兢的机构，它已经渗透到了真主党和苏莱曼的影子部队，扰乱了武器和先进技术在“激进阵线”成员间的转让，杀死了“激进阵线”的活动家，甚至暗杀了惦记已久的目标伊迈德·穆格尼耶。

达甘还定了一套阻止伊朗核野心的计划，迄今为止，该计划已被证明非常成功。这个办法可谓五管齐下：强大的国际外交压力、经济制裁、支持伊朗少数派和反对派团体颠覆政权、破坏核计划设备和原材料的运输，最后还有以秘密行动破坏核计划的设施、定点清除其中关键人物。

用达甘的话来说，这种综合措施，“这一系列旨在改变现实的精准行动”，背后的理念是尽可能地推迟伊朗建造原子弹的计划，制裁要么会引发严重的经济危机，迫使伊朗领导人放弃该计划，要么会让反对派强大到足以推翻政府。

为表支持，美国中情局、美国国家安全局、摩萨德以及“阿曼”之间的四方协作，通过布什和奥尔默特签订合作协定的方式正式确定下来，其中包括对彼此公开渠道和方法（用一位总理助手的话说：

---

① 根据爱德华·斯诺登在“First Look”网发布的文档，美国情报部门截获了以色列海军第13突击队在行动前的通信内容，并清楚地知道行动背后是谁。Matthew Cole, “Israeli Special Forces Assassinated Senior Syrian Official,” *First Look*, July 15, 2015。

“大家互相跳脱衣舞”）。[1]

美国情报机构以及财政部，再加上摩萨德的“长矛”部队，发动了一场全面的经济战，以削弱伊朗的核计划。[2] 两国还开始着手识别伊朗人为该项目购入的设备，特别是那些伊朗无法自行制造的物品，并阻止货物抵达目的地。这一措施持续了数年，即便其间美国已经从布什政府变成巴拉克·奥巴马政府。

然而伊朗人很顽强。2009 年 6 月，摩萨德与美国及法国的情报机构一起发现，伊朗人在库姆建了另一座秘密铀浓缩设施。3 个月后，奥巴马总统公开发表了一项引人注目的声明对此予以谴责，经济制裁也更严厉了。私下里，联合破坏行动也在设法使伊朗的核项目设备发生一系列故障——电脑停工、变压器烧坏、离心机无法正常工作。在代号为“奥运会”的、由美国人和以色列人对伊朗采取的规模最大最重要的联合行动中，各种电脑病毒（其中一种被称为“震网病毒”）对核项目的铀浓缩设备造成了严重破坏。[3]

达甘计划的最后一个组成部分，即对科学家的定点清除，由摩萨德自行执行，因为达甘知道美国不会同意参与。[4] 摩萨德汇编了一份包含 15 名关键研究人员的名单，把他们作为清除目标，这些人大多是负责为武器开发爆炸装置的武器小组的成员。

2007 年 1 月 14 日，在伊斯法罕铀工厂工作的 44 岁核科学家阿尔达希尔·侯赛因普尔（Ardeshir Hosseinpour）神秘死去。关于他的官方死亡声明指出，他是在“煤气泄漏后”窒息而死的，但伊朗情报机构认为是以色列下的手。

---

① 2014 年 5 月对“奥斯卡”的采访。

② 2013 年 6 月 19 日对达甘的采访，以及 2012 年 3 月对“王子”的采访。

③ 即便按照德国联邦情报局（BND）的保守估计，仅震网病毒就至少将伊朗的核计划推迟了两年。2012 年 2 月对霍尔格·斯塔克以及德国高级情报官“阿尔弗雷德”的采访。

④ 2013 年 5 月 29 日对达甘的采访，2017 年 3 月对“伊夫塔克”的采访，2014 年 9 月对“埃尔迪”的采访，以及 2016 年 11 月对“卢卡”的采访。

2010年1月12日，早上8点10分，马苏德·阿利莫哈马迪（Masoud Alimohammadi）离开他位于德黑兰北部富人区的家，向他的车走去。[①] 他1992年在沙利夫理工大学获得基础粒子物理方向的博士学位，并成为该校的高级讲师。稍后，他加入了核项目，成为其中的顶尖科学家之一。在他打开车门时，一辆停在旁边装有诡雷装置的摩托车爆炸，将他炸死了。

这种杀戮在摩萨德内部不是没有引起争议，因为他们杀的是在主权国家担任政府职务的科学家和工作人员，而且他们没有以任何方式涉足恐怖主义。[②] 在达甘办公室举行的一次行动批准会上，副局长塔米尔·帕尔多手下的一名情报官员站起来说，她的父亲就是以色列核计划的顶尖科学家之一。"推己及人，"她坚决地说，"我的父亲也会成为合法的清除目标。我认为这既不道德也不合法。"但这些反对意见都遭到了断然否定。

伊朗人这边则意识到有人在杀害他们的科学家，于是开始对他们实施紧密保护，尤其是武器小组的负责人穆赫辛·法克里扎德（Mohsen Fakhrizadeh），他被认为是核计划的策划人。[③] 伊朗人在科学家的房子周围布置了满载警察的车辆，把科学家的生活变成了噩梦，并让他们和他们的家人处于深深的焦虑之中。

这一系列成功的行动也产生了额外的效应，以色列的初衷并非为了追求这一效应，最终却享受到了巨大的利益："激进阵线"的每个成员都开始担心以色列已经渗透了他们的队伍，于是开始花大力气来找他们的漏洞，并试图保护自己的人员不受摩萨德的袭击。伊朗人也开始变得多疑，害怕他们从黑市上获得的核项目所需的昂贵设备和材料已被动过手脚，他们一遍遍地检查每件物品。在这些事情上耗费精

---

① 2015年11月对"莱拉"的采访。
② 2017年3月对"伊夫塔克"的采访。
③ 2017年3月对"伊夫塔克"的采访，2015年11月对"莱拉"的采访，以及2017年3月对"优点"的采访。

力，极大地拖慢了核计划的其他方面，甚至让一些方面陷入停滞。[1]

达甘的摩萨德再一次成为具有传奇色彩的摩萨德，该机构在历史上要么让人畏惧，要么令人钦佩，但从来没被忽视过。其员工为能在摩萨德工作感到骄傲。达甘为摩萨德引入了大胆之举，但若大胆做法不能完全奏效的话，就会沦为蛮干逞能。

① 2011 年 1 月 8 日对达甘的采访。

三十五
“可观的战术胜利和灾难性的战略失败”

晚上8点30分前，马哈茂德·马巴胡赫走进了布斯坦罗塔娜酒店的大堂，是这座酒店进进出出的客人之一。和其他人一样，他也被入口的闭路摄像头拍了下来。他一头黑发，发际线稍稍后移，留着浓密的黑胡子。他穿了一件黑色T恤，一件对他而言有些大的外套。这是迪拜的一个相对寒冷的晚上，通常这里的夜晚都非常暖和。

他刚到迪拜不足6小时，但已经和一位银行家见过面了，此人在帮他安排为加沙的哈马斯购买特殊监视设备所需的各种国际金融交易。他还同伊朗革命卫队的定期联络人见过面，后者飞抵迪拜是来协调向极端伊斯兰组织运送两批武器的事。

马巴胡赫在迪拜有很多业务。他在2010年1月19日飞抵这个小型城市国家时，这至少是他在不到一年的时间里第五次来了。他持巴勒斯坦护照——迪拜酋长国是少数承认巴勒斯坦权力机构签发的护照的国家之一，护照上列的是他的假名和假职业。事实上，他是哈马斯的一名高级特工，而且已经为哈马斯效力了几十年：20年前，他绑架并杀害了两名以色列士兵，而最近，在他的前任伊兹·丁·谢赫·哈利勒在大马士革被摩萨德干掉之后，他管起了哈马斯的军火储备。

在马巴胡赫身后一两步处，有个拿手机的男子跟他一起进了电梯。“马上就来。”该男子对着手机说。马巴胡赫可能听到了，但他似乎并没有重视。在迪拜，一位游客告诉朋友自己正在来的路上，这没有什么好奇怪的。

马巴胡赫天生是个极度谨慎的人。① 他知道以色列人想干掉他。“你必须保持警惕，”他在去年春天接受半岛电视台采访时说，“而我，赞美安拉，他们称我为‘狐狸’，因为我能看到我身后，甚至知道墙后面有什么。赞美真主，我有高度发达的安全感应。但我知道我走的路会付出怎样的代价，对此我毫无怨言。我希望能以殉道者的方式死去。”

电梯在二楼停下。马巴胡赫走出电梯。打电话的男子留在电梯里，去往更高的楼层。肯定是位旅客了。

马巴胡赫左转走向自己的房间，230 房。走廊没人。出于习惯，他迅速地扫视了一遍门框和门锁装置，检查是否有缺口、划痕或任何被动过手脚的迹象。什么都没有。

他走进房间，随手关上了门。

他听到响声，转身想查看是什么。

太迟了。

针对马哈茂德·马巴胡赫的暗杀计划是 4 天前，也就是 1 月 15 日被批准的，当时，以色列军事情报部门黑进了马巴胡赫使用的电子邮箱服务器，发现他预订了 1 月 19 日从大马士革到迪拜的航班，于是仓促地安排在梅厄·达甘办公室旁边的一个大会议室开了个会。

那次会上，大概有 15 人围坐在一张长桌旁，包括摩萨德的情报、技术及后勤部门的代表。出席会议的人当中，仅次于达甘的大人物是“凯撒利亚”的领导人“假日”。“假日”身材矮胖，谢顶，他要亲自指挥“等离子屏行动”。

马巴胡赫早就上了以色列人的死亡名单。一年前，加沙地带边界的局势严重恶化，2008 年 12 月 27 日，以色列发动了“铸铅行动”，这是一次大规模袭击，是为了阻止哈马斯向以色列社区发射卡萨姆和

① 2011 年 11 月对“伊桑”的采访。

喀秋莎火箭。哈马斯有能力从加沙地带发射数量众多的炮弹，这归功于马巴胡赫的武器采购和运输网，以及伊朗革命卫队为这一网络提供的帮助。

以色列近年来在有关哈马斯的情报方面取得了长足的进步，而“铸铅行动”也在空军的大规模空中轰炸中拉开帷幕，轰炸行动代号为“猛禽”，目标是哈马斯掩藏的火箭发射井。摩萨德已经得知马巴胡赫管理的网络一直在设法补充哈马斯的武器储备。这些武器从伊朗走水运至红海上的苏丹港，经过埃及和西奈半岛走私到加沙地带，途中还要利用多条地道躲避埃及的边境警卫和巡逻队。摩萨德一直跟踪海上的货运，监视装载货物的卡车离开苏丹港的时间。2009 年 1 月，以色列空军进行了 4 次远程突袭，摧毁了走私车队及其护送人员。

“这类行动对从伊朗到哈马斯的走私线路造成了巨大的破坏，”达甘说，“不是致命打击，算不上大获全胜，而是明显地削弱了。”

然而，出于某些原因，马巴胡赫当天并不在卡车队伍里，而是从另一条路线离开了苏丹。为了补救，达甘从奥尔默特那里要来了消灭马巴胡赫的行动许可。当本杰明·内塔尼亚胡在 2009 年 3 月接替奥尔默特时，他再次批准了该行动。

迪拜是杀死马巴胡赫的最佳地点。他待的其他地区——德黑兰、大马士革、苏丹及中国，都有高效的情报机关，会给摩萨德的攻击小组带来更多的问题。而迪拜到处是游客和外国商人，摩萨德也认为迪拜的执法能力和情报力量要弱很多。迪拜仍然是一个目标国家，官方层面上仍然敌视以色列，不过此时摩萨德已经在大马士革城中杀死一名男子，还把一位叙利亚将军杀死在自己的别墅之中。相对而言，在旅游胜地迪拜的一名哈马斯特工会是个相对容易的目标。

尽管如此，这次行动还是需要一个很大的队伍，分成多个小分队，这样才能在目标抵达迪拜时发现他，且对他始终保持监视，而其他小分队则在酒店房间布置并下手，以确保马巴胡赫看上去像是自然死亡。然后，他们必须在尸体被发现之前清除所有证据并离开这个国家，以防惹人怀疑。

并不是人人都觉得马巴胡赫重要到应该付出这样的努力和冒这样的风险。有人甚至对达甘说，马巴胡赫不符合“消极处理”所需的基本条件。摩萨德的所有人都认为马巴胡赫该死，但考虑到要在目标国家开展行动，他也必须对以色列构成严重威胁，而且是一个一旦被清除就会让敌人乱了阵脚的人。事实上，马巴胡赫不符合这两个标准中的任何一个。但由于之前的成功，达甘和其他摩萨德官员非常自信，所以他们还是继续推进了。

“凯撒利亚”一队特工2009年先是在迪拜对马巴胡赫进行了跟踪，不是为了杀他，而是为了研究他的活动，最重要的是，确定这就是他们想杀的人。4个月后的11月，“等离子屏行动”的人员再次前往迪拜，这一次是为了干掉他。他们在送去马巴胡赫酒店房间的饮料里下毒，但或许是剂量不对，或许是他喝的不多：马巴胡赫仅仅是昏过去而已。醒过来后，他缩短了行程，回了大马士革，医生认为他昏倒的原因是单核细胞增多症。他信了，并未怀疑有人打算要他的命。

事件的这一转折在摩萨德内部引起了极大的挫败感。人员和资源已经冒了风险，而任务却没能完成。“假日”坚称这一次不会有任何错误：攻击小分队在亲眼见到马巴胡赫死亡之前，绝不离开迪拜。

1月15日在梅厄·达甘办公室旁边那间房间里举行的会议上，有人提出了反对意见。制作证明文件的部门很难为整队人马准备可信的新的假护照。当时有二十几人要去迪拜，这么一来其中有的人就是半年内第三次以同样的身份、同样的履历进入同一个国家了。如果是哈勒维治下那个畏首畏尾的摩萨德，仅凭这个理由便足以取消行动。而达甘和“假日”决定冒一次险。他们将用现有的身份文件送行动小组入境。

“假日”也不认为会有什么问题。他承认尸体被发现时可能会引起怀疑，接下来可能也会有调查，但这一切发生的时候，这队人马早已返回以色列。警察不会拿到任何证据。摩萨德也不会走漏风声。没人会被逮捕。整件事很快就会被忘得一干二净。

达甘向他的首席助手口述了最后的决定："授权执行'等离子屏行动'。"在与会者离开时，他用低沉的声音补充道："祝大家好运。"[①]

"等离子屏行动"的首批三名成员于1月18日上午6点45分飞抵迪拜。接下来的19个小时里，小组的其他成员——总共至少27人，乘坐从苏黎世、罗马、巴黎以及法兰克福出发的航班陆续抵达。他们当中12人持英国护照，6人持爱尔兰护照，4人持法国护照，4人持澳大利亚护照，1人持德国护照。所有护照都是真的，但没有一人是护照真正的主人。[②] 有些护照是从护照主人那里借来的，他们是双重国籍的以色列居民，有些是以虚假身份办的，有些是偷来的，还有些护照的主人已经离世。

19日凌晨2点09分，"盖尔·福利亚德"和"凯文·达弗伦"落地，他们是此次行动的中枢——前方指挥室、通信人员、保卫人员及监视人员归他们控制。他们来到卓美亚酒店，入住了不同的房间。两人都付了现金，但不少队员用的是一家名叫派安盈（Payoneer）的公司发行的借记卡，这家公司的CEO是以色列国防军突击队的一名退伍军人。

接待员斯里·拉哈尤收下了他们的钱，安排"福利亚德"入住1102房，"达弗伦"入住3308房。睡前，"福利亚德"通过客房服务点了份简餐。"达弗伦"则从他房间的迷你吧里取了一瓶软饮。[③]

任务指挥官"彼得·埃文格"的航班比"福利亚德"和"达弗伦"的晚21分钟降落，他持的是法国护照。在通过护照查验后，"埃文格"施展了一下反侦察的"小动作"（maslul），从航站楼大门

---

① 2014年4月对"埃尔迪"的采访。

② Ronen Bergman, "The Dubai Job," GQ, January 4, 2011.

③ 两人买餐食和饮料的收据现存于作者的资料里，由"后生"提供。

出去，等了3分钟后，又转身走进航站楼，按约定与先期坐车抵达机场的另一名队员碰了头。根据标准程序，该小组的所有成员要经常用一下反侦察的小动作，经常换衣服和伪装，比方说假发和假胡须。这是为了确保他们不被跟踪，并让他们能在行动的不同阶段改变身份。

“埃文格”和他的联络人谈了不到1分钟，然后指挥官就搭出租车去了他的酒店。

中午过后不久，整个小组都紧张地等待着马巴胡赫的到来。他本该在3点落地，但情报方面仍有些滞后。“等离子屏”小组不知道他将住在什么地方，将在何时何地会见他人，也不知道他将以何种方式从一地去另一地。这支无法覆盖整个城市的行动小组可能会跟丢他，这样一来便不可能提前计划怎样接近他，将他杀死。一名经验丰富的特工说：“这种情况下，是目标自己决定了他的死亡方式和时间。”①

部分小组成员被派往马巴胡赫曾经入住过的三家酒店。另一支监视小分队等在机场，以假装煲电话粥的方式打发时间。剩下7人跟“埃文格”待在另一家酒店等待。

马巴胡赫在3点35分抵达。一组人尾随他进入了布斯坦罗塔娜酒店，并发消息给在其他酒店的特工，告诉他们可以离开自己的位置了。小组成员大量使用手机，但为了避免成员之间的直接联系，他们拨打了一个奥地利的号码，在那边预先装了个简单的交换机将电话转接到迪拜的另一部电话，或以色列的指挥中心。

已经在布斯坦罗塔娜酒店大堂就位的小组成员身穿网球服，拿着球拍，但奇怪的是，他们并没有像往常一样乔装改扮。马巴胡赫拿到房间钥匙后，其中两名队员跟着他进入电梯。在二楼出电梯后，队员们谨慎地跟在他身后，注意到他停在了230房。在两名队员返回大堂之前，其中一人通过从奥地利转接的手机汇报了情况。

一知道马巴胡赫的房间号，“埃文格”立即打了两通电话。第一

① 2015年2月对“卢克尔”的采访。

个是预订布斯坦罗塔娜酒店的房间。他要求住 237 房，跟 230 房隔着走廊面对面。然后打给航空公司预订了当晚晚些时候从卡塔尔飞往慕尼黑的机票。

下午 4 点刚过，马巴胡赫离开了酒店。跟踪他的小队注意到他采取了预防措施，用了他自己的反侦察小动作。他有充分理由这么做：从 20 世纪 80 年代开始，他在哈马斯的几乎所有战友都死于非命。但他的小动作太过简单，追踪他毫无难度。

"凯文·达弗伦"在布斯坦罗塔娜酒店大堂等待"埃文格"，后者在 4 点 25 分到达，一言不发地递给"达弗伦"一个手提箱，然后去了前台。安保摄像头清楚地看出他拿着红色封面的欧盟护照。在登记入住 237 房后，他把钥匙交给"达弗伦"，又一言不发地离开酒店了，没拿手提箱。

两个小时后，4 名男子两两来到酒店。他们都压低了棒球帽挡住脸，还提了两个大包。其中三位是"凯撒利亚"的"行刑人"，还有一位是开锁专家。他们直接上电梯去了 237 房。一小时后，时间来到 7 点 43 分，大堂的监视人员被充分休息过的人换下——假网球手在大堂待了 4 小时后终于离开。

10 点钟，跟踪马巴胡赫的队员报告他正返回酒店。"达弗伦"和"福利亚德"在走廊里望风，开锁专家在开 230 房的锁。他们想改写门锁的程序，以便摩萨德的万能钥匙能在不留下痕迹的情况下打开房门，同时又不会干扰酒店钥匙开门的功能。一位旅客此时走出电梯，"达弗伦"立即同他搭讪，说了些无关紧要、不会引起注意的话。该旅客什么也没看到，门锁被破解了，队员进了房间。

然后他们开始等待。

马巴胡赫想逃回走廊，但两双强壮的手臂紧紧抓住了他。第三人一手捂住他的嘴，一手将一种无需刺破皮肤而是用超声波注射药物的仪器压在了他脖子上。该仪器中装有氯化琥珀胆碱，是一种商品名为司可林的麻醉剂，和其他药物一并用于外科手术。就其本身来说，它会导致麻痹，而且由于它能造成呼吸系统的肌肉停止工作，所以会使人窒息。

队员们一直按着马巴胡赫，直到他停止挣扎。在麻痹蔓延到全身后，他们将他平放在地板上。马巴胡赫完全清醒，能思考，能看见听见发生的一切，就是动弹不了。他嘴角流出泡沫，喉咙里发出咯咯声。

三名陌生人不动声色地盯着他，并继续轻轻地抓住他的手臂，以防万一。

这是他最后看到的画面。

行刑人按照摩萨德医生的指示，检查了他身上两个地方的脉搏，以便确定他真的死了。他们脱掉了他的鞋、T 恤还有裤子，将它们整齐地放进衣橱，然后把尸体放到床上，盖上被子。

整个过程花了 20 分钟。利用摩萨德专门为此类场合开发的一种技术，小组关上房门，让它看上去像是从里面锁上的，防盗链也滑到位了。他们在门把手上挂了个“请勿打扰”的牌子，在 237 房门上敲了两下——这是任务完成的信号，然后走进电梯消失不见。

“福利亚德”在一分钟后离开，“达弗伦”接着在 4 分钟后离开，然后再是大堂里的监视小队。不出 4 小时，大多数队员都离开了迪拜，24 小时后，没有一人还在当地。

在特拉维夫，一种志得意满的情绪占了上风，这种气氛后来被形容为“历史性成功带来的喜悦”。每个与行动有关的人，从梅厄·达甘、“假日”到攻击小队都认为又一项任务被驾轻就熟地完成了。达甘向内塔尼亚胡汇报了这起暗杀行动，他说：“马巴胡赫再也不会让我们烦心了。”

酒店侍者敲了一整天的门也无人应答，随后，酒店保安发现了尸体，此时已是第二天下午。然而，似乎没有任何理由感到恐慌。一名中年商人死在一间上了锁的房间的床上，而且没有打斗或折磨的痕迹，很可能只是心脏病发作或者中风而死。马巴胡赫的尸体被送往太平间，按他护照上的假名字登记在册。也有其他中产阶级外国人在迪拜死去，所以没有人对此事特别关注。

然而在大马士革，哈马斯官员开始纳闷，为何他们派去协调几笔武器交易的人没有按计划报告。一天后，也就是1月21日，哈马斯在当地的一名代表在各警察局和太平间四处打听，最后在抽屉式冷藏柜中发现了无人认领的马巴胡赫的尸体。

一名哈马斯官员联系了迪拜警察局局长达希·哈尔凡·塔米姆中将，告诉他那名持巴勒斯坦护照的死者其实是他们组织的一名高级成员。他对哈尔凡说，几乎可以肯定不是自然死亡，极有可能是摩萨德在背后搞鬼。

59岁且功勋卓著的哈尔凡，将铲除利用迪拜作为非法活动基地的罪犯和外国特工视为自己的个人使命。他对着电话吼道："你们自己，连同你们的银行账户、武器，还有该死的假护照，滚出我的国家！"

不过，他也不能允许摩萨德肆意杀人。哈尔凡把尸体从太平间拖出来进行尸检。结果并不明确，也无法确定马巴胡赫是否死于谋杀，但哈尔凡的基本假定是哈马斯官员是对的。

比起美国或英国同行，以色列特工有个不便之处，即不得不使用假护照。美国中央情报局的小组可以很容易地配备美国国务院的合法护照，尽管名字是捏造的，而且基本上他们的假身份是要多少有多少——只要需要，马上就换上新身份。美国和英国护照能通行世界各地，而且很少引起过分的注意。

以色列护照则不然。它们对于进入许多亚洲和非洲国家毫无用处，而摩萨德偶然会在这些国家中杀死某人或执行其他秘密任务。摩萨德通常伪造来自不那么可疑的国家的护照。然而，在后911时代，伪造护照已经变成了一件更为复杂的事。

草率制成或者太过频繁使用的身份文件，可能会危及任务和特工的生命。所以，当哈勒维因为缺乏足够的合格文件而取消任务时，并不仅仅是出于胆怯。而当达甘强迫那些不情愿的技术人员匆忙制成护照和身份文件时，只要不出大问题，就可以算作大胆的领导风格。

达甘让“等离子屏”小组在迪拜 4 次使用相同的身份。而弄到一份在马巴胡赫之前不久进入阿联酋，又在他死后马上离开的所有人的名单，对哈尔凡来说并不难。把这次与马巴胡赫之前三次来迪拜时进出迪拜的人员名单进行比对，也不难把名单的范围缩小。哈尔凡会找到一些名字，然后就能与酒店前台的名字交叉比对，而前台几乎总是有摄像头的。很快，警察便知道谁在什么时候来的，待在什么地方，他们长什么样。

“刺客”更喜欢现金，因为现金不会留下姓名，通常也无法追踪。信用卡——或者预存的派安盈借记卡——则可以。一组打到奥地利交换机的电话记录也会留下痕迹，一旦有人查，便会注意到。交换机所拨打的电话也是如此。于是，重建每一位摩萨德“等离子屏”小组特工的行动，把他们之间的联系串起来，不是什么难事。只需要在大量数据中筛选。

哈尔凡通过多个闭路电视摄像头，收集到了整个行动的视频，看到了行动的全部过程。其中还有一些笨拙的反侦察小动作。比如说，酒店洗手间门上方的摄像头显示，“达弗伦”进去前是秃头，出来时满头头发，甚至没有注意到自己被摄像头拍下来，虽然摄像头无遮无挡地安在那里。这件事并不会马上暴露行动小组，但草率地换装确实让调查人员的工作变得容易了许多。

随后，哈尔凡召开了一次新闻发布会，将整个视频上传到互联网供全世界观看。他呼吁达甘“敢做敢当”，承认对此次袭击负责。他要求对内塔尼亚胡和达甘发出国际逮捕令，而国际刑警也确实对这 27 名队员发出了逮捕令，尽管逮捕令上并不是他们的真名。

那些被以色列使用其护照的国家对此感到愤怒。其中不少私下与摩萨德有合作，但还没到允许其公民（无论虚构的还是真的）被拖进暗杀阴谋的程度。有的政府命令摩萨德在其国家的代表马上离开，而且几年内不许摩萨德派其他人来接手他们的工作。所有这些国家都削减了与该以色列机构的合作。

这是一场自大造成的灾难。“我爱以色列，也爱以色列人，”德国情报机构的一位前局长说，“但你们始终存在的一个问题是，你们轻视所有人——阿拉伯人、伊朗人、哈马斯。你们总是最聪明的那个，总认为你们可以一直把所有人玩弄于股掌之中。给对方多一些尊重吧，即便你们认为他是个无知的阿拉伯人或者缺乏想象力的德国人，稍微谦虚一些便会让我们所有人摆脱这种尴尬的混乱。”①

从某种意义上说，以色列并不拿这些当回事。以色列在国际舞台上遭受的严厉谴责，加上其对巴勒斯坦人的所作所为而经常受到的类似谴责，倒引发了爱国主义情绪的高涨。事件发生后几周，在以色列的狂欢节——“普林节”上，一种流行的装扮就是配枪的网球手。数百名拥有双重国籍的以色列人自愿把他们的护照交给摩萨德，以备将来任务所用。该组织的网站上铺天盖地都是询问怎么申请加入的。

然而，在摩萨德内部是另一番景象。摩萨德遭遇的曝光和负面关注在行动层面上造成了严重的伤害，尽管哈尔凡从没设法起诉过任何一名凶手。摩萨德的整个行动部门都被关闭了，既是因为有太多特工的掩护身份已被识破，也是因为旧的程序和方法经媒体传播后，需要开发新的来用。②

2010 年 7 月初，“凯撒利亚”的负责人“假日”意识到迪拜事件使他再也无法成为摩萨德的领导人，于是辞职了。

与此同时，梅厄·达甘采取了一切照旧的态度。总的来说，达

① 2010 年 6 月对“艾莱”的采访。
② 2017 年 3 月对“伊夫塔克”的采访。

甘坚信“在某些情况下，如果摩萨德局长造成了危害国家的灾难，那他必须交出权柄，因为这会减轻国家的压力”。但从达甘的角度看，什么也没发生——没有混乱，也没有错误。① 他在该行动完成后总结道：“我们击中了一个重要目标，他死了，所有的士兵都回来了。”

直到2013年接受本书的一次采访时，达甘才首次承认：“让行动小组带着那些护照，在这一点上我错了。这是我的决定，也完全是我的决定。我对后来发生的一切负有责任。”②

随着迪拜之祸被披露，内塔尼亚胡“有种似曾相识的感觉”，他的一位心腹助手说，就像1997年的事又重演了。当时，摩萨德向他保证可以进入“弱目标”国家约旦，干净利落地除掉哈立德·马沙尔。③ 最后却以屈辱和让步收场。没人知道迪拜的余波会持续多久。他决心必须约束摩萨德，不再为那么多危险任务开绿灯。

再有，必须让达甘有所收敛。

他们两人一直相处不好。事实上，内塔尼亚胡与情报界所有负责人的关系都成问题。他的国家安全顾问乌兹·阿拉德说：“内塔尼亚胡不依赖任何人，所以他会在不知会情报界负责人的情况下采取秘密外交行动，我一次次地见证他们之间出现不信任的裂痕。”④

达甘则认为总理在批准行动方面太过犹豫，而且还担心别人认为

① 内塔尼亚胡最初命令达甘成立一支内部调查小组，达甘同意了。但他后来告诉内塔尼亚胡，他想任命的小组负责人，一名最近刚从摩萨德退休的高官，拒绝接受这项工作。根据内塔尼亚胡身边一位亲密消息人士的说法，总理后来从此人那里听到完全不同的另一种说法。无论如何，这个调查小组没能成立起来。2017年5月对“尼采”的采访。

② 2013年6月19日对达甘的采访。

③ 2017年5月对“尼采”的采访。

④ 2011年12月20日对乌兹·阿拉德的采访。

他看上去犹豫不决，这种神经紧张的状态不适合保障国家安全。[1]

但达甘留在了摩萨德。因为与伊朗的多管齐下、相互关联、错综复杂的较量还在进行着。实际上，在1月初成功袭击马苏德·阿利莫哈马迪之后，达甘便要求内塔尼亚胡批准加紧行动，把武器小组剩下的13名科学家都干掉。内塔尼亚胡担心再出乱子，所以他并不着急，直到10月才为下一次袭击开绿灯。2010年11月29日，两名摩托车手引爆了装在伊朗核项目中两名高级官员汽车上的地雷，然后迅速逃走。其中，马吉德·沙里亚里博士在他的标致206中丧生；费雷顿·艾巴西-达瓦尼（Fereydoon Abbasi-Davani）和妻子的标致206停在沙希德-贝赫什提大学外，在爆炸发生前，二人设法逃了出来。

不过，到目前为止，定点清除外加经济制裁和电脑破坏已经明显减缓了伊朗的核计划，但并未能阻止它。该计划的“进度远远超出了我的预期”，国防部长埃胡德·巴拉克说。[2] 他和内塔尼亚胡都推断，伊朗已经快要到该计划的各种设施都无法摧毁的时刻了，他们都认为以色列应当行动起来，在这一时刻到来之前摧毁他们的设施。他们命令以色列国防军和情报部门为“深水行动”做好准备：在突击队的支持下，对伊朗心脏地带发动全面空袭。大约20亿美元的预算用于准备这次袭击以及预期将随之而来的与“激进阵线”的战争。

达甘和另外一些人都觉得这个计划简直疯了。他认为这是两个政

---

① 为了突出内塔尼亚胡惧怕表现出犹豫或弱势，达甘增加了他因为行动而会见总理时所携带的人员规模，有时内塔尼亚胡的门口至多会出现15名摩萨德官员。他判断总理由于众多目击者在场，就不会拒绝批准行动，否则其犹豫不决的风格被泄露出去的风险便大大增加。达甘说，当他从这样的会面中抽身出来时会想到，“现在他的卵蛋会缩回去，他会对批准行动感到后悔”。达甘接着说：“我喜欢法拉费，非常喜欢。因为我知道他不久后就会把我叫回去，我会开车到马哈尼耶胡达市场（离总理办公室仅有几分钟路程）买个法拉费，等他给我打电话，而不是启程回到特拉维夫。当我不是那么肯定的时候，我会去位于梅瓦塞莱特锡安的库尔德人餐馆（10分钟路程），或者阿布高什卖鹰嘴豆泥的地方（15分钟路程），在那里等着。主要就是不要离耶路撒冷太远。相信我，告诉你，回过头来看，我从来没错过。他总是会叫我回去。”2013年6月19日对达甘的采访。

② 2012年1月13日对巴拉克的采访。

客的玩世不恭之举，他们这么做是想借此为他们在下次选举中带来广泛的公众支持，而不是基于国家利益的冷静决定。“比比（Bibi）学会了一种技巧，其本质是在短时间内传达信息。他在这方面达到了登峰造极的掌控水平。但他也是我所知道的最糟糕的管理者。他有个特点，和埃胡德·巴拉克类似：他们都以为自己是世界上最伟大的天才。内塔尼亚胡是［以色列历史上］唯一一位所有国防机构都无法接受其立场的总理。”

“我认识许多位总理，”达甘说，“相信我，他们中没有一位是圣人，但他们有一个共同点：当他们的个人利益与国家利益发生冲突时，国家利益总会胜出。这是毫无疑问的。只有这两人我不敢这样讲——比比和埃胡德。”

达甘和内塔尼亚胡之间的敌意在 2010 年 9 月达到了沸点。达甘声称，内塔尼亚胡召集他、辛贝特局长、参谋长召开了一次据说与哈马斯有关的会议，他利用这次会议下达了准备进攻的非法命令：“在我们离开房间时，他说，‘稍等一下，摩萨德局长以及参谋长。我决定让以色列国防军和你们摩萨德进入 30 天倒计时’。”

“30 天倒计时”是“距离行动开始还有 30 天”的简便说法，这意味着内塔尼亚胡把对伊朗的全面攻击称为一次“行动”，而不是使用更恰当的措辞，称为“战争行为”。战争需要在内阁举行投票，但总理可以独自下令实施一项行动。

达甘被这种不管不顾的行为惊呆了：“使用［军事］暴力将招致无法容忍的后果。以为有可能通过军事攻势完全叫停伊朗的核计划，这一假设本身就是不对的……如果以色列出击，那么哈梅内伊［伊朗最高领导人］就会感谢真主：这会让伊朗人民团结起来支持这一项目，并让哈梅内伊可以宣称必须给自己弄一颗原子弹出来保卫伊朗免受以色列的侵略。”①

① 2013 年 6 月 19 日对达甘的采访。

达甘主张，即便只是让以色列军队处于攻击警戒状态，也会使局面不可阻挡地滑向战争，因为叙利亚人和伊朗人会发现这些动员，并可能采取先发制人的行动。

巴拉克对此争议有不同的看法，他说他和总理只是在研究发动进攻的可能性——不过这一看法并不重要。[①] 达甘和内塔尼亚胡之间的关系已经破裂到不可修复。达甘已执掌摩萨德8年，比历史上除了埃塞尔·哈雷尔外的任何局长的任职时间都要长。他按自己的想法重塑了摩萨德，使一个垂死且胆怯的机构获得重生，并恢复了享有了几十年的历史殊荣。他对以色列的敌人的渗透程度比任何人认为的都要深，消灭了几十年来逃过死亡或抓捕的目标，将对犹太国家的生存威胁减缓了数年。

这些都不重要。迪拜的行动令人难堪，或者仅仅是个借口。2010年9月，内塔尼亚胡告诉达甘他的任命不会被延长。

也可能是达甘提出了辞职。“我自己觉得我受够了，”他说，“我想做点别的事。而且，其实我对他感到厌恶。”[②]

接替达甘出任局长的是塔米尔·帕尔多。他不得不对迪拜袭击事件的余波中受损的大部分行动小组和程序进行修复。他指派在策划袭击穆格尼耶的行动中起到重要作用的“N”对损失进行全面评估，随后任命他为自己的副手。尽管如此，对行动单位的重建并没有妨碍这个机构的运转，特别是其针对伊朗核项目的活动。[③] 在上任数月后，帕尔多重新捡起了其前任搁置的定点清除政策。

---

① 巴拉克在给我的回信中说了达甘对他的评价：“尽管达甘这样讲，但以色列领导层当中没有谁不意识到，用一次外科手术般的袭击来彻底遏止伊朗的核计划是完全不可能的。至多也不过是将此计划拖延几年。不论是支持还是反对掂量此行动之必要性的人，他们都意识到（军事）行动只有作为最终措施才可行。行动能力，国际合法性，以及很大必要性都具备时，才能发起军事行动。”2016年3月30日巴拉克发给作者的电子邮件。

② 2013年6月19日对达甘的采访。

③ 2011年11月对“伊夫塔克”的采访。

2011年7月，一名摩托车手尾随核物理博士、伊朗原子能机构高级研究员达洛什·雷扎伊内贾德（Darioush Rezaeinejad）来到伊玛目阿里营附近，这是革命卫队最坚固的基地之一，里面有一块实验性铀浓缩区。车手拔出手枪，打死了雷扎伊内贾德。

2011年11月，德黑兰以西30英里的另一个革命卫队基地发生了巨大爆炸。从市区都能看到爆炸产生的烟雾，窗户嘎嘎作响。卫星照片显示，几乎整个基地都被夷平。革命卫队导弹开发部门负责人哈桑·德赫拉尼·穆加达姆将军[1]及他的16名工作人员在爆炸中丧生。

尽管马巴胡赫已死，军火却仍然从伊朗经苏丹流入加沙。摩萨德仍在监视，以色列空军继续袭击运输车队。在发现300吨先进武器和爆炸物后，摩萨德迎来了最大的胜利。这批军火被伪装成民用物品，储存在喀土穆南边的一个军用场地，等待运往加沙。这批暂存的武器包括短程和中程导弹以及先进的防空导弹和反坦克导弹，被以色列定义为能“打破平衡”的东西。如果这批军火运抵加沙，向内塔尼亚胡总理通报情况的一名“阿曼”官员说：“那我们建议攻击哈马斯，即便他们没有先挑衅，以防他们将这批武器部署下去。”[2]

不过，这批军火哪都没去成。2012年10月24日凌晨4点，以色列空军的F-15战斗机袭击了那块地方并摧毁了军火，干掉了当时在场的哈马斯以及伊斯兰革命卫队人员。喀土穆的上空被爆炸照亮。[3]爆炸把屋顶掀飞，窗户震碎。喀土穆居民因为他们的政府决定许可该国成为恐怖分子武器走私渠道的一环而遭了殃。此事发生后，苏丹当局告诉伊斯兰革命卫队，将不再允许他们这么做。

和诸位前任一样，帕尔多也保持着克制，不让以色列特工冒险在目标国家实施暗杀，尤其是在像德黑兰这样危险的地方。事实上，对伊朗领土的所有打击都是由该国地下反对运动成员，或者对伊朗政权

---

① 伊朗导弹计划之父。——译者
② 2014年9月对“终端”的采访。
③ 2017年5月对“伊夫塔克”的采访。

怀有敌意的库尔德、俾路支以及阿塞拜疆少数民族成员实施的。

这些定点清除非常有效。摩萨德收到的信息表明，定点清除带来“弃恶从善”——指伊朗科学家被吓坏了，许多人要求转去搞民用项目。“当科学家不想为一个项目出力的时候，组织强迫他出力的办法是有限的。”达甘说。①

为了加剧科学家们的恐惧，摩萨德在寻找目标时并不要求其在核计划中地位很高，② 而是找那种一旦清除，将在同级别的占最大数量的同事中引起尽可能多的不安的人。③ 2012 年 1 月 12 日，在纳坦兹铀浓缩设施工作的化学工程师穆斯塔法·艾哈迈迪-罗尚（Mostafa Ahmadi-Roshan）离开家，去往德黑兰市区的一个实验室。几个月前，他陪同伊朗总统马哈茂德·艾哈迈迪-内贾德参观核设施的照片传遍了全球媒体。这一次，又是一名摩托车手朝他的车驶去，并把一枚吸附炸弹贴在他车上，将其当场炸死。坐在他旁边的他妻子毫发无伤。但目睹了整个经过的她吓坏了，把事情讲给了他的同事听。

不管是从事什么研究的科学家，暗杀他们在美国都是非法行为。

---

① 2013 年 6 月 19 日对达甘的采访。

② 这一点体现在接下来针对穆加达姆和艾哈迈迪-罗尚的行动中，以色列背离了其低调政策。埃胡德·巴拉克就这些科学家的死亡发表声明，“可能还会产生更多死亡”。以色列国防军总参谋长本尼·甘茨将军评论说，“在伊朗，有些事以一种不自然的方式发生”，而以色列国防军发言人说自己“不会为艾哈迈迪-罗尚流泪”。《国土报》配了一幅艾哈迈迪-罗尚在天堂的欢快卡通图，图上画着有些生气的上帝，他旁边的小天使打趣道：“接下来，我们已经有足够人员，可以建核反应堆了。”

③ 针对“激进阵线”其他成员的暗杀也在持续展开。其中级别最高的目标是摩萨德自 1996 年便开始猎杀的，负责真主党武器发展部门的哈桑·拉奎斯。他在 2013 年 12 月 3 日被清除，攻击人员在贝鲁特郊区其住处的停车场里，用装上消音器的手枪将他枪杀。哈桑·拉奎斯同突尼斯出生的航空工程师马哈迈德·扎瓦哈里合作密切，一起为真主党和哈马斯效力。扎瓦哈里在他的国家加入了反对派，被流放多年。当他回国时，扎瓦哈里为哈马斯建立了一个无人机和潜水艇编队，用来攻击以色列在地中海建立的石油钻井平台。现在受命于约西·科恩的摩萨德拦截了扎瓦哈里同其位于加沙和黎巴嫩同伙的通讯，并在 12 月 16 日将他杀死。2012 年 4 月对“查尔斯”的采访，2016 年 12 月对“优点”的采访，以及 2017 年 5 月对“伊夫塔克”的采访。

而美国人从不知道，也并不想知道这些行为。中情局的迈克尔·海登说，以色列人从未将他们的计划知会美国人，“甚至不曾递个眼色”。尽管如此，海登毫不怀疑采取何种手段才能最有效地阻止伊朗人的核项目：“那就是杀死他们的科学家。”

2009年，在国家安全委员会与新总统巴拉克·奥巴马举行的第一次会议上，奥巴马问中情局局长伊朗在纳坦兹贮存了多少裂变材料。

海登回答说：“总统先生，我其实知道这个问题的答案，我马上就可以告诉您。但我可以向您介绍看待这个问题的另一种角度吗？它根本不重要。”

“纳坦兹没有一个电子或者中子会出现在核武器中。他们在纳坦兹建造的是知识。他们在纳坦兹建造的是信心，然后他们就把这些知识和信心带到别的某个地方去搞铀浓缩。总统先生，那些知识储存在科学家的头脑中。”

海登说得非常明白：“这个计划无论如何都和美国无关。它是非法的，并且我们［中情局］永远不会推荐或鼓吹这样的事。不过，我对海外情报的判断是，那些人的死亡对他们的核计划产生了巨大冲击。”①

德黑兰的阿亚图拉政权想用一颗原子弹让伊朗成为一个地区性大国，并确保他们继续控制这个国家。相反，以色列和美国的行动，特别是以色列的定点清除行动和使用病毒感染的“奥运会行动”，大大减缓了该计划的进程。此外，国际制裁让伊朗陷入严重的经济危机，有可能会颠覆整个政权。

这些制裁非常严厉，其中奥巴马政府实施的制裁（包括将伊朗从国际货币结算系统［SWIFT］剥离出来）尤甚，以至于“长矛”

① 2016年7月20日对海登的采访。

的负责人“E. L.”在2012年8月估计，如果他能说服美国采取更多经济措施，伊朗经济就会在年底前破产。[①] 他说：“这种状况将使群众再次走上街头，很可能会推翻政权。”

尽管如此，这也并未阻止本杰明·内塔尼亚胡筹备对伊朗的公开军事打击。尚不完全清楚他是否真的打算执行此计划：他的国防部长埃胡德·巴拉克坚称：“如果依我的决定，那以色列就会发起进攻。”[②] 也有人认为，握有最终决定权的内塔尼亚胡只是想让奥巴马相信他的进攻意图，为了迫使奥巴马出手，引导他得出这样一个结论：美国无论如何都将不可避免地卷入战争，因此美国最好抢先发动攻击，这样方能控制时机。

奥巴马政府担心以色列的攻击将使油价飞涨，而中东地区的混乱将接踵而至，这可能会让总统失去在2012年11月的大选中连任的胜算。[③] 美国政府还估计，以色列可能很快就会发动攻击，他们充满担忧地注视着以色列的一举一动——甚至连常规的部队演习也让人担心以色列即将攻打伊朗。1月，参议员黛安娜·费恩斯坦在参议院办公室会见了摩萨德局长帕尔多，要求他解释美国卫星拍到的以色列第35旅调动的原因。帕尔多对例行演习一无所知，但他后来警告内塔尼亚胡，继续对美国施压可能会导致一项戏剧性的措施，而这可能并非内塔尼亚胡所期望的。帕尔多本人认为，经济和政治压力再持续一两年的话，伊朗很可能会在合适的条件下投降，并完全放弃其核

---

① 2012年3月对“王子”的采访。

② 到了特定阶段的时候，内塔尼亚胡和巴拉克不再掩藏他们的意图。2012年1月纽约《时代杂志》封面故事中，巴拉克暗示攻击将马上展开。鉴于国防和情报部门人员的严厉批评，巴拉克说：“我们——比比和我本人，将以非常直接和具体的方式为以色列的存续负责——也可以说是为犹太人民的未来负责……当那一天结束时，军方和情报机构的指挥官抬起头来会看到我们——国防部长和总理。当我们抬头看，除了头顶的天空之外，什么都看不到。”Ronen Bergman, “Israel vs. Iran: When Will It Erupt?” *New York Times Magazine*, January 29, 2012。

③ 奥巴马和他的团队同样也处在美国主流媒体的压力下。美国媒体认为奥巴马在伊朗问题上太软弱了。2012年1月4日同罗杰·艾尔斯的会谈。

项目。

可内塔尼亚胡却听不进他的话，命令帕尔多继续实施暗杀，命令以色列国防军继续为进攻做准备。

12 月，摩萨德准备清除另一名科学家，但就在实施之前，奥巴马由于担心以色列的行动，同意了伊朗的提议，在安曼首都马斯喀特举行秘密谈判。“美国人从未告诉我们有这些会谈，但他们尽可能地确保我们能了解会谈内容。”发现马斯喀特会谈的一位摩萨德情报官员说。她向帕尔多建议，立即放弃暗杀计划。她说：“我们不能在政治进程正在推进的时候做这样的事。”帕尔多同意她的意见，并要求内塔尼亚胡允许他们在会谈进行期间停止一切暗杀活动。

可以合理地假设，如果会谈在两年后开始，那么伊朗将以一个相当弱势的国家的姿态来谈判，就连最终达成的协议也是伊朗接受多年来阿亚图拉们一直拒绝的一系列要求。① 伊朗同意几乎完全拆除整个核项目，并且在未来多年内接受严格的限制和监管。②

对达甘来说，该协议标志着双重胜利：他对付伊朗的五管齐下战略已经实现了多重目标。与此同时，内塔尼亚胡也明白，在与伊朗谈判期间发动攻击不啻为给美国人一记耳光，这是美国人无法容忍的。他一次又一次地将攻击延后，而当最后协议签署时，他也把攻击计划全盘放弃了，至少是放弃了在近期进攻的打算。

但达甘并不满意。他对内塔尼亚胡为他指明出路的方式感到痛苦

---

① 塔米尔·帕尔多认为《关于伊朗核计划的全面协议》（*Joint Comprehensive Plan of Action*）既有积极方面，也有消极方面。他认为在任何情况下，以色列都必须尝试和奥巴马政府协作配合，以便改善协议条款，因为阻止该协议的通过是不可能的。内塔尼亚胡的想法则不同，他孤注一掷地动用自己可观的政治影响力，试图让华盛顿的共和党人阻挠该协议，包括 2015 年 3 月在国会联席会议上发表的有争议的演讲。内塔尼亚胡错了。

② 这份协议比德黑兰政权过去曾批准的任何协议都更深入。不过它也反映出国际社会的重大让步，比如美国允诺以色列不会跨越的一些红线也被跨越了，以及几乎完全允许伊朗的军事工业全力发展导弹。Ronen Bergman, “What Information Collected by Israeli Intelligence Reveals About the Iran Talks,” *Tablet*, July 29, 2015。

和沮丧，所以他并不打算就此罢休。2011 年 1 月，在他任职的最后一天，他史无前例地邀请一帮记者来到摩萨德总部，［令记者感到震惊的是他］猛烈地抨击了总理和国防部长。在他发言之后，首席军事审查员，一位准将级的女士站起来宣布，达甘所说的有关以色列攻击伊朗计划的一切都属于绝密范畴，不能见诸媒体。

达甘见军事审查员禁止媒体发表他的言论，于是在 6 月特拉维夫大学的一次会议上，在数百名与会者面前把同样的话复述了一遍，[①]因为他知道，以他的名望是不会被起诉的。

达甘对内塔尼亚胡的批评是尖锐的、人身攻击性质的，但这也源于达甘在担任摩萨德局长后期所经历的态度上的深刻转变。这一变化比他在伊朗核计划上与总理的激烈斗争要重要得多。

多年来，达甘、沙龙以及他们在以色列国防机构和情报界的大多数同事都认为武力能够解决一切问题。而认为解决以色列和阿拉伯世界的争端的正确方式是“让阿拉伯人身首异处”，这简直是一种错觉，而且还是危险的常见错觉。

纵观摩萨德、“阿曼”以及辛贝特的整个历史——它们可以称得上是世界上最好的情报机构，先后向以色列领导人提供行动响应，以解决他们被要求解决的每个关键问题。但情报界的巨大成功，在该国大多数领导人中助长了一种幻觉，认为秘密行动可以成为一种战略工具而不仅仅是一种战术工具，认为可以用来取代真正的外交手段，结束以色列深陷的地理、种族、宗教及国家争端。由于以色列秘密行动取得了现象级的成功，在其历史的当前阶段，其多数领导人都拔高并认可了打击恐怖主义和对抗生存威胁的战术手段，其代价是牺牲了实现和平所需的政治解决的真正愿景、政治手段及真诚意愿。

其实，从很多方面看，本书所述的以色列情报界的故事，是一系

① 那里举行的是“阿曼”188 暗杀部队指挥官约瑟夫·哈雷尔纪念集会。达甘接受了记者阿里·沙维特的采访。

列可观的战术成功和灾难性战略失败的其中一二。

在生命即将走到尽头的时候，达甘才像沙龙一样明白了这一点。他得出的结论是，只有与巴勒斯坦人达成的政治解决方案，一种由两国制定的解决方案，才能解决这长达 150 年的冲突，而内塔尼亚胡政策的结果将是一个阿拉伯人和犹太人平等相处的双民族国家，同时伴以不断镇压和内乱的危险，它将会取代犹太复国主义者所梦想的建立由绝大多数犹太人构成的民主犹太国家。他担心，由于占领而要求在经济上和文化上抵制以色列的呼声会成为苦涩的现实，“就像对南非实施的抵制一样”，他甚至更担心以色列内部的分裂及其对民主和公民权利的威胁。

2015 年 3 月大选前，在特拉维夫市中心的一次集会上，他号召把内塔尼亚胡赶下台，并对总理喊话道：“如果你如此害怕承担责任，那你如何能对我们的命运负责？”

“一个人如果不想成为领导，为何还要谋求领导权？为什么这个国家比该地区所有国家要强大好几倍，却没有能力采取战略行动来改善我们的处境？答案很简单：我们的领导人只打过一仗——是为了他自己的政治生涯延续。为此，他使我们沦为一个双民族国家——犹太复国主义梦想就此终结。”

达甘向人群中的数万人喊道：“我不想要一个双民族国家。我不想要一个种族隔离的国家。我不想统治 300 万阿拉伯人。我不想让我们成为恐惧、绝望和僵局的人质。我认为现在是我们觉醒的时候了，我希望以色列公民不再日夜受困于恐惧和焦虑。”

由于得了癌症，体力不支的他双目含着泪结束了演说：“这是国家历史上最严重的领导危机。我们应该有一个能确定新的优先顺序的领导，一个为人民服务而非为自己服务的领导。”

但他的努力白费了。尽管达甘作为以色列的顶级间谍大师而享有盛誉，但他的演说——以及情报和军事机构的多位前负责人呼吁与巴勒斯坦人达成妥协协议并调整以色列与外部世界的关系——都被置若罔闻。

曾几何时，将军们的话被大多数以色列人奉为圭臬。但他们反对内塔尼亚胡的运动至今未能撼动他，甚至有人说他们反倒巩固了他的地位。以色列在近几十年来经历了剧烈的变化，包括将军在内的旧精英的力量以及他们对公共议题的影响力已经衰落了。[①] 来自阿拉伯世界的犹太人、东正教徒、右翼的新精英正在占据优势。达甘 2016 年 3 月中旬去世，此前几周，他与我进行了最后一次电话交谈，他用悲伤的语气说："我原以为我能有所作为，能将人说服，我很惊讶，也很失望。"

那些好战的将军曾经"牙齿缝里长着匕首"、后来领教了武力的局限性，他们与大多数以色列人民之间存在的分歧，便是达甘生命走到尽头之时的可悲现实。

---

① Ronen Bergman, "Israel's Army Goes to War with Its Politicians," *New York Times*, May 21, 2016.

致 谢

在为撰写本书花费的 7 年半时间里，我有幸遇见了许多杰出的有天赋、聪慧且热心的人，他们一路给予我支持与良好的建议。

我要衷心地感谢约尔·洛夫尔（Joel Lovell）和安迪·沃德（Andy Ward）在 2010 年 3 月 11 日给我发的邮件，这是一切的开端。他们问是否愿意写一本关于摩萨德的书。我的希伯来语编辑兼密友沙查尔·奥尔特曼（Shachar Alterman）建议我们聚焦以色列利用暗杀和定点清除的历史。约尔成了纽约《时代周刊》的编辑，我和他在工作上有着密切联系。他带走了手稿，让它们变得流畅而有张力，就像一流酒店房间的床单一样——借用大卫·瑞姆尼克（David Remnick）打过的比喻。安迪·沃德从未放弃我和我正在写的书，即使他后来成为兰登书屋的主编，即便最后期限改了又改。他还用他那安静、自信、坚毅的方式指引本项目走到了最后。

我还想感谢兰登书屋团队的其他成员，感谢他们的巨大贡献和帮助，特别要感谢肖恩·弗林（Sean Flynn）编审初稿，塞缪尔·尼乔尔森（Samuel Nicholson）编审最终手稿。他们都是罕见的优秀编辑的典范，他们经常能把我想表达的意思精确地转化成语言，远比我自己能做到的优秀。

特别感谢我的美国代理拉斐尔·萨加林（Raphael Sagalyn）。我工作的每个阶段他都仔细负责地予以照看，有些像一位父亲照看他有自律障碍的麻烦小孩。无论何时，只要有必要，他都能把我拉回正轨，安抚我因为错过最后期限以及无数次突破原本定好的篇幅而燃起的怒火。

在我撰写本书的重要部分期间，还有四位朋友与我有着密切合作：

罗尼·霍普（Ronnie Hope）远不止是位有才干的希伯来语译者，他还是朋友，是专业的同事。他对结构、形式以及内容的建议是无价的。他对本书的各个原版都倾注了一以贯之的努力，而且通常都在一天当中令人不快的不寻常时间工作。我还要感谢罗尼提议的本书书名。

本书在以色列国内的项目经理耶尔·萨斯（Yael Sass）有着无与伦比的老练和智慧。她在注释和参考文献这项令人生厌的任务上付出了艰苦的工作，不过她以优雅和富有技巧的方式完成了。而且她还确保了我能处在清静、愉快、务实的氛围中，让我得以完成这项工作。

纳达夫·凯登（Nadav Kedem）博士担任了文中事实的核查人和学术顾问。像这样一本充满隐秘细节的书，几乎不可能达到完美无缺的状态。然而，纳达夫和兰登书屋的版权编辑威尔·帕默（Will Palmer）和艾米丽·德哈芙（Emily DeHuff）的工作让这本书的错误少到了难以想象的地步。

阿迪·恩格尔（Adi Engel）那异常聪明的头脑、知识、创意及看法，在塑造本书结构的过程中无比珍贵。我认为，阿迪对人权承诺的不妥协精神渗透于这本书的字里行间。

我非常感激以下诸位——他们对本书的影响如何夸大都不为过。

金·库珀（Kim Cooper）和亚当·维多（Adam Vital）为我在美国的初期工作提供了帮助。他们出色的意见和很早便树立起来的对本项目的信心，让他们有资格分享本项目最终荣誉中的很大一部分。理查德·普莱普勒（Richard Plepler）鼓励我写作这本书，并刚好在恰当的时间用意第绪语教会了我那个重要单词。感谢博学机智的丹·马格利特（Dan Margalit）及埃胡德（·尤迪）·伊兰［Ehud（Udi）Eiran］，感谢他们阅读手稿，提出宝贵看法；感谢陈·库格尔（Chen

Kugel）博士帮忙辨认奥托·普洛科普（Otto Prokop）教授的字迹（瓦迪·哈达德的尸检由奥托教授操刀）；感谢凡妮莎·施莱塞尔（Vanessa Schlesier）帮我们翻译德语，并帮我重新尝试还原哈立德·马沙尔在安曼的生活。在此，我也要表达对约旦王室御医萨米·拉巴巴的感激，感谢他在约旦对我提供的帮助。

许多记者、历史学家、摄影师都对我极其友善，向我提供建议和档案材料，包括：伊拉娜·达扬（Ilana Dayan）、伊泰·维雷德（Itai Vered）、亚林·基莫（Yarin Kimor）、尤拉姆·米塔尔（Yoram Meital）、什洛莫·纳迪蒙（Shlomo Nakdimon）、多夫·阿尔芬（Dov Alfon）、克劳斯·维格里夫（Klaus Wiegrefe）、泽夫·德罗里（Zeev Drori）、莫蒂·戈拉尼（Motti Golani）、本尼·莫里斯（Benny Morris）、尼尔·曼（Nir Mann）、沙查·巴尔-昂（Shachar Bar-On）、尤阿夫·盖尔伯（Yoav Gelber）、埃胡德·雅里（Ehud Yaari）、齐夫·科伦（Ziv Koren）、亚历克斯·莱瓦克（Alex Levac）以及已故的亚伦·克莱恩（Aaron Klein）。同样，还要感谢塔尔·米勒（Tal Miller）和利奥尔·亚科维奇（Lior Yaakovi）的前期研究，感谢海姆·沃特兹曼（Haim Watzman）、伊拉·莫斯科维茨（Ira Moskowitz）、黛博拉·切尔（Deborah Cher）那段时间的翻译和编辑工作。在这里，我也要提及帮我在以色列出版著作的金奈雷特·兹莫拉-比坦老板、伊兰·兹莫拉（Eran Zmora）和尤兰·罗兹（Yoram Roz），以及主编塞缪尔·罗斯纳（Shmuel Rosner），感谢他们的支持和友谊。

感谢伊坦·毛兹（Eitan Maoz）、杰克·陈（Jack Chen）、德沃拉·陈（Dvorah Chen）律师在各种法律问题上给我提供的良好且重要的建议。

我追寻以色列秘密行动信息的过程，现在向我提供了一个让人愉快的职责，即向世界各地的形形色色人士表达我的谢意：感谢甘瑟·拉特西（Gunther Latsch）查阅斯塔西的文件；感谢罗伯特·贝尔

（Robert Baer）以及已故的斯坦利·贝灵顿（Stanley Bedlington）帮我更好地理解美国中情局的各个方面；感谢海牙的拉菲克·哈里里谋杀案特别法庭的克里斯平·索罗德（Crispin Thorold）和玛丽安·埃尔·哈吉（Marianne El Hajj）提供了和真主党暗杀小组相关的惊人材料；感谢以色列国防军202帕拉特罗普营保护我们所在的纳布卢斯要塞不被哈马斯炸毁；感谢阿克尔·哈希米（Aql al-Hashem）让我们在南黎巴嫩的战火中脱身（他直到死于真主党的简易爆炸装置前，还确信自己可以防弹）；感谢已故的阿根廷特别检察官阿尔贝托·尼斯曼（Alberto Nisman）允许我见证他为发现有关布宜诺斯艾利斯的以色列人互助会爆炸案的真相所付出的努力，而他却不知道自己将成为该事件的下一个牺牲者；感谢"J"陪我前往东方市的三方边界地区，并坚持让我们立即离开真主党秘书长表亲的清真寺；感谢卡尔德·沃尔顿（Calder Walton）分享他对英国情报部门和英属巴勒斯坦托管地的犹太秘密民兵的开创性研究；感谢剑桥大学的导师克里斯托弗·安德鲁（Christopher Andrew）教授指引我从米特罗钦档案中找到了他最先予以披露的克格勃文件；感谢"伊桑"（Ethan）、"伊夫塔克"（Iftach）、"优点"（Advantage）向我提供的诸多建议和指点，帮助我建立了复杂的人脉，而这是出现在本书中的多数信息的基础。

特别衷心感谢我的朋友和同事霍尔格·斯塔克（Holger Stark），感谢他在德国情报部门和国防机构方面的协助，以及只在我们彼此之间的资料共享和信任，别人无法参与的支持、合作和友谊。我的德国代理人汉娜·莱格布（Hannah Leitgeb）和记者兼编辑格奥尔格·马斯科洛（Georg Mascolo）为本书的德语译本在德意志出版社（DVA）和明镜出版付出了巨大努力。非常感谢他们两位，以及德意志出版社工作人员，尤其是朱丽叶·霍夫曼（Julia Hoffmann）和凯伦·古达斯（Karen Guddas）。

禅宗学者雅克布·拉兹（Jacob Raz）是位真正有见识的人，他试着教会我简约的艺术。本书只有原手稿的一半篇幅，这表明他至少部分地获得了成功。

最后，我要感谢我的受访者和信息提供者，感谢他们付出时间、努力和善意，感谢在某些情况下，他们自己承担了巨大风险。其中有人曾被我尖锐地批评，也有人对自己行为的描述使我的血液凝固。他们都向我敞开自己的记忆和心扉，所以我可以了解并转告我的读者，一个国家自卫的需要与民主道德的基本原则之间存在的不可避免的、猛烈的，有时甚至不可调和的那些冲突。

本书最好的部分都来自我上面罗列的那些人。所有的谬误都归于我，是我的责任。

参考文献

INTERVIEWS

Aharon Abramovich, Worko Abuhi, Ehud (Udi) Adam, Nathan Adams, Avraham Adan, Nahum Admoni, Gadi Afriat, Shlomi Afriat, David Agmon, Amram Aharoni, Zvi Aharoni, Wanda Akale, Lior Akerman, Fereda Aklum, Aql Al-Hashem, Kanatjan Alibekov, Doron Almog, Ze'ev Alon, Yossi Alpher, Hamdi Aman, Yaakov Amidror, Meir Amit, Frank Anderson, Christopher Andrew, Hugo Anzorreguy, Uzi Arad, Dror Arad-Ayalon, Yasser Arafat, David Arbel, Dani Arditi, Moshe Arens, Anna Aroch, Julian Assange, Rojer Auqe, Gad Aviran, Shai Avital, Juval Aviv, Pinchas Avivi, David Avner, Talia Avner, Uri Avnery, Avner Avraham, Haim Avraham, Aharon Avramovich, Ami Ayalon, Danny Ayalon, Avner Azoulai, Robert Baer, Yossi Baidatz, Ehud Barak, Amatzia Baram, Miki Barel, Aharon Barnea, Avner Barnea, Itamar Barnea, Omer Bar-Lev, Uri Bar-Lev, Hannan Bar-On, David Barkai, Hanoch Bartov, Mehereta Baruch, Yona Baumel, Stanley Bedlington, Benjamin Begin, Yossi Beilin, Dorit Beinisch, Ilan Ben David, Moshe Ben David, Zvika Bendori, Gilad Ben Dror, Benjamin Ben-Eliezer, Eliyahu Ben-Elissar, Eitan Ben Eliyahu, Avigdor "Yanosh" Ben-Gal, Isaac Ben Israel, Arthur (Asher) Ben-Natan, Eyal Ben Reuven, Eitan Ben Tsur, Barak Ben Tzur, David Ben Uziel, Ron Ben-Yishai, Yoran Ben Ze'ev, Ronnie (Aharon) Bergman, Muki Betser, Avino Biber, Amnon Biran, Dov Biran, Ilan Biran, Yoav Biran, Kai Bird, Uri Blau, Hans Blix, Gabriella Blum, Naftali Blumenthal, Yossef Bodansky, Joyce Boim, Ze'ev Boim, Chaim Boru, Avraham Botzer, Eitan Braun, Shlomo Brom, Shay Brosh, Jean-Louis Bruguière, Pinchas Buchris, Haim Buzaglo, Zvi Caftori, Haim Carmon, Igal Carmon, Aharon Chelouche, Dvora Chen, Uri Chen, Michael Chertoff, Itamar Chizik, Joseph Ciechanover, Wesley Clark, Avner Cohen, Haim Cohen, Moshe Cohen, Ronen Cohen (scholar), Dr. Ronen Cohen (AMAN Officer), Yair

Cohen, Yuval Cohen-Abarbanel, Reuven Dafni, Meir Dagan, Avraham Dar, Yossi Daskal, Ruth Dayan, Uzi Dayan, Puyya Dayanim, Ofer Dekel, Avi Dichter, Yuval Diskin, Amnon Dror, Moshe Efrat, Dov Eichenwald, Uzi Eilam, Giora Eiland, Robert Einhorn, Yom Tov (Yomi) Eini, Amos Eiran, Ehud Eiran, Elad Eisenberg, Miri Eisin, Rafael Eitan, Rolf Ekeus, Ofer Elad, Avigdor Eldan (Azulay), Mike Eldar, Jean-Pierre Elraz, Haggai Erlich, Reuven Erlich, Dror Eshel, Shmuel Ettinger, Uzi Even, Gideon Ezra, Meir Ezri, Aharon Zeevi Farkash, Menachem Finkelstein, Amit Forlit, Moti Friedman, Uzi Gal, Yehoar Gal, Yoav Galant, Yoram Galin, Robert Gates, Karmit Gatmon, Yeshayahu Gavish, Shlomo Gazit, Yoav Gelber, Reuel Gerecht, Dieter Gerhardt, Erez Gerstein, Binyamin Gibli, Mordechai Gichon, Gideon Gideon, Yehuda Gil, Amos Gilad, Amos Gilboa, Carmi Gillon, Yossi Ginat, Isabella Ginor, Yossi Ginossar, Caroline Glick, Tamar Golan, Motti Golani, Ralph Goldman, Gadi Goldstein, Karnit Goldwasser, David Golomb, Sarit Gomez, Oleg Gordievsky, Ran Goren, Uri Goren, Eitan Haber, Arie Hadar, Amin al-Hajj, Asher Hakaini, Eli Halachmi, Aharon Halevi, Aliza Magen Halevi, Aviram Halevi, David Halevi, Amnon Halivni, Uri Halperin, Dan Halutz, August Hanning, Alouph Hareven, Elkana Har Nof, Dani Harari, Shalom Harari, Isser Harel, Hani al-Hassan, Yisrael Hasson, Robert Hatem, Shai Herschkovich, Seymour Hersh, Robin Higgins, Shlomo Hillel, Gal Hirsch, Yair Hirschfeld, Yitzhak Hofi, Lior Horev, Yehiel Horev, Rami Igra, Yitzhak Ilan, David Ivry, Aryeh Ivtzan, Yehiel Kadishai, Oleg Kalugin, Anat Kamm, Tsvi Kantor, Yehudit Karp, Asa Kasher, Eugene Kaspersky, Samy Katsav, Kassa Kebede, Paul Kedar, Ruth Kedar, Moti Kfir, Gedaliah Khalaf, Moti Kidor, David Kimche, Yarin Kimor, Ephraim Kleiman, David Klein, Yoni Koren, Joseph Kostiner, Aryeh Krishak, Itzhak Kruizer, David Kubi, Chen Kugel, David Kulitz, Yossi Kuperwasser, Anat Kurz, Gunther Latsch, Eliot Lauer, Nachum Lev, Shimon Lev, Alex Levac, Amihai Levi, Nathan Levin, Nathaniel Levitt, Aharon Levran, Avi Levy, Gideon Levy, Udi Levy, Bernard Lewis, Rami Liber, Avi Lichter, Alon Liel, Danny Limor, Amnon Lipkin-Shahak, Dror Livne, Tzipi Livni, Lior Lotan, Uri Lubrani, Uzi Mahnaimi, Nir Man, Francine Manbar, Nahum Manbar, Victor Marchetti, Dan Margalit, David Meidan, Gideon Meir, Moshe Meiri, Nehemia Meiri, Yoram Meital, David Menashri, Ariel Merari, Reuven Merhav, Dan Meridor, Joy Kid Merkham, Gidi Meron, Hezi Meshita, Benny Michelson, Amram Mitzna, Ilan Mizrahi, Shaul Mofaz, Yekutiel Mor, Yitzhak Mordechai, Shmuel (Sami)

Moriah, Benny Morris, Shlomo Nakdimon, Hamid Nasrallah, David Nataf, Yair Naveh, Yoni Navon, Menahem Navot, Ori Neeman, Yuval Ne'eman, Jack Neria, Benjamin Netanyahu, Yaakov Nimrodi, Nimrod Nir, Alberto Nisman, Moshe Nissim, Tzila Noiman, Rafi Noy, Oded (last name confidential), Arye Oded, Raphael Ofek, Amir Ofer, Ehud Olmert, Reza Pahlavi Shah, Gabriel Pasquini, Alexander Patnic, Shmuel Paz, Avi Peled, Yossi Peled, Gustavo Perednik, Shimon Peres, Amir Peretz, Yuri Perfilyev, Yaakov Peri, Richard Perle, Israel Perlov, Giandomenico Picco, Zvi Poleg, Eli Pollak, Yigal Pressler, Avi Primor, Ron Pundak, Yitzhak Pundak, Ahmed Qrea, Rona Raanan Shafrir, Dalia Rabin, Itamar Rabinovich, Gideon Rafael, Rani Rahav, Jibril Rajoub, Natan Rotberg (Rahav), Haggai Ram, Haim Ramon, Muhammad Rashid, Yair Ravid-Ravitz, Oded Raz, Benny Regev, Yiftach Reicher Atir, Shlomi Reisman, Daniel Reisner, Bill Rois, Dafna Ron, Eran Ron, Yiftah Ron-Tal, Avraham Rotem, Danny Rothschild, Elyakim Rubinstein, Joseph Saba, Dov Sadan, Ezra Sadan, Rachel Sadan, Jehan Sadat, Uri Sagie, Ori Salonim, Wafiq al-Samarrai, Yom Tov Samia, Eli Sanderovich, Yossi Sarid, Nicolas Sarkozy, Igal Sarna, Moshe Sasson, Uri Savir, Oded Savoray, Yezid Sayigh, David Scharia, Otniel Schneller, Yoram Schweitzer, Patrick Seale, Itzhak Segev, Samuel Segev, Dror Sela, Aviem Sella, David Senesh, Michael Sfard, Oren Shachor, Yarin Shahaf, Moshe Shahal, Hezi Shai, Emmanuel Shaked, Arik Shalev, Noam Shalit, Silvan Shalom, Yitzhak Shamir, Shimon Shapira, Yaakov Shapira, Assaf Shariv, Shabtai Shavit, Gideon Sheffer, Rami Sherman, Shimon Sheves, David Shiek, Dov Shilansky, Dubi Shiloah, Gad Shimron, Amir Shoham, Dan Shomron, David Shomron, Eliad Shraga, Zvi Shtauber, Yigal Simon, Efraim Sneh, Ovadia Sofer, Sami Sokol, Ali Soufan, Yuval Steinitz, Elazar Stern, Rafi Sutton, Rami Tal, Anat Talshir, Dov Tamari, Avraham Tamir, Elhanan Tannenbaum, Benjamin Telem, Ahmad Tibi, Izhak Tidhar, Rafi Tidhar, Yona Tilman, Tawfiq Tirawi, Haim Tomer, Richard Tomlinson, Eliezer (Geize) Tsafrir, Moshe Tsipper, Yoram Turbowicz, Shalom Turgeman, David Tzur, Ernst Uhrlau, Alon Unger, Rehavia Vardi, Matan Vilnai, David Vital, Ali Waked, Tim Weiner, Anita Weinstein, Avi Weiss Livne, Dov Weissglass, Robert Windrem, Paul Wolfowitz, James Woolsey, Yitzhak Ya'akov, Moshe Ya'alon, Amos Yadlin, Yoram Yair, Amos Yaron, Danny Yatom, Ehud Yatom, Shimshon Yitzhaki, Eli Yossef, Dov Zakheim, Zvi Zamir, Benny Zeevi, Dror Ze'evi, Nadav Zeevi, Doron Zehavi, Eli Zeira, Amnon Zichroni, Eyal Zisser, Eli Ziv, Shabtai Ziv, Eli Zohar, Gadi

Zohar, and Giora Zussman, 另外 350 名接受采访者不能在此公开姓名，其中 163 人的姓名首字母缩写或代号如注释所示。

英语著作

Abrahamian, Ervand. *Khomeinism: Essays on the Islamic Republic*. London: University of California Press, 1993.

Adams, James. *The Unnatural Alliance*. London: Quartet, 1984.

Agee, Philip. *Inside the Company: CIA Diary*. Harmondsworth, UK: Penguin, 1975.

Andrew, Christopher. *The Defence of the Realm: The Authorized History of the MI5*. London: Penguin, 2009.

———. *For the President's Eyes Only*. London: HarperCollins, 1995.

Andrew, Christopher, and Vasili Mitrokhin. *The Mitrokhin Archive II*. London: Penguin, 2005.

———. *The Sword and the Shield: The Mitrokhin Archive and the Secret History of the KGB*. New York: Basic Books, 1999.

Angel, Anita. *The Nili Spies*. London: Frank Cass & Co., 1997.

Arnon, Arie, Israel Luski, Avia Spivak, and Jimmy Weinblatt. *The Palestinian Economy: Between Imposed Integration and Voluntary Separation*. New York: Brill, 1997.

Asculai, Ephraim. *Rethinking the Nuclear Non-Proliferation Regime*. Tel Aviv: Jaffee Center for Strategic Studies, TAU, 2004.

Avi-Ran, Reuven [Erlich]. *The Syrian Involvement in Lebanon since 1975*. Boulder, Colo.: West-view, 1991.

Bakhash, Shaul. *The Reign of the Ayatollahs: Iran and the Islamic Revolution*. New York: Basic Books, 1984.

Baram, Amatzia. *Building Towards Crisis: Saddam Husayn's Strategy for Survival*. Washington, D. C.: Washington Institute for Near East Policy, 1998.

Barnaby, Frank. *The Indivisible Bomb*. London: I. B. Tauris, 1989.

Ben-Menashe, Ari. *Profits of War: Inside the Secret U. S. -Israeli Arms Network*. New York: Sheridan Square, 1992.

Bergen, Peter L. *Holy War Inc.: Inside the Secret World of Osama Bin Laden*. London: Weidenfeld and Nicolson, 2003.

Bergman, Ronen. *Israel and Africa: Military and Intelligence Liaisons*. PhD diss., University of Cambridge, November 2006.

———. *The Secret War with Iran: The 30-Year Clandestine Struggle Against the World's Most Dangerous Terrorist Power*. New York: Free Press, 2008.

Bird, Kai. *The Good Spy*. New York: Crown, 2014.

Black, Ian, and Benny Morris. *Israel's Secret Wars: A History of Israel's Intelligence Services*. London: Hamish Hamilton, 1991.

Blum, Gabriella. *Islands of Agreement: Managing Enduring Rivalries*. Cambridge, Mass.: Harvard University Press, 2007.

Bobbitt, Philip. *Terror and Consent: The Wars for the Twenty-first Century*. London: Penguin, 2008.

Bolker, Joan. *Writing Your Dissertation in Fifteen Minutes a Day: A Guide to Starting, Revising, and Finishing Your Doctoral Thesis*. New York: Henry Holt and Co., 1998.

Boroumand, Ladan. *Iran: In Defense of Human Rights*. Paris: National Movement of the Iranian Resistance, 1983.

Brecher, Michael. *Decisions in Israel's Foreign Policy*. London: Oxford University Press, 1974.

Burrows, William E., and Robert Windrem. *Critical Mass*. London: Simon & Schuster, 1994.

Butler, Richard. *Saddam Defiant*. London: Weidenfeld and Nicolson, 2000.

Calvocoressi, Peter. *World Politics, 1945–2000*. 9th ed. Harlow, UK: Pearson Education, 2001.

Carew, Tom. *Jihad: The Secret War in Afghanistan*. Edinburgh: Mainstream, 2000.

Carré, Olivier. *L'Utopie islamique dans l'Orient arabe*. Paris: Fondation Nationale des Sciences Politiques, 1991 (in French).

Cline, Ray S., and Yonah Alexander. *Terrorism as State-Sponsored Covert Warfare*. Fairfax, Va.: Hero, 1986.

Cobban, Helena. *The Palestinian Liberation Organisation*. Cambridge, UK: Cambridge University Press, 1984.

Cockburn, Andrew, and Leslie Cockburn. *Dangerous Liaisons: The Inside Story of the U.S.-Israeli Covert Relationship*. New York: HarperCollins, 1991.

Cohen, Avner. *Israel and the Bomb*. New York: Columbia University Press, 1998.

Cookridge, E. H. *Gehlen: Spy of the Century*. London: Hodder and Stoughton, 1971.

Dan, Ben, Uri Dan, and Y. Ben-Porat. *The Secret War: The Spy Game in the Middle East*. New York: Sabra, 1970.

Deacon, Richard. *The Israeli Secret Service*. London: Hamish Hamilton, 1977.

Dekmejian, R. Hrair. *Islam in Revolution: Fundamentalism in the Arab World*. 2nd ed. Syracuse, N. Y.: Syracuse University Press, 1995.

Drogin, Bob. *Curveball*. New York: Random House, 2007.

Edward, Shirley. *Know Thine Enemy*. New York: Farrar, Straus and Giroux, 1997.

Eisenberg, Dennis, Uri Dan, and Eli Landau. *The Mossad: Israel's Secret Intelligence Service: Inside Stories*. New York: Paddington, 1978.

Eisenstadt, Michael. *Iranian Military Power: Capabilities and Intentions*. Washington, D. C.: Washington Institute for Near East Policy, 1996.

Eveland, Wilbur Crane. *Ropes of Sand: America's Failure in the Middle East*. New York: W. W. Norton, 1980.

Farrell, William R. *Blood and Rage: The Story of the Japanese Red Army*. Toronto: Lexington, 1990.

Freedman, Robert O. *World Politics and the Arab-Israeli Conflict*. New York: Pergamon, 1979.

Gabriel, Richard A. *Operation Peace for Galilee: The Israeli-PLO War in Lebanon*. New York: Hill and Wang, 1984.

Gates, Robert M. *From the Shadows*. New York: Simon & Schuster Paperbacks, 1996.

Gazit, Shlomo. *Trapped Fools: Thirty Years of Israeli Policy in the Territories*. London and Portland, Ore.: Frank Cass, 2003.

Gilbert, Martin. *The Routledge Atlas of the Arab-Israeli Conflict*. New York: Routledge, 2005.

Ginor, Isabella, and Gideon Remez. *Foxbats over Diamona*. New Haven, Conn.: Yale University Press, 2007.

Halkin, Hillel. *A Strange Death*. New York: PublicAffairs, 2005.

Harclerode, Peter. *Secret Soldiers: Special Forces in the War Against Terrorism*. London: Sterling, 2000.

Hatem, Robert M. *From Israel to Damascus: The Painful Road of Blood, Betrayal, and Deception*. La Mesa, Calif.: Pride International Press, 1999.

Hayden, Michael. *Playing to the Edge*. New York: Penguin Press, 2016.

Hersh, Seymour. *The Samson Option*. New York: Random House, 1991.

Hoffman, Bruce. *Recent Trends and Future Prospects of Iranian Sponsored International Terrorism*. Santa Monica, Calif. : Rand, 1990.

Hollis, Martin, and Steve Smith. *Explaining and Understanding International Relations*. Oxford, UK: Clarendon, 1990.

Hurwitz, Harry, and Yisrael Medad, eds. *Peace in the Making*. Jerusalem: Gefen, 2011.

Jaber, Hala. *Hezbollah: Born with a Vengeance*. New York: Columbia University Press, 1997.

Jonas, George. *Vengeance: The True Story of a Counter-Terrorist Mission*. London: Collins, 1984.

Juergensmeyer, Mark. *Terror in the Mind of God: The Global Rise of Religious Violence*. Berkeley: University of California Press, 2000.

Keddie, Nikki R. , ed. *Religion and Politics in Iran: Shi'ism from Quietism to Revolution*. New Haven, Conn. : Yale University Press, 1983.

Kenyatta, Jomo. *Facing Mount Kenya*. Nairobi: Heinemann Kenya, 1938.

Klein, Aaron J. *Striking Back: The 1972 Munich Olympics Massacre and Israel's Deadly Response*. New York: Random House, 2005.

Kurginyan, Sergey. *The Weakness of Power: The Analytics of Closed Elite Games and Its Basic Concepts*. Moscow: ECC, 2007.

Kwintny, Jonathan. *Endless Enemies: The Making of an Unfriendly World*. New York: Penguin, 1984.

Landler, Mark. *Alter Egos*. New York: Random House, 2016.

Laqueur, Walter. *The New Terrorism: Fanaticism and the Arms of Mass Destruction*. London: Phoenix Press, 1999.

Livingstone, Neil C. , and David Halevy. *Inside the PLO*. New York: Quill/William Morrow, 1990.

Marchetti, Victor, and John D. Marks. *The CIA and the Cult of Intelligence*. New York: Dell, 1980.

McGeough, Paul. *Kill Khalid*. New York: New Press, 2009.

Mearsheimer, John, and Stephen Walt. *The Israeli Lobby and U. S. Foreign Policy*. New York: Farrar, Straus and Giroux, 2007.

Melman, Yossi. *The Master Terrorist: The True Story Behind Abu-Nidal*. London: Sidgwick & Jackson, 1987.

Menashri, David, ed. *Islamic Fundamentalism: A Challenge to Regional Stability*. Tel Aviv: Moshe Dayan Center for Middle Eastern and African Studies, 1993.

Mishal, Shaul. *The PLO Under Arafat*. New Haven, Conn.: Yale University Press, 1986.

Mitrokhin, Vasiliy. *KGB Lexicon*. London: Frank Cass & Co., 2002.

Mohadessin, Mohammad. *Islamic Fundamentalism: The New Global Threat*. Washington, D. C.: Seven Locks Press, 1993.

Morris, Benny, and Ian Black. *Israel's Secret Wars*. London: Warner, 1992.

Norton, Augustus Richard. *Amal and the Shia: Struggle for the Soul of Lebanon*. Austin: University of Texas Press, 1987.

Oded, Arye. *Africa and the Middle East Conflict*. Boulder, Colo.: Westview, 1988.

Oliphant, Laurence. *The Land of Gilead*. London: William Blackwood and Sons, 1880.

Ostrovsky, Victor, and Claire Hoy. *By Way of Deception: The Making and Unmaking of a Mossad Officer*. New York: St. Martin's, 1990.

Pacepa, Ion Mihai. *Red Horizons*. Washington, D. C.: Regnery Gateway, 1990.

Parsi, Trita. *Treacherous Alliance: The Secret Dealings of Israel, Iran and the United States*. New Haven, Conn.: Yale University Press, 2007.

Payne, Ronald. *Mossad: Israel's Most Secret Service*. London and New York: Bantam, 1990.

Pedahzur, Ami. *The Israeli Secret Services and the Struggle Against Terrorism*. New York: Columbia University Press, 2009.

Picco, Giandomenico. *Man Without a Gun*. New York: Times Books, 1999.

Pipes, Daniel. *The Hidden Hand*. New York: St. Martin's, 1996.

Polakow-Suransky, Sasha. *The Unspoken Alliance: Israel's Secret Relationship with Apartheid South Africa*. New York: Pantheon, 2010.

Porath, Yehoshua. *In Search of Arab Unity, 1930–1945*. London: Frank Cass & Co., 1986.

Posner, Steve. *Israel Undercover: Secret Warfare and Hidden Diplomacy in the Middle East*. Syracuse, N. Y.: Syracuse University Press, 1987.

Qutb, Sayyid. *The Future Belongs to Islam: Our Battle with the Jews*. Tel Aviv: Moshe Dayan Center for Middle Eastern and African Studies, 2017.

Ranelagh, John. *The Agency: The Rise and Decline of the CIA*. New York: Simon

& Schuster, 1986.

Rimington, Stella. *Open Secret: The Autobiography of the Former Director-General of MI5*. London: Hutchinson, 2002.

Rivlin, Paul. *The Russian Economy and Arms Exports to the Middle East*. Tel Aviv: Jaffee Center for Strategic Studies, 2005.

Ruwayha, Walid Amin. *Terrorism and Hostage-Taking in the Middle East*. France: publisher unknown, 1990.

Sadjadpour, Karim. *Reading Khamenei: The World View of Iran's Most Powerful Leader*. Washington, D. C.: Carnegie Endowment for International Peace, 2009.

Said, Edward. *The End of the Peace Process: Oslo and After*. London: Granta, 2000.

Sauer, Paul. *The Holy Land Called: The Story of the Temple Society*. English edition. Melbourne: Temple Society, 1991.

Sayigh, Yezid. *Armed Struggle and the Search for State*. Oxford, UK: Oxford University Press, 1997.

Schulz, Richard, and Andrea Dew. *Insurgents, Terrorists and Militias*. New York: Columbia University Press, 2006.

Schulze, Kirsten E. *Israel's Covert Diplomacy in Lebanon*. Basingstoke, UK: Macmillan, 1998.

Seale, Patrick. *Abu Nidal: A Gun for Hire*. London: Hutchinson, 1992.

Shirley, Edward. *Know Thine Enemy*. New York: Farrar, Straus and Giroux, 1997.

Shlaim, Avi. *The Iron Wall*. London: Penguin, 2000.

Skorzeny, Otto. *My Commando Operations*. Atglen, Pa.: Schiffer, 1995.

Smith, Steven, Ken Booth, and Marysia Zalewski. *International Theory: Positivism and Beyond*. Cambridge, UK: Cambridge University Press, 1996.

Steven, Stewart. *The Spymasters of Israel*. London: Hodder and Stoughton, 1981.

Sumaida, Hussein, and Carole Jerome. *Circle of Fear*. London: Robert Hale, 1992.

Taheri, Amir. *The Spirit of Allah*. London: Hutchinson, 1985.

Tenet, George. *At the Center of the Storm*. New York: HarperCollins, 2007.

Teveth, Shabtai. *Ben-Gurion's Spy: The Story of the Political Scandal That Shaped Modern Israel*. New York: Columbia University Press, 1996.

Theroux, Peter. *The Strange Disappearance of Imam Moussa Sadr*. London:

Weidenfeld and Nicolson, 1987.
Thomas, Gordon. *Gideon's Spies*: *The Secret History of the Mossad*. London: Pan Books, 2000.
Transparency International. *Global Corruption Report* 2004. London: Pluto Press, 2004.
Trento, Joseph J. *The Secret History of the CIA*. New York: MJF Books, 2001.
Trevan, Tim. *Saddam's Secrets*: *The Hunt for Iraq's Hidden Weapons*. London: HarperCollins, 1999.
Treverton, Gregory F. *Covert Action*. London: I. B. Tauris & Co., 1988.
Urban, Mark. *UK Eyes Alpha*: *The Inside Story of British Intelligence*. London: Faber and Faber, 1996.
Venter, Al J. *How South Africa Built Six Atom Bombs*. Cape Town: Ashanti, 2008.
Verrier, Antony, ed. *Agent of Empire*. London: Brassey's, 1995.
Walsh, Lawrence E. *Firewall*: *The Iran-Contra Conspiracy and Cover-up*. New York: W. W. Norton & Co., 1997.
Walton, Calder. *Empire of Secrets*. London: HarperPress, 2013.
Wardlaw, Grant. *Political Terrorism*: *Theory*, *Tactics and Counter-Measures*. Cambridge, UK: Cambridge University Press, 1982.
Wasserstein, Bernard. *The Assassination of Lord Moyne*, *Transactions & Miscellanies*, vol. 27. London: Jewish Historical Society of England, 1978–80.
Webman, Esther. *Anti-Semitic Motifs in the Ideology of Hizballah and Hamas*. Tel Aviv: Project for the Study of Anti-Semitism, 1994.
Weiner, Tim. *Enemies*: *A History of the FBI*. New York: Random House, 2012.
———. *Legacy of Ashes*: *The History of the CIA*. New York: Doubleday, 2007.
Wright, Robin. *Sacred Rage*: *The Wrath of Militant Islam*. New York: Simon & Schuster, 1986.
Ya'ari, Ehud. *Strike Terror*: *The Story of Fatah*. New York: Sabra, 1970.

希伯来语著作

Adam, Kfir. *Closure*. Oranit, Israel: Adam Kfir Technologies, 2009.
Almog, Ze'ev. *Bats in the Red Sea*. Haqirya, Israel: Ministry of Defense, 2007.
Alpher, Yossi. *Periphery*: *Israel's Search for Middle East Allies*. Tel Aviv: Matar,

2015.
Amidror, Yaakov. *The Art of Intelligence*. Haqirya, Israel: Ministry of Defense, 2006.
Amit, Meir. *Head On: The Memoirs of a Former Mossad Director*. Or Yehuda, Israel: Hed Arzi, 1999.
Argaman, Josef. *It Was Top Secret*. Haqirya, Israel: Ministry of Defense, 1990.
———. *The Shadow War*. Haqirya, Israel: Ministry of Defense, 2007.
Assenheim, Omri. *Ze'elim*. Or Yehuda, Israel: Kinneret Zmora-Bitan Dvir, 2011.
Aviad, Guy. *Lexicon of the Hamas Movement*. Ben Shemen, Israel: Modan, 2014.
Avi-Ran, Reuven. *The Lebanon War — Arab Documents and Sources: The Road to the "Peace for Galilee" War*. Vols. 1 and 2. Tel Aviv: Ma'arakhot, 1978.
Avnery, Uri. *My Friend, the Enemy*. London: Zed, 1986.
Banai, Yaakov. *Anonymous Soldiers*. Tel Aviv: Yair, 1974.
Bango-Moldavsky, Olena, and Yehuda Ben Meir. *The Voice of the People: Israel Public Opinion on National Security*. Tel Aviv: INSS, 2013.
Bar-Joseph, Uri. *The Angel: Ashraf Marwan, the Mossad and the Yom Kippur War*. Or Yehuda, Israel: Kinneret Zmora-Bitan Dvir, 2010.
Bar-On, Mordechai. *Moshe Dayan*. Tel Aviv: Am Oved, 2014.
Bar-Zohar, Michael. *The Avengers*. Ganey Tikva, Israel: Teper Magal, 1991.
———. *Ben Gurion*. Tel Aviv: Miskal, 2013.
———. *Issar Harel and Israel's Security Services*. London: Weidenfeld and Nicolson, 1970.
———. *Phoenix: Shimon Peres — a Political Biography*. Tel Aviv: Miskal, 2006.
Bar-Zohar, Michael, and Eitan Haber. *Massacre in Munich*. Or Yehuda, Israel: Kinneret Zmora-Bitan Dvir, 2005.
———. *The Quest for the Red Prince*. Or Yehuda, Israel: Zmora-Bitan, 1984.
Barda, Yael. *The Bureaucracy of the Occupation*. Bnei Brak, Israel: Van Leer Jerusalem Institute and Hakibbutz Hameuchad, 2012.
Bartov, Hanoch. *Dado: 48 Years and 20 More Days*. Or Yehuda, Israel: Dvir, 2002.
Bascomb, Neal. *Hunting Eichmann*. Tel Aviv: Miskal, 2009.
Bechor, Guy. *PLO Lexicon*. Haqirya, Israel: Ministry of Defense, 1991.

Beilin, Yossi. *Manual for a Wounded Dove*. Jerusalem: Yedioth Ahronoth, 2001.

———. *Touching Peace*. Tel Aviv: Miskal-Yedioth Ahronoth and Chemed, 1997.

Ben Dror, Elad. *The Mediator*. Sde Boker, Israel: Ben-Gurion Research Institute for the Study of Israel and Zionism, 2012.

Ben Israel, Isaac. *Israel Defence Doctrine*. Ben Shemen, Israel: Modan, 2013.

Ben-Natan, Asher. *Memoirs*. Haqirya, Israel: Ministry of Defense, 2002.

Ben Porat, Yoel. *Ne'ilah*. Tel Aviv: Yedioth Ahronoth, 1991.

Ben-Tor, Nechemia. *The Lehi Lexicon*. Haqirya, Israel: Ministry of Defense, 2007.

Ben Uziel, David. *On a Mossad Mission to South Sudan: 1969 - 1971*. Herzliya, Israel: Teva Ha'Dvarim, 2015.

Benziman, Uzi. *I Told the Truth*. Jerusalem: Keter, 2002.

Ben-Zvi, Yitzhak. *Sefer Hashomer*. Or Yehuda, Israel: Dvir, 1957.

Bergman, Ronen. *Authority Granted*. Tel Aviv: Yedioth Ahronoth, 2002.

———. *By Any Means Necessary: Israel's Covert War for Its POWs and MIAs*. Or Yehuda, Israel: Kinneret Zmora-Bitan Dvir, 2009.

———. *Point of No Return: Israeli Intelligence Against Iran and Hizballah*. Or Yehuda, Israel: Kinneret Zmora-Bitan Dvir, 2007.

Bergman, Ronen, and Dan Margalit. *The Pit*. Or Yehuda, Israel: Kinneret Zmora-Bitan Dvir, 2011.

Bergman, Ronen, and Gil Meltzer. *The Yom Kippur War: Moment of Truth*. Tel Aviv: Yedioth Ahronoth, 2003.

Betser, Muki (Moshe). *Secret Soldier*. Jerusalem: Keter, 2015.

Blanford Nicholas. *Killing Mr. Lebanon*. Translated by Michal Sela. Tel Aviv: Ma'ariv, 2007.

Bloom, Gadi, and Nir Hefez. *Ariel Sharon: A Life*. Tel Aviv: Miskal, 2005.

Boaz, Arieh. *The Origins of the Ministry of Defense*. Ben Shemen, Israel: Modan, 2013.

Bowden, Mark. *The Finish*. Or Yehuda, Israel: Kinneret Zmora-Bitan Dvir, 2012.

Brom, Shlomo, and Anat Kurz, eds. *Strategic Assessment for Israel 2010*. Tel Aviv: INSS, 2010.

Burgin, Maskit, David Tal, and Anat Kurz, eds. *Islamic Terrorism and Israel*. Tel Aviv: Papyrus, 1993.

Burton, Fred. *Chasing Shadows*. Or Yehuda, Israel: Kinneret Zmora-Bitan Dvir,

2011.
Caroz, Ya'acov. *The Man with Two Hats.* Haqirya, Israel: Ministry of Defense, 2002.
Cesarani, David. *Major Farran's Hat.* Or Yehuda, Israel: Kinneret Zmora-Bitan Dvir, 2015.
Claire, Rodger W. *Raid on the Sun.* Petah Tikva, Israel: Aryeh Nir, 2005.
Cohen, Avner. *Israel and the Bomb.* New York: Schocken, 1990.
Cohen, Gamliel. *Under Cover.* Haqirya, Israel: Ministry of Defense, 2002.
Cohen, Hillel. *An Army of Shadows: Palestinian Collaborators in the Service of Zionism.* Jerusalem: Ivrit, 2004.
———. *Good Arabs.* Jerusalem: Ivrit, 2006.
Cohen-Levinovsky, Nurit. *Jewish Refugees in Israel's War of Independence.* Tel Aviv: Am Oved, 2014.
Danin, Ezra. *Always Zionist.* Jerusalem: Kidum, 1987.
Dayan, Moshe. *Shall the Sword Devour Forever?* Tel Aviv: Edanim/Yedioth Ahronoth, 1981.
———. *Story of My Life.* Jerusalem: Idanim and Dvir, 1976.
Dekel, Efraim. Shai: *The Exploits of Hagana Intelligence.* Tel Aviv: IDF-Ma'archot, 1953.
Dekel-Dolitzky, Elliyahu. *Groundless Intelligence.* Elkana, Israel: Ely Dekel, 2010.
Dietl, Wilhelm. *Die Agentin des Mossad.* Tel Aviv: Zmora-Bitan, 1997.
Dor, Danny, and Ilan Kfir. *Barak: Wars of My Life.* Or Yehuda, Israel: Kinneret Zmora-Bitan Dvir, 2015.
Dror, Zvika. *The "Arabist" of the Palmach.* Bnei Brak, Israel: Hakibbutz Hameuchad, 1986.
Drucker, Raviv. *Harakiri — Ehud Barak: The Failure.* Tel Aviv: Miskal, 2002.
Edelist, Ran. *The Man Who Rode the Tiger.* Or Yehuda, Israel: Zmora-Bitan, 1995.
Edelist, Ran, and Ilan Kfir. *Ron Arad: The Mystery.* Tel Aviv: Miskal-Yedioth Ahronoth, 2000.
Eilam, Uzi. *The Eilam Bow.* Tel Aviv: Miskal-Yedioth Ahronoth and Chemed, 2013.
Eiran, Ehud. *The Essence of Longing: General Erez Gerstein and the War in Lebanon.* Tel Aviv: Miskal-Yedioth Ahronoth, 2007.

Eitan, Rafael. *A Soldier's Story: The Life and Times of an Israeli War Hero*. Tel Aviv: Ma'ariv, 1985.

Eldar, Mike. *Flotilla 11: The Battle for Citation*. Tel Aviv: Ma'ariv, 1996.

———. *Flotilla 13: The Story of Israel's Naval Commando*. Tel Aviv: Ma'ariv, 1993.

———. *Soldiers of the Shadows*. Haqirya, Israel: Ministry of Defense, 1997.

Eldar, Shlomi. *Getting to Know Hamas*. Jerusalem: Keter, 2012.

Elpeleg, Zvi. *Grand Mufti*. Haqirya, Israel: Ministry of Defense, 1989.

Elran, Meir, and Shlomo Brom. *The Second Lebanon War: Strategic Dimensions*. Tel Aviv: Miskal-Yedioth Ahronoth, 2007.

Erel, Nitza. *Without Fear and Prejudice*. Jerusalem: Magnes, 2006.

Erlich, Haggai. *Alliance and Alienation: Ethiopia and Israel in the Days of Haile Selassie*. Tel Aviv: Moshe Dayan Center for Middle Eastern and African Studies, 2013.

Erlich, Reuven. *The Lebanon Tangle: The Policy of the Zionist Movement and the State of Israel Towards Lebanon, 1918–1958*. Tel Aviv: Ma'arakhot, 2000.

Eshed, Haggai. *One Man's Mossad — Reuven Shiloah: Father of Israeli Intelligence*. Tel Aviv: Edanim/Yedioth Ahronoth, 1988.

———. *Who Gave the Order?* Tel Aviv: Edanim, 1979.

Ezri, Meir. *Who Among You from All the People: Memoir of His Years as the Israeli Envoy in Tehran*. Or Yehuda, Israel: Hed Arzi, 2001.

Farman Farmaian, Sattareh, and Dona Munker. *Daughter of Persia*. Rishon LeZion, Israel: Barkai, 2003.

Feldman, Shai. *Israeli Nuclear Deterrence: A Strategy for the 1980s*. Bnei Brak, Israel: Hakibbutz Hameuchad, 1983.

Finkelstein, Menachem. *The Seventh Column and the Purity of Arms: Natan Alterman on Security, Morality and Law*. Bnei Brak, Israel: Hakibbutz Hameuchad, 2011.

Friedman, Thomas L. *From Beirut to Jerusalem*. Tel Aviv: Ma'ariv, 1990.

Gazit, Shlomo. *At Key Points of Time*. Tel Aviv: Miskal, 2016.

Gelber, Yoav. *A Budding Fleur-de-Lis: Israeli Intelligence Services During the War of Independence, 1948–1949*. Haqirya, Israel: Ministry of Defense, 2000.

———. *Growing a Fleur-de-Lis: The Intelligence Services of the Jewish Yishuv in Palestine, 1918–1947*. Haqirya, Israel: Ministry of Defense, 1992.

———. *Independence Versus Nakbah: The Arab-Israeli War of 1948*. Or Yehuda,

Israel: Zmora-Bitan, 2004.
———. *Israeli-Jordanian Dialogue, 1948 – 1953: Cooperation, Conspiracy, or Collusion?* Brighton, UK: Sussex Academic Press, 2004.
———. *Jewish Palestinian Volunteering in the British Army During the Second World War.* Vol. III, *The Standard Bearers: The Mission of the Volunteers to the Jewish People.* Jerusalem: Yad Izhak Ben-Zvi, 1983.
Gilboa, Amos. *Mr. Intelligence: Ahrale Yariv.* Tel Aviv: Miskal-Yedioth Ahronoth and Chemed, 2013.
Gilboa, Amos, and Ephraim Lapid. *Masterpiece: An Inside Look at Sixty Years of Israeli Intelligence.* Tel Aviv: Miskal, 2006.
Gillon, Carmi. *Shin-Beth Between the Schisms.* Tel Aviv: Miskal, 2000.
Givati, Moshe. *Abir 21.* Jerusalem: Reut, 2003.
Golani, Motti, ed. *Hetz Shachor: Gaza Raid & the Israeli Policy of Retaliation During the Fifties.* Haqirya, Israel: Ministry of Defense, 1994.
Goldstein, Yossi. *Rabin: Biography.* New York: Schocken, 2006.
———. *Golda: Biography.* Sde Boker, Israel: Ben-Gurion Research Institute for the Study of Israel and Zionism, 2012.
Goodman, Micha. *The Secrets of the Guide to the Perplexed.* Or Yehuda, Israel: Kinneret Zmora-Bitan Dvir, 2010.
Goren, Uri. *On the Two Sides of the Crypto.* Self-published, 2008.
Gourevitch, Philip, and Errol Morris. *The Ballad of Abu Ghraib.* Tel Aviv: Am Oved, 2010.
Gutman, Yechiel. *A Storm in the G. S. S.* Tel Aviv: Yedioth Ahronoth, 1995.
Halamish, Aviva. *Meir Yaari: The Rebbe from Merhavia.* Tel Aviv: Am Oved, 2009.
Halevy, Aviram, Yiftach Reicher Atir, and Shlomi Reisman, eds. *Operation Yonatan in First Person.* Modi'in, Israel: Efi Melzer, 2016.
Halevy, Efraim. *Man in the Shadows.* Tel Aviv: Matar, 2006.
Haloutz, Dani. *Straight Forward.* Tel Aviv: Miskal, 2010.
Harel, Amos, and Avi Issacharoff. *The Seventh War.* Tel Aviv: Miskal, 2004.
———. *Spider Webs (34 Days).* Tel Aviv: Miskal, 2008.
Harel, Isser. *Anatomy of Treason.* Jerusalem: Idanim, 1980.
———. *Security and Democracy.* Jerusalem: Idanim, 1989.
———. *When Man Rose Against Men.* Jerusalem: Keter, 1982.
———. *Yossele Operation.* Tel Aviv: Yedioth Ahronoth, 1982.

Harouvi, Eldad. *Palestine Investigated.* Kokhav Ya'ir, Israel: Porat, 2010.

Hass, Amira. *Drinking the Sea of Gaza.* Bnei Brak, Israel: Hakibbutz Hameuchad, 1996.

Hendel, Yoaz, and Shalom Zaki. *Let the IDF Win: The Self-Fulfilling Slogan.* Tel Aviv: Yedioth Ahronoth, 2010.

Hendel, Yoaz, and Yaakov Katz. *Israel vs. Iran.* Or Yehuda, Israel: Kinneret Zmora-Bitan Dvir, 2011.

Herrera, Ephraim, and Gideon M. Kressel. *Jihad: Fundamentals and Fundamentalism.* Haqirya, Israel: Ministry of Defense, 2009.

Herschovitch, Shay, and David Simantov. *Aman Unclassified.* Tel Aviv: Ma'archot MOD, 2013.

Hounam, Peter. *The Woman from the Mossad.* Tel Aviv-Yafo: Or'Am, 2001.

Jackont, Amnon. *Meir Amit: A Man of the Mossad.* Tel Aviv: Miskal, 2012.

Kabha, Mustafa. *The Palestinian People: Seeking Sovereignty and State.* Tel Aviv: Matach, 2013.

Kam, Ephraim. *From Terror to Nuclear Bombs: The Significance of the Iranian Threat.* Haqirya, Israel: Ministry of Defense, 2004.

Kampf, Zohar, and Tamar Liebes. *Media at Times of War and Terror.* Ben Shemen, Israel: Modan, 2012.

Karsh, Efraim, and Inari Rautsi. *Saddam Hussein: A Political Biography.* Haqirya, Israel: Ministry of Defense, 1991.

Kfir, Ilan. *The Earth Has Trembled.* Tel Aviv: Ma'ariv, 2006.

Kimche, David. *The Last Option.* Tel Aviv: Miskal-Yedioth Ahronoth, 1991.

Kipnis, Yigal. *1973: The Way to War.* Or Yehuda, Israel: Kinneret Zmora-Bitan Dvir, 2012.

Klein, Aaron J. *The Master of Operation: The Story of Mike Harari.* Jerusalem: Keter, 2014.

———. *Striking Back: The 1972 Munich Olympics Massacre and Israel's Deadly Response.* Tel Aviv: Miskal-Yedioth Ahronoth, 2006.

Klieman, Ahron. *Double Edged Sword.* Tel Aviv: Am Oved, 1992.

Klingberg, Marcus, and Michael Sfard. *The Last Spy.* Tel Aviv: Ma'ariv, 2007.

Knopp, Guido. *Göring: Eine Karriere.* Tel Aviv: Ma'ariv, 2005.

Kotler, Yair. *Joe Returns to the Limelight.* Ben Shemen, Israel: Modan, 1988.

Kramer, Martin. *Fadlallah: The Moral Logic of Hizballah.* Tel Aviv: Moshe Dayan Center for Middle Eastern and African Studies, 1998.

Kramer, Martin, ed. *Protest and Revolution in Shi'i Islam.* Tel Aviv: Moshe Dayan Center for Middle Eastern and African Studies, 1987.

Kupperman, Robert H., and Darrell M. Trent. *Terrorism: Threat, Reality, Response.* Haqirya, Israel: Ministry of Defense, 1979.

Kurtz, Anat. *Islamic Terrorism and Israel: Hizballah, Palestinian Islamic Jihad and Hamas.* Tel Aviv: Papyrus, 1993.

Kurtz, Anat, and Pnina Sharvit Baruch, eds. *Law and National Security.* Tel Aviv: INSS, 2014.

Lahad, Antoine. *In the Eye of the Storm: Fifty Years of Serving My Homeland Lebanon: An Autobiography.* Tel Aviv: Miskal, 2004.

Landau, David. *Arik: The Life of Ariel Sharon.* Or Yehuda, Israel: Kinneret Zmora-Bitan Dvir, 2013.

Lazar, Hadara. *Six Singular Individuals.* Bnei Brak, Israel: Hakibbutz Hameuchad, 2012.

le Carré, John. *The Pigeon Tunnel.* Or Yehuda, Israel: Kinneret Zmora-Bitan Dvir, 2017.

Levi, Nissim. *One Birdless Year.* Tel Aviv: Am Oved, 2006.

Lew, Uzrad. *Inside Arafat's Pocket.* Or Yehuda, Israel: Kinneret Zmora-Bitan Dvir, 2005.

Livneh, Eliezer, Yosef Nedava, and Yoram Efrati. *Nili: The History of Political Daring.* New York: Schocken, 1980.

Lotz, Wolfgang. *Mission to Cairo.* Tel Aviv: Ma'ariv, 1970.

Lowther, William. *Arms and the Man.* Tel Aviv: Ma'ariv, 1991.

Macintyre, Ben. *Double Cross: The True Story of the D-Day Spies.* Translated by Yossi Millo. Tel Aviv: Am Oved, 2013.

Maiberg, Ron. *The Patriot.* Or Yehuda, Israel: Kinneret Zmora-Bitan Dvir, 2014.

Mann, Nir. *The Kirya in Tel Aviv, 1948 – 1955.* Jerusalem: Carmel, 2012.

———. *Sarona: Years of Struggle, 1939 – 1948.* 2nd ed. Jerusalem: Yad Izhak Ben Zvi, 2009.

Mann, Rafi. *The Leader and the Media.* Tel Aviv: Am Oved, 2012.

Maoz, Moshe. *The Sphinx of Damascus.* Or Yehuda, Israel: Dvir, 1988.

Margalit, Dan. *Disillusionment.* Or Yehuda, Israel: Kinneret Zmora-Bitan Dvir, 2009.

———. *I Have Seen Them All.* Or Yehuda, Israel: Kinneret Zmora-Bitan

Dvir, 1997.
———. *Paratroopers in the Syrian Jail*. Tel Aviv: Moked, 1968.
Marinsky, Arieh. *In Light and in Darkness*. Jerusalem: Idanim, 1992.
Mass, Efrat. *Yael: The Mossad Combatant in Beiruth*. Bnei Brak, Israel: Hakibbutz Hameuchad, 2015.
Medan, Raphi. unpublished manuscript, 2010.
Melman Yossi. *Israel Foreign Intelligence and Security Services Survey*. Or Yehuda, Israel: Kinneret Zmora-Bitan Dvir, 1982.
Melman, Yossi, and Eitan Haber. *The Spies: Israel's Counter-Espionage Wars*. Tel Aviv: Miskal-Yedioth Ahronoth and Chemed, 2002.
Melman, Yossi, and Dan Raviv. *The Imperfect Spies*. Tel Aviv: Ma'ariv, 1990.
———. *Spies Against Armageddon*. Tel Aviv: Miskal, 2012.
Menashri, David. *Iran After Khomeini: Revolutionary Ideology Versus National Interests*. Tel Aviv: Moshe Dayan Center for Middle Eastern and African Studies, 1999.
———. *Iran Between Islam and the West*. Haqirya, Israel: Ministry of Defense, 1996.
Merari, Ariel, and Shlomi Elad. *The International Dimension of Palestinian Terrorism*. Bnei Brak, Israel: Hakibbutz Hameuchad, 1986.
Moreh, Dror. *The Gatekeepers: Inside Israel's Internal Security Agency*. Tel Aviv: Miskal, 2014.
Morris, Benny. *Israel's Border Wars, 1949–1956*. Tel Aviv: Am Oved, 1996.
Nachman Tepper, Noam. *Eli Cohen: Open Case*. Modi'in, Israel: Efi Melzer, 2017.
Nadel, Chaim. *Who Dares Wins*. Ben Shemen, Israel: Modan, 2015.
Nafisi, Azar. *Reading Lolita in Tehran*. Tel Aviv: Miskal-Yedioth Ahronoth, 2005.
Nakdimon, Shlomo. *Tammuz in Flames*. Tel Aviv: Yedioth Ahronoth, 1986.
Naor, Mordecai. *Laskov*. Haqirya, Israel: Ministry of Defense, 1988.
———. *Ya'akov Dori: I. D. F. First Chief of Staff*. Ben Shemen, Israel: Modan, 2011.
Nasr, Vali. *The Shia Revival*. Tel Aviv: Miskal, 2011.
Naveh, Dan. *Executive Secrets*. Tel Aviv: Miskal-Yedioth Ahronoth, 1999.
Navot, Menachem. *One Man's Mossad*. Or Yehuda, Israel: Kinneret Zmora-Bitan Dvir, 2015.

Netanyahu, Iddo, ed. *Sayeret Matkal at Antebbe*. Tel Aviv: Miskal, 2006.

Nevo, Azriel. *Military Secretary*. Tel Aviv: Contento, 2015.

Nimrodi, Yaakov. *Irangate: A Hope Shattered*. Tel Aviv: Ma'ariv, 2004.

Oren, Ram. *Sylvia*. Jerusalem: Keshet, 2010.

Oufkir, Malika, and Michele Fitoussi. *The Prisoner*. Or Yehuda, Israel: Kinneret, 2001.

Pacepa, Ion Mihai. *Red Horizons*. Tel Aviv: Ma'ariv, 1989.

Pail, Meir, and Avraham Zohar. *Palmach*. Haqirya, Israel: Ministry of Defense, 2008.

Palmor, Eliezer. *The Lillehammer Affair*. Israel: Carmel, 2000.

Paz, Reuven. *Suicide and Jihad in Palestinian Radical Islam: The Ideological Aspect*. Tel Aviv: Tel Aviv University Press, 1998.

Perry, Yaakov. *Strike First*. Jerusalem: Keshet, 1999.

Pirsig, Robert M. *Zen and the Art of Motorcycle Maintenance*. Or Yehuda, Israel: Kinneret Zmora-Bitan Dvir, 1974.

Porat, Dina. *Beyond the Corporeal: The Life and Times of Abba Kovner*. Tel Aviv: Am Oved and Yad Vashem, 2000.

Pressfield, Steven. *Killing Rommel*. Petah Tikva, Israel: Aryeh Nir, 2009.

Pundak, Ron. *Secret Channel*. Tel Aviv: Sifrey Aliyat Hagag-Miskal-Yedioth Ahronoth and Chemed, 2013.

Pundak, Yitzhak. *Five Missions*. Tel Aviv: Yaron Golan, 2000.

Rabinovich, Itamar. *The Brink of Peace: Israel & Syria, 1992 – 1996*. Tel Aviv: Miskal, 1998.

———. *Waging Peace*. Or Yehuda, Israel: Kinneret Zmora-Bitan Dvir, 1999.

———. *Yitzhak Rabin: Soldier, Leader, Statesman*. Or Yehuda, Israel: Kinneret Zmora-Bitan Dvir, 2017.

Rachum, Ilan. *The Israeli General Security Service Affair*. Jerusalem: Carmel, 1990.

Ram, Haggai. *Reading Iran in Israel: The Self and the Other, Religion, and Modernity*. Bnei Brak, Israel: Van Leer Jerusalem Institute and Hakibbutz Hameuchad, 2006.

Raphael, Eitan. *A Soldier's Story: The Life and Times of an Israeli War Hero*. Tel Aviv: Ma'ariv, 1985.

Ravid, Yair. *Window to the Backyard: The History of Israel-Lebanon Relations — Facts & Illusions*. Yehud, Israel: Ofir Bikurim, 2013.

Regev, Ofer. *Prince of Jerusalem*. Kokhav Ya'ir, Israel: Porat, 2006.

Rika, Eliahu. *Breakthrough*. Haqirya, Israel: Ministry of Defense, 1991.

Ronen, David. *The Years of Shabak*. Haqirya, Israel: Ministry of Defense, 1989.

Ronen, Yehudit. *Sudan in a Civil War: Between Africanism, Arabism and Islam*. Tel Aviv: Tel Aviv University Press, 1995.

Rosenbach, Marcel, and Holger Stark. *WikiLeaks: Enemy of the State*. Or Yehuda, Israel: Kinneret Zmora-Bitan Dvir, 2011.

Ross, Michael. *The Volunteer: A Canadian's Secret Life in the Mossad*. Tel Aviv: Miskal, 2007.

Rubin, Barry, and Judith Colp-Rubin. *Yasir Arafat: A Political Biography*. Tel Aviv: Miskal, 2006.

Rubinstein, Danny. *The Mystery of Arafat*. Or Yehuda, Israel: Kinneret Zmora-Bitan Dvir, 2001.

Sagie, Uri. *Lights Within the Fog*. Tel Aviv: Miskal-Yedioth Ahronoth, 1998.

Scharia, David. *The Pure Sound of the Piccolo: The Supreme Court of Israel, Dialogue and the Fight Against Terrorism*. Srigim, Israel: Nevo, 2012.

Schiff, Ze'ev, and Ehud Ya'ari. *Israel's Lebanon War*. New York: Schocken, 1984.

Seale, Patrick. *Assad*. Tel Aviv: Ma'arakhot, 1993.

Segev, Shmuel. *Alone in Damascus: The Life and Death of Eli Cohen*. Jerusalem: Keter, 2012. First published 1986.

———. *The Iranian Triangle: The Secret Relation Between Israel-Iran-U. S. A*. Tel Aviv: Ma'ariv, 1981.

———. *The Moroccan Connection*. Tel Aviv: Matar, 2008.

Segev, Tom. *Simon Wiesenthal: The Life and Legends*. Jerusalem: Keter, 2010.

Senor, Dan, and Saul Singer. *Start Up Nation*. Tel Aviv: Matar, 2009.

Shabi, Aviva, and Ronni Shaked. *Hamas: Palestinian Islamic Fundamentalist Movement*. Jerusalem: Keter, 1994.

Shai, Nachman. *Media War: Reaching for the Hearts and Minds*. Tel Aviv: Miskal-Yedioth Ahronoth and Chemed, 2013.

Shalev, Aryeh. *The Intifada: Causes and Effects*. Tel Aviv: Papyrus, 1990.

Shalom, Zaki, and Yoaz Hendel. *Defeating Terror*. Tel Aviv: Miskal, 2010.

Shamir, Yitzhak. *As a Solid Rock*. Tel Aviv: Yedioth Ahronoth, 2008.

Shapira, Shimon. *Hezbollah: Between Iran and Lebanon*. Bnei Brak, Israel: Hakibbutz Hameuchad, 2000.

Sharon, Gilad. *Sharon: The Life of a Leader.* Tel Aviv: Matar, 2011.

Shay, Shaul. *The Axis of Evil: Iran, Hezbollah, and Palestinian Terror.* Herzliya, Israel: Interdisciplinary Center, 2003.

———. *The Islamic Terror and the Balkans.* Herzliya, Israel: Interdisciplinary Center, 2006.

———. *The Never-Ending Jihad.* Herzliya, Israel: Interdisciplinary Center, 2002.

———. *The Shahids: Islam and Suicide Attacks.* Herzliya, Israel: Interdisciplinary Center, 2003.

Sheleg, Yair. *Desert's Wind: The Story of Yehoshua Cohen.* Haqirya, Israel: Ministry of Defense, 1998.

Sher, Gilad. *Just Beyond Reach.* Tel Aviv: Miskal, 2001.

Shilon, Avi. *Menachem Begin: A Life.* Tel Aviv: Am Oved, 2007.

Shimron, Gad. *The Execution of the Hangman of Riga.* Jerusalem: Keter, 2004.

———. *The Mossad and Its Myth.* Jerusalem: Keter, 1996.

Shomron, David. *Imposed Underground.* Tel Aviv: Yair, 1991.

Shur, Avner. *Crossing Borders.* Or Yehuda, Israel: Kinneret Zmora-Bitan Dvir, 2008.

———. *Itamar's Squad.* Jerusalem: Keter, 2003.

Sivan, Emmanuel. *The Fanatics of Islam.* Tel Aviv: Am Oved, 1986.

Sobelman, Daniel. *New Rules of the Game: Israel and Hizbollah After the Withdrawal from Lebanon Memorandum No. 65.* Tel Aviv: INSS, March 2003.

Stav, Arie, ed. *Ballistic Missiles, Threat and Response: The Main Points of Ballistic Missile Defense.* Jerusalem: Yedioth Ahronoth, 1998.

Sutton, Rafi. *The Sahlav Vendor: Autobiography and Operations in the Israeli Intelligence and Mossad Service.* Jerusalem: Lavie, 2012.

Sutton, Rafi, and Yitzhak Shoshan. *Men of Secrets, Men of Mystery.* Tel Aviv: Edanim/Yedioth Ahronoth, 1990.

Sykes, Christopher. *Cross Roads to Israel.* Tel Aviv: Ma'arakhot, 1987.

Tal, Nahman. *Confrontation at Home: Egypt and Jordan Against Radical Islam.* Tel Aviv: Papyrus, 1999.

Tamir, Moshe. *Undeclared War.* Haqirya, Israel: Ministry of Defense, 2006.

Tehari, Amir. *The Spirit of Allah.* Tel Aviv: Am Oved, 1985.

Tepper, Noam Nachman. *Eli Cohen: Open Case.* Modi'in, Israel: Efi Melzer, 2017.

Teveth, Shabtai. *Shearing Time: Firing Squad at Beth-Jiz.* Tel Aviv: Ish Dor,

1992.

Tsafrir, Eliezer (Geizi). *Big Satan, Small Satan: Revolution and Escape in Iran.* Tel Aviv: Ma'ariv, 2002.

———. *Labyrinth in Lebanon.* Tel Aviv: Miskal-Yedioth Ahronoth, 2006.

Tsiddon-Chatto, Yoash. *By Day, by Night, Through Haze and Fog.* Tel Aviv: Ma'ariv, 1995.

Tsoref, Hagai, ed. *Izhak Ben-Zvi, the Second President: Selected Documents (1884 – 1963).* Jerusalem: Israel State Archives, 1998.

Tzipori, Mordechai. *In a Straight Line.* Tel Aviv: Miskal-Yedioth Ahronoth and Chemed, 1997.

Tzipori, Shlomi. *Justice in Disguise.* Tel Aviv: Agam, 2004.

Weissbrod, Amir. *Turabi, Spokesman for Radical Islam.* Tel Aviv: Moshe Dayan Center for Middle Eastern and African Studies, 1999.

Weissglass, Dov. *Ariel Sharon: A Prime Minister.* Tel Aviv: Miskal, 2012.

Wolf, Markus. *Man Without a Face.* Or Yehuda, Israel: Hed Arzi, 2000.

Woodward, Bob. *Veil: The Secret Wars of the CIA, 1981 – 1987.* Or Yehuda, Israel: Kinneret, 1990.

Wright, Lawrence. *The Looming Tower: Al-Qaeda and the Road to 9/11.* Or Yehuda, Israel: Kinneret Zmora-Bitan Dvir, 2007.

Ya'alon, Moshe. *The Longer Shorter Way.* Tel Aviv: Miskal, 2008.

Yahav, Dan. *His Blood Be on His Own Head: Murders and Executions During the Era of the Yishuv, 1917 – 1948.* Self-published, 2010.

Yakar, Rephael. *The Sultan Yakov Battle.* Tel Aviv: IDF, History Department, 1999.

Yalin-Mor, Nathan. *Lohamey Herut Israel.* Jerusalem: Shikmona, 1974.

Yatom, Danny. *The Confidant.* Tel Aviv: Miskal, 2009.

Yeger, Moshe. *The History of the Political Department of the Jewish Agency.* Tel Aviv: Zionist Library, 2011.

Zahavi, Leon. *Apart and Together.* Jerusalem: Keter, 2005.

Zamir, Zvi, and Efrat Mass. *With Open Eyes.* Or Yehuda, Israel: Kinneret Zmora-Bitan Dvir, 2011.

Zichrony, Amnon. *1 Against 119: Uri Avnery in the Sixth Knesset.* Tel Aviv: Mozes, 1969.

Zonder, Moshe. *Sayeret Matkal: The Story of the Israeli SAS.* Jerusalem: Keter, 2000.

Ronen Bergman
Rise and Kill First: The Secret History of Israel's Targeted Assassinations

图字：09－2019－755 号

图书在版编目(CIP)数据

先发制人／（以）罗南·伯格曼著；龚萍，高礼杰译. —上海：上海译文出版社，2023.5（2024.11 重印）
（译文纪实）
书名原文：Rise and Kill First：The Secret History of Israel's Targeted Assassinations
ISBN 978－7－5327－9155－2

Ⅰ.①先… Ⅱ.①罗… ②龚… ③高… Ⅲ.①纪实文学—以色列—现代 Ⅳ.①I382.55

中国国家版本馆 CIP 数据核字(2023)第 057981 号

先发制人
［以］罗南·伯格曼／著　龚　萍　高礼杰／译
责任编辑／钟　瑾　装帧设计／柴昊洲　邵　旻　观止堂_未氓

上海译文出版社有限公司出版、发行
网址：www.yiwen.com.cn
201101　上海市闵行区号景路 159 弄 B 座
上海盛通时代印刷有限公司印刷

开本 890×1240　1/32　印张 23.25　插页 18　字数 589,000
2023 年 6 月第 1 版　2024 年 11 月第 2 次印刷
印数：8,001—10,000 册

ISBN 978－7－5327－9155－2
定价：108.00 元